读客外国小说文库

熊猫君激发个人成长

钟表匠的女儿

[澳]凯特·莫顿 著　　杜松 译

河南文艺出版社
·郑州·

THE CLOCKMAKER'S DAUGHTER

KATE
MORTON

*本书中楷体系根据原书字体进行的相应变换。

献给我的母亲迪蒂，

感谢她领着我们住在山顶，

也感谢她在写作上给我提出了最好的建议。

主要人物一览表

埃洛蒂·温斯洛	档案管理员，供职于斯特拉顿卡德韦尔公司
詹姆斯·斯特拉顿	斯特拉顿卡德韦尔公司的创始人
劳伦·阿德勒	埃洛蒂的母亲，英国著名大提琴家
皮帕	埃洛蒂的闺蜜，艺术家
卡罗琳	皮帕在艺术学院时的导师，电影制作人兼摄影师
阿拉斯泰尔	埃洛蒂的未婚夫，年轻企业家
佩内洛普	阿拉斯泰尔的母亲
蒂普·赖特	埃洛蒂的舅姥爷，朱丽叶的小儿子，昵称为蒂皮
杰克	来自澳大利亚的侦探
柏蒂·贝尔	钟表匠的女儿，长期用莉莉·米林顿的名字生活
麦克夫人	一家孤儿收容所管理者
莉莉·米林顿	麦克夫人收养的女孩之一，柏蒂的好友
船长	麦克夫人的男搭档
马丁	麦克夫人的儿子
面色苍白的乔	柏蒂的好友，贵族少爷，因身体孱弱、面色苍白而得此称号

埃达·洛夫格罗夫 贵族小姐。生于印度，八岁时被父母带到伯奇伍德庄园上学

朱丽叶·赖特 蒂普的母亲，专栏撰稿人

伦纳德·吉尔伯特 一战退伍士兵，昵称为兰尼

汤姆·吉尔伯特 伦纳德的弟弟，昵称为汤米

爱德华·拉德克利夫 19世纪英国著名艺术家，紫红兄弟会成员

弗朗西斯·布朗 爱德华的未婚妻，钢铁大亨独生女，昵称为范妮

瑟斯顿·霍姆斯 艺术家，紫红兄弟会成员

费利克斯·伯纳德 艺术家，紫红兄弟会成员

阿黛尔·伯纳德 艺术家，费利克斯的妻子，紫红兄弟会成员

露西·拉德克利夫 爱德华最小的妹妹，曾在伯奇伍德庄园里开办青年女子学校

克莱尔·拉德克利夫 爱德华的大妹妹

目　录

第一部

书包

PART ONE

THE SATCHEL

I

我们去伯奇伍德庄园，是因为爱德华说那里闹鬼。其实不然，当时那里并不闹鬼的。不过，让事实真相平白糟蹋一个好故事，那是无趣的人才会干的事。爱德华可不是那样的人。他充满激情，只要是他所信奉的，他都会一头扎进去，这是我爱上他的一个原因。他有着传教士身上的那股热情，从他嘴里说出来的观点，就好像刚刚铸造出的钱币一样闪闪发光。他还习惯把人们吸引到自己身边，点燃他们身上那些连他们自己都不晓得是从哪里迸发出来的热情，而后，他便功成身退，甚至不再笃信因为他才勾起别人热情的那些事。

但爱德华并不是传教士。

我记得他，记得一切的一切。

我记得他母亲在伦敦的花园里那间玻璃屋顶的工作室；记得刚刚调好的颜料的气味；记得在他的目光扫过我的肌肤时，画笔划过画布的声音。那一天，我的每根神经都在躁动着。我渴望能让他印象深刻，让他觉得我有他喜欢的那一面，尽管我没有。当他用双眼扫描着我的全身时，麦克夫人的教诲在我的脑海中盘旋："你的母亲是个正派人，你们家也都算有身份的，你可别忘了这一点。别干什么傻事儿，否则吃亏的是你自己。"

于是，坐在紫檀木椅上的我，腰板更挺直了些。那是在第一天，在那间白色墙壁的屋子里，外面是枝藤缠绕的甜豌豆，羞答答地开着粉红色的小花。

我正觉得饿了，他的小妹妹就送来了茶点。他的母亲也穿过花园的羊肠小道来看他工作。她极爱自己的儿子。在他身上，她看到的是他们一家人的愿望能够成真。他会成为皇家艺术学院的杰出画家，同一位有钱人家的小姐订婚，很快就会有一帮棕色眼睛的小继承人出生。

像我这样的，可配不上他。

对于接下来发生的事情，他的母亲觉得，都怪她自己。可她要想拆散我们俩，却比阻止黑夜和白天碰面还要难。他说我是他的缪斯，他的宿命。他说，在特鲁里街剧院的门厅里，透过煤气灯的朦胧光线看到我时，他立刻就知道了这一点。

我是他的缪斯，他的宿命。他也是我的宙斯，我的宿命。

那是很久以前的事了，却又仿佛就在昨天。

哦，我记得爱情的样子。

主楼梯中段平台的这个角落，是我最喜欢的。

这是栋奇怪的房子，布局让人感到莫名其妙，而且还是故意为之。楼梯的转向都是非同寻常的角度，让人手忙脚乱不说，楼梯踏板还不平整；窗子的排列也高高低低的，不论从哪个角度看，都不成直线；地板上和墙板上都设有巧妙的暗门。

这个角落里，有一种几乎不自然的温暖。我们第一次来这儿的时候，大家都注意到了这一点。在初夏时节的那若干个星期里，我们轮流猜测着为什么这里异常温暖。

要弄明白原因，颇让我费了些工夫，不过我终于知道了这是怎么回事。现在，我对这里了如指掌。

爱德华用来吸引其他人的，不是房子本身，而是这里的阳光。晴朗的日子里，从阁楼的窗子望出去，可以看到泰晤士河以及遥远的威尔士山脉。淡紫色和绿色犹如一条条丝带，白垩岩峭壁嶙峋、直入云霄，空气是暖暖的，眼前的一切都在太阳的照耀下变得色彩斑斓。

他的提议是这样的：在这儿度过夏天里的一个月，吟诗作画，享受野餐，写写故事，谈谈科学，搞搞发明；沐浴在阳光下，这可是天赐的礼物；远离伦敦，躲开那些窥探的目光。其他人都美滋滋地同意了，这一点儿都不奇怪。只要是爱德华想做的，他总有法子办到，仿佛是得了恶魔的眷顾，他总能心想事成。

他只和我一个人讲了来这里的另一个原因。阳光确实足够诱人，不过，爱德华还有一个秘密。

我们是从火车站一路走来的。

正值7月，天气再好不过了。微风时不时地吹起我的裙角。有人带了三明治，我们边走边吃。我们这一行人定是招来了不少人侧目——男人的领带都是松开的，女人的长发都是散开的。一路欢笑嬉闹，你追我赶。

多么隆重的开场啊！我记得附近一条小溪的流水声，记得一只斑尾林鸽在头顶的鸣叫声。我记得有个男人牵了一匹马，记得一辆马车上有个小男孩坐在成捆的稻草上，还记得刚刚被割过的青草的芬芳——哦，我真怀念那个味道！我们到达河边时，一群散养的大鹅警惕地注视着我们，在我们经过之后，才勇敢地叫唤了几声。

一切都是快活的，但好景不长。

不过，你也知道好景不长，因为若是温情一直持续下去，也就没有什么故事可讲了。对于宁静而快乐的夏天，若它怎么开头就怎么结束，便不会有人感兴趣。这是爱德华教我的。

与世隔绝起到了它应有的作用，这栋房子就像是一艘巨大的、搁浅在河岸上的内河船。天气也一样在推波助澜，炽热的日子一个接着一个，然后是夏日里的那个暴风雨之夜，我们都不得不待在屋里。

大风刮了起来，树木在呼啸的风中呻吟，雷声轰隆隆地顺着河水一路朝着房子滚滚而来。我们在屋里谈起了鬼魂和魔法。壁炉里生着火，噼里啪啦的声响透过炉箅传来，烛光摇曳，周遭的气氛让人觉得害怕；若是要宣誓忠于某种信仰的话，此时也颇为应景。黑暗之中，邪恶的仆从应魔咒的召唤而来，恐惧和誓言都令它垂涎欲滴。

那邪恶的仆从并非鬼魂，哦，不，不是鬼——完全是人在捣鬼。

两位不速之客。

两个尘封的秘密。

黑暗之中，一声枪响。

火烛尽灭，一片漆黑。

夏日不再。第一片敏锐的叶子开始坠落，在日渐稀疏的树篱下的水坑里腐烂。热爱这栋房子的爱德华，却如困兽一般，开始怒气冲冲地在一条条走廊里穿行。

最后，他再也受不了了。他收拾好行囊离开了，我无法阻止他。

其他人也跟着离开了，一如既往。

而我呢？我别无选择，我留了下来。

第一章

2017年夏

　　这会儿是一天中埃洛蒂·温斯洛最喜欢的时光。伦敦夏日里的某个向晚时分，日头似乎在犹豫着是否要就势西沉，霞光透过路边的小块玻璃砖洒在埃洛蒂的办公桌上。最惬意的是，玛戈和彭德尔顿先生都下了班，这片刻光阴归她独享。

　　硕士毕业那年，埃洛蒂曾趁着假期在牛津大学新学院打零工。与新学院的档案室相比，位于河岸街的斯特拉顿卡德韦尔公司大楼的地下室，倒也算不上特别浪漫。这里不怎么暖和，从来也没暖和过。即便是在眼下这种炎炎夏日，坐在办公桌旁的埃洛蒂也要穿上件羊毛开衫。因为日久蒙尘，再加上渗进了些微泰晤士河水，办公室里弥漫着岁月的气息。等到繁星满天时，这里倒常常让人有些陶醉。

　　一大排档案柜的后面是个狭窄的小厨房。埃洛蒂在小厨房里倒了杯热水，然后把沙漏倒置过来。玛戈觉得，泡个茶也要这么精准实在极端，可埃洛蒂就是喜欢把茶泡上刚好三分半再喝。

　　埃洛蒂等待时，沙砾在沙漏中滑落，她想起了皮帕的短信。午餐时，她去买了份三明治。过马路时，低头看手机的她收到了这条短信，邀请她去参加一场时装发布会。不过，对于埃洛蒂来说，去看时装发布会和待在候诊室一样无聊。好在她早有安排。她要去汉普斯特德见她父亲，把他替她收起来的录像带取回来。这也就免得她再编个理由拒绝皮帕的邀请了。

拒绝皮帕可不是件容易的事。她是埃洛蒂最好的朋友，自从在松橡树初中念三年级的第一天起，她就一直是埃洛蒂最好的朋友。埃洛蒂常常在心底感激佩里老师安排她俩坐在了一起。转校的埃洛蒂穿着陌生的校服，梳着歪了的辫子，她爸爸费了好大的劲儿才把辫子编上；面带灿烂笑容的皮帕，有着一对小酒窝，说话时双手总是动来动去的。

从此，她俩就一直形影不离，从初中到高中，甚至是后来埃洛蒂去念牛津大学、皮帕去念中央圣马丁学院。如今，两人见面的机会变少了，但这也在意料之中。混迹于艺术圈，就是要忙于交际应酬。在参加完一个画廊开幕式或艺术展，赶着去参加下一个之前，皮帕会把邀请发到埃洛蒂的手机上，一条条的邀请短信接连不断。

相比之下，埋首于档案之中显然不是件忙碌的差事。换言之，在见识过五光十色的皮帕看来，档案的世界与忙碌绝缘。埃洛蒂的工作要花费大把的时间，而且她要经常和其他人打交道。只不过，他们不是那种活生生的、依然在世的人。原来的斯特拉顿卡德韦尔公司把业务拓展到地球的另一端时，这个世界正开始变得越来越小，远方似乎不再那样遥远。当时，人们还没有因为电话的问世而不再那么依赖写信，这才令埃洛蒂如今有机会徜徉于早已作古之人的字里行间。她日复一日地沉浸在那些泛了黄、落了灰的档案里：这份记录的是东方快车上的一次晚宴，那份讲述的是维多利亚时期的探险家们在寻找西北航道时的偶遇。

这样穿梭于时光中的社交活动令埃洛蒂非常快乐。她确实没有太多朋友——有血有肉的那种朋友，但她也不会因此感到烦闷。现实生活中的社交套路简直要累死人：面带微笑，互报家门，在天气的问题上绕来绕去。不论同聚会的人有多么亲密，她总会在离开时有一种被掏空的感觉，就好像她在无意间遗失了自身某些重要的部分，再也无法将它们找回来。

埃洛蒂把茶包取了出来，在水槽里把茶包里的水挤干，然后在茶杯中倒入牛奶，倒牛奶的动作刚好两秒钟。

她捧着水杯，回到自己的办公桌前，透过小块玻璃砖洒进来的五彩霞光，正如往日一般无声无息地缓缓移动。茶杯冒着袅袅热气，她的手心也暖和起来。她查看着当天还有什么工作要做：1893年，小詹姆斯·斯特拉顿前往非洲西海岸的旅途见闻需要埃洛蒂编制索引，这项工作她已经做了一半；为下一期《斯特拉顿卡德韦尔公司月刊》写篇文章；为即将开幕的展会准备的展品目录需要在印刷前送去校对，这个活儿是彭德尔顿先生交代下来的。

但是埃洛蒂一整天都在遣词造句，大脑就快要罢工了。她的目光落在了自己办公桌底下那个盒子上。盒子是浸蜡纸板做的，就放在地板上，从周一下午起便一直搁在那里。当时，楼上办公室的水管爆裂，发了大水，需要把旧衣帽间里的东西立刻搬出来。这个旧衣帽间棚顶不高，是大楼落成后改建的。打从在这栋大楼里工作时起，埃洛蒂有十年没进过这个房间了。那盒子是在一个古董书柜底层发现的，埋在一堆积了灰尘的织锦窗帘底下。盒盖贴着手写的标签，上面写着"阁楼书桌抽屉内物品，1966年——未登记入册"。

在废弃的衣帽间里找到了档案材料，更何况这些材料显然是寄来的，却时隔几十年才被发现，这着实令人不安。不出所料，彭德尔顿先生对此暴跳如雷。他是个做事一板一眼的人。埃洛蒂和玛戈事后一致认为，1966年接收这盒材料的人早早脱离了彭德尔顿先生的魔掌，还真是幸运。

时机真是糟透了！自打管理顾问被派来给部门"减脂"，彭德尔顿先生就急得团团转。派人在他的地盘上指手画脚，已经够糟了；可是，质疑他的工作效率，这样让他有损颜面的事是他无法容忍的。一天上午，在顾问跟他们见过面后，彭德尔顿先生气得发白的嘴唇里吐出了这么一句："这就像有人借你的手表来告诉你时间。"

那盒子就这么突然冒出来，险些把他气得中风。于是，不喜欢杂乱和冲突的埃洛蒂挺身而出，迅速把那东西收拾干净藏了起来，并且坚决保证会搞定这个烂摊子。

打那之后，她一直小心翼翼地把盒子藏好，免得彭德尔顿先生再大为光火。可眼下，安静的办公室里就她一个人，她便跪在地毯上，把盒子拽了出来……

点点光线乍然亮起，深埋在盒子里的书包仿佛长舒一口气。旅途迢迢，疲惫自是可以理解的。书包的边缘已经磨薄了，搭扣也失了光泽，内里还泛着股霉味，令人惋惜。一度精致的表面，如今因为灰尘，形成了一层透明的氧化层，除也除不掉。它现在这副样子不免令人敬而远之，若是有人考虑是否还要拿来一用，恐怕会把头一偏，对它视而不见的。虽然已经旧得没法再用，但它也不会被扔掉，因为这书包上有种说不清道不明的历史印记。

这书包曾因为精致秀气的外表成为主人的心头好，不过更重要的，是因为它的用途。在它因美观实用而被人珍视那会儿，对于某个人来说，它曾在一段时间里不可或缺。尔后，它一直被藏起来，然后被刻意忽视；被人重新发现，然后被人贬低轻视；被弄丢了，被找到了，然后被彻底遗忘了。

不过，现在，几十年来一直压在书包上的物品被一件一件地拿开，这书包也被拿了起来。它终于在这间电流嗡嗡低吟、水管滴答作响的房间里重见天日了。房间里弥漫着黄色的灯光和纸张的味道，还有柔软的白色手套的轻轻触碰。

戴手套的是一个年轻女人，手臂修长，脖颈纤细，一头黑色的短发衬着她的面庞。她同书包保持着一段距离，但并非因为不喜欢它。

她的触碰是温柔的。她的嘴巴轻轻噘起，透露出一丝兴味。一双灰色的眸子微微眯起，待到看清了手工缝制的接缝时，又睁大了些。接缝处是用优质的印度棉线缝起来的，针脚齐整，一丝不苟。

　　书包上的英文首字母已在前盖上褪了色，带着一抹伤感。埃洛蒂用拇指轻柔地在字母上抚过，这令书包感到一阵喜悦的战栗。不知怎的，这个年轻女人的关注暗示着一段旅程，尽管出乎意料地漫长，如今可能就要到达终点了。

　　把我打开呀！书包催促着。看看里面！

　　很久以前，这个书包也曾泛着崭新的光泽。它是在邦德街上的西姆斯品牌店定制的，由店主西姆斯先生亲手制作。他的店有皇家御用供货许可证。书包上的首字母是镀金的，由手工刻制而成，表面还做了热封处理，显得气派非凡；每颗银质铆钉和每件银质搭扣都经过千挑万选，还打磨得锃亮；优质的皮革经剪裁后被仔仔细细地缝了起来，打油上光后熠熠生辉。西姆斯品牌店的隔壁是家香水店，丁香、檀香和藏红花这些来自远东地区的香料的气味，顺着墙壁上的管线飘过来，令书包浸润了些许遥远国度的味道。

　　把我打开呀……

　　戴着白手套的女人打开了发乌的银质搭扣，书包屏住了呼吸。

　　把我打开呀！把我打开，把我打开……

　　她把书包盖子上的皮扣带推开，光一下子照进了书包里面的阴暗角落，这可是一百多年来的头一遭。

　　随之而来的是　大堆回忆的片段喷薄而出，令人费解：西姆斯品牌店的大门响起的门铃叮咚声，一个年轻女人的短裙的沙沙声，马蹄发出的嗒嗒声，未干的油漆和松脂的味道，身体的热度，躁动的欲望，喃喃的低语，还有火车站的煤气灯，一条蜿蜒曲折的大河，夏日里麦子的香气——

戴着手套的那双手撤了回去，从书包里涌出的回忆也消失了。

那些往日的莫名记忆、声音和铭刻于心底的感受消散了，最后，徒留一片空白，一片静谧。

一切都结束了。

埃洛蒂把书包里的物件放在腿上，把书包搁在了一旁。与这个漂亮的书包相比，装在盒子里的其他东西就相形见绌了。它们都是些乏味的办公用品——一个打孔机；一个墨水台；一个可以嵌入写字台的木匣子，用来隔开钢笔和曲别针；还有一个鳄鱼皮的眼镜盒，上面的标牌写着"L.S-W的物品"，说明了眼镜盒的主人是谁。这让埃洛蒂弄清楚了一点：书桌以及书桌里的所有物品都是莱斯利·斯特拉顿-伍德的，她是公司的创始人詹姆斯·斯特拉顿先生的侄孙女。年份也对得上，莱斯利·斯特拉顿-伍德是在20世纪60年代身故的，这也就说明了为什么这盒东西会被寄到斯特拉顿卡德韦尔公司来。

不过，这个书包对于斯特拉顿-伍德女士来说也太旧了些，书包里的物品看起来都是20世纪以前的，应该不是她本人的，除非这是一个能以假乱真的仿制品。埃洛蒂在初步翻阅这些物品时发现了一个黑色的日记本，前切口印有大理石般的花纹，封皮上有姓名首字母E.J.R.组成的花押字；一个黄铜的钢笔盒，风格属于维多利亚时代中期；一个褪色的绿色皮质文件夹。乍一看，根本没法弄清楚这个书包是属于谁的，但是在文件夹前盖下方的标牌上铭刻着镀金的文字："詹姆斯·W.斯特拉顿先生，于伦敦，1861年。"

文件夹稍平一些，埃洛蒂起初觉得里面会是空的，可打开扣子时却发现里面放着一个物件。那是一个精美的银色相框，只有手掌大小，里面是一张女人的相片。她年纪轻轻，长发飘飘，发色不深，但不是金色，一半的头发都松散地盘在了头顶。她看向镜头，下巴微微抬起，高高的颧骨凸显着脸部的线条。她的双唇微抿，给人一种精明能干的感觉，也许还有点恃才傲物。

埃洛蒂在看清了照片的色调是深褐色时，生出了一份熟悉的期待感，这里必然有一个人的一生待她去重新发现。那女人的连衣裙不太合身，穿在她身上显得有些肥大。白色的布料垂在双肩上，领口成V字形。袖子是透明的泡泡袖，其中一只堆在肘部。她腰身苗条，单手叉腰的姿势突出了她的腰部曲线。

这张照片的处理方式和照片的主题都不同寻常，因为在维多利亚时期的人物照里，女性都是在室内的，不是坐在长沙发上，就是站在布景前。可这张照片中的女人并非如此。她这张照片是在室外取的景，四周是茂密的绿色植物，这样的环境表现的是运动，是生活。照片中的光线朦朦胧胧的，营造出醉人的效果。

埃洛蒂把照片放在一旁，拿起了带有花押字的日记本。打开来，本子里面是厚实的米色棉浆纸，价格不菲，上面书写着漂亮的字迹，但也不过是许多图画的陪衬。图画有的是用铅笔画的，有的是用钢笔画的，有人物，有风景，还有其他有趣的静物。这并不是一本日记，而是一本素描簿。

一张从别处撕下来的纸片从素描簿中滑落，上面写着一行字：我爱她，我爱她，我爱她，若是无法拥有她，我一定会疯掉，因为要是没有她在我身旁，我害怕……

纸片上的话还有下文，不过，剩下的字就好似被大声说出了口，都从纸片的边缘跃了出去。埃洛蒂翻看了纸片的背面，什么都没有，无论写下这句话的人在害怕什么，都不得而知了。

她戴着手套的指尖划过这些文字在纸面上留下的凹痕。她举起纸片，对着夕阳的最后一抹光线，看出了纸片特有的纹路，还有钢笔锋利的笔尖将纸片戳破而留下的那些小孔。

埃洛蒂轻轻地把边缘参差不齐的纸片放回了素描簿。

虽然成了古董，但它透露出的信息却有着紧迫性，令人感到不安：如今看来，写下这句话的人还有尚待完成之事，这一点十分明显。

埃洛蒂继续小心翼翼地快速翻阅着这本素描簿，里面的每一页都有艺术家以交叉阴影线画出的习作，偶尔在页边空白处还画有粗略的面部轮廓的草图。

然后，她停住了——

这幅素描比其他那些都要更细致、更完整，画的是一条河，前景有一棵树，越过一片宽广的田野能看到远处的树林。右手边画了一小片灌木丛，后面是一栋房子，房顶上有两个一模一样的尖角、八个烟囱和一个华丽的风向标，上面有代表太阳、月亮和其他星辰的图形。

这幅画的技法高超，但这不是埃洛蒂盯着它看的原因。她有种强烈的似曾相识的感觉，甚至令她的胸口感觉闷闷的。

她知道这个地方。它在记忆中是如此的鲜活，就好像她曾去过那里，但是埃洛蒂却莫名其妙地清楚，自己从未亲身去过那里，那不过是一处存在于她脑海中的地方。

然后，她想起了这样一段话，每个字都真真切切，就好似黎明时分鸟儿的叫声格外分明：顺着蜿蜒的小路，穿过开阔的草地，他们来到河边，心底藏着秘密，手里握着剑。

然后，她想了起来。那是她母亲给她讲过的一个故事，讲给小孩子的睡前故事，情节浪漫，跌宕起伏，里面有好多英雄，还有恶人和仙后。故事发生在一栋房子里，四周是阴森的树林和一条弯弯曲曲的大河。

但是，并没有什么画着插图的故事书。故事是母亲讲给她的，就在那间有斜屋顶的房间里，她们母女俩在埃洛蒂的小床上，你挨着我、我挨着你地坐在一起——

彭德尔顿先生办公室墙上的挂钟响起了报时的声音，那声音低沉，似乎在预示着什么。埃洛蒂看了看手表，已经过了她要离开的时间。时间再一次走了样，它的箭矢在她的周围便会化作尘埃。埃洛蒂最后看了一眼那幅令她莫名感到熟悉的风景画，然后把素描簿和其他物品都放回了盒子里，盖上盖子，推回到桌子底下。

　　往常，埃洛蒂拿了自己的东西后，会在离开办公室之前做一番检查再锁门，可这一次，平常的流程刚做了一半，她便升起一股难以自持的冲动。她按捺不住地朝盒子冲了过去，翻出那本素描簿，然后塞进了自己的包里。

第二章

埃洛蒂赶上了从查令街以北开往汉普斯特德的24路公交车。坐地铁的话会更快些，但她不坐地铁。地铁上总是人挤人，空气又不流通。再者，待在狭小的空间里总令埃洛蒂不舒服。她从小就讨厌狭小的空间，这些年来她也就习惯了避开这样的地方。但是，没法儿乘坐地铁是个遗憾。一想到地铁这个概念，她就喜欢得紧：那可是19世纪创造出来的典范，想想地铁站里选用的砖瓦和各式的字体，想想那里积淀的历史和蒙上的尘埃。

交通慢得令人难挨，尤其是在托登罕宫路附近。因为兴修横贯铁路，那一带的挖掘工作使人们可以看到一排联排房屋的后身。房屋都是砖砌结构，风格属于维多利亚时期。这是埃洛蒂最喜欢的一处风景，让她可以瞥见历史一隅，而且真实得触手可及。像往常一样，她想象着，那些很久以前住在这些房子里的人是如何生活的。那时，圣贾尔斯南部还是贫民窟的所在地。肮脏的贫民窟里拥挤不堪，巷子七拐八拐，随处可见污水坑，小酒馆里进进出出的是赌徒、妓女和流浪儿。那时，在七晷区污水管交纵的街头，查尔斯·狄更斯每天都出来散步，炼金术士们则忙于招揽生意。

维多利亚时期的许多人都对神秘之事抱有浓厚兴趣，小詹姆斯·斯特拉顿也一样。他在日记里写了许多有关他拜访一位住在科文特花园的巫师兼先知的事，他和这个人在一起混了好长一段时间。

对于一个银行家来说，詹姆斯·斯特拉顿在写作上算是有天赋的，他的日记笔触生动，有着悲天悯人的情怀，有时还将维多利亚时期的伦敦生活刻画得妙趣横生。他为人和善，是个好人，致力于改善无依无靠的穷苦之人的生活。他认为："一个人的生活和未来定是要得到改善的，好让大家在晚上都有个像样的地方可以躺下来睡上一觉。"这是他给朋友写信，争取让他们也参与到他的慈善事业时，写下的一句话。

在金融领域，他受到同行的尊敬，甚至还挺招人喜欢：他聪明富有，见多识广，是晚餐聚会上的常客。从任何一个维多利亚时期所能想到的标准来看，他都是位成功人士。不过，在情感方面，他却总是形单影只。他很晚才结婚，婚前谈过几次短暂而荒唐的恋爱。其中一次，对方是个演员，但和一个意大利发明家跑了；还有一次，对方是个模特，却怀上了别人的孩子；在他四十五六岁的时候，他还深深地喜欢上自己的一个仆人，她叫莫莉，是个文静的年轻女孩，他经常在小事上为她做些善意之举，却从未向她吐露自己这份不渝的情感。在埃洛蒂看来，他差不多是在故意选择那些不会也无法令他幸福的恋爱对象。

有一晚，埃洛蒂和皮帕在一家西班牙餐馆享用餐前小吃时，埃洛蒂提到了自己的这个想法。"他干吗要那么做呢？"皮帕皱着眉头问道。

埃洛蒂也不确定，他在信件中并未明言，也没提过自己曾对某人落花有意而流水无情，或是有什么痛苦深藏心间。即便如此，她就是禁不住感到他的私人信件看似愉快，却潜藏着某种伤感。她觉得他是个寻觅者，于他而言，真正的圆满是永远无法企及的。

每当埃洛蒂说起这些时，皮帕总是一脸的怀疑。对此，埃洛蒂早就习惯了。整日与另一个人留下的物品为伴，让她感到自己同工作难舍难分，这种感受让她找不到恰当的字眼去形容。对于当代人那种一直公开表露自己内心感受的冲动，埃洛蒂是无法理解的。对于她自己的隐私，她会小心翼翼地保护起来，她赞成法国人提出的概念——被遗忘的权利[1]。可她的工作，乃至她的热情所在，却是保存某些人的生活，甚至是让他们的生活重新鲜活起来，可他们都是些对生活已没有选择余地之人。在写下自己的思想和日记内容时，詹姆斯·斯特拉顿并未给自己的子孙后代留下只言片语，而对于阅读过大部分这些内容的埃洛蒂来说，他却连她的名字都从未听说过。

"你一定是爱上他了。"每当埃洛蒂想要解释的时候，皮帕就会这样说。

可这并不是爱。埃洛蒂不过是欣赏詹姆斯·斯特拉顿，想要保护他留下的遗产。他在走完一生之后又获得了一次生命，埃洛蒂的工作就是确保这新的生命受到尊重。

就在"尊重"一词在埃洛蒂的脑海中成形之际，她想到那本素描簿就放在她的包里，她的脸不禁红了起来。

她到底中了什么邪？

她感到既害怕又期待，这种期待是糟糕的、美好的、让人有负疚感的。在斯特拉顿卡德韦尔公司档案室工作的十年间，她从未这样刻意违背彭德尔顿先生立下的规矩。他的条条框框是不容置疑的：把物品带出保险库比对他大不敬还要糟，可她干脆把东西塞进包里，带上了21世纪的伦敦公交车，这不亚于对神明的亵渎，是不可原谅的。

即便如此，在24路公交车过了莫宁顿新月站在卡姆登高街上行驶时，埃洛蒂还是匆匆环顾四周，在确保没人看她时，把素描簿从包里拿了出来，快速翻到了画着河流和房子的那一页。

1　法语为le droit à l'oubli。——编注（本书脚注如无特别说明，均为编注）

她再一次感到了从心底泛起的熟悉感。她知道这个地方，在她母亲讲的那个故事里，这栋房子是通往另一个世界的大门。不过，对于缩在妈妈怀里，嗅着她身上水仙花香水味的埃洛蒂来说，这个故事本身便是一扇大门、一道咒语，可以让她从此时此地脱身，前往想象的国度。母亲去世后，这个故事的世界成了她的秘境。不论是在新学校的午休时间，还是在家中漫长而寂静的午后，抑或是被黑暗逼得透不过气的夜晚，她只需把自己藏起来，闭上眼睛，便能跨过河去，穿过森林，进入这栋被施了魔法的房子……

　　埃洛蒂在南区绿地站下了车，在伦敦地铁车站旁的小摊上买了些东西，便沿着柳树路，赶紧朝盖恩斯伯勒花园走去。天气还算暖和，不过有点闷。父亲的小房子以前是给园丁用的小屋。等她来到房门前时，她觉得自己好像刚跑完一场马拉松。

　　"哈啰，老爸，"她一边说一边亲了亲他，"我给你带了点东西。"

　　"哦，亲爱的，"他迟疑地看了眼盆栽说，"经过上次的教训，你还要给我拿这个吗？"

　　"我相信你。再者，卖盆栽的女士说，这种植物一年只需要浇两次水。"

　　"天啊，真的吗？一年浇两次水？"

　　"她是这么说的。"

　　"真神奇。"

　　尽管天气热，他还是做了他的拿手菜——香橙烤鸭。他们和往常一样在厨房的餐桌上共进晚餐。他们家几乎从不在餐厅吃饭，除非是在特殊的日子里，比方说，圣诞节，或者生日，或者是像埃洛蒂的母亲邀请美国小提琴演奏家夫妇来过感恩节那次。

　　他们一边吃一边聊着工作。埃洛蒂在为即将开幕的展会做策划，父亲忙着他在合唱团的差事，最近他在给当地一家中学上音乐课。在他讲起两个学校里的学生时，脸上闪现出喜悦的光芒。其中一个是小女孩，小提琴几乎和她的胳膊一般长；另一个是小男孩，他自己跑到练琴房，瞪着一双明亮的眼睛，恳求着要学习大提琴。"他的父母并不喜欢音乐，你懂的。"

"我猜，你用自己的空闲时间教他了？"

"我不忍心拒绝他。"

埃洛蒂微微一笑。只要事关音乐，她父亲就成了老好人。拒绝一个小孩子，不跟小家伙分享自己所热爱的音乐，这种事绝不会发生在父亲身上。他认为音乐具有改变人生的力量——"埃洛蒂，音乐改变人们的心灵。"——在他谈起大脑的可塑性，谈起核磁共振扫描显示出音乐与共情之间存在着的联系时，那股兴奋劲儿是他在干任何其他事情时都不会有的。看着父亲观赏音乐会时的样子会让埃洛蒂心中一紧：在剧场里，他就坐在她身旁，目光仿佛凝住了一般，整个人一动不动。他曾经也是位职业音乐家。"只是第二小提琴手。"每每谈到这个话题，他都会这么说，而后，他便会不出所料地继续说道，"完全没法跟她比。"声音中透着一丝敬意。

她。埃洛蒂的视线转向了房厅另一头的餐厅。从她坐的位置看过去，只能看到几个相框的边缘，但她甚至不必抬头看，就知道哪张照片挂在墙的什么位置上。这些照片的位置从未变过。这面墙上的照片里都是她母亲的身影，也就是劳伦·阿德勒。引人注目的黑白照片上是一个活力四射的年轻女人，有着一头又直又长的秀发，怀中抱着一把大提琴。

小时候，埃洛蒂仔细观察过这些照片，它们已在她的脑海中留下了不可磨灭的印象。照片里是母亲在演奏时的不同姿态，专注的表情衬托着她的五官：高高的颧骨，凝视的目光，灵巧地在琴弦上舞动着的手指在灯光下闪闪发亮。

"要不要来点布丁？"

父亲从冰箱里拿出一块颤悠悠的草莓布丁。突然间，埃洛蒂注意到，与母亲的样子相比，父亲已经这么老了，而母亲的青春和美貌，已经像琥珀一般，凝固在自己的记忆中。

天气很好，父女俩便把甜品和红酒杯端到了房顶的平台上。从那里可以俯瞰绿地。有三个男孩子在扔飞盘，他们是三兄弟，最小的弟弟在两个哥哥之间来回跑着；还有一对成年人坐在附近，低头交谈。

夏日黄昏的霞光令人昏昏欲睡，埃洛蒂不想破坏气氛。她和父亲都善于惬意地享受与安静为伴。可过了几分钟后，埃洛蒂试着打破了沉默："你知道我今天在想什么吗？"

"想什么？"父亲的下巴上沾了一块奶油。

"小时候的那个睡前故事，故事里提到一条河，还有一栋带风向标的房子，风向标的图案是月亮和星星。你记得吗？"

父亲哈哈地笑了起来，有一丝丝惊讶："天呀！这让我想起了过去。当然记得啦。你过去就爱听那个故事。我有好久没想起那个故事了。我一直觉得，那个故事对于小孩子来说，会不会有点吓人，但你妈妈觉得，孩子要比大人想得更勇敢。她说童年是令人害怕的，听听吓人的故事就不觉得那么孤单了。似乎的确如此。每次她去外地演出，你都因为我给你讲的是别的故事而不高兴。我一度觉得自己在你这里是多余的。你会把那些故事书藏到自己的床底下，这样我就找不到它们了。然后，你会让我给你讲黑暗的森林深处那片空地和河边那栋被施了魔法的房子的故事。"

埃洛蒂笑了。

"我试着讲了，可你并不喜欢，一边跺脚一边吵着说'不对！'或者'不是这么讲的！'"

"哦，天啊！"

"这不是你的错。你妈妈特别会讲故事。"

父亲陷入了一阵伤感的沉默之中。埃洛蒂通常会有意识地不去打扰父亲缅怀往昔，但这一次她小心翼翼地试探道："老爸，我在想，那个故事会不会是哪本书里写的？"

"要是写在哪本书里的话，我也就不必费劲去安抚怎么哄也哄不好的孩子了。没有那样的书，那个故事是编出来的，就是家里人传下来的故事。我记得你妈妈说，这个故事是她小时候家里人讲给她听的。"

"我也觉得是这么回事，但也许是妈妈搞错了呢。不管是谁讲给她听的，也许，那个人是从某本书里看到这个故事的呢。那种维多利亚时期画着插图的童书。"

"我觉得有可能，"他皱了皱眉，"可这又有什么关系呢？"

埃洛蒂突然感到一阵紧张，她从包里把那本素描簿抽出来递给了父亲，然后翻到了画着房子的那一页："我今天在办公室发现了这个，就在一个盒子里。"

"真漂亮……显然是出自画家之手，字写得也很好……"他盯着看了一会儿，然后迟疑地看向埃洛蒂。

"老爸，你没看出来吗？这是故事里讲的那栋房子呀。这里画的和故事里讲的一模一样。"

他又看了看那幅画："嗯，是画了一栋房子，而且我看到还画了一条河。"

"还有森林，还有那个带太阳和月亮的风向标。"

"是啊，可是宝贝儿，符合故事里的描述的房子，我敢说有几十个。"

"也这么如出一辙？得了吧，老爸。这就是那栋房子，细节上都吻合。而且，画家呈现出来的感觉和故事里那栋房子的感觉，也是一样的。你肯定看得出来吧？"埃洛蒂突然升起一股占有欲，她把素描簿从父亲那里拿了回来。她的解释确定无疑，这种确定已经再无附加的余地了。那幅画是在她接手的档案中找到的，可怎么会有这样的巧合，它的出现意味着什么，又为什么会如此，她对此也说不明白。不过，她就是知道，那是她母亲讲的故事里的那栋房子。

"抱歉，宝贝儿。"

"没什么可抱歉的。"话音未落，埃洛蒂觉得眼泪都要冒出来了。真是荒谬！自己竟然会为了睡前故事像个孩子一样哭鼻子。她赶紧找了个话茬儿（管它是什么呢）继续和父亲聊起来："蒂普和您联系过吗？"

"还没。你也知道他，他不怎么信得过电话。"

"我周末去看他。"

父女俩再度陷入沉默，可是这一次，沉默让人既不自在也不享受。埃洛蒂看着温暖的光在树叶上嬉戏。她不知道自己为什么会如此烦躁。就算那是同一栋房子，这又有什么关系呢？要么是画家为某本母亲读过的书画了些画，要么是有人在现实生活中看到了一栋房子，然后编进了故事里。她清楚自己不该纠缠这个问题，应该想一些愉快轻松的话题——

"据说天气会不错。"她父亲说道。与此同时，埃洛蒂突然大声说："那栋房子有八个烟囱，老爸。八个！"

"哦，宝贝儿。"

"这就是故事里讲的那栋房子。你看房子上的尖角——"

"我亲爱的女儿。"

"老爸！"

"这都讲得通。"

"哪里讲得通？"

"是因为婚礼。"

"什么婚礼？"

"当然是你的婚礼呀，"他露出亲切的笑容，"人生大事总会让人想起过去，再加上你想念你妈妈。我本该想到的，你现在会比任何时候都想念她。"

"不是的，老爸，我——"

"其实，有样东西我一直想要给你的，在这儿等我一下。"

父亲的身影消失在通向屋子的铁艺楼梯时，埃洛蒂叹了口气。他的围裙只系了腰部的细绳，鸭子做得也太甜，可他就是那种让人没法一直对他生气的人。

她注意到，有一只黑色的鸟正蹲在烟囱管帽上看着她。它目不转睛地盯着她，然后便飞走了，也不知是得了怎样的号令，反正她是听不到的。绿地上那三兄弟中的老幺开始大哭起来，埃洛蒂想到了父亲刚刚讲到的事：他在给自己讲睡前故事时，已经尽了最大的努力，可她却要闹脾气；她还想到了后来那些只有父女二人相依为命的岁月。

日子过得并不容易。

"我一直给你留着这个呢。"父亲一边说，一边出现在楼梯上。她以为父亲是去拿那些她让他收拾出来的录像带，可他手里的盒子很小，比鞋盒大不了多少，录像带可装不进去。"我知道会有一天……到那时就该……"他的眼中开始泛起泪花，他摇了摇头，把盒子递给了她，"来吧，看一看。"

埃洛蒂掀开了盒盖。

盒子里是一堆浅象牙色的欧根纱，荷叶装饰边缘饰有细丝绒。她立刻知道了这是什么——楼下那个镀金相框中的照片，她以前可是仔仔细细地端详过好多次。

"她那天美极了，"父亲说道，"我永远也忘不了她出现在教堂门口的那一刻。对于她会不会来，我都开始半信半疑了。之前那几天，我被兄弟嘲笑得体无完肤。他觉得那是个不错的玩笑，恐怕我不该那么轻易就放过他。我真不敢相信她会说'我愿意'。我确定我当时有点蒙——哪会有这么好的事？"

埃洛蒂伸手握住了他的手。母亲已经去世二十五年了，可对父亲来说，那仿佛就在昨天。那时埃洛蒂才六岁，可她仍然记得父亲看着母亲时的眼神，记得父母十指相扣地走在一起；她也记得那天的敲门声，记得警察低沉的嗓音，记得父亲的恸哭。

"天要黑了，"他一边说，一边拍了拍埃洛蒂的手腕，"你该回家了，宝贝儿。来吧，下楼去——你要找的那些录像带我都找出来了。"

埃洛蒂合上了盖子。她要留他自己和那些沉重的回忆为伴了，但他催促她走是对的：回家的路程可不短。再者，埃洛蒂在很多年以前就意识到，父亲的悲伤无需她来抚慰。"谢谢您，一直给我留着这块面纱。"她说道，起身轻轻吻了吻他的脸颊。

"她会为你感到骄傲的。"

埃洛蒂微微一笑，但在她跟着父亲下楼时，她不清楚母亲是否真的会为她感到骄傲。

埃洛蒂的家是一套整洁的小公寓，就在巴恩斯街一栋维多利亚时期建筑的顶层。公用楼梯间里闻起来有股炸薯条的油脂味，这是因为楼下有一家鱼肉店，但走到埃洛蒂家这段楼梯平台时，只能闻到隐隐约约的一丁点儿味道。这套小公寓里只有一个开放式的客厅，一个小厨房，以及一间形状奇特的附带浴室的卧室。不过，窗外的风景能让埃洛蒂心花怒放。

卧室有扇窗户可以俯瞰另一排维多利亚时期建筑的后身：旧式的砖墙，白色的、可以上下拉动的框格窗，立着泥制烟囱管帽的平屋顶。透过排水管之间的缝隙，埃洛蒂可以瞥见泰晤士河。更妙的是，如果她坐到窗台上，还可以一直望到上游的河湾处，那里有架横跨泰晤士河的铁路大桥。

这扇临街的窗户就在房间里那面窄墙上，街对面那栋房子和埃洛蒂这栋一模一样，也是一间公寓。埃洛蒂到家时，住在对面的夫妇还在吃饭。据她所知，夫妇俩是瑞典人，这似乎不仅解释了他们的身高和美貌，也解释了他们富有异国情调的用餐习惯——北欧人的晚餐都是在十点钟以后。他们的厨房长凳上方有一盏灯，看起来是用绉绸做的，洒下来的灯光是淡粉色的。坐在灯下的夫妇俩，皮肤上泛着一层光。

埃洛蒂拉上了卧室的窗帘，打开灯，将面纱从盒子里取了出来。她可不像皮帕那样对时尚了如指掌，但她知道这块面纱并非凡品。因为年代久远，面纱的设计属于复古风，再加上它的所有者是大名鼎鼎的劳伦·阿德勒，这就更令人垂涎。不过，对于埃洛蒂来说，它的珍贵之处在于，这是母亲的物品，她留下的东西本就少得出奇，而她的私人物品也出奇地少之又少。

片刻犹豫之后，她将面纱拎了起来，试着戴在了头顶上。她把固定面纱的发插别好，欧根纱便在她的肩上披散开来。她的双手自然垂落在身体两侧。

在阿拉斯泰尔向她求婚时，埃洛蒂感到受宠若惊。他求婚的那天是他们相亲的一周年（他俩的介绍人是埃洛蒂念书时的一名男同学，现在就职于阿拉斯泰尔的公司）。阿拉斯泰尔带她去了剧院，然后又带她去苏活区一家精致的餐厅吃饭。当衣帽间的服务员给他们收外套时，他在她耳边低声说，大多数人要花几个星期才能在这里订到位子。侍者去为他们取甜点时，他拿出了装着戒指的蓝色小盒子。盒子是椭圆形的，上面还系着丝带。这就像是电影里的场景，埃洛蒂仿佛能从银幕的另一端看到自己和阿拉斯泰尔：他英俊不凡，一脸的期待，微笑着露出一排整齐洁白的牙齿；她穿着新裙子，那是皮帕上个月为她做的，当时，她要在斯特拉顿集团成立一百五十周年纪念会上致辞。

坐在他们旁边餐台的一位老妇人对同伴说："真可爱。瞧！她脸红了，因为她深陷爱河。"埃洛蒂当时觉得，我脸红了，因为我深陷爱河，于是当阿拉斯泰尔向她挑了挑眉毛时，她看到自己微笑着告诉他，我愿意。

窗外，漆黑的河面上，一条小船吹响了雾笛。埃洛蒂把头上的面纱拽了下来。

在她看来，这就是求婚的经过。人们都是这样订婚的。按照邀请函上的信息，六周之后，就要举办婚礼。因为阿拉斯泰尔的母亲说，格洛斯特郡的花园在六周之后会展现出"夏末最美的一面"。于是，埃洛蒂也将成为一到周末就和人们聚在一起谈论房子、银行贷款和学校的已婚人士中的一员。讨论这些是因为她大概会有孩子，然后，她便会成为母亲。可她不会像自己的母亲那么才华横溢、那么出色、那么迷人、那么难以捉摸。不过，她的孩子会在需要建议和安慰时指望着她，而她也会清楚自己该做些什么、该说些什么，因为大家似乎都是如此，不是吗？

埃洛蒂把盒子放在了房间角落里那把棕色天鹅绒椅子上。

一阵犹豫之后，她又把盒子塞到了椅子下面。

她回来时，把从父亲家带回来的手提箱放在了门口，现在它仍然立在那儿。

埃洛蒂本是想今晚就开始处理这些录像带，但她突然觉得累了，而且是极度地疲惫。

她洗了个澡，然后心怀愧疚地关了灯，懒洋洋地躺在床上。她明天要开始看那些录像带了，她别无选择。阿拉斯泰尔的母亲佩内洛普从早餐之后已经给她打过三次电话了，埃洛蒂任凭这些电话被转去了语音信箱。可如今，阿拉斯泰尔会随时宣布"妈妈"周日要做午餐，然后埃洛蒂便要坐上路虎车的副驾驶座位，穿过绿树成荫的车道，被送到位于萨里郡的那栋大房子里。在那儿，等待着她的是被人问东问西。

她接到的婚前任务只有三项，挑选一段录像是其中之一。第二项任务是去一趟举办婚礼的地方，那儿是佩内洛普最好的朋友开的，"当然，你只需要去说一声你是谁，至于其他的事情，都留给我。"第三项是和皮帕保持联络，她主动提出要设计礼服。到目前为止，埃洛蒂连一项任务都还没有完成。她发誓，明天要把这些有关婚礼的杂念都扔到一边。明天。

她闭上了眼睛，从楼下的鱼肉店传来了微弱的声响，有深夜造访小店的顾客来买炸鱼薯条。毫无预警地，埃洛蒂的思绪飘回到另一个盒子上，放在她办公桌底下的那个盒子。她想起了相框中那个看向镜头的年轻女人，还有画着那栋房子的素描画。

那种奇怪的感觉再一次令她感到不安，就像是她瞥见自己无法理解的记忆那样。她在自己的脑海中看到了那幅素描，听到了母亲的声音，但不知怎的又不是母亲的声音：顺着蜿蜒的小路，穿过开阔的草地，他们来到河边，心底藏着秘密，手里握着剑……

就在她终于睡着，意识缓缓退去的那一刻，她脑海中那幅素描画同阳光照耀下的树林和波光粼粼的泰晤士河交叠在一起，一阵暖风拂过她的脸颊。她不知自己身在何处，却莫名地知道那里就像是自己的家。

II

伯奇伍德是一处安静的地方。打从我们那年在这里度过夏天时起，许许多多个夏天过去了。这里于我而言，早就习以为常，日复一日的轻缓节奏，始终一成不变。我没有多少选择的余地。这里鲜少有客到访，如今即便是有，也不会逗留太久。我不善待客之道。要住在这里并非易事。

总的来说，人们惧怕老房子，就像他们自己也会惧怕老人家一样。泰晤士河步道已成为人们散步时最钟爱的路线。晚上和清晨，时不时有人在乡间小道上停下来，往花园的围墙里瞧。我看得见他们，但我不会让他们看到我。

我很少离开这栋房子。我以前常常跑到草地的另一头，我的心脏在胸口怦怦地跳，我的脸颊温热，四肢在运动时充满力量、无拘无束。可如今，那些都成了我无法做到的壮举。

乡间小道上的那些人听说过关于我的传闻，他们会朝着老宅子指指点点，还会到处挤在一起低头八卦一番。他们说，"事情就是在那儿发生的""那儿就是他住的地方"，还会说"你觉得是她干的吗"。

不过，大门一旦关上，人们便不会进来。他们听说这地方闹鬼。

我承认，在克莱尔和阿黛尔说起鬼魂的时候，我没怎么注意听。我很忙，我的心思都放在了别处。从那以后，对于当时的心不在焉，我不知后悔了多少次。这些年来，知道有关鬼魂的事会很有用，尤其是当我有"客"到访时。

我有一位刚来的客人。一如既往，我是先感觉到这一点的。那是凭一丝意识感觉到的。楼梯踏板上，那到了晚上便安然蔓延的浊气，有了轻微但又确切无疑的变化。我没有靠近，我希望在我等待一切归于平静的时候，这变化不会打扰到我。

只不过，平静没有恢复，寂静也没有。这变化——他，因为我现在已经可以瞥见他——他并不吵闹，不像他们中的有些人那样，但我学会了如何倾听，学会了听什么，而当他弄出来的那些动静开始有了规律性的节奏时，我知道，他打算要留下来。

我已经很久没有客人了。他们过去常常令我困扰，他们的低声耳语，他们发出的咚咚的闷响，还有那种心寒的感觉——我的东西、我的空间不再属于我自己的感觉。我一直都该干什么干什么，但也会去仔细研究他们，一个接着一个，就像爱德华可能会做的那样。随着时光的流逝，我学会了如何以最好的方式让他们继续他们的生活。毕竟，他们都是些平凡的人，对于如何帮他们走好自己的人生之路，我已经驾轻就熟了。

不是所有的客人都在意你，也只有其中的一些得到过我的温暖。那些特别的客人：那个可怜的、在夜里大喊大叫的悲伤的士兵；那个把愤怒的泪水落在地板缝里的寡妇；当然，还有那些孩子——那个孤单的、想要回家的女学生，那个表情严肃的、一心想要抚慰母亲破碎心灵的小男孩。我喜欢孩子。他们总是更敏锐。他们还没有学会如何去视而不见。

对于这位新来的客人，我还在斟酌，我俩能否相安无事地生活在一起，以及这样的生活又能持续多久。至于他，他还没注意到我。他十分专注于他自己在忙活的事情。他每天都做着同样的事。在麦芽坊的厨房里闲逛，一侧的肩膀上总是挂着那个棕色的帆布口袋。

起初，他们都是如此。无心观察，就陷在自己的小圈子里，执着于他们认为自己必须完成的事，不管那是些什么事。不过，我很有耐心。除了旁观和等待，我也没什么别的事可做。

现在，我便能透过窗户看到他，他正朝着村边的小墓园走去。他停下来，似乎在看墓碑上的字，仿佛是在找什么人。

我想知道他在找谁。那里埋的人可多着呢。

我一直都好奇心很重。我父亲常说，我生来就好琢磨。麦克夫人说，早晚有一天，我会和好奇的猫落得同样的下场。

瞧，她说得没错。

他现在不见了，他越过了小山丘，所以我也就分不清他走了哪条路，或者他的帆布包里都装着些什么，再或者他来这儿是打算做什么。

我想我可能是感到有些兴奋。我也说过，已经有好一阵子没有客人到访了，而且琢磨琢磨这位新来的客人，总是让我情绪高涨。这让我不再去想那些我已惯于思考的问题，那些他们常常用来刁难我的问题。

比方说这样的一些问题……

当他们都收拾好行囊逃离这里时，当马车仿佛来自地狱的恶魔一般在车道上狂奔时，爱德华可曾回头看上一眼，在薄暮中的那扇窗子里，他可曾瞥见什么能替代他的噩梦的景象？

在他回伦敦之后，在他重新坐到他的画架前之后，他可曾时不时眨眨眼睛，把我的身影从他的视线中抹去？在我的思绪围着他打转时，他可曾在漫漫长夜里梦见过我？

他当时可还记得，如同现在的我一样，烛光在印满桑葚的墙面上闪烁？

还有其他的很多问题。那都是些我不再让自己深究的问题。既然已无人可问，想那些也没什么用了。

他们都不在了。他们早就都不在了。问题都留给了我，成了永远无法解开的结。这些翻来覆去的问题，已经被所有人遗忘。除了我。因为我记得一切，不管我怎样尝试去忘掉，却终究忘不掉。

第三章

2017年夏

　　第二天，埃洛蒂依然感到奇怪而不安。于是，她利用坐火车上班这段时间把她还记得的母亲讲过的睡前故事都草草地记录下来。伦敦的景象在车窗外一片模糊。车厢里，有一群小学生在盯着手机偷偷地笑着。埃洛蒂把记事本放在膝头，将现实世界隔绝在外。她的笔尖在纸页上划过，可在快到滑铁卢站时，她的热情开始退去，书写的速度也慢了下来。她瞥了一眼自己刚刚写下的文字，故事里讲述的有那栋带日月星辰风向标的房子，有附近那条变幻莫测的蜿蜒的河流，还有在夜晚的森林里发生的那些精彩又可怕的事情。埃洛蒂感到有些尴尬。毕竟，这是讲给小孩子听的故事，可她是个成年人。

　　火车停在了月台边。埃洛蒂把背包从脚边的地板上拿了起来。她看了眼素描簿——现在它被裹在一条干净的棉质茶巾里——她回想起自己昨天下午的鲁莽行为，想起自己的一时冲动，想起自己越来越笃定这本素描簿预示着某种神秘，一阵不安涌上心头。她甚至怀疑，这本素描簿这些年来一直都在等待着她——感谢上帝自己没傻到把这个想法说给父亲听！

　　在埃洛蒂经过河岸街圣母教堂时，电话响了起来，佩内洛普的名字出现在手机屏幕上。埃洛蒂感到心慌，她突然意识到父亲说的也许有些道理。自己之所以这么不安，可能都是因为婚礼，并不是因为那幅画着房子的素描。她没接佩内洛普的电话，而是把电话塞回了口袋里。当天下午，她要先和皮帕碰个面，向她说些具体情况，然后还要到自己未来的婆婆大人那里报到。

埃洛蒂曾想过数千遍，要是自己的母亲还活着就好了，这样就有人和佩内洛普势均力敌了。母亲能做得了主——不仅仅是在她父亲那里——因为劳伦·阿德勒可是了不得的人物。埃洛蒂在十七岁时就曾疯狂研究过有关母亲的报道，先是上网，后来又跑到大英图书馆申请了借书证，把自己能找到的每篇有关劳伦·阿德勒辉煌职业生涯的文章和访谈都收集了个遍。她晚上在自己的卧室里阅读了所有的文章，并以此拼凑出一个充满活力的年轻女性的形象：她有着惊人的天赋，是乐器演奏方面的大师级人物。不过，让埃洛蒂反复品味的是那些访谈，因为在那些引号之间，她发现了母亲自己的话，发现了她的想法、她的声音、完全属于她自己的表达方式。

埃洛蒂曾读过一本书。她在希腊的一间旅馆房间的床底下发现了那本书。书中写了一个女人，在临死前，她给自己的孩子留下了一系列关于生命和如何生活的书信，以便在自己过世之后，仍旧可以给孩子们一些指引。但埃洛蒂的母亲是死于意外，也就没给自己的独生女留下这样的金玉良言。不过，那些访谈虽算不上金玉良言，但总归聊胜于无。十七岁的埃洛蒂把每一篇访谈都研究了一遍，牢牢记在心里，还会对着梳妆台上的椭圆形妆镜，低声念诵一些自己精挑细选的话。这些话就像是受人推崇的诗句一样，成了埃洛蒂给自己列出的人生戒律。因为，十七岁的劳伦·阿德勒可不像埃洛蒂十七岁时那样：后者一直在和糟糕的皮肤以及青少年那种缺乏安全感的无望做斗争，前者则一直光彩照人，纵使天赋非凡，却为人谦虚，还多次在学校毕业舞会上进行过独奏表演，在国民心目中，她作为音乐甜心的地位岿然不动。

就连历来自信满满的佩内洛普在谈到埃洛蒂的母亲时，声音中也因敬畏而透着紧张。要知道，佩内洛普的自信可是如同她颈间那串完美无瑕的珍珠项链一般毫无破绽。她从来不说"你母亲"，她总是说"劳伦·阿德勒"——"劳伦·阿德勒有最喜欢的音乐会曲目吗？""劳伦·阿德勒是否曾对哪处地方情有独钟？"对于这些问题，埃洛蒂都尽她最大的努力去回答。她并没有说大部分自己所知道的都是从访谈里了解到的，只要知道去哪儿找，这些访谈都是可以免费查到的。佩内洛普对这些问题感兴趣，这令埃洛蒂感到荣幸，因此她也不会岔开话题。阿拉斯泰尔家的房子是豪宅，衣着考究的父母不是一身粗花呢，就是一身细纹布，他家墙壁上到处挂着祖先的肖像画，可见家族绵延数代。面对这些，埃洛蒂需要把一切能找到的优势都攥在手里。

　　和阿拉斯泰尔刚开始谈恋爱时，他就提到过自己的母亲是一位古典音乐爱好者。她小时候也曾演奏过古典音乐，但进入社交圈以后便彻底放弃了。他曾对埃洛蒂讲起自己喜爱的一些往事：他母亲在他小时候领他去听过的音乐会；伦敦交响乐团在皇家阿尔伯特音乐厅登台时，他会感到兴奋无比。在这些往事里，一直都只有他们母子两人，都是他俩的特别时光。（"恐怕我父亲觉得去听音乐会有点太夸张了。他最喜欢的文化活动是橄榄球。"）如今，母子俩每个月仍旧会去听一场音乐会，然后再共进晚餐。这是他们由来已久的"约会之夜"。

　　听埃洛蒂说到这一点，尤其是当埃洛蒂说到自己从未被邀请与他们共度"约会之夜"时，皮帕皱起了眉头，但埃洛蒂却不怎么往心里去。她确信自己曾在哪里读到过，男人若是能对母亲好，往往也会是最好的伴侣。再者，别人不觉得她一定是古典音乐爱好者，这样的改变也算是件好事。从小到大，她总得一遍又一遍地和别人谈论同一个话题——陌生人总会问她演奏什么乐器，在她告诉人家她不会演奏乐器时，对方总是一副困惑的表情，并继续问道："一点儿都不会吗？"

不过，阿拉斯泰尔却能理解她。"这不怪你，"他说，"和完美一争高下是没有意义的。"虽然皮帕在听到这种言论时颇为恼火（皮帕觉得"你能完美地做自己"），但埃洛蒂知道，他不是那个意思——他只是并不挑剔罢了。佩内洛普的想法是在婚礼上加入一段劳伦·阿德勒的录像。埃洛蒂说，她父亲保存着劳伦·阿德勒表演时的所有录像，如果佩内洛普想要，她可以让他把这些录像都找出来。对此，上了些年纪的佩内洛普在看着埃洛蒂时流露出实打实的喜爱。她伸手去握了握埃洛蒂的手，这是她第一次这样做，并且说道："我看过一次她的演奏，绝妙的表演，她特别投入。她的技巧登峰造极，但有了她的投入，她的音乐凌驾于其他所有人之上。那是场可怕的意外，让人感到糟透了，我当时就像丢了魂儿一样。"

埃洛蒂大感意外。阿拉斯泰尔家的人是不会"伸手"触碰你的，在随意的交谈中也不会触及生老病死之类的话题。当然啦，刚刚那一幕，来得快去得也快，佩内洛普已经开始了下一个话题：今年春天来得早，这也就意味着切尔西花展也要提早举办。埃洛蒂对这样瞬息万变的话题不太在行。她的手上还留有刚刚被另一个女人触碰后挥之不去的感觉，而谈话让她想起了母亲的离世，这让她在接下来的整个周末时光里都被那段回忆的阴云所笼罩。

车子发生意外时，劳伦·阿德勒和开车的乐团客座美国小提琴演奏家正驾车返回伦敦。他们是结束了在巴斯的演出后和乐团的其他成员分开的。头一天的演出刚一结束，其他成员就返回了伦敦，但埃洛蒂的母亲留下来同当地的音乐家进行了一场研讨会。"她非常慷慨。"埃洛蒂的父亲说过很多次，这话是父亲对亡妻大段溢美之词中的一部分，每每谈及，都有股演练台词的架势。"大家并没有料到像她这样的天之骄女会留下来参加研讨会，但她热爱音乐，会义无反顾地花时间和那些同样喜爱音乐的人相处。不管对方是专家，还是业余爱好者，对她来说都不重要。"

从验尸报告上看，意外是由于乡村车道上的砾石松动和司机误判造成的。验尸报告是埃洛蒂为了解母亲而疯狂搜集资料的那年夏天从当地档案馆拿到的。埃洛蒂想弄明白，为什么他们当时没有开车走高速公路，可验尸官并不会对行程安排进行猜测。因此，报告给出的结果是：司机在急转弯时车速过快，导致汽车失控，滑出车道，结果劳伦·阿德勒被从前挡风玻璃甩出车外，身上多处骨折。即便她能幸免于难，也无法再演奏大提琴了。这是埃洛蒂在守灵那晚躲在沙发后面碰巧听到母亲的几位音乐界朋友说的。这话似乎意味着，对于母亲来说，活下来反倒会是更糟糕的结果。

埃洛蒂可不这么看，她父亲也一样。父亲熬过了意外发生后的种种，熬过了葬礼，但他的镇定是打击太大所致，在埃洛蒂看来，这在某些方面比他后来身陷绝望更令人担忧。他本以为把自己关在卧室里便能掩饰好自己的悲伤，但房间的旧砖墙并没有那么厚。隔壁的史密斯太太来家里帮忙时也清楚这一点。她的微笑中透着严肃，每顿晚餐都会把鸡蛋煮得软嫩嫩的，还会做些烤面包。她生动地向埃洛蒂讲述二战期间在伦敦发生的故事：史密斯太太童年时代的夜晚是在炸弹的爆炸声和德军对伦敦的空袭中度过的，她还给埃洛蒂讲了收到黑边电报那天，她得知自己的父亲失踪了。

因此，在埃洛蒂的记忆里，母亲的死是永远同爆炸声和硫黄味纠缠在一起的；在某种深层的感官层面上，无法与这段回忆剥离开的还有小孩子对于听故事的强烈渴望。

"早啊！"埃洛蒂走进办公室时，玛戈正在用水壶烧水。她把埃洛蒂最喜欢的杯子拿了下来，放在自己的杯子旁边，还把一个茶包扔进了埃洛蒂的杯子里。"提醒你一句：他今早发飙了。负责时间管理的那个家伙，发下来一份'建议'清单。"

"哦，天啊！"

"是啊！"

埃洛蒂端着茶走到了自己的办公桌前。在经过彭德尔顿先生办公室时，她走得尤其小心，免得自己被他看到。对于那位上了年纪、动不动就发火的顶头上司，她心怀共事之谊，但要是他心情不好，很可能会罚她做这做那。埃洛蒂手头的活儿已经够多了，即便没有那项无端派下来的修订索引的任务，也会让她忙得够呛。

她其实不必担心的。彭德尔顿先生当时完全没有心思管她。他一直脸色阴沉地盯着显示器上的什么内容。

埃洛蒂在办公桌前刚一坐稳，就立马麻利地把素描簿从手提包里拿了出来，除去裹着它的茶巾，把它放进从废弃的衣帽间找到的盒子里。昨天，她一时发了疯，这会儿，疯劲儿都过去了。眼下最好的安排是给这些物品编制目录，然后找个合适的地方把它们和档案归置在一起，便一劳永逸了。

她戴上手套，拿出了打孔机、墨水台、可以嵌入写字台的木匣子和眼镜盒。即便最粗略地扫上一眼，也能知道这些都是20世纪中叶的办公室用品。眼镜盒上的首字母缩写意味着这些物品都是属于莱斯利·斯特拉顿–伍德的，对此，她还是把握十足的。要完成一份明确的物品清单不过小事一桩，借此让自己放松下来让埃洛蒂很高兴。她拿来一个新的档案盒，把这些物品一一装好，然后小心翼翼地把物品清单贴在档案盒的一侧。

书包更有趣些。埃洛蒂开始进行仔细地检查。她注意到，皮革的边缘有磨损，书包背面还有一些擦痕，都更靠近右侧；接缝处的针脚齐整，有一个搭扣上刻有一套五个图案的标识，说明它是纯银的，而且是英国制造。埃洛蒂将单片放大镜戴在左眼上，更仔细地观察了一下：没错，五个图案中有狮子，代表着纯银，有豹子，代表着伦敦——豹子的头上没有皇冠，说明它是1822年以后的物件；有小写字

母 "g"，用的是能说明年份的老式字体（她快速查了一下伦敦日期字母印章表，确定了是1862年）；税印是维多利亚女王的头像[1]；最后是制造商的标识，是一组缩写的首字母，上面写着 "W.S."。

埃洛蒂查阅了目录，目光随着手指一路向下，直到她找到了"威廉·西姆斯"。她微笑着肯定自己的工作。这个书包是由西姆斯品牌店制造的，那是一家高端的银制品和皮革制品店，有皇室御用许可证。如果埃洛蒂没记错的话，那家店就位于邦德街。

还算令人满意，但故事还不完整，因为书包上还有其他的印记、擦痕和磨损形成的图案。在确定书包的历史时，这些信息同等重要。它们说明，不管这个书包被制作得多么高档，它却并非纯粹用于装饰。书包是被使用过的，而且是物尽其用。在埃洛蒂用戴着手套的手指轻轻拂过被磨损得并不均匀的背带时，她注意到书包是被背在右肩上的，经常撞到主人的左腿上。埃洛蒂找来一个书包试着背到肩上，然后本能地意识到，应该是把书包背在另一侧。那么，这个书包的主人很有可能是个左撇子。

这就将詹姆斯·斯特拉顿排除在外了，即便书包里放着他的文件夹；不过，书包前盖的皮带上有几个镀金的首字母，它们已经把他排除在外了。"E.J.R."。隔着手套，埃洛蒂用一个指尖在花体字母"E"上轻抚它的纹路。素描簿上也有相同的首字母缩写。那么她似乎可以放心地做出这样的假设：这个首字母缩写代表着画下那幅素描的人的名字，而这个书包是他（或她）的。那么，他（或她）是个画家喽？詹姆斯·斯特拉顿曾与当时许多知名画家有交往，但这个首字母缩写并没有让她立即想起谁。谷歌总是可以拿来一用的，但对于和艺术有关的信息，埃洛蒂却有更快的查询途径。她掏出手机，在发现

1　英国格鲁吉亚和维多利亚时代，银器上都带有一个象征主权的国王头像标志，这就是英国银器纳税标志，简称税印。英国金匠公司检测办公室在1784年至1890年间对送检的银器征收消费税，在完税的器皿上打上国王头像，以此表明此件商品可以进行销售。

佩内洛普又给自己留了言时，心中一颤，但平复了心神之后，她给皮帕发了一条短信：

早安！维多利亚时代中期的画家，名字的首字母是EJR，你能想到谁？

她立刻收到了回复：

爱德华·拉德克利夫。今天还能约吗？见面时间从十二点改到十一点行吗？我把地址发给你。

爱德华·拉德克利夫，虽然在和詹姆斯·斯特拉顿常有书信往来的画家里没有这个人，但这个名字隐约有些熟悉。现在，埃洛蒂把他的名字输入了谷歌，并点击了维基百科的页面。有关他的介绍颇为简短，她快速浏览了前半部分，上面说爱德华·拉德克利夫生于1840年，这说明他和詹姆斯·斯特拉顿是同龄人，而且相差不了几年；他出生在伦敦，童年的部分时光是在威尔特郡度过的。他们家一共三个孩子，他是长子，也是独子，父亲看起来像是个业余艺术爱好者，母亲在艺术方面自命不凡。父母赴远东收集日本陶瓷的那几年，他由祖父母拉德克利夫勋爵夫妇抚养。

下面一段描述了他是怎样的年少轻狂、脾气暴躁，还讲了他年纪轻轻便天赋不凡，被一位老画家偶然发现（埃洛蒂对那位老画家并不熟悉，但他显然是有些名气的人物）。他无意间看到了爱德华·拉德克利夫的画作，并将这个年轻人纳入羽翼。从爱德华·拉德克利夫早期的画展来看，他会前途无量。不过，他和英国皇家艺术学院关系不和。狄更斯曾在一次评论中说他的画不怎么样，为此，他和狄更斯曾进行了公开的口水战，虽然短暂，但却颇为激烈。然后，伟大的艺术评论家约翰·拉斯金委托他创作了一幅画，这也最终证明了他的实力。从各方面来看，爱德华·拉德克利夫的事业已经开始一片光明，可埃洛蒂却开始琢磨起来，为什么自己对他的作品并不熟悉，然后她读到了最后一段：

爱德华·拉德克利夫与弗朗西斯·布朗小姐订婚。未婚妻是谢菲尔德一位工厂老板的女儿。不过，年仅二十岁的她在一次劫案中不幸身亡，此后，他便退出了公众的视野。据传，拉德克利夫当时正在创作一幅杰作，但如果这一说法属实，无论是他当时的那幅画作，还是前期准备工作中留下的任何真迹，都从未曝光。1881年，拉德克利夫在葡萄牙南部海岸溺水身亡，尸体被送回英国安葬。虽然拉德克利夫的艺术创作在数量上因其英年早逝并不可观，但作为创建紫红兄弟会的成员，他仍是19世纪中叶艺术领域中一位重要的人物。

紫红兄弟会。这个名字因为工作的关系听起来有一丝丝耳熟。于是，埃洛蒂做了笔记，要拿她做的有关斯特拉顿信件的数据库进行一下对照。她重新阅读了这一段。这一次，对于弗朗西斯·布朗因遭遇暴行猝然辞世的问题，对于拉德克利夫退出公众视野的问题，对于他孤身一人在葡萄牙客死异乡的问题，她思索良久。对于这些问题之间的因果关系，她试图找出些关联性，最终得到的结论是：这个男人因伤心欲绝断送了大好前程，身体每况愈下，落得了油尽灯枯的下场。

埃洛蒂拿起素描簿，一页一页地翻开来，直到她找到那张散落的纸片，上面潦草地写着祖露爱意的话：我爱她，我爱她，我爱她，若是无法拥有她，我一定会疯掉，因为要是没有她在我身旁，我害怕……

真有那种强烈到一旦失去就会使人发疯的爱情吗？人们真的会有这种感觉吗？她想到了阿拉斯泰尔，这让她的脸红了起来，因为若会失去他，她当然会备受打击。但为此发疯？她真能想象自己在不可救药的绝望中无法自拔吗？

如果被失去的那个人是她的话，又会怎样呢？埃洛蒂想象着她的未婚夫：一身定制的西装，剪裁无可挑剔，出自他父亲信赖的那位裁缝之手；俊美的脸庞，无论走到哪里都会引来艳羡的目光；声音中透着与生俱来的上流社会的人的温度。他总是自信满满，优雅不凡，从容不迫，埃洛蒂根本无法想象，他会因为什么事情被逼疯。事实上，该好好想想的是，若是她自己不在了，那么空下来的位子会多么快速而又无声无息地被填上，就像是把一颗鹅卵石投入池塘那样。

而她母亲的离开则不同。她母亲的死带来的是紧随其后的混乱不安，是难以遏制的强烈情感，是公众的万分悲痛，是报纸刊登的专栏文章——上面配有迷人的劳伦·阿德勒的黑白照片，字里行间都是"悲剧"、"光芒四射"和"陨落的星辰"这样的字眼。

也许弗朗西斯·布朗也是个光芒四射的人？

埃洛蒂想到了这个问题。曾经属于詹姆斯·斯特拉顿的文件夹还放在书包里，现在，她从里面拿出了那张镶嵌在相框中的照片。

这是弗朗西斯·布朗吗？差不多是这个年纪，因为二十多岁的人可不会拥有这样一张脸蛋儿。

埃洛蒂紧紧盯着这张照片，那个年轻女人的目光，还有她直视镜头的表情都让埃洛蒂错不开眼。那女人是一副镇定自若的样子。她是个知道自己在想什么、拥有怎样价值的人。她是那种充满激情的年轻画家会为之写下"……若是无法拥有她，我一定会疯掉……"的女人。

她在谷歌上输入了"弗朗西斯·布朗"，并找到一条图片搜索的结果，网页上有同一幅肖像画的多个版本：一个穿着绿色连衣裙的年轻女子，也是个美人，但她的美并不让人惊艳——她不是照片上的人。

埃洛蒂隐隐有些失望。这种感觉并不陌生。这就是档案管理员的命运。在某种程度上，档案管理员都是寻宝的人，为了搞清楚他们研究对象的一生，就要把这些人日常生活中的零零碎碎仔细翻查一遍，要有条不紊地进行分类，要做一条一条的记录，并总是希望找到什么难得一见的宝贝。

这一次，成功的希望并不大：素描簿、纸条和装有照片的文件夹是在同一个书包中发现的，但除此之外，就没什么明显的联系了。书包和素描簿属于爱德华·拉德克利夫，文件夹属于詹姆斯·斯特拉顿。可在这一点上，又没有什么证据表明两人彼此认识。

埃洛蒂再一次拿起了照片。相框本身就很精致：质地是纯银的，上面的图案复杂精细。詹姆斯·斯特拉顿的文件夹上标注的是1861年，似乎有理由假定，里面那张照片是属于他的，而且照片是1861年以后拍摄的。此外，还可以假定，照片上的女人在他的心目中有着一定的分量，因此他才会留着她的照片。可她是谁呢？一个不为人知的恋人？埃洛蒂并不觉得在自己已经读过的他的日记或信件中会有迹可循。

她又看了看那张美丽的面孔，想要找到些线索。她越是盯着她的照片，就越是觉得自己被她所吸引。这张照片有一百多年的历史，很可能是一百五十年的历史，但照片上的女人却没有岁月的痕迹。很奇怪，她的脸上有着当代人的气质，仿佛她就是眼下外面那些夏日里伦敦街头的姑娘，和朋友们一起欢声笑语，享受着温暖的阳光洒在暴露在外的皮肤上。她自信且风趣，投向摄影师的目光里透着亲密，几乎会让觉察到这股亲密感的人有些不舒服，就好像埃洛蒂是他们在私密互动时的闯入者。

"你是谁？"她轻声说，"对他来说，你又是他的什么人呢？"

照片上还有着某种难以言语的东西。照片上的女人光彩照人：当然，那是因为她的面孔，漂亮的眉眼，生动的表情，但也因为她的造型。她的长发做的是简简单单的样式，衣裙看起来有种浪漫的风情，宽松又朴素，但也不乏诱人的地方：腰部被凸显出来，一只衣袖被推了上去，把手臂暴露在灿烂的阳光下。埃洛蒂几乎可以感觉到从河面吹来了温暖的微风，拂过女人的脸庞，吹起她的发丝，把她的白色棉质衣裙弄得暖烘烘的。可是，这不过是她自己脑补出来的，因为画中并没有河。这都是因为照片所营造出的氛围，因为照片所表现出的自由。嗯，这样的裙子才是埃洛蒂想在婚礼上穿的——

她的婚礼！

埃洛蒂瞥了一眼时钟，发现已经十点一刻了。她连皮帕的短信都还没回复呢！要是她想在十一点之前赶到国王十字火车站，她得立马动身。埃洛蒂把她的手机、便签、日记本和太阳镜都装进了包里，又看了看桌面，以防自己可能会落下什么东西。然后，冲动之下，她拿起了那张镶嵌在相框中的照片，照片上的女人穿的那条裙子着实漂亮。她看了一眼俯身靠在档案柜旁的玛戈，便用茶巾将相框包了起来，塞进了包里。

埃洛蒂走出办公室，来到楼上，步入了夏日的温暖之中。她开始回复短信。

十一点见没问题，她输入着文字，现在就过去——把地址发过来，我很快就到。

第四章

　　那天，皮帕的工作地点是新码头路的一家出版社，任务是在门厅里完成一件现代雕塑。埃洛蒂十一点一刻赶到时，她的朋友正坐在一架高高的梯子的顶端，梯子被放置在现代感十足的白色房间的中央。皮帕一直在从高高的天花板上把各式长裙和其他古董级的服饰——裙子、灯笼裤和紧身衣——串起来，营造出来的效果令人陶醉，仿佛是在给一群象牙色的幽灵搭起舞池，让它们在微风中翩翩起舞。埃洛蒂想起了她最喜欢的王尔德的诗中有一首诗这样写道：

　　　　我们踏着轻盈的舞步

　　　　在月下街头徘徊漫步

　　　　我们在妓院楼下驻足……

　　　　看幽灵般的舞者翩跹，

　　　　同号声和提琴声为伴，

　　　　如黑色的叶随风盘旋……

　　皮帕看到了埃洛蒂，即便嘴里正叼着木尺，依旧朝埃洛蒂喊了一声。

埃洛蒂向她挥了挥手，然后在看到好友探着身子把一条衬裙的腰带系在钓鱼线上时，她屏住了呼吸。

看着皮帕安全回到地面，虽然不过一小会儿工夫，却让人觉得仿佛在受刑一样痛苦。"我一会儿就回来。"皮帕背上了自己的双肩包，一边耸了耸肩，一边朝坐在办公桌前的人说道，"就出去喝杯咖啡。"

她们俩推开玻璃大门时，埃洛蒂走到朋友身旁，跟上了她的步伐。皮帕穿着战争年代里那种深色的粗布工作服，鞋子是那种敦实的运动鞋，就是周五晚上跑到炸鱼薯条店聚餐的十几岁小青年喜欢穿的那种。她这一身，如果把每样东西单拎出来，都不怎么显眼，但穿在皮帕身上，搭配出来的效果不知怎的，就是气场十足，这让穿着牛仔裤和平底鞋的埃洛蒂觉得，自己既令人乏味，又不起眼。

皮帕领着埃洛蒂抄近路绕过了运河。她们走进一扇锁着的大门（也不知道皮帕从哪里搞到了开门的密码），皮帕抽出一支烟来。"谢谢你能早点儿过来。"她吐出一口烟说道。

"要想完工，午餐时我得边吃边干活儿。作者今晚就要来签名售书了。我给你看过她的书吗？特别棒，她是个美国人。她发现自己在英国的姑姑曾经给国王做过情妇，她原来只知道这位姑姑是个住在养老院的老太太。结果发现，她这位姑姑把自己收藏的衣裙都封存在新泽西州的一间储藏室里。要是有个衣柜能把那些衣裙都放进去，那可是最牛的衣柜了。你能想象吗？我姑姑给我留下的唯一念想，是这么个鼻子，还长得像是个船舵把儿。"她们穿过马路，走到桥的另一边，向地铁站附近的一家餐厅走去。那家餐厅的外墙全都是玻璃。

进了餐厅，热情的女招待给她们在餐厅最里面的角落找了一张圆桌。"玛奇朵？"女招待问道。皮帕说："好极了。你要来杯……？"

"请给我一杯白咖啡。"埃洛蒂说道。

接着，皮帕赶紧从包里掏出一本鼓鼓囊囊的剪贴簿，打开来，露出里面各式各样的纸片和织物小样。"这些都是我在考虑要用的。"她开了个头，然后便开始兴致勃勃地给埃洛蒂讲了起来，先是袖子和裙子，然后是腰部用装饰褶襞的利弊，再然后是用天然织物的好处，插图在埃洛蒂的眼前走马灯似的一个接着一个。其间，除了喘口气的工夫，皮帕几乎就没停过，直到桌子上铺满了杂志的彩页、织物色板和时装草图。最后，皮帕说道："接下来，说说你是怎么想的吧？"

"我喜欢你的想法。都喜欢。"

皮帕笑了起来："我知道这个想法有点乱糟糟的；我只是有好多的灵感，一会儿想这样，一会儿想那样。你呢？你有没有什么想法？"

"我有一块面纱。"

"哎哟？"

"是父亲给我找出来的。"埃洛蒂把手机给了皮帕，里面有她早上刚刚拍的照片。

"是你妈妈的？这会给你带来好运的。真漂亮，是出自设计师之手的款式，我敢肯定。"

"我觉得也是，但不确定是谁设计的。"

"那倒也不重要，漂亮就行。现在，我们只要确保你的礼服能配得上它就行了。"

"我找到了一张照片，我挺喜欢上面那条裙子的。"

"那咱们看看吧。"

埃洛蒂从包里拿出茶巾，把它拽开，露出了裹在里面的银质相框。

皮帕挑了挑眉，被逗笑了："我得说，我还以为你会给我一张从《服饰与美容》杂志上撕下来的照片。"

埃洛蒂隔着桌子把相框递了过去，等待着皮帕的反应，心里有些紧张不安。

钟表匠的女儿 047

"哇，她真漂亮。"

"我在办公室发现了她的照片。它被放在一个皮包里尘封了五十年。皮包是从楼梯下面的一个柜子里找到的，装在一个盒子的最底下。盒子上面还放了一堆窗帘。"

"难怪她看起来那么高兴，可算是重见天日了。"皮帕把照片又拿近了些，"这件衣服真美。照片拍得也美。这更像是艺术照，而不是人物照，和朱莉娅·玛格丽特·卡梅隆[1]拍过的照片有点像。"她抬起头来："这和你今天上午给我发的短信有什么关系吗？爱德华·拉德克利夫？"

"我还在试图弄明白两者是否有关系。"

"我觉得这也不奇怪。这张照片的风格属于古典唯美主义。表情愉悦，着装宽松，姿态自然。如果让我猜，我觉得是19世纪60年代早期到中期拍摄的。"

"你这么说，让我想起了前拉斐尔派[2]。"

"有关联，这是肯定的；当然啦，那时的艺术家都会受到其他艺术家的启发。他们痴迷于自然和真理之类的东西：颜色、构图，还有美的意义。但是，前拉斐尔派追求的是现实主义和细节，而紫红兄弟会的画家和摄影师则致力于感性和运动。"

"光的质感有着某种动态性，你不觉得吗？"

"要是拍这张照片的人听到你这么说，会很兴奋。光是他们最关心的问题：紫红兄弟会的名字取自歌德的色环理论[3]，讲的是明与暗的相互作用，也就是说，在红与紫之间，光谱里还隐藏着一种颜色，它

1　朱莉娅·玛格丽特·卡梅隆：19世纪的一位英国女摄影师，以抓住模特个性的柔焦人物像著称。

2　前拉斐尔派：也被译为拉斐尔前派，是1848年在英国兴起的美术改革运动。

3　色环理论：当时人们普遍接受牛顿的色彩理论，认为色彩是一种物理学现象。歌德反对该理论，认为光和人的感知以及明暗有关，并创造了著名的六色色环，探讨了色彩对人的情绪的影响。

使得光形成一个闭合的圆环。你要知道，那会儿正好是科学和艺术蓬勃发展的时期。摄影师所使用的技术是前所未有的，他们可以把控光线，可以通过对曝光次数的实验创造出新的摄影效果。"女招待把咖啡端上来时，皮帕停顿了一下，"人们对爱德华·拉德克利夫的评价很高，但是随着后来紫红兄弟会的发展，其他成员都要比他出名。"

"说说看，都有谁？"

"瑟斯顿·霍姆斯、费利克斯·伯纳德和阿黛尔·伯纳德——他们都是在皇家艺术学院遇上的，又因为他们的思想都是反正统派的，就凑到了一起；他们的关系很密切，但是19世纪的艺术圈里，那种斗得你死我活的事儿，在他们之中也都有：谎言、欲望、决裂。拉德克利夫天赋异禀，却英年早逝。"皮帕把注意力放回到照片上，"你怎么会觉得拉德克利夫可能和这个女人有关？"

埃洛蒂解释说，装档案的盒子里有个书包，上面有爱德华·拉德克利夫的首字母缩写。"盒子里还有一个文件夹，是属于詹姆斯·斯特拉顿的，文件夹里就只有这张相框里的照片。"

"拉德克利夫和你现在主要研究的那个人是朋友吗？"

"我从没发现他俩有过什么交往，"埃洛蒂说，"但这才让人觉得奇怪。"她喝了口白咖啡，琢磨着要不要接着往下说。她感到左右为难：她想把一切都告诉皮帕，借助她最好的朋友的艺术史知识；可是，在她把照片交给皮帕时，她又升起了一种奇怪的感觉，她几乎因为嫉妒而冲动地不想把照片和素描画的事告诉任何人，希望一切只有她一个人知道。这股冲动是莫名其妙的，也是不合理的，所以她便继续说道："书包里不只有那张照片，还有一本素描簿。"

"什么样的素描簿？"

"封面是皮质的，大概么大——"她用手比画着，"里面是一页又一页的素描，用钢笔和墨水画的，还有手写的笔记。我觉得这个素描簿是爱德华·拉德克利夫的。"

从来不会因为什么事而感到惊讶的皮帕倒吸了一口气。她很快意识到了自己的反应："有什么线索可以让你确定那幅画是什么时候画的吗？"

"我还没完完整整地查过一遍，没怎么仔细看，但斯特拉顿的文件夹是1861年的。当然，我也没有办法弄明白这两样东西是否有什么联系，"她提醒着皮帕，"我只知道，这两样东西最终都被放到了同一个书包里，在一起放了一百五十年。"

"那些画都是什么样的？都画了些什么？"

"人体，侧面轮廓，风景，一栋房子。怎么了？"

"据说，他有一幅未完成的作品。拉德克利夫的未婚妻去世后，他也继续作画，但画风与以前不同，画的题材也截然不同，然后，他就在国外淹死了。真的挺惨的。他有一幅'未完成的作品'这件事，在艺术史领域差不多成了神话：人们一直怀揣希望，对那个作品的下落提出各种猜测和假设。时不时，就会有人就这件事写篇严肃的学术论文，即便到目前为止还没有多少证据表明确有其事。有些传言就是因为能吊人胃口，才会一直传下去，拉德克利夫这件事也是如此。"

"你觉得这本素描簿会和这个传言有关吗？"

"没有看到它之前，我很难确定。我估计，你包里不会再有裹在茶巾里的惊喜了吧？"

埃洛蒂脸颊发热："我才不会把素描簿从档案室里拿出来呢。"

"那我下周去你那儿看一眼怎么样？"

埃洛蒂感到心里一紧："你最好先给我打个电话。彭德尔顿先生现在天天剑拔弩张的。"

皮帕没心没肺地拍手鼓掌，"那当然。"她靠在了椅背上，"在此期间，我得开始给你做礼服了。我都已经想好了，要浪漫、华丽、现代感十足——但还要有种19世纪60年代的风情。"

"我从来都不怎么时髦。"

"嘿，你要知道，现在非常流行怀旧。"

皮帕只是想要亲昵些，但今天，她的话却让埃洛蒂难以释怀。埃洛蒂就是个怀旧的人，但她讨厌因为怀旧而被人说三道四。"怀旧"这个字眼在被人们恶意糟践。大家都把怀旧当成了多愁善感的代名词，可根本就不是那么回事。多愁善感让人感到恶心，让人觉得倒胃口，可怀旧是猛地让人感到疼痛。怀旧表达的是一种最深切的渴望和领悟——时间一去不复返，某一刻、某个人或是某些事，都再也无法挽回。

当然，皮帕的话不过是想让气氛轻松些，幽默一下。她并不知道，自己在把剪贴簿收起来时，埃洛蒂的心中有过那样一番计较。她今天怎么会这么敏感？自从她把那个书包打开，看过了里面的东西，她就一直觉得不安，觉得自己动不动就会走神，就好像有什么事情是她应该做的，可她却偏偏想不起来。昨晚，她甚至又做了那个梦：她身在素描画中的那栋房子里，可突然间，周围变成了一座教堂，她意识到自己迟到了——在她自己的婚礼上迟到了——她开始奔跑，可双腿却不听使唤，她一次又一次地跌倒，腿软得像是面条。等她终于赶到了教堂，却发现已经太晚了，婚礼结束了，正在进行着的是一场音乐会，她的母亲——依旧三十岁时的样子——正在舞台上演奏她的大提琴。

"婚礼上的其他计划进展如何了？"

"挺好的。都挺好。"埃洛蒂的回答十分爽快，皮帕也注意到了这一点。埃洛蒂可不想被深沉而又意味深长的谈心给绊住，那可能会暴露她不稳的情绪，所以她风趣地补充道："当然啦，你要是想知道相关细节，那最好去和佩内洛普聊一聊。据说，婚礼会富丽堂皇。"

"千万提醒她记得告诉你，需要你什么时候在哪里出现。"

她们相视一笑，又成了一伙儿。然后皮帕继续着劲头十足的客套："未婚夫怎么样？"

皮帕和阿拉斯泰尔从开始就互相看不顺眼，这一点儿都不令人意外，因为皮帕特别有主见，又是个牙尖嘴利的主儿，最受不了呆头呆脑的人。并不是说阿拉斯泰尔呆头呆脑——埃洛蒂懊恼自己的用词不当——只是他和皮帕根本是两种人。因为对自己刚才那股自私的小心思有些愧疚，埃洛蒂决定不再护着阿拉斯泰尔，让朋友顺心一回："他似乎挺放心让他妈妈发号施令的。"

　　皮帕粲然一笑："你老爸怎么样？"

　　"哦，你也知道我老爸。我高兴，他就高兴。"

　　"那你高兴吗？"

　　埃洛蒂定定地看了皮帕一眼。

　　"好吧，好吧。你高兴着哪。"

　　"老爸把录像带给我了。"

　　"那他觉得这主意还不错？"

　　"看起来是的。他没说什么。我觉得，他能认同佩内洛普的做法，是因为这就像是妈妈也参加了我的婚礼。"

　　"你也这么想吗？"

　　埃洛蒂不想谈这个。"婚礼上总要放点音乐的，"她避重就轻地回答，"反正都是家里人，也没什么不合适的。"

　　皮帕似乎还要顺着往下说，但埃洛蒂把话题岔开了："我有没有告诉过你，我父母是奉子成婚的？他们结婚的时候是7月份，我的生日是11月。"

　　"先上车，后补票。"

　　"你知道我在他们的婚礼派对上是什么样子，总想找个地方藏起来。"

　　皮帕笑了："这次你必须得参加，这一点你是知道的吧？客人们都指望着看看你呢。"

　　"说到客人，你觉得自己可不可以做一回小乖乖，回复一下寄给你的邀请函？"

"什么？邮寄的？贴邮票那种？"

"这次显然是件重要的事，是件大事。"

"哎，如果是大事的话……"

"是大事，而且据我得到的可靠消息，我的朋友和家人都对邮政体系不买账。我下一个要联系的是蒂普。"

"蒂普！他现在怎么样？"

"我明天要去看他。难道你想一起去？"

皮帕失望地皱皱鼻子："我有一个画廊的活儿。说到活儿……"她示意女招待把账单拿来，然后从钱包里掏出一张十镑的钞票。等着账单被送过来的间隙，她指了指那张放在埃洛蒂的空咖啡杯旁边的照片："我需要一张，这样就可以开始考虑如何设计你的礼服了。"

那股奇怪的占有欲再一次从埃洛蒂的心底冒了出来："这个不能借你。"

"当然不是借这个。我就用手机拍一张照片。"

她拿起相框，找了个合适的角度，不让自己的影子落在相框上。

埃洛蒂虽然在一旁看着，但心里却希望皮帕赶紧把照片拍完，然后她把照片重新用茶巾包裹起来。

"你猜怎么着，"皮帕说，看着她手机屏幕上的照片，"我要把这个给卡罗琳看看。她的硕士论文写的是朱莉娅·玛格丽特·卡梅隆和阿黛尔·伯纳德。我敢说，她能告诉我们一些关于这个模特的事，也许还能知道拍这张照片的人是谁。"

卡罗琳是皮帕念艺术学院时的导师，也是一位电影制作人兼摄影师。她之所以出名是因为善于捕捉最不期而遇的美。透过她的镜头，人们看到的是野性与魅力、凄冷萧索的树木和房子，以及景色中透露的徒然神往的感伤。她今年大概六十岁，但行动和精力都显得年轻得多。她自己没生小孩，似乎把皮帕当作女儿来看待。埃洛蒂曾在社交场合见过她几次，她有一头漂亮的银发，稍稍过肩，又直又密，一看就是那种不遮不掩、泰然自若的女人。相较之下，埃洛蒂觉得自己虽然看着年轻，但心态却远不及这位老人家。

"不用了，"她很快回答说，"不用给她看。"

"干吗不？"

"我只是……"这张照片本是属于她一个人的，可现在不是了。她没办法在解释这种感觉时让自己听上去没那么小气，或者直白点儿说，听上去不是在无理取闹，"我只是觉得……没必要打扰卡罗琳。她那么忙……"

"你开玩笑的吧？她会非常乐意看到这张照片的。"

埃洛蒂勉强地扯了扯嘴角。她告诉自己，听听卡罗琳的想法会很有帮助的。她该抛下自己的不快，尽最大可能去了解这张照片和那本素描簿是她的本职工作。如果真的和拉德克利夫有联系，那就预示着获得了新的有关詹姆斯·斯特拉顿的信息，而对于斯特拉顿卡德韦尔公司的档案团队来说，这将是一件大好事——关于维多利亚时期知名人士的新信息可不会经常出现。

第五章

　　虽然归程不算短，但埃洛蒂还是走了回去。她绕道去了兰博康杜街，因为那条街很漂亮，而且珀尔塞福涅书店鸽灰色的店面看起来像是个巧克力盒子，总会让她精神振奋。她习惯性地快步走进书店，翻阅着维尔·霍奇森的战争日记，耳边响起的背景音乐是一首20世纪30年代的摇摆舞曲。这时，她的手机响起了刺耳的铃声。

　　又是佩内洛普，埃洛蒂突然感到一阵惊慌失措。

　　她离开了书店，迅速穿过西奥博尔德路，然后沿着霍尔本大街，一路来到林肯律师学院广场。埃洛蒂在经过皇家法院时加快了步伐，见一辆红色巴士驶过便快速穿过马路，在她走上河岸街之后，几乎是一路小跑。

　　她没有直接回去工作，因为彭德尔顿先生现在心情不佳，正等着在她们打私人电话的时候揪她们的错呢。她沿着一条鹅卵石铺就的小巷，就着下坡路朝河边走去，在维多利亚河堤街上找了一张长条椅，正好靠近码头。

　　埃洛蒂翻出笔记本，婚礼场地的联系电话就记在里面。她找到了那一页，拨通了电话，将参观场地的时间定在了下个周末。她本想着消消汗，凉快一下，但没敢耽搁片刻工夫，赶紧打电话给佩内洛普。

对于之前自己没接的那几通来电,她表达了歉意,然后便开始汇报自己这边的进展:婚宴场地、面纱、礼服和录像的相关事宜等。

挂断电话后,埃洛蒂又坐了几分钟。佩内洛普非常高兴,特别是当埃洛蒂说她拿到了她母亲的录像带时。佩内洛普建议说,不如在婚礼结束时再播放一段录像。埃洛蒂答应说会预选出三首曲目,她们一起看过后再决定选用哪两首。"最好能选出五首曲目,"佩内洛普说,"以防万一。"

所以,这个周末算是有了个交代。

搭载游客前往格林尼治的渡轮驶离了码头。一名戴着星条旗棒球帽的男子把长长的相机镜头对着克莱奥帕特拉方尖碑[1]拍照。一群鸭子占据了刚刚渡船的位置,它们落在水面时的动作娴熟,波浪起伏对它们没有丝毫影响。

渡轮留下的水波冲刷着河岸,这会儿是落潮,空气中充满了泥浆和海水的气味。埃洛蒂想起詹姆斯·斯特拉顿在日记中对1858年的"伦敦大恶臭"有一段描述。当时的人们并没有意识到伦敦的气味有多难闻。街道上到处可见人畜的粪便、腐烂的菜叶和屠宰牲畜留下的杂碎。这一切以及更多其他东西的最终去处都是泰晤士河。

据报道,1858年夏天,泰晤士河臭不可闻,熏得威斯敏斯特宫都关了门,有能力的人也都被熏得撤离了伦敦。因为这件事,年轻的詹姆斯·斯特拉顿成立了伦敦清洁委员会。1862年,在一本名为《建造者》的杂志上,他甚至刊登了一篇文章,指出伦敦在排污方面仍有待提高。在斯特拉顿卡德韦尔公司的档案中,保存着斯特拉顿和约瑟夫·巴扎尔杰特爵士之间的通信。后者设计建造的伦敦排水系统是维多利亚时代的英格兰完成的一项伟大壮举。排水系统将粪便从已建成

---

1 克莱奥帕特拉方尖碑:三个古埃及方尖碑的名称,它们在19世纪分别重新竖立在伦敦、巴黎与纽约。

的市中心通过管道输送出去，不仅使城市的气味得到改善，水传疾病的发病率也显著降低。

一想到斯特拉顿，埃洛蒂想起自己还要上班，还有工作等着她去完成。意识到自己和皮帕分开后已过了不少时间，她走得很快。等到了办公室，她高兴地发现彭德尔顿先生被叫走了，整个下午都不会回来。

想要赶紧恢复工作效率的埃洛蒂把整个下午都用在给盒子里剩余的物品编制目录上——越早给这些物品归档越好。

她先在数据库里搜索了一下"拉德克利夫"，发现有两个查询结果，这令她感到惊讶。埃洛蒂刚来这家公司工作时被分配的第一批工作中有一项是将索引卡片上的信息录入计算机。她颇为自豪的一点是，对于詹姆斯·斯特拉顿所知道的人和地方，自己几乎过目不忘，可她并不记得自己曾经看见过拉德克利夫的名字。

埃洛蒂感到好奇，便去档案室把相关文件取了出来，拿回自己的办公桌。第一份文件是1861年詹姆斯·斯特拉顿写给艺术品经销商约翰·哈弗斯托克的信，里面写着两人打算共进晚餐。斯特拉顿在信的最后一段写道："我最近遇到一位叫爱德华·拉德克利夫的画家，想听听您对他了解多少。听说他天赋不凡，虽然我也有机会匆匆看过他的画作样品，但在我看来，他的'天赋'，至少从局部来说，是他的魅力不凡，让他那些年轻的女模特在他作画时穿着更暴露些——当然啦，那都是为了艺术。"

在埃洛蒂的记忆中，詹姆斯·斯特拉顿没有收藏过拉德克利夫的画作（不过，她还是做了笔记准备回头确认这一点）。这么说，尽管他对这位画家感兴趣，但他最终并不打算买下拉德克利夫的画。

斯特拉顿第二次提到拉德克利夫是时隔几年后，在他1867年的日记中。在某天晚上记录的内容里，他写道：

今晚，画家拉德克利夫登门造访。他的到来出乎意料，而且来得很晚。我得承认，他敲门时把我吵醒了。我之前手里还握着书便睡着了。可怜的梅布尔已经上床睡了，我不得不摇铃叫醒她，让她准备些茶点。也许，我就不该把那个疲惫的女孩儿叫醒，而该让她继续睡。因为对于这顿晚餐，拉德克利夫连丁点儿面包屑都没碰。打从一进门，他就在地毯上烦躁不安地踱来踱去，一直无法平静下来。他就像一头疯狂的野兽，眼里透着狂躁，不停地把修长而苍白的手指插在自己的长发里，头发被弄得凌乱不堪。他表现出的那股精力不似他自己的，仿佛是他被附身了一样。他一边踱着步子，一边喃喃自语，说的都是些关于诅咒和命运的话，让人难以理解。事情会变成这样着实令人难过，这让我非常担忧。他的未婚妻过世了，我知道这令他非常痛苦。相比于大多数人，我更能体会他的痛苦。但看着他悲伤至此，实在让人于心不忍。他让人知道，伤心欲绝会令那些最敏感的人变成什么样子。我承认，我听说他一蹶不振，但要不是亲眼所见，我不会相信他的状态竟是如此糟糕。我决心尽我所能，助他一臂之力。如果能让他恢复往昔，那一定会在某种程度上把失衡的天平摆正。我劝他留下来，让他放宽心，收拾一间房费不了多少事，可他拒绝了。不过，他让我帮他保管几样私人物品。我当然同意了。在提出这个请求时，他很紧张。我觉得，他来看我时，并没打算把那几样东西留在我这里。更确切地说，他这么做是心血来潮。他放在我这里的不过是一个皮书包，除了一本素描簿，里面空空如也。打开素描簿看看里面有什么——这种罔顾信任的事，我是绝对不干的，但他坚持要在离开之前打开素描簿给我看一下。他让我发誓，我会把书包和素描簿保护好。可怜的家伙！我问他，让我保护好这些东西是要防着谁，但我没勉强他回答。我问他可能什么时候回来，他也没回答。他只是伤心地看着我，感谢我给他准备了晚餐，虽然他一口都没吃，然后便离开了。他走后，我忘不了他那副痛心疾首的样子，甚至是现在，当我坐在就要熄灭的炉火旁写下这段话时，他的样子依然在我眼前挥之不去。

日记的这段摘录呈现了一幅忧郁的画面，这几页日记中描写的"痛心疾首的样子"也在埃洛蒂的心中挥之不去。这段内容让她清楚了詹姆斯·斯特拉顿怎么会有爱德华·拉德克利夫的书包。但还有一个耐人寻味的问题：在六年的时间里，拉德克利夫怎么会和詹姆斯·斯特拉顿相熟到这种程度，饱受煎熬的拉德克利夫竟然会大晚上来登门拜访。此外，为什么他要在所有人中选择斯特拉顿来保管书包和素描簿。埃洛蒂做了笔记，要参照一下有关斯特拉顿的朋友和同事的档案，看看里面是否出现过拉德克利夫的名字。

还有一处令人费解的是，斯特拉顿在日记中提到，他想要"把失衡的天平摆正"。这个说法有些怪，几乎在暗示着，他自己在这个男人走下坡路的过程中起了什么作用。可这根本讲不通。斯特拉顿和爱德华·拉德克利夫应该不熟。从档案里的文件来看，在1861年至1867年间，无论是于公还是于私，斯特拉顿从未在文件中提过这个人。按照皮帕的说法和维基百科上的介绍，拉德克利夫在未婚妻弗朗西斯·布朗去世后陷入绝望，这是既定的事实。就斯特拉顿的档案而言，埃洛蒂对这个名字并不熟悉，但她又记了一笔，提醒自己参照一下斯特拉顿同事的档案文件。

她在电脑上点开一个新的文档，把有关书包和素描簿的说明录入进去，还把那封信和那段日记的梗概写了进去，最后还记录了作为参考的相关档案的详细信息。

埃洛蒂靠在椅背上，伸了个懒腰。

搞定了两个，还差一个。

不过，要想确定照片中那个女人的身份要更难一些。可供参考的信息就这么点儿。相框很高档，但是，詹姆斯·斯特拉顿用的东西差不多都是高档货。埃洛蒂戴上了她的放大镜，在相框上搜索着银制品的标记。她在一张纸片上把标记快速记录下来，即便她也清楚，要想知道照片上的人是谁，她和詹姆斯·斯特拉顿又是什么关系，就凭这些银制品的标记是不太可能获得什么线索的。

让她纳闷的是，这张照片是怎么跑到拉德克利夫的书包里去的。是偶然间放进去的，还是别有深意？她认为，这都取决于那个女人的身份。当然，可能对于斯特拉顿来说，那个女人并没有什么特别的。实际上，这个相框也可能是书桌的主人，也就是斯特拉顿的侄孙女放进书包里的——在斯特拉顿离世几十年后，出于保存相框的偶然之举。但这种可能性极小。女人的穿衣风格、造型特点以及照片本身所呈现的都表明：照片，还有那个女人，都和斯特拉顿同属一个时代。还有一种情形可能性会更大：他把照片存放在甚至是藏在文件夹里，然后他自己把文件夹塞进了书包。

完成了对相框的检查，埃洛蒂做了几条笔记，以便她可以在档案记录表上填写相框的状况说明——顶部有凹痕，好像曾经掉到过地上；背面有些轻微的划痕——然后，她把注意力又放在了那个女人身上。埃洛蒂的脑海中再次浮现出"光彩照人"这个词。这种光彩照人源于一种特质，蕴藏在那个女人的表情，她的发丝，她眼中的光……

埃洛蒂意识到自己在目不转睛地盯着她，仿佛在期待着她能给自己答案。但无论埃洛蒂如何努力，都无法从那个女人的脸上、衣服上，甚至从照片的背景中，找到任何有关她身份的特征，她不知接下来的工作该从哪里下手。虽然照片拍得很用心，但四个边角处都没有工作室的签名，而且埃洛蒂对维多利亚时期的摄影手法也不够熟悉，不清楚图像本身是否潜藏着什么固有的特征，能提供线索确定它的出处。也许终究要看皮帕的导师卡罗琳能否给她点帮助。

她把相框放在桌子上，揉了揉太阳穴。这张照片将会是个挑战，但她不会被吓倒。她这份工作的一大妙处就在于体验像侦探一样抽丝剥茧的快感。创建整齐有序的档案记录虽然有些成就感，但这种重复性的工作着实令人乏味。好在这种乏味可以被抽丝剥茧的快感抵消掉。"我会找到你的，"她轻声说，"这一点绝不会错。"

"又在自言自语呢？"玛戈站在埃洛蒂的桌旁，肩上背着手提包，一边说着一边在包里翻找着什么。"麻烦刚露了个头，你知道的。"玛戈找到一瓶薄荷糖，摇了摇，往埃洛蒂伸出来的手掌上倒了几颗，"要加班？"

埃洛蒂瞥了一眼挂钟，惊讶地发现已经五点半了："今天不加班。"

"阿拉斯泰尔来接你？"

"他在纽约呢。"

"又去纽约？你一定想他了。要是加里不在的话，我都不知道回家干吗。"

埃洛蒂说自己是想念未婚夫了，玛戈同情地给了她一个微笑，然后愉快地向埃洛蒂道了别。她把霓虹色的耳塞从包里拿了出来，在自己的苹果手机屏上一扫，踩着猫步，大摇大摆地下班度周末去了。

办公室重新安静下来，静得连翻阅纸张的声响都清晰可闻。太阳光照了进来，朝办公室最里面的那道墙投下一束光。光束开始像每天那样朝埃洛蒂的办公桌一寸一寸地移过来。埃洛蒂用大牙咬碎了一颗薄荷糖，点击打印键，把她给新档案盒做的存档标签打印出来。然后她开始整理办公桌，这是她每周五下午都会认真完成的一项工作。这样，她就可以在开始新一周的工作时，面对干净整洁的桌面了。

埃洛蒂不会承认，自然也不会向玛戈承认，自己心里是有一点期待着阿拉斯泰尔去纽约待几周的。当然，她是想念他的。但从某种意义上说，知道自己有整整六个晚上可以住在自己家里，睡在自己的床上，看着自己的书，用自己最喜欢的茶杯喝茶，而不必去和别人商量，也不必解释自己的想法，这让埃洛蒂感到平静。

他说她的公寓很小，楼梯间里有炸薯条的油脂味；而他的公寓很大，有两个卫生间，总是有足够的热水，从来不需要隔着薄得可怜的地板听邻居家的电视上在播什么。他说的都对。但埃洛蒂喜欢自己的小公寓。没错，要让厨房水槽正常排水需要点小窍门；要是用洗衣机洗衣服，在洗衣程序运行结束之前，淋浴的水流只有正常流量的一半。但是，这才像是实实在在过日子的人住的那种地方。设计精巧的旧橱柜和吱吱作响的木质地板都有年头了，要去上厕所只能先爬三层铺着地毯的楼梯。

阿拉斯泰尔似乎认为，她在这样的小地方住得舒舒服服还挺可爱的。"我不在的时候，你应该待在我家。"他总是这样说。他家是位于金丝雀码头的一间豪华公寓，"你不需要回自己的小窝住。"

"我高兴住在这儿。"

"这儿？真的吗？"

对于这个话题，虽然每次说的话都有些区别，但至少已经进行过十五次了。每每谈到这里，他都会毫无例外地把怀疑的目光战略性地锁定房间一角，那里放着她父亲的老式扶手椅，椅面是天鹅绒缝制的，椅子上方挂着一个有彩灯装饰的架子，上面摆放着埃洛蒂的宝贝们：埃洛蒂三十岁生日时，贝里夫人送给她的画；母亲去世后，蒂普送给她的魔盒；镶嵌在相框里的合影，是她和皮帕在游乐园拍的照片，当时她俩都是十三岁。

阿拉斯泰尔喜欢20世纪中叶的丹麦设计，他认为如果不是从康伦家居精品店购买的东西，压根儿没有摆出来的必要。埃洛蒂的公寓有种"家的感觉"，他愿意承认这一点，但前提是，他得补充这么一句："当然啦，等我们结了婚，你还是得离开这儿——我们总不能把婴儿床放在浴室里。"

显然，对于生活在他那个大气奢华的地方不感到兴奋的话，那未免失礼，但埃洛蒂并不是个大气奢华的人，而且改变让她感觉糟透了。"难怪，"埃洛蒂刚到牛津大学那会儿，去看过一位心理医生，她是这么说的，"你失去了母亲。对于一个孩子，这种经历是影响最大也是最可怕的一个变化。"给埃洛蒂看病的是朱迪思·戴维斯医生（她说"叫我朱迪就好"）。埃洛蒂每周都会去医生那里进行一次治疗，为期三个月。朱迪医生的诊所是一栋爱德华时代的房子，在进行治疗的那间温暖的隔音室里，朱迪根据自己的专业判断告诉埃洛蒂，这种失去亲人所带来的痛苦是无法抑制的，它将在一个人的心里扎根。

"你的意思是，这将影响我生活中的每一个决定？"埃洛蒂问道。

"是的。"

"会一直这样？"

"很有可能。"

不久之后，她就不再去找戴维斯医生（她强调"叫我朱迪"）治疗了。反正去了也没什么意义。不过，她倒是挺想念那儿的柑橘薄荷茶。每次她去治疗，那张磨旧了的木桌上都放着一壶柑橘薄荷茶。

那位医生是对的：在面对生活中的变化时，埃洛蒂并没有好转。想象一下：别人住在她的公寓里，把他们的照片挂在她钉进墙面的钩子上，把茶杯放在她养着花花草草的窗台上，享受她窗外的景色，这些让埃洛蒂感到恐惧。这种恐惧感和她偶尔度假时在一个陌生的房间醒来的感受一模一样，她会完全陷入茫然之中，因为能帮她定位的那些衡量物一个都不在。

目前，她还不忍心和她的房东太太提搬家的事。贝里夫人今年八十四岁，是在巴恩斯街上的这栋房子里长大的。那时，这里是她和家人的住处，而不是卖炸鱼薯条的商店外加上面的三间半公寓。现在，贝里夫人住在店面后边的花园洋房里。"以前，这儿是我妈妈的晨用起居室，"她喜欢在喝上一两杯她最爱的雪莉酒后开始回忆往昔，"她是个淑女，非常优雅。哦，不是那种摆贵族派头的优雅，我不是那个意思，她是骨子里就带着优雅。"贝里太太一旦开始沉浸在回忆里，她的眼睛就变得格外明亮，打牌时也不怎么专心。"主牌是什么来着？"她在每一轮的开头都会问，"是打黑桃，还是梅花？"

埃洛蒂晚上原定是要和贝里夫人打牌的，现在不得不取消了。她答应佩内洛普，要在周一前完成一份录像清单和精选的剪辑片段。现在，她的进展还算顺利，完成待办事项是她的第一要务，她不能让别的事情耽误自己。

她关掉电脑，盖上笔帽，把笔沿着便签本的顶端放好。桌面上只剩下书包、素描簿和镶嵌在相框里的照片。前两样可以重新放进盒子里保存起来了，最后一样还得跟那堆从盒子里找到的办公用品再待上一个周末。

把照片收好之前，埃洛蒂用手机对着它拍了张照片，就像皮帕那样。如果她想就自己的礼服有更多想法，这张照片还会用得着的。看着照片的时候，把面纱摆在旁边，也没什么坏处。

犹豫了一会儿后，她又给素描簿里的那栋房子拍了张照片。这并不是因为她仍旧觉得这栋房子会是她母亲讲的童话里的那栋。给它拍照，仅仅是因为她喜欢这幅画，它画得很美，让她有所触动。这幅画把她和母亲联系了起来，还把她和童年里不可分割的那部分拴在了一起。

然后，埃洛蒂把书包和素描簿塞进一个新的档案盒，贴上她打印出来的标签，在离开办公楼之前顺路把它们放进储藏室归档。接着，她便走上伦敦熙熙攘攘的街道。

Ⅲ

　　麦克夫人过去常说，穷人的预算里全都是阴谋诡计。每当她想让我们中的一个去尝试新骗局时，就会这么说。我们这群孩子，都生活在小白狮街鸟类商店楼上的小房间里，活得像是踩着滑板的老鼠。

　　近来，我一直在想麦克夫人，还有马丁、莉莉和船长，甚至会想面色苍白的乔，他是我第一个真正爱过的人（如果把我父亲也算上的话，乔只能排在第二位，但我不怎么把父亲算在内）。

　　以麦克夫人的行事作风来说，她对我还算不错。这种作风包括，谁要是惹她恼火了，用刻薄的话骂人了，就会挨顿"胖揍"。不过，和大部分人相比，她算是好的了——以她的行事作风来说。她对我很好。在我绝望时，她收留了我；我觉得她甚至是爱我的。我最终背叛了她，但只是在我不得已的情况下。

　　生活在这一边是不同的。人类都是艺术馆馆长：每个人都对自己最喜欢的记忆进行加工上色，经过一番排列组合，编造一段讨人喜欢的故事。某些事，因为要拿出来展示，得经过修复、抛光；被认为不值一提的，就抛在一边，藏进脑子里那个挤得满满当当的地下储藏间。在那里，要是运气不错的话，这些事很快就会被遗忘。这是一个有欺骗性的过程，但要想活得心安理得，要想担得起过往的重量，这是唯一的办法。

但这里不同。

我记得一切，记忆依照应有的顺序，形成不同的画面。

如果房子里只有我一个，时间会以不同的方式流逝；我没法搞清楚过了多少年。我知道，太阳不断地升起来、落下去，然后月亮挂在天上，但我再也感觉不到时间的流逝。过去、现在和未来都是毫无意义的。我身处时间之外。这里，那里，那里，这里，我同时身处各处。

现在，按照我的客人的时间来计算，他和我一起待了五天了。他刚来的时候，我很惊讶。他的行李箱上有划痕，肩上背着那个棕色的袋子，这让我想起了爱德华的书包；那天晚上，房子上了锁，而他依然在，这更让我感到惊讶。这里已经很久没人留宿过夜了。自从艺术史学家协会把这栋房子向公众开放以来，我只会在周末看到一日游的旅客，脚上穿着舒适的鞋子，手里拿着旅行指南。

协会的人把老麦芽坊的几个房间安排给他住，那里是封闭区域的一部分，曾给一个看门人用作短期住宿，而且那里是不允许来访的公众进入的。他没法住到房子里来，因为这栋房子现在就像是个博物馆。为了给那些一到周末就来这里乱转的游客留出地方，古董家具都被"安置"了起来。大部分家具都是爱德华自己收藏的，是他在买下房子时附送的。椅子上摆放着一束束薰衣草，都用天鹅绒蝴蝶结系着。这样一来，就不会有人坐在那些椅子上了，虽然椅子的用处就是给人坐的。

每个星期六上午，在我的挂钟敲响十下之前，都会有一群志愿者到来。他们在房子四周各就各位，每个房间里都有一个人。他们的脖子上挂着标牌，上面写着"导游"，可他们的工作却是提醒人们不要随便触摸！他们事先准备的那些有关过去的趣闻逸事，并不完全正确，但只要和将信将疑的游客目光交会，他们就会凭借着高谈阔论，让游客们乖乖进入他们的"圈套"。

尤其是一个叫米尔德丽德·曼宁的志愿者。她喜欢坐在一把贵格会[1]样式的椅子上，椅子就摆在通往阁楼的楼梯尽头。她咬着牙，露出一个阴冷的、近似微笑的表情。要是有不知情的游客在参观过程中把宣传册放在她旁边的桌子上，就会被她抓个现行，没什么比这更让她高兴的了。这种违规行为给了她宝贵的机会，可以让她缓慢而庄严地说："爱德华·拉德克利夫的家具上不得摆放任何物品。"

爱德华会恨她的。他无法忍受对"物品"的那种狂热的过度保护欲。他认为，美丽的物品应该被珍惜，而不是被供奉。因此，想着爱德华，在秋天渐渐临近的日子里，我会整个下午都趴在米尔德丽德的肩膀上。当我离得太近时，任何衣服都没法让一个人暖和起来。

我已经摸过底了：我的客人的头发是暗金色的，皮肤因日晒呈棕褐色。他的双手不像画家的手那么精致。他的手饱经风霜，是一双会干活的手。这双手的主人，每天外出时知道如何使用他随身携带的工具。

自从他来了这儿，一直都在忙。日出之前他便早早起来，虽然他似乎并不乐意早起。他呻吟着，眯着眼睛看看放在床边的电话，确定是几点钟，然后挣扎着起来，而不是赖在床上。他会马马虎虎地快速泡上一杯茶，然后冲个澡，穿上衣服。他总是穿着同样的衣服：一件T恤衫，一条褪色的蓝色牛仔裤。头天晚上，这些衣物都被他扔到了角落里的曲木椅上。

不管在做什么，他都要皱眉看着庄园的地图和一堆手写的笔记。我曾隔开一段距离站在他身后，试图弄清楚他在做什么。但是没用。手写的字迹太小，看不清，我又不敢靠得太近。我们认识的时间还短，我还不确定自己可以靠他多近。有我在身边，会让人感到压抑，我不想把他吓跑。

---

1 贵格会：基督教的一个教派，又称教友派或者公谊会。

目前还不想。

所以我等待着。

至少我知道他那个棕色的袋子里装着什么；昨晚，他打开了那个袋子。里面装着一部照相机。要是费利克斯现在还能再活过来，突然出现在这里的话，他会觉得这部照相机挺不错。

不过，也有费利克斯弄不明白的东西。我的客人能把照相机和电脑连起来，然后，屏幕上就会显现出图像，就像是魔术一样。不再需要暗房，也不用再配制刺鼻的显影液。

昨晚，我看着他一张又一张地翻看照片，拍的是墓地，主要是墓碑。墓碑上的人没有我认识的，但我还是惊呆了。这是我这么多年来，第一次能够"离开"这个地方。

我觉得纳闷：对于他为什么来这儿，他的照片能告诉我些什么呢？

就目前来看，还远远不够。

他现在出去了，不知道去了什么地方，早餐时他就走了。但我有耐心，现在，我要比以往耐心得多。

我一直在楼梯上透过窗户朝外看，越过窗外的栗子树，朝我的老朋友泰晤士河望去。我不指望我这位年轻的客人会从这边回来：和之前来伯奇伍德的人不同，他并不喜欢泰晤士河。他有时会凝视着它，就像人们凝视一幅画那样，但他只是远远地看着，而且我觉得，他在凝视着它的时候并不愉快。到目前为止，他还没坐过船。

我和他可不一样，我喜欢看泰晤士河。它在我的一生中流淌，就像血液在身体中流淌。如今，我只能往北走到田间谷仓那面墙，往西走到哈福斯特德溪，往东走到果园，往南走到日本红枫。这些年来，我一直试图走得更远些，唉，但无济于事。要我说，那种感觉就像是一个锚被什么东西拽着。我不懂物理，我只知道事情本就如此。

我的客人不像我起初想的那么年轻。他肌肉发达，很能干，在他身体中跳动着的脉搏仿佛在诉说，这是一头被硬关进来的困兽，他在因为某件事而苦恼。苦难让人吃不消：我的父亲在我母亲去世后的几个月里，一下子老了十岁。那段时间，房东开始找上门来。他和我父亲之间的对话令人紧张，而随着时间的推移，演变成愈发激烈的争吵。直到最后，在一个凄凉的冬日里，房东高喊着，他可不像圣人那么有耐性，也不是搞慈善的。于是，父亲只得另寻他处，换个地方住了。

我这位客人的苦难是另一种。他有一个磨旧了的皮夹子，里面有一张打印出来的照片。我看到他曾在深夜里把照片拿出来，端详一番。照片上有两个小孩，还都是婴儿。其中一个对着镜头咧着嘴笑，那种幸福令人感到心满意足，另一个看上去更内敛些。

他盯着照片皱眉，用拇指蹭着照片的表面，仿佛这样做可以把照片放大，让自己更近地瞧一瞧——这让我确信，照片上是他的孩子。

然后，昨天晚上，他用手机给莎拉打了电话。他的声音很热情，彬彬有礼的，但从他紧握着笔、用手抓着头发的样子，我可以看出他内心的挣扎。

他说"但那是很久以前的事了"，还说"你会看到，我已经变了"，还说"我肯定该有第二次机会的吧？"

通话时，他一直盯着那张照片，指尖不安地在照片左上角捻动。

正是他的那番通话，让我想起了自己的父亲。因为在麦克夫人和船长之前，还有我的父亲，总在寻找第二次机会。他是个钟表匠，技艺娴熟，没人能超过他的手艺，要维修最精巧的钟表，人们都来找他。"每块钟表都是独一无二的，"他常常告诉我，"这就像是一个人，无论长相一般还是漂亮，都不过是戴了张面具，把复杂的内里隐藏起来。"

有时，我和他一起去修理钟表。他说我是他的小帮手，但我其实帮不上什么忙。他被人领着去图书室或者书房，我则无一例外地被尽职尽责的女仆带去楼下的厨房。厨房都特别宽敞，冒着热气，为英格兰那些富丽堂皇的大房子提供吃食。每个厨房里都有一个胖胖的厨娘，在她的一亩三分地里忙个不停，脸颊红彤彤的，眉毛上挂着汗珠，源源不断地往食品柜里塞甜丝丝的果肉果酱和新鲜出炉的面包。

我父亲曾经告诉我，我母亲就是在这样的房子里长大的。他说，他去给她的父亲修表，她就坐在楼上的大窗户里。他们俩四目相对，爱上了彼此。自此之后，没有什么能让他们分开。她的父母劝过她，她的妹妹恳求她留下，但我母亲年轻任性，骄纵惯了，所以就跑了。一般说来，孩子都是按照字面的意思去理解一个词。每次听父亲讲起这件事，我都想象母亲在奔跑着，缎面的裙摆在身后飞扬，她逃离了若隐若现的城堡，抛下了心爱的妹妹，徒留霸道的父母大发雷霆。

我以为是这样的。

因为我没有机会去了解我的母亲，所以父亲不得不给我讲些故事。她去世那天，离她二十一岁的生日只差了两天，我当时只有四岁。她死于肺痨，但父亲让验尸官在死亡证明上写的死因是"支气管炎"，因为他觉得，这样听起来更优雅些。他其实不必为此费心：嫁了我父亲，没了勋贵之家的庇护，她和千千万万的普通人无异，不会在历史上留下半点笔墨。

父亲在一个黄金吊坠中珍藏着母亲的画像，是一幅小小的素描画，我把它当成宝贝。直到我们被迫搬到东伦敦的一块弹丸之地，住在一条窄窄的巷子里，房间四下漏风，泰晤士河的气味充斥鼻间，海鸥的鸣叫和水手的吆喝交织成歌，不停在耳边盘旋。那个吊坠落到了一个旧货商手里。我不知道里面的画像去哪儿了。它在时间的缝隙中滑落，去了那些找不回来的东西该去的地方。

我父亲叫我柏蒂，他说我是他的小鸟。

他说我的真名很好听，但那是成年的女士才会用的名字，那种名字意味着身穿上好的丝绸长裙，但没有可以飞翔的翅膀。

"我需要的是有翅膀的名字吗？"

"哦,是的,我觉得是。"

"那为什么你给我起的名字没有翅膀呢?"

接着,他变得认真起来,每当话题稍稍和她沾边儿,他都会如此:"你的名字取自你外公的名字。你母亲觉得,你身上该带有她的家族的印记,这对她很重要。"

"就算他们都不想认识我?"

"是啊。"他笑着说,然后揉了揉我的头发。我总会因为他的这个动作而感到安心,仿佛和他的爱比起来,无论缺了什么都不重要。

我父亲的工作室里充满了惊奇。窗子底下是一张又高又大的工作台,上面摆着一大堆各式各样的弹簧、铆钉、天平、电线、钟表、钟摆和精美的指针。我过去常常在工作室门开着的时候偷偷溜进去,跪在木凳上,在他工作的时候对他的工作台探索一番:把让人好奇的精巧装置翻过来调过去;用指尖在丁点儿大、不经摆弄的零件上轻轻按压;举着不同的金属制品,让它们在太阳光的照射下闪耀。我的问题一个接着一个,他戴着眼镜目不转睛地回答,但他让我发誓,对于我看到的事,不向任何人透露一个字,因为我父亲不仅仅在修理钟表,他还在研究自己的发明。

他的宏伟计划是做出一台神秘时钟,但需要他在工作台上长时间地不断工作,还要经常偷偷摸摸地去大法官法院——那儿是注册和颁发发明专利的地方。我父亲说,有了神秘时钟,我们就发财了。要是钟表的钟摆不需要机械装置就能摆动,哪个有钱人会不想要一台呢?

他说这些话的时候,我郑重地点了点头——因为他说这些的时候是一副一本正经的样子——但实际上,那些普通的钟表同样让我印象深刻。他工作室的墙壁上,挂满了普通的钟表,从地板到天花板,排得整整齐齐。它们嘀嗒嘀嗒的心跳声和钟摆的摇晃总是有种轻微的不和谐。他教我如何给钟表上弦,我就站在房间中央,凝视着时间不尽相同的表盘,听它们喷喷喷地朝我齐声歌唱。

"但是，哪个显示的时间是正确的？"我会问。

"啊，小鸟，你应该问：哪个显示的不正确？"他解释说，没有正确的时间。时间是个概念：它没有结束，也没有开始；你看不见它，听不见它，也闻不见它。当然，时间是可以衡量的，但没有什么字眼能用来确切地解释它。至于"正确的"时间，那不过是人们同不同意的问题。"你还记得火车站月台上的那个女人吗？"他问道。

我说我记得。一天早上，我父亲在伦敦以西的一个火车站修理车站大钟，而我在一边玩儿。我注意到，售票处的墙上挂了一块小一些的钟表。我不玩儿了，盯着两块截然不同的表盘看来看去。这时，一个女人走到我的身边。她指着那块小一些的表盘解释道："那块显示的是实际时间。而那一块，"她眉心微锁，看着我父亲刚刚上完弦的大钟，"显示的是伦敦时间。"

我因此知道，虽然我不能同时出现在两个地方，但我肯定可以在两个不同的时间，出现在同一个地方。

不久之后，我父亲提议去趟格林尼治，那里是"子午线的家"。

格林尼治子午线。新的词汇就像是一道咒语。

"时间从这条线开始，"他继续说道，"从北极到南极，它把地球一分为二。"

这话听来令人印象深刻，我孩童时代的想象力又极其丰富，这让我觉得，现实难免会让人失望。

到达目的地时，我们看到的是一片被精心照料的草坪和一座宏伟的石头建造的宫殿，地面上没有我想象的那条巨大、参差不齐的裂缝。

"就在那儿，"他伸直了胳膊指给我看，"就在你面前，一条直线，经度为零。"

"可我什么都没看见。我只看到了……草。"

听了我的话，他哈哈地笑了起来，揉乱了我的头发，问我愿不愿意去看看皇家天文台的望远镜。

在母亲去世前的几个月里，我们去过好几次格林尼治，都是走的泰晤士河。坐船往返的途中，父亲教我读书识字，教我辨别河水是涨是落，教我读懂同行旅客的表情。

他教我通过太阳判断时间。他说，人类历来对天上那又大又圆、炽热无比的太阳感到着迷："因为它带给我们的不仅仅是温暖，还带来了光，我们的灵魂最渴望的东西。"

光。我开始看着春日里树上的光，注意到新生的娇嫩树叶在光的照耀下变得透明起来。我观察着光如何在墙上投下阴影，如何令水面变得似真似幻，如何在穿过锻铁栏杆时，在地面上留下耀眼的丝网。我想触摸它，这个奇妙的工具，用指尖握着它，就像是握着父亲工作台上那些不大点儿的小东西一样。

捕捉光成了我要干的大事。我找到一个空的小铁罐，盖子和铁罐之间有铰链连着。我还找来一个钉子，用父亲的一把锤子在铁罐顶部凿了几个小孔。我把这个小玩意儿拿到外面，在我能找到的阳光最明媚的地方坐下来等着，直到铁罐的顶部晒得烫手。唉，可等我掀开盖子时，发现没逮着闪闪发亮的光，生锈的旧铁罐里不过空空如也。

麦克夫人过去常说，屋漏偏逢连夜雨——这说的可不是天气，不过我花了好长时间才弄明白，这话是用来说祸不单行的。

母亲过世后，我和父亲的日子开始祸事连连。

首先，我们不再去格林尼治了。

其次，我们见到耶利米的时候越来越多了。他是父亲的朋友，那种在同一个村子里长大的发小。我母亲还在世的时候，他偶尔会来访，因为我父亲有时会把他当作学徒带在身边，一起修理火车站的大钟。但凭着小孩的本能，我隐约知道，父母会因为耶利米而闹得关系紧张。我记得父亲会安抚母亲，向她保证说"他就这么些本事，已经尽力了"或者"他没有恶意"，还会提醒她，虽然耶利米身上有诸多不是，但他是"好人，真的，很上进的"。

不可否认的是，说他上进倒是真的：耶利米绝不错过任何他能遇到的机会。他做过旧货商、硝皮匠[1]，还一度认准自己能借着上门推销发大财，那时他卖的是斯氏芳香含片，据说有使"男性持久力惊人"的功效。

母亲去世后，父亲陷入悲伤的泥潭不可自拔，耶利米便开始带他下午出去好长时间，两个人天黑后才跌跌撞撞地回来，父亲迷迷糊糊地挂在朋友的肩膀上。然后，耶利米就在我家客厅的沙发上睡一晚，第二天再"帮"我们脱离困境。

那时，父亲的日子变得越来越闲。他的手开始发抖，而且没法集中注意力。他的活儿越来越少，这让他更加痛苦。不过，耶利米总在他身边支持他。他让我父亲相信，他一直都把时间浪费在了维修钟表上，只有完善他的神秘时钟才有前途可言，如果耶利米给他当经纪人，他俩一定能发财。

房东最终耗尽耐性的时候，是耶利米找关系，帮我父亲在一栋住宅楼租地方住了下来。那栋楼的房间都不大，附近是圣安妮教堂，我们租的房间被尖塔的阴影笼罩着。耶利米似乎认识不少人，总有可以冒险一试的主意和"一点儿小买卖"。监督我父亲去卖专利的，是耶利米；有法警说我父亲欠他钱，开始整天来我家敲门时，告诉我不要担心的，也是耶利米。他说自己认识一个在莱姆豪斯区开赌场的人。我父亲只需要一点点运气就能好起来。

我父亲开始整夜泡在楼下小街那间小酒吧里，天蒙蒙亮的时候才筋疲力尽地回来，一身烟味儿和威士忌味儿，坐在空桌子旁，叼着烟斗，昏睡过去——为了还赌债，他把最后那点儿黄铜零件和铆钉都卖

1　硝皮匠：处理皮草的工匠。因预处理中会使用一种叫作芒硝的化学药品，这项预处理工作也就被叫作"硝皮"，从事这项工作的匠人因而就被叫作"硝皮匠"或者"硝皮师"。

了——到了这个时候，还是耶利米伤心地摇着头说："你老爸就是不走运。我还从没见过点儿这么背的。"

法警不断来敲门，可我父亲就当没听见。他反而开始迷恋上美国。他的处境糟透了，有这样的念头也合情合理。我们要把悲伤和不幸的回忆都抛下，去新的地方重新开始。"小鸟，去了会有土地，"他说，"还有阳光。那儿的河流也清澈，在那儿，翻地时也不用担心挖到过去什么人埋下的尸骨。"他把我母亲最后的一些衣服都卖了，那是他一直给我留着的；还买了两张低等舱的船票，等着坐下一班船去美国。我们把仅存的那点儿家当都打了包，装进人手一只的小行李箱里。

我们要离开的那个星期很冷，伦敦下了第一场雪。父亲急于为这趟行程尽量多攒些路费。我们整天待在河边，因为最近有一艘补给船在河里翻了船，河边淤泥里埋着的好东西，成了那些最需要它们的人的战利品。我们一刻不停地干活，从早到晚，无论下雨还是下雪。

在泥里干活让人筋疲力尽，但有天晚上，我比平时还要累，我倒在床上，身上都湿透了，怎么也起不来。突然间，我觉得头晕目眩，浑身都疼，一阵阵发冷，身子又重又沉。我的额头滚烫，牙齿却直打战。我开始感到昏天黑地，就像是有人用帘子把天地都给遮了起来。

我觉得自己漂浮着，像是波涛汹涌的大海中一条漂浮不定的小木船。我时而听到父亲的声音，时而听到耶利米的声音，但他们短暂的只言片语过后是大段大段的梦境，生动逼真的故事在我的脑海中浮现，怪异，又奇特。

我烧得越发厉害，感觉房间里都是阴影和高矮不一的妖怪。它们在墙上摇摇晃晃地爬来爬去，疯狂的眼睛瞪得大大的，伸着尖尖的爪子来抓我的被子。我翻来扭去地躲着它们，床单都被我浸湿了，嘴里好像还念叨着什么性命攸关的咒语。

一些话像烧热的针头一样扎着我，把我从幻觉中拉了回来，都是些熟悉的字眼，比如医生……发烧……美国……那些曾经对我有意义又重要的字眼。

　　然后，我听到耶利米说："你必须走。法警还会回来，他发誓说这次要把你关进监狱，或者比那还要更糟。"

　　"可这孩子，我的小鸟——她这样子没法上船。"

　　"把她留在这儿。你安顿好之后派人来接她。总有人会收一笔小钱，照看这孩子的。"

　　我的肺、我的嗓子、我的脑袋都一边使劲地灼烧着，一边想要齐声大喊"不！"，可我也不知道这个词是不是从我的嘴里冒了出来。

　　"她没我不行。"我父亲说。

　　"那更糟糕，要是法官让你以命抵债呢？"

　　我想大声喊出来，想要伸手抓住父亲，想黏着他再不撒手，这样我们就永远不会分开。但没用的。怪物又把我拖了回去，我什么都听不到。白昼被黑夜吞噬，我的小木船再次驶入疾风骤雨的大海。

　　这是我最后的一丝记忆。

　　等我清醒过来，发现已经是早上了，屋外亮堂堂的。我听到的第一个声音是窗外的鸟叫。不过，那些鸟不同于伯奇伍德庄园的鸟，它们是用鸣叫声欢快地迎接清晨的到来；也不同在我们那栋富勒姆的小房子筑巢的鸟——它们把巢筑在了我们家的窗台底下——那是一大群叫声嘈杂刺耳的鸟，数以百计，在用我听不懂的鸟语粗声粗气地抗议、嘲讽。

　　教堂的钟声响了，我立刻听出来那是圣安妮教堂的钟声，但又莫名地不同于我所熟悉的钟声。

　　我成了失事船只上的水手，被冲上了一片异域的陌生海岸。

　　接着，我听到有人在说话，是一个我不认识的女人的声音："她醒了。"

"爸爸。"我试着开口，但喉咙干得只让我发出来一个气音。

"嘘……乖，好了，"那个女人说道，"乖，好了。有麦克夫人在呢。一切都会好起来的。"

我微微睁开眼睛，发现一个庞大的身影笼罩着我。

除此之外，我看见我的小行李箱放在窗边的一张桌子上。有人把它打开了，我的衣服整齐地堆放在箱子旁边。

"你是谁？"我出声问道。

"哎呀，我当然是麦克夫人啊。这个小伙子是马丁，那边的是船长。"她的声音是欢快的，但透着些不耐烦。

我环顾四周，很快意识到周围的陌生环境，以及她指着的陌生人是哪两个。"爸爸呢？"我开始哭喊。

"嘘！老天爷！小丫头，你没必要又哭又闹。你很清楚你爸爸去了美国，等他准备好了就会派人来接你。在此期间，他请麦克夫人照看你。"

"我在哪儿？"

她笑了："哎呀，小丫头！你现在当然在家里，别再大喊大叫了，不然你这漂亮的小脸蛋儿会叫风给吹变样的，那可就不漂亮了。"

于是，我再一次降生到这人世间。

一次是降生在我父母居住的小房间里，我们在富勒姆的家。那是一个清新的夏夜，圆月当空，星辰闪耀，窗外的河流像一条周身闪着光芒的蛇。

另一次是降生在麦克夫人的房子里，我那时七岁。她家楼下是鸟类商店，位于科文特花园一带被称作七晷区的地方。

第六章

2017年夏

埃洛蒂下班回家时，贝里夫人被蜀葵花和飞燕草围绕着。位于大厅后面的花园敞着门，埃洛蒂可以看到年迈的房东太太正在审视着那些盛开的花朵。贝里夫人的眼镜片差不多和可乐瓶的玻璃一样厚，要是不戴眼镜，她连方片和红桃都分不清，可让埃洛蒂始终感到惊奇的是，一到处理那些花卉上的小虫子时，贝里夫人的眼神儿堪比神枪手。

埃洛蒂没有直接上楼，而是穿过大厅，停在门口。大厅里，贝里夫人的祖父留下的那块钟表仍旧在轻柔、耐心地任凭时间在钟摆的挥动间流过。"你赢了吗？"

"坏家伙。"贝里夫人一边喊道，一边把一只圆滚滚的绿色毛毛虫从一片叶子上摘下来，还举起来给埃洛蒂远远地看上一眼。

"偷偷摸摸的小恶魔，还贪吃——贪吃得可怕。"她把祸害花卉的坏家伙扔进一个旧果酱瓶，那里面还装了一点儿其他的祸害。"想不想喝点儿什么？"

"来一杯吧。"埃洛蒂把背包放在水泥台阶上，朝夏日的花园里走去。先和贝里夫人简短聊聊——毕竟是星期五嘛；然后再开始处理录像带，怎么说她也已经答应了佩内洛普。

贝里夫人把那瓶虫子放在了苹果树下那张优雅的铁艺桌上，然后她的身影消失在厨房里。八十四岁的人了，精神却异常矍铄，她把这归功于没去考驾照："可怕的机器，还污染环境。瞧瞧那些人，开着那玩意儿乱冲乱撞！太可怕了。还是走路的好。"

她从厨房拿了个托盘出来，上面放了一大罐冒着气泡的橘色饮料。去年，贝里夫人和她那群水彩画友一起去了托斯卡纳旅行，自此便喜欢上了阿贝罗鸡尾酒。她给两个玻璃杯斟满酒，隔着桌子递给埃洛蒂一杯："敬您！"

"干杯。"

"我今天把您的邀请函都寄出去了。"

"这是个好消息。至少，对于我的教派是个好消息。"

"我最近读诗的时间更多了些。有一首罗塞蒂[1]的诗让人感到很愉快——读起来像是触到了莫里斯舞[2]的裙摆，诗中写了孔雀、水果和宁静的海……"

"听上去妙极了。"

"但都是些微不足道的东西。对你来说太微不足道了。我更喜欢丁尼生[3]。'若我被爱着，如我渴望的那样，就算地球再大，生与死之间的邪恶之地再广，我又有何所惧——若被你爱着？'"她面带微笑，一只手抚上胸口，"哦，埃洛蒂，多么真实！多么自由！只要知道爱是什么，生活之中再无所惧，多么快乐啊。"

埃洛蒂发现自己点着头，和贝里夫人一样兴奋："真美好。"

"是吧？"

"阿拉斯泰尔的母亲考虑要在婚礼上朗诵一小段诗，大致是说生活就像生与死之间的邪恶之地……"

"哼！那和她有什么关系？"

1　罗塞蒂：指英国女诗人克里斯蒂娜·吉奥尔吉娜·罗塞蒂。
2　莫里斯舞：英格兰传统民间舞蹈，通常会用到棍子和手帕。
3　丁尼生：阿尔弗雷德·丁尼生，英国维多利亚时代最受欢迎及最具特色的诗人。

"嗯，我想，没什么关系。"

"不管怎样，关键不是那首诗。关键是无论恶以怎样的方式发生在人们身上，有人爱就意味着有人保护。"

"你认为真是这样吗？"

贝里夫人笑了："我告诉过你我是怎么认识我丈夫的吗？"

埃洛蒂摇摇头。贝里先生在她搬进阁楼那间公寓之前就去世了。不过，她看过他的照片，很多照片，上面的男子笑容灿烂，戴着眼镜，光溜溜的脑袋上只有一圈白发。这些照片在墙上挂得到处都是，还摆在贝里夫人公寓里的餐边柜上。

"我们当时还是孩子。他那时候姓伯恩斯坦。第二次世界大战刚开始的时候，他从德国坐火车来到英国。儿童撤离行动[1]，你知道吧？我的父母报了名，可以收养孩子。于是，1939年6月，托马斯就被送来了。我还记得他到我们家的那一晚：我们打开门，他独自一人站在门口，两条腿瘦得皮包骨头，手里拎着一个破旧的手提箱。他是一个有趣的小家伙，黑黑的头发，黑黑的眼睛，一个英语单词都不会说，一直客客气气的。他坐在餐桌旁，把我母亲胡乱做的德国酸菜都吃了，然后被领到了楼上，我父母给他专门腾出了一个房间。当然，我对他特别感兴趣——我曾经多次央求父母，说我想要有个兄弟——当时，隔开我和他的房间的那面墙上有个缝，那原本是个老鼠洞，但我父亲一直没抽出时间把它修补上。我就从那个缝里偷看他，也就知道了他每天晚上都会躺在我母亲给他准备的床上，但等到外面的灯光都熄灭了，一切都安静下来了，他就会拿着毯子和枕头爬到衣柜里睡觉。我想我是因为这个才爱上了他。

"他来我们家的时候，随身带着一张照片，被包在他父母的一

1　儿童撤离行动：1938年，为躲避纳粹残害，欧洲多国的犹太团体经英国政府同意后，将未满十八岁的少年儿童在没有成年人陪伴的情况下送入英国进行保护。这些儿童抵达英国后，被分配到相应的寄养家庭、旅馆和农场。

封信里。他后来告诉我，他妈妈把这封包着照片的信缝在了他的夹克衫衬里，这样就不会在路上被弄丢了。那张照片他保存了一辈子。照片上，他的父母衣着考究，他夹在父母中间，看起来是个快乐的小家伙，根本不知道接下来会发生什么。他的父母都死在了奥斯威辛，我们是后来才知道的。我刚满十六岁就和他结了婚，我们俩一起去了德国。战后的生活到处混乱不堪，即便战争结束了，仍然有很多恐怖的事情需要去梳理。他很勇敢。我以为总有一天他失去的一切会使他备受打击，但我并没有等到那一天。

"当我们得知我们不会有孩子时；当他最好的朋友和生意伙伴骗了他，我们看起来可能要破产时；当我发现我的乳房里长了一个肿块时……他始终那么勇敢，那么有韧劲。我觉得，他像是打不倒的小强——现在似乎时兴这么说。并不是他对这些事没有感觉——很多时候，我都会看到他哭泣——但他会把失望、艰辛和悲伤都消化掉。每一次，他都会重新站起来，然后继续前行。他不是那种拒绝承认自己身处逆境的疯子，而是那种接受生活本就不公的人。人生在世，唯一真正的公平，就是生活中的不公平。"她斟满她们的酒杯，"我告诉你这些，不是因为我想要回忆过去，也不是因为我想要在星期五的落日余晖中给我的年轻朋友讲述悲伤的故事。我只是，我想让你明白。我想让你看看爱会给人多大的安慰，共度一生、真正地分享生活中的点滴是什么样子。生活有一道道的围墙，这是不可避免的，抛开这一点，没有多少东西值得在意。因为这个世界纷繁嘈杂，埃洛蒂，虽然生活充满了喜悦和惊奇，但也有邪恶、悲伤和不公。"

埃洛蒂想不出该说点儿什么。贝里夫人的人生智慧是在艰难困苦中得来的，对此表示完全赞同会显得油嘴滑舌，而且就凭自己这点儿生活阅历，她又能给这位八十四岁高龄的忘年交的生活感悟补充些什么呢？贝里夫人似乎也不指望埃洛蒂会有什么回应。她小口地抿着酒，视线越过埃洛蒂的肩膀落在她的身后，不知在想着什么。于是，埃洛蒂自己也陷入沉思之中。她意识到一整天都没接到阿拉斯泰尔的电话了。佩内洛普在通话时说，他和纽约的董事会开了会，一切都进行得很顺利。也许，他和同事一起出去庆祝并购的事了？

埃洛蒂仍然不能完全确定阿拉斯泰尔的公司是做什么的。应该是和收购有关的。他不止一次地解释过这个问题——他说，一切都在于整合，把两个实体合并起来，合并后价值会提升——但埃洛蒂想不明白的问题往往都是小孩子才有可能问的。在她的工作中，收购指的是物品的交付和所有，涉及的都是实实在在的东西，可以握在手里的，可以凭借上面的每一处标记讲述一段故事的。

"托马斯临终的时候，"贝里夫人接着往下说，"差不多就快不行了的时候，我开始担心起来。我非常担心他会感到害怕，我不想让他一个人走。晚上，我梦到的都是那个独自站在我家门口的小男孩。我什么也没说，但我们一直能明白对方的心思。有一天，他转过头对我说，从我们相遇的那天起，生活中就没有什么事让他害怕过。这些话不是他一时兴起才说给我听的。"她的眼中闪烁着光彩，声音里充满了惊叹，"你听到了吗？生活中没有什么事能让他感到害怕，因为他知道我有多爱他。"

埃洛蒂一时哽咽："要是我能认识他就好了。"

"我也希望你们俩能认识。他会喜欢你的。"贝里夫人猛地喝了一大口酒。一只八哥落在隔开两人的桌子上，热切地盯着那罐小虫子，然后大叫一声，飞到了苹果树上，在树干上继续觅食。埃洛蒂和贝里夫人笑了起来。"留下来吃晚饭吧，"她说道，"我给你讲点儿高兴的事，我和托马斯有一次无意间买了一个农场的事。然后，我要把你打得落花流水。牌我都洗好了，一切都准备就绪了。"

"哦，贝里夫人，我真的很想留下，但是今晚不行。"

"连打牌都不能让你留下吗？"

"恐怕不行，有件事已经拖到最后期限了。"

"还要工作？你要知道，你太辛苦了。"

"这次不是工作，是婚礼的事。"

"婚礼的事！老实讲，现在的人把事情都搞得那么复杂。除了两个人彼此相爱，再加上有人听他们这么说，还需要什么呢？要是我，连后面那条都是多余的。如果时光能倒流，我就跑到托斯卡纳去，找一个山顶上的中世纪村庄，站在村子边上，迎着太阳，戴着金银花编的花环，向托马斯许下我的结婚誓言。然后，我就找瓶让人快活的上好的基安蒂红酒[1]，开怀畅饮。"

"婚礼不就该这样吗？"

"小嘴儿可真甜！"

上了楼，埃洛蒂踢掉鞋子，打开了窗户。夏天，贝里夫人花园里的金银花贴着房子后身的砖墙恣意生长，花香在温暖的午后微风中飘荡，整个公寓都香气四溢。

她跪在地上，打开手提箱，里面是父亲给她装起来的录像带。埃洛蒂认出这个手提箱大约是他十二年前买的。那一年，她说服他去维也纳参加古典音乐巡回演出。手提箱看起来旧了不少，里面装着这么珍贵的东西，出行时也就不会再选它。没人会猜到，这里面装着他的心，埃洛蒂觉得父亲也是这么想的：最好能把它保管好。

里面至少有三十盘录像带，都贴着标签，按日期、音乐会、地点和曲目被父亲一丝不苟地做了标注。多亏贝里夫人，埃洛蒂才能弄到伦敦最后一台录像机。现在，她把录像机和电视通过后面的插孔连接起来。她随手拿了一盘录像带，放进了录像机。她突然觉得紧张起来。

房间里立刻响起了音乐，因为录像带之前没有播放完，这次也就不是从头开始的。屏幕上是劳伦·阿德勒的特写，著名的大提琴独

1　基安蒂红酒：意大利基安蒂地区出产的一种红葡萄酒。

奏家，也是埃洛蒂的母亲。她还没开始演奏，怀里抱着大提琴，琴头靠在她的脖颈上，管弦乐队在她身后进行着演奏。视频中的她还很年轻。她的下巴微微抬起，看着指挥，长发在肩头和后背上披散开来。她等待着。舞台灯光照亮了她一侧的脸庞，另一侧脸庞则掩藏在阴影中，形成强烈的反差。她穿着一条黑色的裙子，是绸缎的，有细细的绑带，露出她匀称却看似强壮的手臂。除了样式简洁的金色婚戒，她没有佩戴珠宝首饰。她的手指安放在琴弦上，摆好了姿势，准备演奏。

现在，屏幕上出现的是指挥，一个戴着白色领结、身穿黑色外套的男人。他的动作让管弦乐队停了下来。在沉寂了几秒钟后，他向劳伦·阿德勒点了点头。她吸了一口气，然后，开始和她怀中的大提琴共舞。

在埃洛蒂读过的关于她母亲的众多文章中，有一个形容词反反复复出现：阿德勒的才华是令人赞叹的。这是评论家们的一致观点。她是为演奏大提琴而生的，每首乐曲，无论多么广为人知，都会在她的手中获得新生。

埃洛蒂的父亲保存着所有的讣告，但尤其偏爱《泰晤士报》上的那篇，还把它装进相框，挂在那面满是母亲舞台照的墙上。这篇讣告埃洛蒂读过很多遍，有一段话深深印刻在她的记忆中："劳伦·阿德勒的天赋在于她能将平凡的体验扯开一条细缝，让人们从中瞥见纯粹、透彻和真理。这是她对观众的馈赠。通过劳伦·阿德勒的音乐，观众感受到的是令虔诚的信徒呼唤上帝之名的那种奇迹。"

录像带的标签上写着这次演出的信息：1987年，皇家阿尔伯特音乐厅，《德沃夏克b小调大提琴协奏曲》作品104号。埃洛蒂在笔记上快速记了下来。

母亲现在正进行着独奏，管弦乐队一动不动地坐在她身后——一群面无表情的女人和戴着黑框眼镜的男人，面孔都是模模糊糊的。大提琴那动人心弦的音符流泻而出，埃洛蒂感到脊背一阵战栗。

劳伦·阿德勒认为录制下来的表演是没有生命的。她在接受《泰晤士报》的采访时这样说过。采访中，她还描述了现场表演，说现场表演是恐惧、期待和喜悦交织的悬崖，是观众和表演者之间共享的独特体验。可一旦录制下来，那就成了一成不变的东西，这种体验便失去了所有的力量。但是，对于埃洛蒂来说，录像是她所能拥有的一切。对于作为音乐家的母亲，她没有丝毫记忆。她曾被领着去看过一两次母亲的演出，但那时她还太小。当然，她也听到过母亲在家里练琴，但埃洛蒂实际上并不记得自己听过母亲的专业演奏——也就不足以让她在听其他音乐家在音乐会上的演奏时，把他们和母亲的演奏区分开。

她绝不会向父亲坦白这些。按照她父亲的想法，埃洛蒂把那些记忆都藏在了心底；而且，这些记忆是她固有的一部分。"你妈妈怀孕时就常常为你演奏，"他一遍一遍地告诉她，"她常说，人的心跳是一个人听到的最初的音乐，每个孩子都生来就知道，母亲的那首乐曲有着怎样的节奏。"

他经常和埃洛蒂说起这些，就好像她和他一样记得这些往事。"还记得她为女王演奏时，观众在终场前起立鼓掌三分多钟吗？还记得她在BBC逍遥音乐会[1]上演奏巴赫大提琴组曲全部六首的那晚吗？"

埃洛蒂不记得。她根本不了解自己的母亲。

她闭上了眼睛。父亲也是个问题。他的悲伤无处不在。劳伦·阿德勒去世时留下的那道裂痕，他从未让它愈合——甚至都不去尝试——他暗自悲伤，他放不下她，这让那道裂痕一直血淋淋地敞开着。

有一天，那是意外发生的几个星期后，几位好心的女士来吊唁，在她们朝自己的车子走去时，埃洛蒂在花园里无意中听到她们的对

---

1 逍遥音乐会：英文全称为The Henry Wood Promenade Concerts，是英国一种价格亲民的音乐会，旨在吸引更多的人了解古典乐。该音乐会非常随意，不像正式的音乐会那样严肃，故称为"逍遥音乐会"。

话。"好在孩子还这么小,"在她们走到前门时,其中一个人对另一个人说,"等她长大也就会忘了,她永远也不会知道自己错过了什么。"

片面地看,她们是对的:埃洛蒂已经忘记了。她自己记得的东西太少,无法填补母亲去世后留下的那处空白。但她们说得也不对,因为埃洛蒂清楚地知道自己错过了什么。别人容不得她忘记。

现在她睁开了眼睛。

外面黑乎乎的,夜幕被放了下来,黄昏被晾在了一边。公寓里,电视屏幕上的画面是凝住的,扬声器里发出嘶嘶的声响。埃洛蒂并没注意到音乐什么时候停了。

她从靠窗的座位上爬起来,弹出录像带,又挑了一盘放进录像机。

这盘录像带的标签上写着:《莫扎特C大调第三号弦乐五重奏》作品K515号,卡耐基音乐厅,1985年。埃洛蒂站着看了几分钟开场白。这段视频是以纪录片的形式拍摄的,起初介绍了五位年轻弦乐演奏家的生平——三女两男——齐聚纽约,共同演出。解说员依次介绍着每位演奏家,画面上是她的母亲在排练室里的场景,她和其他人一起哈哈大笑,因为一位黑色卷发的小提琴演奏家在拿自己的领结开玩笑。

埃洛蒂认出他是母亲的朋友,就是这位美国小提琴演奏家在两人出车祸那天开车从巴斯回伦敦的。她隐约记得他:他和家人从美国来伦敦时曾到她家吃过一两次饭。当然,意外发生后,一些报纸上的文章里也刊登了他的照片。他也是结了婚的,她家里还留着几盒照片,但父亲从未整理过。

摄像头对着他拍摄的那段,埃洛蒂盯着他看了一会儿,试图决定自己对这个人应该作何感受,毕竟是因为这个人,她的母亲就在不知不觉中永远离开了她,可他却会永远和劳伦·阿德勒联系在一起了,因为他们一起丧了命。但是,她能想到的只有他看起来真年轻,真有才华。贝里夫人说得真对，人生在世，唯一公平的一点就是不公可能会落在任何人的头上。不管怎么说，他也扔下了年纪轻轻的家人。

现在，屏幕上是劳伦·阿德勒。所有报纸专栏文章里的话都是对的：她太让人惊艳了。埃洛蒂一边看着音乐会上的五重奏表演，一边匆匆记着笔记。她考虑着，在婚礼上选用这一曲目会不会是个不错的决定。如果是的话，佩内洛普她们可能会选哪几段。

这盘录像带放完了，她又开始播放另一盘。

1982年，母亲和伦敦交响乐团演奏的《埃尔加大提琴协奏曲》作品85号的录像带正播放到一半，埃洛蒂的电话响了起来。她看了一眼时间，已经很晚了，她的第一反应是父亲出了什么事，但结果是皮帕打来的。

埃洛蒂想起，在国王十字火车站附近那家出版社有图书签售会，她的朋友可能正在回家的路上，想要边走边聊。

她的拇指悬在接听键上犹豫了一下，铃声便停了。

埃洛蒂考虑了一下要不要拨回去，然后便把电话静音，扔到了沙发上。

楼下的街道上传来一阵笑声，埃洛蒂叹了口气。

那天早些时候和皮帕见面时的些许不安依旧挥之不去。对于那张身穿白色连衣裙的维多利亚女人的照片，埃洛蒂有种占有欲，但又不止于此。现在，坐在房间里，听着母亲的大提琴演奏出的悲伤旋律，她知道自己的不安还因为皮帕谈论这些录像带的方式。

在佩内洛普第一次建议要在婚礼上播放劳伦·阿德勒的录像片段时，埃洛蒂和皮帕就谈论过这个话题。当时皮帕就在想，埃洛蒂的父亲是否会对此有所保留，因为他几乎每每谈起埃洛蒂的母亲都会有些激动。坦率地说，埃洛蒂也担心这一点。结果，他私下里却对此感到高兴。他也像佩内洛普一样，觉得既然埃洛蒂的母亲无法到场，播放录像的做法也不错。

今天，埃洛蒂在说起这个话题时并没有避而不谈，皮帕却揪住问题不放，问埃洛蒂是否同意这样做。

现在，看着劳伦·阿德勒演奏《埃尔加大提琴协奏曲》那段令人痛彻心扉的尾声，埃洛蒂在想，皮帕这样做也许事出有因。说起她俩这对好朋友，皮帕一直都是活力十足的那一个，注意力往往也就聚集在她的身上，而埃洛蒂生来羞涩，更喜欢作陪衬。这一次，埃洛蒂有如此显赫的母亲，也许这让皮帕感到愤愤不平了？

即便只是升起这么个念头，埃洛蒂都为此感到羞愧。皮帕是她的好朋友，甚至现在还忙着给埃洛蒂设计婚纱。她从来都没做过哪件事，让埃洛蒂觉得她嫉妒埃洛蒂有什么样的父母。实际上，从不对劳伦·阿德勒表现出特别兴趣的人很少，偏偏皮帕就是其中一个。人们一旦知道埃洛蒂和劳伦·阿德勒的关系，就不能免俗地问这问那，就好像有关劳伦·阿德勒的天赋和悲剧，他们可以从埃洛蒂那里打探出什么来。对此，埃洛蒂已经习惯了。但皮帕不会那么做，虽然这些年她也问了很多关于埃洛蒂母亲的问题——埃洛蒂是否想念她，是否还能记起她母亲去世前的许多事——但她的关注点仅限于劳伦·阿德勒作为母亲的那一面。仿佛音乐和声望虽然也很有趣，但就所有重要的方面而言都是无关紧要的。

演奏《埃尔加大提琴协奏曲》的录像带播完了，埃洛蒂关掉了电视。

没有阿拉斯泰尔在身边坚持说"周末就该睡懒觉"，她计划早点儿起床，沿着泰晤士河向东好好走上一段路，在舅姥爷蒂普开店之前到他那儿。

她洗了个澡，爬上床，闭上眼睛，竭力让自己睡着。

夜里依然温暖，她却觉得不踏实。莫明的焦虑在她的头顶盘旋，像只蚊子似的，要趁机在她身上叮一口。

埃洛蒂翻了个身，转回来，然后又翻了个身。

她想到了贝里夫人和她的丈夫托马斯，想知道一个人的爱是否真的能抚慰人心，减轻另一个人的恐惧，即便是像贝里夫人这么一个小巧玲珑的人——她年轻时只有五英尺[1]高，却精瘦结实。

让埃洛蒂害怕的东西有很多。她在想，另一个人的爱是否需要些时日才能积蓄出这种力量呢？在清楚了阿拉斯泰尔的爱之后，她是否会自然而然地发现自己变得无所畏惧了呢？

他对她的爱是那样的吗？她要怎样才能弄清楚呢？

父亲对母亲的爱显然是那样的，但这份爱没有使他变得勇敢。失去了她，父亲开始变得怯懦。爱德华·拉德克利夫也深深地爱着一个人，但那份爱使他脆弱。我爱她，我爱她，我爱她，若是无法拥有她，我一定会疯掉，因为要是没有她在我身旁，我害怕……

她。埃洛蒂想到了照片中的女人。但是，不对，那是她自己的执念。还没有什么能把穿白色连衣裙的女人和拉德克利夫联系在一起。那张照片出现在他的书包里，这是当然的，但镶嵌照片的相框是詹姆斯·斯特拉顿的。不，拉德克利夫那段写的是弗朗西斯·布朗，他的未婚妻。众所周知，因为她的死，拉德克利夫把自己逼入了死亡的绝境。

若是无法拥有她……埃洛蒂翻身躺在床上。对已经和他订婚的女人写下这样的话是件奇怪的事。订婚本身不就意味着他拥有了她吗？她已经是他的人了。

除非在他写那张纸条时，弗朗西斯已经死了，他当时身处痛失所爱的深渊。她父亲也深陷其中。那栋房子也是拉德克利夫在弗朗西斯死后画的吗？真有那么一栋房子吗？也许，他在未婚妻去世后，住在那里休养？

埃洛蒂思绪万千，长着黑色羽毛的小鸟在她的头上盘旋，而且越

1　1英尺约为0.3048米，5英尺约合1.52米。

来越近，她已经完全蒙了。

父亲、母亲、婚礼，照片中的女人，素描中的房子，爱德华·拉德克利夫和他的未婚妻，贝里夫人和她的丈夫，独自站在门口的德国小男孩；生活，恐惧，死亡……

埃洛蒂发现自己的思绪已经开启了可怕的夜间循环模式，她不再想了。

她掀开床单下了床。她不是第一回这样了。她非常清楚，自己睡不着了，不妨做些有用的事。

窗户仍旧开着，夜幕下的城市听上去让人觉得十分惬意，这种感觉并不陌生。马路对面，一片漆黑。

埃洛蒂打开灯，泡了杯茶。

她把另一盘录像带放进录像机。这盘录像带上的标签写着：《巴赫G大调第一号组曲》，伊丽莎白女王音乐厅，1984年。她盘腿坐在老式天鹅绒扶手椅上。

时钟嘀嗒作响，午夜已过，新的一天悄悄来临。埃洛蒂按下了播放键，看着一个美丽年轻的女人走上舞台，整个世界都臣服在她的脚下。她抬手向鼓掌的观众致意，然后，她拿起她的大提琴，开始施展她的魔法。

第七章

　　埃洛蒂的舅姥爷住在哥伦比亚路尽头的一个花园洋房里。他是个怪人，深居简出。不过，她母亲还在世的时候，舅姥爷常常会在周末来家里吃午饭。那时，埃洛蒂还是个小孩子，她会觉得他有点令人吃惊；即便是那会儿，他也显得老迈，她清楚地知道他的眉毛又粗又密，手指长得像豆角；她还知道，要是午餐的谈话内容变成了他不感兴趣的话题，他会如何烦躁不安。但是，那时的埃洛蒂也许会去摸餐桌上的蜡烛，把指尖贴在熔化的蜡上，然后等熔化的蜡冷却后，再把它们一层层剥去。要是她因此受到训斥，就没人和蒂普舅姥爷说话了。这时，他会悄悄地在亚麻桌布上放一大堆东西，把它们摆成复杂的图案，等玩够了，就对这堆东西置之不理。

　　埃洛蒂的母亲一直很喜欢这位舅姥爷。她是独生女，和舅舅很亲近，因为在她小的时候，舅舅曾搬去她家住了一年。"她常说，他和其他成年人不一样，"埃洛蒂记得父亲告诉过她，"她说，你的蒂普舅姥爷就像是彼得·潘，是个怎么也长不大的小男孩。"

　　母亲去世后，埃洛蒂自己认识到了这一点。在向她表达善意的所有大人里，只有蒂普的表达方式最特别——他把他的陶瓷魔盒送给了她。魔盒表面嵌满了许多奇异的贝壳和鹅卵石，碎瓷片和闪亮的碎玻璃——全都是小孩子才会注意到的东西，大人根本不会留意这些东西。

"什么是魔盒？"埃洛蒂问他。

"它有一点魔力。"他回答道。成年人在说到这样的话题时，脸上常常挂着宠溺的微笑，但蒂普并没有露出这样的笑容。"这是送给你的。你有什么宝贝吗？"

埃洛蒂点了点头，想起那枚小小的黄金图章戒指，是圣诞时她母亲给她的。

"嗯，现在你有地方把宝贝放好了。"

在其他人都专注于自己的悲伤情绪时，蒂普能来找她，完全是出于好意。从那以后，他们没怎么联系过，但埃洛蒂从未忘记他的好意，所以希望他能来参加自己的婚礼。

那是一个晴朗的早晨，在她沿着河道漫步时，埃洛蒂很高兴能在这样的清晨出来走走。她最后在棕色的天鹅绒椅子上睡着了，夜晚在她破碎不堪的梦境和时不时的惊醒中过去了，直到她和黎明的鸟儿一起醒来。现在，她走到了哈默史密斯桥附近，她意识到，自己还没摆脱昨晚的后遗症：她的脖子落枕了，脑袋里始终有一段大提琴的旋律在回荡。

一群海鸥在附近的一片水面上盘旋。远处的船屋旁，划船的人早早出发，免得浪费这样的好天气。埃洛蒂在桥上一根灰绿色的柱子旁停下来，靠着栏杆，看着桥下的泰晤士河一边流淌，一边打着漩儿。每次从这座桥上走过，埃洛蒂都会想到，1919年，查尔斯·伍德中尉从这里跳下去救一个溺水的女人。那个女人幸免于难，但伍德在救她时受了伤，最后死于破伤风。这样的命运似乎特别残酷：他这个英国皇家空军战士在第一次世界大战中活了下来，却在和平时期因为见义勇为丢了性命。

她走到切尔西堤岸时，整个伦敦都苏醒了过来。埃洛蒂走到了查令街的铁路大桥，然后在皇家法院那站赶上了26路公交车。她在顶层的前排找了个座位。她小时候就喜欢坐在双层巴士的前排，如今，童年时代的这点乐趣仍然让她感到高兴。26路公交车沿舰队街一路驶入伦敦金融城，途经被称作老贝利的中央刑事法院和圣保罗大教堂，沿着针线街行驶，然后在主教门转弯向北驶去。像往常一样，埃洛蒂想象着这些街道在19世纪时都是什么样。那时候，伦敦是詹姆斯·斯特拉顿的天下。

埃洛蒂在肖尔迪奇大街下了车。在铁路大桥底下，一群孩子正在上嘻哈舞蹈课，他们的父母捧着咖啡杯站在周围。她穿过马路，然后穿过后街，转过拐角，走上哥伦比亚路。那条街上的商店刚刚开始营业。

哥伦比亚路是具有伦敦特色的一条街道，充满活力，却隐秘难寻：一排窄窄的砖砌露台，配上五颜六色的店面，有蓝绿色的、黄色的、红色的、绿色的和黑色的，店里可以买到复古的服装、工匠制作的珠宝、手工艺珍品和杂七杂八的精美仿古商品。每到星期天，这里会有花市，空气中香味弥漫，到处是艳丽的花朵，喧嚣的人群摩肩接踵，寸步难行。但今天这会儿，街上几乎空荡荡的。

蒂普家那栋楼的一侧有个铁门，里面有条小路，两旁长满了紫罗兰，小路直通后花园。门外砖砌的白色柱子上刻着黑色字母和一根伸出来的手指，示意要进入"花园洋房"得朝着手指的方向走。铁门是开着的，埃洛蒂推门走了进去。小路的尽头是花园最里面的一角。那里有个小棚子，门的上方悬着一块雕刻的牌子，上面写着"工作室"。

工作室的门半开着。埃洛蒂把门推开，和往常一样，映入眼帘的是好大一堆有趣的东西。一辆蓝色的赛车靠在一台维多利亚时代的印刷机上，好几张木制的办公桌贴着墙壁依次排开。桌上放满了过时的小玩意儿：台灯和钟表、收音机和打字机、装老式排字的金属托盘，一样一样地全挤在一起。下面的柜子里装满了形状奇特的备用零件和不可思议的工具。墙壁上挂着一排排油画和墨笔画，要是哪家艺术品商店把这些画挂出来，名声一定会一落千丈。"有人在吗？"她一边往里走，一边喊道。她看到她的舅姥爷就坐在工作室里面那张高高的书桌旁。"你好呀，蒂普。"

他抬眼瞥了瞥，视线越过眼镜的上边框。除此之外，对于外甥孙女跑到他家门口来，他丝毫不感到惊讶："来得正巧。能把最小号的法伊尔工具刀递给我吗？"

从他指着的那面墙上，埃洛蒂拿到了他要的工具，隔着工作台递了过去。

"这下好多了，"他说道，划了一刀，切口齐整。"那么……你们那儿有什么新鲜事发生吗？"他的口气就好像埃洛蒂一小时前出去买菜刚回来似的。

"我要结婚了。"

"结婚？你不是才十岁吗？"

"现在比十岁要大一点儿。我希望你能来，我给你寄了一张邀请函。"

"是吗？我收到了吗？"他示意埃洛蒂看看离门口最近的那个长凳边上放的一堆报纸。

在一堆煤气费账单和房地产公司发的传单里，埃洛蒂发现了那个米色的棉线信封。信封是佩内洛普挑的，地址也是她写的。信封还没拆。"要我拆开吗？"她扬起手里的信封，问道。

"既然你来了，不妨亲自给我说说重点。"

埃洛蒂坐在长凳上，正对着蒂普："时间是下个月26日，星期六。什么都不用你做，只管来就行。老爸说，他很乐意开车送你去，然后再送你回来。"

"开车？"

"办婚礼的地方叫索斯洛普，是科茨沃尔德的一个村庄。"

"索斯洛普。"蒂普的注意力放在他要切下去的一条线上，"你怎么选了索斯洛普？"

"我未婚夫的母亲认识的人在那儿有处地方。我从来没去过那儿，但我下周末要去看看。你知道那个地方吗？"

"那儿挺漂亮的，好几年没去了。希望那儿没因为社会进步被糟蹋了。"他在一块日式圆石上磨了磨刀刃，又把刀具举起来对着吊灯看看磨得怎么样，"还是那个小伙子，对吗？大卫，还是丹尼尔——"

"那是丹尼，但不是他。"

"太可惜了，我喜欢丹尼。他对医保的想法挺有趣的，我还记着呢。他还在写他那篇论文吗？"

"据我所知，还在写。"

"写的是关于采用和秘鲁相同的制度吗？"

"和巴西相同。"

"对，是巴西。那这回这个呢，叫什么名字？"

"阿拉斯泰尔。"

"阿拉斯泰尔。也是个医生吗？"

"不，他在金融城上班。"

"做金融的？"

"搞收购的。"

"啊。"他拿着一块软布在刀刃上来回擦拭，"我想这是个不错的小伙子喽？"

"是的。"

"善良吗？"

"是的。"

"有趣吗？"

"他喜欢开玩笑。"

"不错。挑个能让你笑的人很重要。这是我母亲告诉我的,她什么都知道点儿。"蒂普的刀片在他的创作上划下一条大弧度的曲线,他在雕刻一条河,埃洛蒂可以看见那条曲线刻画出一部分水流,"你知道,你妈妈在婚礼之前也跑来看我。她就坐在那儿,就是你现在坐的地方。"

"她也来催你回复邀请函吗?"

埃洛蒂开了个玩笑,但蒂普没有笑。"可以说,她是来谈你的。她当时刚发现自己怀孕了。"他把他那块油毡展开弄平,沿着顶端边缘,用拇指拨弄着一块精致却不太牢固的小碎片,"当时日子不好过,她身体又不好。我很担心她。"

埃洛蒂隐约记得自己听说过,母亲怀孕的头几个月,早上都会孕吐得厉害。据她父亲说,劳伦·阿德勒没遇到过多少次需要取消演出的情况,但因为怀孕,她曾经取消过一次。"我觉得,他们是不小心才有了我。"

"应该说,是这么回事,"他认同她的说法,"但他们爱你,可以说,这是更重要的。"

三十多年前,母亲还年轻,坐在埃洛蒂现在坐的凳子上,谈论着即将成为埃洛蒂的胎儿。想象这幅画面,让人觉得怪怪的。但这让埃洛蒂生出一种血脉相连的感觉。她还不习惯把母亲当作同龄人看。"她担心生孩子会结束她的职业生涯吗?"

"这也可以理解。那个时代和现在不同,事情很复杂。她是幸运的温斯顿,你爸爸嘛,他娶她可是高攀了。"

他这么说她父亲,让埃洛蒂很想为父亲说上几句。蒂普的口吻仿佛在说,要是父亲能被征召入伍,也是因为有她母亲在。"我认为,他没觉得自己受了委屈。他以她为荣。他有自己的超前思维。他从没想过因为她是个女人,就应该放弃工作。"

蒂普透过眼镜看着她。他似乎有话要说,但并没有说。两个人陷入了尴尬的沉默之中。

埃洛蒂感到她对父亲有种保护欲，对自己和母亲也同样有种保护欲。他们的情况是独一无二的：劳伦·阿德勒是独一无二的。父亲并没有受多大的苦难，他不需要别人同情。他喜欢当老师，他告诉过埃洛蒂好多次，教书是他的使命。"老爸总是很有眼光，"她说，"还是个很好的音乐家，他知道，她的才华是另一个层次的，她是属于舞台的。他是她最铁杆的粉丝。"

她的话一说出来，就听着像是老生常谈，但蒂普笑了，埃洛蒂觉得，那股奇怪的紧张感消失了。"他的确如此，"蒂普说，"你这么说，我绝对反驳不了。"

"并非所有人都能成为天才。"

他亲切地朝她微笑着："难道我还不知道这个理儿？"

"我在看她音乐会的录像带。"

"是吗？"

"我们要在婚礼上播放一段她的演奏，不找人弹管风琴。放哪一段由我来选，但这可不容易选。"

蒂普把他的刀片放下："我第一次听她拉琴是她四岁的时候，巴赫的曲子。我四岁的时候，穿鞋能分清左右脚，都算是我走运了。"

埃洛蒂笑了。"凭良心说，鞋子是挺难分清楚的。"她坐在长凳上，摆弄着那份婚礼请柬的一角，"看录像时感觉很奇怪。我以为我会感到某种联系——某种认出来的感觉……"

"她去世的时候你还太小。"

"你第一次听她演奏巴赫时，她才多大？和那时的她相比，我不算小。"埃洛蒂摇摇头，"不，她是我妈妈。我应该记得更多些。"

"有些记忆不那么明显。我五岁的时候，父亲就去世了。我记住的也不是很多。但是，即便到了今天，时隔七十七年，从我身边经过的人要是抽烟斗的话，我依然会清楚地记起，我曾经听到过用打字机打字时敲击字母键发出的声音。"

"他过去一边打字，一边抽烟？"

"他在我母亲打字的时候抽烟。"

"难怪。"埃洛蒂的外曾祖母当过记者。

"战前，我父亲晚上要是不用工作，他俩常坐在我们家厨房的一张圆木桌旁。我父亲会喝一杯啤酒，母亲喝点儿威士忌，他们有说有笑，然后母亲继续写她的文章。"他耸了耸肩，"我对那个场景的记忆没有画面，不像电影里那样。从那以后发生的许多事情使我忘记了当时是什么样子的。但是，我一闻到烟斗的烟草味儿，内心就会被一种情感填满：我还很小，感到心满意足，我知道在我迷迷糊糊睡着的时候，父母都在家，两个人待在一起。"他盯着他的刀片，"你的记忆埋在心底某处地方。问题是要弄明白，怎么才能触发那些记忆。"

埃洛蒂想了想："我记得，晚上睡觉前，她给我讲过故事。"

"对，就是这样。"

"尤其是有一件事，我记得特别清楚。我以为那是写在一本书里的，但老爸说，那是她小时候听别人讲的。实际上，"埃洛蒂挺直了身子，"他说，那是家里传下来的故事，里面讲了一个森林和一栋位于河湾的房子。"

蒂普在裤子上把手蹭干净了："该喝杯茶了。"

他慢条斯理地朝旁边的凯尔维纳托牌冰柜走去，伸手去拿上面的水壶，水壶表面有溅上去的油漆点。

"你听过那个故事吗？你知道那个故事吗？"

他对着埃洛蒂举起一个空杯子，埃洛蒂点了点头。

"我知道那个故事，"蒂普说，先把一个茶包上的挂绳解开，然后又去弄另一个茶包，"是我给她讲的。"

工作室里很暖和，但埃洛蒂感到手臂的皮肤上泛起一丝凉意。

"你妈妈小时候，我和她们一起生活过一段时间，就是我姐姐比特丽斯家。我喜欢你妈妈，就算离开了音乐，她也是个聪明的孩子。我当时狼狈不堪——工作丢了，爱人分手了，公寓也没了。但小孩子不在乎那些。我身陷绝望的泥沼，喜欢一个人待着，但她不愿看我自暴自弃。我去哪儿，她都跟着，就像你能想象到的最黏人的跟屁虫。我恳求姐姐别让她缠着我，但比娅[1]总是最明智的。我给你妈妈讲那个关于那条河和那个森林的故事，因为这样我就能让她消停一会儿。不然，她就会一直奶声奶气地品头论足、问东问西，没完没了的。"他的笑容里透着宠溺，"想到她把那个故事也讲给你听了，我很高兴。故事就得讲出来，要不然就没了生命。"

"那是我最喜欢的故事，"埃洛蒂说，"对我来说，那都是真的。她过世后，我常常会想起来，晚上还会梦到它。"

水开了，水壶的鸣音仿佛歌声一样。"我小时候也是这样。"

"那个故事是你妈妈讲给你的吗？"

"不是。"蒂普从冰箱里拿出一瓶牛奶，往每个杯子里都倒了些。

"小时候，我从伦敦撤离过。我们都是：妈妈、哥哥、姐姐和我。不是官方的撤离，是我妈妈安排的。我们的房子被炸了，她想办法在乡下找了个地方，让我们安顿下来。那栋老房子很漂亮，里面都是最令人难以置信的家具——就像是住在那儿的人出去散步了，却再也没回来。"

埃洛蒂想到了她在档案中发现的素描——想到自己觉得那个故事可能是一本插画书里写的，而那幅素描是一张初期绘制的草稿——位于乡间的一栋老房子，里面摆放着家具——那种地方看起来就像是一本维多利亚时代的书，被丢到了书架上，就此被人遗忘，直到下个世纪中叶，被一个小男孩给挖了出来。她几乎可以想象出还是小男孩的蒂普找到它时的样子。"那个故事是你在老房子里看过的？"

---

[1] 比娅：比特丽斯的昵称。

"我没看过，不是从书里看的。"

"有人讲给你听的？谁讲的？"

埃洛蒂注意到，在他回答之前，他稍稍迟疑了一下："一个朋友。"

"你在乡下认识的人？"

"来点儿糖？"

"不用，谢谢。"埃洛蒂想起她用手机拍的那张照片。蒂普还在泡茶，她把手机拿了出来，发现有一通皮帕的未接来电，她在屏幕上划了一下，没管它。然后她找出那张素描画。等蒂普把她的杯子放在她跟前，她把照片递给了他。

他浓密的眉毛挑了起来，他拿起手机："这是从哪儿弄到的？"

埃洛蒂把那些档案，那个在古董小衣橱里的窗帘下面发现的盒子，还有那个书包的来龙去脉都讲了一遍。"我一看到这幅素描，就突然有种熟悉的感觉，仿佛这里是我去过的地方。然后，我意识到，这是那栋房子，那个故事里讲的房子。"她盯着他的脸，"是那栋房子，对不对？"

"是那栋房子没错，也是战争期间我和家里人住的那栋房子。"

埃洛蒂从心底感到某处地方轻松了。那么，她一直都是对的。这就是故事里的房子。而且，这栋房子是现实中确实存在的。战争期间，她的舅姥爷蒂普曾在那里生活过，当时他还是个小男孩，当地人编了个故事，让他的想象力在故事里无拘无束，再后来，他又在多年后把故事讲给了他的小外甥女。

"要知道，"蒂普说，眼睛依旧盯着那幅素描画，"你妈妈也来问过我这栋房子的事。"

"什么时候？"

"大概是她去世的前一周。我们一起吃了午饭，然后去散步，回到这里时，她问了我在大空袭期间在乡下住的那栋房子。"

"她想知道什么？"

"起初，她只是想听我说说那栋房子。她说，她记得我给她讲过。她还说，在她心里，那栋房子是有魔力的。然后她问我，能不能告诉她那栋房子的确切位置。她还问了地址和离它最近的村子。"

"她是想去那里吗？去干吗？"

"我只知道我跟你说的这些。她来看我，想知道故事里那栋房子的事。我就再没见过她。"

激动的情绪让他暴躁起来，他想把手机屏幕上的素描弄掉，但却翻到了后面的照片。埃洛蒂看到，他的脸唰地一下变得毫无血色。

"怎么了？"她问道。

"这是从哪儿弄到的？"他举着手机问道，屏幕上是她拍的照片，那张穿着白色裙子的维多利亚时代女人的照片。

"原版照片是我在办公室发现的，"她说，"和那本素描簿放在一起。怎么了？你知道她是谁吗？"

蒂普没有回答。他盯着照片上的人，好像什么都没听到。

"蒂普舅姥爷？你知道这个女人的名字吗？"

他抬起头来，看着她的眼睛，但他眼中一目了然的情绪不见了，眼神里是说谎的孩子在被人识破时的防备。"别傻了，"他说，"我怎么会知道？我这辈子从没见过她。"

IV

第一道曙光马上就要来了。我正坐在客人的床尾。看着另一个人睡觉，是亲密的人才会做的事。从前，我可能会说，人在睡着的时候是最脆弱的，但现在，根据我的经验，我知道不是这样。

我还记得第一次在爱德华的工作室过夜的情形。他一直画到后半夜。绿色玻璃瓶中的蜡烛一根根地燃烧着，熔化的蜡形成一个个荡开的波纹。直到光线暗得让他没法再继续画画。在离壁炉最近的那个角落里，垫子被随意地铺在地板上。我醒得比他早。透过倾斜的玻璃天花板，可以看到黎明正轻手轻脚地缓缓来临。我侧躺着，头枕在手上，看着他的睡颜。爱德华正在做梦，紧闭的双眼里，眼珠在眼睑下来回转动。

我想知道我这位年轻的客人梦到了什么。昨晚，他黄昏前才回来，我感觉到屋子里的能量立刻起了变化。他已经在麦芽坊的那个房间"安营扎寨"了，他直接回了那里。我瞬息之间便来到他的身边。他一下子脱掉了T恤衫，我发现自己目不转睛地盯着他看，竟错不开眼。

他很帅，是那种不经意间流露出的帅气。他有宽阔的胸膛和一双粗壮的臂膀，是那种卖力干活、搬运重物的人才有的手臂。那些在泰晤士河沿岸码头上干活的人，都是这副身材。

从前，遇到我不认识的男人脱衣服，我会离开房间或转过身去。尊重隐私的礼节一旦学会，就会埋进人的骨血，这不免令人惊讶。但我盯着他看又不会给他带去任何影响，索性，我就毫不避讳地看着。

我觉得，他的脖子僵了，因为在他朝窄小的浴室走过去时，他用手掌揉搓着脖颈，然后把头左歪一下、右歪一下，脖子抻来抻去的。夜晚依旧湿热，我一直盯着他的脖颈后面看。他的手掌刚刚就放在那里，那一头自来卷儿的发际末端。

我怀念触碰的感觉。

我怀念被触碰的感觉。

爱德华的身材不同于在码头上干活的人，但要比人们想象中画家的身材更壮实些。大家都觉得，画家整日里就是挥挥画笔，在画布上涂涂抹抹；抬抬眼皮，审视和打量要被画下来的东西。我记得他在烛光下的样子，在伦敦工作室里的样子，还有在这儿，在暴风雨来袭的那个夜晚，他在这栋房子里的样子。

我的客人在一边淋浴，一边唱歌。唱得不怎么样，不过嘛，他也不知道自己会被听到。小时候，我住在科文特花园时，有时会在一些剧院里站着听歌剧演员练歌。直到剧院经理们过来，抡起胳膊威胁要揍人，我才会跑到阴暗的角落里躲起来。

虽然我的客人开着浴室门，但那个隔间太小，里面仍然雾气氤氲。他洗完澡，站在镜子前，用手把镜子中央的雾气抹掉。我就在他的身后，隔着一段距离。如果能呼吸的话，我会屏住呼吸。要是光线合适，我会在镜中瞥见自己一两次。餐厅的圆镜效果是最好的，这跟镜面的弧度有关。在极个别的情况下，我也能让别人看见我。不，不是让别人看见，因为我也没做什么特别的事情。

不过，我的客人看不见我。他在露出胡楂儿的下巴上搓了搓，然后去找衣服穿。

我怀念自己拥有一张面孔的样子，还怀念声音，那种能让每一个人都听到的真真切切的声音。

待在阈限空间[1]中会感到孤独。

麦克夫人和一个叫"船长"的男人住在一起。一开始，我以为那是她的丈夫，后来才知道是她的兄弟。麦克夫人有多胖，他就有多瘦。他有条木头做的假腿，走路时一瘸一拐的，这是因为他曾在舰队街上被一辆马车撞了。

"他那条腿卡在车轮里了，"住在几条街以外的一个小孩告诉我，"他被马车拖出去一英里，腿给生生折断了。"

那条木头假腿是他在码头上的一个朋友给他手工制作的，用一堆皮带和银色搭扣绑在膝盖下面。船长对这条假腿非常满意，待它极其上心，搭扣擦得锃亮，皮带上打蜡，木头上要是起了刺儿，就用砂纸磨掉。事实上，这条假腿被弄得太光滑，皮带上的蜡也打得太多，结果不止一次从腿上掉了下去，把周围那些不知道他断了条腿的人吓一大跳。据说，他还把假腿从膝盖上卸下来过，冲着惹他不快的人挥来挥去。

麦克夫人并非只照顾我这一个孩子。她有好多样营生，但说到这些时，她会将声音压得低低的，用词也颇为隐晦。除此之外，她还靠收留孩子赚点儿小钱。每星期她都在报纸上刊登一条广告，上面写着：

---

1 阈限空间：最早广泛应用于心理学和人文社会科学研究，指有间隙性的或者模棱两可的状态。

招收启事

现有正派寡妇一名，
无须抚养亲生幼童，
可收留或收养小孩，男女不限。

*

刊登广告者保证：
住宿舒适，呵护备至；
费用低廉，十岁以下儿童皆可。

*

收费标准
每星期五先令
婴儿不足三个月可收养
总计十三英镑

起初，我不明白为什么这则广告会特别提到不足三个月的婴儿。但有一个女孩，叫莉莉·米林顿，她比我大，什么都多少知道些。我从她那儿得知，麦克夫人曾经收养过几个婴儿。她说，其中，有个被收养的男婴叫大卫，一个被收养的女婴叫贝茜，还有一对双胞胎，没人记得他们的名字。可悲的是，他们都病死了。那时候，在我看来，这都是因为他们的运气太糟糕。但听我这么说，莉莉·米林顿只是挑了挑眉毛，然后说，这跟运气没多大关系，不论运气好坏。

麦克夫人解释说，她收留我是帮我父亲的忙，也是在帮耶利米。我后来才知道，她和耶利米很熟。她还说，她对我另有安排，肯定不会让我失望。实际上，她说，我父亲向她保证了，说我是个好孩子，很听话，他为此感到骄傲。她说这些的时候，目光凌厉。"你是个好孩子吗？"她问道，"你爸爸说的是真的吗？"

我告诉她，是的。

她继续说，要在她这儿待下去，每个人都得尽自己的一份力，来支付自己的生活费。要是我赚的生活费还有富余，她就寄给我父亲，帮他重整旗鼓。

"然后，他就能派人来接我了？"

"没错，"她把手一挥，认同了我的说法，"没错，没错。然后他就能派人来接你了。"

我告诉莉莉·米林顿，麦克夫人对我另有安排，她一听就哈哈地笑了起来："哦，她肯定会给你找份差事的，这一点可是千真万确。她要是没点新花样，怎么混下去？不靠着皮肉生意，她的钱从哪儿来？"

"然后我要和我爸爸一起去美国。"

每当我这么说，莉莉都会揉乱我的头发，我父亲也总是这样做。我因此越发喜欢她。"是吗，小心肝儿？"她说，"去了美国可就自在啦！"心情特别好的时候，她还会说："你的行李箱里，还有没有把我装进去的地方呀？"

她说，她爸爸是个"废物"，还说，没他在，她过得更好。不过，她妈妈是个演员。（要是听到她这么说，麦克夫人就会轻蔑地说："她的说法还挺时髦。"）莉莉更小的时候，曾经在圣诞节进行过露天表演。"大家叫我们煤气灯仙女，因为我们站在舞台前面，身上泛着黄色的光。"

我能想象出当仙女的莉莉是个什么样，也能想象出她当演员是个什么样。她计划成为演员。"像伊丽莎·韦斯特里斯或者莎拉·莱恩那样的演员兼剧场经理。"她一边说，一边在厨房里趾高气扬地走着，抬起下巴，手臂张开。要是麦克夫人听到她这么说，就会隔着屋子扔过来一块抹布，生气地说："你要是知道好歹，最好给我把那些盘子洗了，再放回厨房的架子上。"

莉莉·米林顿说话刻薄，脾气一点就着，总有办法把麦克夫人气得跳脚，但也风趣聪明。我在七晷区鸟类商店楼上醒来后的头几个星期里，她就是我的救星。莉莉·米林顿让一切都更加明亮。她令我更加勇敢。要是没有她，我觉得自己没法在离开父亲的日子里活下来。因为我已经习惯了做钟表匠的女儿，没了他，我都不知道自己是谁。

不过，人的生存本能，是个奇怪的东西。住在这栋房子里，我有很多机会亲眼目睹，再难熬的境遇，人们也能挺过去。我也是如此——有了莉莉·米林顿的庇护，日子一天天地过去。

麦克夫人说得没错，家里的每个人都要为生活费挣钱。但是，因为她对我"另有安排"，在最初的一小段时间里，我可以不用出去挣钱。"先花点儿时间安顿下来，"她说，一边朝船长点了点头，"同时，我会把东西准备好。"

在此期间，我尽量躲着她。麦克夫人干的是收留孩子的营生，可她似乎并不怎么喜欢孩子。她要是发现谁"碍手碍脚"了，就会大声吼道，她的皮带可不是吃素的。白天过得很慢，房子里只有那么几处角落可以藏身。所以，每天早上莉莉·米林顿去干活时，我都跟着她。起初，她担心我会害她"被抓"，所以不搭理我。不过后来，她叹着气，说我嫩得像棵草，在我自找麻烦之前，得有人告诉我做事的门道。

当时的街道上乱糟糟的：有公交车和五颜六色的四轮马车，有被赶到勒顿豪集市去的鸭子和猪，有吹嘘着自家吃食的小贩——羊蹄、腌玉黍螺、鳗鱼饼——不论什么吃的，只要是你能想得到的，就都能买得到。再往南边，如果我们沿着科文特花园附近那些铺着鹅卵石的阴暗小巷悄悄走过去，就会来到市集广场。在那儿，十几个蔬果摊贩排成一排，从送货车上就可以直接买到最新鲜的草莓；集市上的搬运工把装满果蔬的篮子顶在脑袋上；走街串巷的商贩在拥挤的人群中穿梭：有卖鸟和蛇的，有卖扫把和刷子的，有卖《圣经》和歌谣集的，有卖菠萝片的，有卖陶瓷摆件的，有卖串起来的洋葱的，有卖拐杖的，还有卖大鹅的。

我开始结识那些常来卖东西的人，莉莉·米林顿向他们挨个儿介绍我。我最喜欢的是那个法国魔术师。他每隔一天来一次，就在集市南面那个离河岸街最近的角落里表演。他身后有一个农场主的摊位，可以买到最好的鸡蛋。所以，那个魔术师的身边车流不断，总是挤着一大堆人。我开始注意到他，是因为他优雅的外表。他又高又瘦，戴着黑色礼帽，穿着烟筒裤，更突显了他的身材；他身穿马甲和燕尾服，下巴上蓄着山羊胡，上唇的小胡子两边尖尖的，还打着卷儿。他不怎么说话，但在他把身前桌上的硬币变没，又从观众的帽子和围巾里把硬币变出来时，他那双画了一圈黑色眼影的大眼睛，就像会说话似的。他还能从对他的戏法感到非常惊奇的人群中，把别人的钱包和珠宝首饰变到自己手里。可要是那些人发现，自己的贵重物品跑到了这个一身异域风情的陌生人手里，他们会非常气愤。

"你看到了吗，莉莉？"当我第一次看到他从一个小孩的耳朵后面拽出一枚硬币时，我惊呼着，"他会魔法！"

莉莉·米林顿只是咬了口她不知道从什么地方弄来的胡萝卜，然后告诉我，下次要看得再仔细点儿。"障眼法，"她说着，把一条长长的辫子甩到身后，"魔法是供付得起钱的人消遣的，咱们可不是那种人。"

我还没完全弄明白到底"咱们"是指谁，也没弄明白莉莉·米林顿和其他人到底是做什么的。我想，他们都干得不错，这才是紧要的。我只知道，每天需要晃悠几个小时；有时候，在莉莉短暂地挤在人群里时，我要等着她；然后，有时候，要在凌乱的小巷里一阵飞奔，跑得脸颊通红——可那是为了躲开谁，我也不知道。

不过，偶尔情况会不一样。我们一从麦克夫人家出来，莉莉·米林顿就会比平时更神经质，像是一只瘦弱的、不愿让人摸的猫。这种时候，她会在集市上找个地方让我站着，还让我答应等着她。"你哪儿也不许去，听到了吗？别跟任何人说话。莉莉很快就回来找你。"我不知道，她接下来去了哪里，只知道她总是比平常离开的时间更久一些，而且回来的时候，经常阴沉着脸，一副神秘兮兮的样子。

就是在这样的一个日子里，穿黑外套的男人朝我走了过来。我当时已经等了很久，时间像是没个头儿，我觉得越来越累，就从莉莉让我待的地方走开了，跑到砖墙底下蹲着。我无聊地看着一个卖玫瑰花的女店员。直到那个穿黑外套的男人站到我的面前，我才注意到他。我被他的声音吓了一大跳。"嗯，我来看看，这是谁啊？"他弯下身子，一把捏住我的下巴，让我的脸转向他，眯着眼睛审视着我，"小姑娘，叫什么名字啊？你父亲是谁？"

我正要回答他，莉莉出现了，身影一闪，把我和那个男人隔开了。

"你在这儿呢，"她用纤细有力的双手抓着我的胳膊说，"我到处找你。妈在卖鸡蛋那边等着呢。咱们该回家了。"

连让我吱一声的时间都没留，莉莉就把我拽走了，然后领着我在拐来拐去的巷子里穿行。

最后，快到七晷区了她才停下。她把我的身子扭过去对着她，她的脸颊发红。"你跟他说什么了吗？"她说，"那个男的？"

我摇了摇头。

"你确定？"

"他想知道我的名字。"

"你告诉他了吗？"

我又摇了摇头。

莉莉·米林顿的双手放在我的肩头，因为一路狂奔了这么远，我的肩膀还在上下起伏着。"别告诉任何人你的真名，听到了吗，柏蒂？永远也别。当然也不许告诉他。"

"为什么不行？"

"因为不安全。这儿不安全。唯一安全的法子是，一旦出了门，你就要变成别人。"

"就像障眼法？"

"就像障眼法。"

然后，她告诉我济贫院是怎么回事，因为那个穿黑外套的男人就是济贫院的。"如果让他们发现你的真实身份，他们就会把你关起来，柏蒂，然后再也不让你出去。他们会让你干活，直到你的手指头血糊糊的，还会因为屁大点儿的小错鞭打你。麦克夫人也打人，但对咱们这样的人来说，挨她揍算不上最糟糕的。我听说有个女孩，她是扫地的，就因为地板上有一点儿灰没扫净，他们就把她的衣服扒光了，拿扫把打得她青一块紫一块的。还有个男孩，被捆在麻袋里，吊在房顶的椽子上，就因为他尿了床。"

我的眼泪在眼圈里打转，莉莉的脸色柔和了些："好了。别哭唧唧的，不然我揍你了。你必须给我好好发誓，你的真实姓名，绝对谁也不告诉。"

我发了誓，她最后似乎很满意。"乖，"她点了点头，"那咱们回家吧。"

我们转过拐角，回了小白狮街。看到鸟类商店时，莉莉说："还有一件事，跟麦克夫人汇报的时候，别把我留你一个人等着我的事说漏了，好吗？"

我答应她，不会打她的小报告。

"她对你'另有安排'。如果让她知道我自己忙活去了，扔你一个人等着，她非要我命不可。"

"你去忙活什么了，莉莉？"

她看了我一眼，又盯着我看了几秒钟，然后伏身靠向我的耳边。

她挨得很近，我能闻到她身上的汗味儿。"我在存钱，"她低声说，"给麦克夫人干活也不赖，但如果不自己挣点儿钱，就别想有自由的一天。"

"你是在卖东西吗，莉莉？"我并不确定，因为她和其他商人不一样，她没捧着水果、鱼或是鲜花。

"算是吧。"

她就告诉了我这些，我也从没想过再问。麦克夫人经常说，莉莉·米林顿是个"大嘴巴"，但莉莉知道，什么时候该管住嘴。

不过，我也再没机会从她那儿问到更多的事。我和莉莉·米林顿只认识了六个星期，然后她就被一个喝了一肚子威士忌的水手给杀了，因为他觉得，她要的价高了，他不想付那么多钱。对我而言，讽刺的是，我对这个女孩知之甚少，却永远和她绑在了一起。不过，对于我，莉莉·米林顿是珍贵的，因为她把她的名字给了我，那是她所能给的最宝贵的东西。

麦克夫人虽然没什么积蓄，但看她那副架势，还有那么点儿像是有家底的人。在他们家，一直流传的说法是，她家祖上也是钟鸣鼎食之家，但百十年前，家门遭了大不幸，便家道中落了。

于是，这个出身显赫的女人就在房子一进门的地方，留出一个房间当作"客厅"，还把她的积蓄分毫不剩地花在了这间屋子上：五颜六色的靠垫，檀木家具，用天鹅绒做背衬的蝴蝶标本，装在钟形玻璃罩里的松鼠标本，王室成员的亲笔签名照，还有一堆七零八碎的水晶，不过水晶上的裂痕都极不明显。

那里简直成了圣地，孩子们自然是绝不许进去的，除非有她发话。其实，除了麦克夫人，只有船长和马丁拥有自由出入那处圣域的资格。当然，还有麦克夫人的狗，一只从船上弄来的猎犬，她叫它格伦德尔。这个名字是她有一次从一首诗里听来的，她很喜欢。麦克夫人对那条狗宠爱有加，对它从来都柔声细语的，我从没听她对什么人那样说过话。

除了最受宠的格伦德尔，麦克夫人还宠爱马丁，她的儿子。我到小白狮街和他们一起住的时候，他十岁，我七岁。马丁看起来比他的实际年龄要大——不仅仅是因为个子高，还因为他那股气势，他似乎要比他那个年纪的孩子更占地方。不过，他没多少脑子，更没什么善心，因为老天爷赏他的，是从娘胎里自带的狡诈。我敢说，相较于现在，狡诈之人在当时那个年代可是有福的。

这些年来，我有很多机会去想这样一个问题：如果马丁的出身不同，他的结局是否会不同，比方说，如果他出生在面色苍白的乔那样的家庭里，他会不会成为一个品位高雅、举止得体的人呢？我可以肯定，答案是，会的。因为换成乔那样的出身，马丁就会把活下去所必需的手段和虚伪都学到手，甚至还能活得有模有样，因为无论出身如何，都得混出个样儿来，这是世道使然。马丁的本事是天生的，他能看准风向，然后顺势而为。

显然，从他被怀上开始，就没有瑕疵，因为从没听人提过他父亲。麦克夫人从来都是骄傲地叫他"我的儿子，马丁"。他俩明摆着是母子，从他们相似的面孔上就看得出来。不过，麦克夫人绝对是个乐天派，马丁却凡事都往坏处想。在他眼里，处处都是吃亏。但凡收到礼物，他就琢磨着，怎么收到的不是别的东西，把这个收了，我不就收不到那个了嘛。必须得说，在伦敦，住在我们这处弹丸之地，这样想对他来说可是有用得很。

在这个鸟类商店楼上的房子里，我已经住了两个月了，莉莉·米林顿也已经去世两个星期了。一天，我在晚饭后被请去了客厅。

我一边往客厅走，一边感到忧心忡忡，因为到了现在，我也亲眼看到过，孩子们要是惹了麦克夫人不高兴，会是个什么下场。门是开着的，我贴着门缝往里看。我见马丁也这么干过，当时麦克夫人在客厅里招待她的一位"生意伙伴"。

船长站在能俯瞰街道的那扇窗户旁，吟诵着他最喜欢的一首诗，是关于1840年冬季大雾的史诗："天地间，白茫茫一片；幽冥似的航船，在泰晤士河上相撞。"格伦德尔趴在沙发上；马丁佝偻在三条腿的脚凳上，啃着指甲；麦克太太，我最后看到的她，正安坐在壁炉旁边那把高背扶手椅上。有段时间，一到了晚上，她就不知道在给谁缝衣裳。要是有人问她，那是做给谁穿的，她就会说，别多管闲事，"不然的话，我给你找点儿事"。我能看见，她缝的那件衣裳现在就放在她的腿上。

我一定是贴着门缝时手上的力气太大了，因为门吱嘎一声，突然被我推开了。

"你来啦，"麦克夫人边说边看了马丁和船长一眼，"小孩子，耳朵尖。"她把针从布料底下抽出来，得意扬扬地收了针，然后用牙咬断了线，又把线头整理好，"那就过来吧，让我们瞧瞧。"

我赶忙来到她身边，麦克夫人把她腿上的那件衣裳展开，抖搂了一下。我这才看出那是条连衣裙，我很久没穿过这么漂亮的裙子了。我妈妈还在的时候，我的衣服都是她一针一线缝补的，可那些衣服早就小了。

"来，转个身，小姑娘，胳膊抬起来。让我们看看合不合身。"

麦克夫人把我长衫领口上的扣子解开，然后把长衫拽过我的头顶和胳膊，脱了下来。天气并不冷，可在穿好那条精致的连衣裙时，我打了个冷战。

我不明白这是怎么回事——为什么如此奢华的礼物会送给我——但我知道，还是不要问的好。后背上，一颗颗小珍珠纽扣一直系到脖颈；腰间，系着一条宽宽的绸带，颜色是极其浅淡的蓝。

我知道麦克夫人就在我身后，她粗重的气息是温热的，一呼一吸。她在整理着衣裙，确保每处细节都妥妥当当。整理完毕后，她把我转过去对着她，跟房间里的人说道："怎么样？"

"哎，她还挺漂亮，"抽着烟斗的船长咳嗽着说，"再配上她娇滴滴的甜美嗓音——咱们还从没有过这样儿的。她就是个地地道道的小淑女嘛。"

"她现在还不是，"麦克夫人高兴地回答说，"但是，只要好好调教一番，上几节礼仪课，再烫一两个发卷，她也就差不多能过关了。她像不像幅画，马丁？"

我迎上了马丁的目光，但我不喜欢他盯着我的眼神。

"口袋怎么样？"麦克夫人说，"你摸到口袋了吗？"

我顺着裙子两侧把手向下滑，用指尖寻找着袋口。口袋很深——事实上，我得把整个胳膊都塞进去才能摸到底，就像是连衣裙的衬裙里缝了两个大袋子。

我很纳闷，但口袋做这么大，显然是有意为之，因为麦克夫人得意地大笑起来，和屋里的其他人交换着眼神。"好了，好了，"她说，满意得像是一只舒舒服服的猫，"你看到她那副样子了吗？看到了吗？"

"好了，好了，看到了，"船长说，"干得好，麦克夫人。干得好。她看起来真像那么回事儿，没人会怀疑的。我估计要大赚一笔了。能有谁不对走失的小女孩伸出援手呢？"

我的客人终于动了动。

我觉得，我还从没有哪位客人像这位似的，那么不愿意起床开始新的一天。就连朱丽叶也到不了这个程度——她常常要在床上赖到非起来不可，因为她的孩子已经都起来了，在屋子里跑来跑去，最后再跑进她的卧室把她拽起来。

我要靠床头更近些，看看这样能否让他快点儿起来。正好，我也想弄清楚，我可以靠他多近。我的客人中有些人不敏感，就算我从他们身边经过时贴着他们，他们也感觉不到一丝丝冷意。还有一些人，就算我没有丝毫特意的举动，也会注意到我，就像我在飞机和炸弹乱飞的那段时间遇到的那位小朋友，他身上有很多地方像面色苍白的乔。

所以嘛，这就算是个测试。我现在就要朝床头一点点挪过去，看看会发生什么。

结果，他颤抖着，缓慢而费力地下了床，一脸怒容，恶狠狠地看着敞开的窗子，好像是要拿微风出气。

敏感的人。看来测试还要继续，我会想法子弄清楚，到底可以靠他多近。

这让我的任务更加艰巨了，不过从某种程度上说，我还挺高兴的。这又是我的虚荣心在作怪，算是戒不掉了。有人注意，总是件好事嘛。

他一边把睡觉时戴上的耳塞摘下来，一边朝浴室走去。

两个小女孩的照片，现在被放到了小水槽上方的架子上，不再放到皮夹子里了。他剃完胡子后，停顿了一下，把照片从架子上拿了起来。他盯着照片，脸上浮现的表情能让人心软地原谅他犯的任何错。

昨晚我又听到他和莎拉通话了。他不像以前那么有耐心，他说："那是很久以前的事了，现在今非昔比了。"他的声音低沉下去，语气缓慢而平静，但是，相比于他大喊着"但是，莎莎[1]，女儿甚至都不知道我是谁"，这样的语气听起来更糟糕。

显然，他在某件事上说服了她，他们约好要在星期四见面共进午餐。

打完电话，他似乎很不安，好像他原本并没想过要打赢这场仗。在沙果树旁边的一片草坪上，艺术史学家协会安了几张木制的野餐桌。他拿了瓶啤酒坐到一张木桌旁，俯瞰着哈福斯特德溪。每个星期

---

1 莎莎：莎拉的昵称。

六，这里都挤满了游客。他们尽量稳稳地拿着托盘，托盘里摆放着从咖啡馆买来的茶、司康饼和三明治。现在，咖啡馆把旧谷仓都占了，以前那里是女学生办音乐会的地方。周末虽然人来人往，平日里一切倒还安静。他孤独地坐在那儿，肩膀紧绷着，一边喝啤酒，一边看向远处铁灰色的河水。

他让我想起了伦纳德，那是很久以前的夏天了。当时，露西正要把房子和房产管理权转交给艺术史学家协会。伦纳德也常常坐在同一个地方，头上的帽子压得低低的，帽檐遮住一只眼睛，嘴里总是叼着根香烟。他提的是一个旅行包，不是行李箱。包里装得整整齐齐的，只要是他觉着用得上的东西，都放在里面。他当过兵，很多问题也就不言而喻了。

我这位年轻的客人现在去了厨房烧水，准备在早餐前喝杯茶。他会因为动作太快，在长凳上把茶水洒出来，然后骂自己几句，但都不是什么恶意的诅咒。接下来，他会喷喷作响地喝上几大口热茶，还没等喝完，就把茶杯放在窗台上，然后去洗澡。杯子里的茶，被忘在窗台上，渐渐变凉。

我想弄明白他为什么来这儿，他用铲子做什么，还有他拍的那些照片和他要做的事情是否有关。等他又一次拿着铲子、背着棕色相机包出门时，我会等着他。但我越来越没有耐心了，也不再满足于做个旁观者。

有什么东西在某处发生了变化。我能感觉到，就像我以前能够分辨出要变天了那样。我觉得，那就像是气压变得不一样了。

我感觉到一种共鸣。

好像外面有某件东西或是某个人，轻轻地打开了开关。虽然我不知道会发生什么，但它就要发生了。

116

第八章

2017年夏

埃洛蒂坐在公寓的窗户上，戴着母亲的面纱，凝望着河水静静流向大海。这样完美的下午难得一见，空气里满是干净的棉布和修剪过的青草的气味，无数童年的记忆在恋恋不舍的日光中闪耀着光芒。但是，埃洛蒂在想的并非童年。

大街上仍然看不到皮帕的身影。她一个小时之前给埃洛蒂打了电话。此后，埃洛蒂一直什么都干不进去。她的朋友不想在电话里说太多，只说事情很重要，她有东西必须交给埃洛蒂。她听上去很急，几乎上气不接下气的，她很少这样。周六晚上跑到巴恩斯街来找埃洛蒂，这也不同寻常。

不过呢，这个周末似乎什么都不对劲。从埃洛蒂在办公室发现了那个装着档案的盒子，在里面发现了素描簿和照片以来，一切都不对劲。

那个穿白色连衣裙的女人——那天早上，蒂普坚持说自己根本不认识她。即便埃洛蒂一再逼问，他还是守口如瓶。他以最快的速度打发埃洛蒂离开了工作室，喃喃自语，他开店都晚了；还说，会的，会的，他当然会去参加她的婚礼。但是，埃洛蒂不会看错他的反应。他认出了照片中的那个女人。而且，关键是，虽然埃洛蒂也不确定他怎么会认识她，但他能认出她，这就把档案盒里那两样东西联系在了一起，因为蒂普也认识素描画中的那栋房子，他小时候和家人在那里住过。

被蒂普赶出来之后，埃洛蒂直接回了河岸街，然后去了办公室。她在大门上输入周末的通行密码，然后进了大楼。地下室的光线阴暗，甚至比平时还要冷上几分，不过，埃洛蒂并未多作停留。她从办公桌下面的盒子里把镶着相框的照片拿了出来，又从档案里取出了那本素描簿，接着便离开了。这一次，她没有半分愧疚感。她就是莫名觉得，那张照片和那本素描簿是属于她的。这两样东西被她找到，就是命中注定的。

现在，她将照片捧在手心里，看着那个女人投过来的目光，那副恃才傲物的样子，几乎是在挑衅。找到我呀，它似乎说，弄清楚我是谁。埃洛蒂把手中的相框翻了过来，指尖在银质相框上那些蜘蛛丝一般纤细的划痕上摩挲。相框两侧都有这样的划痕，几乎是对称的，仿佛是用针或者类似的锋利物件在相框上特意刻下的。

埃洛蒂把相框立在她面前的窗台上，在她的想象中，詹姆斯·斯特拉顿一定也这样摆放过它。

斯特拉顿，拉德克利夫，那个穿白色连衣裙的女人……他们彼此之间有着关联，但又是什么样的关系呢？

埃洛蒂的母亲，蒂普童年时从伦敦撤离的那些日子，那个给他讲泰晤士河畔那栋房子的故事的朋友……

埃洛蒂的目光再次飘向窗外的河湾处。她隐约意识到，自己以前也曾透过窗子望着外面的河湾，那些往昔的光影层层叠叠，交织在一起，像是一艘巨大的、默默无声的航母，承载着愿望和希冀，承载着旧靴子和金银财宝，承载着一段段回忆。她忽然想起这么一段：一个微风和煦的日子里，她还是个小姑娘，和她的父母在河岸边野餐……

她抚摸着面纱那圈象牙色的荷叶边，指尖下是光滑的触感。她觉得，她母亲在三十年前可能也这样抚摸过这块面纱。也许当时，她就站在教堂的大门外，准备朝埃洛蒂的父亲走去。劳伦·阿德勒走在教堂过道上的时候，奏响的是哪首乐曲？埃洛蒂不知道，她从没想过去问这个问题。

整个下午她都在看录像，直到皮帕打来电话，她才停下。现在，她的思绪伴着大提琴的旋律翻涌。"就好像她也在婚礼现场，"佩内洛普说，"你的母亲没法陪在你的身边，那播放录像便是最佳方案了。"但根本不是那么回事。埃洛蒂现在明白了。

要是母亲还活着，她会年近六旬，不再年轻，不再水灵灵的，脸上不会挂着少女般的微笑，更不会像年轻女孩一样哈哈大笑。她会头发花白，皮肤松弛。岁月会在她的躯体和灵魂上留下印记，录像中喷薄而出的奔放和情感也会归于平静。看到她，人们仍会低声谈论，提到天才和超凡脱俗这样的词，但他们不会把声音压得更低，然后用上悲剧这个字眼——这是个可以把任何东西都放大的利器。

当皮帕问埃洛蒂，是否也同意在婚礼上播放劳伦·阿德勒的录像时，皮帕考虑的就是这个问题。她不是在嫉妒，也没有恶意。她是在为朋友着想，在埃洛蒂还没意识到这一点之前：那场景不会像是埃洛蒂在母亲的陪同下走上婚礼的过道，而更像是劳伦·阿德勒先步上舞台，手握大提琴，身后留下一道长长的阴影，让埃洛蒂在后面亦步亦趋。

门口的对讲机嗡嗡作响，埃洛蒂跳下窗台，跑了过去。"你好？"她说。

"嘿，是我。"

她在开门键上按了一下，开了楼下的防盗门，然后把公寓门打开。她在门口等着皮帕，周六下午街道上熟悉的声音传了上来，楼梯间里淡淡的炸鱼和薯条的香气也飘进了屋。楼梯上，皮帕朝她跑了过来。

跑到顶层时，皮帕已经喘不过气来："天啊，闻着楼梯间的味儿，我都饿了。你的面纱太美了。"

"谢谢。我还在想要不要戴它。喝点儿什么吗？"

"找两个玻璃杯吧。"皮帕把一瓶红酒塞进埃洛蒂的手里。

埃洛蒂把头上的面纱轻轻拿下来，搭在沙发扶手上。她在两个平底杯中倒了些黑皮诺酒[1]，给坐在窗台上的皮帕拿了过去。皮帕已经从窗台上拿起了相框，此刻正端详着里面镶嵌的照片。埃洛蒂递给她一杯酒。"什么情况？"埃洛蒂一心盼着皮帕的消息，也就开门见山地问了。

"情况就是——"皮帕放下照片，看着埃洛蒂，"我昨晚在聚会上见了卡罗琳。我把手机上的照片给她看了，她觉得那个女人有点眼熟。她没能立刻想起那个女人是谁，但她确定，从这张照片中的造型来看，绝对是19世纪60年代拍摄的；更具体地说，和我们的想法一样，拍照片的人应该和前拉斐尔派以及紫红兄弟会有关。她说，要想准确推断照片的拍摄时间，她需要看到原版照片。她还说，要想知道这个摄影师的身份，相片用的相纸可能会提供一些线索。然后，我想到了那本和照片一起找到的素描簿，觉得它有可能对我们找到那幅遗失的画作有帮助，于是我就提到了拉德克利夫。卡罗琳说，她有很多关于紫红兄弟会的书，欢迎我去她那儿挑一挑。"

"然后呢？"

皮帕在背包里翻了翻，掏出一本旧书，外面那层书皮都破了。她把书打开，快速翻动着积了灰尘的泛黄书页，书脊在她的一番动作下都裂开了。埃洛蒂尽力忍着不让自己躲开。"埃洛蒂，看呀，"她说着，翻到了整本书中间的一页插图，用指尖戳着它，"是她，照片上的女人。"

---

1 黑皮诺酒：世界上最受欢迎的葡萄酒之一。

插图页面的边缘布满褐色的斑点，但页面中央的那幅画完好无损。下面的注释写着《睡美人》，画家的名字是爱德华·拉德克利夫。画中的女人躺在树上，四周的树叶和含苞待放的花蕾给她遮着阳光，构成一处如梦似幻的阴影。错落的枝干上，这边有鸟儿栖息，那边有虫儿驻足。女人红色的长发如瀑布般披散着，沉睡的脸庞美艳无双。她虽然闭着眼睛，但看她的面部特征，不会被认错——优美的脸部线条和丰满的嘴唇，这就是照片上的女人。

"她是他的模特。"埃洛蒂低声说。

"他的模特，他的缪斯，这本书上是这么说的……"皮帕急切地翻动着书页，一直翻到后面的一章，"他的情人。"

"拉德克利夫的情人？她叫什么名字？"

"我今天上午收集到一些资料，从那些资料来看，她的名字似乎还是个谜。她当模特时用的是假名字。这本书上说，大家都叫她莉莉·米林顿。"

"她为什么用假名字？"

皮帕耸了耸肩："可能她出身望族，家里人不同意她用本名，或者她是个演员，用的是艺名。许多女演员也去当模特。"

"在她身上发生过什么？书上说了吗？"

"我没时间把书看完，但也仔细浏览了一遍。在书的开头，作者说很难确定在她身上发生的事，因为她的真实姓名仍是个谜，但在后面，作者提出了一个新的观点，认为是她偷走了拉德克利夫的珠宝——一件传家宝——然后和另一个男人逃往美国，拉德克利夫因为她伤透了心。"

埃洛蒂回想起她在维基百科上读到的内容，爱德华·拉德克利夫的未婚妻在劫案中身亡。她和皮帕快速讲了个大概，然后说："你觉得会是同一起劫案吗？这个女人，他的模特，多多少少和劫案有牵连？"

"不知道。这也有可能，不过，我会注意不把这些推测出来的观点太当真。今天早上，我在JSTOR[1]上做了快速查询，发现一些评论中指出，这位作者提到的很多新内容，都源自一个未经确认的知情人。唯一有用的一点是，这幅画上的是我们要找的那个白衣女人。现在，我们可以确定，她和拉德克利夫是认识的。"

埃洛蒂点了点头，但她在想素描簿里夹着的那页纸，上面草草写下的关于爱情、恐惧和疯狂的那几行字。那些绝望的话是拉德克利夫在这个白衣女人，也就是他的模特"莉莉·米林顿"，从他的生活中消失之后写下的吗？令拉德克利夫伤心欲绝的不是他赏心悦目的未婚妻，而是这个带着他的传家宝潜逃到美国的女人吗？那斯特拉顿呢？他和这个女人是什么关系？因为是他把她的照片装在相框里的，还把它塞进了爱德华·拉德克利夫的书包里，妥善保管了起来。

皮帕去厨房把长凳上那瓶黑皮诺酒拿了过来，把两人的玻璃杯斟满。

"埃洛蒂，还有样东西，我想给你看看。"

"还有一本书？"

"不，不是书。"她坐了下来。埃洛蒂看出，皮帕有一丝迟疑，她从来不这样，而且她的迟疑并不自然，这让埃洛蒂心生戒备。"我和卡罗琳说了，我问这些都是想帮你，因为你在档案中有所发现。她一直很喜欢你。"

皮帕这么说是出于好意。卡罗琳几乎不怎么认识埃洛蒂。

"我告诉她，我在给你做结婚礼服，然后我们说到了你的婚礼，说到了那些录像带和要选的音乐，还有你在看你妈妈的所有音乐会时会有的感受。然后，卡罗琳就不说话了。起初，我担心是不是我说的什么话冒犯了她，但后来她向我说抱歉，接着便离开片刻，去她的工

---

1 全名为Journal Storage，是一个对过期期刊进行数字化的非营利性机构。

作室拿过来一样东西。"

"什么东西？"

皮帕又在背包里翻了翻，掏出一个薄薄的塑料文件夹，里面夹着一张卡片："是她拍的一张照片。埃洛蒂……是你妈妈的照片。"

"卡罗琳认识我妈妈？"

皮帕摇摇头："她是偶然间拍到的。她说，她一开始不知道他们是谁，是后来才知道的。"

"他们？"

皮帕张了张嘴，好像要解释一下，但显然又改了主意，只是把文件夹交给了埃洛蒂。里面的照片比平常的尺寸大一些，粗糙的边缘和剪裁的痕迹，说明这是张底片冲印出来的照片。画面是黑白的，上面有两个人，一男一女，正在交谈着。他们坐在户外一处风景秀丽的地方，身后有许多常春藤，摄影师在拍照时，还收进了一栋石头建筑的一隅。画面里还能看到一块野餐用的毯子，一个篮子和吃完要扔掉的垃圾，说明他们刚享用过午餐。照片中的女人身穿长裙，凉鞋上系着绑带，盘着腿，身子前倾，一只手肘撑在一侧的膝盖上，脸偏向她身旁的男子。她抬着下巴，嘴角刚刚绽开一抹微笑。阳光从树叶的缝隙间穿过，正巧照在她的身上。照片很美。

"这是她1992年7月拍的。"皮帕说。

埃洛蒂什么也没说。她们都知道那个时间的意义。埃洛蒂的母亲就是7月份去世的。她在车祸中丧生，车上的美国小提琴家也不幸身亡。他们当时结束了在巴斯的演出，正开车回伦敦。而这张照片里的她，和他坐在一片绿树成荫的小树林里，这是发生意外的几周前，还是几天前？

"她说这是她最喜欢的一张照片，不管是光线、他们的表情，还是当时的场景。"

"她是怎么……当时她在哪儿？"

"她在乡下，在牛津附近的什么地方。有一天，她出去散步，刚从拐角转过来，就看到了他们。她说，她想都没想，就举起相机，拍下了那个瞬间。"

埃洛蒂想问的大部分问题是后来才想起来的。这会儿，她因为母亲这张照片里的另一副样子分了心神。照片中的母亲看起来不像是名人，而像是一个私下里正在和人交谈的年轻女子。埃洛蒂想沉浸在每一处细节里，想好好看看母亲的裙摆，它在微风的吹拂下，蹭着她裸露的脚踝；细细的表带圈在手掌和手腕的交界处；在她朝小提琴家比画着手势时，手部的线条优美流畅。

这让她想起另一张照片，是她十八岁时在家里发现的一张照片。她当时就要从六年级毕业了，校报编辑计划在全班同学的肖像照旁再加放一张他们童年时代的照片。她父亲不擅长收拾整理，几十年前的照片都收在几个印有柯达胶卷的信封里，放在搁日用织品的橱柜底层那几个盒子里。冬季下雨的日子里，他总会在某一天说，要把照片都拿出来整理好，放到相册里。

从一个盒子的最底部，埃洛蒂翻出一沓泛黄的方形照片，照片上是一群年轻人，围坐在餐桌旁开怀大笑。餐桌上摆放着蜡烛和酒瓶，蜡烛烧得就剩一半高，酒瓶的瓶颈曲线迷人。他们头上挂着新年前夜的横幅。她翻看着这些照片，深情地看着父亲的高领毛衣和喇叭裤，母亲纤细的腰肢和神秘莫测的微笑。然后，她翻到一个上面没有她父亲的照片——也许这张是父亲拍的？场景是一样的，但是母亲身边坐着另一个男人，黑色的眼睛，神情严肃，是那个小提琴家，他在和她母亲交谈。在那张照片中，她母亲的左手因为当时的动作而模糊不清。她说话时总会做一些小动作。小时候，埃洛蒂以为那是些纤弱的小鸟，默契地跟随母亲的思想飞来飞去。

看到那张照片，埃洛蒂立刻就明白了是怎么回事。那种恍然大悟是深刻的，是凭人的直觉感受到的。要是他们俩之间连着根电缆，她母亲和那个男人之间的火花一定再清楚不过了。埃洛蒂什么都没对父亲说，他失去的已经够多了，但那种恍然大悟在她的心中留下了阴影。几个月后，她和父亲一起看了部法国电影，电影的中心主题是不忠。埃洛蒂对那个出轨的女人一通冷嘲热讽，说出的话要比她的实际想法更犀利、更难听。她是在挑衅——她为父亲感到心痛，对他感到生气，也对她母亲感到生气。但她父亲并没顺了她的意，只说了句"人的一生是漫长的"，他的声音很平静，他看着电影，没有抬头看她，"一生很长，人生不易。"

现在，埃洛蒂忽然想到，鉴于她母亲的名气——还有卡罗琳的名气——这样一张牵动人心的照片不大可能从未发表。尤其是，如果像皮帕说的那样，卡罗琳把它看作自己最喜欢的一张照片。她对皮帕说了自己的想法。

"我也问过卡罗琳这个问题。她跟我说，几天后她就把拍的照片冲印出来了，她立刻爱上了你妈妈在照片中的样子。照片还泡在显影液的托盘里时，她就看出来，这张照片拍得很妙，这是极为少见的。照片中的人和物、构图、光线——一切都那么和谐。可是，当天晚上，她打开电视，却看到了有关你妈妈葬礼的报道。直到电视屏幕上出现了一张你妈妈的照片，她才知道自己拍到的人是谁。卡罗琳说，她在认出她时，感到一股寒意，尤其是当她意识到，他也在那辆车里。她在这两个人出车祸前刚刚见过他们——"皮帕冲着埃洛蒂扯了扯嘴角，在她遗憾的神情里，几乎看不出笑意。

"她因为那场车祸才没把照片公开？"

"她说，在当时那种情况下，感觉不该把照片公开。还有一个原因，就是你。"

"我？"

"新闻报道里有你的镜头。卡罗琳说，看着你握着你爸爸的手走进教堂，她就知道，她这张照片不能公开。"

埃洛蒂再次看着被常春藤覆盖的树林里的两个年轻人。母亲的膝盖和那个男人的挨在一起。她能感觉到当时两人之间的亲密，他们的姿势看上去也没什么不自在。埃洛蒂想知道，卡罗琳是否也意识到他们到底是什么关系。这是否会解释她决定自己留着这张照片的部分原因。

　　“她说，多年来，她会时不时地想起你，想知道你变成了什么样子。她觉得，你们俩因为那些事被连在了一起——仿佛因为那天拍下了照片，留下了他们之间那个特殊的瞬间，让她成了他们故事里的一环。当她意识到你和我是朋友时，当你来看我的毕业艺术展时，她告诉我，她觉得无法抗拒想要见你的冲动。”

　　“她那天晚上来和我们吃晚饭是因为这个？”

　　“当时我没意识到。”

　　皮帕提到卡罗琳要和她们一起吃饭，这让人感到惊讶。起初，埃洛蒂因为有她在，觉得畏首畏尾，这可是一位成就卓著的艺术家，皮帕一直都对她赞不绝口，而且称赞的话常常挂在嘴边。但卡罗琳的谈吐让埃洛蒂感到很自在。不仅如此，她身上散发的融融暖意也十分吸引人。她问了关于詹姆斯·斯特拉顿和保管档案的问题，这些问题似乎说明她真的在倾听埃洛蒂说话。而且，她会大声地笑起来——悦耳的笑声传递着她的热情，这让埃洛蒂觉得，自己比以往更聪明，也更有趣。“她是因为我母亲，想了解我？”

　　“嗯，是，也不是。卡罗琳喜欢年轻人，她对年轻人很感兴趣，觉得他们会给她带来灵感——这就是她为什么要教书。但对你，原因不止如此。她觉得，因为她那天看到的和后来发生的一切，她和你之间有着某种联系。自从第一次见到你，她就一直想告诉你这张照片的事。”

　　“那为什么没告诉我？”

　　“她担心你会受不了，那会使你心烦意乱。但是，我今天上午提到你时——你的婚礼，音乐会的录像，你妈妈——她问了我对这张照片的看法。"

埃洛蒂再次盯着那张照片。皮帕说，卡罗琳在拍完这张照片的几天后，就把它冲印出来了；还说，当时她母亲的葬礼上了新闻。可瞧瞧这张照片中的她，她在和美国小提琴家一同享用午餐。7月15日，他们在巴斯演出，第二天就双双死于非命。这张照片看起来像是他们在返回伦敦的路上被拍到的。可能是他们在途中的某个地方停下来吃午餐。这就解释了为什么他们的车走的是乡间公路，而不是高速公路。

"我告诉卡罗琳，我觉得你会因为拿到这张照片而感到很高兴。"

埃洛蒂的确很高兴。她母亲拍了很多照片，但是她意识到，这是母亲拍的最后一张。这张照片不是摆拍的，她喜欢这一点。母亲看起上去很年轻——比现在的埃洛蒂还要年轻。卡罗琳的相机捕捉到了她在私下里的一瞬间，那一瞬间，她不是劳伦·阿德勒，照片里没有大提琴。"我很高兴，"她对皮帕说，"替我谢谢卡罗琳。"

"当然。"

"也谢谢你。"

皮帕报以微笑。

"也谢谢你给我找来这本书——何况，你还大老远把东西送过来。我知道，你来这儿一趟，路上折腾得够呛。"

"是啊，不过，现在看来，我会想念这个地方的。即便来这儿一回，差不多是去康沃尔郡的一半路程。你的房东太太听说你要退租之后，做何反应？"

埃洛蒂举起那瓶黑皮诺酒："再来一杯？"

"哦，亲爱的。你还没告诉她。"

"我不忍心。我不想在婚礼前让她心烦意乱。她在选择朗诵什么的问题上花了那么多心思。"

"等你度完蜜月再也不回来的时候，她就会明白的。这你是知道的吧？"

"我知道。我觉得难受死了。"

"租约还有多久？"

"两个月。"

"所以，你的想法是……"

"先什么都不说，安安生生把这两个月过完，然后，但愿在此期间我能想到什么办法。"

"这计划不错。"

"或者，我继续租着，每周过来两次，把邮件取走。偶尔可以上楼待一会儿，坐在这儿。我的家具甚至可以原封不动：我那把不值钱的旧椅子，还有我那些千奇百怪的茶杯。"

皮帕深以为然地笑了笑："也许阿拉斯泰尔会改变主意？"

"也许吧。"

埃洛蒂又把朋友的杯子斟满。她不想谈阿拉斯泰尔，一说起他，就会开始各种一成不变的探究，让埃洛蒂觉得，自己是个好说话的人。皮帕无法理解什么是妥协。"对了，我有些饿了，你想留下来吃点东西吗？"

"当然，"皮帕说，默契地不再去谈阿拉斯泰尔，"听你这么一说，我觉得特别想吃炸鱼配薯条。"

第九章

埃洛蒂原计划周日再多看一些录像带，这样她就可以兑现她对佩内洛普的许诺，把筛选后的录像清单交给她。但是，周六晚上，在她喝光了第一瓶红酒，即将喝光第二瓶红酒的时候，她做了一个决定：婚礼上，当她走在过道上时，不播放劳伦·阿德勒演奏大提琴的视频了。无论佩内洛普（和阿拉斯泰尔，要把他也算上吗？）有多喜欢那个想法，在埃洛蒂看来，自己穿着婚纱，走向播放着母亲演奏片段的大屏幕，这让她觉得不舒服。确实有点怪，不是吗？

"是的！"皮帕说。当时，她们懒洋洋地坐在河边，一边吃着她们的炸鱼配薯条，一边看着最后一抹夕阳消失在地平线上。"我觉得，反正你也不喜欢古典音乐。"这倒是真的，埃洛蒂更喜欢爵士乐。

于是，周日的清晨，当教堂钟声第一次在敞开的窗户外面响起时，埃洛蒂把录像带装回了父亲的手提箱，然后，在天鹅绒椅子上坐了下来。那张新得来的母亲的照片，摆放在埃洛蒂搁宝贝的架子上，就夹在贝里夫人用水彩画的蒙特普尔西亚诺酒和蒂普的魔盒中间。埃洛蒂已经理清了思路，把想要问舅姥爷的事情都列了出来：她母亲，素描画里那栋房子，还有那个小提琴家。在此期间，她打算把卡罗琳的书好好钻研一番，尽可能多地去了解照片上那个女人。她把放在腿上的书打开来，立刻有一种回家了的感觉，令人心满意足，仿佛现在，这才是她应该做的事。

《爱德华·拉德克利夫——他的一生和爱情》。书名有点年代感，可话又说回来，这本书最初是1931年出版的，用当代的标准去衡量好坏，也没什么道理。书皮反面有作者的照片，是一张伦纳德·吉尔伯特博士的黑白照。他身着浅色西装，是个严肃的年轻人，很难判断他当时的年纪。

这本书分为八章。前两章讲述了拉德克利夫的童年、家庭背景、他对民间故事的喜爱以及他早期的艺术天赋，突出介绍了他尤其钟爱各式各样的房子，并指出他的作品多以"家"和封闭空间为主题，这可能是受早年成长经历的影响——他曾一度和祖父母住在一起，父母常年不在身边。接下来的两章详述了紫红兄弟会的确立，对其他成员也做了简要介绍，并概述了拉德克利夫在皇家艺术学院的早期成就。第五章聚焦于他的私生活，详细介绍了他与弗朗西斯·布朗的交往以及最终的订婚。第六章终于讲到了被称作莉莉·米林顿的那位模特，以及拉德克利夫创作生涯达到顶峰的那段时期。

虽然有悖常理，但埃洛蒂就是忍不住从第六章开始看。她沉浸在伦纳德·吉尔伯特的叙述中：爱德华·拉德克利夫在伦敦偶遇那个女人，她的容貌和举止激发了他的创作灵感，令他完成了唯美主义运动[1]时期几件最引人注目的艺术作品。吉尔伯特说，这位画家深深爱上了这个女人。他把莉莉·米林顿比作莎士比亚十四行诗中的"黑女士"[2]，这使莉莉·米林顿的真实身份变得神秘莫测。

1　唯美主义运动：19世纪后期出现在英国艺术和文学领域中的一场组织松散的运动。唯美主义运动中的作家和艺术家认为，艺术的使命在于为人类提供感观上的愉悦，而非传递某种道德或情感上的信息。
2　黑女士：莎士比亚的十四行诗中，有一首是《致黑女士》，传说黑女士是莎士比亚爱慕之人，但此人是否真实存在仍是个谜。

正如此前皮帕提醒的那样，许多信息，尤其是传记方面的，都源自一位"匿名人士"，一位"与拉德克利夫家族关系密切"的当地女士。据吉尔伯特说，这位女士与拉德克利夫的小妹妹露西特别亲近，为拉德克利夫的童年和1862年夏天发生的事，提供了重要内情。1862年夏正是拉德克利夫的未婚妻被枪杀以及莉莉·米林顿失踪的时间。吉尔伯特在伯奇伍德村完成他的博士论文期间，见过这位女士，并于1928年至1930年对她进行了一系列访谈。

尽管吉尔伯特对拉德克利夫和他的模特的描绘细致入微，但在很大程度上，必定还是基于他的想象——如果埃洛蒂在这个问题上能宽宏大量，她会认为，那都是吉尔伯特根据事实做出的推断——这部分内容写得洋洋洒洒，洞幽烛微。吉尔伯特的文字审慎而富有洞察力，两个人的故事被他讲得栩栩如生，两人在伯奇伍德庄园度过的最后那个夏天将他们的故事推向了高潮。吉尔伯特的讲述异常动人，这让埃洛蒂思考着个中缘由，然后意识到，原因很简单：作者伦纳德·吉尔伯特爱上了莉莉·米林顿。

他的刻画引人入胜，以至于埃洛蒂发现，自己也不禁被这位一身芳华的美人所折服。在吉尔伯特的笔下，她非常迷人。她的个性在一字一句中展露无遗。起初，她是位"如火焰般耀眼"的年轻女子，到了这一章的结尾，又摇身一变，令人唏嘘。

第七章讲到了拉德克利夫的一蹶不振。接下来，吉尔伯特并未与素来的说法统一口径，而是提出了新的见解：他认为，这位画家的消沉，并非因为未婚妻的香消玉殒。实际上，他是由于失去了莉莉·米林顿才如此萎靡，因为她才是他的挚爱，他的缪斯。根据"从未披露过的"警方报告中收集到的信息，吉尔伯特认为，在弗朗西斯·布朗丧生的劫案中，这位模特是从犯，和入室抢劫的匪徒带着拉德克利夫家族的传家宝——一枚项链吊坠——一起逃往了美国。

据吉尔伯特称，官方的说法都是多年来一直要粉饰太平的拉德克利夫家族和布朗小姐家族的杰作。前者在村子里颇有影响力，当地警察也要看其脸色。而且，两家人都不想再有人提及或是记得"那个偷走了爱德华·拉德克利夫的心的女人"。顾及两个家族后辈的名誉，双方都觉得，悲剧要比丑闻强。按照官方的版本，一个身份不明的小偷闯入庄园，偷走项链，弗朗西斯·布朗不幸身亡，痴心的未婚夫肝肠寸断——这在两个家族听来就更顺耳了。对于被盗的项链的下落，警方进行过搜查，但除了偶尔收到的假消息，毫无头绪。

相比于书中的其他章节，吉尔伯特在论述莉莉·米林顿背信弃义时的口吻近乎僵化，文本中多是大段地直接引用吉尔伯特在警方档案中发现的案件记录。作为一名研究员，埃洛蒂可以理解：吉尔伯特不愿相信，那个他在上一章的描述中跃然纸上的女人会如此不仁不义。整个第七章读起来，像是一个人化身为二彼此交战：一个是雄心勃勃的学者，持有的观点令人兴奋；一个是作家，对自己长久以来描绘的人物满怀深情。还有，人物那副令人心动不已的容貌。埃洛蒂认为，那张嵌在银质相框中的照片，拍出了那个女人骨子里的样子。埃洛蒂严肃地提醒自己，美丽本身就蕴含着危险和力量。即便如此，她知道自己也不愿相信，那个白衣女人竟能表里不一到如此境地。

莉莉·米林顿是项链失窃的核心人物，尽管吉尔伯特不愿全盘接受这一点，他还是详细讲述了这枚项链的来历。其实，项链上的钻石并不是一颗普通的宝石。那是一颗二十三克拉的蓝钻，非常稀有珍贵，它还有个名字，叫作"拉德克利夫蓝"。拉德克利夫蓝可以追溯到法国皇后玛丽·安托瓦内特时期，最初就是她将这块非凡的宝石镶嵌在项链里；再往前，可以追溯到雇佣兵约翰·霍克伍德，他在14世纪对佛罗伦萨的一次突袭中得到了这颗宝石。据一则传闻说，他对这颗宝石爱不释手，临终前还"将荣誉和财富揣在身上"；再往前，还可以追溯到10世纪的印度，据说——吉尔伯特认为这个说法纯属虚构——这颗宝石是一位客商从一座印度教寺庙的墙壁上抠下来的。

不管这一点是不是真的，1816年，这颗宝石落到了拉德克利夫家族的手中，然后被重新镶嵌在金丝花饰中，穿上了细链。佩戴时，宝石吊坠正好悬在两块锁骨中央。这件珠宝璀璨夺目，极其贵重，令人生畏。半个多世纪以来，这颗钻石一直归拉德克利夫家族所有，差不多一直单独存放在拉德克利夫家族在伦敦劳埃德银行的保险箱里。

埃洛蒂对拉德克利夫蓝的历史并不是特别感兴趣，但下面一行内容让她坐直了身子。据吉尔伯特说，1862年6月，拉德克利夫蓝吊坠被爱德华·拉德克利夫从保险箱里"借出"，因为那年夏天，他要完成计划中的一幅杰作，届时，他的模特需要佩戴这枚吊坠。那么，这说的一定是那幅未完成的画作了。艺术爱好者和学者对于这幅画作的渴望已经将它推上了神坛。

第七章的后半部分专门论述这样一幅画作——不论完成与否——存在于世间某处的可能性。基于对爱德华·拉德克利夫毕生艺术作品的研究，吉尔伯特提出了几个观点，但他最后也承认，没有论据佐证，这些观点都不过是猜测。因为尽管在紫红兄弟会其他成员的通信中，曾含糊地提到过，有一件作品被他遗弃了，但尚未找到任何属于拉德克利夫本人的东西。

埃洛蒂看了一眼她在档案中找到的那本素描簿。这是伦纳德·吉尔伯特在渴望的证据吗？艺术界长期渴望得以证实的东西，一直都放在一个皮书包里，保存在维多利亚时期伟大的改革家詹姆斯·斯特拉顿的房子里吗？想到这儿，埃洛蒂的思绪回到了斯特拉顿身上。因为她现在知道，莉莉·米林顿是这两个男人之间尚未明确的一环。斯特拉顿和这个女人很熟，才会留着她的照片；而拉德克利夫则爱慕这个女人。他们俩本身似乎并不熟，可在拉德克利夫心痛到绝望、徘徊在崩溃的边缘时，却半夜跑去找斯特拉顿帮忙。拉德克利夫似乎也把那幅杰作托付给了斯特拉顿。但为什么呢？了解莉莉·米林顿的真实身份是关键。虽然这个名字并不怎么熟悉，但埃洛蒂做了一条笔记，看看这个名字在斯特拉顿的通信数据库中是否被提到过。

在这本书的最后一章，吉尔伯特把注意力重新放到了爱德华·拉德克利夫的身上，论述了他对房子的喜爱，尤其是他对乡下住所的热爱。拉德克利夫在和友人的通信中称，那是栋"迷人的房子……就在河湾处，三面环水"。这一次，吉尔伯特的人生轨迹和他的研究对象有了交集。因为在吉尔伯特努力完成自己的博士论文时，他追随着拉德克利夫的脚步，在那栋"迷人的房子"里住了一个夏天。

伦纳德·吉尔伯特是个退伍军人，在第一次世界大战的法国战场上，他遭受过流离失所、生离死别的伤痛。因此，关于被逐出家园的影响的论述，在他笔下仿佛一曲挽歌。不过，在书的结尾，他仍怀有一丝希望，这体现在他对两个问题的沉思上：一是对"家"的渴望；二是人在久居荒野后，终于找到一处令自己感到舒适的地方，这意味着什么。在说明"家"所蕴含的质朴而巨大的力量时，他借用了拉德克利夫的同辈人、维多利亚时代最伟大的人物查尔斯·狄更斯的话："家是一个名字，一个强大的字眼……比巫师说过的字眼，比让魂灵应召的字眼，都要更强大。"[1]吉尔伯特写道，对于爱德华·拉德克利夫来说，这个地方就是伯奇伍德庄园。

埃洛蒂把这行内容又读了一遍。这栋房子是有名字的。她在手机上打开搜索引擎，把名字输入进去，屏住呼吸，然后搜索结果出来了：一张照片，一段说明，一个地址。这栋房子位于牛津郡和伯克郡交界处的白马谷。她点击了一条链接，然后得知，这栋房子于1928年被露西·拉德克利夫转给了艺术史学家协会，作为住宿类奖励颁发给学生。但由于维护费用太高，有人建议把这里作为博物馆，展示爱德华·拉德克利夫的作品和紫红兄弟会的巨大且旺盛的艺术创造力。但是，维护资金没法立即到位。筹款进行了好多年，终于在1980年，有

---

1 引自查尔斯·狄更斯所著的《马丁·翟述伟》（*Martin Chuzzlewi*）。

一个未透露姓名的捐赠者慷慨解囊，艺术史学家协会才将计划付诸实践。博物馆仍在运营着，每周六向公众开放。

埃洛蒂的手在颤抖，她把网页滚动到最下面，看到了去伯奇伍德庄园的旅行指南；还有一张房子的照片，是从另一个角度拍摄的。埃洛蒂把它放大到全屏显示。她的目光扫过花园、砖面、斜屋顶上的老虎窗，然后她倒吸一口气——

就在这时，画面从她的手机屏幕上消失了，取而代之的是一通来电。是国际长途——阿拉斯泰尔——但她不知怎的就点了拒接，然后在屏幕上划了一下，把界面切换到那张房子的照片。她把图片放大了一些，接着，她看到了，她就知道会在那儿看到：那个天文风向标。

拉德克利夫的那幅素描，画的是他自己的房子，在河湾处，三面环水；也是她母亲给她讲的故事里的那栋房子，还是蒂普在第二次世界大战期间撤离伦敦时住过的房子。不知是怎样的机缘，埃洛蒂她们家，竟和拉德克利夫，和落在她头上的工作所涉及的谜团扯上了关系。这根本讲不通。还不止如此，因为，虽然蒂普不愿承认，但他从照片中认出了那个白衣女人，莉莉·米林顿。

埃洛蒂拿起了嵌在相框中的照片。她是谁？她的真名叫什么？她后来怎么了？埃洛蒂觉得，她非得把事情弄个明白，这股莫名其妙的欲望无比强烈，几乎可以让她不顾一切。

她用手指轻轻在相框边缘绕着圈，抚过上面细细的划痕。这时，埃洛蒂注意到，相框背面支架突出的地方并不是完全平整的。她把相框举了起来，和眼睛的高度持平，这样，相框背面在她的眼前一览无余。她的感觉没错，那是个凸面，只有一点微微的弧度。埃洛蒂用指尖轻轻按了按，她想象着，照片后面可以塞下非常薄的东西吗？

她的心跳开始加速，寻宝者那种对蛛丝马迹超级敏感的本能也冒了出来，即便埃洛蒂知道，随意摆弄归档物品绝对是违规操作，但她还是想法儿把那里撬开了一条缝，且没造成任何损坏。她拽了拽封住后盖的旧胶带，后盖便打开了，因为胶带已经失去了黏性，之前一直封着，不过是因为惯性。夹在相框里面的，是一张对折了两次的纸，被压得平平的。埃洛蒂把纸展开，立刻看出这张纸有年头了——年代甚是久远。

　　这是一封信，是用生机勃勃的花体字写的，信的开头写道：我最亲爱的、我心中永远唯一的J，我现在必须告诉你埋在我心底最深处的秘密……埃洛蒂喘了口气，因为她终于在这封信里，听到了那位白衣女人的声音。她的视线掠过大部分内容，落在了信的最后。这封信结尾的署名是一对环环相扣的首字母：不胜感激的、永远爱你的B.B.。

第二部

特殊的人们

PART TWO

THE SPECIAL ONES

V

在我这位新客人到来之前，以及在艺术史学家协会在这里开博物馆之前，有好长一段时间没人住在这栋房子里。工作日的下午，偶尔有小孩为了在朋友面前逞能，会从一楼的窗户爬进来，这让我也算是有了伴儿。有时候，我要是心情不错，还会给爬进来的孩子助助兴，要么砰地关上一扇门，要么摇晃一扇窗，吓得他们尖叫着往外爬，还会狼狈不堪地把自己给绊倒。

但是，我想念有合适的客人陪伴我的日子。一个多世纪以来，一些人陪伴过我，但非常非常少，我爱他们。没了他们的陪伴，我现在每星期都得忍受一次强加给我的耻辱：忙碌的人群蜂拥而至，职员们还津津乐道地剖析我的过去。游客的嘴里，都说着有关爱德华的事，可他们会叫他"拉德克利夫"或是"爱德华·朱利叶斯·拉德克利夫"，这让他听上去，既老气，又古板。人们忘记了，他住在这栋房子里的时候是多么年轻。我们决定离开伦敦时，他才刚过完二十二岁生日。他们用严肃、恭敬的语气谈论着艺术，还望着窗外，冲河边的方向比画着，说的话类似于"他画的泰晤士上游，灵感来自这处风景"。

范妮也备受关注。她成了一个悲剧性的人物，可对于在现实生活中和她相识的人来说,这是难以置信的。人们猜测着"那件事"是在哪儿发生的。报道中的说法从来就不清不楚,而且不同的报道还会相互矛盾。再者,虽然那天房子里不止一个人,但他们的说法含含糊糊,一些细节也湮没在历史之中。我自己并没亲眼看到——我没在那个房间里——但因为造化弄人,我看过警方的调查报告。我以前的一位客人,伦纳德,拿到了非常清晰的报告副本。在很多个安静的夜晚,我们一起仔细研究过这些报告。当然,上面的内容完全是编造出来的,可当时就是那样的世道。也许现在仍然如此。

爱德华给范妮画的肖像画,是在协会开始将这里向游客开放时送来的。画像中,范妮穿着绿色天鹅绒低胸连衣裙,颈肩和胸脯上的白皙肌肤映衬着心形祖母绿项链。这幅画挂在二楼卧室的墙上,对面的窗子可以俯瞰到果园和通往村里墓地的小道。有时我会想,范妮对此会做何感想。她是个容易激动的人,要是她的卧室看出去是一块块墓碑,她可不会高兴。"那只是换个睡法,"我能听到爱德华在试图安抚她时这样说,"仅此而已。不过是死者在长眠。"

有时,人们会在范妮的画像前驻足,将它同旅游宣传册上印的那幅小一些的图片进行比对。他们品评着她美丽的脸庞、尊贵的一生、悲惨的结局,他们对那天所发生的事做着种种猜想。多数时候,他们摇头叹息,慨叹之中却透着些许满足。毕竟,对他人的悲剧进行反思,这可是诸多最为津津乐道的消遣中的一个。他们想知道范妮父亲的事,他的钱如何了;想知道她未婚夫的事,他的心有多痛,还想知道在她去世前一周,她收到来自瑟斯顿·霍姆斯的那封信上都写了什么。我知道:被谋杀的人会永远成为有趣的话题(当然,除非你是住在小白狮街的十岁孤儿,因为换作那样的身份,被谋杀的人不过是死了而已)。

当然,游客们也会谈论拉德克利夫蓝。他们想知道这颗吊坠可能流落何方。谈及此,他们的眼睛都瞪得大大的,声音中满是兴奋。他们说："东西可不会平白无故地消失。"

有时，他们甚至会谈论到我。这都多亏了我有年轻的士兵，伦纳德，因为正是他首度在书中提到，我是爱德华的情人。在此之前，我只是爱德华的一位模特。伦纳德的书在礼品店里有售，我经常会瞥见封底上伦纳德的脸，然后便会记起他住在这栋房子里的那段时间，记起死一般寂静的深夜里，那一声声呼唤着"汤米"的哭喊。

每个星期六都有游客在房子里走来走去，他们背着手，脸上一副故作了然于胸的神情。提到我时，他们都叫我莉莉·米林顿。考虑到当时事情演变到那个地步，他们这样叫我，也是可以理解的。他们中的一些人甚至想知道我的出身，我的下落，我的真实身份。我对这样的人还是颇有好感的，尽管他们的猜测都不过是执迷不悟。有人想着我，总是件好事。无论多少次我听到陌生人大声说出"莉莉·米林顿"这个名字，都是个惊喜。我试着把我的真名低声传到他们耳边，但只有少数人听到过我的声音，就像我的小朋友，他的眼睛总是被柔软的刘海儿遮着。这并不奇怪：就所有重要的方面而言，孩子要比成年人更敏锐。

麦克夫人过去常说，那些打听八卦的人会听到别人说自己的坏话。麦克夫人说过很多话，而这一点她说对了。在别人的记忆里，我是个小偷，一个冒名顶替的骗子，一个摆脱了草根身份的姑娘，一个不洁身自好的姑娘。

这些都是我，而且还不仅限于此，处境不同，身份便不同。但有一个安在我身上的罪名却是冤枉的。我不是谋杀犯。那天，可怜的范妮·布朗被人开枪打死了，但不是我开的枪。

我的这位客人已经在这里一周半了。上个星期六，他早早地从房子里溜了出去——我要是也能做到这点该有多好——之后几天，他的作息和上个星期一样。我对于搞清楚他为什么来这儿开始感到绝望，因为他不像其他人那样善于交际：他从不会在周围留下纸张，以便我能从中获取信息，让我弄明白他是来干什么的；他也不会和别人进行长时间的、提供有用信息的谈话，好让我有所收获。

但今晚，终于来了一通电话。结果，我现在知道了他为什么会在这儿。我也知道了他的名字——杰克·罗兰斯。

他在屋外待了一整天，这已经成了他的习惯，一早上便带着铲子和相机包出发。不过，他回来时，我立刻看出了他的变化。首先，他拿着那把铲子在外屋的水龙头底下把它冲洗干净。显然，挖掘工作到此为止了。

他的态度也有所不同。他的身上没有哪处再是紧绷的，看起来是下定了什么决心。他走进来，烧了一块鱼肉当晚餐。这可不像他，到目前为止，他都是那种拿罐头解决晚餐的人。

这种仪式感让我更加警觉起来。我想，不管他来这儿干吗，他的目的已经达到了。接着，仿佛是要印证我没猜错，电话来了。

显然，杰克一直在等着这通电话。吃晚餐时，他看了几次手机，像是在看几点了。当终于接起电话时，他早已知道是谁打给他的。

起初，我担心是莎拉打电话来，要取消他们明天共进午餐的约会。但不是她，而是一个叫罗萨琳德·惠勒的女人。她从悉尼打来的电话，谈话的内容和杰克的照片上那两个小姑娘一点儿关系都没有。

我坐在厨房的长椅上听着，然后听到他提到了一个我很熟悉的名字。

在听到那个名字时，他们的谈话内容还只是简短而生硬的客套。然后，杰克，这个在我看来说话不会字斟句酌的人，说道："喂，很抱歉让你失望了。我花了十天，把你列在清单上的地方查了个遍，就是没找到那颗宝石。"

在提到爱德华和他的家族时，只有一颗宝石让会人慎之又慎，因此我立刻知道了他在找什么。我承认，我有点失望。这根本不难猜。不过，在很大程度上，人也都不难猜。人就是会情不自禁。我也没什么立场对于寻宝的人说三道四。

不过，杰克能想到在伯奇伍德寻找拉德克利夫蓝，这一点让我很感兴趣。从博物馆里那些一日游的游客那儿我已经知道，人们并未忘记这颗钻石——实际上，围绕这颗钻石的下落已经演绎出一个传奇——但杰克是唯一来这儿寻找它的人。自从报纸上的报道第一次被出版以来，人们就普遍认为，那颗吊坠于1862年被带去了美国，并立马销声匿迹。这个想法因为伦纳德又进一步被加强，他提出的观点是，我从这栋房子里把钻石拿走了。当然，他是错的，而且我相信，在他的内心深处，他也知道钻石不是我拿的。但令他动摇的，是警方的调查报告——在范妮死后的几天里，警方进行的访谈，既一反常态，又错漏百出。尽管如此，我还是认为，我们之间存在着理解和信任——我和伦纳德之间。

让我感兴趣的是，杰克——听从这个女人，这位惠勒夫人的吩咐——会到伯奇伍德来寻找拉德克利夫蓝。当我正在思考这一点时，他说："听起来你好像在要求我强行闯入这栋房子。"我其他的思绪都消散了。

"我知道这对你有多重要，"他接着说，"但我不会这么干。这地方的经营者说得很清楚，让我住在这儿是有条件的。"

我太过急切，没有意识到我靠他太近了。杰克突然打了个冷战，他把电话放在桌子上，去关窗户。他一定是在手机上按了某个按钮，因为突然间，我也能听到通话中的另一方。那是一个女人的声音，并不年轻，美国口音："罗兰斯先生，既然收了我的钱，就得干活。"

"你列在清单上的地方我都查过了：树林、河湾、小山上的空地——埃迭·洛夫格罗夫写给她父母的信里提到的所有地方，我都查过了。"

杰克继续说道："那些地方没有宝石。很遗憾。"

"罗兰斯先生，我们见面时，我就告诉过你，如果清单上的那些地方没有发现，我会建议你启动备用计划。"

"但你没说要闯博物馆。"

"对我来说，这件事十万火急。你也知道，要是情况允许，我会自己去的，可我现在没法飞过去。"

"我很遗憾，但是——"

"肯定用不着我提醒你：只有你交了货，我才会把另一半的钱付给你。"

"即便是这样……"

"接下来该怎么做我会发电子邮件给你。"

"那我周六进去，那天是开放日，我会四处看看。在此之前，我不会进去的。"

她结束通话时很不高兴，但杰克不为所动。他是那种镇定自若的人。这是个优点，但正是因为他是个镇定自若的人，我莫名其妙地想要让他自乱阵脚。只要有一点点的慌乱就好。我担心自己开始有了极其执拗的倾向。毫无疑问，这都是因为我觉得无聊且沮丧，这两种感受可谓一胎双生，后者的脾气尤其乖戾。再者，是因为我认识爱德华。对于他来说，热情奔放才是美，而在把自己的理念说得头头是道时，他又是那样激情洋溢，想要不为所动根本是不可能的。

听到这通电话后，我非常激动。杰克把相机拿了出来，开始把相片传到电脑上。我便独自退到楼梯转弯处那个温暖的角落里，去思考这一切意味着什么。

在某种程度上，令我不安的原因很清楚。时隔这么久，听人提到埃达·洛夫格罗夫让我大吃一惊。随之而来的是许多回忆，还有疑问。埃达与拉德克利夫蓝之间有关联，这是有道理的，可她被提到的时机令人不解。为什么是现在？她住在这栋房子里的时间很短，而且距现在已经过去了一百多年。

但令我苦恼的还有一层原因。不太明显，与我本人的关系更大。我意识到，我的苦恼源于杰克拒绝了罗萨琳德·惠勒要求他做的事。但我的烦恼也不是因为惠勒夫人，而是因为我意识到，就杰克而言，他已经完成了被派到这里应当执行的任务。这个任务和照片中的两个小女孩无关，他一直在意这两个小家伙，所以他打算离开这里了。

我不想让他离开。

相反，我非常希望他留下来，进到我的房子里来。不是在星期六和其他所有人一起进来，而是他自己一个人进来。

毕竟，这是**我的**房子，不是他们的。更重要的是，这里是我的家。我勉强让那帮人用这里，是因为他们的目的是向爱德华致敬，爱德华已经得到的，远不及他应该得到的。但这栋房子是我的，如果我想，我可以请客人进来。

我已经很久没有自己的客人了。于是，我回到楼下，走进原来的看门人的住所。我和杰克现在坐在一起——他对着他的照片安静地沉思，我对着他不安地沉思。

他一张一张地浏览照片中的画面，我看着他脸上的细微变化。一切都静静的，一切都是静止的。我能听到我的挂钟从房子里传来的嘀嗒声，那只钟是那年夏天爱德华在我们到这儿来之前送给我的。"我会永远爱你。"在我们决定要把它挂在那儿的那天夜晚，他向我发誓说。

杰克身后的墙上有一扇门，和房子的厨房相连。厨房里有个窄门，里面是通往二楼的小楼梯。楼梯走到一半的地方有一个窗台，宽度足够一位女士坐下小憩。我记得7月的一天，空气中香气弥漫，阵阵香风从窗外吹进来，在我裸露的脖颈上轻轻拂过，爱德华的袖子堆在小臂上，露出一小截胳膊，他伸出一只手，手背轻轻蹭着我的脸颊……

杰克打完字了。他一动不动地坐着，好像在倾听遥远的旋律。过了一会儿，他的注意力重新回到了屏幕上。

我记得爱德华是怎样和我视线交会的，记得我的心脏是怎样在胸腔里跳动的，记得他在我耳边的呢喃和我皮肤触到的温热气息。

杰克又停了下来，瞥了一眼他身后墙上的那扇门。

突然间，我明白了他的想法。我靠得更近了些。

进去，我低声说。

他现在锁着眉头，胳膊肘支在桌子上，下巴抵着拳头。他在盯着那扇门。

到我的房子里去。

他现在走了过去，挨着门站着，一只手贴在门上。他的脸上是迷惑不解的表情，那副样子就像是有人在试着解数学题，偏偏答案却出乎意料。

我立刻出现在他的身边。

开门……

但他没有开。他要走，要离开这个房间。

我跟着他，想凭借我的意念让他回去，但他去翻他的旧行李箱了。箱子里面都是他的衣服，他翻来翻去，直到拿出一个黑色的小工具包。他站起身来，低头看着手里的东西，把它在手心里稍微捏了捏，像是在估计东西的分量。我意识到，他不仅仅在掂量这个包的重量，因为最后，他咬紧的牙关显露着一份决然，他转过身来。

他要进来了！

门的一侧有警报器，这是协会安装的，在确定很难雇到可以待在这里的看门人后安装的。它像是每个星期六下午，当博物馆在接下来的一个星期里都不开门时，被设定的一块钟表。我看得入了迷，因为他凭着从工具包里取出的一个工具，不知怎么就把警报器给解决了。

接着，他没费什么劲儿，就撬开了锁，这让我一下子想到了船长，杰克这一手要是被船长见到，肯定会得到他的青睐。门被推开了，还没等我反应过来，杰克就跨过了门槛。

房子里黑乎乎的，他没有带手电筒，唯有月光透过窗子洒下的银辉。他穿过厨房，来到走廊，然后停了下来。他慢慢地转了个弯，小心翼翼。然后，他开始上楼梯，一直爬到顶层的阁楼，然后再次站在那里，一动不动。

接着，他原路返回到麦芽坊。

我本想让他多待一会儿，再多看看。但他离开时审慎的表情让我的情绪得到了安抚。我有一种感觉，那是凭我长久以来的经验感觉到的——他还会回来。一旦我觉得感兴趣了，人们往往都会回来的。

所以，我便放他离开了。他再次从另一边锁上了门，独留我在房子里与黑暗为伴。

*

对于懂得如何撬锁的男人，我总是钦佩良多。就这门手艺而言，我对女人也同样钦佩。这得怪我的成长环境：麦克夫人非常懂生活，对生意甚至更在行。她常说，无论在哪儿遇到锁，认定被锁着的东西值得一看，那才是智慧。不过，我自己从来不干撬锁的活儿，公开场合里，我是不会去撬锁的。麦克夫人的买卖比开门撬锁要复杂得多，她认为多元才是关键，或者按照她喜欢的说法，解决问题的法子不止一种，这话也许刻在了她的墓碑上。

我当小偷是把好手。正如麦克夫人预见的，那是个完美的把戏：人们能想到肮兮兮的街头流浪儿偷东西，对于可以划入这个范畴的孩子，人们都保持着警惕。但是，穿着漂亮衣服、肩头垂着金色小卷发的干净小女孩，却不会被怀疑。我来到麦克夫人家，让她的业务范围越过了莱斯特广场，拓展到西面的上流社会住宅区——梅费尔区，以及北面的林肯律师学院广场和布鲁姆斯伯里。

这样的拓展让船长高兴得直搓手。"有钱人都住在那边，"他会说，"他们口袋里的好东西都装不下了，就等着人下手呢。"

"走失的小女孩"这个把戏非常简单，不过是让我站在显眼的地方，脸上露出孤苦伶仃的表情。忧心忡忡地掉几滴眼泪，也起到一定作用，但不是必要的，因为想要哭出来得费好大劲儿，而且要是我发现钓上钩的人不是个好目标，眼泪还不容易收住，所以，我在部署眼泪攻势时非常谨慎。没过多久，我便有了第六感，知道我该在什么样的人身上下功夫。

如果有合适的绅士来到我身边——总会有这么位绅士出现的——他会询问我住在哪里，怎么就我一个人，我会给他讲述我那令人难过的遭遇，再报上一个适当而体面的地址——不过不是特别了不起的地方，以防人家认识那里——然后便允许这位先生叫来一辆马车，让我坐上去，并且把车费付了。在他乐于助人时，把手伸进他兜里并不难。伸出援手的人，总是有一种意义非凡的正义感。这对我非常有用，因为要是没了这种正义感，他会对事情做出更好的判断，不会让自己对正义以外的一切都变得迟钝。

但是"走失的小女孩"需要在一个地方站很久，这让我觉得很无聊，而且冬日里那几个月，让我觉得又冷又潮，颇为不快。我很快意识到，还有一个办法，可以让我在相对舒适的地方赚到同样多的钱。这也解决了下一个问题：如果乐于助人的绅士一再坚持要把我送回"家"，我该怎么办。麦克夫人非常欣赏足智多谋的人：她是个天生的骗子，要是有人给她出了新点子，她会因为新计划的可行性而笑逐颜开。她也在针线活上证明了她有多聪明。所以，一旦我把想法告诉她，她很快就能做出一双精致的白色儿童手套，然后按我的需要把它改好。

就这样，"乘客小女孩"诞生了。她也是一个安静的小家伙，因为她要做的和"走失的小女孩"恰好相反。后者需要引人注意，可乘客小女孩想要的是避免别人的注意。她是公共巴士上的常客，静静地坐在靠窗的位子上，精致的儿童手套端庄地叠放在腿上。她身材娇小、干干净净、天真烂漫，独自出行的女士自然会坐在她旁边的位子上。但是，一旦这位女士在路上因为谈话或是看风景，因为一本书或是她手中的小花束而放松了警惕，小女孩的手——到目前为止，一直藏在衣服底下不被人看出来——便会伸到挨在一起的两条裙子的层层褶皱之间，直到找到身边女士的口袋或手袋。我仍然记得当时的手感：我的手迅速伸进漂亮女士的裙子里，丝绸凉凉的、滑滑的，我的指尖快速一扫。与此同时，掩人耳目的儿童手套给人一种错觉——我的双手放在腿上，令我无可指摘。

　　从一些公交车司机的手上，可以花点儿小钱就买下全天票。在买不到全天票的日子里，我便再次上演"走失的小女孩"的戏码，站在有钱人来往的街道上，摆出惊恐害怕的模样。

　　在那些日子里，对于人，我学到了很多。比方说：

　　一、显赫的身份使人——特别是女人——相信他人。她的经历令她想不到可能会有人想害她。

　　二、绅士喜欢被人看到自己在助人为乐，没什么比这一点更确定无疑的。

　　三、障眼法的艺术在于，要把人们希望看到什么弄得一清二楚，然后确保他们看得到。

　　最后一点是科文特花园的法国魔术师帮我领悟到的，因为我听从了莉莉·米林顿的嘱咐，一直仔细观察他，直到我确切地知道，他是怎么让那些硬币出现的。

我还学到一点：如果发生了最糟糕的情况，然后身后还传来一声"站住！小偷！"，那么伦敦便是我的最佳盟友。对于一个瘦小又认路的孩子来说，街道的吵闹声和拥挤的人群，便是完美的掩护。想要在走来走去的成年人的密林中消失，不是什么难事，尤其对于有朋友帮衬的人来说。这又归功于莉莉·米林顿。有一个带夹板广告牌的人，我总是可以指望他坐在那里，在警察过来时，他会在警察的腿边把广告牌翻来翻去，令他们行动不便；有一个在街头演奏手风琴的人，他的手风琴总能不可思议地在底轮上滚动，把追我的人堵在路上。当然，还有那位用硬币变戏法的法国魔术师，总能在恰到好处的时候拿出一个恰到好处的钱包，让追我的人愤怒不已，对我无暇顾及。我也就此逃之夭夭。

　　所以说，我是个小偷，还是把好手，能赚够自己的生活费。

　　只要我每天带着几样偷来的战利品回去，麦克夫人和船长就很开心。她告诉我许多次，我的母亲是位真正的、体面的淑女。她告诉我，被我偷的那些淑女没比我好到哪儿去。她告诉我，在指尖下感受到品德的重量没有错。我猜她的意思是劝我别让内心躁动的良知占了上风。

　　她其实不必为此费心。我们在一生中都做过后悔的事，从有钱人身上偷点儿东西和最令我后悔的那些事相比，算不上什么。

　　昨晚，杰克离开我的房子后，我感到焦躁不安。他也睡得不安稳，最后，在黎明的曙光中醒了过来。今天是他和莎拉见面的日子，他已经打扮了好几个小时。他在着装上尤其下了功夫，但这身行头穿在他身上，看着却有些别扭。

　　他在打扮自己时非常精心。我注意到，他不再刮袖子上那个他想象出来的斑点了，他在镜子前花的时间要比平时长，他刮了胡子，甚至梳了梳湿漉漉的头发。我以前从没见他做过这些。

梳完头发，他在镜子前站了一会儿，像是在品评着自己在镜中的身影。我从镜子里看到他的视线在移动，有那么一刻，我以为他是在看着我。我的心漏跳了一拍，然后我意识到，他是在盯着照片上的两个婴儿看。他伸出大拇指，依次在她们俩的脸蛋儿上蹭了蹭。

起初，我以为他是因为今天和莎拉见面才心神不宁。毫无疑问，在大多数情况下，这会是令人心神不宁的原因。但是现在，我想知道，除此之外是否还会有别的原因。

他泡了一杯茶，但是洒了一半，就和往常一样。然后，他拿了一片吐司，走到房间中央的小圆桌前，他的电脑就放在上面。昨晚，又来了几封新的电子邮件，有一封是罗萨琳德·惠勒的，她承诺（威胁）过要寄给他。这封信里似乎附上了一份相当长的清单和一幅草图。杰克的反应是，把一个黑色的小装置插在笔记本电脑的侧面，按了几个键，然后又把那个小东西拔下来，塞进衣兜里。

他早上又进了我的房子，我并不确定这是不是因为他在罗萨琳德·惠勒的电子邮件中有所发现。他离开桌边后，我走近了些，看到邮件主题那行写着"进一步指示：埃达·洛夫格罗夫的笔记"，但除此之外我对那封邮件一无所知，因为上一封电子邮件被他点开了，是一则订阅《纽约客》的广告。

不管怎样，在看过电脑之后，他很快便拿出他的微型工具包，再一次开门进了我的房子。

现在，我和他都在房子里。

他进来后，没做什么。从他的行动中，几乎看不到多少决心大干一场的架势。他在桑葚房里，靠着窗边的檀木书桌。窗子正冲着花园中央那棵栗子树，越过栗子树是田间谷仓。但杰克盯着更远的地方——远处那条河。他脸上再次露出那副忧心忡忡的表情。当我走近时，他眨了眨眼，目光转向了草坪，然后是谷仓。

我记得那年夏天，我和爱德华一起躺在谷仓的顶层，透过屋顶石板间的小孔，看着阳光倾泻而下，他低声对我说着在这个大千世界里他想去的所有地方。

正是在这个房间里，在壁炉旁的躺椅上，爱德华详细地把他画仙后的计划告诉了我；就在这儿，他微笑着，把手伸进外套口袋，拿出那个黑色天鹅绒盒子，让我看了里面的宝贝。我依然记得，他把那块冰冷的蓝色宝石放在我咽喉处的时候，他指尖传来的轻轻触感。

也许杰克只是想要分散一下注意力，以此打发掉出门之前的几分钟。当然，他一直记着要和莎拉见面的事，因为他每隔一段时间就会扫一眼我的挂钟，确定是几点。当钟表显示的时间最后和他心里设想的时间一致了，他便立刻撤离了我的房子，出去之后，便锁上了厨房门，并重置了报警装置。这一系列操作，连让我跟上去的时间都没给我留。

我跟着他来到大门口，看着他上车离开。

我希望他不会走太久。

现在，我要回麦芽坊去。也许罗萨琳德·惠勒的电子邮件中还会有新的发现。我迫切地想要知道，她怎么会弄到埃达·洛夫格罗夫的信。

可怜的小埃达。童年是最残酷的时光，也是一个极端的地方。在这里，一个人可能今天还在银色的星河中无忧无虑地扬帆起航，明天却一头扎进绝望的黑森林里迷失了方向。

范妮死后，警方完成了调查，其他人便离开了伯奇伍德庄园。好长一段时间里，一切都是静止的、静默的。房子依然如故。二十年过去了，露西回来了。我这时才从她那里得知，爱德华已经去世，并把这栋房子，他最心爱的财产，留给了他的小妹妹。

这么做完全符合爱德华的风格，因为他非常喜欢自己的妹妹，她们也非常喜欢他。不过，我知道他为什么会选择露西。他会说服自己，克莱尔能把她自己照顾好，要么嫁人，要么说服别人照顾好她。但露西不一样。我永远不会忘记我看到她的第一眼。当时，爱德华要领我去他母亲花园的工作室，于是便把我带回了家，就是汉普斯特德那栋深色砖墙的房子，我从楼上的窗子里看到露西那张苍白的小脸上挂着一丝防备。

对我来说，她永远都是那个孩子：我认识的那个女孩，憎恨伦敦的束缚，可一旦她在乡下撒了欢儿，就自由自在地尽情去探索、挖掘和收藏。我清楚地记得那年夏天，我们一路从火车站走到这栋房子，露西落在后面，因为她的行李箱里装满了珍贵的书籍，可她却不同意把行李和其他人的一起放进马车里。

验收房子时，她的出现令我惊讶。小露西成了一个朴实无华、一脸严肃的女人。按照当时的标准，三十三岁的她不再年轻。但她还是露西，仍旧穿着实用的长裙，颜色是最不起眼的橄榄绿，还戴了顶吓人的帽子，这让我不可抑制地生出一分对她的喜爱。帽子下面的头发已经松了——她永远都固定不好发卡——她的靴子上粘了厚厚的一层泥。

她没有查看所有的房间，不过她也不需要那么做。她和我一样了解这栋房子，知道这里的秘密。她只走到厨房，然后和律师握了握手，便告诉他可以离开了。

"但是，拉德克利夫小姐……"他的言辞间有一丝困惑，"难道您不需要我陪您在这栋房子里四处看看吗？"

"没有这个必要，马修斯先生。"

她等待着，看着他沿着马车行驶的车道消失，然后转身回到厨房，静静地站在那里。我径直走到她的身边，看着她脸上如今被岁月刻下的细纹。透过这些皱纹，我能看到我认识的小露西，因为人是不会变的。年龄会增长，但人们仍旧和他们年轻时一样，只是更脆弱、更悲伤。我只想把她搂在怀里。露西，一直都是我的同盟。

突然，她抬起头来，仿佛在盯着我看，或是穿过我的身体看着后面的什么东西。有什么打断了她的沉思，她没有理会我，穿过走廊，走上了楼梯。

我想知道，她是否打算住在伯奇伍德庄园。我对她会留下来抱着一丝希望。然后，一些东西陆续运来：先是木箱，然后是桌椅和小铁床，还有黑板和粉笔。最后，来了一个看上去很严厉的女人，姓桑菲尔德，她的办公桌牌上写着"副校长"。

是所学校。我很高兴看到它。小露西一直对知识不断求索。爱德华会很高兴的，因为他在街上时，总会停下来，拽着我和他一起逛逛这家书店或是那家书店，就为了给露西选一本新的大部头。她的求知欲怎么也填不满。

有时，我还能听到那些女学生的声音。微弱的、遥远的声音，在唱歌，在争吵，在大笑，埋头在枕头上哭泣，恳求母亲或父亲回心转意，回来再把她领回去。她们的声音被困在这栋房子编织的牢笼里。

在我和麦克夫人、马丁以及船长一起生活的岁月里，我渴望父亲能回来找我，但我没哭过。留在麦克夫人那儿的信写得很清楚：父亲教导我，要勇敢，要尽我最大的努力做个好人；要尽我的本分，要成为有用的人；要听麦克夫人的吩咐，因为他对她完全信任，我的最大利益可以指望她来保护。

"他什么时候回来？"我问道。

"他在新地方站稳了脚跟，就会派人来接你。"

在被遗弃的孩子心里，有一道伤，永远也不会愈合。我在爱德华身上认出了这道伤口，有时我会想，令我们最初相互吸引的，会不会就是这道伤口。因为，他自然也被遗弃过，在他还是个小男孩的时候。他和妹妹们在父母周游世界的时候，被丢给了不以为然的祖父母。

在埃达·洛夫格罗夫身上，我也认出了这道伤。

这些年来，我经常想起她，想起孩子们的不近人情，想起她悲伤难过的样子，想起在河水中的那一天。

那是很久以前的事了，却恍如昨日。现在，我不怎么费力就能看见她，盘腿坐在阁楼的床上，脸颊上挂着愤怒的热泪，奋笔疾书，哀求着父母一定、一定、一定要回来接她。

第十章

1899年夏

　　埃达·洛夫格罗夫的父亲身材高大、有钱有势，她的母亲举止优雅、天资聪慧，而她对父母的怨恨不分伯仲。这股恨意才新生不久——4月25日的时候她还在爱着他们俩——但新生不久的恨意却依然深刻。他们说，要度假，要回英格兰短期旅行。哦，埃达宝贝，你会非常喜欢伦敦的——剧院和议会大厦！夏天的乡间多么柔美、多么绿意盎然！你就等着看吧！狭窄的乡间小道和路边的灌木篱多么平缓又繁花似锦，到处都是金银花和报春花……

　　母亲在说这些陌生的词汇时，满怀浪漫的憧憬，但埃达无法理解这些话，也不相信这些话，即便她如想象着远古文明的考古学家一般，不带情绪地把这些话仔细考虑了一番。她出生在孟买，印度成了她的一部分，就像是她的鼻子还有上面的那些雀斑一样。她不知道"柔美"、"平缓"和"狭窄"之类的词汇是什么意思；她的世界是广阔的、猛然的、炽热的。这个地方的美难以形容——这里的露台上绽放着绚丽的鲜花，万籁俱寂的夜里散发着甜美迷醉的芬芳——不过也有着变幻莫测的残酷。这里是她的家。

　　3月的一天下午，埃达正在吃饭，她的母亲提起了即将到来的假期。她是在图书室吃的晚餐，因为那天晚上妈妈和爸爸要办一场晚宴，用人们正在布置豪华的檀木餐桌（专程从伦敦运来的）。图书室里摆满了一排排的图书（也是从伦敦运来的），书脊上印着狄更斯、勃朗特和济慈之类的名字，写字台的一端放着妈妈正在教她的剧本，《暴风雨》。天气很热，她的头发粘在额头上，一只懒洋洋的苍蝇在房间里转来转去，嗡嗡嗡的像是一只没了蜂针的雄蜂在伺机俯冲。

埃达一直在想着《暴风雨》里的凯列班和普罗斯彼罗，她想知道为什么在她说自己为凯列班而感到难过时，妈妈的额头上会出现不以为然的皱纹，就在这时，她的注意力被"回英格兰短期旅行"这句话吸引了过去。蕾丝窗帘在一丝湿热的风中微微耸动，埃达问："路上需要多长时间？"

"和没有运河那会儿相比，需要的时间短得多。"

"要知道，我们过去只能坐火车。"

对于不会游泳的埃达来说，火车听上去更合她的心意。

"我们去那儿做什么？"

"所有事都能做。拜访亲朋，欣赏风景。我期待着让你看看我小时候去过的地方，画廊和公园，宫殿和花园。"

"这里就有花园。"

"是啊。"

"也有宫殿。"

"但是里面没有国王和王后。"

"我们要去多久？"

"去把要做的事情做完就回来，一分一秒都不多待。"

这根本不是在真正地回答问题，妈妈通常不会给出这样的答案，她总是非常善于应对埃达的许多问题。但是，埃达那时没来得及打破母亲的沉默。"现在，去玩吧，"她说，优雅的手指轻轻一挥，"你父亲随时都会从俱乐部回来，我还要把花插好。柯曾勋爵会来，你也知道，一切都必须尽善尽美。"

然后，埃达在露台上缓慢地做着侧手翻，看着世界像万花筒似的，随着女王紫薇花和木槿的交替，从紫色变为橙色。园丁在清扫草坪，他的帮手在把宽敞的游廊上那些弯背藤椅清理干净。

通常，侧手翻是埃达最喜欢的一件事，但今天下午她的心思不在这上头。她并没觉得，世界在她的周围翻转有多好玩儿，她反而感到头晕，甚至恶心。过了一会儿，她干脆在游廊边上的蜘蛛兰旁坐了下来。

埃达的父亲是位大人物，他们家的宅邸位于孟买市中心一座小山的山顶。从她的位置望出去，埃达可以越过一座座空中花园一直看到阿拉伯海中翻滚的巨浪。她的用人沙希找到她时，她正忙着从一朵巨大的蜘蛛兰上，剥去长长的白色花蕊，闻着蜘蛛兰的甜香。

"你在这儿啊，小不点儿。"沙希说，她的英语讲得小心翼翼的。

"来吧，现在——你的母亲想要我们去买些水果回来做甜点。"

埃达站起身来，牵着沙希伸出的手。

往常，她喜欢跟着去市场采买——有一个卖小吃的摊主总是多给她一个酥脆面卷，这样她可以一边啃着零食，一边跟在沙希和她的大篮子后面，去各种水果和蔬菜的商贩那儿转悠——但今天，她和沙希下山时无精打采地拖着步子，因为她母亲宣布的消息还在让她犯愁。

东边的阴云越来越重，埃达希望下雨，下大雨，瓢泼大雨，就在父母请来的客人乘坐马车到她家的时候开始下。她一边在心里把母亲突如其来的提议中每个字都琢磨了一遍，想要找到其中的深意，一边长叹一口气。英格兰。父母童年时代的遥远国度，传奇般神秘的祖母的国家，被沙希的父亲称作"猴子屁股"[1]民族的故土……

沙希转了个方向往旁遮普邦的市场走去。"你很安静，小不点儿。别误会，我很高兴今天耳根能清静些，但我不得不怀疑，是不是

1　意为愚蠢，下文同义。

你的小嘴儿因为什么伤着了？"

埃达还没等想清楚，就听见自己已经把和母亲谈了什么和盘托出了。说完之后，她喘了口气："我不想去！"

"小倔驴！回家旅行至于这么大惊小怪的？"

"是他们家，不是我家。我从来就不想去英格兰，我打算等咱们从市场一回去就告诉妈妈我不想去。"

"但是，小不点儿，"夕阳的半个身子还留在地平线以上，它在大海中滤着金子，海水把滤出的金子一波一波地朝岸边荡，"你要去的是一座岛。"

沙希很聪明，虽然埃达对"英格兰"不感兴趣，但岛屿让她异常兴奋，因为心烦她忘记了一点，英格兰碰巧是北海中央的一部分：一个沙漏形的岛屿，淡粉色的，位于地图的顶部。她父亲的书房里有一个地球仪，球体是奶油色的，支在深色的檀木架上。若是获得进入书房的许可，埃达有时会在这个弥漫着雪茄味的房间里把地球仪转起来，因为它会发出奇妙的咔嗒声，听起来像是一大群知了的叫声。她发现这个岛屿叫大不列颠，便对她的父亲说，在她看来这个岛并不怎么"大"。听了她的话，他大笑起来，然后告诉她，外表可能是骗人的。"那座小岛上，"他说道，隐隐带着股自豪感，这让埃达莫名地发慌，"有驱动这个世界的引擎。"

"是呀，好吧，"她现在勉强承认道，"岛屿还是不错的，我觉得。但英国是猴子屁股的岛屿！"

"小不点儿！"沙希忍了忍才没笑出声，"你不许这么说——在你父母身边时可不行。"

"母亲和父亲是猴子屁股！"埃达起劲地吼道。

这样称呼自己尊贵的父母是冒险的，也是有点大不敬，却大快人心，像是一丝火花点燃了一团火，把埃达要发一通火、出出气的决心给融化了。她突然想要大声笑出来。她牵着用人空着的那只手，用力地攥了一下："但你必须跟我一起去，沙希。"

"你回来时，我还会在这里。"

"不，我会太想念你。你必须和我们一起去。妈妈和爸爸会答应的。"

沙希轻轻地摇了摇头："我不能和你去英格兰，小不点儿。我会像被摘下来的花一样枯萎的。我属于这里。"

"那，我也属于这里。"她们已经走到了山脚下，棕榈树在海岸边连成一线。印度拜火教徒身着三角帆似的白袍，聚集在岸上开始他们的日落祷告。埃达停下脚步，对着金色的海洋，即将消失的太阳依然在她的脸上释放着温暖。她充满了一种说不上来的感觉，美妙至极的同时又痛苦万分。她现在用更轻柔的声音重复道："我也属于这里，沙希。"

沙希亲切地朝她微笑着，但什么也没说。这本身就不同寻常，埃达因为她的用人的沉默感到困扰。一下午的工夫，世界似乎就倾斜了，一切都偏离了中心。她生命中的所有成年人都不对劲了，就像曾经走时精准的钟表开始不准了。

她最近常有这种感觉。她在想这是不是自己刚满八岁的缘故。也许成了大人就是这样的？

微风中夹带着盐的味道和熟过头的水果味，一个瞎眼的乞丐在她们经过时举起他的杯子，沙希给他扔下一枚硬币。埃达换了个策略，轻快地说："他们不能强迫我走。"

"他们能。"

"那不公平。"

"难道不吗？"

"一点儿都不。"

"记得《耗子的婚礼》那个故事吗？"

"当然。"

"没做错事的耗子什么都没得到，屁股还烤焦了，这公平吗？"

"不公平。"

"那《熊的亏本生意》那个故事呢？可怜的熊按照要求做了所有的事，但最终也没得到米豆粥和梨，这公平吗？"

"当然不公平！"

"你看吧。"

埃达皱起了眉头。她从没想到，沙希讲的那些故事里有多少则的寓意说的是生活的不公。"那只熊是个笨蛋！换作是我，我会惩罚那个伐木工的妻子。"

"它确实是个大笨蛋，"沙希赞同她的观点，"我知道你会这么做。"

"她说谎。"

"是的。"

"她还嘴馋。"

"嗯，说到嘴馋……"她们来到了热闹的市场的边缘，沙希牵着埃达的手，朝她最喜欢的小吃摊位走去，"我看咱们好像该喂喂你那张小嘴儿了。我挑水果的时候可不能听你抱怨。"

夕阳的余晖已经给世界披上了橙黄色和淡紫色的霞光，手里拿着暖乎乎的、新鲜出炉的、咸咸的酥脆面卷，听着水面上传来的拜火教徒的唱诵，看着蜡烛和木槿花漂浮在海面上，点缀在市场摊位的周围，想要继续生气不是件容易事。其实，埃达感到非常高兴，现在她连之前的烦心事都记不起来了。她的父母想带她去一座岛上短期旅行。仅此而已。

妈妈要求快点把水果买回去，所以她们没有往常那么多时间，让沙希在每个摊位上挑来拣去，把最好的木瓜和香瓜找出来。在她们开始往家走的时候，埃达还在舔着手中最后剩下的一点酥脆面卷。她说："你能给我讲讲茄子公主的故事吗？"

"又讲茄子公主?"

"这是我最喜欢的故事。"说实话,埃达喜欢沙希讲的所有故事。其实,讲故事的时候,哪怕沙希只从埃达父亲的外交文件中选一份读给她听,她也会开心得不得了。她真正喜欢的是,当白昼的最后一缕光融入夜空的星辰里,她和沙希躺在一块儿。沙希这个名字的意思是"月亮"。她的用人用迷人的声音,给她讲着故事,故事里夹杂着旁遮普邦语,这些词的发音带着轻柔的舌尖音。"求你了,沙希。"

"也许吧。"

"求求你了。"

"那好吧。如果你帮我把水果拿到山顶,我今晚就给你讲茄子公主的故事,讲讲她对付邪恶女王的妙计。"

"现在就讲,边走边讲,别等晚上了吧?"

"小皮猴!"沙希说,假装要去拍埃达的耳朵,"你个小皮猴!把我当什么了,竟然和我提这样的要求?"

埃达咧嘴一笑。虽然她知道,沙希不会答应,但还是值得一试的。埃达知道规矩,最会讲故事的人只会等到天黑了才讲。很多个晚上,因为天气太热睡不着觉,她们就在房顶的平台上一起躺着,窗户敞开着。这时,沙希会给埃达讲述她在旁遮普邦的童年。"我在你这么大的时候,"她会说,"日出和日落之间没人讲故事,因为还有活儿要做。像你这么快乐的生活我可过不上!我整天忙着做粪块,这样晚上才有东西烧,我的母亲一直坐在她的纺车前,我的父亲和兄弟在田野里放牛。住在村子里,总是有活儿要干。"

这番小小的说教,埃达以前就听过好几次了。虽然她知道,这只是为了突出她的生活有多懒散、多放纵,但她并不介意。沙希在谈到自己家的时候总有一股魔力,能让这些过往的一点一滴都像"很久以前……"那样的故事一样奇妙。"那么好吧,"她说,拿过小篮子,挎在手臂上，"今晚讲。但是，如果我先到家，你就给我讲两遍茄子公主的故事！"

"皮猴子！"

埃达开始跑起来，沙希在她身后大声喊着。她们一起奔跑着，两个人都尽情地大声欢笑。埃达从侧面看了一眼她的用人的脸庞，她看到沙希亲切的眼神和灿烂的笑容，她知道自己从没像这样爱过谁。如果有人问埃达："你的生活离不开什么？" ——就像邪恶的女王想要知道茄子公主的弱点时间的那样——她会承认她的生活离不开沙希。

于是，在孟买那个炎热的傍晚，埃达·洛夫格罗夫的坏脾气随着那天的太阳消失了。当她和沙希回到家时，露台已经打扫干净了。游廊里摆了一路的玻璃罐，里面烛光闪烁。刚刚割过的青草在温暖的晚风中散发着清香，敞开的窗子里传来钢琴演奏的旋律，埃达感到圆满所带来的欣喜若狂，她抑制不住高涨的情绪，丢下水果篮就跑进去告诉妈妈，她会陪他们去英格兰旅行。

但埃达的父母并没和她讲真话。

苏伊士运河迂回曲折，在这段旅程里，埃达的时间被两件事占满了：一是趴在船边朝外呕吐，二是在床上躺着，头上放着块湿布。下船后，他们在伦敦待了一周，接下来的一周去了格洛斯特郡——妈妈狂热地评论那里的春天是多么灿烂，还有他们在印度看到的"季节"变换是多么少——然后，他们来到泰晤士河上游河湾处一栋有两个一模一样的尖顶的房子。

他们的马车穿过伯福德向南转去时，云层变得越来越暗，等马车在莱赫雷德前面的公路上转弯时，开始下起雨来。埃达一直把脸靠在马车的窗边，看着潮湿的田野掠过，心中琢磨着是什么使这个国家的色彩看起来好像都在牛奶里洗过一样。与此同时，她的父母自打和招待他们的特纳女士告别后，一直异常安静，但这一点是埃达事后反思时才注意到的。

他们在一个很小的村庄中经过一片三角形绿地，一个叫天鹅小栈的小旅馆，当来到一座石头砌的教堂以及教堂墓地时，马车转了个弯，驶入一条蜿蜒的车道，车道的两边已经被碾得不成样子，令这一段旅程极其颠簸。

终于，他们沿着车道来到了尽头，马车经过对开的铁门驶入一堵高高的石墙内。院内的一侧是谷仓似的建筑，它的前面有一片绿油油的草地，一直延伸到远处一排柳树下。

马车完全停住了，司机从高高的驾驶座位上跳下来，为妈妈打开车门。他高举着一把黑色的大雨伞，以免她在离开马车时被雨淋湿。

"伯奇伍德庄园到了，夫人。"他阴沉地说道。

埃达的父母花了很多时间告诉她在英国时他们要见的人和要去的地方，但是她觉得他们没提过有朋友住在一个叫伯奇伍德庄园的地方。

他们走在板石路上，两边种着玫瑰。来到前门时，迎接他们的是一个驼背的女人，仿佛她这辈子都在匆匆忙忙地朝她要去的地方赶路。她说她是桑菲尔德小姐。

埃达有些好奇地注意到，这位小姐与这一周里他们拜访过的其他女士差别很大。她的脸是干干净净的素颜，发型也没什么花样。稍后埃达意识到，虽然没穿制服，但她一定是这里的管家。

埃达的父母彬彬有礼——妈妈总是提醒埃达，真正的淑女要尊重仆人——埃达也就有样学样。她优雅地笑了笑，并且忍着没打哈欠。如果运气好的话，他们会被带去见这里的女主人，埃达会有茶喝，还会得到一块蛋糕（她不得不承认，英国人在这方面确实做得很好），然后，不到一个小时他们就会踏上归途。

桑菲尔德小姐领他们走在一条昏暗的过道里，穿过两个大厅，经过楼梯间，来到一个被她叫作"图书室"的房间。房间中央放着一张沙发和一对破旧的扶手椅，书架上摆满了书籍，四面墙壁上都摆着一排排艺术品。透过房间最里面的那扇窗户，可以看到一个花园，花园中央是一棵栗子树，越过这棵树，是一片草地和一个石头砌的谷仓。雨已停歇，微弱的阳光冲破了松软的云层——英格兰的雨都算不上雨。

就在这时，计划似乎发生了改变：埃达的父母要去别处喝茶，叫她等在这里。

他们离开时，她皱起眉头——把不同意表现在脸上总是明智之举——但实际上，她并不介意被排除在外。经过这趟在英格兰的家庭旅行，埃达发现让成年人陪着是相当沉闷的。扫了一眼，埃达便对这间图书室充满了好奇，在她探索这里时，没有监护她的女伴提醒她不要摸、不要碰，岂不更快活。

大人们一走，她就开始了巡视：把书从书架上拽出来；把奇形怪状的罐子的盖子和精致的糖果盒盖子掀起来；把墙上镶在框里的艺术创作仔细研究一番，那上面有一堆被压平的羽毛、鲜花和植物，还有用黑色墨水仔仔细细写上去的注释。最后，她发现了一个玻璃展柜，里面放着许多大小不一的岩石。柜子上有锁，但埃达惊喜地发现，柜子顶部可以很容易地抬起来，她的手可以伸进去，把岩石一个一个地翻过来。她注意到这些岩石上有奇怪的标记，然后她意识到，这些不是岩石，而是化石。埃达在伍德的那本《新版自然图志》中读到过化石，那本书是她七岁生日时父亲从伦敦订购的。这些标记是古生物遗留下来的，其中一些古生物已经灭绝了。在孟买的家里上课时，妈妈给埃达读过一段查尔斯·达尔文先生的书，所以她知道物种的演化是怎么回事。

化石下面的玻璃架子上放着另一块岩石，这块要小一些，大致呈三角形。它是深灰色的，表面光滑，上面没有化石那些能阐释问题的螺旋形图案。岩石的一头有一个平滑的孔，能在岩石的一侧看到隐约的线形蚀刻痕迹，大部分痕迹都是平行的。埃达把它拿了出来，然后翻过来，小心翼翼地捧在手里。手掌感觉一片冷凉，她感觉怪怪的。

"你知道那是什么吗？"

埃达倒抽一口气，震惊之余笨拙地抓着石头免得把它弄掉了。

她转过身来，看是谁在说话。

沙发和扶手椅上都没人，门也仍然关着。埃达的眼珠左右转了转，迅速把头一偏，看到一个女人出现在壁炉左侧的角落里，埃达刚才进房间时没注意那儿。

"我不是故意要碰它的。"她说，手指在光滑的石头上抓得更紧。

"干吗不呢？要是我，应该会觉得这样的宝贝是不可抗拒的。你还没有回答我的问题：你知道那是什么吗？"

埃达摇了摇头，尽管妈妈总是在告诉她，这样做不礼貌。

那女人走过来，拿起石头。在她走近时，埃达发现她比她刚刚出现时看上去年轻些——也许和妈妈的年纪相仿——但除此之外和妈妈一点都不像。首先，这个女人的裙角很脏，埃达在孟买的厨房花园后面玩小鸡快跑时，裙角也是这么脏。其次，她头发上的发卡也是匆忙别上的，不是淑女的女仆给别上的，因为有好几个地方发卡都没别进头发里。再有就是，她的鼻子上没擦粉，上面的雀斑明晃晃的。

"这是一个护身符，"那个女人说，双手捧着那块石头，"几千年前，有人把它戴在脖子上保护自己。这才有了这个孔，"她把小手指尽量往那个孔里钻，"这里用了某种麻绳，很久以前就腐烂了。"

"保护自己不被怎么着？"埃达说。

"不被伤害。所有名目繁多的伤害。"

埃达可以判断出大人是不是在讲真话，这是她的一种特殊力量。这个女人，不管她是谁，都相信她在说的话。"哪里可以找到这样的东西？"

"我是几年前找到的，在这栋房子外面的那片树林里。"那个女人把石头放回玻璃柜的架子上，从口袋里掏出一把钥匙，锁上了柜子。"即便有人说，是护身符找到它的主人。他们还说，大地最清楚什么时候和谁分享它的秘密。"她对上埃达的目光，"我猜，你是那个从印度来的小女孩？"

埃达回答说是的，她离开了孟买的家来英国旅行。

"孟买，"女人说，似乎品味着这个词，"告诉我，孟买的海闻起来是什么味道？阿拉伯海的沙子是颗粒状的还是石质的？还有那里的阳光，真的比我们这里的更亮吗？"

她示意她们应该坐下来，埃达便从善如流地坐下，回答这些问题，但顺从之余却又谨慎小心，成年人原来真的会对孩子感兴趣，她对此还不太习惯。现在，那个女人就坐在沙发上挨着她，听得很仔细，偶尔还会因为惊讶或满意或兼而有之而发出一些小声响。最后，她说："哦，很好。谢谢你。我会记得你告诉我的一切……小姐贵姓？"

"洛夫格罗夫。埃达·洛夫格罗夫。"

那个女人伸出一只手来，埃达和她握了握手，就好像她们是两位在街上碰面的成年女士。"很高兴遇见你，洛夫格罗夫小姐。我叫露西·拉德克利夫，这是我的——"

就在这时，门开了，埃达的母亲走了进来，她不论走到哪里都自带的欢腾雀跃也随之而来。埃达的父亲和桑菲尔德小姐紧跟在后面。埃达一跃而起，准备要离开。但是——"不，亲爱的，"她母亲笑着说，"你下午还要留在这里。"

埃达眉头一皱："就我一个人？"

妈妈笑了起来："哦，亲爱的，怎么着也不会是你一个人。有桑菲尔德小姐和拉德克利夫小姐，而且你看看，你身后还有那些可爱的小姑娘呢。"

埃达偏过头去，朝窗外瞥了一眼，恰巧有一大群女孩子——长长的金色卷发用丝带绑在后面的英国小女孩——出现在花园里。她们三三两两，说说笑笑，正朝这栋房子走来，其中一些人拿着画架和颜料盘。

整件事都出乎意料，莫名其妙，就算是当时，埃达也没能确切地弄明白这是个什么地方。后来，她在痛骂过自己何其愚蠢之后，一个小小的声音会冒出来给自己辩护，提醒自己那时只有八岁，而且一直都没和学校打过交道。实际上，在她的人生中，没有一样事是为了顺应父母的安排而自愿做准备的。

当时，她只让母亲给了她一个告别的拥抱——在完全奇怪的一天里，这是怪得很彻底的一天中又一个意想不到的转折——父亲在她的肩头用力拍了拍，还告诫她要尽力好好表现。然后，她看着父母手挽着手转身跨出了房门，经过大厅往等候他们的马车走去。

最后是桑菲尔德小姐告诉了她一切。埃达开始追自己的父母，想再问一问他们到底指望她那天下午做什么。这时，桑菲尔德小姐抓住她的手腕，拦住了她。"洛夫格罗夫小姐，欢迎你！"她微笑着说道，可她的笑比哭还难看，"欢迎来到拉德克利夫青年女子学校。"

学校。青年女子。欢迎。埃达喜欢词汇——还会把词汇都记下来——但这几个词却像是给她迎头痛击的板砖。

随之而来的是恐慌，她完全忘了妈妈总是提醒她的那些礼仪。她管桑菲尔德小姐叫骗子和乡巴佬；她说桑菲尔德小姐是邪恶的老女人；她可能还高喊过"笨蛋！"，甚至快要把肺都喊炸了。

然后，她甩开了桑菲尔德小姐的手，宛如一头猎豹，从房子里跑了出去。经过那群在走廊里磨磨蹭蹭的女孩时，径直撞到了一个高个子的金发女孩身上，那个女孩大叫了一声。埃达咬着牙，低声的愤怒从齿间冲了出来，她把大个子女孩推到一边，顺着走廊一路跑去，穿过前门，一直跑到车道上。不到一小时之前，她和父母就是在这里从马车上下来的。

马车现在不见了，埃达大叫一声，既愤怒又沮丧。

这一切意味着什么？她母亲之前说要她下午待在这里，但听桑菲尔德小姐的意思，好像她要留在这里，留在这所学校里，要……要留多久？

要比一个下午长。

在接下来的几个小时里，埃达怒气冲冲地走在河边，一把一把地薅着芦苇，然后又把河岸上长得高高的草拔掉。她从远处盯着那栋可恶的房子，把身上所有的力量都用来恨它。想到沙希时，她流下了愤怒而滚烫的泪水。

直到太阳开始下山了，埃达才意识到，她一个人待在愈发昏暗的小树林里。她开始往回走，穿过草地，绕过房子外面那堵石墙，来到前门。她盘腿坐在地上，从那里，她可以看到从村子过来的乡间小道。这样一来，只要马车朝伯奇伍德庄园这边转，她就能看到。她看着光线中的黄色变得越来越浅淡，想象着家里洒满紫色和橙色霞光的地平线，成排的棕榈树在上面留下犬牙交错的疤痕，想象着刺鼻的气味和人群的喧嚣，做祷告的拜火教徒唱起的赞美诗。想到这些，她的心直发疼。

当她感觉到身后有人时，天几乎要黑了。"来吧，洛夫格罗夫小姐，"桑菲尔德小姐从阴影中走出来，"晚餐要开始了。你在第一天晚上就挨饿的话可不好。"

"等我爸爸妈妈回来，我和他们一起吃。"埃达说，"他们会回来接我的。"

"不，他们不会回来。今晚是不会了。我和你解释过，他们把你留在这里上学。"

"我不想留在这儿。"

"不想也得留下。"

"我不。"

"洛夫格罗夫小姐……"

　　"我要回家！"

　　"这里就是你的家，你要开始接受这个事实，越早越好。"

　　然后，桑菲尔德小姐的身上变得僵硬起来，而且个子似乎越来越高，她像梯子一样挺直了身子，缩在一起的肩膀也展开了，这让埃达想到了张开大嘴的鳄鱼。"那么现在，我们再试一下好吗？晚餐，"她说，"要开始了，不管你在印度次大陆上养成的习惯是什么样，洛夫格罗夫小姐，我向你保证，在这儿我们不供应第二顿晚餐。"

第十一章

　　于是，六十三天后，她还在这里，蹲在拉德克利夫青年女子学校二楼走廊的墙壁夹层里，闻着这个秘密空间里的那股霉味。据她了解，她的父母现在已经回了孟买。不过，她并没有直接得到这个消息。按照桑菲尔德小姐的解释，他们希望给埃达时间，让她先"安顿下来"，然后再寄信给她。"他们这样做非常周到，"桑菲尔德小姐坚决支持他们的想法，"他们不希望你心烦意乱。"

　　埃达把耳朵贴在木板上，闭上了眼睛。天已经黑了下来，但是闭上眼睛有助于她把注意力集中在其他感官上。有时，她觉得自己其实能听到木头里的涡纹。"涡纹"和"世界"的英文发音听起来非常相似，想象着涡纹可以让她分分心，也愉快些。她几乎可以认定，木头里的世界正在用可爱的声音和她说话。她感觉好多了，这要归功于那个声音。

　　现在，外面的走廊传来了现实中的声音，两个压低的声音，埃达唰地睁开眼睛。

　　"可我看到她朝这边走的。"

　　"你看错了。"

　　"我看见了。"

"是吗？那她在哪儿？还能凭空消失了？"

两个声音顿了顿，然后一个人赌气地回答："我看到她朝这边走的。我确定看到了。她一定在这儿的某个地方，我们只要等着就行。"

埃达窝在藏身的地方，默默地呼出一口气。她的脚已经没了知觉，现在她在这里困了至少二十五分钟，不过如果说有一件事是她擅长的——不像缝纫、钢琴和绘画，以及他们试图在这所笨蛋学校里教的几乎所有东西那样——那就是固执。沙希总叫她"小倔驴"。那两个女孩愿意在走廊里等，就让她们等着吧。埃达只会等得更久。

夏洛特·罗杰斯和梅·豪金斯是折磨她的那两个人的名字。她们比她大，都是十二岁。夏洛特和她的同龄人相比高出一大截。她是一位议员的女儿，而梅是一位著名实业家的女儿。埃达之前没有多少机会和其他孩子混在一起，但她学东西很快，而且观察力特别强，没过多久，她就看明白了：拉德克利夫青年女子学校有一小撮年长的女孩子横行跋扈，她们觉得年纪小的都唯唯诺诺、服服帖帖的。但是，埃达不习惯听其他孩子指手画脚，她的正义感如钢铁一般，她无法向恶势力低头。所以当夏洛特·罗杰斯跟她要新丝带时，埃达说不给。那都是妈妈在伦敦买给她的，她喜欢那些丝带，更愿意自己留着，就不劳烦罗杰斯了。那两个人曾把埃达堵在楼梯间，梅·豪金斯抓着她的手指看能往后面掰到什么程度，还告诉她不许出声。埃达抬脚狠狠地踩到梅的脚趾上，大声喊道："马上给我松开！"她们向女舍监举报（谎报）说，埃达偷偷溜进了食品储藏间，还把几罐新果酱拧开了。埃达立刻站出来报告说，她没有，罪魁祸首不是她，并且补充说，其实是夏洛特·罗杰斯天黑以后在走廊里偷拿的，这是她亲眼看到的。

这一切都没法让夏洛特·罗杰斯和梅·豪金斯喜欢上埃达，这是事实，但她们的敌意可以追溯到更早，追溯到最开始。因为埃达从图书室逃出来、想追上她父母的时候，她和夏洛特·罗杰斯在走廊里撞了个满怀。夏洛特吓了一跳，她的尖叫声就像是爱尔兰传说中报丧的女鬼在哀号，这引来其他女孩的一片笑声和指指点点，连年纪小的女孩都笑话她。埃达当时还冲着她低声怒斥，不过这也没能扭转局面。

"她在那儿，那只印度小野猫。"夏洛特第二次见到埃达时说。

她们是在前院的花园小路上不期而遇的。埃达独自坐在墙边那棵树龄不长的日本红枫底下，夏洛特站在一群咯咯笑的姑娘中间，她们长长的卷发都用丝带绑着。

大家注意到埃达时，夏洛特的漂亮脸蛋上露出了灿烂的笑容，像是被勾起了食欲。"女士们，这位就是我跟你们提过的那个野丫头。她父母大老远地把她从印度带回来，希望她多少能懂点教养。"其中一个女孩听了这话偷偷地笑着，这让夏洛特的胆子更大了，她那双冰冷的蓝眼睛瞪得大大的："我要让你知道，我们都是来帮你的，埃达。所以，如果你有什么需要，不论什么，尽管张口。我想到了一样，里面有一个抽水马桶，但你可以在这儿随意挖个洞解决问题，只要你觉得那样更舒服的话。"

女孩们都笑了起来，委屈和愤怒把埃达的眼睛刺得生疼。沙希如阳光般的笑脸不知怎的在她的脑海中浮现。她们俩在孟买的屋顶平台上并排躺着，沙希笑容灿烂地讲述着自己在旁遮普邦的童年，揶揄着埃达在豪宅里的奢华生活。莫名其妙的是，当夏洛特在嘲弄印度时，仿佛是在直接笑话沙希，仿佛这让埃达成了笑话沙希的同谋。

埃达决心以无视来反抗，不给其他人在自己身上找乐子的机会。把有关沙希的一切想法和自己思乡的痛苦都放在了一边，她直视前方，假装看不见她们。过了一会儿，面对她们仍未停止的嘲讽，她开始轻声地用旁遮普语讲故事给自己听，仿佛她在这世界上无甚牵挂。这可不是夏洛特喜欢看到的，她欢快的微笑不见了，甚至在她叫其他人跟她离开时，她还盯着埃达不放，紧蹙的眉头满是疑惑，仿佛埃达是个需要解决掉的麻烦，是块难啃的骨头。

在有一件事情上，夏洛特是对的：埃达的父母把她留在拉德克利夫青年女子学校，是希望她能神奇地变成举止文雅的英国女学生，可他们错了。但是，尽管埃达对抽水马桶很熟悉，她却并不是一个"青年女子"，也没有变成"青年女子"的打算。她从未掌握该怎么缝缝补补，她提的问题太多了，还都是些让老师一时答不上来的问题。至于钢琴技能，在她身上干脆就不存在。在印度，虽然她母亲能把钢琴弹得美妙动听，优美的旋律在温暖的微风中从图书室里传出来，但琴键在埃达的手里只有被糟蹋的份儿，以至于即便是她父亲——她的任何差错都能得到他的一句称赞——都把耳朵缩进了衣领，好像这样就不会被魔音贯耳。

因此，拉德克利夫青年女子学校的大部分课程都是一场苦难。唯一能让埃达从中得到一点快乐的科目，是拉德克利夫小姐本人教授的两门课：科学和地理。埃达还加入了拉德克利夫小姐的博物学社团，除了一个叫梅格的女孩，她是唯一的成员。梅格似乎没打算让自己变得越来越聪明，只要哼着浪漫的舞曲，捡几棵开花的三叶草，再把它们编成精美的花冠，她就心满意足了。

不过，对于埃达来说，博物学社团是被抛弃在伯奇伍德庄园后的唯一救赎。每周六上午和周四下午，拉德克利夫小姐都会领着她们在乡间快步前行，有时一走就是几个小时，穿过泥泞的田野，蹚过潺潺的溪流，越过山丘，钻进树林。有时她们骑着自行车去更远的地方，到阿芬顿去看白马谷，或者到巴伯里去看铁器时代的山丘堡垒，有时甚至去看巨石阵。她们对于发现圆形凹面变得相当在行，拉德克利夫小姐把它们称为"露水池"：它们是史前人类的手笔，她说，有了这些"露水池"，就始终有足够的水。根据拉德克利夫小姐的说法，到处都有古代社会遗留的痕迹，只要你知道该去哪里找。

就连学校后面的那片树林里也充满了历史的秘密：拉德克利夫小姐在穿过林中空地后的一座小山时给她们展示了这些秘密，那座小山被她称为"龙丘"。她说："这里完全有可能是盎格鲁-撒克逊人的墓地。"并接着解释说，之所以如此命名，是因为盎格鲁-撒克逊人相信，龙会看守宝藏。"当然，凯尔特人不会认同这一点。他们会把这里称为仙丘，并且会说，这下面是仙境的入口。"

当时，埃达想到了图书室里的护身符，并且想知道，这里会不会是拉德克利夫小姐发现她的护身符的地方。"离这里不远，"拉德克利夫小姐回答道，"离这里一点都不远。"

对埃达来说，成为博物学社团的成员就像在当侦探，寻找线索，解开谜团。她们挖到的每一件文物都有一段故事，在某件物品落入她们手中的很久以前，这样东西都和不为人知的生活息息相关。为发现的每件东西找出最令人兴奋（但要合理，因为她们是科学家，而不是富有创意的作家）的历史背景成了某种游戏。

拉德克利夫小姐总是让她们自己留着那些宝贝。她对此很坚决：她喜欢说，大地在适当的时候吐露它的秘密，而且总是对它相中的人倾吐秘密。"那河流呢？"一个星期六上午，她们在水边进行探险时埃达问道。她一直在想着沙希给她讲的一个故事，沙希的村庄遇上了一场洪水，把她小时候攒下的珍贵财物都冲走了。她意识到自己这样问有些失礼时，已经来不及了。当时，埃达听到过一些闲言碎语，说拉德克利夫小姐的哥哥是溺水身亡的。

女校长最后说："河流不一样，"她的声音很沉稳，但雀斑之下，她的脸要比平常苍白，"河流总在移动，它们把秘密和谜团都汇入了大海。"

拉德克利夫小姐本人也是个谜。学校以她的姓氏冠名，计划把年轻女孩变成有教养的淑女，可她自己并不怎么淑女。哦，妈妈喜欢谈论的所有"礼仪"，拉德克利夫小姐都做到了——嚼东西时，她不会张开嘴巴；她也不会在餐桌上打饱嗝——但在其他方面，她更让埃达想起爸爸：在户外时，她胸有成竹地迈着步子，她愿意谈论政治和宗教；她坚信，始终努力获取知识、掌握更好的信息实现这一目标，是人的责任。她大部分时间都待在外面，对时尚毫不在意，穿衣风格万年如一：深色的系扣皮靴和绿色的步行套装，下身长裙的裙角总沾着一块一块的泥巴。她有一个大篮子，这让埃达想起了沙希的篮子，无论去哪儿，她都带着它。但是，沙希用篮子装满水果和蔬菜，拉德克利夫小姐却用篮子装棍子、石头、鸟蛋、羽毛以及其他各种令她感兴趣的东西。

不止埃达一个人注意到拉德克利夫小姐是个怪人。学校是她开的，可是她却把行政和纪律问题都交给副校长桑菲尔德小姐。她自己只偶尔发表一些激情澎湃而又言辞恳切的演讲，告诉学生们尽可能多学习属于"你们这些女孩"的责任，还会普遍告诫学生："姑娘们，时间是你们最宝贵的商品，没人会愚蠢到浪费自己的一分一秒。"在其他女孩那里，有传言说，她是一个女巫——因为所有那些植物标本和稀奇古怪的东西，还有那个用来存放它们的房间。这个小房间挨着她的卧室，学生禁止入内，违令者小命不保。"那是她施法的地方，"安杰莉卡·巴里坚持说，"我听见她在屋里念念有词。"梅瑞迪思·赛克斯发誓说，有一天她瞥见那间屋子的书桌上，一堆石头和化石中间有一颗人的头盖骨。

有一件事是肯定的：拉德克利夫小姐爱她的房子。她唯一一次提高嗓门，是训斥一个被抓到的女孩，因为她坐在楼梯扶手上往下滑，或者也可能因为她踢了地脚线。有一次，她们徒步穿过威尔特郡，话题转到了孤独和特别的地方上，拉德克利夫小姐向埃达解释说，伯奇伍德庄园曾经属于她哥哥，他多年前去世了，虽然她对他的想念依旧胜过她失去的任何其他东西，但是当她在他家里时，她觉得他就在身边。

"他是个艺术家，"有一次，埃达的同伴梅格正在穿三叶草项链，她没头没脑地抬起头说道，"拉德克利夫小姐的哥哥。一个著名的艺术家，但他的未婚妻被人开枪打死了，他特别伤心，最后疯了。"

现在，折磨她的两个人就在她附近，她的遐想就此被打断。埃达小心翼翼地在墙里的藏身处移动着身子，连最微弱的声音都不敢出。她对恋人或是未婚妻知之甚少，但她知道与亲爱的人分离会有多痛苦。她为拉德克利夫小姐感到非常遗憾。埃达已经得出了结论，正是因为失去了哥哥，女校长才会时而在她以为没人看她的时候，脸上流露出深深的忧愁。

她仿佛莫名其妙地读懂了埃达的想法，现在墙板的另一边传来一个熟悉的声音："姑娘们，你们在走廊里干什么？你们都知道桑菲尔德小姐对于鬼鬼祟祟的行为是怎么看的。"

"是的，拉德克利夫小姐。"她们齐声说道。

"我想不出这里有什么能让你们如此感兴趣。"

"什么也没有，拉德克利夫小姐。"

"我希望你们不要用那些曲棍球棒在我的墙上划。"

"不会的，拉德克利夫小姐。"

"那么，好了，你们走吧，我会考虑不和桑菲尔德小姐提这次的违规行为，以免你们被留堂。"

听到她们的脚步声越来越远，埃达微微松了一口气，对这样的结果还算满意。

"出来吧，孩子，"拉德克利夫小姐说，在墙上轻轻敲了敲，"你肯定也逃了一门课。"

埃达将手指滑到隐藏的闩锁上，打开嵌板上的锁，门开了。拉德克利夫小姐不见了，连个人影都没了，埃达迅速从藏身的地方爬出来。把墙板归位时，她再次惊叹于墙壁上什么缝隙都看不出来。除非事先知道，否则谁都不可能猜得到那里有个暗门。

这处暗室是拉德克利夫小姐告诉埃达的。一天下午，她发现应该在上缝纫课的埃达躲在图书室厚厚的锦缎窗帘后面，于是把她叫去了办公室，要和她"谈一小会儿"。埃达已经做好了挨批的准备，但拉德克利夫小姐却告诉她想坐哪儿就坐哪儿。她说："我第一次来这栋房子时没比你大多少。我哥哥和他的朋友们都是成年人，都忙着其他事情，没心思管我。按他们的说法，我可以自由活动，还说我多少还有着，"她犹豫了一下，"刨根问底的心性，谁都没想到我探究的事情会那么多。"

这栋房子历史悠久，她继续说，有几百年的历史，建造它的那个年代里，某些人有充分的理由要找个藏身的地方。她当时邀请埃达跟着她，而所有其他的女孩都在楼下唱着贝多芬的《欢乐颂》。拉德克利夫小姐给埃达看了那个隐秘的藏身之处。"我不确定你有没有过这样的经历，洛夫格罗夫小姐，"她说，"但在我的人生里，我有好几次觉得极其渴望自己消失。"

现在，埃达匆匆走在房子中央的楼梯上。不过，她没有下楼去上音乐鉴赏课，而是一路往上，去了阁楼，走进标着"东阁楼"的卧室。她和另一位寄宿生玛格丽特·沃辛顿同屋。

她的时间不多，音乐鉴赏课很快就会结束，其他女孩接下来没有课。埃达跪在地板上，把床铺周围垂着的亚麻床幔掀起来。她的行李箱还在那儿，在她放的位置上原封不动，她小心翼翼地把它拽出来。

埃达抬起盖子，毛茸茸的一小团向她眨了眨眼，张开嘴巴，无声地喵了一下！

她用一只手抱着小猫，把它紧紧搂在怀里。"好了，小家伙，"对着它的头顶软乎乎的那处地方，她轻声说道，"别担心，有我在。"

小猫用绒乎乎的肉垫抓她的裙子，开始气愤地表示自己饿了，需要吃的。埃达微笑着，在背心裙的大口袋里摸出一罐沙丁鱼。背心裙是妈妈在哈罗德百货公司给她买的，沙丁鱼罐头是她早些时候从厨房偷的。

她的小猫在活动筋骨，绕着房间的墙根趾高气扬地漫步，仿佛这里是一片宽阔平坦的大草原。埃达撬开了罐头盖子，拿出一条滑溜溜的鱼。她伸出拿着鱼的手，轻声叫道："来，比莱。来，小猫咪。"

比莱放轻脚步朝她走来，狼吞虎咽地吃掉了悬在埃达手上的沙丁鱼，然后一条接一条，把一罐子的鱼都吃了。接着，它伤心地喵喵叫着，直到埃达把罐子放倒，让它优雅地舔舐里面的汤汁。"贪婪的小东西，"她说，打心底里羡慕它，"你吃得够多了，瞧你把小鼻子都弄湿了。"

一周前，埃达救了比莱的命。她在躲着夏洛特和梅，然后发现自己跑到了离房子较远的一片草地，河水绕着小树林转了个弯，消失在视线中。

埃达听到树林的另一边传来声响，这让她想起在孟买过节的时候。她沿着河往西走，直到一处河水拐弯的地方。她看到远处的空地上有一个吉卜赛人的营地。有大篷车和篝火，马匹和狗，还有一群孩子在放风筝，风筝在空中拖着长长的尾巴，那是几条五颜六色的丝带。

她注意到，有个粗野的男孩独自走向河边。他的肩上扛了一个麻袋，还吹着口哨，她差不多能听出来是哪首歌。埃达好奇地跟着他。她蹲在一棵树的后面，看着他开始一个接一个地从麻袋里往外拿东西，把它们泡在河水里。起初，她以为他是在清洗小件衣物，就像她在印度看到人们在大型洗衣场做的那样。直到她听到第一声微弱的叫声，她才意识到，他从麻袋里拽出来的不是衣服，他也不是在洗东西。

"嘿！你！你知道你在做什么吗？"她喊道，咚咚地跑到他身边。

男孩抬头看着她，震惊的表情和他脸上的脏东西一样明显。

埃达的声音都是颤抖的："我说，你知道你在做什么吗？"

"让它们脱离苦海，照人家说的办。"

"你真可怕！太残酷了！你这个禽兽不如的懦夫！你就是个大恶棍！"

男孩挑了挑眉毛，埃达意识到，他好像觉得她的怒火挺有意思，这让她很窝火。他一言不发地把手伸进麻袋，把剩下的最后一只小猫捞出来，粗鲁地抓着它的后颈，举了起来。

"刽子手！"她恨恨地低声说。

"我爸让我干的，要是不照做，没命的就是我。"

"立刻把那只小猫给我。"

男孩耸了耸肩，把软绵绵的小猫朝埃达伸出的双手里塞，然后把空麻袋往肩上一甩，溜回了营地。

从那天起，埃达总是想起比莱的兄弟姐妹。有时，她会在半夜惊醒，脑海中挥之不去的是它们淹没在河水中的脸和毫无生气的身体，它们随着河流起起伏伏，漂向大海。

现在，埃达把比莱抱得太紧了，小猫尖声地发泄着不满。

外面的楼梯上有声响，是脚步声。埃达迅速把小猫塞回行李箱，合上盖子，但留了一条缝，以便空气能进得去。这不是理想的解决方案，但眼下只能凑合着。可以想见，桑菲尔德小姐是容不下宠物的。

埃达刚爬起来，门就开了。她注意到，床幔还在床垫边上堆着，但她没时间整理好。

夏洛特·罗杰斯站在门口。

她对埃达微笑着，但埃达可不会对她报以微笑。她仍然保持着戒备。

"你在这儿啊，"夏洛特甜甜地说道，"你今天难道是条滑不溜丢的小鱼？"一瞬间，埃达想到了口袋里装沙丁鱼的空罐子，她以为夏洛特·罗杰斯不知怎的猜中了自己的秘密。但是这个年长些的女孩继续说道："我就是来传个话——恐怕是要做带来坏消息的人了。桑菲尔德小姐知道你翘了音乐课，她让我把你送到她那儿去领罚。"她的微笑，看似同情实则是嘲讽。"埃达，只要你学着守规矩，你在这儿的日子会舒坦些。规矩的头一条：赢的始终是我。"她转身离开，犹豫了一下，然后回头看了看，"最好把你的床铺好。我可不想告诉桑菲尔德小姐，你是个邋遢鬼。"

埃达紧紧攥着拳头，下楼朝桑菲尔德小姐的办公室走去。几个小时之后，她手掌上的指甲印儿才消散。显然，这场跟夏洛特·罗杰斯和梅·豪金斯的消耗战，光靠无视她们或者躲着她们是不可能打赢的。她绝不会让步，这就意味着她不得不反击，而且得想个一劳永逸的法子，让她们以后都别来招惹她。

桑菲尔德小姐对于迟到的问题一通说教，可埃达几乎都没听到。惩罚措施被定下来的时候，埃达因为心不在焉，甚至都没提出抗议——给她的惩罚是，在学期末的音乐会上，协助服装制作组做两周额外的缝纫活儿；在此期间，不许参加博物学社团的活动。

整个下午，她都在为那个一劳永逸的法子琢磨细枝末节，翻过来倒过去地尽量让计划行得通。直到那天晚上很晚了，室友玛格丽特从房间的另一头传来微弱的鼾声，比莱在自己的怀里呼呼地睡着安稳觉，她才终于想好了该怎么办。

想到这个主意时，她的思路一清二楚，就像是有人进了她的房间，蹑手蹑脚地走到她的床边，跪下来趴在她耳边，用低沉的声音轻轻说给她听的。

埃达在黑暗中咧着嘴笑了笑：这个计划很完美，而且非常简单。更妙的是，多亏了夏洛特·罗杰斯，她才有了执行计划的完美手段。

第十二章

拉德克利夫青年女子学校有在夏季学期末举办音乐会的传统，因此，从开学第一周起大家便开始了排练。身材单薄、一说话就紧张的演讲和戏剧课老师拜厄特小姐筹办了一系列试演，为音乐会精选出十五个节目，包括音乐剧、诗朗诵和戏剧独白。

埃达将出现在舞剧《灰姑娘》的一个场景中，扮演沉默且静止不动的老鼠乙。夏洛特·罗杰斯，作为埃伦·特里[1]女士隔了两代的表亲，被（尤其她自己）视为出演莎士比亚剧目的实力派，因此她在这场演出中要进行三个表演：朗诵一首十四行诗，表演麦克白夫人"去，该死的血迹！"那段独白，还有一首独唱，她的朋友梅·豪金斯为她进行钢琴伴奏。

由于房子里的两个大厅面积都不够大，音乐会通常在车道尽头的长方形谷仓里举办。演出前几天，每个女孩都负责从房子里把椅子搬去谷仓，再成排地摆放好。那些没能有幸被选中参演的学生，就自动承担起舞台布置的工作，包括搭建舞台和在谷仓的椽子上悬挂台口的幕布。

---

1 埃伦·特里：19世纪英国著名女演员，因扮演莎士比亚剧中的角色而广为人知，曾与萧伯纳保持多年通信联系。

因为桑菲尔德小姐的惩罚，埃达特别忙。她得在缝纫小组里禁足，帮助做针线活儿的小组成员做演出服装的收尾工作。在缝纫方面，埃达真不是这块料。她的缝纫活儿糟透了，让她用固定两块布料时必备的倒缝针法，缝出一排排平整结实的针脚，这自然是做不到的。不过，在修剪线头方面，她证明了自己还算在行，因此，一把银色的小剪刀发到了她的手里，指派给她的任务是"确保边缘齐整"。

"每次做缝纫活儿，她都第一个到，一旦开始工作也很少说话，她对自己的工作就是这么投入。"被问及埃达的表现时，缝纫课的女教师向桑菲尔德小姐汇报说。对此，副校长淡淡地笑着说："很高兴听到她这样用心。"

音乐会当天，整个学校从破晓时分起便热闹不已。因为全体演员要参加彩排，下午的课都取消了。演出预计四点钟准时开始。

距离演出开始还有两分钟时，桑菲尔德小姐冲埃达点了点头。她在试演时（并不成功地）用铃铛演奏了《我的爱尔兰野玫瑰》。得到桑菲尔德小姐的示意，她开始敲响她的一个铃铛，提醒观众演出就要开始了。大多数女孩，还有为数不多的父母和兄弟姐妹以及社区里某些不得了的大人物，已经都到了。听到铃声，他们都不再闲聊。此时，大厅里的灯光暗了下来，黑色的幕布落下，观众坐在黑暗之中，舞台上的聚光灯成为众人瞩目的焦点。

演员们一个接一个地在中央舞台的光芒中进行着表演，竭尽全力地一展歌喉、深情朗诵。观众在欣赏之余，报以热烈的掌声。然而，演出的时间并不短，一个小时过去了，观众的热情在减退。当夏洛特·罗杰斯第三次登台时，年纪小一些的孩子开始在座位上扭来扭去，哈欠连天，她们的肚子也开始抱怨起来。

素来专业的夏洛特没有因此怯场。她的双脚呈八字站好，对着观众妩媚地眨着眼睛，金色的卷发披散着，肩头一边一个大卷儿。梅·豪金斯坐在钢琴后面，等待着开始演奏的信号，那副羡慕得不得了的样子，大家有目共睹。

不过，埃达的注意力集中在夏洛特的服装上：一套相当成熟的短上衣配长裙——当然是模仿了埃伦·特里最近穿过的一套演出服——这让她看起来挺显老。

埃达坐在黑暗的大厅里，聚精会神地注视着夏洛特，仿佛想单凭自己的凝视就让物体移动。她很紧张——比她表演老鼠乙时紧张得多。放在腿上的双手紧握成拳，手心里汗津津的。

事情发生在夏洛特唱到最高音的时候。为了这个音，她练习了将近一个月。也许是因为要达到高音C需要吸一大口气，抑或是因为她展开双臂向观众恳求掌声的动作太大，反正当夏洛特唱到这个音的时候，她的裙子掉了。

裙子不是一点点掉下去的，而是突然唰地一下，完全掉了下去，围着她漂亮的脚踝在地板上形成一个白色蕾丝和亚麻布堆起来的小坑。

这比埃达想象的还要好一千倍。

在她给夏洛特的腰带上修剪针脚时，她希望的是这件衣服能滑下来一块，足以引起骚动，让人分心，但她绝没想过会是这样的效果，打死她都想不到：裙子掉下来的方式，还有完全掉下来的绝妙时机！简直就像有一股无形的力量，受到埃达心灵的操控，冲进了大厅，在接到无声的命令时，把那条裙子一把拽了下来……

这是埃达几个月以来见过的最好笑的事。而且，到处都是抑制不住的笑声，如雷鸣一般在谷仓里回荡，由此可见，其他女孩也有同感。

当满脸通红的夏洛特唱到最后几句时，观众不断热烈鼓掌欢呼，高声大笑。埃达意识到，自从她来到伯奇伍德庄园以来，她内心的感受第一次几乎可以和幸福画上等号。

按照惯例，音乐会后的晚餐总要比日常的学校晚餐更轻松，甚至连桑菲尔德小姐都被请来，颁发年度"最佳校友"奖。即便她大体上认为，自己参加学校任何娱乐活动都是极不合适的。"最佳校友"奖是一系列有趣的荣誉称号，由学生提名并投票，目的是让整个学校在学年接近尾声时喜庆和欢乐的气氛更热烈。

对许多女生来说，这将是本学期她们在学校的最后一顿晚餐。只有少数学生的假期是留在学校过的——那些没法乘坐火车或马车回家的学生，或者父母夏天去欧洲旅行因此女儿无处托付的学生。埃达便是其中之一。

音乐会上的成功非常壮观，这让埃达的情绪高涨，可放假不能回家让她的情绪稍稍低落了些。她坐在餐桌旁，静静地吃完第二份果味奶冻，把"针线小能手"奖翻到背面，被授予这个称号是因为她为"缝纫活儿出力"（有人猜，奖状是在演出服事故前就印好的）。其他女生在愉快地聊着即将到来的暑假，这时，每天的邮件被送来了。

埃达习惯于派发邮件时没她的事，结果她身边的女生推了她两次，埃达才发现派发邮件的人叫了她的名字。年长的值勤女生站在老师的桌子旁边，手里拿着一个大盒子。

埃达腾地站起来，急着要把它领回来，匆忙中差点儿绊了一跤。

她一回到桌旁就开始解盒子上的细绳，到最后几个结时，拿出了她修剪线头的银色小剪刀，把它们剪掉。

里面有一个用剪纸工艺装饰的漂亮盒子，埃达立刻决定，这就是比莱完美的新家。盒子里有一个厚厚的信封，里面是一封妈妈的信，一顶新的太阳帽、两件衣服，还有一个让埃达欣欣雀跃的小一点的包裹。她立刻认出礼品卡上是沙希的笔迹。"小不点儿，"她写道，接下来的字都用的旁遮普语，"送你一个小礼物，在你和一帮猴子屁股一起生活时，提醒你别把家给忘了。"

埃达撕开包裹，在里面找到一本黑色皮革封面的小册子。册子里面一个字也没写，不过，里面是一页又一页的压花：橙色的木槿、淡紫色的皇后紫薇、紫色的西番莲、白色的蜘蛛兰、红色的朱缨花。埃达知道，它们都来自她自己的花园。一瞬间，她回到了孟买。她能感到拂面而来的闷热空气，闻到迷人的夏日芬芳，听到太阳沉入海洋之际祷告者的诵唱。

埃达如此神往，以至于身前的餐盘被夏洛特·罗杰斯的影子笼罩时，她才意识到这个比自己大的女生来到了身旁。

埃达抬起头来，把夏洛特严肃的表情看得清清楚楚。和往常一样，梅·豪金斯做她的副官。两个女生来到埃达的餐桌旁，使得周围鸦雀无声。埃达本能地合上了夹着沙希制作的压花的小册子，把它放到包装纸下面。

夏洛特说："我想你看到了演出中发生的事。"

"太可怕了，"埃达说，"一个非常不走运的节目。"夏洛特冷冷一笑："我始终认为，运气好坏全凭自己。"

这话埃达没法接。认同她的话似乎不明智。

"我希望将来的运气能好些。"她伸出一只手，"休战？"

埃达看了一眼伸出的手，最后伸手握了上去："休战。"

她们郑重其事地握了握手，夏洛特微微笑了笑，考虑片刻，埃达也微微一笑。

因此，尽管埃达没有料到，自己会以饱满的热情期待夏季学期最后一天的野餐，但鉴于她最近与夏洛特·罗杰斯和解了，她发现自己相当期待这一天的到来。大家可以玩板羽球、投环和跳绳，一些年龄大些的女生说服了拉德克利夫小姐，允许她们带着小木船出去玩。通常，那条小船存放在房子后面的田间谷仓里。上周，园丁仔细检查了那条船，修理了几处小毛病，然后宣布船可以下水了。

这一天的黎明温暖而晴朗。初夏的薄雾散去。中午，天空一片蔚蓝，花园闪耀着绚丽的光彩。远处河边的两棵柳树下，沿着绿草青青的河岸，铺着几张台布。老师们已经慵懒地躺在上面，享受这美好的一天。一些人带来了白色的大遮阳伞，另一些人戴着太阳帽。许多野炊编织篮放在旁边的树荫下，里面装着丰盛的午餐。园丁听从拉德克利夫小姐的指示，从房子里搬来一张木桌。现在，桌上铺着蕾丝台布，放着一个精致的花瓶，里面插着粉玫瑰和黄玫瑰。摆在桌上的还有一壶冰镇柠檬水，一个瓷茶壶以及各式各样的玻璃杯、茶杯和茶碟。

沙希总是嘲笑埃达长了一张贪吃的小嘴儿，这是事实。吃饭的时光是她的最爱，她总是盼着吃饭的点儿。令她高兴的是，野餐没让人失望。她坐在一块正方形台布上，和拉德克利夫小姐坐在一起。拉德克利夫小姐吃了好几块奶酪分量十足的三明治，一边吃一边指着树林，告诉埃达她第一次见到伯奇伍德庄园时的情景——当时，她哥哥爱德华让他们从斯温顿火车站走过来——他们一路穿过树林，最后，房子出现在他们的眼前，就像是一道风景。

埃达专心地听着。她渴望听故事，拉德克利夫小姐通常不这么健谈。她只有过一次像这样说了很多话。那是她们博物学社团的一次远足。回来的时候，伯奇伍德庄园忽地闯入眼帘，映衬在薄暮昏暗的天空下，宛如一艘大船。顶层的一扇窗，困着那天最后一抹夕阳，染上的橙色闪闪发光。一则讲述会魔法的小孩和仙后的故事的声音，突然在埃达的耳边响起。埃达听得十分开心，央求拉德克利夫小姐再讲一个，但遭到了拒绝。她说，她只知道这一个故事。

野餐后，草地被太阳晒得暖融融的，大家开始玩起了盲人捉迷藏。因迪戈·哈丁当"盲人"，一条白色的围巾蒙在她的眼睛上，六七个女生在围着她转圈，每转一圈数一个数。等数到十，她们都向后退，把围着她的圆圈扩大。因迪戈晕头转向，摇摇欲坠地大笑着。她张开双臂，开始伸手去抓她们。埃达并不是很想加入她们，但她在朝着那个方向走，然后稀里糊涂地成了那一圈女生中的一个，躲着因迪戈的手臂，朝她喊着逗她玩儿的话。

大家轮流当"盲人"，最后，终于轮到埃达蒙上围巾了。她的愉悦感消失了，一下子被疑虑所取代。这个游戏取决于信任，可她几乎不认识这些女生。不远处有一条河，她怕水。这些断断续续的思绪和其他一些问题，在她心中一闪而过，然后她看到了梅·豪金斯的眼神，看到另一个女生朝自己点了点头，似乎在表示她理解自己的想法。"休战。"她们在前一天晚上达成了共识，现在，埃达意识到，是时候检验这句承诺了。

眼睛被围巾蒙起来的时候，她站着一动不动。然后，她让其他人一边围着她转圈，一边慢慢地从一数到十。埃达感到晕乎乎的，在朝其他人走去时，她试着保持平衡，她忍不住笑了起来。她挥舞着双手，听着她们的声音。指缝间温暖的空气让她感受到阻力，她能听到板球在干爽的草丛中发出轻蔑的呼呼声，她身后的某个地方，有一条鱼从河里一跃而起，然后心满意足地扑通一声落入水中。最后，她的指尖碰到了某个人的脸，笑声随之而来。埃达把蒙在眼睛上的围巾扯了下来。她的上唇挂着一排汗珠，她的脖子紧张得都僵了。她眨了眨眼睛，适应着突然明亮起来的四周，她感到一股成功的喜悦，但其中又怪异地掺杂着解脱的释然。

"来吧，"突然出现在她身边的梅说道，"我想到一样好玩的。"

当梅和埃达走到河边时，夏洛特已经坐在了船上。一看到她们俩，她的脸上露出了笑容，还示意她们也上船来："我等了好半天。"

"抱歉，"梅说道，"我们一直在玩盲人捉迷藏。"

"没关系，咱们出发吧！"

埃达停下来，摇了摇头："我不会游泳。"

"我也不会，"梅说，眯着眼看了看太阳，"谁说要游泳啦？"

"反正这里的水很浅，"夏洛特说，"咱们就带她往上游划一小段，然后漂回来。难得天气这么好。"

埃达看得出夏洛特说得没错：距离水面不太深的地方，能看到水中摇曳的芦苇，水不深。

夏洛特举起一个小纸袋："我带了夹心糖。"

梅笑了笑，蹦蹦跳跳地朝简易码头走去。码头是用木头搭建的，船就停靠在那里。她跳到船上，在船的中央坐下。

埃达看着那袋糖果，看着两个微笑的女孩，看着斑驳的阳光在水面上闪耀。她听到沙希告诉她，不要害怕，因为恐惧，许多人的生活打了一半的折扣……

"来啊！"梅喊道，"再不走就轮到别人了。"

于是，埃达决定和她们一起去。她急忙跑到码头的尽头，让梅帮她一把，坐在船尾的木凳上："我要干什么？"

"什么都不用你干，坐着就行，"夏洛特一边解开绳子，一边说道，"剩下的事有我俩呢。"

埃达很高兴。坦白说，抓紧船沿、保住小命就够她忙的了。两个年纪比她大的女生拿起桨，把船从码头边推开时，埃达敏锐地意识到，船身在轻微地摇摆。她紧紧地抓住两侧的船帮，手上的关节泛起白色。

然后，她们在河里漂浮着。还挺好玩儿。她一点儿没有晕船的感觉。

"当然不会晕船，"当埃达说自己没晕船时，夏洛特笑着说，"这又不是在海上。"

女孩们划着船，她们慢慢往上游划去。对面有一只母鸭子朝她们漂过来，身后还跟着九只小鸭子。鸟儿在水边那排柳树上歌唱，田野里 ·匹马在轻声嘶鸣。远处那些其他女生变得越来越小。最后，船顺着河道转了个弯，现在就只剩她们了。

吉卜赛人的营地还要再远一些。埃达在想，她们是否要往上游划那么远？也许她们会一直划到圣约翰闸那么远。

但是，当她们快到树林边缘的时候，夏洛特不划了。"到这儿就行了。我的胳膊都酸了。"她拿出纸袋，"吃糖吗？"

梅拿了一块麦芽糖，然后把袋子递给埃达，而埃达选了一颗黑白相间的薄荷糖。

水流不急，船并没开始往下游走，而是在原地漂着。虽然她们看不到野餐的地点，但穿过田野，埃达可以看到校舍背面一模一样的两个尖角。她想起拉德克利夫小姐把伯奇伍德庄园描述成"一道风景"，并且意识到，她的老师对房子的一些感情开始对她产生了影响，这让她心中暖暖的。

"很遗憾，我们当初没能开个好头。"夏洛特说，"我一直想要的，就是帮帮你，埃达。我知道，新来的姑娘日子有多难。"

埃达咂巴着嘴里的薄荷糖，点了点头。

"但你从来都不听，而且好像从不长记性。"虽然夏洛特还在微笑，但埃达突然有一种不祥的预感。船的那头，另一个女孩伸手从座位底下拽出一样东西——

从印度寄来的剪纸工艺盒。

埃达僵住了，夏洛特摘下了盒盖，把手伸进去，拽出毛茸茸的一小团："我得承认，它真可爱。但在拉德克利夫小姐的学校不许养宠物，埃达。"

埃达在船尾站起身，船开始左右摇晃："把它给我。"

"你如果不让我帮你，你会遇到许多麻烦的。"

"把它给我。"

"你觉得，我告诉桑菲尔德小姐的话，她会说什么？"

"把它给我！"

"我觉得她没听明白。"梅·豪金斯高声说。

"是啊，"夏洛特附和道，"真遗憾，我得教教她。"她滑到座位的一侧，远远地甩开手臂，比莱几乎就要碰到水了。在她手里，它就是个最不起眼的小东西，拼命地想往安全的地方爬，害怕得后腿蹬个不停，想要找个能让它稳稳蹬住的地方。"我告诉你，埃达，规矩的头一条：赢的始终是我。"

埃达又走了一步，船摇晃得更厉害了。她得救它。

她几乎没法保持平衡，但她没有坐下。她要勇敢。

梅现在紧紧抓着埃达的腿，试图阻止她过去。

"该说再见了。"夏洛特说。

"不！"

埃达一脚踢开了梅，朝另一个女孩冲过去。

船现在剧烈地摇晃着，埃达重重摔在船底的木板上。

比莱还被夏洛特拎着，悬在水面上。埃达挣扎着站起来，再次猛扑过去，再次摔倒。不过，这一次，她没撞到木板上。

水比她想象的要冷得多，应付起来也远比想象的难。她喘着气，双手不停拍打，张着嘴，眼里的河水令她视线模糊。

她无法维持头在水面上。她无法呼救。她开始怕了。

向下，向下，她向下面沉，四肢胡乱摆动，嘴里灌满了水，肺开始感到灼烧。

在水底，一切都不一样。世界听起来不一样，而且光线越来越暗。太阳是水面以外一个小小的银色圆盘，而埃达还在继续下沉，像是一个身在太空的女孩，星星围绕着她，在她伸手去抓它们时，它们却都从指缝间滑过。

沉入满是淤泥的水底，置身茸毛似的芦苇之中，她看见了露台上的沙希，笑容灿烂，露出白色的牙齿；看见了坐在图书室写字台旁的妈妈；还有爸爸，在放着地球仪的书房里。咔嗒，咔嗒，咔嗒，旋转的圆球发出声响，咔嗒，咔嗒，咔嗒……

她们到市场时，她要去买个酥脆面卷。

但沙希哪儿去了？她走了。烛光闪烁着……

埃达不知身在何方。

但她并不是一个人。水里有人在她的身边，她确信这一点。她看不出是谁，但她知道有人在。那是一个影子……一种感觉……

埃达最后感觉到的是，身体撞到了河底，她的胳膊和腿撞击着平滑的石头和滑溜溜的水草，她的肺胀得比身子还大，已经挤进了她的喉咙，填满了她的脑袋。

然后是最奇怪的事：她的头快要炸开时，她看到面前有一样东西，一道明亮的蓝光在闪耀，一颗宝石，一轮月亮。她莫名地知道，如果她伸手抓住它，明亮的蓝光就会给她带路。

VI

最近发生了件颇为有趣的事。今天下午，我们迎来了另一位客人。

一上午，杰克都待在麦芽坊，对着他昨晚带回来的那一沓子纸埋头苦读。趁着他把午餐要吃的派放进烤箱的工夫，我扫了一眼上面的内容，发现是罗萨琳德·惠勒昨天发来的那封邮件被印在纸上了，基本都是些文字，但有一张纸上似乎是地图。更确切地说，是一张手绘的平面图，和房子的布局大体一致，估计是出自神秘的惠勒夫人之手。我估计画地图的人，是想让杰克拿着之前那些手写笔记和这张地图，去寻找拉德克利夫蓝。

正午之前，他又重新进入房子，待了一个小时。他能回到房子里来，让我感到很惬意。他也不虚此行：他进来是想弄明白那张手绘地图。他一直盯着它，又在每个房间里都迈着步子丈量一番，时不时还会停下来，拿笔在地图上做一下微调。

大约一点钟的时候，传来一阵敲门声。他很惊讶，但我没有，因为之前我就注意到，前门那道墙的外面，有一位身材苗条、举止优雅的女士站在小路边。她双臂环抱胸前，一直盯着房子，她给我一种似曾相识的感觉，但我们没见过。在她靠近时，我便意识到我们没见过。但凡是我见的面孔，我都过目不忘（任何事我都记得，想忘也忘不掉）。

人们常常站在乡间小路上，抬头看看这栋房子——牵着狗，脚上的靴子沾着泥，手里拿着游客指南，冲着房子指指点点——所以，有人站在院墙外，这倒也没什么特别的。不过，有人胆敢进入花园，还找上门来，这却不大常见。

虽然杰克一开始很吃惊，但他还是大步流星地走过去，看看是谁在敲门。他从厨房那扇窗户往外瞧了一眼，然后便穿过走廊，朝门口走去。他迈着沉稳果断的步伐，踩得地板咚咚作响。他打开门，开门时的力道一贯不小。自从昨天和莎拉见面后，他就一直情绪低落，也不是在生气，而是既难过，又沮丧。我自然很想知道他们之间发生了什么，但直到现在，他都没给我机会让我搞清楚状况。昨晚，他只打了一通电话，是打给他父亲的，好像昨天是什么事情的纪念日，因为杰克说："到今天已经二十五年了。真不敢相信，是吧？"

"啊，"门突然间被打开，那位女士被吓了一跳，"你好……我其实没……我以为博物馆周末才开门。"

"可你敲门了。"

"是啊。"

"迫于习惯？"

"应该是吧。"她定了定神，从包里取出一张象牙色的名片，拿在小巧细嫩的手中，递给了杰克。我叫埃洛蒂·温斯洛，是伦敦斯特拉顿卡德韦尔公司的档案管理员。我负责詹姆斯·威廉·斯特拉顿的档案。"

这一回，轮到我感到惊讶了。我可以向你保证，这可不是常有的事。之前那晚，杰克提到埃达·洛夫格罗夫时，让我再度回想起过去，也让我对来势汹汹的回忆有了几分防御能力。可即便如此，她的名字还是立刻在我的心中泛起涟漪。我已经许多年没听到过她的名字了，我本以为再也不会听到了。

"没听说过，"杰克一边说着，一边翻看名片背面，"是什么人尽皆知的大人物吗？"

"那倒不是。他是一位维多利亚时期的改革家。为了能让贫民的生活得到改善，还有类似的一些事，他做过不少贡献。我想找人谈一谈博物馆的事，您是这儿的负责人？"听上去，她在怀疑，他不是自己要找的人。她不妨继续保持这份怀疑。和那些常常守在门口的导游相比，杰克身上还真没多少唬人的架势。不管之前跟游客们说过多少遍，那些导游总能把游客忽悠住，好让他们把那套滚瓜烂熟的解说词一口气背完。

"可以说，这儿就我一个人在。"

她看起来半信半疑，但还是说："我知道，你们通常周五不开门，但我是从伦敦来的。我没想到这儿有人。我就打算从院子外面看一眼的，可……"

"你想进来看看？"

"如果您不介意的话？"

请她进来。

思索片刻，杰克让到一边，做了一个"请进"的手势，示意她进来。她后脚刚迈进来，门就被他赶紧关上了。

她走进昏暗的大厅，环顾四周，大部分人都和她一样，身子微倾，想要仔细看看墙上那些镶在相框里的照片。那些照片都是艺术史学家协会挂上去的。

有时，在我想找点乐子的时候，我就会在一进门的这条走廊里出现，听听某些特定类型的游客对照片背后的故事自以为是地发表几句恭恭敬敬的评论。"这个时候，自然是，"那个一把年纪、一身行头的人慢条斯理而又语气庄重地说，"紫红兄弟会正在激烈辩论的时刻，争论的焦点是摄影的艺术价值，他们想要弄清楚，摄影到底是科学还是艺术。"跟在他身边耐着性子忍了好半天的同伴，一成不变地回应道:"哦,是这样。"

"你随便看,"杰克说,"动眼不动手那种。"

她笑了:"别担心,我可是档案管理员。我这辈子都在和贵重物品打交道。"

"我得失陪一下了——烤箱里还有个派正烤着呢,我闻到煳味儿了。"他一边嘴里叨咕着,一边往后撤,要回麦芽坊的厨房去。我没再去理会咒骂自己把派烤焦的杰克,而是选择跟着我们的客人。

她一直在楼下转悠,逐一参观每个房间,她脸上的表情令人难以捉摸。她停下来,忍不住打了个寒战,回头看了看身后,仿佛感觉到她周围还有其他人。

她来到二楼,在那扇可以俯瞰树林、瞥见河水的窗前犹豫了一下,然后拾级而上,一直爬到了阁楼。她把包放在米尔德丽德·曼宁一直守着的那张桌子上,这让我一下子就喜欢上了她。接着,她从包里拿出一样东西。我大吃一惊。那是爱德华的一本素描簿。无论如何我都不会认错。这种惊愕不已的感觉如此真实,我真想马上抓住她的手腕,恳求她把一切都告诉我:她是谁?怎么会有爱德华的素描簿?她之前提过詹姆斯·威廉·斯特拉顿,说有一个叫斯特拉顿卡德韦尔的公司,还提到一堆档案。这本素描簿一直都保存在那儿吗?但这究竟是怎么回事?他们俩并不认识,据我所知,他们从未见过面。

她翻开素描簿——翻得很快,就好像之前已经翻过很多次似的,而且她很清楚自己要找的是什么——翻到一幅插图时,她停了下来,仔细端详了一番。然后,她朝着能俯瞰后院草坪的那扇窗户走去,踮起脚,伸着脖子往外瞧。

素描簿还放在桌子上,我直接冲了过去。

这是1862年夏天爱德华用的那本素描簿。他在棉浆纸上勾勒出那些线条时,我就坐在他身边。多年来,他一直心心念念计划着要创作一幅画,这页棉浆纸上的习作,是他为那幅画做前期准备时完成的。我知道，在后面的几页上，他还画了林中空地、精灵小丘、河畔石屋。我知道，在页脚的一端，还有他用钢笔画的一颗心和茫茫大海上的小船。这都是我们在兴奋地谈论去美国的计划时，他随手画下来的。

只要能让我翻动后面的那几页，看看那些画，触碰到记忆中那些点点滴滴，我就觉得足矣。但是，唉，这么多年我也做过不少次尝试，但只得面对现实，我在这方面的能力很有限。我能砰的一声关上门，或是把窗户震得咯咯作响，我能把女生的裙子一下子拽掉，因为那个女生让我觉得很讨厌，而且那条裙子也已经有人动过手脚，并不结实。但是，对于需要更加精细操作的事情，比如拉动丝线或是翻动书页，我真的做不来。

我得弄明白，她今天为何而来。她只是一个艺术爱好者，还是说不仅限于此？这么多年过去了，我同时遇到两位客人，一位提到了埃达·洛夫格罗夫，另一位现在又说到了詹姆斯·斯特拉顿，这就足够不同寻常了。但是，另一位在提了詹姆斯·斯特拉顿之后，接着拿出来爱德华在1862年夏天用的那本素描簿，这就太过匪夷所思了。我不禁在想，这是不是什么无形之中的恶作剧。

年轻的杰克也对埃洛蒂感到好奇，而他有属于他自己的套路去满足好奇心。埃洛蒂回到楼下时，探着头朝厨房里喊了声："谢谢。"杰克正拿着盘子站在水槽边，把盘子上面因为烤焦的派而留下的黑乎乎的残渣弄干净。他抬头看了一眼，说道："发现你要找的东西了？"

埃洛蒂并没有直接回答，这样的答案往往最令人恼火。"谢谢你的好意，"她说，"非常感谢你，能让我周五进来参观。"

这跟她为什么来这儿没多大关系。

"你住在附近吗？"在她沿着走廊朝前门走去时，他问道，"还是说，你现在就要回伦敦？"

"我在天鹅小栈订了间房，就是马路那边的小酒馆。就住周末这两天。"

我挪了挪，离杰克更近些，把全部力量都专注在他身上，希望他能接收到我的讯息。邀请她留下。邀请她再来。

"随时欢迎你来，"杰克说，眉宇间的困惑一闪而过，"我每天都在。"

"我会的。"

他们之间的对话（他们总得说点什么，因为他俩都没说心里话），就比令人失望透顶强一点点。

她到访的时间很短，但她带来的烦乱，整个下午都在房子里久久不散。我被搅得不知所措，又兴奋不已。所以，当杰克继续在房子里仔细查探时——他眼下正在二楼的走廊上，一只手轻轻摸索着墙壁——我躲回了楼梯拐角上那处属于我的地盘，待在那里，任凭往事牵动我的思绪。

大部分的时间里，我都在想面色苍白的乔，还有我们相遇的那个上午。

虽然我是个不错的小偷，但也有阴沟里翻船的时候。一般来说，即便失手了，也无关紧要，可以轻而易举地化解危机：比如，选错了下手的对象，不得不甩掉紧追不放的警察，偷了个钱包，但里面空空如也。不过，我十二岁那年的一次失手，结果意义深远。

那是一个清晨，伦敦的朝阳还没升起，雾还没有散，正从黑色变成青灰色再变成微微泛黄的金属灰色。因为从工厂里冒出的烟雾，还有从河里飘上来的油污味，空气浑浊闷塞。几天来，空气一直这么糟，我都被呛了一个星期了。有讨厌的大雾在伦敦到处弥漫，愿意独自出门的淑女也就更少了。

那天早上，我扮成了"乘客小女孩"，坐在往返于摄政公园和霍尔本大街的公交车上，希望能找到一位早上出门到公园散步后打算回家的律师的妻子或女儿。计划本是天衣无缝，奈何我的功夫不到家，我因为头天晚上和麦克夫人的谈话分了神。

虽然麦克夫人生性乐观，但她树立起来的形象不能丢，所以没什么能比让她大发牢骚更幸福快乐的了。近来，其中一件她常常唉声叹气挂在嘴边的事就是，我像水草似的，个子长得太快啦！她抱怨这事儿，是因为她为了保证我有漂漂亮亮的裙子穿，一应花销可不少。"我刚把裙子的松紧和长短改完，就又得全部拆了再改一遍！"不过，这一次，她的话并没有就此打住，"我和船长最近一直在商量，你这个年纪也该换些别的事情做了。你长大了，没法再扮成'走失的小女孩'。过不了多久，那些乐于助人的绅士在'帮助'你这么个漂亮的小姑娘时，心里就该有其他的盘算了，对于你可以怎么帮助他们的盘算。"

我并不想换别的事情做；我心里清楚得很，对于麦克夫人含沙射影的那种可以为绅士们提供的"帮助"，我可不喜欢。我已经开始感觉到，当我被派到铁锚与汽笛酒吧去把船长拽回家吃饭的时候，泡在酒吧里的那群酒鬼，看着我的眼神和从前不一样了。麦克夫人最近给我改衣服量尺寸时说起过，她注意到了我"那对漂亮的小花苞"。我也明白些这个年纪该懂的事情，知道麦克夫人注意到的和那群酒鬼打量我的眼神有着莫大关系。

马丁也开始细细打量我。在我睡觉的房间外，他会在走廊上来回晃悠，等到我早上穿衣服的时候，本该透进光亮的钥匙孔，却黑洞洞的。我最近发现，他总是盯着我，几乎甩也甩不掉。在他母亲的营生里，他的部分职责就是监督一切，保证我们这些孩子到了晚上不会把麻烦引到家里去——但现在，却不是那么回事。

因此，那天早上我坐在公交车上时，当我把手伸进那位女士的口袋里，指尖触摸到她钱包的一刹那，我并没像往常一样全神贯注。我在琢磨着麦克夫人说的那番令人忧心忡忡的话，想要搞清楚那番话都暗示了些什么，还在纳闷，无数次地纳闷，为什么我父亲还没派人来接我。差不多每个月，耶利米都会到麦克夫人这里取钱，再寄去美国。麦克夫人会把我父亲最近的来信读给我听。但是，每次我问她我父亲有没有让我买船票去美国时，她的回答都是，没有，现在还不是时候。

因此，我大意了。我身边的女士站起身，而我的手还在她的口袋里，我感觉到手上被扯了一下，直到这时，我才意识到她要下车了。紧接着，传来一声大喊："呀！你是小偷！"

多年来，以防出现这样的情景，我已经在我的脑海中模拟"演练"过很多次应对方案。我应该装出一副无辜的样子，睁大眼睛，假装一切都是误会，甚至还可以挤出些许惹人怜爱的泪花。但是这次，我措手不及。我犹豫了一下，但一犹豫，耽搁的时间就太长了。我只听到麦克夫人的声音，她在提醒我，指控他人就是在证明决定权偏向哪一方。这位女士头戴花哨的帽子，举止得体，一副受害者的娇弱样儿，和她相比，我什么都不是。

司机正从过道上朝我这边来，前排和我隔了两个座位的绅士也站了起来。我回头看了一眼，发现往后门去的路线相对畅通，于是，我从后门逃跑了。

我跑得很快，但我今天厄运连连。一个在附近巡逻的警察听到了动静，看见我在逃跑，可能是刚刚不知从哪儿得了点好处，这会儿又起了贪心，他开始满腔热血地追着我跑。"站住！小偷！"他一边高声大喊，一边高举着手里的警棍。

我不是第一次被警察追了，但那是一个特别的清晨，因为大雾弥漫，我往北跑得太远了，指望不上我的某位朋友挺身而出，帮我逃脱。莉莉·米林顿曾警告过我，我这个年纪一旦被捕，就等于是，明明看清了济贫院那张有去无回的门票，还把自己送上门去。所以，我别无选择，只能玩命地往科文特花园跑，到了那一带，我才能安全脱身。

飞奔在红狮广场上的时候，我的心怦怦直跳。那个警察虽然一身横肉，但毕竟是个成年人，所以跑得比我快。霍尔本大街上车水马龙，这让我情绪高涨起来：我可以闪转腾挪地混入车流，这样就能甩掉他。但是，唉，等我到了街对面再回头一看，他还在我身后，甚至离我更近了。

我溜进一条窄窄的巷子，然后马上反应过来自己有多蠢：巷子的另一头是林肯律师学院广场，那儿是一大片绿草地，根本无处藏身。我没了主意，他马上就要扑过来了，接着，我瞥见一排富丽堂皇的大房子，后面是一条细细长长的小巷，离我最近的那栋房子的后墙上摆着一架梯子，我可以顺着梯子爬上房顶。

这让我心里乐开了花，我要赌一把，要是把逃跑的路线从平地移到房顶，我的速度会比警察快。

我开始以最快的速度一步一步往上爬。我脚下的梯子开始摇摇晃晃，追着我跑的警察也爬上了梯子，沉重的靴子踩在金属踏板上叮当作响。我紧紧抓着梯子，越爬越高，越过了一排、两排、三排窗子后，我手忙脚乱地爬下梯子，站到了屋顶的瓦片上。

我小心翼翼地沿着天沟走，双臂张开保持着平衡，脚下的房子一栋接着一栋，我爬过房子中间的隔墙，在经过烟囱时，身子左一下右一下地扭来扭去。我猜得没错，我在高处更有优势，虽然身后那个警察还在紧追不放，但我能稍稍喘口气了。

可是，我的心刚刚放下去，没过多久便又提了起来。我沿着这排房子已经走了好一会儿了，可一旦走到这排房子的另一头，我就再也无路可走了。

就在我意识到自己恐怕要走投无路的时候，我看到了逃出生天的希望！

屋顶天窗的一扇窗子是半开的。我不假思索地顺着窗格把这扇窗子又使劲儿往上推了推，然后钻了进去。

我重重地摔在地板上，但间不容瞬，我没工夫顾及是否受了伤。

我急急忙忙地躲到宽大的窗台底下，尽力蹲下身子，把后背死死贴在墙上。脉搏在我自己听来震耳欲聋，我觉得警察怕是都听得见。我得稳住它，让它别出声，这样我才能听到警察是不是走远了。只有等他离开这儿，我才会清楚从窗子再爬出去是不是安全，然后我再往家走。

发现窗子开着的时候，我真是松了口气，觉得是老天保佑。可我却没想想，自己跳进去的是个什么样的房间。不过现在，我开始有工夫喘口气了。我转过头看了看，发现这是一间小孩的卧室。这并不算太糟，只不过，住在这间卧室里的孩子，现在正待在床上，盯着我看。

他是我见过的脸色最苍白的人。他和我年纪相仿，面无血色，头发的颜色像是经过漂白的稻草。他靠在一堆巨大的白色枕头上，都是羽毛填充的，两条苍白的手臂搭在平整的亚麻被单上，看起来绵软无力。我试着挤出一个令人安心的微笑，刚要张嘴说话，这才意识到，不论我怎么说、怎么做，也没法粉饰太平，让一切显得正常起来。而且，警察随时都会找上来，说真的，我俩还是都保持沉默的好。

意识到我的小命就攥在他的手里，我把手指压在唇边，示意那个男孩别出声。可他却突然开了口："如果你再往前走一步……"他发出的元音宛如水晶石一般尖锐，屋子里又呛又闷的空气，硬是被划出一道口子，"我就把我父亲叫来，到时候，还没等你把抱歉的话说出口，你就会被扔到开去澳大利亚的运输舰上。"

运输舰是唯一一个比济贫院还要糟的地方。我想着该说些什么，才能跟他解释清楚，我怎么会爬进屋顶的天窗到他的房间里来，就在这时，我听到另一个声音响了起来。那是一个男人的声音，就在我的头顶，从窗边传来。他用粗哑的嗓音略带尴尬地说："对不起，先生……小少爷……我在追一个女孩，您看，有个小女孩我刚才没追上。"

"一个小女孩？在屋顶上？你疯了吗？"

"没有没有，小少爷，她爬上来的，您看，像只猴子似的爬着梯

202

子上来的……"

"你认为我会相信，一个小女孩跑得比你快？"

"嗯，啊，呃……是比我快，先生。"

"可你是成年人吧？"

男人稍稍顿了一下："是的，先生。"

"立刻从我的卧室窗口闪开，否则我就喊人了，哪怕是把喉咙喊破了。你知道我父亲是谁吗？"

"遵命，先生，但是我……您看，先生，有个女孩……"

"立！刻！"

"先生。遵命，先生。好的，先生。"

从房顶上传来一阵慌乱的脚步声，接着是什么重物从瓦片上滑落的声音，然后是一声渐渐微弱的哀号。

男孩把注意力转到了我的身上。

经验告诉我，要是没话说，最好什么也别说，所以我就等着，以不变应万变。他疑惑地看着我，最后说了声："你好。"

"你好。"既然警察走了，我也就没必要继续蹲着，索性站了起来。我这才有机会好好打量这个房间。这一看，我就傻了眼，哪怕说得直言不讳，我也不嫌丢人——我就一直无可救药地傻呆呆地看着。

我从没见过这样的房间。这间儿童房的一侧是斜屋顶，成排的架子摆满了一面墙，都从地板一直顶到天花板上，我能叫得出名字的所有玩具，每一样架子上都有。木头士兵和玩滚球撞柱游戏时用的小木柱；各式各样的球和球拍，各种亮晶晶的玻璃弹珠；一个能吸引所有孩子目光的火车头，上了发条就能牵着后面的几节车厢开动起来，车厢里还摆着小娃娃；载着世间各种动物的方舟，每种动物都有一刘；大大小小的旋转陀螺；一架红白相间的鼓；一个打开盖子就能弹出玩偶的小丑盒子；放在角落里的摇摇马，眼神冰冷地盯着一切；一对木偶夫妇套装，他俩是滑稽木偶戏的主角，丈夫叫潘趣，妻子叫朱迪；

一个精致的玩偶之家，底座支在地面上，和我一般高；还有一套滚铁圈时用的铁圈和铁钩，看上去锃亮，我从没见过这么精美的东西。

我继续打量着房间里的一切，忽然，我看到他床脚那边放了一个托盘，上面摆满了吃的，全都是我在梅费尔区的橱窗里才见得到的那种食物，只不过我一样也没尝过。我肚子里空空的，胃都快抽到一起了。也许他注意到了，我一直在盯着好吃的两眼放光，因为他说："如果你能吃一点，那可真是帮了大忙。他们总让我吃东西，即便我说过，我很少有饿的时候。"

听了他的话，我觉得用不着麻烦人家再说第二遍。

盘子里的食物还没凉，我坐在折起被子的床脚，心怀感激地吃了起来。我狼吞虎咽地往嘴里塞东西，忙得根本说不出话，他也没打算说话，于是我们就隔着托盘，戒备地打量着对方。

等吃完了，我学着麦克夫人平常那样，用餐巾在嘴边轻轻沾了沾，小心谨慎地笑了笑："你为什么待在床上？"

"我身体不舒服。"

"怎么了？"

"对于这个问题，从某种程度上来说，似乎还不太清楚。"

"你会死吗？"

他想了想："有可能。不过，到目前来看，我还没死，我觉得，情况还算乐观。"

我点点头，表示同意，也以示鼓励。我不认识这个面色苍白的陌生男孩，但想到他还没到快要迈进鬼门关的地步，我就很开心。

"瞧我多没礼貌，"他说，"请原谅，我没多少招待客人的经验。"他伸出一只嫩嫩的小手，"我的名字是按照我父亲的名字起的，当然，您可以直接叫我乔，这样简单些。您的名字是……？"

我握着他的手，想到了莉莉·米林顿。迄今为止，编一个名字显然是更明智的做法，但直到今天，我还是无法解释，当时怎么会把我

204

的真实姓名告诉了他。一种无法抑制的冲动从我内心深处冒了出来，然后这股冲动，越冲越高，越来越急，越来越坚定，直到我再也无法抵挡。"我的名字是按照我外公的名字起的，"我说道，"但是我的朋友们都叫我小鸟柏蒂。"

"那我也这么叫你，因为你就像小鸟一样，突然出现在我的窗台上。"

"谢谢你能把窗台借我用。"

"别客气。我躺在这里也没什么风景可看，所以我经常在思考，建房子的人何必要费工费料，把窗台修得那么宽。现在我知道了，他们比我想象的要聪明得多。"

我们彼此会心一笑。

他旁边桌子上放着一样我从未见过的东西。因为他很和气，我也就大起胆子来，不再那么拘谨。我把那样东西拿了起来，是一个圆盘，两侧各穿有一根麻绳，圆盘一面画着一只金丝雀，另一面画着一个金属鸟笼："这是什么？"

他示意我把东西递给他。"这叫幻影转盘。"他拿着其中一根绳，接着转动圆盘，把绳子拧紧。然后，他一手拿着一根绳，往两头一拉，圆盘就开始快速旋转起来。一瞬间，那只鸟就飞进了笼子里，我高兴得直拍手。

"魔法。"他说。

"是障眼法。"我纠正道。

"对。一点没错，就是一个障眼法。但还挺好看的。"

我最后看了一眼幻影转盘，向他道了声谢，感谢他请我吃了午餐，然后对他说我得走了。

"别走，"他摇着头，马上说道，"不许走。"

他的话让我出乎意料，我不知道该说什么。这个面色苍白、卧床不起的小男孩，以为可以对我发号施令，不许我这样那样。我唯一能做的就是忍着不让自己笑出来。这也让我很难过，因为仅仅这三个字，他就直截了当地暴露了自己：他的愿望，他的力不从心，都被暴露了出来。

也许，他也意识到，自己那种命令式的口吻有点荒唐，因为他的语气里不再有那种逞强的虚张声势，他近乎绝望地继续说："求你了，一定要再待一会儿。"

"如果等天黑了我还待在外面，我会有麻烦的。"

"离太阳下山还有很久呢——至少还有两个小时。"

"可我的活儿还没干完。我还没弄到可以交差的东西呢。"

面色苍白的乔被我的话搞糊涂了，他想知道我说的是什么活儿。是说学校的作业吗？如果是的话，我的书本和写字板在哪儿？我打算到哪儿见我的家庭教师？我告诉他，不是学校的作业，还告诉他，我没上过学，然后，我向他解释我乘坐的那趟公交车、手套和缝着大口袋的裙子都是怎么回事。

听着我的讲述，他的眼睛睁得大大的，然后让我给他看看那副手套。我坐到床边，坐得离他近一些，然后从口袋里抽出那副手套，放在腿上，装作是乘车时的那个小淑女。"你看见的是我的手在这儿。"我说道，冲着手套点了点头，他同意了。"可是，"我继续说道，"这是什么？"

他倒吸一口气，因为我的姿势看着没有丝毫变化，可我却把手伸到被子里，挠了挠他的一只膝盖。

"手套就是这么用的。"我说着跳下床，把裙子抚平。

"可是……那真奇妙。"他说，脸上很快绽开了笑容，也短暂地恢复了一丝对生活的向往，"你每天都做这个吗？"

我正站在窗前，看看怎么从房顶上爬下去："多半如此。有时候，我就假装走丢了，然后，要是遇到哪位绅士来帮我，我会把他兜里的东西偷走。"

"那你拿的那些东西——钱包、珠宝什么的——你会带回家交给你的母亲吗？"

"我母亲去世了。"

"孤儿，"他满怀崇敬地说，"我读过有关孤儿的书。"

"不，我不是孤儿。我父亲暂时离开一段时间，但他一安顿下来，就会派人来接我。"我爬上了窗台。

"别走，"男孩说道，"等会儿再走。"

"我必须走了。"

"那你还会回来的吧？求你了，说你会回来好不好？"

我犹豫片刻。我知道，如果我说我会回来，那是在犯蠢：在这一带，没有监护人陪同的小女孩，用不了多久便会引起别人注意，在这条街尽头巡逻的警察今天怕是把我给记住了。他可能没机会看到我的脸，但他一直追着我跑，下次再遇上，我可能就没这么走运了。但是，那些吃的——我从没吃过那些好吃的东西，还有那一面墙的玩具和让人惊叹的小玩意儿……

"拿着，"面色苍白的乔说着便伸出手，要把幻影转盘给我，"它是你的了。下次你再来，我保证给你看比这个还要更加、更加好看的东西。"

我和面色苍白的乔就是这样相遇的，他成了我的秘密，当然，我也成了他的秘密。

这栋房子给人的感受起了些许变化。在我回想我的老朋友乔的时候，发生了某件大事。果不其然，杰克在走廊上，脸上一副得意扬扬的表情，就像是一只吃到了奶油的猫。我很快弄清了原因。他就站在密室外面，墙上的那块用来当暗门的嵌板大敞四开。

他现在已经小跑着离开了密室，我猜他是去房间里拿手电筒。尽管他告诉罗萨琳德·惠勒，星期六之前他不会到房子里来，但我能理解好奇心和好奇心对人的驱使。毫无疑问，他打算把这间只容一人藏身的密室彻彻底底搜查一遍，每一寸地方都不会放过，连木板之间的每一个凹槽都不会放过，他会想着，没准儿就能发现底下藏着那颗钻石呢。他不会发现的。钻石不在那儿。但真相不必总是讲出来。让他搜查一遍，对他也没什么坏处。他受挫之后那副垂头丧气的样子，我还挺喜欢的。

这儿就留给他吧，我要去麦芽坊等他。我还有别的事情要琢磨，比方说，埃洛蒂·温斯洛的来访。今天下午她在这儿的时候，举手投足间让我依稀觉得有点熟悉。一开始，我没想到那是什么，但现在我知道了。在她一走进来的时候，在她到每个房间里转悠的时候，她发出的一声叹息，是除我之外没人能够觉察到的。我看到她脸上心满意足的神色，几乎可以用如意圆满来形容。这让我想起了爱德华。我们刚来这栋房子的时候，他的脸上也是这种表情。

不过，爱德华对这栋房子的浓浓依恋自有他的道理。在他还是个小男孩的时候，因为有一晚他在附近田野上的恐怖经历，他和这栋房子结下了不解之缘。可埃洛蒂·温斯洛为什么到这儿来？她和伯奇伍德庄园之间又有什么关系？

我希望她能再来，热情地希望她再来，许多年我都不曾有过这样的热情了。我终于开始明白，在我和面色苍白的乔相遇的第一天，他的感受是怎样的了：他向我保证，只要我同意再回去见他，他就会给我看令人惊叹的好东西。人在没法去拜访别人时，就会极度渴望别人来访。

自从我陷入到眼下这种前途未卜的境地以来，除了爱德华，乔是我最想念的人。我之前总会想起他，想知道他后来怎么样了，因为他是一个特别的人。我遇见他的时候，他已经病了一段时间了，他那间屋子里虽然堆满了原封不动的宝贝，但他过的是一种与世隔绝的生活，这使他相对于世界上的大部分人来说，更对那扇窗子外面的世界抱有兴趣。乔知道的一切都是从书本上了解到的，因此有许多事他都弄不明白到底是怎么回事。我给他讲的一些事他都无法理解：那间我和父亲住过的潮湿的小屋，被笼罩在圣安妮教堂的阴影之下；那个牙齿掉光的老太太为了换取烧剩的煤渣，得把公共厕所打扫干净；也许，最悲惨的是发生在莉莉·米林顿身上的事。他想知道，人们为什么会选择以这样的方式生活。他总让我给他讲讲我所知道的有关伦敦的故事，讲讲科文特花园的那些小巷，讲讲横跨泰晤士河的几座大桥底下那些见不得光的商业地带，讲讲那些无父无母的婴儿。他特别想听一听那些被送来和麦克夫人一起生活的婴儿都过得怎么样。我告诉他，对于这个世界来说，那些不幸的孩子都不够强壮，听了这些话，他会热泪盈眶。

我不知道，当我从他的生活中彻底消失时，他是怎么想的。他去找过我吗？不是说一开始就去找我，而是说等到最后，等过了很久，久到于情于理无论如何也讲不通的时候，他去找过我吗？他是否怀疑过？质疑过？还是说，他相信了那种最糟糕的说法？乔和我的年纪一般大，我们俩都生于1844年。如果他长寿的话，在伦纳德的书出版时，他已经八十七岁了。他是一个书迷——我们经常一起看书，就在他阁楼的卧室里，肩并肩窝在他那张铺着白色亚麻寝具的床上——他总是知道要出版什么书了，还知道什么时候出版。他还热爱艺术，这一点是受了他父亲的影响。他父亲那栋位于林肯律师学院的房子里挂满了特纳的画作。没错！我敢肯定，乔一定读了伦纳德的书。我纳闷，对于书中的说法，他是怎么想的呢？那本书里说，我是个背信弃义的珠宝窃贼，逃到美国去过好日子了。他信了吗？

当然，乔知道我会偷东西。从某些方面来说，他要比爱德华更了解我。毕竟，我们俩相遇那天，我被警察追得慌不择路。而且，从一开始，他就对麦克夫人和她的营生满腹疑问，喜欢听我讲"走失的小女孩"和"乘客小女孩"的把戏，而随着时间的推移，后来还有了另一个把戏——"常去戏院看戏的淑女"。他总是让我给他讲讲关于我自己的故事，仿佛那是一些英勇的伟大壮举。

乔还知道，我已经下定决心，如果我父亲不派人来接我，我就去美国找他。尽管耶米定期会带来父亲的消息，自命不凡地站在麦克夫人的客厅里，听她大声朗读我父亲的来信。信上会说我父亲在为重整旗鼓而努力，劝我要听麦克夫人的话。可我却隐约觉得，他们有事情瞒着我。如果我父亲的新生活如他在信中所言，那他干吗一味坚持说，我去和他一起生活的时机还没到？

但后来，乔知道，我爱上了爱德华。其实，是他先看出来的。我记得，1861年皇家艺术学院举办展览的那天晚上，爱德华邀请我去参加《佳人》那幅画的揭幕仪式；之后，我去了乔那里。我把自己在揭幕仪式上遇到的事都告诉了乔，从那以后直到现在，我有大把的时间去仔细推敲他那晚说的话。"你恋爱了，"他说，"因为爱情就是那种感觉。爱是把面具揭开，把真实的自己展现在另一个人的眼前，即便那人对自己的感情永远都无法像自己对那人的感情一样，即便意识到这一点时自己的感觉糟透了，可还是会强迫自己去接受这一点。"

面色苍白的乔，对于一个很少离开自己的小窝的孩子来说，他对爱情是很明智的。他母亲总是鼓励他参加社交舞会，这样他就能遇到伦敦那些令人中意的初入社交圈的年轻姑娘。很多次，在我向他道别时，他都正要穿上白色衬衫和黑色礼服去参加这样或那样的晚宴。在我沿着通往科文特花园的小巷急着往家赶时，我常常想着他，想着我那位面色苍白、举止优雅、心软又善良的朋友。我们认识五年了，他的个子长高了，英俊得很。我想象着，仿佛自己在俯视着我们俩，在这座独一无二的伟大城市里，我们生活在各自的世界里，在两个平行的世界里。

我猜，乔一定是在某次舞会上遇到了一个人，一位落落大方的淑女，他坠入了爱河，全心全意地爱着她，就像我对爱德华那样，但是，也许那位淑女没有回应他的爱，因为他那天晚上的话说得太好了，无懈可击。

他连告诉过我她是谁的机会都没有。我和乔最后一次见面时，我们都已经十八岁了。我来到他的窗前，告诉他，我答应了爱德华，要和爱德华去伯奇伍德庄园过夏天。除此之外，我对接下来的计划只字未提，甚至连一句正式的告别都没说。我觉得没必要，至少当时觉得没必要。我以为，我们还有时间，还会再见面。我猜，人们总会这样想。

杰克回到了麦芽坊，我的房子又恢复了平静，经过这一整天的不同寻常，我的房子也该喘口气了。已经很久没人敢进到暗室里去了。

他没精打采的，倒不是因为没找到宝石。没找到宝石，自然要再给罗萨琳德·惠勒打电话，通话不会令人愉快的，她听了杰克的汇报可不会高兴。但是，寻找拉德克利夫蓝，对杰克来说只是一份工作。除了受到人类的好奇心驱使，他对这份工作不掺杂任何个人情感。我敢肯定，他情绪不高是因为昨天见了莎拉，他们在两个小姑娘的问题上没谈拢。

我很想知道他们之间发生了什么。这件事能让我在回忆自己的过去以外，在漫无目地度过无尽的时间以外，把注意力放在别处。

他把惠勒夫人的笔记和平面图放在一边，把相机拿了起来。我发现了杰克身上的一个规律。要是他有了烦心事，他就会把相机拿出来，透过镜头去看各种东西。他用镜头对着它们——似乎任何东西都可以——摆弄光圈，对焦，把镜头拉近，然后再缩回来。有时，他会按下快门，拍张照片，但多数情况下不会。渐渐地，他又找回了平衡，相机就会被收起来。

不过今天，他的平衡却没那么容易恢复。他把相机放回包里，然后把带子挎在肩上。他打算出去多拍几张照片。

我准备在楼梯拐角处等他，那里是我最喜欢的角落。我喜欢隔着草地透过树木的缝隙遥望泰晤士河。那边的泰晤士河安安静静的，河上只有几条运河船来回回，留下几缕淡淡的煤烟。人们可以听到鱼线下沉时发出的丁零一声，听到鸭子飞过来落在水面上缓缓破开河水的声音，听到夏日温暖的日子里有人下水游泳时偶尔传来的欢笑声。

我之前说过，我从没成功地到达河边那么远的地方。这话并非全是真话。有一次，就一次，我到过河里。我没提起过，是因为我依然没法解释清楚。但是，埃达·洛夫格罗夫从船上掉到河里的那天下午，我在那儿，在河里，看着她沉到了河底。

爱德华常说，河流拥有原始的记忆，自远古以来所发生的一切，它都记得。我忽然想到，这栋房子也一样。它有记忆，像我一样。它记得一切。

这让我回想起伦纳德。

他曾经当过兵，但他来伯奇伍德庄园时，成了一名学生，正在写一篇关于爱德华的博士毕业论文。楼下那间桑葚房里，他阅读的一篇篇论文把写字台的桌面都铺满了。范妮死后发生的许多事，我都是从他那里知道的。在他的研究笔记中有许多内容，有信件，有报纸上的文章，最后，还有警方的报告。在其他人的名字之外，我还看到了"莉莉·米林顿"这个名字。看着她的名字同瑟斯顿·霍姆斯、费利克斯·伯纳德、阿黛尔·伯纳德、弗朗西斯·布朗、爱德华·拉德克利夫、克莱尔·拉德克利夫和露西·拉德克利夫这些名字一同出现，真是一种奇怪的感觉。

在警察调查范妮的死因时，我就看着他们，看着他们把所有房间都搜查了一遍。他们仔细搜查了阿黛尔的衣物，把费利克斯挂在暗房墙壁上的照片都拿了下来。两个警察中那个矮个子往他紧绷绷的外套里塞了一张克莱尔的照片时，我就在那儿；照片中，克莱尔穿着她的蕾丝衬裙；他们把爱德华的工作间清理一空时，我也在那儿，他们把工作间里一切可能与我有关的东西都拿走了……

伦纳德养了一条狗，在他工作时，它就在扶手椅上睡大觉。它是个毛茸茸的大家伙，爪子上沾着泥巴，一脸长久以来受苦受罪的痛苦表情。我喜欢动物，当没人注意到我的时候，它们却常常知道我的存在，这给了我一份满足感。当一个人习惯了被人忽略，一点小小的认可，其影响却是巨大的，这真令人惊叹。

他带来一台留声机，经常在深夜播放歌曲；他还在床边的桌子上放了一个玻璃烟管。我认识这东西，我父亲整晚泡在莱姆豪斯区的华人赌场那会儿也用过这个。偶尔，一个叫姬蒂的女人会来看他。她一来，他就把玻璃烟管藏起来。

有时，我在他睡觉的时候看着他，就像我现在看着杰克睡觉那样。他有一些习惯是在军队里养成的，就像是麦克夫人和船长认识的那位陆军少校一样。少校是个上了年纪的老头儿，他可以对一个小姑娘下重手，打得她半死不活，但要是不让他上床睡觉前把靴子擦得锃亮，然后仔细摆好，以便第二天一早穿，那他可不干。

伦纳德不是暴力伤人的变态，但他的噩梦也不容乐观。白日里，他是一个利利索索、安安静静、客客气气的人；可到了晚上，却夜夜噩梦缠身，还是最黑暗恐怖的噩梦。在睡梦中，他会颤抖、会畏缩，会因为恐惧而撕心裂肺地大声叫喊。"汤姆，"他常常大喊，"汤米。"

我从前很想知道关于汤米的事。伦纳德在为他哭泣的时候，就像是一个走丢的孩子。

在那些个他用玻璃烟管抽鸦片的夜晚，他会恍恍惚惚地进入汤米无法找到他的睡梦中，而我就坐在漆黑的房子里，想着我的父亲，想着我等他回来找我，等了那么久。

在伦纳德不用烟管的夜晚，我就和他待在一起。我理解绝望是一种什么样的感受，所以在那些个夜晚，我就跪在床边趴在那个年轻人的耳边，轻声说："一切都会好的。安心睡吧。汤米说，他很好。"

在那些从河的上游刮来狂风，连地板都不停颤动的夜晚，我依旧能听到他的名字，*汤姆……汤米……*

第十三章

1928年夏

这是迄今为止最热的一天，伦纳德醒来时，决定去游泳。他已经习惯了清晨沿着纤路[1]漫步，有时在烈日当空、高温难耐的午后，还会再次去纤路上散散步，直到太阳像聚光灯一样突然熄灭。

流经伦敦的泰晤士河，河道宽阔，河水浑浊，像是一位暴虐的君王。这里的泰晤士河却截然不同，举手投足间尽是优雅与灵动，丝毫不见烦忧。河水越过石头，掠过河岸，清澈得可以看到深处有芦苇在狭窄的河床上摇荡。他断定，这一段河道是位女性，因为它在阳光之下虽然清可见底，但在某些地方，却突然变得高深莫测。

6月里长时间的干燥，给了他大把的机会到处走走看看。伦纳德发现，往上游走一两英里，在距离莱赫莱德·哈芬尼桥还有一段路的地方，有一处特别怡人的河湾。一群打打闹闹的孩子在远处的田野上扎起帐篷，打算在那里过夏令营，不过一片白杨树将这处河湾隔绝开来。

现在，他正背靠一棵柳树坐着，心想要是把那条破木船修好了该有多好。那条船是他在房子后面的谷仓里找到的。在这样静谧无声

1　纤路：旧时河流沿岸马拉驳船所走的路。

214

的日子里，伦纳德想不出能有什么事比躺在小船上顺流而下更惬意的了。

远处，一个大约十一岁的男孩从一棵树的阴影下朝另一棵树的树干跑去。他的双腿细长，膝盖的骨节有些突出。他在阳光明媚的空地上驰骋，像风车一样抡起双臂。他在闹着玩，笑得合不拢嘴。

一瞬间，伦纳德记起年轻时自由自在的飞奔是何等畅快。"跟我一块儿跑啊，兰尼[1]，跑！"当某阵风吹起，或是鸟儿掠过头顶，他依旧会听到这样一句呼喊："跟我一块儿跑啊，兰尼。"

那个男孩没看见伦纳德。他正在和伙伴们捡干柴，捡的柴火棍儿大概有一柄剑那么长，然后把它们交到白色棉布帐篷旁的一个男孩那里，再由这个男孩来分辨，哪些能用，哪些不能。以伦纳德这样成年人的眼光来看，这个分辨柴火棍儿的男孩并没拿自己当孩子头。也许，他的个子比其他人高一点，年纪大一点，但孩子可以凭直觉来辨别能力。

伦纳德善于和孩子打交道。孩子的身上没有成年人的表里不一——成年人的顺顺当当全靠这点儿手段。孩子怎么想的就怎么说，看到什么就说什么，闹了矛盾就打一架，然后再赔礼道歉。他和汤姆便是如此。

不知道从什么地方飞过来一个网球，落在草丛中，轻柔地发出砰的一声，然后，沿着草地向河边滚去。狗狗追着它跑过去，然后跑回来，把这份从天而降的礼物扔到主人的脚边。伦纳德拿起湿漉漉的网球，在手中掂了两下，便朝身后扔了回去。

在阳光的照耀下，现在已经开始有些暖意。他脱下衬衫和裤子，身上只剩一条平角短裤，朝水边走去。一群鸭子在水中漂过，他伸出一只脚，脚趾在水中沾了沾。

1　兰尼：伦纳德的昵称。

伦纳德跃入水中，往河底潜下去，没给自己丁点儿时间改变主意。

清晨的河水冰凉，他的皮肤一紧。他睁着眼睛，向下面游去，向下，向下，尽可能朝深处潜去。到了河底，他伸出手，抓着什么稳住身子。他没松手，并且开始计数。汤姆在那丛滑溜溜的芦苇中朝他咧嘴笑着。

伦纳德不记得汤姆出生前的事。他俩只差十三个月。伦纳德曾经有个姐姐，名叫琼，因为两岁那年患了猩红热不幸夭折。这种孩子早夭的伤痛对于伦纳德的母亲来说已经不是第一次了。一天下午，他听到母亲向他姨母说，要不是因为"妇科病"，她本来可以生十个孩子的。

"你已经有了子嗣，还不止一个，"一贯务实的姨母说，"总比一个没有强。"

很多年，伦纳德时不时回想起母亲的话，琢磨着自己是否就是那个"子四"[1]，这到底是好还是不好。每当晚上起风了，窗子被吹得嘎嘎作响时，母亲总是对"那股子肆虐的风"恨得要命。

汤姆是弟弟，但比伦纳德壮实。他们分别到了四岁和五岁的时候，汤姆的个子比伦纳德还要高。他的肩膀也更宽、更壮——就像游泳健将一样，他们的父亲说起汤姆时，那种老爷们儿的自豪感都快要翘上天了。汤姆的性格也招人喜欢，既直率，又好相处，身边的人都喜欢围着他转。相比之下，伦纳德更内向些。他们的母亲总是说，他俩的性格从在襁褓里时就看得出来。"你紧紧蜷着身子，下巴都埋到胸口了，就像是要躲开一切。可汤姆——他攥着小拳头，挺着下巴，噘着下嘴唇，像是在说：'来呀，谁怕谁啊！'"

伦纳德的肺憋得发疼，但他仍然潜在水底。他看到了弟弟含笑的目光，一群米诺鱼在他俩之间游来游去。他坚持着计数。

---

1 "子嗣"这个词对于小伦纳德来说太复杂，所以他记成了"子四"。

汤姆极有女人缘，始终如此。他很帅——就连伦纳德都看得出来——但这不是因为皮相。他有自成一派的魅力，为人风趣，慷慨大方；当他大笑时，仿佛天空豁然开朗，阳光径直洒在你的皮肤上。向来耽于反思的伦纳德认为，汤姆身上有种与生俱来的实在，人们对此无法免疫。即便汤姆怒气冲冲或一脸凶相，他情绪中的那份真实也是吸引人的。

现在，脉搏在伦纳德的耳中鼓噪不停，甚至在他整个脑袋里回响，他再也受不了了。他朝河底一蹬，宛若离弦的箭矢，朝闪闪发光的水面冲去。在水面上刚一露头，他便剧烈地喘息。他眯着眼睛，周围白花花的一片，但很快这片白光就消散了。接着，他倒仰在水面上歇口气。

伦纳德四仰八叉地浮在水面上，阳光晒着肚皮，暖洋洋的。九十三秒。他离汤姆在1913年夏天留下的纪录还差得远呢，但他明天会再试一次。附近有一只云雀在唱着歌，伦纳德闭上了眼睛。水面上只有轻柔的拍打声。远处的男孩们欢快地大喊大叫，沉迷在美妙的夏日里。

伦纳德缓缓游回岸边。又是新的一天，就和前一天一样。Hora pars vitae。教他拉丁文的老师让学生们把这句话一遍一遍地写下来。每一小时都是生活的一部分。

Serius est quam cogitas，法国的那块日晷上写道。那块日晷在小教堂的花园里并不起眼。当时，伦纳德的部队正在撤退，一路泥泞，大家都筋疲力尽，爬不起来了。结果不像预料中来得那么早。

"来吧，狗狗。"猎犬腾地站起来。伦纳德再次注意到，这家伙是个难得的乐天派。伦纳德在伯奇伍德庄园住的第一晚，也就是大概一个月前，这条狗就冒了出来。一人一狗谁也没出声就达成了共识。天知道这条狗是什么品种：身形不小，棕色的毛发，尾巴粗粗的、毛茸茸的，还挺有主见。

他们朝着房子往回走，伦纳德的衬衫贴身的地方都湿透了。两只拖着红色尾巴的风筝在麦田上空盘旋，像是被魔法操控的一样。伦纳德突然回想起在前线的时候。有一晚，他们住在法国一栋豪宅的废墟里，房子的一侧已经塌了，另一侧完好无损。一块黑一块白的走廊里，有一座落地钟，到了晚上嘀嗒嘀嗒的声音格外响亮。它在一分钟一分钟地倒计时，不过他从来不清楚倒计时结束的那一刻会发生什么，这样的倒计时似乎永远也没个头。

有个战友在楼上的一间屋子里发现了一把小提琴；此外，满是尘土的屋子里还有一大堆书以及和平时期供人娱乐的各种小玩意儿。他拎着小提琴来到花园，然后开始演奏起来。那是一首令人难以忘怀的曲子，但伦纳德不是很熟悉。战争在本质上是超现实的：其间诸般种种令人震惊，绝非正常可言，但偏就不可避免地发生了，这便更令人震惊。新旧交替的世界相互依附、彼此共存，但两者之间的不搭调却在日日上演：几个月前，大家还都是印刷工、制鞋匠、小职员，眼下却都窝在灌了水的战壕里，端着枪给子弹上膛；在和耗子狭路相逢时，躲来躲去。

那天下午，伦纳德在夏日的花园里听着小提琴的演奏，可隔着不到一英里，炮弹却正一个个地炸开了花，尸横遍野。伦纳德觉得，整整四年，没什么比这更讽刺的了。遥想当时，猎鹰在远处的天空中盘旋：那是一群游隼，高悬在作战部队的头顶。对于下方田野里发生的一切，它们无动于衷。泥，血，屠杀，白白送死。它们这些鸟类的记忆长着呢，眼下这一切，它们早就见识过。

现在，人类也可以回顾历史。一切都是一场战争。还有另一个讽刺：发明航空摄影是为了轰炸机能制造最大限度的破坏；而现在，航空摄影又被绘制地图的人用来开采那些令人惊叹的、深埋于地下的矿藏。

显然，从这一点来看，战争还有点用。这是伦纳德的老同学安东尼·巴克斯特几个月前在喝了一品脱啤酒后告诉他的。必要性是创新之母，他说，没有什么比生存更能催人奋进的。安东尼从事的是制造业——制造某种可以替代玻璃的新材料。谁的想法有创意，他继续说道，谁就能赚大钱。他喝得满脸通红，一脸掉进钱眼儿的贪婪相。

　　在伦纳德的眼里，钱不过是俗物。也就是说，他看不上为了钱财挤破脑袋的做法。在他看来，参战的唯一正面收获就是，他意识到：想要活下去，人其实需要得很少。其余的，都微不足道。所有那些被遗弃的落地钟都说明了问题。危难之际，大家只会拖家带口地逃命，寻一处安稳的地方；至于自家的大房子，不过是大门一关，听天由命罢了。他现在知道，只有人脚下的土地是实实在在的。大地是自然而然的世界，可以给人类一切必需品，同时也将每个人曾经生活的印记留存下来，无论男女，无论长幼。

　　在来伯奇伍德庄园之前，伦纳德在朗艾克街的斯坦福书店买了几张英国地形测量局绘制的地图，上面有牛津郡、威尔特郡和伯克郡的地形分布情况。从这些地图上，可以找到罗马人修建的道路，它们在人们的脚下历经千年，已经露出了地层中的白垩岩；可以找到麦田怪圈所在的位置，那里曾经是开凿过沟渠的圈地；还可以找到一道道平行的垄沟，都是中世纪的犁耙在田间留下的。再往远处，还可以看到新石器时代留下来的坟冢，它们构成的一张张网，看着就像毛细血管一样；它们是上一个冰河时代遗留的印记。

　　大地是座顶级博物馆，把一段时间的林林总总都记录下来，再呈现出来，而里奇韦地区——这里有索尔兹伯里平原上的白垩岩，塞那阿巴斯巨人像和阿芬顿的白马谷——处理起来尤其容易。白垩不像黏土那么容易滑移，因此可以更好地保留一段记忆。伦纳德对白垩了如指掌。在法国，他的一项工作便是在战场底下挖隧道。他在威尔特郡的云雀山训练过，知道如何修建潜听哨，然后在隧道里一连坐上几个小时，贴着冰冷的地面，用听诊器打探敌情。再然后，他会和新西兰人动起真格的，一起把隧道挖到阿拉斯城下。隧道里连续几个星期都不见天日，只能借着蜡烛的微光和被当成火盆的铁桶，挨过冬天里最冷的那段日子。

伦纳德对白垩了如指掌。

不列颠是一座古老的岛屿，到处是孤魂野鬼。每一亩土地都称得上是一处古迹，但在这一地区，古迹简直应接不暇。同一块土地的不同地层上，都可以看到人类居住的遗迹：史前，铁器时代，中世纪；至于现代，世界大战留下的隧道也能看得到。泰晤士河在地图中间蜿蜒而过。在科茨沃尔德一带，河水因为有一小股一小股的源泉汇入，变得更深；随着河道的延伸，河面变得更宽。在一条细长支流的分叉处，坐落着伯奇伍德村。离村子不远的一座山脊上，有一条笔直的小道，通常来讲，浑然天成的小道不会这么直。那是一条"利线"。伦纳德读过阿尔弗雷德·沃特金斯[1]的书，也看过威廉·亨利·布莱克[2]写给位于赫里福德的英国考古协会的报告。据后者推测，这样的"巨大几何线条"可以把英国和西欧大陆上所有的新石器时代的历史遗迹连起来。这些线条是几千年前历经万难创造出来的古道，它们是神奇的、强大的、神圣的。

1862年夏天，正是这段充满神秘和奥妙的历史，把爱德华·拉德克利夫和其他人吸引到了这里。拉德克利夫最初之所以购买这栋房子，部分原因也在于此。伦纳德多次阅读过紫红兄弟会的艺术宣言和拉德克利夫写给艺术家朋友瑟斯顿·霍姆斯的信。拉德克利夫在未婚妻去世后，相对而言，逐渐变得默默无闻。只有一群忠实的爱好者，

1　阿尔弗雷德·沃特金斯：英国作家，业余考古学家。他在赫里福德郡时，注意到英国风景沿着古迹呈直线排列，随后创造了专业名词"利（ley）"，因为该线穿过名称中包含音节"利"的地方，现更多称之为利线。
2　威廉·亨利·布莱克：维多利亚时代的古物研究者。

推崇他曾在艺术领域取得的辉煌成就。与拉德克利夫不同，霍姆斯一直进行着绘画创作；七十岁前，始终活跃在公众的视野之中。他最近才去世，把书信和日记留给了后人，伦纳德还曾多次前往约克大学，历时数周梳理这些书信和日记，希望找到爱德华·拉德克利夫与伯奇伍德那栋房子之间可能存在的新线索。在1861年1月寄出的一封信中，拉德克利夫写道：

> 我买了一栋房子。相当迷人，虽然不是很大，但各部分的设计很别致。它所在的位置独享一处河湾，整栋房子宛如一只谦逊端庄的鸟儿，栖息在一片树林边，还有一个再完美不过的小村庄在旁边。而且，瑟斯顿，还不止如此。但我不会把详情写在这封信里，写到纸上；我要等到下次见面时，把这栋房子吸引我的另一个原因说给你听。它关乎古老而极其重要的东西，并不完全属于这个世界。要知道，很久以来，这样东西都在召唤着我，因为我和我的这栋新房子并不陌生。

拉德克利夫并未在那封信中详述购买伯奇伍德庄园的另一个原因。虽然伦纳德经过进一步研究后得知，拉德克利夫小时候在这一地区生活过一段时间，但到底他是因为什么和这栋房子结下了缘分，那又是什么时候的事，关于这些都还有悬而未决之处：拉德克利夫曾在若干场合含蓄地提到过自己的童年经历，说那段经历"改变了人生"并且"萦绕心间"，但迄今为止，伦纳德还不能确定，那段经历从本质上来讲对拉德克利夫意味着什么。不管怎样，庄园里曾经发生过某件事情，对此拉德克利夫不愿意多谈；这件事对他痴迷于——拥有——伯奇伍德庄园起了重要作用。1860年12月，他把自己的画全部卖掉，但要购买伯奇伍德庄园的话，还差二百英镑。于是，他同一位资助人达成协议，为其完成六幅画作。这才凑上了这笔钱。最后，带着足额的房款，他签了购房合同，买下了伯奇伍德庄园及其周围的土地。

狗狗叫了一声，一副眼巴巴的样子。伦纳德顺着他的目光看了过去。他本以为会看到一群鸭子或是鹅，但不是，那边有两个人朝他们走过来，一男一女。一对恋人，很明显。

当伦纳德看过去的时候，男人正因为女人说了什么话而哈哈大笑；这一串由衷的笑声划破算不上宁谧的清晨，让伦纳德感到一痛，像是肋骨被人用胳膊肘狠狠撞了一记。

女人微笑着，伦纳德发现，自己在看着他们时也淡淡地笑了一下。他们周身都散发着光芒，没有什么能将他们分开，他们的轮廓是如此清晰。他们信步而来，仿佛这是他们在这世界上无与伦比的权利，仿佛他们不曾有半刻的怀疑，此处、此刻就是属于他们的。

伦纳德知道，与他们相比，自己是单薄的、透明的，这让他感到羞赧。他知道，他不会和对方愉快地互道"早上好"；他不确定自己能否将这几个词召唤出来，不确定是否简单地点点头也就够了。他从来都觉得社交场合让他不自在，即便是在战争将他掏空之前。

地上有一根棍子，是一根漂亮的金色木棍。伦纳德把它捡了起来，在手里掂了掂。

"嘿，狗狗，去，乖孩子，把它捡回来。"

伦纳德把棍子扔到草地的另一边，狗狗开心地追了上去，把那对情侣忘得一干二净。

伦纳德转身背对着河，跟了过去。哈福斯特德溪边是一排柳树，越过树梢，伯奇伍德庄园那两个一模一样的尖角清晰可见。伦纳德注意到，太阳照在阁楼的一扇窗户上，窗玻璃看上去就像是在燃烧。

伦纳德十八岁刚来牛津时，想都没想过自己最终会着重研究拉德克利夫和一栋有着四百年历史、静静位于乡间一隅的房子。不过，十五年间所发生的许多事，都是年轻的伦纳德想象不到的。说实话，1913年，对于自己的学术研究，他没想过什么。他去牛津念书，就是因为他在某个班上是个聪明的学生，仅此而已。他选择在基督教会学院攻读历史专业，是因为他喜欢学院里那片草坪，还有俯瞰草坪的那栋宏伟的石砌建筑。在一年级的基础课上，他遇见了哈里斯教授，然后发现了现代艺术。

曾经不过是自己任意做出的选择，很快却摇身一变成为自己的激情所在。马塞尔·杜尚在《下楼梯的裸女》中展现的勇气和感染力以及毕加索在《亚威农少女》中展现的分裂的对峙一直令伦纳德充满激情；先锋艺术家马里内蒂的书让他读到深夜；他还前往伦敦，去多尔画廊看翁贝托·博乔尼的画展。被杜尚固定在板凳上的自行车轮，这种现成品艺术带来的讽刺是一种启示，让伦纳德充满了乐观向上的力量。他渴望创新，崇尚速度和发明，接受关于时空及其表现形式的新思想。他觉得自己被推上了巨浪的顶端，并且在顺着浪尖滑向未来。

但1914年来了。一天晚上，来看望他的弟弟建议先在草地上散散步。当时是夏天，暖洋洋的，光线还在天际徘徊。汤姆变得怀旧起来，语速飞快地谈论着过去，他们的童年。伦纳德立刻便知道了，汤姆有事要跟自己说。然后，他们去了餐馆，坐在餐桌旁的时候，汤姆冒出一句："我入伍了。"

短短几个字，一直还只是在报纸头版上酝酿的战争，倏地在他们身边、在这间餐厅里冒了出来。

伦纳德不想去打仗。他和汤姆不同，他不愿冒险，任何形式的冒险他都不喜欢。哪怕是一丝丝不疼不痒的责任，都让他感到要迫不得已地挣扎一番。萨拉热窝有个喜欢胡乱开枪的疯子，厌恶一位戴着有羽毛装饰的帽子的奥地利大公，这关自己什么事？不过，这样的话伦纳德向谁都不会说，尤其是他的父母。他们为汤姆的新制服感到自豪无比，喜极而泣。但伦纳德又不免觉得，偏偏在他发现自己的激情所在时爆发战争，还真麻烦，真是糟透了。

可是。

他又想。

打仗能打多久？

权当是一次短暂的间歇，一段新的历练，不过是换几个不同的角度去感知世界，提升一下自己的能力，不久自己就可以去研究机械化和现代性了……

纠结于如何是好和个中缘由都没什么意义。汤姆要去法国了，伦纳德便也去了那儿。

五年后，等他回来时，国家变了样，世界也变了样，都不再是他认识的那个样子。

第十四章

战后的伦敦具有冲击力,历史成了最后的赢家。伦纳德所面临的变化和进步,其程度大大超乎预料。不仅是世界变了,人也都变了。即便是他不认识的人也会和他贴得很近,所有人都对跳舞和庆祝迫不及待,都热衷于尽情欢笑,那一张张笑脸就像是咧着嘴的山羊。所有人都剪去了长发,抛下了老式的做派,有可能将他们同过去、同战争的漫长苦难联系在一起的任何东西,都被抛诸脑后。

在霍洛韦路附近的一栋房子里,伦纳德租了一个顶层的房间,是一间卧室兼起居室。房后的小花园里养了一头猪,房子的地下深处还有一条火车隧道经过。他来看房时便发现了那头猪,但火车的事是在交了头一个月的房租后才知道的。当时,他正坐在床边的小木桌旁,喝着啤酒,抽着香烟。那时正值黄昏——对于伦纳德来说,他总会在这样的时候烦躁不安,因为在这段时间里,即便是光线也不可信——他还以为是有炮弹正在轰炸这里,一切都是可怕的错误,战争根本就没有结束。但那声音不过是火车从地底下经过。惊慌失措间,啤酒杯被他从桌子上打翻在地,惹得住在楼下房间的女人用扫把头使劲对着他的地板捅了一下。

伦纳德也曾试图与时俱进,但他并没有就此感到脚踏实地,也没有摆脱幻觉的纠缠，他发觉自己只是身如浮萍般飘摇不定。每个人都在喝酒时喝得醉醺醺的，不过其他人醉了之后，都高高兴兴的，可伦纳德要是醉了，却脆弱得感伤流泪。到了晚上，也会有人邀他一同去俱乐部，他来到俱乐部时，也希望能好好放松放松：他会穿着新衣服，心里不断告诫自己，要保持乐观，要学会倾听，要对人点头，甚至有时要报以微笑。可一到了晚上的某个时候，伦纳德就会发现，自己在和别人交谈着，他会听到自己谈论着那些他在战争中失去的朋友，说这些朋友仍然会来找他，在自己租住的寂静的房间里，或是在他刮胡子时面对的镜子中，有时甚至是傍晚时分明暗交错的街道上，他能听到身后传来他们走路时靴子踩在地面上的声音。

在喧闹的俱乐部里，他会发现，在他说这些话时，和他同桌的人都斜着眼睛盯着他，然后会转过身去，他们微妙的表情里有一丝受伤的情绪，仿佛是不明白他为什么要毁了他们找乐子的兴致。即使他不提自己那些在战争中丧生的朋友，伦纳德也没法像可以发出脆响的打火石那样，在无用而琐碎的谈话中和对方擦出什么火花来。他太过认真，太过本分。现在的世界就是一个泡沫，薄薄的，闪着光，其他人都在这个泡沫里找到了自己的生存之道。但对于这个泡沫来说，伦纳德太重了。他是一个不合时宜的人：对于生机勃勃的年轻人来说，他太老了，他们的圈子容不下他；对于那些不可救药的、醉倒在河边的醉汉们来说，他又太年轻了，也不合适。他觉得自己和任何事、任何人都扯不上关系。

一天下午，站在查令街大桥上，桥下是来往的船只，身边是来往的行人，伦纳德偶然遇到了曾经教过他的一位老教授。哈里斯教授正要去国家美术馆，便邀请伦纳德和他一起去。然后，教授亲切地谈论起艺术和生活，还谈到了他们都认识的一些人。伦纳德一直边听边点头，心中琢磨着那些往日的趣事，仿佛那都是些古董，可以让人拿来把玩消遣时稍稍感到一分愉悦的。当他们转过拐角，走进文艺复兴时期作品的展厅时，教授建议伦纳德考虑一下要不要继续念书。这样的话在伦纳德的耳朵里听起来就像是一门外语。即便伦纳德能回牛津念书，能在那些美得令人疑惑不安的建筑中学习，可现代主义已经消亡：博乔尼在1916年被杀，如今的法国批评家都在鼓动着要"回归秩序"。现代主义思潮的所有青春与活力都已退去，伦纳德自己也青春不再，活力不复，他的青春和活力都已葬送在尸骨和污泥之中。

但他需要做点什么。伦敦的节奏太快了，也太吵闹了，伦纳德的心里愈发感到一种需要逃离这里的紧迫感。他觉得这种紧迫感像是雷雨将至时那股不断增强的压力：他的耳膜因此发疼，他的双腿因此坐立不安。晚上，当夜班火车令他的床头战栗晃动时，当楼下那个浓妆艳抹的瘦弱女人在送走一个粗暴的顾客之后砰地关上门时，伦纳德都会满身大汗地惊醒。恐惧如魔鬼一般，它脊背上那对黑色薄翼缠住了他的脖子，扼住了他的喉咙，他祈祷着这对翅膀能再用力些，给他个痛快。他发现自己在回忆小时候走过的路——他和汤姆在花园深处翻过砖墙，穿过灌木丛，沿着乡间小道，越过草地，走向树林，可小道的尽头什么都没有。"跟我一块儿跑啊，兰尼。"他越来越频繁地听到这句呼喊，但当他转过身来，看到的只有酒吧里的老头儿，街角的小青年，还有巷子里跟着他的野猫。那只猫瘦得皮包骨头，那对眼珠子就像是两个玻璃球。

没等租约到期，他就在桌上的玻璃杯里塞了两个月的房租，然后离开了这间卧室兼起居室，离开了伦敦。他坐的是一班夜车，从别人家的一扇扇小窗外呼啸而过。他自己家的房子比他记忆中的要小，也比记忆中更寒酸，但闻起来还是一样的味道，而且没有藏污纳垢的糟烂事儿。母亲让他重新住进小时候的那间卧室，但是，对于卧室里靠墙的那张空床，她什么也没做。角落里有数不清的对话在进行着，白天里无声无息，可到了晚上就吵得慌。伦纳德有时会猛地坐起来，打开灯，心想着一定会看到他弟弟在另一张床上冲他笑。他能听到黑暗中弟弟身下床垫子的弹簧在吱嘎作响，和记忆中弟弟睡着时翻动身子的声音一样。

他们以前的玩具和书都还在书架上——那套木头雕刻的士兵，那颗陀螺，那盒破旧的蛇梯棋；伦纳德把H.G.威尔斯的《时间机器》又重温了一遍。十三岁时，这是他最喜欢的书，也是汤姆最喜欢的。当时，他们都做着关于未来的梦，他们俩幻想着穿越时空，去看看前方等着他们的都是些什么样的奇迹。可现在，伦纳德发现自己总是在往后看。有时，他只是手里捧着书坐在那里，惊叹于书是这么个实实在在、四四方方的东西。书真是一件尊贵之物，用途几乎可以说是崇高的。

有些夜晚，他会把蛇梯棋拿下来。他和汤姆玩的时候总是用固定的棋子，伦纳德用的是一颗圆圆的灰色石头，那是父母带他和汤姆到萨尔科姆的海边时他捡到的。汤姆用的是一枚银币——有一天，汤姆在街上遇到一位摔倒的老人，他帮了那位老人，老人送给他一枚两便士的银币。他俩都笃信自己的棋子能带来好运，两人都坚持说自己的棋子更棒，可伦纳德记得，他总是羡慕汤姆的那枚棋子，因为只要是玩蛇梯棋，十有八九都是弟弟赢。汤姆一直是两人之中的幸运儿。当然，除了真正重要的那一次。

1924年初的一天，伦纳德怎么着都待不住。他在行囊里装了些水，像平常一样出去散步，但等到天黑下来的时候，他没掉头回家，而是接着往前走。他不知道自己要去哪里，他也不在乎。最终，他在一片开阔的田野里睡着了，半个月亮在没有一丝云朵的夜空中散发着光芒。天光乍亮时，一只云雀叫醒了他，他把自己的东西一收，又出发了。他从多塞特郡的一头走到另一头，然后他发现自己走在达特穆尔高原上，于是便顺着达特穆尔高原的小路继续往德文郡走，一路上都只跟高原上的鬼魂谈心。他开始注意到绿色有多少种不同的色调，注意到头顶大树上的树叶是一层一层的，注意到一棵棵青草的颜色越接近地面就越浅淡到发白。

他蓄起了胡子，皮肤也黑了。脚跟和脚趾上起水泡的地方都变硬了，他的脚像是另一个人的，这双脚的主人更讨他喜欢。他在找棍子当拐杖这方面成了专家。他学会了如何准备生火，他的手指上生出了茧子。要是能找到活儿干，他就干一阵子：打零工不必长久地投身其中，也不需要和谁扯上关系，干完活儿，就拿上微薄的工钱走人。有时，他会遇到一些人，陌生的同路人。他们会朝彼此点点头，甚至挥挥手。在极少数情况下，他会在乡村酒吧与另一位旅人说说话，他会在听到自己的声音时大吃一惊。

就是在一家这样的酒吧里，他第一次看到了从空中拍摄英国的照片。那是一个星期六，正是午餐时间，酒吧爆满。有个男人独自坐在酒吧门外的一张木桌旁，身边靠着一辆蒙了一层灰的黑色自行车，头上戴着一顶骑行用的皮帽。他正在仔细研究一张打印出来的大照片，还一边做着笔记。起初，他并没注意到伦纳德在观察他。当他注意到时，蹙起眉头，本能地用胳膊盖住字迹，完全一副要对伦纳德发脾气的样子，但接下来，他的表情变了，伦纳德知道对方看出了自己的身份。并不是他们彼此相识，他们从未见过。但他们身上都有着同样的烙印，无声地诉说着他们曾去过哪里，曾看到过什么，又曾做过些什么。

这个人叫克劳福德，曾在皇家陆军航空队服役。后来，他在英国地形测量局上班，现在往来于威尔特郡和多塞特郡，绘制考古遗址的位置——他已经发现了几处从前不为人知的遗址。伦纳德总是宁愿多听少说，克劳福德告诉他的事让他听得颇为舒心自在。对于伦纳德而言，这些事证实了许多他自己的模糊而又不成形的概念，都是关于时间及其延展性的。克劳福德的照片将时间和空间结合在一张图片里，展示了过去与现在是共存的。伦纳德意识到，相较于那些在伦敦整夜歌舞升平、衣着光鲜的年轻人，他觉得自己和古人之间有着更多联系，因为他眼下在这片土地上穿行时所走的路，恰恰是古人曾经走过的路。在行走的过程中，他意识到一种归属感；通过一种基本的方式，他便知道自己属于这片大地，每迈出一步，他就因为这一步更加确定自己的想法。归属感。在他当天下午继续踏上旅程时，这个词浮现在他的脑海中，他发现自己步伐的节奏和这个词里三个音节的强弱是吻合的。

那天晚上，在伦纳德决定在哪儿安营扎寨时，他回想起一件很久之前的事：自己当时还在牛津大学，在一年级的历史课上他读过一篇论文，是关于维多利亚时期的一场思潮，其中一位艺术家名叫爱德华·拉德克利夫。虽然自称紫红兄弟会的那群艺术家有不少人，但拉德克利夫却因其悲惨遭遇令人难忘：他年轻的未婚妻被人杀了，后来他一蹶不振，就此陷入了万劫不复的深渊。即便如此，当时的伦纳德对这群艺术家并不感兴趣：维多利亚时代的人都让他感到厌烦。他讨厌他们身上的确定性，嘲笑他们守旧的黑色蕾丝和房子里凌乱无序的走廊。和所有现代主义者一样，和所有儿童一样，他也无视正统派系那赫然出现的冷漠身影，并以此来定义自己的身份。

但对于哈里斯教授讲授的艺术史导论课来说，课程内容是全面的，因此学生们都要阅读那篇论文。文中有一处引用了爱德华·拉德克利夫于1861年执笔的"艺术宣言"，名为《归属的艺术》。在这篇宣言中，拉德克利夫热情洋溢地论述了他对两种联系的感悟：一是人与地点之间的联系，二是地点与艺术之间的联系。"大地不会忘记，"伦纳德记得他曾读到过这样的话，"地点是一道门，迈过这道门，便穿越了时间。"那篇论文还提到过一栋令这位艺术家着迷的房子，他相信他在那栋房子里找到了他的"归属"。对于十八岁的伦纳德而言，拉德克利夫对于地点、过去和归属的沉思似乎无关紧要，而且枯燥乏味。然而，十年后的今天，他没法忘记这些话。

当伦纳德终于回到他父母家时，他比以前瘦了，而且一脸胡子；他的皮肤经过风吹日晒也变得粗糙了，一身衣服破破烂烂的。他原本觉得，母亲看到他这副尊容，会吓得直往后缩或是尖叫出来，然后命令他去楼上把自己洗干净些。可她没有这样做。她打开门，惊讶了片刻，把茶巾掉在了地板上，然后紧紧搂着他，他觉得自己的肋骨都快碎了。

她把他领进门，什么都没说，让他坐到他父亲的椅子上，拎过来一桶热肥皂水。她脱下他的旧靴子，还有紧紧贴在他脚上的袜子，开始给他洗脚。他不记得她以前为他做过这样的事，从他很小的时候起，她便不再为他做这样的事了。她的脸颊上流着无声的泪水。她低着头，伦纳德意识到她的头发白了，发质也变了，他似乎是第一次注意到这些。越过她的肩膀，他看到盖着蕾丝台布的桌子上并排摆放着几张家里人的照片：穿着时髦军装的汤姆和伦纳德；小时候穿着短裤、戴着帽子的兄弟俩；还是小婴儿时戴着钩针编织的软帽的兄弟俩。跨越时间的着装各式各样，兄弟俩的衣服却一模一样。水这么暖，无微不至的关怀这么单纯、这么令人意外，伦纳德在面对这些时却感到这么生疏，他意识到自己也在哭泣。

他和母亲后来一起喝了杯茶，母亲问他过去这几个月都在干什么。

"行走。"伦纳德说。

"行走，"她重复道，"那觉得开心吗？"

伦纳德告诉她，开心。

她有点紧张地说："前几天有人打电话来，说是你以前认识的人。"

原来是伦纳德的教授打来的。他在伦纳德曾经就读的学院里，找到了伦纳德的学生档案。在牛津大学的一次竞赛中，哈里斯教授提交了伦纳德的一篇论文，结果获奖了，得到一小笔津贴，足够伦纳德买一双新的步行靴，然后再去斯坦福书店买几张地图。有了这样一个转机，伦纳德便买了一张火车票。在外面行走的这段日子里，伦纳德觉得自己对拉德克利夫生出一分亲切感。现在，他要去约克郡，去看一看有关瑟斯顿·霍姆斯的文献。在他看来，一定是发生过的什么事，才会让一个年轻人——当时只有二十岁——如此热情地写下一篇关于地点和归属的文章，让他如此全心全意地爱上一栋房子。当然，只有知道自己是个局外人的人，才会有这样的想法。

他运气不佳。霍姆斯的档案中拉德克利夫寄来的信件虽然不少，但没有哪一封是伦纳德所关注的那段时期的。这令人极度沮丧，但也让人颇为好奇。1859年、1860年和1861年，在这整整三年之中，拉德克利夫和霍姆斯经常通信。他们的信件都不短，你来我往的内容也说明两人经常见面，而且他们俩都觉得自己的思想和艺术创作受到了对方的启发。但拉德克利夫并不愿多说那栋房子。然后，拉德克利夫在1862年1月来信，要求霍姆斯归还被借去的一套画具，在这封简短而唐突的信之后，两人似乎只是偶尔通信，内容也都是些敷衍了事的客套。

当然，这其中可能并没有什么不为人知的秘密。可能两个人就是疏远了，也可能两人依旧保持着通信，但那些写了一大堆恭维话的信因为冬天生火被烧掉了，或者因为档案管理不善弄丢了，再或者因为春季大扫除时被干劲儿十足的仆人给清理掉了。个中曲折不得而知，伦纳德当时也没花太多时间细想。不管怎样，显而易见的是，1862年年中，他们俩的关系依旧很紧密，所以那年夏天霍姆斯才连同紫红兄弟会的其他成员，费利克斯·伯纳德和阿黛尔·伯纳德，以及在给霍姆斯当模特的爱德华的妹妹克莱尔一起，和爱德华·拉德克利夫跑去了他在伯奇伍德的那栋房子。

虽然伦纳德没找到自己要找的东西，但那些档案并没让他空手而归。他发现了一道门，门的另一边是一群半个多世纪前的年轻人，他们跨越时间的长河，要带他一起回到过去。

在一页页的信件中，爱德华·拉德克利夫的魅力跃然纸上。他精力旺盛，为人坦诚；他愿意融入生活之中，融入生活所能给予的一切；他的艺术具有包容性，愿意不断成长和蜕变，也愿意捕捉不同的体验。这些在信中都一览无遗。每一封信、每一行字都充满着青春、可能和感性，伦纳德可以想象出拉德克利夫的生活状态，他的家庭让他无拘无束、幸福快乐，但在艺术上他正栖身于匮乏的边缘。伦纳德对于自己的想象确定无疑，仿佛拉德克利夫就在自己眼前一样。他明白拉德克利夫与霍姆斯之间那种亲密无间和轻松自在。这种友谊在别人看来是在搞小团体，但也特别诱人，他们之间是真正的兄弟情。伦纳德对汤姆的感情也是这样的，那几乎是独一份儿的，就好像他们俩骨子里是一模一样的，因此，他们俩就是同一个人。这种感觉让他们打架、摔跤，然后，等到他们躺在地上大口地喘气时，一笑而过。这种感觉让他们其中一个人在俯身向另一个人靠过去，朝对方大腿上的蚊子猛拍下去时，就像是拍自己腿上的蚊子一样。伦纳德还察觉到，那两个兄弟般的男人在竞争中成了彼此的动力，他们都狂热地进行着艺术创作，争着拿出像样的作品，要在正统派的眼中留下不可磨灭的印记。两个人都试图得到约翰·拉斯金[1]的夸奖，得到查尔斯·狄更斯在评论中的盛赞，得到富有绅士的惠顾。

那样的感觉令人陶醉，而读着两个年轻人之间的信件，感受着在喜悦中绽放的创造力，看着他们试图把各自的想法和观念转化为文字，这似乎让伦纳德身上某个埋在深处的、被遗忘的部分再次苏醒过来。离开约克郡的图书馆之后，他不停地读书、行走、思考，他想弄明白艺术的目的、地点的重要性、时间的流动性；爱德华·拉德克利夫在他的心中愈发难以割舍，以至于有一天，他发现自己回到了牛津大学，敲响了哈里斯教授的门。

1　约翰·拉斯金：19世纪英国作家、艺术家和艺术评论家。

房子附近的谷仓出现在视野之中，狗狗跑在前面，径直穿过了冰凉的哈福斯特德溪，觉得等回到家他就可以吃到一心盼盼的早餐。对于一个闯入者来说，他对陌生人的善良很有信心。何况他们彼此已不再陌生。

伦纳德离开了阳光明媚的田野，朝堆放在地上的那根原木走去，他的衬衫这会儿已经差不多干了。他穿过草地，走在泛起尘土的供马车行驶的车道上。这条车道旁的石头围墙里是房子前院的花园。很难想象，这条大道上曾是一派车水马龙的景象。到访的马车络绎不绝，浑身锃亮的马匹不耐烦地跺着蹄子，急切地想喝上几口水，从伦敦一路飞驰而来的路程总算是结束了，这会儿想赶紧歇歇。如今，这里只有伦纳德、狗狗和清晨里嗡嗡哼唱的蜜蜂。

大铁门的门闩没锁，还是他出门时的样子。门上的绿色粉末涂料已经褪了色，现在的颜色和薰衣草叶子的颜色差不多。粗糙的石墙和拱门上有枝蔓缠绕的茉莉花爬在上面，粉色和白色的小花在绿意盎然的枝蔓间星星点点，散发着醉人的芬芳。

每次走近这栋房子，伦纳德都会掐自己一下。伯奇伍德庄园，爱德华·拉德克利夫的骄傲与欢乐。伦纳德觉得自己真是撞上了大运。作为博士生，几乎刚被牛津大学录取，伦纳德便遇上了平生仅此一次的机遇，他成了在恰当的时间、恰当的地点出现的那个恰当的人：一位和艺术史学家协会接洽过的女士，露西·拉德克利夫，说她正在考虑给协会送上一份大礼。在她哥哥去世后，伯奇伍德庄园被拉德克利夫小姐继承，从那以后，她就一直住在这栋房子里。可如今，她还差几年就八十岁了，便决定给自己找一个新的住处，少些楼梯和转角的那种。她希望把伯奇伍德庄园作为她哥哥的一部分遗产捐给艺术史学家协会。按照她的设想，这里将成为有着共同追求的学生们进行研究和创作的地方，成为艺术家探索真和美的概念，探索光线、地点和家的概念的地方。她的律师建议，在她把计划付诸实践之前，先找人来试一试。

伦纳德在《查威尔报》上读到了关于新设立的住宿类奖学金的报道，立即着手申请。他提交了申请书和简历，几个月之后，他收到消息，说他得到了这个奖励。他收到的是一份手写的信函，邀请他在1928年夏天到伯奇伍德庄园居住三个月。看到信中提到伯奇伍德庄园没有电，只能点蜡烛和煤油灯，他有点打退堂鼓，这让他想起自己在法国幽暗的白垩岩隧道里度过的那些日子，但很快他就把那些回忆抛开了，他告诉自己，他是要去过夏天，不必面对黑暗。他的生活起居可以按照大自然的生物钟走。Ad occasum tendimus omnes，这是有一次他在多塞特郡的一块墓碑上读过的一句话。墓碑是灰色的，表面坑坑注注。这句拉丁文的意思是：我们每个人都是旅人，都在向着自己的黄昏前行。

伦纳德在来到伯奇伍德之前，就觉得自己可能会爱上这个地方。而现实要比想象中的还要美妙得多，据他所知，这在生活中是非常罕见的。他去伯奇伍德庄园那天，走的不是河边那条路，而是村子那边的那条路，沿着弯弯曲曲的、越走越窄的乡间小路，经过村郊的一排农舍，一个人独自走在田野之中，除了他，周围只有几头对什么都提不起兴趣的奶牛和满眼好奇的小牛。

首先映入眼帘的是八英尺高的围墙，远处两个一模一样的尖角也在视线里，尖角的屋顶上是灰色的石板瓦。伦纳德注意到，石板瓦的铺排形式是模仿大自然，这令他颇为满意：顶端的石板瓦是小块的、整齐的矩形，越往下越接近雨水槽的地方，瓦片的尺寸就越大，宛若翅膀上一层层铺开的羽毛。那么，这里就是拉德克利夫提到的栖息在独享的河湾的那只端庄的鸟儿。

他发现墙上有一块松动的石头，后面的空隙不大，但很深，钥匙就在空隙里。这和通知他获奖的那封信上说的一样。那天，周围没有其他人，伦纳德曾短暂地感到纳闷，是谁把这枚银色的钥匙放在如此特别的隐秘之处的。

拧着门把手，打开门的一刹那，他站在门口，惊呆了，因为眼前的景色似乎太过完美，令人无法相信这是真的，而不是在做梦。房子和石板路之间是一个争奇斗艳的花园，毛地黄在微风中轻轻挥舞；雏菊和紫罗兰在路边铺设的石子旁花枝乱颤；爬满花园围墙的茉莉花，朝房子前身的墙壁蔓延开来，在格子窗的周围和红色的金银花纠缠起来，而这种如饥似渴的蔓生植物已经爬到了房子入口处的门廊顶上。昆虫和鸟儿令花园生机勃勃，这倒让房子显得安安静静，宛若睡美人一般。一踏上花园小径，伦纳德便觉得，他在行走间仿佛回到了过去；他几乎可以看到拉德克利夫和他的朋友们正在黑莓树丛后面的那片草坪上，支着画架，端着颜料盘调色……

*

不过，今天早上，伦纳德可没时间去想象那些活在过去的幽灵。走到大门前，他发现一个大活人正站在房子的前门边上，随意地靠在门廊顶的支柱上。他注意到，她穿着他的衬衫，除此之外，他没注意到什么别的。她正在抽烟，目不转睛地望着远处围墙边那棵日本红枫。

她一定是听到他回来了，因为她转过身来，表情有了变化。丰满的嘴唇微微扯开了一丝笑容，她抬起一只白净的手，和他打招呼。

看到她挥了挥手，他回了句："我以为你计划中午能到伦敦？"

"想打发我走？"她闭起一只眼睛，吸了一口烟，"啊，对了，你是希望一位忘年交的陪伴：你那位老太太。想在她来之前撵我走？住这栋房子的规矩里要是有一条禁止留客过夜，那倒也不意外。"

"她不来这里。我们要在她那儿见面。"

"轮得着我吃醋吗？"她笑了，但笑声让伦纳德感到悲伤。

姬蒂没吃醋，她在开玩笑，她很多时候都在开玩笑。姬蒂并不爱伦纳德，他也从不让自己认为她爱他，即便在那些她紧紧拥抱他的夜晚，紧得让他觉得疼。

当他走到门口时，他在她的脸颊上吻了一下，她回了他一个毫无防备的笑容。他们认识很久了，从小便认识，她那时十六岁，伦纳德十七岁。那是在1913年的复活节集市上。他记得，她穿着一条淡蓝色的裙子，背着一个缎面的小包。她身上的一条丝带松了，不知从哪儿掉了下来，落在地上。她没意识到，也没有别人看到。伦纳德犹豫了片刻，然后伸出手，弯腰捡起了丝带，还给了她。他们那会儿还都是孩子。

"留下来吃早餐？"他问道，"狗狗想要吃鸡蛋。"

她跟着他走进厨房，和外面耀眼的晨光相比，厨房里很暗。"太紧张，吃不下。不过，我要喝杯茶助我过关。"

炊具后面的架子上放着一个铁罐子，伦纳德从里面拿出火柴。

"真不明白你自己怎么能在这儿待得下去。"

"这里清静。"伦纳德把不太容易点着的炉子点着了。趁着等水烧开的这一小会儿工夫，他炒了些鸡蛋。

"再告诉我一遍，兰尼，那件事是在哪儿发生的？"

伦纳德叹了口气。他真希望自己从没给她讲过弗朗西斯·布朗的事。他也不知道自己是怎么回事，只清楚一点，很少有人问起他的研究工作，而住在伯奇伍德庄园让他觉得这一切都更加真实。当他提到这栋房子里曾经进来过一个偷珠宝的窃贼，还开枪打死了拉德克利夫的未婚妻时，姬蒂吃了一惊。

"谋杀？"她喘着气问，"真可怕！"现在，她说道："我在客厅里看了一眼，但是看不出什么蛛丝马迹。"

伦纳德不想再谈论谋杀或是谋杀现场的各种标记，不想现在谈，不想和姬蒂谈。"能把黄油递给我吗？"

姬蒂把黄油递给他："警方进行过大范围的调查吗？小偷是怎么

消失得无影无踪的？那么罕见的钻石，要是又在市面上出现，不该早就被人认出来了吗？"

"我把知道的都告诉你了，姬特[1]。"

实话实说，对于拉德克利夫蓝，伦纳德也感到好奇。姬蒂说得没错：吊坠中的宝石非常罕见，价值连城，做珠宝生意的人都能立刻把它给认出来；要想不被人知道宝石在哪里出现过并能完成买卖交易，那可得用很多秘密手段掩人耳目。宝石不会凭白消失，即便被切割成更小的钻石，终归也要放在某处。再者，大部分人都认为，拉德克利夫的未婚妻中枪身亡，这都要怪偷拉德克利夫蓝的那个窃贼，而范妮·布朗的死又让拉德克利夫精神崩溃，令他一步步走入了万劫不复的深渊。所有这些都让伦纳德非常感兴趣，尤其是因为他开始对这种说法产生了怀疑。

伦纳德做饭时，姬蒂在房间中央的木桌旁坐了下来，摆弄桌上的其他东西。过了一会儿，她不知跑去了哪里。当伦纳德正把所有东西都放到托盘上，准备拿到外面时，她又回来了，手里拿着包。

他们在沙果树下的铁艺桌旁坐了下来。

姬蒂现在穿着自己的衣服，一身漂亮的套装，让她看起来比实际年龄大了些。她要去参加一个求职面试，职位是霍尔本街的一家保险代理公司的打字员。她打算先步行到莱赫雷德，她约了她父亲的一位朋友开车到那里接她。

如果她得到这份工作，她就得搬去伦敦。伦纳德希望她得到这份工作。这是她数周来的第四次面试了。

"……也许，不是位忘年交的老太太，但还有别的什么人。"

伦纳德抬头瞥了一眼。姬蒂一紧张就说个没完，他没怎么听她在说什么。

---

1 姬特：姬蒂的昵称。

"我知道你认识了什么人。你一直心不在焉的——比平常更心不在焉。所以嘛……她是谁，兰尼？"

"什么意思？"

"一个女人。我昨晚听到你说话了，你说梦话了。"

伦纳德觉得脸上越来越热。

"你脸红了。"

"我没有。"

"你在含糊其词。"

"我很忙，仅此而已。"

"既然你这样说。"姬蒂拿出烟盒，点了支烟。她呼出一团烟雾，然后茫然地用右手挥了挥。伦纳德注意到，光线照在了她戴的那枚金戒指上。"你想过希望自己能看到未来吗？"

"没有。"

"从没想过？"

狗狗碰了碰伦纳德的膝盖，然后在他的脚边扔下一个球。上一次他看狗狗时，还没有球。河边的那群孩子里面，不久就会有人觉得失望了。

伦纳德把球捡起来，朝远处抛了过去。狗狗在伦纳德的注视下穿过野花和凤尾草，向哈福斯特德溪的河岸跑了过去。

没有别的什么人——不是姬蒂说的那样——但伦纳德没法否认自己身上发生了某件不寻常的事。自从他来到伯奇伍德，已经过了一个月，他做的梦一直都栩栩如生。从一开始这些梦就充满张力，绘画和颜料、自然和美都混在了一起，充满着活力。从梦中醒来的一瞬间，他敢肯定，自己在恍惚间瞥见了那些有关生活的最深刻的问题的重要答案。然后，那些梦从某一刻起发生了变化，他开始在梦中看到一个女人。不是随便某一个女人，而是拉德克利夫画作中的一位模特。在他的梦境中，她对他讲话，告诉他一些事，就好像拉德克利夫和他自己已经合二为一，但等他醒过来，那些事又并非总能记得起来。

当然，这都是因为他来到了这里，这个拉德克利夫倾注如此之多的激情和创造力的地方，他用自己的文字赋予了这里不朽的生命力。对于已经对这里喜欢到入迷的伦纳德来说，觉得自己，尤其是当他每天晚上睡着的时候，融入到另一个人的身体里，可以通过拉德克利夫的眼睛去看这个世界，这是很自然的事情。

不过，他绝不会把这些告诉姬蒂：他能想象得到，要是告诉了她，他们俩的对话会是个什么样。嗯，姬蒂，我好像爱上了一个叫莉莉·米林顿的女人。我从没见过她，也没和她说过话。她很可能已经死了，要是没死的话也是个特别老的老太太了；她还很可能是一个偷钻石的跨国大盗。但我没法不想她，而且到了晚上，等我睡着的时候，她就会来找我。伦纳德完全清楚姬蒂对此会说什么。她会告诉他，他不是在做梦，那都是他的幻觉，现在该让幻觉停下来了。

姬蒂毫不掩饰她对烟斗的看法。不管伦纳德怎么一再解释，对于他来说，唯有鸦片才能让夜里那些恐怖的画面不再冒出来：寒冷潮湿的战壕；那股气味和那些吵闹的声音；那些震耳欲聋的爆炸，把一个人的头盖骨一下子扯开，而他只能无助地看着；与此同时，他的朋友、他的弟弟都在烟雾中、在泥地里奔向死亡。如果说，画上的那个女人能让他不再梦到汤姆……那么，抽点儿鸦片又能有什么坏处呢？

现在，姬蒂正站着，肩上背着包，伦纳德突然感觉很糟，因为她大老远地过来，而且他都没要求过或想过让她这样做，他们是绑在一起的一对儿，他们俩，她是他的责任。

"我陪你走到莱赫雷德？"

"别麻烦了。我会把面试的情况告诉你。"

"你确定？"

"哪有我不确定的时候？"

"那好吧，祝你好——"

"别说出来。"

"那就面试成功。"

她朝他笑了笑，但她的眼睛里没有笑意。他们之间尽是些没法说出口的话。

她沿着供马车行驶的车道向谷仓走去，他看着她。

再过一两分钟，她就会走到那条乡间小路上，一路走过去，会先经过村子，然后就是莱赫雷德路。她会从视线中消失，直到下次再见面。

他告诉自己，现在就把话说清楚，说清楚了，对他们两个都好；说清楚了，两个人才能一刀两断。他告诉自己，他该放她自由，他现在的所作所为，这样子抓着她不放手都是错的。"姬蒂。"

她转过身来，抬起一边的眉毛。

伦纳德把勇气咽了下去。"你会表现得很棒，"他说，"成功加倍。"

第十五章

　　当天下午，伦纳德和"忘年交的老太太"约定在四点钟见面，或者按照她一再坚持的说法，是在"下午茶时间"见面。她的做派有点童年里养尊处优的味道，那会儿，"下午茶时间"意味着黄瓜三明治和巴腾堡蛋糕，就像日出和日落一样，这几个字眼被自然而然地用作日常生活的时间标志。

　　姬蒂走后，伦纳德把接下来的时间都用来仔细研究他的笔记，确保见面时自己清楚都要问什么问题。他早早就出了门，一部分原因是他很兴奋，一部分原因是他想走路程远一点的那条路，往村子的教堂墓地那边走，墓地就在乡间小道的尽头。

　　几周前，伦纳德偶然间发现了一块墓碑。那天，他在乡间散步，走了很远才回来。走到村子那条路附近时，狗狗跑到了伦纳德前面，从尖桩篱栅和地面的缝隙里钻进了墓地，在一座座墓碑之间生长的常春藤里嗅来嗅去，这些常春藤和秀珠梅的花朵很相像。伦纳德跟着它走进墓地，被绿地之中那些石碑的朴素之美所吸引。

　　墓地的最南端有一个爬满藤蔓的小棚架，下面是一条大理石长凳，伦纳德在那里坐了一会儿，等着狗狗探险完毕，同时心里琢磨着12世纪的教堂外形真是赏心悦目。机缘巧合之下，那块墓碑就这样出现在他的面前，熟悉的名字赫然在目——爱德华·朱利叶斯·拉德克利夫——字体朴素而优雅。

伦纳德在多数日子里的某个时候都习惯顺道来这里一趟。就可以安息的地方而言，他认为这里是个很不错的选择。又静又美，距离拉德克利夫曾经深爱的家又不远。埋在这里对他来说应该会是种莫大的安慰。

现在，墓地进入了伦纳德的视野，他看了一眼手表：刚刚三点半。时间还很充裕，可以进去待几分钟，然后再绕回去，往村子另一头的小屋走。毕竟，说"村子"都有点夸大其词了：伯奇伍德不过是巴掌大小的地方，三条街道安安静静地从一个三角形绿地延伸出来。

他从平常走的那条小路往拉德克利夫的墓走去，然后坐在大理石长椅上。他的狗狗围着拉德克利夫的墓转悠，在仅有的那几处地方左闻闻右闻闻，然后在地面上这儿刨一下、那儿扒一下。狗狗没找到什么有趣的东西，它脖子一挺，朝着灌木丛里有响动的方向飞奔过去，一探究竟。

拉德克利夫的墓碑上，在他名字的下方用更小一些字写着：1840—1881年，一位追寻真理和光明，在一切事物中都看得到美的人长眠于此。伦纳德发现自己和往常一样，在盯着生卒年之间的那道线。这个标记的四周长着青苔，而这个标记本身涵盖了一个人的一生：他的童年，他所爱的，他所失去的和惧怕的，所有这些都化作一条线，被刻在一块石头上，被遗忘在乡间小路尽头的一块安安静静的墓地里。想到这一点，是令人安慰，还是令人悲伤？伦纳德也不确定；他的想法是怎样的，取决于那一天是怎样的，不同的日子里，他的想法会有所不同。

汤姆被葬在法国的一个公墓里，附近的村庄是他活着时从没去过的。伦纳德看过父母收到的那封信，并且惊叹于汤姆的指挥官竟能把事情说得如此英勇、光荣，把死在战场上说成一种可怕却崇高的牺牲。他猜这都要归结于熟能生巧。天知道那些军官写的信多得吓人。混乱或恐惧不能泄露分毫，白白送命自然也是绝口不提，要确保这两点，军官们很有一套。战争中阵亡的人数和犯下的错误从官方嘴里说出来竟是那么少，真令人难以置信。

伦纳德的母亲把信给他看时，他读了两遍。她从这封信中得到了极大的安慰，但在那些抚慰人心的温柔话语的背后，伦纳德能听到乱糟糟的叫喊声，都是出于痛苦和恐惧的嘶吼，有人呼唤着妈妈，有人哀叹着童年，有人吼着要回家。没有什么地方比战场离家更远，没有哪种思乡情比面对死亡的士兵的思念更悲切。

前些天，伦纳德也是坐在这里，想着汤姆、姬蒂和爱德华·拉德克利夫。那天是他第一次见到他那位"忘年交的老太太"。当时，下午已经过半，他立刻就注意到她，因为墓地里除了自己，就只有她一个人。她来的时候带着一小束花，然后把花放在拉德克利夫的墓碑旁。伦纳德饶有兴趣地在一旁看着，心里在想她是认识拉德克利夫本人，还是仅仅崇拜他的艺术。

她的年龄都刻在了脸上，一头漂亮的银发在脑后低低地梳成一个圆髻。她的着装是那种有人去非洲野生动物园时可能会穿的衣服。她静静地站着，挂着一根银手柄的精致拐杖，躬身驼背的样子，像是在无声地接受圣餐。她的姿势里有一种敬畏之情，在伦纳德看来，这已经超越了崇拜者的程度。过了一会儿，当她弯下腰，伸手拔掉坟墓周围石头堆里的一根杂草时，伦纳德确信，她一定是拉德克利夫的亲戚或者朋友。

有机会与认识爱德华·拉德克利夫的人聊聊，是一件诱人的事情。新素材是研究生的圣杯，特别是在历史学科中。因为想在研究历史的过程中偶然遇到什么新发现，通常情况下，那种概率接近于零。

他小心翼翼地走近，以免吓到她。当距离足够近时，他说了句："早上好。"

她一下子抬起头来，一举一动像是一只机警的鸟。

"希望我没打扰到您，"他飞快地接着说，"我是村子里新来的，就住在河湾那栋房子里。"

她稍稍直起身子，越过眼镜的细边框打量着他："说说看，吉尔伯特先生，你觉得伯奇伍德庄园怎么样？"

这回轮到伦纳德感到惊讶了：她知道他的名字。话说回来，村子又不大，他非常肯定，在这样的小村子里，消息传得很快。他告诉她，他非常欣赏伯奇伍德庄园，他在来之前读了很多关于这里的介绍，但现实远远超乎他的想象。

她听着，偶尔眨一下眼睛，但除此之外，对于他说的话，她既没表示赞同，也没表示反对。等到他说完，她只说了句："那里曾经办过一所学校，你知道吗？一所女子学校。"

"我听说了。"

"最后成了这个样子真是太可惜了。那会是具有革命性的尝试，是教育年轻女性的新方法。爱德华常说，教育是救赎的关键。"

"爱德华·拉德克利夫？"

"还能是谁？"

"您认识他？"

她微微眯了眯眼："认识。"

伦纳德极尽所能地克制着自己，想让他的话听起来是随意放松的："我是牛津大学的一名研究生。我正在写一篇论文，是关于拉德克利夫和这个村子、他那栋房子以及他的艺术的。不知道您介不介意和我聊一聊？"

"那不就是我们从刚才起一直在做的事吗，吉尔伯特先生？"

"没错，当然……"

"你的意思是，你想跟我聊聊爱德华的事，想要跟我做个访谈。"

"到目前为止，很大程度上我不得不依靠他朋友的档案和叙述，您知道，就像瑟斯顿·霍姆斯那样的朋友。"

"哼！"

听出她浓浓的不满，伦纳德瑟缩了一下。

"自吹自擂又奸诈透顶的家伙！凡是他写的，我一个字都不信。"

她把注意力放到了另一根杂草上。现在，她正用拐杖尖儿戳着那根草，想要把它戳掉。"我不喜欢说话，"她戳了两下，动作间歇时她说，"一点儿都不喜欢。"她伸手从石堆里把那根杂草拔出来，使劲儿甩了甩，把草根上的泥土弄下来，然后把杂草扔进灌木丛。"不过，吉尔伯特先生，我看我是必须和你谈一谈了，以免你写出来的是更多的谎话。这么多年来，谎话已经够多的了。"

伦纳德开始向她表示感谢，但她挥了挥手，一副盛气凌人而又不耐烦的样子。

"行了，行了，这样的话你还是省了吧。我明知道这么做不明智，但星期四下午茶时间你来见我吧。"

她把地址给了他，伦纳德要道别的话刚到嘴边，他才意识到自己还没问她的名字。"怎么啦，吉尔伯特先生，"她皱着眉头说，"不管你怎么了，我的名字是露西，露西·拉德克利夫。"

他本该猜到的。露西·拉德克利夫——继承了她哥哥心爱的房子的小妹妹，由于太爱哥哥而舍不得把房子卖给别人，因为买主可能没法像她哥哥那样在意这栋房子；也是伦纳德的房东。伦纳德在见过露西后直接回了家。傍晚时分，房子里一片昏暗，但伦纳德片刻未停地从前门冲进屋里，直奔壁纸上满是桑葚果叶的房间，坐到那张檀木写字台前，他的研究都摆在桌面上。他不得不整理一下几百页的手写笔记；他这几年在图书馆和私人住宅里、从信件和日记中草草抄写下来的引文；还有各种各样的观点，都是他在匆忙间记下来的，然后又圈起来，跟图表和箭头贴在一起。

那天晚上，他找了很久才发现他要找的东西，所以提灯也就点了很久，房间里闻起来一股子煤油味。在什罗普郡的一家人的私人藏品中，他曾看到过一系列文档，在他当时做的笔记中，记录了爱德华在寄宿学校读书期间和他的小妹妹露西之间的一系列通信。这些信件之所以保存在什罗普郡，是因为拉德克利夫的另一个妹妹克莱尔，她手中保留着一些家人之间的通信，而她的婚姻一波三折，所以这些信件就成了价值不为人知的宝藏。

当时，这些信件在伦纳德看来似乎并不重要，它们和那栋房子或拉德克利夫的艺术又不相关，就只是兄妹之间的私人信件——兄妹俩相差九岁。他只把信中的内容抄了下来，因为那家人暗示过他，他的到访给人家带来了不便，他们也不会再让他来他们家看人家的文献。但是，当重温这些信件的内容时——有趣的奇闻异事、迷人又可怕的童话故事、有关家庭成员的幼稚八卦——当他刚刚遇见了那位老太太，在她哥哥去世了五十年之后，虽然腿脚不便，却仍然穿过村子，把鲜花放到他的墓碑旁，以这个新的背景再去看他们兄妹间的信件，他看到了爱德华·拉德克利夫的另一面。

一直以来，伦纳德都专注于拉德克利夫的以下三种身份：艺术家、意志坚定的思想家和艺术宣言的作者。但是，饱受寄宿学校之苦，却给妹妹写了一封封又长又引人入胜的信的男孩，这是拉德克利夫的又一面；信中那个认真的小妹妹恳求哥哥给她买有关"星星是如何形成的"和"穿越时空是否可能"的书籍——在伦纳德看来，一个五岁的孩子要看这样的书，实在给人一种少年老成的感觉。此外，伦纳德至今未解的谜团在这些信件里也有几处线索。露西和爱德华不止一次地提到过"跟着那晚"——每每提及都带着引号——和"亮着灯的那栋房子"，从信的上下文可以清楚地看出，兄妹俩谈论的是发生在爱德华身上的某件事。

在约克郡的档案里，爱德华在1861年写给瑟斯顿·霍姆斯的那封信曾让伦纳德感到困惑，爱德华在信中说他买下了伯奇伍德庄园，还说他对那栋房子并不陌生。现在，伦纳德开始觉得，这两组信件是有关联的。两组信中都提到了一件神秘的往事，伦纳德有一种感觉，无论"跟着那晚"发生了什么，那都是拉德克利夫痴迷于伯奇伍德庄园的原因。等他和露西见面时，这是他打算问的一堆问题中最重要的问题之一。

伦纳德起身点了一支烟。前几天露西拔掉杂草的地方还凸凹不平的，他用脚把那里踩平了。他把打火机塞回口袋里，指尖一凉，蹭到了汤姆那枚幸运银币的边缘。他从没去自己弟弟的墓前看过。他觉得那样没什么意义，他知道汤姆不是真的埋在那里。他在哪儿？伦纳德心想。他们都去了哪儿？一切就那样结束了，这似乎是不可能的。那么多年轻人的希望、梦想和尸体都埋葬在大地之中，大地却一成不变，这是不可能的。这种能量与物质的转移是如此全能，肯定在一个基本的（初级的）层面上对这个世界的平衡产生了影响：所有那些曾经存在的人，突然之间就消失了。

两只鸟从一棵高大的橡树的树枝上朝墓地旁边的教堂尖顶俯冲过去，栖息在尖顶的顶端。伦纳德朝狗狗吹了声口哨。他们一起离开墓地，绕了一圈，朝村里的石头基座走去，那个石头基座上有一个小坑，当地人都说那里叫"十字路口"。

远处就是那片三角形的绿地，中央是一棵高大的橡树。对面的其中一个角落里是一家名叫天鹅小栈的小旅馆，很雅致，上下两层。一个女人站在外面的人行道上，围着窗下的一张长凳扫地。她抬起一只手，向伦纳德挥了挥，他也向她挥手致意。他走的是三条路中最窄的那条，经过纪念堂，来到一排联排小屋前。露西·拉德克利夫告诉他，她住在6号，就是这排小屋里最远的那个。

这排小屋由浅蜜色的石头砌成。每一间的中央都有一个尖角，两边都带烟囱，漂亮的山墙封檐板在房顶交会成尖角。小屋的两层窗子都是和封檐板相配的框格窗，可以上下拉动。前门入口处都有一个门廊，门廊上是倾斜的廊顶，和正门上方的尖角相呼应。门被漆成淡淡的紫蓝色。6号小屋房前的花园有别于其他几间小屋的房前花园。其他花园里，长满了英国夏日里那些常见的花，混杂交缠，但也自成一派。6号小屋的花园里，明显栽种了许多更奇特的花：有一株天堂鸟，还有其他一些伦纳德叫不上名字的花和从没见过的花。

一只猫在一片被阳光暴晒的小石子上喵地叫了一声，然后站起来，弓起身子，钻进门去。现在，伦纳德看到门虽然关着，但没上锁。她在等他。

他感到异常紧张，因此并没有立刻到路对面去。他又给自己点了一支烟，在心里把他准备谈的几个问题捋了一遍。他提醒自己，不要把期望值定得太高；谁也不能保证他想知道的答案她都清楚；即便清楚，她也不一定会告诉他。在这方面，她已经明确表态了。那天，她在离开墓地时对他说："我有两个条件，吉尔伯特先生。首先，除非你保证绝不会提到我的身份，否则我不会和你谈——我对于在印刷品上看到自己的名字一点都不感兴趣；其次，我可以给你一个小时的时间，但只有这一个小时。"

伦纳德深深地吸了口气，把生锈的金属大门上的门闩拉开，进门后又小心翼翼地把门关好。

他觉得不该一声不吭地径直推门进去，所以他轻轻敲了敲门，喊了声："有人在吗？拉德克利夫小姐？"

"谁呀？"屋里传来一声心不在焉的询问。

"伦纳德·吉尔伯特。我住在伯奇伍德庄园。"

"好吧，看在老天的分儿上，是住在伯奇伍德庄园的伦纳德·吉尔伯特。请进吧！"

第十六章

　　小屋里的光线要暗一些，但让人觉得很舒服，露西·拉德克利夫珍藏的物品琳琅满目，伦纳德花了一点时间才把目光放到她的身上。一分钟之前，她便开始等着他了，但显然，比起端坐在那里等他，拉德克利夫小姐还有更重要的事情在做。她正在全神贯注地阅读，坐在一把芥黄色的扶手椅上，像块大理石一样一动不动；从侧面看，她的身形娇小，手里握着一本期刊，脊背微微弯着，正透过放大镜凝视着被折起来的一页。她的旁边放着一张半月形的小桌，上面有一盏灯，灯光是暖暖的黄色，向四下里弥漫开来。灯下，摆着一个茶壶，旁边搁着两只茶杯。

　　"拉德克利夫小姐。"他说。

　　"你怎么看，吉尔伯特先生？"她依旧看着手中的期刊，没有抬头，"看来宇宙正在不断膨胀。"

　　"是吗？"伦纳德摘下帽子。他没看见哪里有挂钩可以把帽子挂起来，便双手抓着帽子扣在身前。

　　"这里说得一点没错。一个比利时人——是位牧师，如果你相信这一点的话——他认为，宇宙在以恒定的速度扩张。除非是我的法语变得生疏了，不过我觉得并没有，他甚至计算了扩张的速度。你当然知道这意味着什么。"

"我不确定自己知道这一点。"

她的拐杖靠在她旁边的桌子上，现在，露西开始从那块破旧的波斯地毯上慢慢走过来。"如果有人认同宇宙正在以恒定的速度扩张的观点，那么接下来，就会认为宇宙从最开始便一直在以恒定的速度扩张。从最开始，吉尔伯特先生。"她一动不动地站着，白发梳得一丝不苟。"最开始。不是亚当和夏娃那会儿，我不是指那个最开始。我的意思是一个刹那，某种活动或事件，完全开始的那个时刻。空间和时间，物质和能量。一个原子，不知怎的，"——她的一只手一下子张开——"爆炸了。上帝啊。"她明亮、灵动的眼睛盯着他的眼睛。"我们可能即将会搞清楚，星星到底是如何诞生的，吉尔伯特先生——星星。"

房间里唯一的自然光来自房子的小前窗，光线照亮了她的脸庞，脸上完全是一副惊叹的神情。那是一张美丽而专注的面孔，伦纳德可以从中看到她年轻时的样子。

可是，就在他的眼前，她脸上的光彩黯淡下去，五官不再神采奕奕，皮肤似乎松弛下来。她没擦粉，她的肤色是那种一辈子都生活在户外、经过风吹日晒的女人的肤色，皱纹在她的脸上刻下了无尽的沧桑。"哦，但是随着年龄的增长，有一件最糟糕的事情，吉尔伯特先生。时间。剩下的时间不够用了。想要知道的事情实在太多，可要知道这些事所花费的时间却太少。有一些夜晚，想到这个可怕的问题，我就睡不着觉——我闭着眼睛，听着自己的脉搏，它在跟随每一秒流逝——于是，我便在床上坐起来读书。我阅读，做笔记，记在心里，然后，再开始学新的东西。但是，这都是徒劳的，因为我的时间终有到头的一天。我将错过什么样的奇观呢？"

伦纳德不太会说什么安慰人的话。并不是他无法理解她的遗憾，只是他见到过太多的死亡，而那些死去的人，他们的年岁还不及她的四分之一。

"我知道你在想什么，吉尔伯特先生。用不着你来说。我听上去像是个又自私又爱发火的老太太，天啊，我就是这样的人。但是，我一直都这样，都这么久了，现在嘛，我也不想改。你不是来这里讨论我那些遗憾的。来吧，坐下。茶泡好了，我肯定，还有一两块司康饼被我放在什么地方了。"

伦纳德先是一再重申自己的感激之情，谢谢她在申请候选人里选了他住在伯奇伍德庄园；他还告诉她，他有多么喜欢住在那栋房子里，有机会能去了解这个他从文字中读到过的、在脑海中想象过的地方，是多么令人欣慰。"这对我的研究工作大有益处。"他说，"我觉得在伯奇伍德庄园，您的哥哥仿佛就在我的身边。"

"我理解这种想法，吉尔伯特先生。很多人都不会理解，但是我理解。我也同意你的看法。我哥哥以某种方式成了那栋房子的一部分，但大多数人无法领会。那栋房子也是他的一部分：他在买下伯奇伍德庄园的很久以前就爱上了那里。"

"我尽可能地收集了这方面的信息。他给瑟斯顿·霍姆斯写过一封信，信中他把购置伯奇伍德庄园的事告诉了霍姆斯，并且暗示过，他早就对这栋房子有所了解。但他没说细节，也没说是怎么知道有这栋房子的。"

"是啊，他是不会跟他说细节的。瑟斯顿·霍姆斯从技艺上来说还有些天分，但可惜，他这个人，要是方方面面都算上，他就是个自命不凡的假正经。来杯茶？"

"好的。"

茶从壶嘴中汩汩流出，她继续说："真正的画家所要求的悟性，瑟斯顿一点都没有；关于爱德华发现伯奇伍德庄园的那天晚上，他永远都不会心甘情愿地告诉瑟斯顿。"

"但他告诉了您？"

她看着他，把头一偏，这让伦纳德想到了一位老师，他已经多年未曾想起过这位老师了。更确切地说，是想到了教室里那只被这位老师关在金色鸟笼里的长尾鹦鹉。"你有个弟弟，吉尔伯特先生。我记得在你的申请书中看到过。"

"是有个弟弟，叫汤姆，战争中阵亡了。"

"我对此很遗憾。你们两个很亲近吧，我猜。"

"是的。"

"爱德华比我大九岁，但因为小时候的那些事，我们俩被凑到了一起。我最早的、也是最美好的记忆，是爱德华给我讲故事。如果你想了解我的哥哥，吉尔伯特先生，你必须不再把他当成画家，而要开始把他当成一个讲故事的人。那才是他最大的天赋。他懂得如何表达，懂得如何让人感受到、让人看到、让人信以为真。为了表达自己，他所选择的媒介是无关紧要的。创造一个完整的世界并非易事，但爱德华能做到这一点。一个背景，一个叙事，一群有生命力的、呼吸可闻的人物——他能让故事浮现在另一个人的脑海中。这其中的运筹帷幄，你想过吗，吉尔伯特先生？一种想法的转换？当然，故事不仅仅是一个想法，而是成千上万个想法，并且所有的想法都协调一致。"

她说得没错。作为一名画家，爱德华·拉德克利夫可以给人身临其境的感觉，令人们不再仅仅是他作品的观众，而是在他竭力创造出来的世界中，成为参与其中的人，成为共同谋划的人。

"我的记忆力很好，吉尔伯特先生。有时，这样的记忆力在我看来太好了。我能记起自己很小时候的事；我父亲当时还在世，我们一家人住在汉普斯特德。我姐姐克莱尔比我大五岁，和我玩的时候，她经常变得不耐烦，但爱德华一讲起故事来，我们就会听得入迷。他讲的往往是些可怕的故事，但总是非常刺激。听他把编的故事讲给我们听，是我生命中最快乐的时刻。但有一天，家里的一切都变了，可怕的黑暗降临了。"

伦纳德曾读到过有关爱德华的父亲去世的情况，一天深夜，他在梅费尔区被一辆马车撞倒身亡。"您父亲去世时，您多大？"

"我父亲？"她皱着眉，但很快，蹙起的眉头就被愉快的大笑抚平了。"哦，吉尔伯特先生，天啊，不是他。我几乎记不起他的样子。不是他，不是说他，我是说爱德华，说他被送去读寄宿学校那会儿。那段时间，对我们所有人来说，都糟透了，但对他来说，那简直就是噩梦。他当时十二岁，待在学校的每一分钟都让他恨得牙痒痒。爱德华从小就极富想象力，从不知道隐忍自己的脾气，热情得令人炫目，不喜欢板球、橄榄球或是划船，而是宁愿对着有关炼金术和天文学的古籍埋头苦读。对他这样的男孩来说，像莱奇米尔那样的学校根本就不合适。"

伦纳德能理解。他小时候上的就是类似的学校。他还在尽力摆脱那所学校套在他身上的枷锁。"爱德华偶然遇到那栋房子时，他正在学校念书吗？"

"吉尔伯特先生，你可真行。莱奇米尔离这儿几英里远，在北边湖泊那一带——我觉得爱德华在学校时，恐怕没什么机会能在偶然间发现伯奇伍德庄园；他是在十四岁放假回家的时候发现了它。我们的父母经常出去旅行，所以那年夏天，他回的是我祖父母的庄园。那里叫比奇沃斯，离这儿不远。祖父觉得爱德华身上有太多地方更像我们的母亲——一股子野劲儿，不把约定俗成的东西放在眼里——所以，他就认定了自己有责任得逼着爱德华改过来，如此一来，在他的威慑之下，爱德华可能也就不得不表现出拉德克利夫家的人'该有的'样子。我哥哥的对策是，极尽所能地和老头子对着干。他常常偷祖父的威士忌，还经常在我们上床睡觉后从窗户爬出去，在夜色昏暗的田野上一走就走上很久，回来时，身上都是一些用木炭画上去的玄妙深奥的图案和符号，脸上和衣服上都沾着泥巴，口袋里揣着石子儿、木棍儿、河边的芦苇。根本没人管得了他。"她的脸上满是钦佩之情，然后她脸色沉了下来，"可有一天晚上，他没回家。我晚上醒来时，他的床上是空的，等他终于回来时，他脸色苍白，非常安静。几天后，他才告诉我发生了什么。"

伦纳德警觉起来，对接下来的话满怀期待。发生在拉德克利夫身上的一件往事，令他对伯奇伍德庄园着了迷，与此有关的所有线索现在都清楚了，答案似乎终于呼之欲出了。

露西紧紧盯着他，他估计，差不多什么都没法逃过她的眼睛。她喝了一大口茶："你相信有鬼吗，吉尔伯特先生？"

这个意想不到的问题，让伦纳德瑟缩了一下："我相信，有人会觉得自己被鬼魂给缠上了。"

她的眼睛仍然盯着他，最后，她笑了。伦纳德感到一丝不安，觉得她能看透他的灵魂。"是啊，"她说，"就是这么回事。有人可能会被鬼魂给缠上。当然，我哥哥也是如此。那天晚上，不知道是什么跟着他回了家，他永远都没能摆脱它的纠缠。"

他想到了"跟着那晚"——那么，小露西和爱德华在信中所指的就是这个。"什么叫'不知道是什么'？"

"那天晚上，爱德华出去是打算找一个鬼魂，让它起死回生。他在学校图书馆里发现了一本书，是一本古籍，里面都是些古人的思想和咒语。爱德华这样的人，自然是迫不及待地想要去付诸实践，但最终，他没找到机会去尝试。他在树林里出了什么事。事后，他把能看的书都看了，得出的结论是，他被黑犬给跟上了。"

"是幽灵吗？"童年的模糊记忆浮现在伦纳德的脑海之中：据说，在一些古老的地方，会发现民间传说里的邪祟，因为这样的地方是两个世界的交界。"就像《巴斯克维尔的猎犬》[1]里那样？"

---

1 《巴斯克维尔的猎犬》：英国作家阿瑟·柯南道尔创作的中篇小说，福尔摩斯探案故事系列的代表作。

"那是'什么'并不重要，吉尔伯特先生。重要的是，他担心自己会没命，然后，当他在田野上逃命时，他看到地平线上有一栋房子的阁楼窗户里亮着一盏灯。他朝着那栋房子跑过去，发现前门是向他敞开的，壁炉里生着火。"

"那栋房子是伯奇伍德庄园。"伦纳德轻声说。

"爱德华说，他的脚一迈进屋子里，他就知道自己安全了。"

"住在伯奇伍德庄园的人帮他把问题解决了？"

"吉尔伯特先生，你完全没抓住重点。"

"但我觉得——"

"我认为你的研究也涵盖了伯奇伍德庄园的历史？"

伦纳德承认说，自己的研究没有涵盖这个方面，他没有想到，这栋房子被爱德华买下之前的那段历史，还会和研究有着些微的关联。

露西把眉毛一挑，看上去失望之中透着惊讶，这样的表情他也曾料想过，但那是他假设自己要是把笔记本递给她，请求她帮自己把论文写出来时，她才会露出的表情。"今天你眼中的这栋房子，是16世纪时建造的。设计师叫尼古拉斯·欧文，建造它的初衷是保护天主教神父的安全。但是，他们选择在那里建这栋房子也是有原因的，吉尔伯特先生，因为伯奇伍德庄园所在的那块土地，自然是要比那栋房子古老得多。那块土地有它自己的历史。没人给你讲过有关埃尔德里奇的孩子的故事吗？"

角落里有什么东西在动，这让伦纳德吓了一跳。他朝房间最幽暗的角落里瞥了一眼，发现早先从前门溜进来的那只猫正在舒展着身子，亮晶晶的眼珠一转，正在盯着自己。

"那是当地民间的一个古老的故事，吉尔伯特先生，讲的是三个小精灵在许多年前跨越两个世界的边界来到了这里。有一天，他们从树林里冒出来，走进了当地农民烧秸秆的田里。后来，一对年迈的夫妇收留了他们。从一开始，他们就有些怪异。他们说的是一种奇怪的语言，走路时身后不会留下脚印。据说，有时候，他们身上的皮肤几乎是发光的。

"起初，人们还容得下他们，但当村子里开始出了问题——庄稼几乎颗粒无收，孩子生下来是死婴，屠户家的儿子溺水身亡——人们便开始留心起身边的这三个奇怪的孩子。最后，当井也干枯了，村民们便要求那对夫妇把这几个孩子交出来。夫妇俩没答应，于是被赶出了村子。

"一家人就在河边的一个石头小屋里安了家，过了一段太平的日子。但是，当村子里起了瘟疫时，一帮人群情激奋，又生起歹意。一天晚上，他们举着点燃的火把，气势汹汹地朝石头小屋逼近。夫妇俩和三个孩子抱作一团，他们被包围了，几条性命似乎就要葬送在这里。但是，那些村民刚要再靠近些，一阵风刮了起来，随后传来令人毛骨悚然的号角声，一个女人凭空出现，她漂亮极了，长长的头发闪耀着光芒，皮肤也闪闪发光。

"她是仙后，来领自己的孩子们回去。领走孩子之前，仙后对夫妇俩的房子和土地施下庇护的咒语，以此感谢他们保护了精灵世界的王子和两位公主。

"伯奇伍德庄园现在所在的这处河湾，在当地人眼中历来被视作一块安全的地方。甚至据说，有些人仍然可以看到精灵的魔法——据说，有幸看得到精灵魔法的人很少，而精灵的魔法看上去就像是一盏灯，高悬在那栋房子的阁楼窗户里。"

伦纳德想问露西，以她过人的学识和科学理性，是否真的相信那是真的——她是否认为爱德华当晚在阁楼里看到过一盏灯，是否认为那栋房子保护了他——但无论他在心里斟酌着该如何把这样的话问出口，似乎都不礼貌，当然也不明智。好在露西似乎预料到了他是怎么想的。

"我相信科学，吉尔伯特先生。但博物学是我早年最爱的几门学科之一。地球是古老的，也是广阔的，有许多东西还是我们尚未理解的。我并不认同科学和魔法是对立的，因为在被用来理解我们的世界是怎么回事的时候，科学和魔法都是有效的。我见过一些事，吉尔伯特先生，我曾挖掘到一些东西，把它们握在手里时，我曾感受过科学无法解释的事情。埃尔德里奇的孩子的故事是一个民间故事。对这个故事的信与不信，就好比我对亚瑟是一位拔出石中剑的国王或是曾有巨龙在我们这片天空中翱翔的故事的感觉一样。但我哥哥告诉我，他那天晚上在伯奇伍德庄园的阁楼里看到了一盏灯，而且那栋房子保护了他，我知道，他说的是实话。"

她对哥哥的话深信不疑，对此伦纳德并不怀疑，但他也了解心理学：哥哥姐姐在弟弟妹妹的心目中，永远享有至高无上的位置。小时候，伦纳德就意识到，无论他再如何频繁地让汤姆上当或是告诉他假话，下一次，汤姆依然会信任他。露西比爱德华要小得多。她崇拜他，而他从她的生活中消失了。她现在可能七十九岁了，可能不会因为别人而改变心意，可但凡事关爱德华，她便永远是当年那个小女孩。

尽管如此，伦纳德还是就埃尔德里奇的孩子做了一条笔记。坦率地说，就伦纳德的论文而言，这个故事的真实性是次要的。拉德克利夫相信这栋房子拥有某些特性，而且着迷于把这些特性与当地的一个民间故事联系起来，知道这一点对于伦纳德来说就足够了。他意识到时间在一分一秒地流逝，便在这条笔记上画了一条下划线，接着转到下一个问题上："我在想，拉德克利夫小姐，我们现在可否谈一谈1862年的夏天？"

她从桌上拿起一个胡桃木的烟盒，递给伦纳德一支烟。他接过烟，在她灵巧地摆弄银色打火机打着火时，等待着她的回答。她点燃了自己那支烟，抬手在呼出的烟雾中挥了挥："我估计你希望我会说，1862年的夏天感觉就像是昨天。可是，并非如此。那年夏天感觉像是来自另一个国度。很奇怪，是不是？当我回想爱德华小时候给我讲故事的时刻，我能闻到汉普斯特德那栋房子的阁楼里那股潮湿的、充满泥土芬芳的气味。但是，回想1862年的夏天，那就像是在透过望远镜观察一颗遥远的恒星。我只能从局外人的视角去看我自己。"

"您当时在这儿？在伯奇伍德庄园？"

"我当时十三岁。母亲要去欧洲大陆和朋友聚聚，于是便想把我送到住在比奇沃斯的祖父母那里，而爱德华邀我陪他和其他人一道去度假。能和他们一帮人混在一起，我很兴奋。"

"当时是什么样？"

"夏天，很热，头几个星期和你能想象到的差不多：划船、野餐、绘画、散步。他们整夜地讲故事，就当时的科学、艺术和哲学理论争论不休。"

"可后来？"

她直视他的目光："如你所知，吉尔伯特先生，一切都乱了套。"

"爱德华的未婚妻被杀了。"

"是的，范妮·布朗。"

"有窃贼闯入，偷走了镶嵌拉德克利夫蓝的吊坠。"

"你做过研究了。"

"报刊图书馆里可以查到很多文章。"

"我估计是这么回事。有关范妮·布朗的死，报道铺天盖地。"

"可据我看，似乎有更多的猜测是关于拉德克利夫蓝这颗钻石的下落的。"

"可怜的范妮。那个女孩还算不错，但往往会被抢了风头——活着的时候如此，死了也一样，就像你刚刚说的。我希望你不是要我解释，喜欢看八卦的大众为什么对这些事津津乐道，吉尔伯特先生？"

"绝对不是。其实，让我更感兴趣的反而是认识弗朗西斯·布朗的那些人的反应。虽然不认识她的人似乎都对这些事情很着迷，但我注意到，在爱德华的朋友和同事的信件中，包括瑟斯顿·霍姆斯、费利克斯·伯纳德和阿黛尔·伯纳德，对此事几乎闭口不谈，就好像这件事没发生过。"

她眼中一闪而过的赞赏是他想象出来的吗？

"那是可怕的一天，吉尔伯特先生。我觉得，那些不幸见证了这件事的人，选择事后对此避而不谈，这并不让人感到意外。"

她嘴里叼着香烟，定定地看着他。她说得有道理，但背后的原因不止于此，伦纳德对这种感觉坚信不移。他们对于这件事都保持缄默，这里头有蹊跷。这不仅仅是在他们的谈话中闭口不提那件事情的问题；读一读其他几个人事后不久的通信，感觉上就好像爱德华·拉德克利夫和弗朗西斯·布朗从未存在过似的。直到爱德华·拉德克利夫去世后，瑟斯顿·霍姆斯的信件中才又一点点地重新提到爱德华这个人。

对于这两个人的友谊，不仅仅是在弗朗西斯·布朗被杀之后，他觉得有什么是自己还没想到的。伦纳德回想起他到约克郡查阅的霍姆斯的档案：他注意到，两个年轻人之间的信件中，话风早就有所变化。1858年他们相识后，两人经常通信，信中讨论起艺术、哲学和生活便洋洋洒洒、无所不言。到了1862年初，两人在信中变得没什么可谈，内容简短、敷衍了事、一板一眼。他们之间曾有什么事情发生过，他确信这一点。

听到伦纳德问起这事，露西皱了皱眉，然后说："我确实记得爱德华有一天早上怒气冲冲地回了家——大概就是那年夏天，因为那是在他的第二次画展之前。他的指关节上有擦伤，衬衫也撕破了。"

"他打架了？"

"他没有告诉我详情，但那个星期的晚些时候，我看到了瑟斯顿·霍姆斯，他眼睛周围有一大块瘀青。"

"他们是因为什么打架？"

"我不知道，我当时没想太多。他们经常意见相左，即便他们还是好朋友那会儿。瑟斯顿好胜心强，又爱慕虚荣。公牛、孔雀、公鸡——哪个词放在他身上都不过分。他可以有充满魅力、慷慨大方的一面：他是两个人中年长的那个，会把爱德华介绍给一些有影响力的人。我觉得，他以爱德华为荣。能有这样一个充满活力、才华横溢的年轻朋友，这番赞誉让他颇为得意。他们在一起时吸引了很多人的注意，因为像宽松衬衫搭配围巾这样的穿着打扮，还有他们不羁的发型和崇尚自由的态度。但瑟斯顿·霍姆斯是那种在朋友中需要拔尖的人。当爱德华的声望盖过他时，他就受不了了。你有没有注意过，吉尔伯特先生，像那样的朋友惯于成为信念最坚定的对手？"

对有关两位画家之间的友谊的洞见，伦纳德做了一条笔记。这一番话中的笃定，说明了他今天为何会受邀来此。露西在墓地时告诉他，霍姆斯讲的有关爱德华的话不能信，她不得不澄清事实，"以免你写出来的是更多的谎话"。所以，她希望伦纳德知道，霍姆斯有不可告人的目的，他嫉妒自己的朋友，一心巴望着不屈居人后。

但伦纳德认为，单单因为业界的争锋妒忌，无法解释两人为什么会闹翻。1861年到1862年，拉德克利夫开始小有名气，令他崭露头角、声名鹊起的展览是1862年4月才举行的，但两人之间的通信早在那次展览之前就开始不温不火了。伦纳德怀疑，还有别的什么原因让两人离了心。至于这个原因是什么，他觉得自己的看法应该说得通。

"1861年中，爱德华启用了一位新模特，对吗？"他故作冷淡地问道，可就在他开始讨论这个问题时，他回想起最近做过的那些梦，那些纠缠着他的梦境令他觉得脸上热了起来；他不敢直视露西的目光，只得假装自己正专注于做笔记。"莉莉·米林顿？我想，她是叫这个名字？"

尽管他竭力掩饰，可还是被看出了端倪，因为当露西问他"你怎么会问起这个？"时，声音中透着些怀疑。

"从我读到的内容来看，紫红兄弟会的成员彼此联系紧密。他们分享彼此的想法和人脉、秘密、房子，甚至是模特。爱德华和瑟斯顿·霍姆斯都画过戴安娜·巴克，他们三人又都画过阿黛尔·温特森。但莉莉·米林顿只在爱德华的画作中出现过。这让我很惊讶，我想知道为什么。我只能想到两种可能性：要么其他人都不想画她，要么爱德华拒绝和大家分享。"

露西拿过拐杖站起身来，慢慢地穿过地毯，在可以俯瞰街道的窗子附近停了下来。窗外的光线仍然能照进屋子，但伦纳德来了之后，光线一直有所变化，她的侧影现在处于阴暗之中。"那边车道交会的地方被叫作十字路口。路口的中央曾经矗立着一个中世纪的十字架。宗教改革时期，那个十字架不见了。当时，伊丽莎白女王的人马曾闯入这一地区，捣毁了天主教的标志、教堂和宗教艺术——还有神父，如果有神父被他们抓到的话。现在十字架就只剩下底座了，不过那里的名字自然是流传了下来。真是了不起啊，对吧，吉尔伯特先生，如此痛苦的历史事件就只留存下来一个名字，一个简单的词汇。在另一个时间点上，活生生的人们就在这里遭遇了这样那样的事情。每当我走过那个十字路口，我都会想到过去，想到教堂，想到那些藏起来的神父，还有那些来搜查并杀害他们的士兵。我会想到内疚和宽恕。你也曾关心过这样的事吗？"

她在回避问题，回避有关莉莉·米林顿的问题。然而，伦纳德隐隐感到，这不是第一次了，她能以某种方式看透他在想什么。"有时候。"他说。这个词卡在他的喉咙里，他咳嗽了一声，才又觉得喉咙里顺畅了些。

"是啊，我想象得到，去打过仗的人会关心这样的事。通常给人出主意、提建议不是我的喜好，吉尔伯特先生，但我活了一大把年纪，领悟到了这样一点，人必须原谅过去的自己，否则未来的旅途是难以忍受的。"

伦纳德感到一惊，惊讶中又带着羞愧。这是被侥幸猜中了，仅此而已。她并不清楚他的过去。如她所说，大多数曾经参与过战争的人，都会很快就把自己看过的、做过的事情忘掉。他不想让对方察觉自己的异样。尽管如此，在他接着问下去时，声音并不像他所希望的那么稳："1861年8月，爱德华给您的表哥哈米什写过一封信，我这里有一段摘录，不知可否读给您听一听，拉德克利夫小姐？"

她没有回头看他，但也没有试图阻止他。伦纳德开始读起来："'我找到她了，一个妩媚动人的女人，在我把笔尖划在纸面上时，手都是痛的。看着她的脸，我渴望把我看到的和感受到的一切都捕捉下来，但我马上又觉得无法下笔，因为我不知道怎样做才不会让她的美折损分毫。她举手投足之间有着一分高贵，那也许不是因为出身，而是与生俱来的。她既不精心打扮，也不刻意引人注目；事实上，她的魅力在于她的那份坦荡，对于别人投在她身上的眼光，她并不避讳，而是坦然地与人对视。她的嘴唇之间有一抹自信——甚至是骄傲，美得动人心魄。她美得动人心魄。我既然见过了她，那其他任何一个人就都成了冒名顶替的骗子。她就是真，真就是美，而美是神圣的。'"

"没错，"她轻声说，"那是爱德华写的。无论写的是什么，我都能听出是他。"她转过身来，慢慢回到她的椅子边坐下，伦纳德惊讶地注意到，她的脸颊上闪着泪光。"我记得他遇见她那晚。他去了剧院，回到家时一脸茫然。我们都知道有什么事在酝酿之中。他匆匆忙忙地告诉我们发生的一切，然后，他径直去了他在花园里的那间工作室，开始画素描。他疯狂地作画，一连几天都没停过。他不吃饭，不睡觉，也不和任何人说话。他的素描簿上一页一页画的都是她。"

"他爱上她了。"

"我要告诉你，吉尔伯特先生，我哥哥是一个容易痴迷的人。每当他遇到一个新的模特，或者发现一种新的技术，或者有了一个新的想法时，他总是变得如痴如狂。你说他爱上了她，可能是真的。"她的手在椅子的扶手上轻轻拍打着。"也可能不是。因为在莉莉·米林顿身上，他的痴迷是不同的，大家从一开始就都看出来了。我看得出来，瑟斯顿看得出来，可怜的范妮·布朗也看得出来。爱德华爱莉莉·米林顿的那股疯狂劲儿，就不是好兆头。而那年夏天，在这里，在伯奇伍德，一切厄运都爆发了。"

"那么，莉莉·米林顿也在这儿。我觉得她一定在的，但没人提过她。任何人的信件或日记上都没提过，报纸上也没提过她。"

"你看过警方的报告吗，吉尔伯特先生？我估计他们会记录这些事。"

"您是说，警方的说法会有所不同？"

"吉尔伯特先生，亲爱的，你是参加过世界大战的士兵。你比大多数人更清楚，报纸上讲的是为了让大众掏腰包，那上面的说法往往和事实没多大关系。范妮的父亲是个有权势的人。他非常希望报纸上不要暗示，他的女儿在爱德华的感情世界里被人给取而代之。"

在伦纳德的心里，事情之间的联系明朗起来。爱德华爱的是莉莉·米林顿。他不是因为弗朗西斯·布朗的死伤透了心，由此陷入万劫不复的境地，而是因为他失去了莉莉。但是，她又发生了什么事？"如果她和爱德华相爱，为什么爱德华会一个人孤零零地离世？他是怎么失去她的？"露西暗示过，警方报告中会特别提到，莉莉·米林顿在劫案和谋杀的当晚就在伯奇伍德庄园……突然，伦纳德意识到："莉莉·米林顿参与了劫案。她背叛了他——爱德华是因为这个原因才疯了的。"

露西的脸色沉了下来，伦纳德立刻感到非常后悔。在想通的那一刻，他忘记了，他们正在讨论的是她的哥哥。他刚刚的话，听起来差不多是在欢欣雀跃。"拉德克利夫小姐，我很抱歉，"他说，"我竟这么不顾及您的感受。"

"没事。但是我累了，吉尔伯特先生。"

伦纳德瞥了一眼钟表，心中一沉，访谈的时间原定是一个小时，但他在这里已经一个多小时了。"辛苦您了。我不会再占用您更多时间。我会听您的建议，去找警方的报告。我确信，他们会帮我把这个问题弄得更清楚。"

"这个世界上几乎没有什么事是确定无疑的，吉尔伯特先生，但我想告诉你一件我知道的事：真相取决于讲故事的人是谁。"

第十七章

　　伦纳德慢悠悠地往回走，穿过村子，一路上安安静静，道路边缘并不齐整，他边走边想着露西·拉德克利夫。他确信，自己从没见过像她这样的女人——像她这样的人。显然，她很聪明。她没有因为年龄而对需要进行知识探索的各个领域减少半分迷恋，她的兴趣广泛而且迥异，她在获取和处理复杂信息方面的能力，显然是超凡的。她还喜欢挖苦人，会对自己进行批判。他喜欢她。

　　他也为她感到难过。在他准备离开时，他问起了她的学校，她的脸上流露出深深的遗憾。"我对学校抱有很高的希望，吉尔伯特先生，但学校没能维持多久。我知道妥协是必要的，也知道为了吸引足够多的学生，我不得不因为某些家长的期望做出让步。我本以为能兑现自己的承诺，把女孩们塑造成'青年女子'，同时把对学习的热爱灌输给她们。"她笑了笑，"我为有些人找到了一条她们自己可能无法找到的出路，我觉得这样说并不是在自吹自擂。但有更多人还是在唱歌、在做针线活儿，这些人的数量远比我之前设想的要多。"

　　在她谈到学校和学生时，伦纳德突然想到，那栋房子里几乎没有多少曾经在此办学的迹象。所有能看得出曾有一批女学生排着队穿过大厅走进教室的痕迹都被抹去了，很难想象除了是一位19世纪画家在乡下的家，伯奇伍德庄园还有过别的用处。实际上，因为拉德克利夫的家具和家装配件仍一应俱全，走进那栋房子时，伦纳德感觉自己是回到了过去。

他也向露西如实吐露了自己的感受，她沉思着回答说："时间旅行在逻辑上当然是不可能的：一个人怎么可能'同时'身处两个地方？'时间旅行'这个词本身就是悖论。在这个宇宙中，无论如何……"伦纳德不想掀起新一轮的科学辩论，于是他问起学校关门多久了。"哦，到现在已经关了几十年了。是1901年关门的，维多利亚女王去世那年。关门的几年前，发生了一起意外事故，那是一件非常不幸的事情。一个小女孩在学校举办野餐时在河里溺水身亡，其他学生就一个接着一个地被接走了。招不到新的学生，那就……在别无选择时，只能接受现实。学生死了，这对学校来说从来都不是件好事。"

露西身上有一种坦率，伦纳德很喜欢这一点。她说话直来直去，而且很有趣。不过，在他回想和她的谈话时，他明显感觉到，她和他分享的都是她想告诉他的，除此之外，并未透露半分。在他们的采访中，只有一刻让他感觉到，她刻意戴上的面具滑落下来。在她讲述1862年那件事时，她说话的方式让伦纳德感到困惑。当她谈到弗朗西斯·布朗的死和她哥哥后来的颓废时，她听起来几乎是内疚的，如今想到这一点，他大吃一惊。还有那个奇怪的十字路口，它和他们当时的谈话没什么关系，她在提及那段历史时，对内疚和自我宽恕进行着反思，这让伦纳德感到自己同样需要那么做。

但1862年的时候，露西·拉德克利夫还是个孩子，按她讲述的情况来看，她只是一个旁观者，那年夏天，在她哥哥那几位聪明漂亮的朋友做过的荒唐事里，她并不是参与者。当时发生了一起劫案，一颗价值连城的宝石被盗，弗朗西斯·布朗也在劫案中被人杀害。莉莉·米林顿，爱德华·拉德克利夫爱上的那个模特，失踪了。显然，当时的警方报告上会表明她和小偷是一伙的。露西心爱的哥哥自此一蹶不振。露西感到悲伤，感到一种普遍意义上的遗憾，伦纳德可以理解；可是感到内疚，这让伦纳德理解不了。扣动扳机打死布朗小姐和飞过来的弹片要了汤姆的命，这两件事若是需要有人负责的话，她和伦纳德各自的罪过都不比另一个人的大。

你相信有鬼吗，吉尔伯特先生？

伦纳德在回答之前有过一番仔细的思量。我相信，有人会觉得自己被鬼魂给缠上了。现在，当他思索着她显而易见却又不合情理的内疚时，伦纳德突然意识到她是什么意思：她虽然说到了民间故事和窗户里神秘的精灵之光，但她毕竟没谈阴暗之中的鬼怪。她是在问，伦纳德一直忘不了汤姆，这种困扰是否就像她忘不了爱德华一样。她在他的身上认出了一个有着血缘关系的幽灵，看出他也是一个和她一样在受罪的人：他们都是兄弟姐妹之中那个活下来的人，他们因此而感到内疚。

当他经过天鹅小栈时，狗狗不知道从哪里冒了出来，一边跟在他身旁，一边喘着气。伦纳德从口袋里拿出一张长方形的小卡片，用拇指摩挲着它破旧的边缘。几年前，他在一次聚会上遇见了送给他这张卡片的女人。当时，他还在伦敦，住在火车轨道线地上那间卧室兼起居室里。聚会上，她被安排在房子最里面的一个房间的角落里，一张圆桌后面，桌上盖着一块紫色的天鹅绒，桌面上摆放着某种棋盘游戏。她的头上缠着一条围巾，上面点缀着明亮的珠子，第一眼看到她，他就盯着她看。和她同桌的是五位聚会上的客人，他们都握着手围成一圈，闭着眼睛，听她喃喃自语。伦纳德停下来，靠在门口，透过屋子里迷蒙的烟雾看着他们。

突然间，那个女人睁开双眼，盯着他。"你，"她说，伸出一根手指，指尖涂着红色指甲油，长长的指甲好像利爪一般，坐在桌旁的其他人转过身来，看到被指着的人是他，"这里有人是为你而来的。"

他当时没有理她，可她的话、她紧盯不放的眼神，却让他挥之不去。后来，他在离开聚会时，她也正要离开，他主动提议帮她下楼时提着她那个缝得歪歪扭扭的毡包。他们走了四段楼梯，走下楼梯，双脚踏上地面时，他向她道了晚安。她从口袋里拿出了那张卡片，递给他。

"你走丢了。"她用平静冷淡的声音说。

"什么？"

"你迷了路。"

"我很好，非常感谢。"伦纳德迈开步子，顺着眼前的路走开了。他把卡片深深地塞进口袋里，将那个女人带给他的那种奇怪而又不愉快的感觉抛诸脑后。

"他一直在试着找你。"那个女人的声音现在更响亮了些，从他身后的街道上传来。

伦纳德走到下一个路灯底下，看了看卡片，这才明白过来她的话是什么意思。

米娜·沃特斯女士

招魂师

伦敦科文特花园尼尔庭院16号2B号公寓

事后不久，他和姬蒂说了他同米娜女士之间的谈话。她笑着说，伦敦到处都是稀奇古怪的人，就指望着在那些痛失所爱的人身上捞到些好处。但伦纳德告诉姬蒂，她这么说太愤世嫉俗了。"那个女人知道汤姆的事，"他坚持说，"她知道我失去了什么人。"

"哦，上帝，你四下看看：每个人都失去过什么人。"

"你没有看到她当时盯着我的眼神。"

"是这样的眼神吗？"她把眼睛弄成了斗鸡眼，做着鬼脸，然后微笑着伸手从床单上把她之前丢在床上的丝袜一把抓过来，朝他扔过去，想逗他玩儿。

伦纳德把丝袜从身上抖落。他没心情和她闹。"她告诉我，他一直在试着找我。她告诉我，我迷了路。"

"啊，兰尼。"现在，所有的兴致都消散了，她听起来只剩下疲惫，"我们不都是吗？"

这会儿，伦纳德在想，姬蒂的面试进行得怎么样。那天早上她离开时，她看起来很精神，她之前应该是做了发型，看起来有些不同。他希望自己没忘记对此评论两句。姬蒂身上的愤世嫉俗已经有段时间了，但伦纳德在战前就认识她，所以对于她披在身上掩盖自己本来面目的那件戏服，上面的所有针脚他都看得到。

伦纳德经过教堂，沿着空荡荡的小巷向伯奇伍德庄园走去，他在路边捡起一把碎石子儿。他在手掌上掂着这些小石头，边走路边让石子儿从他分开的指间滑落。其中有一颗石子儿，在它掉下去时他注意到，是透明的、圆圆的，那是一颗非常光滑的石英石。

伦纳德和姬蒂第一次睡在一起是1916年10月一个温和的夜晚。他休假回家，整个下午都在母亲的客厅里喝茶，手里端着瓷茶杯，听着母亲的朋友们轮番地发出啧啧之声，一个个都热情不减地谈论着战争以及有关即将举办的乡村圣诞游园会的那些勾心斗角。

有人敲门，母亲的客厅女仆罗斯说是巴克小姐来了。姬蒂进来时带了一盒为战争募捐制作的围巾，伦纳德的母亲邀请她留下来喝茶，她说没法留下，教堂大厅里要办舞会，她得去负责茶点。

母亲建议伦纳德也去参加舞会。那天晚上，去跳舞原本是他最不打算做的事，但是和留在客厅里相比，喝上几杯加了糖和香料的温热红酒以及接下来的雪莉酒当然更吸引人，他索性一跃而起，说道：“我去拿外套。”

天色一点点暗下来，他和姬蒂走在村里的街道上，她问起汤姆的近况。

每个人都会问起汤姆，因此伦纳德的答案是现成的。“你也知道汤姆，”他说，“没什么能损害他神气十足的样子。”

当时，姬蒂笑了笑，伦纳德在想，他怎么从没注意过她左侧脸颊上的酒窝。

那天晚上，他跳了许多支舞。村子里剩下的男士不多，因此他困惑（很高兴）地发现自己很抢手。以往从没注意过他的女孩子们，现在都排队等着和他跳舞。

天色很晚时，他瞥了一眼，发现姬蒂在舞池边一张铺着台布的桌子旁。她一整晚都在忙着供应黄瓜三明治和一块块切好的果酱夹层蛋糕。她头上绑着发带的地方，头发已经松了。舞曲结束时，她看到他在看她，于是挥了挥手。伦纳德和自己的舞伴说了一声，便朝姬蒂走了过去。

“嗯，巴克小姐，”他一来到她跟前便说道，“我得说，舞会办得圆满成功。”

“你说得没错。能筹集到这么多钱，我们真是想都不敢想，一切的努力都是为了这场战争。唯一的遗憾是，我一晚上都没跳上一支舞。”

"这确实令人遗憾。要是连一支狐步舞都不跳,那你当然不该就此离开吧?"

那个酒窝又出现在她的笑脸上。

跳舞时,他的一只手搭在她的后腰上,他意识到,她的裙子摸上去很光滑,她脖子上戴了一条细细的金项链,她的头发泛着莹润的光泽。

他主动提出送她回家,他们轻松自然地说着话。舞会办得很顺利,她为此松了一口气,她一直为舞会感到担心。

夜里开始有了微微的凉意,伦纳德把外套给了她。

她问起前线的情况,他发现在黑暗中谈论前线的事要更容易些。他说,她听,他把能说给她听的都讲了,然后告诉她,当他回到这里,和她走在一起时,前线的一切似乎都是一场噩梦。她说,要是那样的话,她不会再问他了。搁下这个话题,他们开始回忆1913年的复活节集市,他们相遇的那天,姬蒂提醒他,他们曾经一路走到村子后面的山顶上,他们三个——姬蒂、伦纳德和汤姆——靠着巨大的橡树坐在山顶上,俯瞰整个英格兰南部。

"我说我们可以一眼望去看到法国,记得吗?"姬蒂说,"你告诉我,我说得不对。你说,'那不是法国,那是根西岛¹'。"

"我可真是自命清高。"

"你不是。"

"我绝对是。"

"嗯,也许是有点自以为了不起。"

"嘿!"

她大笑起来,握着他的手说:"咱们现在就去爬山吧。"

"这黑灯瞎火的?"

---

1 根西岛:英国的海外属地,位于英吉利海峡靠近法国海岸线的海峡群岛之中。

"有什么不行的？"

他们一起跑上了山，转瞬之间，伦纳德意识到，这是他一年多来，第一次在奔跑中没有那种时刻伴随他的对丧命的恐惧感。这样的想法，这样的感受，这样的自由令人激动不已。

在山顶上，山下是他们的村子，两个人站在树下的阴影之中。银色的月光把姬蒂的脸庞照亮，伦纳德抬起一根手指，划过她的鼻尖，轻轻地一直往下，直到指尖停在她的嘴唇上。他情难自禁。她是那么完美，她是一个奇迹。

他们俩都没说话。姬蒂的肩头依然披着他的外套，她跪坐在他身上，开始解着他衬衫上的纽扣。她的手滑到棉质的衬衫里，手掌平放在他的胸口。他抬起一只手抚上她的脸庞，用拇指蹭着她的脸颊，她的头轻轻靠向他的手掌。他一把将她拉过来，他们亲吻着彼此，那一刻，木已成舟。

之后，他们默默地穿着衣服，坐在树下。他拿出一支烟递给了她，她把烟抽完，然后不带一丝感情地说："绝对不要让汤姆知道。"

伦纳德点头同意了，因为当然绝不能让汤姆知道。

"这是一个错误。"

"是的。"

"这该死的战争。"

"这是我的错。"

"不，不怪你。但我爱他，伦纳德。我一直都爱着他。"

"我知道。"

他抓着她的手，然后用力握了握，因为他的确知道她爱他。他也知道，自己也爱汤姆。

回前线之前，他们又见过两面，但只是擦身而过，而且都有别人在。那种感觉很奇怪，因为在他们擦肩而过时，他知道汤姆真的绝对不需要知道这件事，他知道他们真的能若无其事地这样继续下去。

直到一周后，等他回到了前线，这件事的分量才在心里沉了下来，他开始左思右想，归结起来的问题总是同样的——那是男孩，不大点儿又不自信的小男孩，才会考虑的问题。这个问题令他充满了自我厌恶，与此同时，在他的意识中这个问题一直在反反复复：为什么他的弟弟总是看起来比他强？

伦纳德回到战壕时，在他碰见的头几个人之中，汤姆便是其中一个。他把戴着钢盔的头一抬，脏兮兮的脸上立马绽开一个大大的笑容："欢迎回来，兰尼。想我了吗？"

大约半小时以后，当他们在战壕里喝着同一杯茶时，汤姆问起了姬蒂。

"我只见过她一两次。"

"她在信里提到了，听上去挺有意思的。我觉得你和她没进行过什么特别的谈话吧？"

"什么意思？"

"没说过什么私人的事？"

"别傻了。我们几乎没怎么说话。"

"看来休假也没能让你的情绪好到哪儿去。我是说——"他弟弟怎么也掩饰不住脸上的笑容，"我和姬蒂订婚了。我敢肯定她会忍不住告诉你。我们发誓在战争结束之前谁也不告诉——她父亲那个人，你也知道。"

汤姆看起来很高兴，像是个小男孩一般欢欣不已，伦纳德忍不住给了他一个大大的拥抱，用力拍着他的背："恭喜你，汤姆，我真为你们两个感到高兴。"

三天后，他的弟弟死了。因为被一块飞过来的弹片击中而阵亡。在被弹片击中之后的好几个小时的漫漫黑暗中，他躺在无人区里，因失血过多而丧命。那时的伦纳德，就在战壕里听着：救我，兰尼，救救我。从他身上只找到了两样东西：姬蒂的一封来信，上面还散发着古龙香水的味道;一枚又脏又旧的两便士银币。这就是汤姆仅有的遗物。那个在花园围墙赛中获胜的汤姆,那个在较量水下闭气时拔得头筹的汤姆,那个最有前途的男孩汤姆。

不过,露西·拉德克利夫在谈及内疚和自我宽恕时没有恶意,但是不管她觉得她和伦纳德之间有着怎样的相似之处,她都搞错了。生活是复杂的,人们当然会犯错。但伦纳德和她是不同的。对于战死的弟弟和溺水身亡的哥哥,伦纳德和露西各自怀有的内疚并不一样。

汤姆死后,姬蒂开始给身在法国的伦纳德写信,他也给她回信。战争结束后,他回了英国。一天晚上,她到伦敦来看他,去了他那间卧室兼起居室。她带了一瓶杜松子酒,伦纳德帮着她一起喝掉了。他们谈到了汤姆,两个人都哭了。她离开时,伦纳德以为,他们俩之间就这样结束了。不过,汤姆的死不知怎的就把他们俩绑在了一起。两个人成了同一个轨道上的两颗卫星,围绕他的记忆运行着。

起初,伦纳德告诉自己,他在替弟弟照顾姬蒂,不过,要是1916年那天晚上的事情没有发生,他可能会相信这一点。然而,真相却复杂得多,也并不那么光彩,他没法长久地隐瞒下去。他和姬蒂都知道,汤姆的死是因为他们两个那天晚上的不忠。他知道,这么想并不完全合理,并且也不会减损事实的真实程度。不过,露西·拉德克利夫是对的:在内疚的重压之下,一个人没办法无限期地继续生活下去。他和姬蒂需要为自己的所作所为所造成的破坏进行辩解,因此,没有经过商量他们便达成了一致,他们俩都要相信这一点:那天晚上,他们在山上发生的一切都是因为爱。

他们成了一对,被悲伤和内疚所束缚的一对。他们都在憎恨着将他们绑在一起的理由,却做不到放开对方的手。

他们不再谈论汤姆,不再直接谈起他。但他从未离开过他们。他就在姬蒂右手的那枚戒指上,那个光滑的黄金指环,上面有一颗漂亮的小钻石；他就在她时而看着伦纳德的眼神里，隐约有着些许惊讶，仿佛她以为自己看到的会是别人；他就在每一个房间的每一个黑暗的角落里，就在阳光明媚时户外空气中的每一粒原子里。

是啊，对于鬼魂一说，伦纳德确实是相信的。

伦纳德走到了伯奇伍德庄园的大门，穿了过去。日头在天上越来越低，投在草坪上的阴影开始变得越来越长。伦纳德朝前院花园的围墙瞥了一眼，停下了脚步。在那边，他看见一个女人，在日光照耀的那块方寸之地上，斜靠在日本红枫下，正睡得香甜。一瞬间，他以为那是姬蒂，以为她决定不去伦敦了。

伦纳德有片刻的怀疑，觉得那是不是自己的幻觉，但接下来，他意识到，那根本就不是姬蒂。她是那天早上自己在河边遇到的那个女人，他为了避开她和她的伴侣，特意选了另一条路回家。

现在，他发现自己没法错开眼。一双粗革拷花皮鞋规规矩矩地摆在她的身旁，睡梦中的她光着脚丫躺在草地上，对那一刻的伦纳德来说，这似乎是最勾人的画面。他点起一支香烟。他觉得，正是她的毫无防备使他受到了吸引。她实实在在地，在今天，出现在这个地方。

在他正看着的时候，她醒了过来，伸了伸懒腰，脸上一副幸福满满的表情。她望着伯奇伍德庄园的表情勾起了伦纳德久违的情感。纯洁，质朴，爱。这让他想哭，像自己还是个小男孩时那样号啕大哭，为了所失去的一切，为了丑陋不堪的一片狼藉，为了自己的领悟——无论他再怎么去希冀，他永远也无法回头，无法回到过去，回到恐怖的一切还没有发生的时候；无论在生活中他再怎么去挣扎，战争的事实，他弟弟的死，还有自那以后被荒废的岁月，都将永远成为他人生际遇的一部分。

接着，"对不起，"她喊道，因为她看到了他，"我不是故意闯进来的。我迷路了。"

她的声音宛如铃铛，纯纯的，一尘不染，他想跑过去，抓着她的肩膀警告她，告诉她生活可能是残酷的，可能是无情的、冰冷的、疲惫的。

他想要告诉她，一切都毫无意义，告诉她好人年纪轻轻就会没命，可却不是为了什么好事送的命；告诉她这世上到处都是想要害她的人；告诉她谁都没法预料即将到来的是什么，或者甚至没法预料还有没有即将到来的那一刻。

然而——

他看着她，她看着那栋房子，站在枫树底下，日光透过枫叶洒下的斑驳光点将她照亮，这番光景中的某样东西让他的心发疼、发胀，他意识到，他还想告诉她，正是因为生活的毫无意义，莫名其妙地令一切又如此美丽、如此珍贵、如此精彩。尽管战争是野蛮的——因为它的野蛮——每一种颜色都因为战争鲜亮起来。他还想告诉她，没有黑暗，人们永远也不会注意到星星。

他想把所有这一切都说出来，但这些话鲠在喉咙里，他什么也没说，只是抬起手来挥动了一下，她没看到他这个愚蠢的手势，因为她现在看向了别处。

他走进屋子，透过厨房的窗户看着她拾起手袋，朝房子这边露出最后一个耀眼的微笑，随即消失在阳光暴晒后的一片迷蒙之中。他不认识她。他再也不会见到她。但是，他希望自己刚刚可以告诉她，他也迷了路。他走丢了，但他希望自己仍然像一只小鸟一样，飘来飘去地唱着这样的词句：若他不停迈向前，一步又一步，也许会找到回家的路。

VII

　　我父亲曾经告诉我，在他看见我母亲坐在她们家的窗户上时，他觉得，自己此前的整个人生都笼罩在破晓之前的熹微里。他说，一见到她，世界上的每一种颜色、每一种香气、每一种感觉，都变得格外明亮、格外清晰、格外真实。

　　我当时还小，觉得他讲的这些就像是童话故事一样。我遇到爱德华的那天晚上，我回想起父亲的这些话。

　　父亲所说的并不是一见钟情。说那是一见钟情，是对爱情的嘲弄。

　　那就是一种预感，一种说不清道不明的意识：有什么不得了的大事发生了。总有这样一些时刻，它们如同金子在淘金者手握的盘子里一样，闪闪发光。

　　我说过，我经历了两次出生，第一次是我呱呱坠地的时候，另一次是我在麦克夫人家醒过来的时候，也就是在小白狮街那个鸟类商店的楼上。

　　这些都是实话，但并不是全部。因为我的人生故事还有第三部。

　　1861年一个温暖的夜晚，在德鲁里街的皇家剧院外，我再次获得了新生。当时距离我年满十七岁还差一个月。我母亲生我时，她也是这个年纪。在一个星辰闪耀的夜晚，我出生在一栋泰晤士河畔的小房子里，就在富勒姆区。

麦克夫人说，"走失的小女孩"和"乘客小女孩"这两个把戏可以继续下去的日子已经屈指可数了。当然，她说得没错。于是，新的计划正在酝酿之中，新的行头已经准备好，新的身份我也下足了功夫，可以装得像模像样。计划很简单：在剧院大厅这个人来人往的地方下手。在这儿，女士们都光鲜亮丽、落落大方；男士们则一心期待着能遇上某位可心的女士，再加上喝了几口威士忌之后，一个个都不再沉默寡言。如此一来，对于手指灵活的女人来说，有的是机会把某位绅士的贵重物品揣进自己的口袋里。

唯一的问题是马丁。我已经不是新手了，可他还是盯我的梢，愣是假公济私地跟着我。他总是缠着麦克夫人，给她灌迷魂汤。在他以为我听不见的时候，他会小声跟她嘀咕说，也许我会遇上麻烦，甚至我还有可能会"背叛他们"。然后，他给自己安排了一个身份，在我干活时，他可以跟着掺和一脚。我据理力争，说他把事情搞得太复杂了，我喜欢单干，但不管我怎么拐去拐去地想把他甩掉，他都跟在后面盯着我，摆出一副我是主子你奈我何的架势，让人厌恶。

不过，那天晚上，我甩掉了他。演出已经结束，我很快穿过剧院的门厅，从侧门闪身出去，走进一条巷子里，打算离开剧院。我那晚满载而归：裙子的那个大口袋里沉甸甸的，装了不少战利品。我很开心。父亲在最近寄来的信上说，虽然之前经历了一些挫折和不幸，但他在纽约做起来的钟表生意已经不欠外债了。我希望，如果这个夏天我能多弄一些钱回来，他能让我去美国找他。从他把我交给麦克夫人起，已经过去九年了。

我独自走在巷子里，心里正盘算着是穿过几条窄巷，直接抄近路回家，还是走熙熙攘攘的河岸街，没准儿能给我今晚的收获多加一两个钱包。就在我犹豫不决之时，爱德华也出现在我刚刚离开剧院的那个门口，他看到了我没被遮掩起来的真面目。

那就像是在迷雾消散之后，眼前突然一片清明。我意识到，自己突然满怀期待，但立刻又觉得这并不令人意外，因为如果这一晚我们注定会相遇，又怎么会错过彼此呢？

他朝我走过来。当他伸出手抚上我的脸颊时，他的手是那么轻，仿佛我是一件宝贝，就像面色苍白的乔那一屋子他父亲给他搜罗来的宝贝一样。我们定定地凝视着对方的眼睛。

我不知道我们这样站了多长时间——可能只过去了几秒钟，也可能过去了几分钟——时间已经超越了它的界限。

直到马丁出现，高喊一声："住手！小偷！"我才仿佛从咒语的魔法中清醒过来。我眨了眨眼睛，后退了几步。

马丁开始用起了他惯用的伎俩，但突然间，我对这种卑鄙的伎俩没了耐性。不，我一口咬定，这个人不是小偷。

真的，不是小偷，爱德华说。他是一位画家，想要为我画像。

马丁开始结结巴巴地说起什么年轻的淑女，他的"妹妹"，讲究身份，不能失了体面。但爱德华并没在意他那堆乱七八糟的废话，他说了自己的家庭，还许诺说，他会和他母亲一起去我家，见见我的父母，去跟他们保证：他是个品行端正的绅士，跟他来往不会败坏我的名声。

他的提议完全出乎我的意料；他建议要到我家里去，和我父母见面，这也让我觉得很稀奇。不过，我跟他承认，说来惭愧，自己少不得要考虑，身为端庄的年轻淑女，需要这般将自己保护起来。

我答应他可以到我家登门拜访。临别时，他问了我的名字。我知道马丁一直在盯着我，便告诉他我的名字是"莉莉"，这是我下意识想到的第一个名字。我说："我叫莉莉·米林顿。"

麦克太太觉得这里头有利可图，便二话不说，跟打了鸡血似的着手准备起来。客厅被她一通收拾，立马显得温馨淡雅，有了点儿居家过日子的样子。刚来不久的埃菲·格兰杰，虽然才十一岁，但体型却不似同龄人那样纤细娇弱。于是，麦克夫人让她穿起黑裙白衣的制服，扮成女仆。那套女仆装还是马丁在切尔西从一根晾衣绳上偷偷拽下来的。麦克夫人还给埃菲开了女仆的速成班，把当仆人的基本常识都填鸭似的教给了她。马丁和船长负责扮演正直的哥哥和父亲，而麦克夫人则化身为遭遇不幸却仍对孩子们百依百顺的母亲。她身上那股情真意切的劲儿，要是被那些在德鲁里街的剧院里上台表演的女演员给瞧见，一个个都会甘拜下风，自愧不如。

爱德华母子登门拜访的日子到了。年纪小一些的孩子们都躲去了楼上，还被警告不准偷看：他们要是躲在蕾丝窗帘后面，偷偷往楼下看，但凡有点风吹草动，准要他们好看。至于我们剩下几个人，都在楼下紧张兮兮地等着门铃响。

爱德华和他的母亲被迎进了门。这位事后在麦克夫人口中不论穿着打扮还是举止做派都有一股欧陆风情的女士，在脱下帽子时，忍不住好奇地四下看了看。不管她对"米林顿夫妇"和他们一家有什么看法，她的骄傲和快乐都在她儿子身上，而且她把自己所有的艺术抱负都寄托在他的身上。如果他相信，他需要米林顿小姐来成就他的梦想，那么米林顿小姐就要为他所用；如果这意味着，她要在科文特花园和一对陌生的夫妇坐下来一起喝茶，那她也乐意之至。

见面时，我坐在沙发的一头——我很少有机会坐在这里——爱德华坐在另一头。麦克夫人在提到我的品格德行时缓慢而庄重地说："我家莉莉，是个信奉基督的正派姑娘，向来天真无邪。"我从没见过哪位夫人这么慢条斯理的，我猜这种端庄得体是她自己想象出来的。

"听你这么说，我真是太高兴了，"拉德克利夫夫人说着露出一个迷人的微笑，"她会一直是这样的好孩子，没人会影响她半分。我丈夫虽然不在了，但他的父亲是比奇沃斯伯爵，我儿子是个品格极其高尚的绅士。我向你保证,他会照顾好你的女儿,保准让她毫发无损。"

"嗯哼!"船长干咳了一声,他扮演的是不太情愿的一家之主。("有疑问的话,"麦克夫人给他打过预防针,"你就哼一声。但不管干什么,就是别把你的那条腿拆下来。")

最终,夫妇俩应允了女儿去当模特的事,支付的酬劳也谈妥了。麦克夫人表示,有了这笔酬金,她就觉得心安了,女儿的德行不会留下什么污点。

然后,我才终于敢对上爱德华的灼灼目光,跟他约定好第一次去给他当模特的时间。

爱德华的母亲住在汉普斯特德,爱德华的画室在他母亲家后花园的深处。第一次去的时候,因为花园里的小径有些滑,他牵起我的手,以免我跌倒。"樱花,"他说道,"虽美,却在绚烂中凋零。"

我没和画家打过交道。关于艺术,我知道的一切都源于乔的那些书和他父亲家一面面墙上挂着的艺术品。所以,当爱德华打开画室门时,我对于接下来会发生什么没多少概念。

画室不大,地板上铺着一块波斯地毯,上面摆着一个画架,正对面是一把朴素而雅致的椅子。天花板是玻璃的,墙壁是刷了白漆的木板。顺着其中两面墙,摆放着定制的工作台。台面底下是几层宽大的抽屉,台面上堆满了颜料罐、装着各种液体的瓶子和塞在陶罐里大小不一的画笔。

爱德华先走到画室最里面的角落里,在壁炉里生了火。他说,不想让我着凉;还说,如果我感觉不适,要告诉他。他帮我脱下斗篷,当他的手指碰到我的脖子时,我觉得浑身发热。他示意我坐在椅子上,他今天要画几幅习作。这时,我注意到,画室最里面的墙上,随意地挂着好几幅用钢笔绘制的素描。

此时此刻，我处于这样一种奇怪的、非此非彼的状态中：我能看见对方，但不再被对方察觉。以前，我并不知道进行眼神交流——看着另一个人的眼睛——有多么的重要。我也并不理解，能有机会把全部注意力放在另一个人身上而不用担心被对方发现，有多么难得。

在爱德华对着我画习作的时候，我也在打量着他。

我逐渐迷上了他对我的关注，我也了解到，被盯着看的人也具有一种力量。如果我的下巴稍稍动一下，我就会看到他脸上的变化：在他看清洒在我脸上的光线有所不同时，他会微微眯起眼睛。

我还要告诉你另一件我知道的事：如果有个英俊的男人把全部注意力都放在你的身上，想不爱上他都难。

画室里没有钟。这里没了时间的概念。日复一日，我们一起工作，墙外的世界都消失了。这里只有爱德华，只有我。我们的努力似乎让我和爱德华的周围形成了一个奇异的茧，甚至连这茧子里的各种界限都变得模糊起来。

有时，他会问一些关于我的问题，画室里的沉寂会被这些没头没脑的问题给打破。对于他的问题，我会尽可能地回答，他会一边听一边画，专注的深情让他的眉心现出一道淡淡的皱纹。起初，我还能避重就轻地跟他兜圈子，但一周一周过去了，我开始担心他会看透我那些迷惑他人的虚幻伪装。我甚至开始冲动地想要把自己最真实的一面给他看，这让我心乱如麻。

于是，我把谈话转向一些更安全的话题，艺术啊，科学啊，还有我和乔讨论过的那些关于生命和时间的事。这让他很惊讶，因为他微微一笑，略带疑惑地皱了皱眉头，停下了手中画笔，越过画布打量着我。最后，他说这些话题他也很感兴趣。然后，他跟我聊了聊他最近写的一篇文章，主要是讲人与地点之间的联系，他还在文章中谈到，某些风景会把过去发生的事讲述给现在的人们听，因而这些风景会比其他风景具有更大的力量。

我从没见过爱德华这样的人。只要他一开口，就不可能不去听他在说什么。无论他在做什么、感知什么、表达什么，他都会全情投入。我发现，我们不在一起时，我也会想着他：想起他曾流露的某种情感；想起有一次我在给他讲一件轶事时，他无拘无束、仰头大笑的样子。而后，我便会渴望着，能让他再次那样开怀大笑。我再也记不起我在认识他之前的所思所想。他就像是那种在人们的脑海中盘桓不去的音乐，能让人们的脉搏也随着音乐的节奏时快时慢。他就像是一种无法解释的冲动，让人明知故犯地冲动行事。

偶尔会有人送来一壶热茶，对我们稍有打扰。但除此之外，再无干扰。有时候，他的母亲会端着托盘过来，还会迫不及待地扭头看看爱德华的画进展如何。其他时候，都是女佣来端茶送水。我每天都和爱德华见面，就这样过了一两个星期。有天上午，听见有人敲门，他应了一声"进来"。开门的是个小姑娘，十二岁左右，小心翼翼地端着托盘。

她看起来有点紧张，这让我立刻喜欢上了她。她长得并不漂亮，但我发现，她收紧的下巴显出一股力量，令我感觉到，这是个不容小觑的姑娘。她还是个有好奇心的姑娘，她在房间里扫视一圈，先看了看爱德华，然后是我，再然后是墙上挂着的素描。好奇心是一种能让我产生共鸣的特质。其实，在我看来，好奇心是活着的一个先决条件。要是连可以照亮前路的好奇心都没有，一个人的漫长跋涉又有什么意义可言？我立刻就猜到了她是谁，而且相当肯定。

"这是我的小妹妹，露西。"爱德华笑着说，"露西，这位是莉莉·米林顿，我这幅《佳人》里的佳人。"

1861年11月，《佳人》在皇家艺术学院的画展上首次亮相。当时，我跟爱德华已经认识六个月了。他让我七点钟到，而麦克夫人还在忙着为我精心打理裙子，那是她为我出席画展特意准备的。对于她这样一个体态臃肿、衣着邋遢却自信满满的女人来说，她被名望所折服的那种样子几乎让我觉得她还挺讨人喜欢的。如果名望能给她带来源源不断的收入，那她会更讨人喜欢。"好啦，"她一边说着，一边帮我把身后的扣子系上，那排珍珠纽扣要从后腰一直系到后脖领，"好好干吧，小丫头，我们也许会就此飞黄腾达的。"然后，她冲着壁炉架上她收藏的名人卡点了点头，那一张张卡片上印着皇室成员和其他知名人士的照片。"你也可以成为他们中的一员。"

马丁并不像她那么激动，这是可想而知的。在我去给爱德华当模特的时候，他便会怨气冲天，似乎我白天不在他眼皮子底下，是冷落了他。有几天晚上，我听见他在麦克夫人的客厅里跟她抱怨收入变少了。他的话并未让麦克夫人动摇，因为我去当模特挣的钱可比我偷回来的要多。但他还是坚持认为，让我"和猎物太过接近"是在"冒险"。可不管他怎么说，在鸟类商店楼上的这一亩三分地里，主事的是麦克夫人。我受邀参加的是在皇家学院举办的展览，这是伦敦社交界最盛大、最重要的一次活动。于是，我被派了出去，但马丁会在暗地里跟着我。

我到的时候已经来了很多人。男士们戴着闪亮的黑色缎面礼帽，穿着长尾的晚礼服，女士们穿着精致的丝裙。宽敞的大厅里到处都是人。当我穿过密密麻麻的人群时，周围的人会上上下下地打量我。空气又闷又热，大家都在进行着简短的交谈，杂乱的嗡嗡声中偶尔会传来阵阵大笑声。

就在我打算放弃寻找爱德华时，他突然出现在我的面前。"你在这儿，"他说道，"我在另一个入口等你来着，但没看到你。"

他牵起我的手，我一下子感觉到有股炽热的电流遍布全身。看到他这样出现在公共场合，对我来说很新鲜。因为在过去的六个月里，他一直都在自己的画室里过着与世隔绝的日子。我们谈论了许多许多事，我现在已对他非常了解。但在这里，当周围是一群说说笑笑的其他人时，他看起来让我觉得有些脱节。这个新的环境，对他来说并不陌生，对我来说却并不熟悉，这让他不再是我所认识的那个他。

他领着我穿过人群，来到挂着《佳人》的展位。这幅画，我曾在画室里看过一眼，但我没想到，当被挂到墙上隆重展出时，它会产生另一种效果。他盯着我的眼睛，等待我和他对视。"觉得怎么样？"

我一时说不出话来，我很少如此。这是一幅非凡的画作，运用了丰富的色彩，我的皮肤看起来泛着光，仿佛摸上去会给人温暖的触感。我出现在画布的中央，头发宛如荡开的涟漪披散在身上，眼睛直视前方，脸上的表情仿佛是在说我的自信是绝无仅有的。不过，在这个形象的背后，还隐藏着一层更深的东西。从这副美丽的面孔中——它比我现实中的那张脸要美得多，爱德华捕捉到了一丝脆弱，它让整幅画给人一种细腻的感觉。

但我说不出话来，不仅仅是因为画中的那个形象本身。《佳人》是一个时间胶囊。在笔触和颜料之下，还藏着我跟爱德华之间你来我往的一字一句，藏着我们彼此交换过的每一个眼神。这幅画记下了他每一次的开怀大笑；记下了每一次他在对着光线小心翼翼地调整我看向他的角度时，如何触碰我的脸；记下了他的每一个想法；记下了在花园角落里那间与世隔绝的画室里，我们每一次思想上的碰撞。画中的那位佳人的脸上藏着上千个秘密，如果把它们汇集在一起，那便成了一个故事，一个只有我和爱德华知道的故事。看到它被挂在这间大厅的墙上，周围挤满了吵闹的陌生人，让我觉得不知所措。

爱德华还在等着我的回答，于是我说："她……"

他攥紧我的手："是啊。"

接着，爱德华看见了拉斯金先生，他说要先失陪一下，还跟我说，他马上就回来。

我继续看着这幅画，而且意识到一个高大英俊的男人走过来，站在我旁边。"你觉得怎么样？"他说。起初，我以为他是在跟我说话。正在我苦苦思索该怎么回答他时，另一个女人给了他答案。她站在他的另一边，身材娇小，长得很漂亮，头发是蜂蜜那种淡淡的棕色，嘴巴小巧。

"画得很棒，一如既往。"她说，"不过，我真想弄明白，他为什么要坚持选那种出身低贱的模特。"

那个男人笑了起来："你知道爱德华的，他一向乖僻。"

"这次的模特让这幅画掉价了。瞧她那副直勾勾盯着我们看的样子。不知羞耻，太不入流……还有她那张嘴！我跟拉斯金先生也是这么说的。"

"他怎么说？"

"他倾向于认同我的看法，不过他也说，没准儿爱德华是有意为之。要形成一种反差，背景是纯真的，而这个女人是豪放的。"

我身上的每个细胞都在收缩。我只希望自己能立刻消失。我来这儿就是个错误，重大的错误；我现在意识到了这一点。马丁是对的。爱德华所释放出来的那种能量让我沉沦其中，让我放松了警惕。我本以为我们是伙伴，在为一项了不起的事业共同努力。我真蠢，蠢得不可思议。

我窘得脸颊通红，就想从这儿逃走。我朝身后瞥了一眼，想看看从这里走到门口容不容易。房间里宾客如云，一个挨一个，挤得要命。空气里弥漫着浓浓的雪茄的烟味和古龙香水味，甜得发腻。

"莉莉。"爱德华回来了，脸上洋溢着兴奋之情。但接下来他问道："怎么了？"他盯着我的眼睛，"发生了什么事？"

"你来了，爱德华！"那个高大英俊的男人说，"我正纳闷你跑哪儿去了——我们刚刚在欣赏你的这幅《佳人》。"

爱德华最后看了我一眼，眼神中尽是对我的鼓励。然后，他看向那位笑容满面的朋友。他现在正拍着爱德华的肩膀。爱德华把手轻轻放在我的后腰上，带着我往前迈了一步。"这位是莉莉·米林顿，"

他说道，"这位是瑟斯顿·霍姆斯，紫红兄弟会的成员，也是我的好朋友。"

瑟斯顿拉起我的手，嘴唇在我的手背上轻轻碰了碰。"那么，这位就是鼎鼎大名的米林顿小姐了。"我们对视了一眼。从他的眼神里，我看出他对我有兴趣。我不会看错的。他那种眼神，我一看便知，毕竟我是在科文特花园一带长大的，整日往来于见不得人的巷子和泰晤士河畔那些阴冷潮湿的街道。"很高兴终于能有机会认识您。爱德华也该让我们见见您了。"

这时，他身旁那个蜜色头发的女人伸出她那只冰冷的小手，说道："看来我得自我介绍了。我叫弗朗西斯·布朗。很快就会成为爱德华·拉德克利夫的太太。"

我发现爱德华和另一位客人聊得起兴，就随口说了句失陪一下，也没特意跟任何人打声招呼，便转身走进人群，挤了一路走到门口。

能从那个房间里逃出来，让我松了一口气，但是，当我快步走进冰凉的夜色之中，我不禁感到，自己刚刚迈过的不止一道门。留在我身后的是一个充满创意和光明的迷人的世界，而现在，我回到了自己过去那些阴暗的、索然无味的小巷里。

正当我走在一条这样的巷子里、思忖着这样的想法时，我突然感觉到有人拽住了我的手腕。我转过身，以为会看到马丁，他一到晚上就会鬼鬼祟祟地躲在特拉法加广场的某处。但是，我看到的却是爱德华那位画展上的朋友，瑟斯顿·霍姆斯。我能听到从河岸街上传来嘈杂的谈笑声，但在这条巷子里，除了一个扑通一声倒在排水沟里的流浪汉，就只有我们两个人。

"米林顿小姐，"他说道，"您走得太突然了。我担心您是不是身体不舒服。"

"我很好，谢谢您。屋子里太热了，我需要透透气。"

"我猜，对于不习惯受到这种关注的人来说，可能会一时受不了。但是我担心，年轻的女士独自一人跑到这儿来，不太安全。夜里会有危险的。"

"谢谢您的关心。"

"也许我可以带您找个地方，咱们去吃点儿东西。我在这附近租了几间屋子，房东太太是一位非常通情达理的人。"

我立刻就明白了他说想去吃点儿东西是什么意思："不用，谢谢。我不想耽误您今晚的安排。"

接着，他朝我又靠近了些，还把一只手放在我的腰上，绕到我的背上，把我往他的怀里一带。他的另一只手从口袋里掏出两枚金币，夹在指间："我保证不会亏待你。"

我迎着他的目光，没有躲开他的视线："我说了，霍姆斯先生，我想透透气。"

"如您所愿。"他脱下礼帽，迅速地点了点头，"晚安，米林顿小姐。我们下次见。"

应付他这一番试探，让人颇为不快，但我还有更重要的事情得考虑，也就没把这件事放在心上。我还不想回麦克夫人家，于是，我去了我能想到的唯一可以去的地方。我一路上都小心翼翼的，以免被马丁发现。

即便乔在看到我时感到惊讶，但也没表现得很明显：他把书签往书页上一放，合上了手中那本书。之前，我们满怀期待地谈论过那幅画的揭幕仪式。现在，他转过身来，等着听我给他讲讲，我的那幅画是怎么大获成功的。可我刚 开口说话，就哭了起来——自从那个早晨，当我在麦克夫人家醒过来，发现我父亲把我一个人留在了那里，我一直都没有哭过。

"怎么了？"他问我，声音中有一丝慌乱，"发生了什么事？有人欺负你了？”

我跟他说，没有，没人欺负我。我还跟他说，我自己也不知道到底为什么要哭。

“那你必须跟我从头开始讲，一个细节都不许落下。只有这样，我也许能告诉你你为什么哭。”

我照他说的做了。我先给他讲了讲那幅画。我告诉他：我站在那幅画的前面时，感到不知所措，觉得很害羞；爱德华的那幅画是在他那间玻璃屋顶的画室里画出来的，画上的那个人比我本人美多了；那幅画光芒四射；那幅画把日常生活中所有微不足道的事都一扫而空；那幅画捕捉到了脆弱、希望以及躲在诡计背后的那个女人的真实一面。

“那你哭是因为那幅画中的美征服了你的心。”

我摇了摇头，因为我知道，不是因为这个。接着，我告诉他，有一个高大英俊的男人走了过来，就站在我的旁边；还有一个漂亮的女人，蜜色的头发，小巧的嘴巴。我还把他们说的那些话以及他们是怎么笑的也告诉了他。

然后，乔叹了一口气，又点了点头：“你哭是因为那个女人说了你的坏话。”

我又摇了摇头，因为我从不在意那些我不认识的人是否对我有好感。

接下来，我告诉他，在听着他们的对话时，我突然清楚地意识到，麦克夫人给我准备的这条裙子很俗气。我跟他说，自己一开始还觉得这条裙子很特别——打了褶的丝绒面料，低胸露肩的设计，还镶了一圈精致的蕾丝花边——但我在画展上突然意识到，这条裙子太花哨了，太抢眼了。

乔皱起了眉头：“我知道，你不是因为想要换条裙子才哭的。”

我同意他的看法，衣服不是问题所在。更确切地说，我告诉他，就在那间展厅里，我意识到，是我自己太花哨、太抢眼了。我突然忍不住对爱德华感到生气。我信任他，可他却背叛了我，不是吗？有他陪着，身处于他的世界里，这让我感觉轻松自在，也觉得受宠若惊，因为他把注意力完完全全地放在了我的身上——他那双深邃的、警惕的黑眼睛；他聚精会神时，因为咬紧牙关而凸显的下巴轮廓；略微显出他需要我的表情（这肯定不是我想象出来的吧？）——可结果，他让我尴尬地面对着满满一屋子人，他们都跟我完全不一样，他们都能一眼看出来，我跟他们不一样。他邀请我作为他的客人参加画展时，我还以为——算了，是我误会了。当然了，他有个未婚妻，就是那个五官小巧、衣着讲究的漂亮女人。他本该告诉我的，给我个心理准备，好让我抱着适当的心态出现。他捉弄了我，我再也不想见到他。

乔温柔地看着我，但眼神中又有一些悲伤。我知道他要说什么：说我这么说爱德华不公平；说我是个傻瓜，会错了意全都怪我自己，因为爱德华并不亏欠我什么。爱德华是花钱雇我去给他干活的：为了完成一幅他希望能在皇家艺术学院展出的画，让我给他当模特。

但是乔什么都没说。他反倒伸手抱着我说："我可怜的柏蒂。你哭是因为你爱上他了。"

在跟乔道别之后，我匆匆穿过科文特花园一带的幽暗街道。在这些街道上，可以看到很多满脸通红的男人从夜总会里一涌而出，可以听到从地下室里传来的醉鬼的歌声，可以闻到雪茄的烟味和泔水的难闻气味混杂在一起。

我走在鹅卵石铺就的巷子里，长长的裙摆拖在地上沙沙作响。当我拐上小白狮街时，我瞥了一眼天空，看见一栋栋房子之间挂着一轮朦胧的月。不过，我没看见星星，因为伦敦到处弥漫着青色的浓雾。我轻手轻脚地进了鸟类商店的前门，以免惊动那群在蒙着布的笼子里睡着的禽类。然后，我踮起脚上了楼。在我经过厨房门口时，黑暗中传来一个声音："哟，哟，看看猫咪把什么叼回来了。"

然后，我看见马丁坐在桌子旁，他的面前放着一瓶开了盖的杜松子酒。一片暗淡的月光透过变了形的窗子洒了进来，他的脸半掩在阴影里。

"觉得自己很聪明，是不是？耍着我到处跑？我白白等了你一个晚上。我自己没法在剧院下手，只能在该死的纳尔逊纪念碑底下干站着，看着那些花花公子晃来晃去。我妈和船长要是问起来，我为什么没把说好的那些钱弄回来，我该怎么说？嗯？"

"我又没叫你等着我，马丁。你要是能答应，再也不等着我了，那我高兴着呢。"

"哦，你高兴着呢，是吧？"他笑了起来，但声音是嘶哑的，"你确实会高兴。你现在不是变成地地道道的小淑女了吗？"他突然把椅子往后一推，走到站在门口的我的面前。他捏着我的下巴，抬起我的脸，我能感觉到他温热的呼吸落在我的脖子上。他说道："你知道你刚来和我们一起住的时候，我妈跟我说的头一件事是什么？她叫我到楼上去，你那会儿还在睡觉呢。她对我说：'去看看你这个新来的漂亮妹妹吧，马丁。得有个人好好看着她。记着我的话，我们得好好看着她。'我妈说对了。我看见他们看你时的那副样子了，那些男的，我知道他们在想什么。"

我太累了，不想再因为鸡毛蒜皮的小事跟他吵，反正早就吵过不知道多少遍了。我想赶紧上楼，进卧室里一个人待着，好好想想乔跟我说的那番话。马丁不怀好意地看着我，这让我觉得恶心，但我也为他感到难过，因为他的人生就像是没有颜色的调色板。当他还是个小男孩时，他的生活就被圈定下来。这个圈子很小，却从不向圈外扩张边界。他仍旧紧紧捏着我的下巴，我轻声说："不用担心，马丁。现在那幅画已经完成了。我回家了。一切都回到正轨了。"

他也许没有料到我不和他吵，因为不管他原本预备要接着说什么，他都把话咽了回去。他慢慢地眨了眨眼睛，接着点了点头。"好吧，别忘了你的话，"他说，"别忘了你属于这儿，你跟我们才是同类。你跟他们不是一路人，不管我妈见钱眼开的时候跟你说什么。她一闻见那帮画家手上有金子，就让人家牵着鼻子走。可那不过是做做样子，对吧？你要是忘了这一点，受伤的是你自己，要怪也只能怪你自己。"

他终于放开了我，我笑了笑。但在我转身离开时，他伸手抓住我的手腕，一把将我拉回到他身边："你穿那条裙子很漂亮。你现在是个美丽的女人了。完全长开了。"

他的话带着威胁的口吻。我能想象得到，如果一个年轻女人在大街上被他这样凑上来搭讪，看到他直勾勾的眼神，弯起的嘴角，还有他一眼就能看透的不怀好意，她一定会被吓得脊背发凉，直冒冷汗；也许她这样的反应是明智的。但我认识马丁很久了。只要他母亲还在世，他绝不会伤害我。因为我对她的事业来说太重要了。于是乎，"我累了，马丁，"我说道，"已经很晚了。我明天还有一大堆事要忙，我现在得去睡觉了。妈可不想看到咱们俩之中有谁累坏了，明天没法好好干活。"

一提到麦克夫人，他抓着我的那只手就松了一些。我趁机挣脱了他的钳制，赶紧上了楼。我匆匆脱下那条天鹅绒连衣裙，而后才点上羊脂蜡。我把裙子挂在门后的衣钩上，并且把裙摆展开，确保钥匙孔被挡住了。

那天晚上，我躺在床上睡不着，翻来覆去地回想乔对我说的那番话，回想着和爱德华在画室里度过的每一分每一秒。

"他也爱你吗？"乔问我。

"我觉得他不爱，"我回答道，"因为他已经订婚了。"

听了这话，乔露出耐心的微笑："你现在跟他已经认识了好几个月。你也跟他交谈过很多次。他跟你说过他的生活，他的喜好，他酷爱什么，他追求什么。可今晚是你第一次听说他订婚了。"

"是的。"

"柏蒂，如果我跟自己心爱的女人订婚了，哪怕是顶着暴风雪，我也会跟在雪地上撒沙子的工人谈起她。我甚至只要逮到机会，就会把她的名字告诉别人，只要那人不是俄国人，只要那人是长着耳朵又乐意听我说话的欧洲人。我不能确切地告诉你，他对你的感情是怎样的，但我可以告诉你，你今晚遇到的那个女人，不是他爱的人。"

楼下响起敲门声时，刚过破晓时分。科文特花园一带的街道上已经挤满了手推车和脑袋上顶着果篮的妇女，她们拖着沉重的脚步向市场走去。我猜敲门的是这附近的巡夜人。每天轮到他在街上巡逻的时候，隔半个小时他就会报一次时，让大家知道几点了。他还跟麦克夫人约好，他会到我们家门口停一下，扣几下门环，叫我们起床。

不过，刚刚的敲门声比平时更轻些。当敲门声再度响起时，我下了床，拉开窗帘，透过窗子，往楼下看了看。

站在门口的不是那个头戴软帽、身穿大衣的巡夜人。楼下的人是爱德华，他身上穿戴的依旧是昨晚的外套和围巾。我的心怦怦直跳，犹豫片刻后，我打开窗户，压低了声音冲他喊道："你在干什么？"

他往后退了几步，抬着头，看我的声音是从哪儿传出来的，结果差点儿跟街上被推过来的一辆卖花的手推车撞上。"莉莉，"他一看到我，便面露喜色地说道，"莉莉，下来。"

"你在这儿干吗？"

"下来，我有话跟你说。"

"天还没怎么亮呢。"

"我知道，但我等不及了。我都在这儿站了一整夜了。街角小摊上的咖啡，我喝了不知道多少杯了，没人能喝下去那么多咖啡，我没法再等了。"他一只手捂着心口说，"下来，莉莉，不然我就只能爬上去找你了。"

我急忙点点头，然后开始穿衣服。我想赶紧下去见他，急得手指都有些不听使唤。我胡乱地摸索着扣子，然后一颗颗系好；情急之下，我还把袜子给扯破了。我没工夫整理头发，连梳一梳或是别上发卡都没顾得上，就急匆匆地下了楼，想赶在他被其他人发现之前见到他。

我扯开门闩，拉开门。那一刻，我们俩面对面地站在门口，中间只隔着一道门槛。我意识到，乔说得没错。我有好多好多事情想要告诉他。我想告诉他关于我父亲的事，关于麦克夫人的事，关于"走失的小女孩"的事，还有关于面色苍白的乔的事。我想告诉他，我爱他。我想告诉他，在我遇见他之前，我的人生就像一幅铅笔素描，只是一张苍白的底稿，在期盼着我们俩的相遇。我还想告诉他我的真名。

但想说的话太多，我不知道该从何说起。然后，麦克夫人出现在我的身边，睡袍的带子歪歪斜斜地系在她又粗又圆的腰间，她的脸上还留着睡觉时压出来的一道道印儿。"这是怎么回事？一大早的，你到底在这儿干什么？"

"早上好，米林顿夫人，"爱德华说，"很抱歉打搅您了。"

"这天都没亮呢。"

"我知道，米林顿夫人，但事出紧急。我必须告诉您，我对您的女儿极其敬慕。《佳人》那幅画，昨晚卖出去了。我想跟您谈谈再次让米林顿小姐给我当模特的事情。"

"这恐怕不行，"麦克夫人吸了吸鼻子说道，"这家里就指望着我女儿呢。她不在家，我还得给女仆额外加工钱。拉德克利夫先生，虽然我是个体面人，但我也不富裕啊。"

"我一定会补偿您的，米林顿夫人。我的下一幅画可能要画更长时间。我打算这次付给您女儿两倍的酬劳。"

"两倍？"

"如果您觉得可以接受的话。"

麦克夫人不是那种放着钱不要的人，但要说起来谈买卖，没人能比她更精。"我觉着两倍的话，不够。不，那可绝对不够。也许，您要是能出价比上次多两倍的话……"

然后，我注意到马丁下楼了。他站在通向鸟类商店的那个昏暗的门口，正看着这边的一切。

"米林顿夫人，"爱德华说，他的眼睛紧紧盯着我的眼睛，"您的女儿是我的缪斯，我的宿命。您觉得什么价钱公道，我就付您多少钱。"

"那好吧。你出四倍的酬劳，咱们就成交。"

"成交。"然后，他壮着胆子冲我露出一个微笑，"你需要收拾什么东西带着吗？"

"什么都不用带。"

我跟麦克夫人告了别，然后，他拉着我的手，开始领着我一路往北穿过七晷区的一条条街道。我们俩没有马上说话，但我们之间发生了某种变化。更确切地说，一直埋在彼此心里的某种感情终于被挑明了。

我们离开科文特花园时，爱德华扭头看了看跟在他身后的我。我知道，从这里开始，便没有回头路了。

杰克回来了，幸亏他回来了——过去的点点滴滴就像是一块块大骨棒，很是诱人，要是没人分散我的注意力，我怕是整晚都要在这堆骨棒里挑挑拣拣了。

哦，我记得爱情。

距离之前杰克拿着他的相机郁郁寡欢地出去，已经过了很久。夜幕降临，属于夜晚的紫色噪声在我们的耳边回响。

进了麦芽坊，杰克把相机连到电脑上，照片很快出现在屏幕上。我能看到所有的照片。他拍了不少照片回来：他又去了教堂墓地，还去了树林、草甸、村子的十字路口，其他照片上都是纹理和色彩，无法立刻辨认出具体拍的是什么。但我注意到，他没有拍那条河。

他这会儿正在洗澡。衣服被扔在了地板上，浴室里都是水蒸气。我想他开始琢磨晚饭的问题了。

不过，杰克没直接去厨房。洗完澡，他腰间围着浴巾，拿起手机来，若有所思地摇晃着它。我坐在床尾看着他，心想他是不是要跟罗萨琳德·惠勒报告一下他的工作进展，但恐怕对方会失望的，因为他虽然找到了那间密室，但钻石依然下落不明。

他叹了一口气，肩膀往下沉了足足有一英寸[1]。他开始拨号，然后把电话放在耳边等着对方接电话。他的指尖正在嘴唇上轻轻敲着，他在沉思时，一紧张就会这样。

"莎拉，是我。"

哦，真不错！这比进度报告要有意思得多。

"听着，你昨天说得不对。我不会改变主意的。我不会回去，我不回家。我想见她们——我需要见她们。"她们。小姑娘，那对双胞胎。他和莎拉的孩子（有一件事是肯定的：今时不同往日，世道已经变了。在我生活的那个年代，如果女人胆敢和孩子的父亲一拍两散，她再也别想出现在孩子的生活里）。

现在是莎拉在讲话，她肯定是在提醒他，为人父母和他的需要是两回事，因为他说："我知道，我不是那个意思。我是想说，我觉得她们也需要我。她们需要一个爸爸，莎莎；至少，总有一天，她们需要有个爸爸。"

又是一阵沉默。莎拉在电话那头提高了嗓门，甚至我坐得这么远都能听到她的大嗓门。看来，她并不同意他的看法。

"是，"他说，"是，我知道。我不是个好丈夫……是，你说得对，那都怪我。但那是很久以前的事了，莎莎，七年了。我已经洗心革面了，当时那一身毛病早就都代谢掉了……不，我不是在说着玩

1　1英寸约合2.54厘米。

儿，我是认真的。我和以前不一样了。我甚至有了爱好。还记得那部旧的相机……"

又轮到她在说话，他点着头，偶尔应和几声，表示他在听。在等着她说完时，他的眼睛盯着墙角，视线落在墙壁和天花板的交界处，目光顺着梁上的横木来来回回。

他有些泄气地说："你瞧，莎莎，我只是求你再给我一个机会。只是每隔一段时间去看她们一次——带她们去乐高乐园或是哈利·波特主题公园，或者随便什么她们想去的地方。一切安排都由你来定。我只想要一个机会。"

两人还没谈拢通话就结束了。他把手机扔在床上，掐了掐后脖颈，然后慢慢走进浴室，拿起女儿们的照片。这一晚，我们同病相怜，他和我。我们俩都跟自己所爱的人分开了，都在回忆里举步维艰，想要找到办法摆脱这种困境。

所有人都渴望交际，即便是那些害羞的人。对于人类来说，想到自己孤身一人，那是件可怕的事。这个世界，这个宇宙——存在——太过浩渺。感谢上帝，人类看不到那种浩渺要比他们所想象的更加广阔。有时，我会去想露西——她会怎么看这个问题？

在小厨房里，杰克直接打开罐头，把里面的豆子和汤汁往碗里一倒，热都没热一下，就直接吃了。电话响了起来，他匆忙赶回卧室，但在看到手机屏幕上显示的来电时，大失所望。他没接电话。

他们每个人，每个吸引我的人，都有自己的故事。

每一个都和以前那些人不一样，但每一位访客都有心事，都痛失所爱，这把他们连在了一起。我开始明白，失去所爱会在人的身上留下一个洞，有了洞就需要有人去把它填满。这是自然规律。

他们这些人总是最有可能听到我说话的人……偶尔，如果我足够幸运的话，他们之中还会有人给我回应。

第十八章

1940年夏

炉子后面的架子上有一个绿色的旧铁罐，他们在里面找到了火柴。火柴是被弗雷迪看到的，所以他兴高采烈地一边蹦蹦跳跳，一边嚷嚷着自己赢了。弗雷迪的欢欣雀跃让蒂普又烦人地哭了起来，朱丽叶正在费劲儿地想要把水壶底下的炉灶点着，她暗暗在心里咒骂了一句。"我就来，马上。"她说道，火柴终于把炉灶点着了。"哭鼻子有什么用，蒂皮[1]，亲爱的。这没什么大不了的。"她转身看着仍在胡闹的弗雷迪，"你可真行，雷德[2]。你比他大四岁呢。"

朱丽叶抹了抹蒂普的小脸儿，把上面的眼泪擦干，弗雷迪则继续在手舞足蹈，出乎寻常地不为所动。

"我想回家。"蒂普说。

朱丽叶张嘴正想接着说，但被比特丽斯抢了先。"可是，你回不去，"她在另一间房间里喊道，"因为什么都没了。没有'家'了。"

朱丽叶已经被磨得仅剩下最后几丝耐性了。从伦敦来的 路上，

---

1 蒂皮：蒂普的昵称。
2 雷德：弗雷迪的昵称。

她一直很开心，但那点儿开心快乐，现在看来似乎是不够了。要解决她女儿身上那股青春期的尖酸刻薄劲儿，现在还不是时候，想必她的青春期来得有点早，至少提早了有一年吧？她朝蒂普那张长了一大片雀斑的小脸儿靠了过去，感觉到从他短促的呼吸中、从他麻雀一般瘦弱的肩膀上，突然传来紧迫的焦虑感。"来帮我做晚饭，"她说，"如果我好好找一找，没准儿还能给你找出一小块巧克力来。"

为了欢迎他们一家，有人出于好意送来一个提篮。这个篮子是小酒馆老板的夫人哈米特太太一手安排的：里面装了一个新鲜的面包、一块奶酪和一块黄油，草莓和醋栗裹在一块平纹细布里，一品脱香浓的牛奶，而且在最底下还有一小块巧克力——真令人开心！

蒂普捧着他那块巧克力，像只流浪猫似的，找了个安静的地方独自疗伤去了。朱丽叶做了一大盘奶酪三明治，他们几个人可以分着吃。她从来就不善厨艺——遇到艾伦那会儿，她刚学会煮鸡蛋，此后那些年月里，她会做的总共也没多出几样——但她自然是有法子解决这个问题的：把面包切成片，薄薄地抹上一层黄油，铺上奶酪，再重复以上步骤。

做三明治的时候，她瞥了一眼篮子里附带的手写卡。哈米特太太用钢笔稳稳地写下了对他们一家的欢迎，并且邀请他们周五晚上去村子里的天鹅小栈共进晚餐。是比娅把卡片从信封中拿出来的，对于去看看她父母度蜜月的地方，她很感兴趣，所以要是说不去，恐怕不太明智。不过，回到那里，尤其是没跟艾伦一起回去，感觉有点奇怪。十二年前，他们待在那间不大点儿的房间里，墙上铺着壁纸，上面印着淡黄色的条纹，屋里那扇窗户上有铅棂条的装饰，窗外视野开阔，从田野到河水都一览无余。她记得，壁炉边的地面上摆着一只有裂纹的花瓶，里面插着两根漂亮的起绒草和一把荆豆花，花香令房间里闻起来有一股椰子味儿。

水开了，水壶发出刺耳的鸣音，朱丽叶叫比娅把她的竖笛收起来，再去泡些茶。

随之而来的是女儿愤愤不平地冲了出去，呼啸而过。不过最终，一壶茶放在了餐桌上，几个孩子都围坐在餐桌旁吃起了三明治。

朱丽叶很累。他们也都累了。一家人坐了一整天的火车，从伦敦一路向西，车厢里很挤，车开得很慢。到达雷丁之前，他们就把带的吃的都一扫而光。下车之后的那段路，格外的漫长。

可怜的小蒂普，他就坐在她旁边，两个大大的黑眼圈很显眼，他手里的三明治几乎没怎么吃，耷拉着脑袋，单手托着脸颊。

朱丽叶靠近了些，近得可以闻到小儿子头皮上油腻腻的味道。"你还能撑得住吗，小蒂皮？"

他张了张嘴，好像要说什么，但打了个哈欠。

"该给你讲神奇夫人的花园派对的故事了？"

他慢慢地点了点头，直直的刘海儿来回晃悠着。

"那就，来吧，"她说，"咱们到床上去。"

还没等她开始描述故事中的花园，他就睡着了。朱丽叶抱着他往卧室走，刚要走到门口，便感觉到他的脑袋靠在了她身上。她知道，这孩子是睡着了。

她闭上眼睛，让自己和小儿子的呼吸同步起来，满足地搂着他温热的小身子，享受着有他在自己身边的这份简简单单的踏实；他的呼吸起起伏伏，弄得她脸上痒痒的，但这也让她觉得甘之如饴。

窗子开着，从外面吹来一阵微风。要不是楼下断断续续地响起一串串欢笑和一阵阵咚咚声，她会很容易就睡过去。朱丽叶尽量当作自己什么也没听见，直到坑闹升级为姐弟间的吵闹，这样的变化完全是可以预见的。于是，她强迫自己松开蒂普，把他一个人留在床上，回了厨房。她打发蒂普的哥哥和姐姐去上床睡觉，最后独自一个人在房子里四处看看。

交给她钥匙的那位艺术史学家协会的代表，在把钥匙交给她时，流露出些许歉意，可能是怕她进去之后会不高兴。这栋房子至少有一年没人住过了，战争爆发以来就没人住过这里。有人曾经要把这儿收拾得像样些，但看得出来，有几处地方明显还需要继续整理。比方说，从壁炉的烟囱里冒出来不少叶子，当她拉扯着那些藤蔓时，从黑乎乎的烟囱里传出来一些声响，明显是有什么活物住在里面。不过，眼下是夏天，于是朱丽叶决定，回头再解决这个问题。再有就是，食品储藏室里的燕子。她和艺术史学家协会的人站在那里时，有只燕子从这间储藏室的棚顶上，朝他俩飞了过去。当时，艺术史学家协会的人正气势汹汹地和她说，眼下正是打仗的当口，大惊小怪的也不合适。

楼上的浴室里，该有的东西都配备了，但浴缸上一圈圈的水渍可以被清洗干净，发霉的地砖也一样。哈米特太太在电话中跟朱丽叶提过，尽管拥有这栋房子的老妇人深爱着它，但最后她没剩下多少钱可以拿来维护它。而且，她"对住户还非常挑剔"，所以很长一段时间，这栋房子一直都空着。是啊，有些事正等着他们去干，这是肯定的，但给孩子们找些事情做也不错。这会让孩子们有一种家的感觉，让他们感觉到自己拥有些什么，感觉到自己是有归属的。

尽管现在天还亮着，因为夏日里傍晚的天色很久才会暗淡下去，但孩子们已经都睡着了。朱丽叶靠在门口，这间卧室要更大一些，位于整栋房子的背面。几个月前，比娅开始皱起了眉头，但现在，她的眉心是舒展的。她细长的手臂露在外面，夹着盖在身上的被单。她刚生下来时，给她展开胳膊和腿的护士说，她是块跑步的料，但朱丽叶看了一眼比娅的手指，纤细白净，好看极了，她心想，女儿会成为一个音乐家。

一段记忆涌上朱丽叶心头，她和比娅手牵着手，走在罗素广场上。比娅当时才四岁，说起话来一本正经的，一双眼睛也瞪得大大的，脸上一副热切的样子，跟着朱丽叶时，优雅得像小鹿那样一蹦一跳。她小时候是个可爱的姑娘——会把注意力专注在一件事上，也同样吸引着别人把注意力放在她的身上，她总是安安静静的，但并不害羞。这个现在变得动不动就满身挑衅劲儿的孩子，让朱丽叶觉得陌生。

相比之下，弗雷迪还是老样子，这令她感到安心。他宽宽的胸脯上什么也没穿，什么也没盖。他的衬衫反面朝外，被扔到了床边的地板上。他两腿叉开地躺在床上，像是在和被单摔跤。想要把被单抻直给他盖好是没希望了，所以朱丽叶也就没去费神。他出生时和比娅不一样，满身通红，又小又壮实。"天哪，你生了一个小红人儿。"艾伦惊讶地盯着朱丽叶怀抱中的小团子说，"一个气呼呼的小红人儿。"打从那时起，"雷德"就成了弗雷迪的小名，和表示红色的词谐音[1]。他的火暴脾气还是那么冲，往往还没等他反应过来，怒气就已经撒出去了。他爱咋呼，很讨人喜欢，既有趣，又好笑。他不好管，他可以像阳光一般灿烂暖人，也可以像惊雷一般发起脾气来怒气冲天。

最后，朱丽叶站在了小蒂普的身边，他现在正蜷缩在床边的地板上，把自己埋在一堆枕头里，这是他最近养成的习惯。他满头大汗，汗水把白色枕套弄湿了一小片，耳朵前面和后面都粘着又细又软的金发（她的孩子都体热。这是随了艾伦他们家的基因）。

朱丽叶拿起床单，盖在蒂普的小胸脯上。她在他身子两边轻轻把被单掖好，将他身上的被单抚平，犹豫片刻后，又把手掌贴在他的胸口上。

朱丽叶特别担心蒂普，这仅仅是因为他年龄最小吗？还是有别的什么原因——她觉得他生来便带着一种纤细如丝的脆弱，她担心自己保护不了他，担心他要是磕了碰了，自己没法令他复原。

"别胡思乱想了，"艾伦在她的脑海中乐呵呵地说，"陷下去容易，想爬上来可就难了。"

1　雷德的英文是Red，英文中是红色的意思。

他是对的。她是在感情用事。蒂普很好，非常非常好。

最后看了一眼睡着的三个孩子，朱丽叶拉开了身后的房门。

　　她自己住的是中间那个小一些的房间。她一直都喜欢狭小的空间——毫无疑问，这和子宫有着些许联系。屋子里没摆书桌，只在窗户下面放了一张胡桃木的梳妆台，这是被朱丽叶临时征用的，来放她的打字机。这样摆放，并非追求别致，不过是图个方便，除此之外，她哪还需要什么别的？

　　朱丽叶坐在床尾，铁架床上铺着拼布绗缝的被子，有些褪了色。屋子的一面墙上挂着一幅画，上面画着一小片深邃的密林，画的前景是一朵艳丽的杜鹃花。画框上连着一根生锈的铁丝，铁丝钩在一根钉子上，但是细细的铁丝好像禁不住画框的重量。不知道是什么东西在头顶的天花板上跑来跑去，响声从天花板上的窟窿里传了出来，那幅画在墙上微微动了动。

　　一切又恢复了平静，朱丽叶松了一口气，她都没意识到自己一直在屏着呼吸。她盼着孩子们都赶紧睡觉，好给自己留点儿时间。不过现在，她想念他们吵闹声里的那份踏实，想念他们身上至关重要的那份信赖。房子里很安静，让人觉得陌生。朱丽叶觉得自己孤零零的。

　　她把放在身边的手提箱打开。箱子边角上的皮革都有磨损，但它是一个忠心不贰的朋友，让她回想起自己在剧院工作的日子，她很高兴有这个手提箱一直陪着她。在两小堆叠好的裙子和衬衫之间，她的指尖划出一条若有所思的轨迹，她在考虑把衣服从手提箱里都拿出来。

　　不过，她没动那些衣物，而是把塞在一堆衣服底下的那个细细长长的瓶子挖了出来，拿着它去了楼下。

　　她从厨房拿了一个平底玻璃杯，朝外面走去。

　　围墙之内，花园里的空气暖暖的，天色微蓝。这一整天都是在过渡时期的马不停蹄中度过的，现在，马不停蹄的一天就在这样一个漫长的夏夜里凝固下来。

石头围墙上有一扇门，门外是一条尘土飞扬的小路，艺术史学家协会的人说，那是一条"供马车行驶的车道"。朱丽叶沿着这条小路走了出去，她发现了一张圆桌，摆在两棵柳树之间绿草青青的小丘上。越过小丘，有一条溪谷，溪水欢快地流淌着。它不像河水那么宽，她猜这是一条支流。她把玻璃杯放在铁艺圆桌上，盯着杯子的中线，小心翼翼地往里面倒着威士忌。看到酒到了中线，她又往里面倒了不少。

"干杯。"她对着黄昏说。

缓缓抿入嘴中的最初那一口，沁人心脾。朱丽叶紧紧闭起双眼，想着艾伦，这是几个小时以来，她第一次让自己把思绪放在他的身上。

她在想，如果他知道她和孩子们在这里，他会怎么想。他挺喜欢这个地方的，但不及她。她对泰晤士河畔的这个小村子情有独钟——尤其是对村子边上那栋有两个一模一样尖角的房子，这一直令他感到很好笑。他说她是个浪漫的人，和浪漫主义作家不相上下了。

也许她就是这样的人。她当然能像浪漫主义作家那样笔下生花。但即便艾伦身在法国，朱丽叶还是抑制住了心底的那份冲动，没给他一封接一封地寄去写满华美辞藻的爱情宣言。没必要那样——他清楚她心里是怎么想的——而且，因为他不在身边，因为他在打仗，她就要极尽夸张之能事，把面对面时那些她觉得不好意思说出口的多愁善感的词都用上，那反倒是在承认，她对爱情缺乏信心。因为英德两国交战，她对他的爱就多一分啦？当他在厨房里吹着口哨，腰间系着围裙，给一家人煎鱼做晚餐时，她对他的爱就少一分啦？

不。当然不。毅然而决然。十头牛都拉不回来。

因此，他们并未没完没了地写着战争期间那些此情不改、生死相依的山盟海誓，而是在信中有一说一，没有半句虚言，以示对彼此的尊重。

她收到的最近一封信，就放在衣兜里，但朱丽叶现在没把它拿出来。她反而拿着那瓶威士忌，沿着草地上的小径朝河边走去。

艾伦的来信已成为某种图腾，是她踏上的这段旅程中必不可少的一部分。那天晚上，在防空洞里，这封信就被她带在身边，夹在那本她读了一遍又一遍仍旧一直在看的《大卫·科波菲尔》里。当时，住在34号的那位老朋友，噼里啪啦地收起她的编织针，支支吾吾地说了句"回头见"；惠特菲尔德家的四个小男孩踩在别人的脚上，跌倒了，哀号的声音就像是大鹅在叫唤。朱丽叶已经把艾伦写的有关敦刻尔克的情况又读了一遍，信中的内容令人心情沉重，但也写得不同寻常。他写了那些在海滩上的人，写了到达海滩那一路的经历，写了他们路上遇到的村民、小孩和双腿都弯了的老妇人，还写了马车上堆满了行李箱、鸟笼和针织毯。他们所有人都在逃离痛苦和毁灭，但又寻不到安全的地方。

"我遇到一个腿上流着血的小男孩，"他写道，"他坐在破碎的篱笆上，他的眼神里是恐惧过后的呆滞，已然接受了自己命该如此，这让人感觉糟透了。我问他叫什么，是否需要帮助，他的家人在哪儿。过了一会儿，他用轻轻柔柔的法语回答了我。他不知道，他说，他不知道。可怜的少年没法走路，他的脸上满是泪痕，我不能把他留在那里，留他一个人。他使我想起了蒂普。这孩子的年纪要比蒂普大，但他的严肃劲儿跟我们的小儿子一样。最后，他跳起来，趴在我的背上，没有抱怨，也没有疑问，我把他带去了海滩。"

朱丽叶来到木头搭起的码头上，尽管暮色昏暗，她仍旧可以看出，这里变得更破旧了。十二年前，她和艾伦曾坐在码头的尽头，喝着从哈米特太太的保温杯里倒出来的热茶。她短暂地闭上了眼睛，让河水的声音包围着她。这条河还是老样子，这一点令人振奋：无论这个世界上发生了什么事，无论是人类在做着蠢事，还是某个人在备受折磨，河水都在不停地流淌。

她睁开眼睛，凝视着远处茂密的树木，她坐了下来，因为夜晚已经到来。她不会再往远处走。如果孩子们醒过来，发现她不在，他们会害怕。

转身回望她来时的方向，伯奇伍德庄园的花园在夜色之中留下一片微微起伏的暗影，她只能依稀辨认出更显眼的一些线条轮廓：两个突兀的一模一样的尖角和点缀在尖角周围的八个烟囱。

她坐在附近的一棵柳树下，倚着树干，把威士忌酒瓶放在脚边的一片草丛里。

朱丽叶感到一阵兴奋，但一想到她怎么会辗转来到这里，这股兴奋劲儿几乎一下子就弱了下去。

回到这里，这个她十二年前发现的地方，这个想法一冒出来，就是成形的。当他们听到空袭警报信号解除的声音，从防空洞里爬出来时，朱丽叶的心思在别的问题上。

气味首先表明了事情不对劲——她能闻得到弥漫的烟雾，能闻得出有尚未燃尽的火堆在冒烟，能闻得见灰尘，还能嗅到丝丝悲伤——然后他们从地下钻了出来，进入一片雾霭之中，进入一片不可思议的光亮里。过了片刻，他们才意识到，自己家的房子不见了，意识到，现在黎明的光，正透过眼前那一排联排房的一处缺口洒过来。

直到她看见自己的东西散落在脚边，和地上的废墟混在一起，朱丽叶才意识到，自己的包已经从手中滑落。《大卫·科波菲尔》的书页在翻动着，这本书掉出来时书脊着地，书页是打开的，她用来当书签的那张旧明信片散落在旁边。接下来，还有无数的小细节等着她去整理、去忧心，但在那一刻，当她伸手去捡明信片时，明信片正面的天鹅小栈在视线中变得清晰起来。孩子们惊慌失措的声音在耳畔时隐时现，他们遇上了天大的事，而这件事情宛如一大片热云，在她的周围蒸腾，不过，在她心中，有一个念头是冷静的。

在她安放记忆的地方，冒出一股强烈的感觉，随之而来的是一个念头。这个念头，当时似乎一点也不算疯狂，它是清晰的，是确定的。朱丽叶只知道，她必须带孩子们去安全的地方。最紧要的事，是出于本能的，动物的本能。那是她能专注的唯一的事。明信片上印着棕褐色的图片，这张明信片是艾伦送她的礼物，纪念他们的蜜月，而这张图片让她觉得，他似乎就站在她的身旁，握着她的手。经过这么久的思念，经过他离家之后的担忧和惦念，知道他遥不可及，知道他无能为力，在经过这一切之后，这份释然的感觉是无法抵挡的。她踩在废墟上，小心地朝蒂普走过去，牵起他的手，她此刻感到一阵欢欣，因为她确切地知道，下一步该做些什么。

她后来想到，那份突如其来的坚定，其实可能是因为她疯了，因为震惊而疯狂。但在接下来的几天里，在他们睡在朋友家的地板上时，在得到了五花八门的新必需品时，她便打定了主意。学校都关门了，孩子们成群结队地从伦敦撤离。但要她把三个孩子送出去，离开她，这是朱丽叶无法想象的。两个大一些的孩子可能会因为有机会去历险而高兴地跳起来——尤其是喜欢独立的比娅，任何能让她和妈妈以外的人住在一起的机会，都让她很享受——但蒂普不会，她那个像雏鸟似的小宝贝儿不会。

轰炸发生之后，过了好几天，他才敢让她脱离他的视线，他总是盯着她的一举一动，眼睛瞪得圆圆的，神色忧虑，这让朱丽叶一到晚上就感觉自己的腮帮子酸疼，因为她得始终努力维持灿烂的笑容。不过最后，好在他十分喜爱自己收藏的那堆新石头，又觉得自己在用这些石头排兵布阵时招招绝妙，她才能成功地让他放下心来，给自己争取到一个小时左右的时间，可以出去透透气。

她把三个孩子托付给杰里米照看。他是艾伦最好的朋友，一位小有名气的剧作家，住在布鲁姆斯伯里。她和孩子目前正在他家借住，不过只能打地铺。她在高尔街的电话亭给天鹅小栈打了电话。在遥远的电话线的另一头，哈米特太太接起了电话。通话过程中，时不时会有类似哨声的杂音。当朱丽叶说到，她度蜜月时曾住在哈米特太太家的小酒馆，这位年长的女士开心地记起了朱丽叶是谁，并且在她提到要带着孩子们去乡下住时，答应在村子里帮她四处打听打听，哪里可以住。第二天，朱丽叶再次把电话打给她时，哈米特太太告诉她，有一栋房子空置着，可以租住。"不过房子有些破，但哪怕是再糟糕的地方，你也能凑合着住。那栋房子没有电，但我估计，眼下正是灯火管制期，不是这里停电，就是那里停电。那栋房子的租金挺公道的，从城里疏散出来的人，把伦敦这边的空地儿都占了，谁还有闲心管什么喜不喜欢、贵不贵的。"

朱丽叶问了问那栋房子离天鹅小栈有多远，大概在什么方位，听到哈米特太太描述的具体位置，她激动了起来。她清清楚楚地知道，那是哪栋房子。她不需要仔细考虑。她告诉哈米特太太，他们要租下那里。她没花多久便把事情安排妥当，将第一个月租房的押金电汇给负责租赁那栋房子的机构。她把听筒挂回原处，在电话亭里站了一会儿。透过玻璃，她看到早晨那些快速变幻的云已经聚集起来，天上现在浓云密布，和平常相比，行人更加步履匆匆，一个个都抱着胳膊，低着头，抵御突然而至的寒意。

直到那会儿，朱丽叶还没把搬去乡下的计划告诉其他人。要是提前说出来，他们用不着费多大力气就会把她说服，让她打消这个念头，但她不想事情变成那样。不过现在，事已至此，有些事还需要她去做。其中一件便是，塔利斯泽尔先生必须知道这件事。他是她的上司，是她效力的那家报社的编辑，所以她得通知他一声，自己要离开这里。

她直接去了舰队街的办公室，还差几分钟就能赶到时，下起了雨。她去了二楼的卫生间，尽可能让淋湿的头发不太糟，还把上衣来回抖弄着，想让它快点干。她注意到自己面容憔悴，脸色苍白。身上没带口红，她就捏了捏嘴唇，又来回抿了抿，冲着镜子中的自己露出一个微笑。收效甚微。

不出所料。"天哪，"等秘书离开后，塔利斯泽尔先生说，"事态现在很糟糕。"她把自己的打算告诉了他，他紧蹙眉头，向后靠在皮椅上，两臂交叉抱在胸前。"伯奇伍德，"最后，他隔着桌面铺满纸张的宽大写字台说，"在伯克郡，是吗？"

"是的。"

"那儿的剧院不多。"

"是的，不多，但是我计划每两周回伦敦一趟——必要的话，每周回来一趟——这样也能交上我的剧评。"

他回应了一声，但听上去并不是在肯定她的想法，朱丽叶感到自己设想的未来在逐渐消散。他再次开口讲话时，用意难辨："我听说了你家的事，很遗憾。"

"谢谢。"

"该死的轰炸机。"

"是啊。"

"该死的战争。"

他拿起钢笔，又不停地让它像被投下的燃烧弹那样，掉到写字台的木质桌面上。灰蒙蒙的窗子被弯曲变形的百叶窗遮住了一半，百叶窗和窗户之间的空隙里，一只苍蝇正在死命地往窗户的玻璃上撞。

时钟在嘀嗒作响。

走廊里有人在大笑。

最终，塔利斯泽尔先生把钢笔扔到一边，取出一支香烟。一系列动作如行云流水，一点儿不像是他这样身形的人能有的灵巧和敏捷。

"伯奇伍德，"他最后吐出一口烟，说道，"倒也可行。"

"我会保证可行性的。我可以回伦敦——"

"不用，"她的建议被他撇在一边，"不用回伦敦。不用去剧院。"

"先生？"

他用夹在手中的香烟指着她："伦敦人很勇敢，朱尔斯[1]，但他们累了，需要从现实生活中解脱出来，消遣消遣，但大多数人，得不到这样的机会。剧院是很好，但阳光灿烂的乡村生活呢？那是他们需要的。人们就想听到那样的故事。"

"塔利斯泽尔先生，我——"

"每周专栏。"他两手一挥，就像是手掌上挂着一条横幅，"'阡陌传飞鸿'。那种人们可能会写给母亲的内容。生活中的家长里短，孩子啦，遇到的人啦；各种趣闻轶事，有关幸福欢乐的事啦，母鸡下蛋啦，村里人的玩笑话啦。"

"玩笑话？"

"农夫、家庭主妇和牧师啦，街坊邻里和八卦啦。"

"八卦？"

"越搞笑越好。"

现在，朱丽叶背靠粗糙的树皮，调整了一下自己的坐姿，她皱着眉头。她这个人并不搞笑，至少写出来要发表的东西并不搞笑，她也不会为了博陌生人一笑而去搞笑。她时而是尖刻的——有人说过，她说话带刺儿——但搞笑，那她可不在行。但是，塔利斯泽尔先生不为所动，于是那份浮士德式的"卖身契"就被敲定了。好不容易找个机会，把孩子扔给杰里米照看，自己跑到这儿来，换来的是……什么？"哟，当然是你的诚实正直，"她脑海中的艾伦回答道，唇角上挂着一丝玩味的浅笑，"只换来了你的诚实正直。"

朱丽叶低头看了一眼。她穿的这件衬衫不是她自己的，所以并不

---

1 朱尔斯：朱丽叶的昵称。

合身，看上去的样子有些抱歉。当然，这还多亏了有志愿者给他们一家子找来了衣服。为了应对时下的种种需要，这样的志愿团体纷纷挺身而出，这非常了不起。她记得几年前的一次意大利之旅。当时，她和艾伦从圣彼得大教堂出来，发现下雨了。那些仅仅在一个小时之前还在卖遮阳帽和墨镜的吉卜赛人，转眼之间，身上就装满了雨伞。

想到这里，她不禁一颤，也许这个寒战的原因并没有那么复杂。白昼的最后一缕光即将消失殆尽，夜晚会凉爽起来。在这个地方，温暖总是伴着日光。朱丽叶和艾伦来这里度蜜月时，就住在小栈楼上那个四四方方的小房间里，墙纸上印着柠檬色的条纹。他们俩挤挤挨挨地坐在窗子下方、连着墙壁的窗座上，皮肤上泛起入夜后的凉意，那份沁凉让人颇感意外。

那时的他们是不同的，是他们自己的另一个版本：更轻松，更苗条，没有多少生活带来的层层武装，揣着什么心思都会被轻而易举地看透。

朱丽叶看了一眼手表，但是天太黑，看不清。不需要看清现在是几点，她也知道该回去了。

她用手撑着树干，吃力地站了起来。

她觉得头晕。现在，装威士忌的酒瓶比她想象的要轻。朱丽叶花了好一会儿才站稳。

这时，她注意到远处的某样东西。是那栋房子，但房子里面有隐隐约约的光亮，就在其中一个尖角上——也许，是阁楼。

朱丽叶眨了眨眼，摇了摇头。那一定是她想象的。伯奇伍德庄园里没有电，她也没在楼上留灯。

果然，她再凝神看过去的时候，光亮不见了。

第十九章

　　第二天一早，太阳刚升起来，孩子们便起床了。朱丽叶躺在床上，听着他们兴奋地从一个房间跑到另一个房间，在看到晨光、听到鸟鸣、发现花园里的美景时，大呼小叫，磕磕绊绊地往屋子外面跑。她觉得脑袋因为昨晚的威士忌变得混浆浆的，于是就装作还没醒，打算尽可能在床上多赖一会儿。直到感觉有人就快要贴到她脸上了，她才终于承认自己醒过来了。她睁眼一看，原来是弗雷迪，正趴在她身上，凑得特别近，这让他那张本就圆乎乎的脸蛋儿显得大了好几圈儿。

　　现在，这张脸蛋儿看起来开心不已，咧着嘴角，露着他的豁牙子，连他脸上的雀斑都显得兴奋起来，一双黑眼睛直放光。他的嘴边，不知怎的，还沾了些面包屑。

　　"她醒了，"他喊道，震得朱丽叶直咧嘴，"快起来，妈妈，咱们必须到河边去。"

　　河边。对了。朱丽叶偏了偏头，透过窗帘的缝隙，看到外面的天空蓝得出奇。弗雷迪正使劲儿拽着她的胳膊。她勉强点了点头，强颜欢笑，虽然那个笑容只能算是勉强扯了扯嘴角。即便如此，这也足以让他兴奋地大叫一声，蹦蹦跳跳地离开了房间。

　　想要跟雷德解释清楚，是不可能的，因为在他的小脑袋瓜里，这个世界上的美好时光无穷无尽，他对此深信不疑。但朱丽叶可不是在度假，她已经约了当地的妇女志愿小分队，十一点的时候要去和她们见面。她还指望着能借此机会找到一个切入点，完成她为《阡陌传飞鸿》栏目写的第一篇专栏文章呢。即便如此，一大早就被叫醒的唯一好处——不管怎么说，人总得往好处想——就是在她去工作之前，还有很长一段时间，这倒是出乎意料。

朱丽叶匆匆穿上一件带圆点的棉质衬衫，因为这件衬衫伸手就能拿得到。她系上裤腰带，然后用手指顺了顺头发。她在浴室里用冷水洗了把脸，没花几分钟就准备妥当了。她的打扮很随意，但适合她。来到楼下，她拿起哈米特太太的篮子，把面包和奶酪都装了进去，便带着三个孩子出了门，走的还是昨晚她选的那条石板路。

蒂普穿着一条褪了色的工装裤，裤腿至少短了一英寸。他走起路来像是上了发条的玩具娃娃，不太稳当地往前冲着，两条小短腿拼命倒腾，在哥哥和姐姐的身后追着跑。他们穿过草地，朝通往河边的那条小路跑去。比特丽斯在车道尽头的谷仓前停了下来，她身后的谷仓又大又旧，是石头砌成的。她展开双臂，蒂普朝她跑了过去，就快跑到她身前时，猛地扑进她怀里。她把他往身后一甩，让他爬到她的背上去。身为三个孩子中的老幺，可真是有福气——既有哥哥，又有姐姐，虽然吵吵闹闹，但都比他大上几岁，他只要等着受宠就行了，有这样的家人，他还真是幸运。

孩子们遇上了一群鹅，他们从鹅群身边飞驰而过时，大鹅慌慌张张地直往后退。雷德留下一串爽朗的笑声，他的欢乐不过是因为自己正在阳光和微风中奔跑，他的皮肤被阳光照耀着，他的发丝间有微风掠过。他们看上去不再像她的孩子，这令朱丽叶再度惊讶于这里和伦敦的不同。伦敦是三个孩子所知道的唯一的家，那是他们的世界，是他们的父亲执意选择的归属。她还记得第一次见到他的时候，他是一个瘦瘦高高的伦敦人，不论去哪儿都带着一只木质烟斗，皱着眉，一副自命不凡的样子。她当时觉得，这人有些骄傲自大——虽有才华，但那副胸有成竹的架势简直不可思议，还很爱显摆，甚至言谈举止间或是对任何事情的看法中都有些浮夸。认识的时间久了，经历了她在克拉里奇酒店[1]因为旋转门而发生的那件倒霉事之后，她才知道，在他的讽刺挖苦之下，跳动着一颗火热的心。

她现在已经赶上了孩子们，他们依次爬过栅栏旁边那个长满了常春藤的木质梯子，然后沿着河边向西走去。岸边停泊着一艘红色的运河船，这让朱丽叶隐约想起，附近有一个水闸或是拦河坝。她在心里记下，找一天带着孩子们去那儿玩。如果艾伦在这里，他也会提议这样做。他会说，领他们去看看运河上的水闸是怎么工作的，那该有多棒啊。

大船的后甲板上站着一名船员，他的身上有一股海水的味道，蓄着胡子，戴着尖顶帽。他向他们点了点头，朱丽叶也向他点头致意。没错，她想，到伯奇伍德庄园来是一个正确的决定。他们在这里都会过得更好，换个环境会让他们在经历了那些令人恐惧的事情之后，得到一些安慰。

男孩们在前面开路，比娅放慢了脚步，走在她的身旁："你和爸爸来这儿度蜜月时，就沿着河边走的这条路吗？"

"是啊。"

"从这儿能走到码头？"

"没错。"

"我的码头。"

朱丽叶微笑着："是的。"

"你们当时为什么来这儿？"

她转头看着女儿。

---

1 克拉里奇酒店：伦敦著名五星级酒店。

"来这个村子，"比娅解释道，"来这儿度蜜月。大家不是通常都去海边吗？"

"哦，原来是问这个。我也不知道，现在很难记起来了。"

"也许是有人告诉你们的？"

"也许吧。"朱丽叶蹙眉思索着。当时的很多细节她都还记得，但其他事情却完全记不起来，这很奇怪。比娅说得对：很可能是某个人——朋友的朋友——给他们提了这个建议，甚至可能还提到了那家小栈的名字。在剧院里，事情通常如此。在更衣室里，或是在后台排练剧本时，聊上几句。或者，最有可能的是，在演出之后，在贝拉尔多酒吧喝上一品脱啤酒之后。

不管当时是怎么回事，他们反正是给天鹅小栈打了电话，预订了那个小房间。中午办完婚宴之后，她和艾伦下午就动身，从伦敦来到了这里。在从雷丁到斯温顿的途中，朱丽叶把她最喜欢的钢笔弄丢了。当她说一些记忆就像电影一样挥之不去时，便是在指这件事，因为那年乘火车来这儿的一路上，都发生了什么事，她依旧觉得历历在目。她在火车上匆匆在日记本上写下的最后几笔，是对一条西高地白梗的描述。那条小狗就和她隔着一条过道，她一直在观察它。艾伦向来喜欢狗，他在和一位戴着绿色领巾的男士聊天——那是小狗的主人珀西瓦尔先生。一说起这条可怜的小猎犬，他就滔滔不绝，说它得了糖尿病，为了保证健康，还得给它注射胰岛素。朱丽叶一直在做笔记，这是习惯使然。她觉得这个男人很有趣，她很清楚，自己正打算写的那个剧本里，就该有这么一号人物。但接着，她感觉到一阵恶心。她忍了又忍，还是冲去了厕所。再接下来，就是艾伦颇为紧张，正要去看看她怎么了，车就到了斯温顿站——列车上喧闹声四起，她的钢笔就被忘了，没能收起来。

朱丽叶冲着一颗圆形的小石头踢了一脚，然后看着它在草地上掠过，消失在水中。他们就快到码头了。在明亮的阳光下，她看得出，经过十二年的光景，码头又破败了不少。她和艾伦曾并肩坐在它的尽头，脚尖在水面划下一道道波纹。现在，朱丽叶觉得自己也说不准还能否信得过这个码头，能否相信它经得住自己的体重。

"是这儿吗？"

"是，码头就这么一个。"

"再给我讲一遍，他是怎么说的。"

"他很高兴。他说，他终于要有女儿了，他一直都盼着有个女儿。"

"他不是这么说的。"

"是这么说的。"

"是你编的。"

"不是。"

"当时天气怎么样？"

"阳光灿烂。"

"你们在吃什么？"

"司康饼。"

"他怎么知道我是个女儿？"

"啊……"朱丽叶笑了，"比起上次我给你讲这件事，现在的你更聪明了。"

比特丽斯微微低下头，掩饰着她的欢喜，而朱丽叶在努力克制着自己那股冲动，她想趁着自己还可以抱抱这个小家伙的时候，把她拥入怀中，她是那么敏感，像个小大人儿。但她知道，自己的拥抱不会受女儿待见。

她们继续往前走，比特丽斯摘了一朵蒲公英，轻轻一吹，把连着孢子的一丝丝绒毛吹向四面八方。这幅画面是那样饱含自然的力量，又那样如梦似幻，这让朱丽叶也想照着做。她发现了一朵完美无缺的蒲公英，在根茎上一掐，把它摘了下来。

比特丽斯说："你告诉爸爸我们搬到这儿来的时候，他说什么了？"

朱丽叶想了想，她一直跟自己说要对孩子们讲真话："我还没告诉他呢。"

"你觉得他会怎么说？"

说她显然是疯了？说孩子们和他们的爸爸一样，都是城里的孩子？说她这个人一直都太浪漫？头顶传来一阵熟悉的、几乎快被遗忘的唧啾啼叫，朱丽叶倏地停下脚步，伸手碰了碰比娅，让她也去注意。"听！"

"是什么声音？"

"嘘……是云雀。"

她们静静地站了几秒钟，比特丽斯眯着眼睛仰望蓝天，搜寻着那只在远处盘旋的鸟儿，而朱丽叶盯着女儿的脸庞。比娅聚精会神的时候，眉眼间看起来尤其像艾伦：鹰钩鼻，鼻梁上有几条淡淡的细纹，一对眉毛又浓又密。

"在那儿！"比娅睁大了眼睛，伸手一指。云雀现身了，像德国那位希特勒先生派人投下的燃烧弹一样，朝地面猛地俯冲过来。"嘿，雷德，蒂皮，快看！"

两个小男孩转过身来，顺着姐姐指的方向看过去，瞧见了正在俯冲的鸟儿。

很难想象这个双腿修长、如今已经十一岁半的姑娘，就是十多年前那个让人在这里闹出乱子来的小生命。

经过火车上的那段小插曲，朱丽叶设法使艾伦平静了下来。她借口说是因为午餐时吃了太多油腻的食物，再加上列车在行进之中，她却一直把注意力放在笔记本上，没往窗外看，所以有点晕车。不过，朱丽叶知道，她很快就会把真相告诉他。

蜜月的第一天早上，天鹅小栈的哈米特太太只是善意地一问，便毁了她的兴致。"你的预产期是什么时候？"她微笑着问道，一边把装着牛奶的罐子放在早餐桌上。朱丽叶当时一定是把一切都摆在了脸上，因为这位旅馆老板娘在她的鼻子上点了点，又朝她眨了一下眼睛，向她保证，会帮她保守秘密。

那天晚些时候，她和艾伦发现了码头，哈米特太太送了他们一个野餐篮——说是"包含在蜜月套餐里的"——朱丽叶喝着保温杯里的热茶，吃着味道还挺不错的司康饼，把自己怀孕的消息告诉了艾伦。

"孩子？"艾伦迷惑地把目光从她的眼睛移到她的腰腹上，"你是说，在肚子里？现在吗？"

"大概是。"

"天呐！"

"是啊。"

不得不说，他听到之后很高兴。朱丽叶甚至开始觉得自己有点轻松起来。自从护士证实了她的担忧，她就一直在想，这个小生命的未来是多么脆弱。但他现在轻易便接受了孩子的存在，这让她想象中的那幅恐怕一碰就碎的图景，变得坚实起来。可接下来：

"我会去找个地方上班。"

"什么？"

"要知道，有些事情我是可以做的。"

"我当然知道。你是爱丁堡以外英国最棒的麦克白。"

"我是说真正的找份工作，朱尔斯，像个普通人一样。找份能赚钱的工作。"

"赚钱？"

"这样你就可以待在家里，抚养孩子，当妈妈。我可以……去卖鞋。"

她不太确定自己接着说了什么话，只知道保温杯掉了，茶水烫伤了她的大腿，然后她在码头的尽头挣扎着站了起来，边说边使劲儿地比画着，解释说自己无意待在家里，说他不能强迫她，说有必要的话自己可以带着孩子出去工作，说那样的日子也会让他们知道是有幸福可言的，说他们能应付得来。他们没把这些告诉比特丽斯，这自不必说。

朱丽叶像个旁观者一样，听着自己的声音——她觉得自己说得很清楚，很坚决——然后，艾伦伸手抓住她，说道："看在老天的分儿上，朱丽叶，坐下！"她想了想，朝前迈了一步，然后听到他又说了一句，"你怀孕了，必须小心点儿。"这是致命的一句话。她觉得，他的话像掐住了她的脖子，令她呼吸急促。她知道，她必须离开，离开这儿，离开他，她需要找地方呼吸些新鲜空气。

她气呼呼地沿着河边走开了，和他们来时的方向正相反，不去理会叫她回去的艾伦，径直朝着地平线那边的一小片树林走去。

朱丽叶没有哭，她通常是不哭的，从六岁起她就没再哭过。当时，她父亲去世了，她母亲告诉她，她们要离开伦敦，去谢菲尔德和外婆一起住。可如今，她觉得自己怒火中烧，艾伦看待事情竟会如此刚愎自用——他要她放弃工作，每天待在家里，他自己出去谋生当个……当个什么？卖鞋的？——这让她感到郁闷得喘不上气来，就好像一切都在天旋地转中离她而去，她自己就要分崩离析了，宛若缕缕轻烟，随风消散。

不知不觉中，朱丽叶已经来到了树林旁边，她突然有一种不想被任何人看到的冲动，于是径直走进了树林。她发现了一条窄窄的小路，路面的小草都被踩平了，应该是常有人从这条小路上经过。这条小路不再顺着河水的方向，她本以为，走这条路可以绕一圈，走到村子的另一侧，可以回到天鹅小栈的附近，但朱丽叶向来辨不清方向。她在树林里越走越深，一路上，她的思绪如雷鸣般在她耳边轰鸣不断。当她终于走出树林再次走在阳光下的时候，她根本就没在村子的边缘。她也不知道自己到底身在何处。更糟糕的是，她突然觉得恶心得厉害，想要抱着离她最近的一棵树，吐上一通——

"啊——！"

朱丽叶吓了一跳。雷德正朝她飞奔而来，双臂展开着："妈妈，我是英国战斗机，你是德国轰炸机。"

她本能地转身躲开了他。

"妈妈，"他生气地说，"你这么做也太没有爱国精神啦。"

"对不起，雷德。"她开口说道，但他马不停蹄地跑开了，并没听到他身后的那句道歉。

她注意到，比娅远远地走在前面，就快走到那片小树林了。

朱丽叶感到有些失望：十多年来，那个码头一直是他们一家人的故事中的一段小插曲，她一直盼望着能有一天把女儿带回这里来看一看。她不知道自己在期待着什么——不是那种让人肃然起敬的感觉，不是那样的，而是某种别的什么。

"你在难过吗，妈妈？"

在她身边的是蒂普，正抬头看着她，眼中尽是关切的神色。

朱丽叶笑了："有你在家的时候，我从来不难过。"

"我们现在没在家。"

"是啊，你说得太对了，是我又犯蠢了。"

他把小手塞进她的手里，一起朝另外两人那边走。朱丽叶总是惊奇地发现，三个孩子的手和她自己的手可以那么完美地彼此契合，这样简简单单的举动是那么温暖。

在河的另一边，一大片麦田闪着金黄的光。泰晤士河在静静流淌，蜜蜂在青草间寻着三叶草，可与此同时，正进行着一场战争，这让人难以置信。当然，村子里是可以看出打仗的迹象的：街道名全都不见了，窗户上纵横交错地贴着胶带，朱丽叶之前在电话亭上还看到贴着一张海报，提醒过往的行人，大家都应该为了胜利奋战到底。他们甚至把阿芬顿的白马遮掩起来，以免敌军飞行员利用这幅山丘上的巨幅画作寻找返航路线。但此时此刻，在这片平缓的河湾上，一切都令人难以置信。

蒂普在她身旁轻轻叹了一口气，朱丽叶这才发现，他要比平常安静得多。她还发现，昨天晚上挂在他脸上的黑眼圈还没散，他的眼睛底下依旧一片乌青。

"睡得还好吗，小宝贝儿？"

蒂普点了点头。

"换床睡总会有点不舒服的。"

"是吗？"

"是啊，但只是一开始。"

他似乎在琢磨这件事："你也觉得不舒服吗，妈妈？"

"哦，是啊。我是大人，所有事情对我们大人来说都不怎么舒服。"

"但只是一开始？"

"是的。"

听到这话，蒂普似乎松了一口气，这让人很贴心，但也有些让人不安。

朱丽叶并不觉得，她一番安慰的话语会在他心里起多大作用。她瞥了一眼远处正大步流星往前走的两个孩子。她很肯定，那两个小家伙谁都没问她，晚上睡得好不好。

"小熊维尼玩的小木棍！"蒂普松开手，在草丛里捡起一根几乎完全被青草遮住的树枝，是银灰色的，细细的一根。

"哦，是啊。还真捡到宝贝啦。多漂亮啊！"

"很光滑。"

"是柳枝，我觉得。也可能是桦树枝。"

"我要看看它能不能漂起来。"

"小心些，别靠河边太近了。"她边说边抚弄着他的头发。

"我知道。不会靠太近的。那里的水深。"

"那是当然。"

"女孩儿就是在那儿淹死的。"

朱丽叶吓了一跳："亲爱的，没人淹死。"

"有的，妈妈。"

"我肯定，那不是真的。"

"是真的。她是从船上掉下去的。"

"谁从船上掉下去的？你怎么知道的？"

"小鸟柏蒂告诉我的。"然后，他微笑着，他那个忧心忡忡、一脸严肃的小儿子笑了。话音刚落，他便飞快地朝他哥哥和姐姐那边跑了过去。那两个孩子正在为了两根长木棍争吵。蒂普将自己手中的小木棍举过头顶，像打了胜仗似的挥舞着。

朱丽叶看着他离开。

她发现自己在咬指甲上支棱出来的一小根刺。

她不知道哪一点更令人惊慌：是他谈论起死去的女孩儿，还是他是从长了一身羽毛的小朋友那里得知的这条消息。

"他不过想象力丰富罢了。"艾伦的声音在她的耳畔响起。

"他一直在和小鸟说话。"朱丽叶低声回答道。

她把眼睛、额头和太阳穴都揉了一遍。她还在因为昨晚喝多了而脑袋嗡嗡作响，要是能让她回去，猫起来再睡上几个小时，再睡上几天，让她干什么都行。

她缓缓地长舒一口气，决定把担忧先放在一边。以后会有时间仔细想想这件事的。蒂普现在赶上了他的哥哥和姐姐。雷德在田野上追着他跑，蒂普开心地回头看了一眼，而他的哥哥正装模作样地要抓到他。他就跟普通的小男孩一样（"他就是普通的小男孩。"艾伦说）。

朱丽叶看了眼手表，发现已经快八点了。她轻轻耸了耸肩膀，向孩子们走去。他们这会儿都在小树林的边上等着她。

朱丽叶走到他们跟前，挥手示意他们跟着她到树林里去。孩子们继续着他们打打闹闹的游戏，一个个都假装自己是骑士，手握利剑，和敌人一决高下。朱丽叶又想起了十二年前的那一天：她气冲冲地抛下艾伦，第一次踏上这条小路……

现在，她所在的位置不是村子的中央，这很明显；相反，她正站在一块麦田的边缘，麦田里，每隔一段距离就堆着圆圆的一大捆干草。远处，隔着另一块麦田，有一个石头砌的谷仓。再往远处望去，她还能辨认出倾斜的屋顶。屋顶上，有两个一模一样的尖角和好几个烟囱。

朱丽叶叹了一口气。太阳在天上挂得高高的，天热得很。她最初的怒火已经偃旗息鼓，眼下成了一堆不过在冒着一丁点儿火星的煤渣，即便如此，她仍然觉得心里憋屈难受。她开始费劲儿地穿过草地，朝远处那栋房子走去。

想想看，艾伦对她的误解竟然这么深，他竟然会去想——哪怕就一秒钟——她会放弃她的工作。写作并不是她选择去做的某件事；没了写作，她也就不再是她自己。他怎么会没意识到这一点？这个男人，可是她发誓要与之共度一生的人；这个男人，可是她曾经伏在耳边，向其低声倾吐自己最深藏的秘密的人！

她犯了个错误。一切都如此明显。结婚就是个错误，而现在还会有个孩子，她和艾伦的孩子，一个小小的、无助的、很可能会吵吵闹闹的孩子。剧院里可不欢迎小孩进去，那她最终的结局会和她妈妈如出一辙，尽数破灭的宏图壮志成了一张网，一张把自己困住的网。

也许，现在把一切都取消，还为时不晚？才过了一天。几乎连二十四小时都不到。如果他们今天下午直接回伦敦，兴许还来得及，可以去找那位给他们办结婚手续的官员，在他还没抽出时间到登记处把结婚注册的信息备案之前，把结婚证书要回来。就好像事情从没发生过一样。

或许是感觉到了自己的未来风雨飘摇，她体内的那个小生命又让她泛起一阵恶心，仿佛在说："我在这儿！"

是啊。还有这个小生命在呢。他或者她，一个小不点儿，正在成长；等到有一天，在不久的将来，会被生下来。即便不嫁给艾伦，这个事实也改变不了。

朱丽叶走到了第一块麦田的尽头，打开一扇简易木门，走进另一片麦田。她觉得口渴，她当时要是能想着把保温杯带着就好了。

她在第二块麦田里走了一半，谷仓现在跟她是平行的。对开的大门都敞着，她经过时，瞥见里面有一台很大的农用机——脱粒机，这个名词出现在她的眼前——机器上方有一艘木船被吊在椽子上，显然是被闲置多时了。

朱丽叶来到田边时，金黄的作物一下子变成了夏日里英国乡村花园中生机盎然、水灵灵的绿色植物。花园就在房子后面，那栋有两个一模一样尖角的房子。虽然篱笆多半都被茂密的黑刺李树篱遮住了，但是隔着被铰链连着的小门，朱丽叶可以看到一个铺着砾石的庭院，院子中央种了一棵栗子树。树的四周是一圈被架起来的花圃，里面栽种的植物绿叶繁茂、花朵缤纷。

她绕着树篱走过去，来到麦田的一角，然后踏上了一条土路。这条路给了她两个选择：向右转，那是她一路过来的方向，她可以顺着土路往回走；但朱丽叶转向了左边。黑刺李树篱顺着花园的边界延伸开来，直到和房子一侧的石墙相接。经过这栋房子，是另一扇门，一扇大铁门，顶部呈拱形，门上有装饰性的花纹。

在大门的另一侧，是一条石板路，通往这栋漂亮雅致的房子的前门。朱丽叶停下脚步，细细品味着房子的外形和细节，处处都令她感到愉悦。她一向善于发现美，尤其是建筑的美。有时候，一到周末，她就和艾伦坐火车去乡下，或者从朋友那里借辆车，在一个个小村庄的蜿蜒小路上闲逛。朱丽叶有一个笔记本，她会在里面迅速做好记录：哪些屋顶轮廓是自己喜欢的，哪些石子铺就的图案是令她着迷的。她的这个爱好让艾伦忍俊不禁，称她为"花纹镶嵌术女士"，因为她总会犯同一个错误：有太多次，她都把他的注意力引到了瓦片排列的图案上去。

这栋两层楼的房子是石头砌成的，石块都是苔藓的那种青灰色。屋顶——铺的也是石瓦片，但色调要暗上一两个色号——让人觉得极其满意。顶端的瓦片很小，每往下一层，越靠近屋檐，瓦片的尺寸就越大。在阳光的照耀下，它们看起来斑纹浮动，像是在缓缓游弋的鱼儿的那一身鳞片。两个尖角上各有一扇窗，朱丽叶扶着门，想离得更近些，仔细观察。刹那间，她觉得自己在其中一扇窗子里看到有什么在动，但那儿什么也没有，不过是一只鸟儿的影子一掠而过。

当她正在打量这栋房子时，被她用两只手贴着的大门打开了，就像是在邀请她进去。

朱丽叶毫不犹豫地走上了石板路，顿时觉得心满意足。花园很美，大小适中，花木繁盛，几面石墙营造出一种被安安稳稳隔绝起来的感觉。香气也令人陶醉：开到荼蘼的茉莉泛着淡淡花香，里面还混合了薰衣草和金银花的芬芳。鸟儿在绿叶间飞来飞去，蜜蜂和蝴蝶围着一大片花圃里的花儿盘旋。

朱丽叶现在看到，她进来的那扇门是侧门，因为房子前面还有一条更宽的路，连着房子和一扇敦实的木门，就在房子正对面的那道石墙上。这条更宽的小路两旁栽种着寻常的玫瑰花，粉红色的娇嫩花瓣尽显芳华。小路的另一端有一棵高高大大的日本红枫，枝叶已经探出了前门，伸到了院子外面。

草坪是一片亮眼的绿色，颜色稍稍深一些，朱丽叶不假思索地脱下鞋子，赤脚踩了上去。脚趾缝里的青草，又凉又软。她觉得自己仿佛置身于天国——没有比"天国"更合适的词去形容了。

日本红枫底下，有一处光影斑驳的草地特别诱人，朱丽叶走过去，坐了下来。当然，她是擅自闯进来的陌生人，但她敢肯定，拥有这样迷人的房子和花园的人，一定也是位可爱至极的主人。

太阳暖融融的，微风轻轻柔柔，朱丽叶打了个大大的哈欠。一阵倦意猛地袭来，她觉得昏昏欲睡，只得选择睡上一会儿。她近来总是这样，总在最不合时宜的时候犯困——自从她发现自己怀了孩子，便一直如此。

她把羊毛开衫叠成一团当枕头，仰面躺下来，把头偏向房子那边。她告诉自己，就休息几分钟，但阳光照在脚上舒服得很，还没等她反应过来，眼皮就打起架来，再也睁不开了。

朱丽叶醒来时，花了片刻工夫才想起来自己在哪儿。她睡得很香，沉而无梦，几个星期以来她从未睡得这般踏实。

她坐了起来，伸了个懒腰。这时，她才发现院子里不止她自己。

大门附近，有一个男人站在房子的角落里。他年纪比她大，但也没大多少，看起来不过年长她几岁，但她一眼便看出，他心情沉重。他当过兵，毫无疑问。当过兵的人仍然会穿着制服，这些可怜的人，都被战争给毁了。他们这一代人将永远只包括他们自己。

他看着她，表情严肃，但并不严厉。

"对不起，"朱丽叶喊道，"我不是有意闯进来的，我迷路了。"

他沉默了片刻，然后只是挥了挥手，什么也没说。从他的手势来看，朱丽叶知道，自己没惹上麻烦。她知道，他没把她当成找麻烦的人，他清楚这个花园、这栋房子的魅力有多大，清楚这里有种魔力，清楚在大热天看到那棵枫树底下的一片阴凉的草地时，从这里经过的人所感受到的那股无可救药的吸引力。

那个男人进了屋，他身后的门关了起来。他连一声招呼也没打，连一眼都没朝这边看。朱丽叶看着他离开，然后，她把目光收了回来，看着草地上的鞋子。她注意到，和刚才自己来到这儿时相比，这片阴影悄悄地移动过。她看了看表，距离她把艾伦一个人丢在码头上，已经过了四个多小时。

朱丽叶赶紧穿上鞋子，系好鞋带，站起身来。

她知道自己必须走了。她甚至还不确定，现在这个位置距离村子有多远。但是，离开这里让她觉得难受。她感到胸口一阵发疼，好像有什么东西在她的身上束缚着她。她站在平坦的草坪中央，抬头望着那栋房子，一片奇异的光弥漫开来，令一切显得如此清晰。

爱——这就是她感觉到的，一种奇怪的、强烈的、无所不容的爱似乎正在她所见所闻的一切中流淌：被阳光照耀的叶子，树下被遮住光的空地，用来砌这栋房子的大石块，鸣叫一声飞过头顶的鸟儿。在这片光芒之中，她短暂地感受到信教之人在教堂里必然会有的那番感受：那是一种沐浴在光明之中的感觉，那是一片源自笃定的光，笃定自己由内而外都被看得明明白白，自己属于某个地方、某个人也被瞧得清清楚楚。那种感觉很简单，它是明亮的、美丽的、真实的。

在她寻找回天鹅小栈的路时，艾伦一直在等她。朱丽叶上了楼，每一步都跨上两道台阶。她冲进房门，脸上因为室外的热气和她这一天的内心感悟热乎乎的。

他站在有铅棂条装饰的窗户旁，从窗户望出去，可以看到那条弯弯的河水。他的姿势有些僵硬，显得不大自然，仿佛是在听到她要进来时，他才摆出这么个姿势来，上演了这准备就绪的一幕。他的表情看上去小心翼翼的。片刻过后，朱丽叶才记起，他们俩在码头上吵架了，自己一怒之下独自离开了。

"先听我说，"艾伦打破了沉默，"我想让你知道，我从没想过要建议你——"

朱丽叶摇着头："没关系，你看不出来吗？那都不重要了。"

"怎么回事？发生了什么？"

一切都在她心里——问题看了个通透，也悟了个分明——但她找不到合适的言辞去解释，她的身体里只有那股被注入的能量，泛着金色的光，让她觉得再也无法承受。她奔向他，心中激情澎湃、迫不及待，她伸出双手，捧起他的脸庞，吻上他的唇，让他们之间的敌意、依旧徘徊的戒备消失殆尽。他惊讶地想开口问她，她摇了摇头，用一根手指压着他的嘴唇。什么话都不需要。任何话都只会把事情搞砸。

此刻，无需言语。

现在，不需要。

第二十章

　　花园多少还是朱丽叶记忆中的样子。虽不及当初那般精致，颇有些任凭园子里的植物各自为政的态势，但是哈米特太太也提过，当初的那位房主，也就是朱丽叶第一次发现这栋房子时的女主人，近年来迫于无奈，不得不把房子转交他人之手。"她去年夏天去世的时候，已经九十岁了。"花匠还是每月来一回，但他做起事来马马虎虎。她还噘了噘嘴，轻蔑地表示，那是个外地人。哈米特太太说，如果露西看到他冬天给玫瑰剪枝时剪得那么狠，她九泉之下也不得安宁的。

　　想象着1928年花园里一切尽善尽美的那幅景象，朱丽叶问，当时这栋房子是不是露西在住着，哈米特太太说不是，还说大约是那个时候，露西开始和艺术史学家协会商量房产交接的"协议"，然后她就搬走了，在附近一个小房子里住了下来。"就是同一批建成的那排小屋。你可能见过？露西常说，住那儿用不着爬楼梯。要我说，她的意思是那儿的回忆少一些。"

　　"她住在伯奇伍德的时候，有什么不好的回忆吗？"

　　"哦，不，我不是那个意思。她爱那栋房子。我估计，你还太年轻，还不懂，人要是老了，所有回忆都是有分量的，哪怕是幸福的回忆。"

对于时间的厚重感，朱丽叶再熟悉不过了，但她不想和哈米特太太陷在这个复杂而沉重的话题里。

据她所知，根据和艺术史学家协会商量的那份协议，这栋房子成了奖学金计划的一部分，获得奖学金的学生可以来这儿住。在她带着孩子们从伦敦来到这里的那天晚上，把房子钥匙交给她的那个人，当时推了推鼻梁上的眼镜，说道："这是栋老房子，不同于大部分当代的房屋。我们一般选择的住户都是个人，不是一大家子，而且只能短期住在这里。房子没有电，很抱歉，不过——反正，在打仗……我敢肯定，其他都会一切正常——"这时，从食品储藏室的棚顶，飞下来一只鸟，径直对着他们俩的头，猛地俯冲过来。接下来，他就唯恐她会觉得不高兴，不过朱丽叶对他特意跑来一趟表示了感谢，一直把他送到庄园的大门口。最后，他沿着门外那条小路匆忙离开了，朱丽叶随后关上了门。这一刻，他们俩都各自松了一口气。她随即转过身，对上的是孩子们的小脸蛋儿，三个背井离乡的小家伙正等着他们的晚饭呢。

从那以后，他们就习惯了早睡早起的作息时间。现在，四天过去了，每天都晴朗无云、阳光明媚。他们对清晨的花园也都习以为常了。比娅养成的习惯是，爬到房子周围的石墙上，选一块阳光最充足的地方坐下来，两条腿一盘，吹奏她的竖笛。雷德虽然不像比娅那般灵巧，而且稍显笨拙的动作看着还挺让人揪心，但他也不甘示弱：带齐了自己的装备，都是些精挑细选的棍子，在围墙上找一处最薄的地方，骑在墙头上练武——就像中世纪骑士比武时那样，骑着"马"，举着"长矛"，和他的假想敌对阵。朱丽叶不断强调，花园里有几片草地非常漂亮，他们可以在草地上玩儿，但对于她的建议，姐弟俩都充耳不闻。谢天谢地，蒂普对往高处爬不感兴趣。每天他都要选一处隐蔽的灌木丛，只要他当时觉得那处地方顺眼，他似乎就会满足于坐在那儿，把一套玩具士兵排成一列。朱丽叶和当地妇女志愿小分队会面时，结识了一位好心的女士。这套玩具就是这位女士送到家里来的。

家。想想看，这么快她就在心里把伯奇伍德当成了家，真是奇怪。家是一个包含着多重含义的词：在描述一个人目前的居所时，家是可以拿来敷衍了事的词；在描述给人带来无比舒适和安全的地方时，家是那个既温暖又面面俱到的词。在结束了漫长而辛苦的一天时，家意味着听到艾伦的声音，意味着被他搂在怀里，意味着深知他们各自心中的爱意。

天哪，她想他。

整天和孩子们待在一起，能有工作分散一下注意力，这让她觉得很不错。周一上午十一点，朱丽叶如期和当地妇女志愿小分队的成员们见了面。她们的会面地点是村政厅，就在天鹅小栈的对面，中间隔着那片绿地。她到村政厅时，优美的旋律声声入耳，就像是里面正在举办热闹的舞会——歌声悠扬，乐声婉转，欢声笑语。她在台阶上停了下来，想了片刻，琢磨着是不是自己记错了地方，但正当她来到门口探头往里瞧的时候，哈米特太太已经在挥着手叫她进去了。小分队那群人已经在大厅中央搬来椅子围坐一圈，大厅四周挂满了米字旗，每面墙上都贴着丘吉尔的海报，有他吞云吐雾的样子，也有他怒目而视的样子。

朱丽叶是带着问题来的，准备的问题列了长长一串，但没过多久，她就翻开笔记本上的另一页，开始对大家自由发言的大致内容进行速记。虽然她昨晚为了准备她的专栏文章熬到很晚才睡，但事实证明，她的想象力远远不及这群现实之中的女士，她们的怪癖、魅力和智慧令她在同她们一道开心大笑时，也为她们感到心疼不已。对于在后院养猪，其中有着怎样的考验与磨炼，玛乔丽·斯塔布斯分享了她的心得体会，一番洞见值得称道；对于用途多多的破了洞的丝袜，米利·迈克摩尔的视角独到，给人以启发；伊莫金·斯蒂芬斯告诉大家，和她女儿订婚的那位飞行员，之前一直被列在失踪人员名单上，大家都猜测他已经死了，最近，他终于回来了——这个一波三折的故事感动了所有人，大家纷纷翻找自己的手帕。

其他成员对彼此显然都了如指掌，其中许多人都是母女、姑侄或发小，但朱丽叶丝毫没有难以融入的感觉，大家都极其热情地欢迎她加入。对于一个伦敦人的看法，她如何看待生活、看待这个大家都置身其中的奇特时期，她们似乎感到既好奇又好笑，就像朱丽叶对她们这些生活在乡间的女性所经历的一切，感到既好奇又好笑一样。等到见面会结束时，虽然朱丽叶答应下次还来参加她们的聚会，但她记下来的东西已经足够多了，要是把这些内容都写成文章，篇篇见报，都足够那份报纸的忠实读者一直看到2000年了。在她回伯奇伍德庄园的路上，她断定，如果英国能在这场战争中取得胜利，那么这场胜利之中，也有全国各地的平民百姓的一份功劳，他们就像刚刚那群聚集在村政厅里的民众一样，那群心志坚定、心灵手巧的女性，她们个个昂着头，直面艰难险阻，绝不屈服。

于是，在过去三天的大部分时间里，朱丽叶都怀揣她们的信念，坐在卧室窗下的那台打字机前。尽管坐在这里办公不是最舒服的——用来摆放打字机的梳妆台很漂亮，可是台面底下留给腿部的空间并不充裕——但朱丽叶还是觉得很喜欢。这里有芬芳的金银花和铁线莲，它们的藤蔓从敞开的窗户爬进来，攀在窗帘的系带上；这里有放眼望去令人元气满满的美景，可以俯瞰果园，遥望村庄，尤其是看得见小路尽头的教堂墓地。那座石砌的教堂历史悠久，周围的庭院虽小，却很漂亮：里面爬满了常春藤，被青苔覆盖的墓碑点缀其间。朱丽叶还没有机会去那边看看，但这已经被列入了她的待办事项。

有时，天气实在太好，让人无心待在屋子里，朱丽叶就拿着笔记本到花园里去。她会找一处阴凉地，趴在草地上，单手支着头，一会儿在本子上匆匆写下几笔，一会儿咬着铅笔头冥思苦想，与此同时，还暗暗监视着孩子们的一举一动。他们似乎适应得还不错：笑闹玩耍，胃口还很好。和往常一样，他们动不动就争吵不休、扭作一团，跑来跑去的咚咚声常常不绝于耳，弄得她有点要抓狂。

朱丽叶决心要为了孩子们一直坚强下去。在他们一家人所在的这架小飞机上，她是掌控一切的飞行员。无论她有多么犹豫；无论她在夜里熄灭煤油灯后，清醒地躺在漫长的黑暗中，被多少疑问扼住了喉咙到喘不过气来；无论她有多么担心，怕自己会做出错误的选择把孩子们给毁了。无论如何，她都有责任让孩子们在第二天感到安全无虞。没有艾伦在，这份肩上的担子要重得多。身为家中唯一的大人，并不容易。

大多数情况下，她都能做到遇事要微笑以对。但是周三晚上，却出现了令她笑不出来的一刻。她本以为孩子们都在外面的草地上，就在后院的花园后面，而她一直坐在梳妆台前，努力想要在晚饭之前把需要交给塔利斯泽尔先生的那篇文章写完。参加完周一的见面会之后，她一直深信，自己这位顶头上司是有大智慧的人：生活在伯奇伍德，同时又参加了莱赫雷德地区妇女志愿小分队的那些形形色色、令人着迷的女士，她们给朱丽叶带来了极为宝贵的灵感，朱丽叶决心用精彩的文章来回馈她们无私的分享。

她一直在写关于伊莫金·斯蒂芬斯的女儿的故事，在用她细腻的笔触描绘那激动人心的一刻：年轻的女人透过厨房的窗户不经意间向外瞥了一眼，结果看到她的恋人——那个据说已经无望生还的男人——正沿着花园小径朝她这边走来。朱丽叶的手指飞快地按在打字键上，可她的手速太快，打字机的字锤似乎要跟不上她的速度了。她沉浸在自己的文字之中，与她在用笔墨刻画的那个年轻女人感同身受：她扯开围裙，奔向门口，与此同时，她在警告自己，别相信自己的眼睛；她在犹豫着，不愿去证明自己看错了；接着，她听到了钥匙在门锁里转动的声音。当写到伊莫金的女儿投入恋人的怀抱时，朱丽叶因为自己的这颗心而不知所措：数月来的担忧和等待，她的疲惫，一切的变化。她放下了心防，就短短的一刻里。

"妈？"有声音从她身后传来，然后逐渐靠近，"妈妈？你在哭吗？"

朱丽叶的身子僵住了，她的胳膊肘支在梳妆台上。刚刚，她正双手掩面地呜咽着。她尽可能平静地屏住呼吸，说道："别傻了。"

"那你在做什么？"

"当然是，在思考。怎么了？你是怎么思考的？"然后，她转过身来，微笑着把铅笔轻轻朝女儿一抛，说道，"小比娅！你见我哭过吗？"

然后是蒂普。他令人担心，不过一直如此。朱丽叶还在试着想清楚，是否又有了别的什么事要让她担心了。她就是太爱他了——并不是她对他的爱更甚，而是她对他的爱有别于对其他人的爱。最近他常常单独行动。（"多好啊，"她心里的艾伦说，"他能自己拿主意。再好不过了。他有创造力，瞧着吧，等他长大了，会成为一名艺术家。"）他玩的游戏是这样的：把玩具小兵排好队，再把它们都撞倒，带着它们去花园和房子的安静角落里执行秘密任务。朱丽叶非常肯定，她看到他在四下无人的时候自言自语。她把大树都寻了个遍，想要看看小鸟在哪儿，他似乎也在找小鸟，不过是在房子里。楼梯上有一处地方很温暖，他似乎尤其喜欢那儿。有那么一两回，朱丽叶发现，自己正躲在角落里监视蒂普。

有一天，他正跪在后花园的一棵苹果树下，她悄悄爬过去，坐到他身旁。"你在和谁说话？"她说的时候想要显得自己是随便一问，可是，她自己都听得出来，这话问得有些不自然。

"柏蒂。"

朱丽叶抬头看了看树冠："小鸟在树上吗，亲爱的？"

蒂普盯着她，仿佛是觉得她疯了。

"还是说，它已经飞走了？也许是妈妈吓着它了？"

"柏蒂不飞。"

"不飞吗？"

他摇了摇头："她走路，跟你和我一样。"

"这样啊。"一只在地面上蹦跶的鸟。这样的鸟，从某种程度来说，倒也有。"那也唱歌吗？"

"有时候唱。"

"你在哪儿遇到这只小鸟的？在树上吗？"

蒂普对他的士兵微微皱眉，似乎是想弄明白，这个问题到底是什么意思。然后，他冲着房子耸了耸肩。

"在房子里遇到的？"

他点了点头，还在摆弄他的士兵。

"它在房子里做什么呢？"

"她住在那儿。有时住在花园里。"

"我知道。"

他猛地抬起头："是吗？你能看见她吗，妈妈？"

朱丽叶不知道该如何回答。她考虑过给他一个肯定的答案：是啊，她也能看见他想象出来的那位朋友。尽管她愿意相信，他只是凭空虚构了一个玩伴，在周遭发生巨变的时候，给自己带去些安慰。但是，让这种错觉越发离谱，似乎已经超出了她的底线。"不能，亲爱的，"她说，"小鸟是你的朋友，不是妈妈的。"

"不过，她喜欢你，妈妈。她告诉我的。"

朱丽叶觉得心在发疼："那可真好，亲爱的。我很高兴。"

"她想帮你。她说，我应该帮你。"

朱丽叶再也忍不住了。她把这个小男子汉抱在怀里，搂得紧紧的，感觉到他的小胳膊、小腿儿都在她怀里，他这么小、这么暖，生活中有那么多坎坷在等着他迈过去，他是如此依赖她——看在上帝的分儿上，她可怜的儿子。

"你在哭吗，妈妈？"

该死！又丢人了！"没有，宝贝儿。"

"我感觉到你在发抖。"

"没错。但那不是悲伤的眼泪。我是个非常幸运的妈妈，生了你这么个小家伙。"

那天入夜后，又过了一阵子，孩子们都睡熟了。他们熟睡的脸庞，看上去更像是他们小时候的模样，更稚嫩些，一个个都嘟着小嘴儿。朱丽叶悄悄出了门，外面已经能感觉到丝丝凉意。她走在河边，来到码头，停了下来。她可以在码头上坐一会儿，回望庄园里那栋房子。

她倒了一杯威士忌，一口吞了下去。

她还记得1928年她把自己怀孕的消息告诉艾伦那天，自己是多么的愤怒。

不过，她当时以为，自己是因为艾伦不懂她，才会感到愤怒。现在，她意识到，那并不是愤怒，而是恐惧。那是一种突如其来的空虚，感觉自己是孤零零的一个人。那种感觉，跟幼稚的自暴自弃真是太像了。这也许可以解释，她为什么会表现得像个孩子，就那样负气地一走了之。

哦，真想回到过去，重头来过，再体会一遍其中的五味杂陈。那一天。那之后的第二天，第三天。她和艾伦的生活中有了比娅，然后是雷德，再然后是蒂普。他们三个都在长大，现在都不再黏着她了。

朱丽叶把酒倒满。人生没有回头路。时光一去不回头。而且，它一直往前走，从不停下脚步，甚至让人来不及思考。时光倒流唯有一途：回忆过去。

那天，她回到天鹅小栈的客房，在两人亲吻了彼此、解开了心结之后，他们俩躺在小床上，床头和床尾的栏杆上都有漂亮的铁艺装饰。艾伦捧着她的脸颊，望着她的眼睛，庄严地发誓说，他再也不会建议她抛下工作，再也不会以这样的方式，让她感觉受到了羞辱。

朱丽叶在他的鼻尖上落下轻轻一吻，发誓说，如果他想去卖鞋，她再也不会拦着他，会同意让他放弃表演的。

星期五早上，朱丽叶做的第一件事就是，把她为《阡陌传飞鸿》写的专栏文章最后通读一遍，然后电汇给塔利斯泽尔先生。这篇稿件暂定的题目是《妇女作战室——相约国防部的下午时光》，她把中指叠在食指上，期待这个祝好运的手势能给自己带来一些运气，但愿编辑大人同意使用这个标题。

朱丽叶对这篇文章的完成情况还算满意，她愉快地决定，撇开她的打字机，休息一上午。蒂普正在花园里摆弄他的玩具士兵，在另外两个孩子的一再坚持下，她跟着姐弟俩去了后院的田间谷仓。有一样东西，他俩非要给她看看。

"看！一条船。"

"哟，哟。"朱丽叶笑着说。

她跟孩子们解释说，十二年前，她瞥见过一条小木船，也是系在那几根橡子上。

"就是这条船？"

"我想是的。"

雷德已经急急忙忙地上了梯子，往阁楼上爬。现在，他正兴奋地单手把着梯子，看得朱丽叶整颗心都悬了起来。"妈妈，咱们可以把它放下来吗？说咱们可以，求你啦！"

"小心点儿，雷德。"

"我们会划船，"比娅说，"而且，这儿的河水不太深。"

她想到了蒂普，想到了关于小女孩溺水的事，还想到了危险。

"求你了，妈妈，求求你了！"

"雷德，"朱丽叶厉声说道，"你会摔下来的，然后就得打上石膏，那也就意味着，你的夏天结束了。"

他自然是没把她的警告当回事，反而开始在梯子的横档上直蹦跶。

"下来，雷德，"比娅不悦地责备道，"你把梯子占了，妈妈怎么上去看？"

雷德赶紧从梯子上下来。趁着这会儿工夫，朱丽叶从下面打量着小船。艾伦就在她的身后，他轻柔的声音在她耳畔响起，提醒她，一旦娇养这帮小家伙，结果只会把他们宠成麻烦："如果你的保护欲太强，你会把他们变成讨人厌的胆小鬼的。到时候咱们怎么办？他们会甩都甩不掉！一个个优柔寡断、担惊受怕的，那咱俩的后半辈子可就都毁了，哪还有什么乐趣可言。"

"嗯，"好半天，朱丽叶才说，"我看呢，如果咱们能把它解下来，而且，如果它不漏水的话，倒也没什么理由不让你们俩把它搬到河边去。"

听了这话，孩子们高兴坏了。还没等朱丽叶从梯子上下来，雷德就朝纤细苗条的比娅扑了上去，硬是一把搂住了她。朱丽叶发现，这条船连着一系列的绳索和滑轮，这套悬挂系统虽然有些生锈，但仍然可以正常工作。椽子上有个钩子，绑着这条船的绳子就系在钩子上。她把钩子上的绳索解开，让绳索的一头落到地面上。接着，她也回到地面上，转动绞盘，把船慢慢地放下来。

朱丽叶十二年前就瞥见过这条船，她原本暗自想着，这条船肯定因为闲置多年而无法使用了。但是，尽管里面满是蜘蛛网，还积了厚厚一层灰，仔细检查过船底之后，倒也没发现什么大问题。船身是干透的，没发现哪块木头有腐烂的迹象；似乎这条船在什么时候曾被人仔细修理过。

朱丽叶用指尖抚过船身和船底相接的地方，这时，她突然注意到一样东西。它在一道阳光的照耀下闪闪发亮。

"嗯，妈妈？"雷德拽了拽她的衬衫，"咱们可以把它搬到河边去吗？可以吗？求你啦！"

那样东西深深卡在船板的缝隙里，但朱丽叶还是把它抠了出来。

"是什么？"比娅问着，踮起脚，想隔着朱丽叶偷看两眼。

"一枚硬币。一枚古老的硬币。应该是，两便士。"

"值钱吗？"

"我觉得不值钱。"她用拇指蹭了蹭硬币的表面，"但它很漂亮，是吧？"

"谁在意这个呀？"雷德急得直跳脚，"这船可以下水吗，妈妈？可以吗？"

身为母亲，朱丽叶必然会有这样那样的担心，心里不时嘀咕着"万一出事儿呢？"但她还是把残留的一切忧虑都强行压了下去。在这条小船能否下水的问题上，她拍了板：状况良好，可以下水。她帮着他们把小船一直抬到田边，然后就站在后面，看着姐弟俩费劲儿地一左一右抬着小船，一路摇晃着越走越远。

朱丽叶回来时，蒂普还在前院的花园里。阳光照在那棵枫树上，透过树叶间的缝隙，在他又直又软的金发上留下一片片银色的斑点。他又把木头士兵带了出来，正在玩一个工程浩大的游戏，把一大堆木棍、石头、羽毛和各种有趣的小玩意儿摆了一圈。

她注意到，他嘴里一直念叨个不停。她走近时，他开怀地笑了起来。银铃般的笑声让这天都变得更亮堂了，也让太阳、让未来更加耀眼。直到，他把头一偏。她这才意识到，他是在听着什么，但朱丽叶却听不到。一瞬间，刚刚那笑声带来的光亮尽数被阴影吞噬了。

"是什么有趣的事吗，小蒂皮？"她说着，走过来，坐在他的身边。

他点了点头，选了一根羽毛拿起来，在指尖上绕来绕去。

朱丽叶把落在他膝头的一片干树叶拂掉："给我说说——我喜欢听笑话。"

"不是笑话。"

"不是吗？"

"是柏蒂。"

不出朱丽叶所料，可就算料到了，她还是心中一紧。

他继续说道："她把我逗笑的。"

朱丽叶在心中暗自叹了口气，说道："那，也不错，蒂皮。如果你要和人相处，很重要的一点是，选那些能让你开怀大笑的人。"

"爸爸能让你开怀大笑吗，妈妈？"

"在这方面，他比任何人都强。也许，你们三个除外。"

"柏蒂说——"他突然不说了。

"怎么了，蒂皮？她说什么啦？"

他摇了摇头，注意力都放在他搁在腿上翻来翻去的那块石头上。

朱丽叶改变了一下策略："她现在和我们在一块儿吗，蒂普？"

他点头。

"就在这儿？坐在地上？"

他又点了点头。

"她长什么样？"

"她的头发很长。"

"是吗？"

他抬起头，注视着正前方："红色的头发。她的裙子也很长。"

朱丽叶顺着他的目光看过去，坐直了身子，挤出一个灿烂的笑容。"你好，小鸟，"她说，"很高兴咱们终于见面了。我叫朱丽叶，是蒂普的妈妈，我一直想谢谢你。蒂普跟我说，你告诉他，他应该帮我，我只想让你知道，他一直都是个非常乖的好孩子。晚上会帮忙洗碗，还会跟我一起把衣服叠好，而他的哥哥和姐姐，就知道整天撒野。蒂普真的让我感到无比自豪。"

蒂普把小手塞到她的手里，朱丽叶紧紧地握了一下。

"为人父母可以不费吹灰之力，"风中传来艾伦开朗的声音，"打比方说，有个飞行员，驾驶的飞机中弹了，机翼上都是弹孔，这个飞行员的眼睛又被蒙着，那该什么办？只有听天由命呗。当父母的，就跟这个飞行员差不多。"

第二十一章

周五晚上六点，他们四个人一起出发，沿着乡间小路往村子里走。孩子们穿的都是陌生人捐赠的旧衣物，经过此前一番用力搓洗，衣物虽然显得旧一些，但穿着也都干干净净的。几个小家伙一路上停停走走，要么是因为沿途遇上了不少头奶牛，惹得孩子们驻足欣赏那些睫毛长长的、在田间悠然自得的大家伙，要么是因为得等蒂普一小会儿，让他去捡几块引起他注意的石头。所以，他们直到六点半才穿过三角形绿地来到天鹅小栈。

哈米特太太之前说从正门进，但却没说，进了正门之后应该往右转去餐厅，而不是往左转去酒吧。

哈米特太太已经在餐厅里等着客人们了，她正在和一位大约五十岁的女士喝鸡尾酒，那位戴眼镜的女士身材高挑，她那副眼镜的镜框是玳瑁的，朱丽叶从没见过这么精美的眼镜。朱丽叶带着孩子们一进门，她们两人都闻声转过身来，哈米特太太说："欢迎你们！快进来！你们能来，我真高兴。"

"抱歉，我们来晚了。"朱丽叶宠溺地朝着蒂普的方向点了点头，"路上遇到了一些重要的石头需要收集起来。"

那位戴眼镜的女士说："这孩子和我倒是兴趣相投啊。"她说话时有点美国口音。

孩子们还算规矩地站在那儿做了自我介绍，至于该怎么介绍自己，朱丽叶在来的路上都一一教过了。接着，她把孩子们带回门厅，那儿放了一对皮制的扶手椅。在他们等着晚餐开始的这段时间里，这两把椅子似乎成了"寄存"孩子的绝佳地点。

朱丽叶回到餐厅时，哈米特太太说道："赖特太太，这位是洛夫格罗夫博士。博士和我们一起住在楼上——她也曾在村子里住过，如今也是回来看看的。1940年一定是故人回来探访的好年景！"

洛夫格罗夫博士伸出一只手。"很高兴认识您，"她说，"就叫我埃达吧。"

"谢谢，埃达。我叫朱丽叶。"

"哈米特太太刚刚跟我说，你和孩子们搬去了伯奇伍德庄园？"

"我们是周日晚上到的。"

"我以前在那儿念书，那是很多年之前的事啦。"

"我听说过，很久很久以前，那儿是一所学校。"

"的确是很久很久以前了。有几十年了，在我离开后不久，学校就关了门。当年对女孩子以及教育女孩子的观念还都是老一套，那所学校就是最后的几个卫道士之一。我记得，有很多课是学做针线活儿，学唱歌，还有把书顶在头上练习走路的仪态，虽然我们在那个年纪本该是把那些书翻开来好好读一读的。"

"行啦，行啦，"哈米特太太说，"露西已经尽力了。而且，您学的那些，似乎对您也没害处呀，博士。"

埃达笑了起来："这倒是真的。露西确实尽力了。我一直都希望再见她一面的。"

"真是遗憾。"

"都怪我自己。我离开得太久了。岁月催人老，我们谁也躲不掉，就算是露西，也是一样的。说来好笑，虽然我在伯奇伍德念书时，遇上的奇葩让我不怎么顺心，但我长大后所选的那条路，还真多亏了当年那所学校。我是一名考古学家。"她对朱丽叶说，"在纽约大学当教授。但在此之前，很久很久之前，我是拉德克利夫青年女子学校博物学社团的成员，非常热衷于社团活动。露西，也就是拉德克利夫小姐，是一位考古爱好者。我后来遇到过一些教授，就考古方面的直觉来说，她的敏锐度比他们还强：她收藏的化石和古董都令人惊叹。她存放标本的那个房间就是一座货真价实的宝库。不过，美中不足的是有些小，不过那会儿，我想，您知道我说的是哪一间，就是二楼楼梯口正对着的那间。"

"我现在就住那个房间。"朱丽叶微笑着说道。

"那您可以想象得到，当时里面有多挤，墙上都是架子，每一处能放东西的地方，都给用上了。"

"可以想象，"朱丽叶说着拿出她的记事本，她总是把它带在手边，"一栋房子能经历这么多面貌各异的阶段，我很喜欢这一点。实际上，这给了我一个灵感。"

她草草记下一条笔记，一边写，一边说了说《阡陌传飞鸿》的来龙去脉。哈米特太太忍不住又补充了几句："我和小分队的女士们是专栏文章里的主角，洛夫格罗夫博士——那可是这个专栏的头一篇文章呢！您能确保我们人手一份报纸的吧，赖特太太？"

"我特意通知过编辑了，哈米特太太。周一上午报纸就能寄过来。"

"太好了！大家都非常兴奋。现在，要是您打算写有关露西的文章，务必记得提一句，她是爱德华·拉德克利夫的妹妹。"

朱丽叶微微蹙眉，这个名字似曾相识。

"那是位画家，就是人们说的紫红兄弟会的成员之一，英年早逝，所以不像其他几个人那么出名。不过，是他买下了河边那栋房子，还闹出过丑闻。有一年夏天，他和朋友们来那栋房子住——那是很久以前的事情了，是我母亲小时候发生的事，但她一直记得，临终时都还记着呢。有一个年轻漂亮的女继承人被杀了。她和拉德克利夫本来是要结婚的，她死后，拉德克利夫伤心坏了，就再也没回来。他在遗嘱里把这栋房子留给了露西。"

门开了，是哈米特先生来了，他刚忙完酒吧那边的工作，才抽身过来。跟他一道进来的还有一个帮厨的年轻女佣，一脸焦急地端着一个托盘，上面摆放着热气腾腾的主菜。"啊，"哈米特太太笑着说，"晚餐来了。您就等着瞧吧，我们厨师做的蒸香肠卷那才好吃呢！"

事实证明，他们这儿的厨师做菜堪称一绝。蒸香肠卷从来都算不上朱丽叶的最爱，但淋上一层秘制酱汁，这道菜的确十分美味。同样令她开心的是，孩子们乖巧地坐在餐桌旁，一个个都把自己最讨人喜欢的一面表现了出来，有问必答，回答得还挺引人入胜，不过对某些人来说，也许会觉得有点童言无忌；他们甚至还自己提了一些有趣的问题。蒂普费了好大劲儿才把每根手指头都在每根蜡烛熔化后的一汪汪蜡液里蘸了个遍，弄得桌子上留下了一些蜡液凝固后的小印子。不过，三个孩子没忘记在用餐完毕之后说一声谢谢，也没人在桌布上擤鼻涕。于是，当比娅问她，他们是否可以回门厅继续玩纸牌时，朱丽叶愉快地答应了。

"你的孩子们喜欢伯奇伍德庄园吗？"埃达问道，与此同时，哈米特太太的帮厨女佣在忙着给大家添茶、倒咖啡。"从伦敦搬到这儿，一定觉得变化很大吧？"

"谢天谢地，虽然有变化，但他们还算适应。"

"那当然啦，乡间生活可以给孩子们很多快乐的。"哈米特太太说，"要是有哪个孩子住在我们这儿还觉得不开心，那一定是个奇怪的小孩儿。"

埃达大笑起来："我一直都是个奇怪的小孩儿。"

"您之前不喜欢这儿？"

"后来还好。一开始可不喜欢。我出生在印度，在那儿生活得很开心，然后就收拾行李，被送过来上学了。我没有理由喜欢这儿，也就不觉得喜欢：我觉得住在乡下枯燥无趣，大家都客客气气的。说穿了，就是觉得陌生。"

"您在学校里待了多久？"

"只待了两年多。我十岁那年学校关的门，后来，我被送去牛津周边一所更大的学校。"

"发生过一次可怕的意外，"哈米特太太说，"一次夏季野餐时，有个女孩淹死了。没过几年，学校就关了。"她皱着眉，看着埃达："那会儿，洛夫格罗夫博士，发生意外的时候，您还在学校里吧。"

"是的。"埃达说着摘下眼镜，擦拭着镜片。

"您认识那个淹死的女孩吗？"

"不太熟。她年纪比我大。"

她们两位还在继续交谈着，朱丽叶却在想着蒂普。他之前告诉她，有个女孩在河里溺水身亡，现在，她在想他是不是在村子里听说的这件事。不过，他是在来到伯奇伍德的第一天早晨跟她提的这件事，所以他应该还来不及听人说起这件事。她觉得，很有可能是艺术史学家协会派来的那个紧张兮兮的年轻人，是他小声跟蒂普说的。想到这儿，她就觉得那个人看上去是有些诡异。

不过，蒂普当时可能也只是把自己内心最深处的恐惧说了出来。她不是一直在警告他——尤其是他——要小心些吗？艾伦会说，他不是告诉过她：因为当妈妈的总是担心，结果把孩子们都养成了胆小鬼。也许蒂普只是猜对了：但凡是河，都淹死过人。要是打赌说，泰晤士河沿岸，不论是哪个河段都曾经淹死过人，一准儿能赢。她只是在瞎担心，因为她总是对蒂普不放心。

"赖特太太？"

朱丽叶眨了眨眼："抱歉，哈米特太太。我刚才走神儿了。"

"我猜，一切都还好吧？要不要再来点咖啡？"

朱丽叶微笑着将杯子在桌面上轻轻推了过去，然后不知不觉地开始向她们说起了蒂普和他那位想象出来的朋友。一个人要是苦于挥之不去的忧虑，往往都会向他人倾诉，朱丽叶也不例外。

"可怜的小家伙，"哈米特太太说，"经过这么多变化，这倒也不奇怪。他会好起来的，别担心。不几天，你就会发现，一周过去了，可他对这位'朋友'连提都不提了。"

"也许您是对的，"朱丽叶说，"我从来没有过这种想象出来的朋友，要知道，凭空想象出一个人来，那真是件非比寻常的事。"

"他这位想象出来的朋友会让他做一些淘气的事情吗？"

"没有，谢天谢地，哈米特太太。我得说她的影响还都是正面的，这一点让我很高兴。"

"万幸！"女主人拍手说道，"我们今晚聚餐她也在吗？我还从没招待过一位想象出来的客人呐。"

"值得庆幸的是，她没在。她晚上不出门。"

"嗯。这倒挺特别。也许，这是个好兆头，说明他只是偶尔需要她？"

"也许吧。不过他确实说过，他问过她要不要来。显然，她告诉他，她去不了那么远的地方。"

"还是个体弱多病的人？真有趣。他还告诉过您其他细节吗，关于那个孩子的？"

"首先，她不是孩子，而是一位女士。他选择虚构出一位成年女性陪着自己，我不知道这是不是说明了我的什么问题。"

"也许那是另一个你呢。"哈米特太太说。

"不，不是那样的。从他告诉我的情况来看，她几乎跟我完全不一样。红色的长发，白色的长裙。他描述得非常具体。"

这期间一直都在保持沉默的埃达说："您有没有考虑过，他说的是真的？"

有片刻工夫，大家谁都没说话。"哎呀，洛夫格罗夫博士，"哈米特太太紧张地笑着说，"您可真会开玩笑。但您看，赖特太太正担心着呢。"

"哦，换了我，我不会担心，"埃达说，"我敢肯定，那不过意味着，您的儿子富有创造力，他在凭借自己的创造力来应对生活中的各种变化。"

"您的话，听上去就像是我丈夫说的，"朱丽叶微笑着说，"毫无疑问，您说得对。"

哈米特太太说要去看看布丁怎么样了，埃达说"要出去透透气"也离开了，朱丽叶趁机去看看孩子们都怎么样了。要找到雷德和比娅，很容易：他们俩正高高兴兴地窝在光线昏暗的楼梯底下，闹闹吵吵地握着纸牌玩金罗美[1]。

朱丽叶在走廊里没看到蒂普的身影："你们弟弟呢？"

他俩都在盯着自己的一手牌，谁也没抬头。

"不知道。"

"在别处呢。"

朱丽叶站了一会儿，手搭在楼梯扶手的立柱上，仔细看了一圈大厅。她的目光在快速扫过通往楼上的那段铺着地毯的楼梯时，有那么一刹那，她看到艾伦站在这段楼梯的另一头，嘴里叼着那个可恶的烟斗。

那一天，她发现他在客房里等着她，戒备地正准备着要把他俩没吵完的架继续吵下去的那一天，她就是从这段楼梯跑上楼的。

---

1 金罗美：一种两人纸牌游戏。

现在，她不禁想要再爬上去。

楼梯扶手摸上去异常熟悉，朱丽叶快爬到最后一阶楼梯的时候，闭上了眼睛，想象着自己回到了那一刻。记忆回荡在她周围的空气里。艾伦离她是那么近，她甚至可以闻到他。但当她睁开双眼，那个微微扯动一侧嘴角、笑容之中带着一丝讽刺的他，却不见了。

一楼和二楼之间的楼梯平台还是她记忆中的样子。干净整洁，细节上看得出店家的贴心之处，甚至还有种令人熟悉的艺术感。边桌上的瓷器花瓶里插着鲜花；墙壁上几幅小画框一字排开，画的都是当地的地标；斑驳的长条地毯上可以看到地毯清扫机留下的打扫时的印记。闻起来也还是原来的味道：洗衣皂和木蜡的气味，还有被前两种气味掩盖的、一点淡淡的鲜酿麦芽酒的香气。

不过，并没有脚下生风的小男孩的身影。

下楼时，朱丽叶听到酒吧外面传来熟悉的声音。之前，他们刚要进天鹅小栈时她就注意到，酒吧的窗户底下有一条长椅。现在，朱丽叶来到窗边，透过遮光窗帘的缝隙隔着窗台仔细往外瞧。他就在长椅上，手里握着他那些捡回来的战利品，都是些小棍子和石头子儿。埃达坐在他旁边，一老一少正在兴致勃勃地聊天。

朱丽叶笑了笑，悄悄地退开了，以免打扰到他们。无论他们在讨论什么，从蒂普的小脸上可以看出，他很感兴趣，听得很入神。

"你在这里啊，赖特太太。"

是哈米特太太，她正在催促着走在她身前的帮厨女佣。这一回，那个女佣举着一个沉甸甸的托盘。"准备好吃布丁了吗？我要高兴地告诉你，咱们的甜品是没放鸡蛋的海绵蛋糕配草莓果冻！"

周日一早，朱丽叶在孩子们醒来之前就醒了，这还是他们来到伯奇伍德庄园之后的头一次。她觉得自己的两条腿就和她的思绪一样，躁动不安。于是，她穿上衣服，出门散步去了。她没去河边，而是沿着小道往村子里走。走到距离教堂拐角不远的地方时，她注意到，人们正从教堂门口鱼贯而入，要进去听晨祷做礼拜。哈米特太太看见了她，挥了挥手，朱丽叶对她报以微笑。

孩子们还在家里，所以她没进去，而是在牧师讲到失与爱以及在与上帝同行时人类在精神上的坚定时，坐在门廊下面的长椅上听了一会儿。这是一次引人深思的布道，那位牧师讲得很好，但令朱丽叶害怕的是，在战争结束之前，还会有更多次这样的布道。

她的目光在漂亮的墓地里扫了一圈。那是一处安宁的地方，有许多常春藤伴着长眠于此的人们。墓碑上都刻着逝者的年龄，贴着他们年轻时的照片，控诉着死神不该将他们带走。墓地里有一个刻着天使的石雕，她孤独而美丽，对着一本打开的书低下头，头发从肩头滑下来，落在冰冷的书页之上，因为岁月侵蚀，天使的头发有些变黑了。在这样的地方，寂静之中有一丝让人心生敬畏的特质。

《宁录》的旋律从教堂里飘了出来，那是埃尔加[1]《谜语变奏曲》中的第九变奏。朱丽叶漫步在墓地外围，观察着斑驳的墓碑，思量着碑上的名字和日期，以及充满爱意的那些愿逝者在永恒中安息的话语。人类对于自己这个群体中的个人的生命是足够珍视的，在这片古老土地上，他们的人生纵然短暂，依旧会留下纪念；但同时，人类也会进行最毫无意义的、最普遍的那种杀戮，这是何等不同寻常的事啊。

在教堂墓地的深处，朱丽叶停在一块墓碑前，墓碑上刻着她熟悉的名字：露西·伊丽莎·拉德克利夫，1849—1939年。旁边是她哥哥的墓碑，哈米特太太在晚餐时提到的那位爱德华。露西的名字下方写着：一切往昔依然存在[2]。这句话让朱丽叶顿了一下，因为与通常刻在墓碑上的那些话相比，这一句所蕴含的情感让人觉得有些违和。

1　埃尔加：指爱德华·埃尔加，19世纪英国作曲家、指挥家。

2　原文为All past is present。

过去，现在，未来——这些到底都各自意味着什么？一个人可以在有限的时间里，在自己的境遇中力求做到最好。仅此而已。

　　朱丽叶离开了墓地，沿着草木丛生的小路向家走去。冉冉升起的朝阳燃尽了整夜的凉意，天空则变成一片澄净的蓝，令人赏心悦目。显然，今天孩子们会变本加厉地央求她去划船了。也许，她还可以领着孩子们在河边享用一顿午餐。

　　距离庄园还有好长一段路的时候，似乎就能看出来，住在里面的人已经醒了：人能无缘无故地做出判断，这一点还真奇怪。果然，还没等朱丽叶走到供马车行驶的那条车道，她就听到了比娅的竖笛声。

　　哈米特太太之前慷慨地给他们家送来了四个鸡蛋，朱丽叶打算用它们煮溏心蛋，她甚至还想在用来蘸溏心的烤面包条上，抹一层厚厚的黄油。不过，她先是飞快地上了楼，想把帽子放回房间去。在回自己的卧室之前，她顺道去看了看孩子们。比娅正盘腿坐在床上，像耍蛇人一样吹着竖笛。弗雷迪仰面朝天地打横躺在床垫子上，只留了半个身子在床上，脑袋都挨着地了。他似乎是在屏息。但她没看见蒂普的身影。

　　"你们弟弟呢？"她说。

　　比特丽斯耸了耸肩，但这没影响她的吹奏，一个音符都没漏掉。

　　雷德憋得脸都红了，气喘吁吁地说："在楼上？"

　　从房间里的气氛来看，显然之前发生过争执，不过朱丽叶知道，自己最好不要掺和进去。她清楚，兄弟姐妹之间的拌嘴吵架就像是风中的缕缕青烟：上一刻还让人看不分明，下一刻便消散得一丝也不见。

　　"十分钟后吃早饭。"她一边从房间里退出来，一边说道。

　　她把帽子扔到床上，去了大厅尽头的旧客厅，拐了个弯探头朝里面看。他们自然没用到这间客厅；这间屋子里摆满了家具，都用布单罩着，上面落了厚厚的灰尘。不过，对于孩子来说，这样的地方偏偏具有诱惑力。

蒂普也不在那儿，不过雷德觉得他或许在阁楼上。她不急不缓地跑上楼梯，一边叫着他的名字："吃早饭啦，蒂普，宝贝儿。来帮我做烤面包条呀？"

没有回应。

"蒂普？"她把阁楼上所有房间的每一个角落都找了一遍，然后站在窗子边，俯瞰往河边去会经过的那片田野。

河。

蒂普不会到处乱跑的。他天生胆小；没她跟着，他不会走那么远。

她没法冷静下来。他还是个孩子。他很容易分心。孩子会在河里淹死。

"蒂皮！"朱丽叶的声音现在显而易见地十分担忧，她迅速往楼下跑。匆忙间，在她经过走廊时，她差点儿错过了那声模糊不清的"妈妈！"。

朱丽叶停下来，仔细听了听。她眼下慌得不行，很难听得清。"蒂普？"

"我在这儿。"

似乎是墙壁在说话：仿佛蒂普被墙壁吞了进去，被困在了这道墙的肚皮里。

然后，她眼前的墙面上出现了一道裂缝，原来是一块嵌板。

那是一道暗门，待在门后的蒂普在冲她微笑。朱丽叶一把将他拽了出来，用力地搂在怀里。她知道自己一定弄疼他了，但她控制不住："蒂皮。哦，蒂皮，我的宝贝。"

"我藏起来了。"

"我知道。"

"埃达告诉我怎么找这个密室的。"

"是吗？"

他点了点头："这是个秘密。"

"真是个令人愉快的天大秘密。谢谢你跟我分享这个秘密。"她的心还怦怦怦地跳得厉害，就像是接连不断的重击落在她的肋骨上。即便如此，她还能镇定地说出话来，真是神奇。朱丽叶觉得有点晕。"和我坐一会儿，小蒂皮？"

她抱起他，放他下来，然后滑动门在他身后严丝合缝地关上了。

"埃达喜欢我的石头。她说，她以前也收集石头，还有化石。还说，她现在是一个考酷——"

"学家。考古学家。"

"对，"他表示同意，"就是那帮学家中的一个。"

朱丽叶领着蒂普来到楼梯口，让他坐在她的大腿上。她圈着他，脸颊贴上他热乎乎的头顶。在她所有的孩子中，对于她这种偶尔发作的母爱泛滥，蒂普是最愿意接受的。直到，她感觉到连他这样耐性好得不能再好的都快受不了了，她才说道："好了，该吃早饭了。我觉得，该问一下这个问题了：你的哥哥姐姐又因为什么吵起来了？"

"比娅说，爸爸回家时，没法在这儿找到我们。"

"是吗？"

"雷德说，爸爸是魔术师，不管我们在哪儿，他都能找得到。"

"我明白啦。"

"我上楼是因为，我不想告诉他们。"

"告诉他们什么？"

"爸爸不会回家了。"

朱丽叶感到头晕目眩："你这是什么意思？"

他没有回答，而是伸出了小手，轻轻按在她的脸颊上。他那张小脸儿，下巴尖尖的，两颊圆鼓鼓的，轮廓看着就像是一颗心，但很严肃，朱丽叶立刻意识到，他知道了。

她知道自己口袋里揣着那封信，她从艾伦那里收到的最后一封信。自从收到那封信，她就一直走到哪儿都带着它。正因如此，这封信才会依旧留在她这儿。当天和这封信一同送达的，还有陆军部发的黑边电报，但电报现在已经没了。朱丽叶原本打算把那封电报烧掉，但最终用不着她费神了。希特勒的爪牙已经帮她把问题解决了——当德军在伊斯灵顿区的皇后大道上空投下炸弹，毁了他们家的房子和房子里的一切的时候。

她本来是想告诉孩子们的。她当然想过。但问题是——而且朱丽叶还想了一点儿别的问题——根本没有任何一种可以让人接受的方式去告诉孩子们，他们的爸爸，那个让人赞叹的、让人好笑的爸爸，那个丢三落四的、傻乎乎的爸爸，已经死了。

"妈妈？"蒂普悄悄把自己的小手钻到朱丽叶的手里，"现在事情会变成什么样？"

朱丽叶想说的话本来有很多。总有这样一些时候，作为妈妈她会意识到，自己接下来的话会让孩子永远也忘不了。这种情形很少出现，但眼下就出现了。因此，她希望自己能说出一番具有同等分量的话来。她是作家，可她却找不到合适的字眼。她每想到一个答案，然后又弃之不用时，在给儿子回答的那个绝佳时刻与自己现在无言以对的这个时刻之间，就会多空出一拍。生活果真像艾伦总说的那样，就是一大罐胶水。大家都在一个装着面粉和水的罐子里尽可能优雅地原地踏步。

"我也不能完全确定，蒂皮。"她说道。这样的话既无法令人安心，也显得不怎么明智，但却是实话，至少也算是有可取之处。"但可以确定的是，我知道咱们会没事的。"

她知道他接下来会问什么；他会问，她是怎么知道的。那她又该怎么说？说因为她就是知道？说因为他们必然会没事？说因为他们一家子现在都坐在同一架飞机上，而这架飞机由她说了算，因为她是飞行员，无论眼睛是不是被蒙上了，她都会玩儿了命地确保一家人安然无恙地回家？

最后，她逃过一劫，用不着她回答，因为她想错了：他根本就没问她。他坚定地相信了她的话，这让朱丽叶想要蜷起身子，怆然泪下。紧接着，话题完全转向了另一边：

"柏蒂说，就算是在最黑暗的盒子里，也会有细小的微光。"

朱丽叶突然感到筋疲力尽："是吗，亲爱的？"

蒂皮认真地点点头："她说的是真的，妈妈。我在密室里看到了。只有从里面才能看到。那块门板关上的时候，我开始很害怕，但我用不着害怕的，因为里面有成百上千的小灯，在黑暗里一闪一闪的。"

VIII

今天是星期六，游客们已经来了。我待在那间墙上挂着范妮画像的小房间里，但我更喜欢这么去想：我是待在朱丽叶的卧室里。毕竟，范妮只在这里睡过一晚。我以前经常在朱丽叶工作时和她待在一起，就跟她一起坐在打字机前，她的报纸都摊开来，摆在窗前的梳妆台上。到了晚上，等孩子们都睡着了，她会把艾伦的那封信拿出来。不是要拿出来读一读，她通常都不去看信上的内容，而只是把信握在手里，坐在那儿茫然地看向窗外漫长又漆黑的夜。

在河里差点儿被淹死的埃达得救以后，也在这个房间里住过。那时候，露西的卧室就在隔壁，而这里是她放化石和标本的宝库，几面墙摆满了跟房间等高的架子。露西坚持要自己照顾埃达，因为她总在护士工作时指手画脚，最后搞得护士干脆甩手不干了。床被搬回这个房间之后，没剩下多少活动的空间，但是露西还是设法在角落里塞下了一张木椅。夜里，她就坐在椅子上，看着那个睡着的孩子，一坐就是好几个小时。

露西如此细心照料埃达，让人动容。露西小时候，除爱德华之外，生活中没什么人可以亲近。每天晚上，她都拿着一个装满煤的铜质平底锅，把被窝里弄得暖乎乎的。她还同意让埃达养着她那只小猫，尽管那位叫桑菲尔德的女士明显不同意。

今天，有一位游客走到这个房间的窗子前，站在那儿伸长了脖子，往院墙另一边的果园里瞧。她的脸在上午阳光的照耀下，看上去惨白惨白的。这让我想起野餐后第二天，埃达的精神恢复了不少，已经可以自己靠着枕头坐在床上了。当时，阳光透过几块纤尘不染的正方形窗玻璃，就洒在她的床脚。

露西端来了早餐，她正要把托盘放在梳妆台上时，埃达说道："我掉进河里了。"她那张小脸儿在亚麻床单的映衬下显得毫无血色。

"嗯。"

"我不会游泳。"

"是不会，这很明显。"

埃达沉默良久，不过我能看出来她还有心事。果然，她终于说道："拉德克利夫小姐？"

"怎么了，小家伙？"

"我掉进水里时，身边还有一个人。"

"是啊。"露西坐在床边，拉起埃达的手，"有个坏消息，我得告诉你。梅·豪金斯也掉进河里了。她也不会游泳，但她没你走运，她淹死了。"

埃达听到了露西的话，接着，喃喃自语道："我看到的不是梅·豪金斯……"

当时，我不知道埃达还会跟露西透露多少，我就等着看，她到底会不会把在河底发生的一切原原本本地告诉露西。

但她没再提"还有一个人"的事，而是说："有一道蓝光。我伸手想去抓它，可那根本就不是一道光。那是一块石头，一块闪闪发光的石头。"随即，她张开一只手，掌心里是拉德克利夫蓝。它一直和其他石头一样沉在河底，等待着有一天，被人一把抓在手里。"我看到它在闪闪发光，就紧紧抓着它，因为我觉得它会救我。而我得救了——它就是我的护身符，它找到了我，就在我需要它的时候，是它保护了我，没让我受到伤害。就像你跟我说的那样。"

今天天气晴朗，阳光明媚，游客络绎不绝。有不少人在附近的一家客栈预订了午餐，所以房子里人来人往，热热闹闹的。游客们三五成群地参观着一个个房间。我听见导游又让另一帮游客在"范妮的卧室"里闭上眼睛，"闻一闻布朗小姐最喜欢的味道，那股淡淡的、幽灵般若隐若现的、玫瑰古龙水的气味"。导游的话让我实在受不了。于是，我离开了这里，往麦芽坊走。这会儿，尽量保持低调的杰克就待在那里。今天早些时候，我看到了他打印出来的邮件，就是惠勒夫人最近寄给他的那封电子邮件。我发现邮件里附了一封露西于1939年3月写给埃达的信。唉，可信被盖住了，我没看到上面写的是什么。真希望杰克现在已经把它上面的其他几页纸都挪到了一边，这样我也能读一下那封信。

楼下大厅里，一群人聚集在一幅风景画的前面。它就挂在南边的那面墙上。在爱德华的作品中，这是第一幅被皇家艺术学院认可的，它和其他几幅画被一道称作"泰晤士河上游组画"。画中的景色是爱德华透过房子里最高的那扇窗户直接取的景。站在窗前，可以遥望泰晤士河的潺潺流水，还有平川旷野、万木森森、远山连绵，风景美不胜收。不过，因为爱德华运用了不同色调的紫红色以及最暗的深灰色，在他的画笔之下，这片田园风光变成了一幅令人惴惴不安的美景。这幅画作被认为预示了从具象油画到"氛围艺术"的转折点。

这是一幅令人着迷的画作，今天的游客像往常的那些一样，对着它赞叹不已。不过，他们说的还是什么"色彩用得真棒""让人感伤，对吧？""瞧瞧那技法！"之类的话。但很少有人在纪念品商店里购买印有这幅画的海报。

爱德华的天赋之一，是能把自己的情感画出来，通过颜料和笔法的选择，将自身的情感视觉化，而他之所以能将情感精准而娴熟地展现出来，是因为他需要交流，需要得到理解。要是想买张海报挂在沙发墙上，人们不会购买《阁楼窗外的风景》，因为这幅画被注满了恐惧。而且，尽管它有它的美，可就算不知道这幅画有怎样一个创作背后的故事，人们还是能够感觉到，这幅画中有一种令人恐怖的氛围。

爱德华在画中所描绘的风景，给当时只有十四岁的他留下了难以磨灭的印象。十四岁正是一个人觉得脆弱的时候，也正是观念和情感发生变化的年纪，而处于这个年纪的爱德华，他的情感尤其炽烈。他骨子里向来就有一种不疯魔不成活的劲头。我从没见过他对什么事情三心二意。在他童年的时光里，曾有许多兴趣爱好让他沉迷其中。每一样兴趣爱好，在他喜欢上另一样之前，都是他心尖儿上的"独一份儿"。他痴迷于神话故事和有关神秘学的理论，还曾一度决心要招魂弄鬼。他在学校时，常常偷偷跑去图书馆看书。他在图书馆地下室最深处的角落里找到了几本古籍。他会就着烛光，对着这些古人的论著，认认真真地研读几个小时。他要招魂弄鬼的念头就是那段时间产生的。

当时，爱德华的父母跑到远东去收集艺术品。他们不在英国，而且一走就是一年。所以，那年暑假他从学校回家时，回的不是那个位于伦敦的、他打小就住着的家，而是被送去了他祖父的庄园。威尔特郡是一个古老的、有着魔力的地方。爱德华常说，每当满月高悬，月色如银，人们依旧会感觉到古老的魔力。父母对他弃之不顾，这让爱德华心生怨怼；他祖父为人专横，而爱德华又不得不受着，这也让他愤恨不平。但是，对于迷恋鬼魂和神话传说的爱德华而言，搬到遍地都是白垩岩的乡下去住，正对他的胃口，甚至让他愈发沉溺于那些传说。

他斟酌着去哪儿招魂弄鬼，几个附近的教堂墓地都在他的考虑范围之内。不过，在他跟祖父的园丁有过一次交谈之后，他决定不去墓地了，而是打算沿着科尔河走，一直走到这条河与泰晤士河交汇的地方。老园丁说，离那儿不远的树林里，有一块空地；那儿的河水绕着树林猛地转了个弯，掉了个头，形成了一处河湾，而在那河湾之上，仍有精灵和鬼魂在人间游荡。园丁的祖母生在北部，她出生的时辰恰逢"阴时"。据说，这个时辰出生的人都有阴阳眼，所以她才知道这些神鬼玄灵之事。那处神秘的河湾就是园丁从他祖母那儿听来的。

有一晚，伦敦下起了绵绵细雨。我和爱德华待在他那间烛光摇曳的画室里，他把那天晚上发生的事告诉了我。从那以后，我曾无数次地想起他把心底的秘密讲给我听的情景。即便是现在，我依然能听到他的声音，仿佛他就站在我的身边。我能把那天晚上发生在树林里的事，讲得仿佛我曾亲临其境，仿佛事情发生时，我也在那儿，在他的身边。

他走了几个小时才找到那处河湾，壮着胆子进了树林。他一路留下白垩燧石做记号，生怕自己找不到回家的路。那些被他当成记号的石块，都是他白天捡来的。它们或圆或扁，往往被古人用来制作石器。他走到那块空地的时候，正好是子夜，月亮高高地挂在夜空的正中央。

那一晚，朗朗星空，暖意融融。他只穿了最薄的衣服出门。但是，当他蹲下来躲在一棵倒在地上的大树后面时，他觉得皮肤上有什么冰凉的东西轻轻蹭了他一下。他抖了抖身子，那种感觉消失了。他当时没太在意，因为他满脑子都是眼前正在发生的、远比自己身上的一丝凉意更加有趣的事情。

一束月光照亮了这块空地，爱德华有一种不祥的预感。他知道，有事情要发生了。一阵奇怪的风刮了起来，周围的树木沙沙作响，树枝上像是长满了薄薄的银叶子。爱德华感觉有双眼睛正像他一样盯着那块空荡荡的空地，那双眼睛的主人就藏在枝繁叶茂的树上。它在等待着，等待着……

忽然，一片黑暗。

他朝天上看了一眼，心想会不会是不知从哪里飘来的一片云遮住了月光。就在这时，他猛然间心生惧意，恐怖伸出一只令人作呕的利爪攥住了他。

他的血，冷得像冰。也不知道是为什么，他开始转身往回跑。他循着地上一块接一块的白垩岩，穿过树林，一路逃到田野的边缘。

他继续奔跑着，他觉得，自己大致是在朝着祖父家的方向跑。他身后有东西在追他——他能听到它，那声音比他自己急促的喘息声还要大——他扭头往身后瞥了一眼，但什么都没有。

他的每一根神经都在燃烧，可他的皮肤却一阵阵地泛着寒意，仿佛要从他的血肉上剥离。

他跑啊，跑啊。他跃过篱栅，穿过荆棘丛生的矮树篱，咚咚地一步步穿过田野。他的周围黑黢黢的，而且看着有些陌生。

那莫名的东西一直在他身后跟着。正当爱德华觉得自己快要跑不动的时候，他瞥见地平线上有一栋房子。从房子最高处的一扇窗户里，透出一道光，它像是暴风雨中的灯塔，在给他指引方向，让他能寻到安全的避风港。

他的心扑通扑通地在胸口狂跳。他朝着房子跑去，攀上石墙，一跃而下，落入一个花园。那花园笼罩在月光的银辉之下。花园里，有一条石板路通向房子的前门。门没锁，他开门快步走了进去，随即把门关紧，插上了门闩。

爱德华本能地爬上楼梯，越爬越高。不管在田野里追着他的是什么，现在都被他甩掉了。他一直爬到阁楼，楼梯只通到这里。

他径直走到窗前，俯瞰夜色下的风景。

他一直站在那儿，保持着警惕，一身的戒备。他把窗外那风景的每一处细节都看得清清楚楚，直到最后，晨光一点点奇迹般地划破天际，而世界再次恢复了正常。

爱德华向我承认，在他知道的所有神秘而恐怖的故事中，把他读过、听过还有他给妹妹们编的那些都算在内，那天晚上，他从林中空地一路狂奔，为了逃命躲进这栋房子的经历，让他第一次感到真正的恐惧。这件事彻底改变了他，他说：他内心深处的某一处被恐惧打开了，而那里再也无法被严严实实地封上。

现在，我完全明白了他的话是什么意思。真正的恐惧是不可磨灭的；这种感觉不会消退，即便早就忘了引起恐惧的源头是什么。恐惧是一种看待世界的新视角——有一道门，一旦打开，便再也关不上。

所以，在看着《阁楼窗外的风景》时，我不会把它和伯奇伍德庄园外面那片田野联系在一起，尽管两者出奇地相似。它让我想到的反而是，黑洞洞的狭小空间，污浊的空气，还有一个人在挣扎着为下一口气而喘息时，喉咙里因为缺氧而灼烧的那种感觉。

游客们也许不会买《阁楼窗外的风景》那幅画的海报，但是他们为了《佳人》的海报可是乐意掏腰包的。

想到我自己那张脸会出现在许许多多沙发背后的墙面上，死死盯着别人看，我就觉得有点受宠若惊。我自不必为此操心的，不过，跟纪念品商店里的其他海报相比，《佳人》确实销量更高，连瑟斯顿·霍姆斯的作品也难以匹敌。我渐渐明白，哪怕是一丁点儿声名狼藉，也能让人从中得到乐趣，毕竟被他们挂在家里的那张海报上、出现在他们漂漂亮亮的墙壁上的那副面孔，属于一个珠宝窃贼，而且这个女人还有可能是个杀人犯。

他们中的一些人在读了伦纳德的那本书后，会把《佳人》和《弗朗西斯·布朗小姐的画像——为她十八岁生日所作》放在一起比较，然后会说："当然啦，任谁都看得出来，他的确爱上了他的模特。"

一百五十多年前，我遇见了爱德华·拉德克利夫，并且坐在他母亲家花园深处的那间小画室里给他当模特，而现在，有这么多陌生人的墙上挂着我的画像，真是怪事一桩。

让人给自己画幅画像，就要承受另一个人把全部注意力都放在自己身上的那种压力，而且要在那个全神贯注的人向自己投来灼灼目光时，与之对视，这是最亲密的一种体验。

爱德华把《佳人》完成之后，它就从画室被送去了皇家艺术学院，又被人挂在了学院展厅的墙壁上。这当时就够让我不知所措了。许多许多年之后，人们可以制作出无穷无尽的复制品，它们还被销售出去，被装进相框里。正如爱德华在1861年说的那样，我的脸可以出现在各式各样的东西上：购物袋、茶巾、钥匙圈、马克杯以及21世纪的财政年度记事簿的封面。

我纳闷，要是费利克斯知道如今的一切，他会有一番怎样的评价。当年，他的西服翻领上别着的徽章上印着亚伯拉罕·林肯的头像，而他对未来的那些预言听起来还有些疯狂。现在，就如同他当年所说：照相机无处不在。如今，人人身上都带着个相机。甚至此刻，在我眼前，当大家在这栋房子的一个个房间里闲逛时，他们都在用手里的设备对着这把椅子或那几块瓷砖拍照。他们是透过手机上的摄影视窗在感受世界，这就跟世界隔了一段距离。他们是在为日后而拍摄一幅幅画面，所以对于那些被他们拍下来的东西，他们现在无须费心去看、去感受。

爱德华到小白狮街的麦克夫人家来找过我之后，我们之间就不一样了。我俩都不约而同地认为，我们的关系中有了一种长长久久的东西，这在之前是从未有过的。爱德华开始了另一幅画的创作，画的名字是《睡美人》。不过，以前他画画的时候，我是模特，他是画家，而现在，同样是画画，可我们的关系却不再是纯粹的模特和画家。工作和生活，现在变得你中有我，我中有你。我们俩变得分也分不开。

1862年初的几个星期，天寒地冻，冷得刺骨，但画室里有壁炉，生了火，我们便不觉得冷。我还记得，他在地上给我铺了几个天鹅绒软垫，我躺在上面，抬头看着模糊不清的玻璃屋顶，天空显得阴森森的。他把我的头发散开，有几缕长发从肩头垂落在我的胸前。

我们整天待在一起，晚上的大部分时间也一样。当他终于把画笔收起来时，他会送我回七晷区，然后，等天一亮又过来把我接走。我们之间的谈话不再有什么可藏着掖着的，它就像一根钩针，被最心灵手巧的人握在了手里，而我们的生活就像各式各样的线，被这根钩针编织在一起。如此一来，在我们彼此分享一个个故事的时候，我和他也就绑在了一块儿。我把我的父母家世告诉了他，给他讲了那间充满惊奇的工作室，去格林尼治的那几次旅行以及我用来捕捉光的小铁罐。我还跟他提到了乔，我和乔那不可思议的友谊，麦克夫人和船长，"走失的小女孩"和我那双白色的儿童手套。我把自己的真名也告诉了他。

爱德华的朋友注意到，他总是不见人影。以前，他总有一段时间要离开伦敦，找个地方离群索居，沉迷于工作。他家里人会宠溺地说，他那几周的创作之旅是"出远门"。然而，1862年初，他这种什么活动也不参加的情况却不是一回事。他一直忙着自己那幅画，忙得连写封信寄出去的时间都没有；紫红兄弟会每周在女王私榻酒吧举行的例会，他也没时间去参加。

到了3月，他刚把《睡美人》画完，就把我介绍给其他人认识。我们去了伯纳德夫妇的家，也就是费利克斯和阿黛尔，他们住在托登罕官路。那是一幢外表看上去朴实无华的砖房，完全看不出里面的房间都是无拘无束的波西米亚风格。墙壁刷成了深红色和深蓝色，上面挂满了镶在框里的巨幅油画和相片，看上去乱七八糟的。一个个设计精美的枝形烛台上，微光闪烁，好似天上的繁星数也数不清。烛光在墙上投下一道道影子，空气中一股浓浓的烟味儿，一帮人正热情洋溢地进行着交谈。

"这么说，就是您啦。"瑟斯顿·霍姆斯说道。在爱德华再次为我和他做介绍时，瑟斯顿的眼睛始终盯着我的眼睛。就和上次在皇家艺术学院时一样，他拉起我的手，嘴唇在我的手背上轻轻碰了碰。我也像上次一样，心中一动，深知自己得提防他。

那时，没有多少事能让我害怕。我是在七晷区长大的，有了这段成长经历，曾经一些让我觉得可怕的事，我现在都不再惧怕。但是，瑟斯顿·霍姆斯却让我感到不安。他这个人，总是随心所欲，物质的东西他都不稀罕，但对自己得不到的东西，却总是心心念念地惦记着。他还生性残忍，有时是几分漫不经心的残忍，有时是几分故意为之的残忍，而且各种残忍的手段他都能信手拈来。有天晚上，我看到他轻慢地评论起阿黛尔·伯纳德刚刚尝试摄影时拍的一张照片。说完他那番尖酸刻薄的话，他坐了回去，嘴角勾出一丝笑意，把让人难堪的场面当乐子看。

瑟斯顿对我感兴趣，是把我当成了一个挑战，一个他可以从爱德华手里抢走的宝贝。我当时就清楚这一点。但我得承认，那会儿，我并不清楚他会做到什么程度，不清楚他是否会不择手段地只顾自己开心，而让别人受苦受难。

我时常思索这样一个问题：11月的那天晚上，在我离开皇家艺术学院的画展之后，如果我跟着瑟斯顿走了，或者拿捏好分寸，对他说些恭维的话，那么，在1862年夏天所发生的那些事情中，有多少是可以避免的？可是，我们都要做选择的，好也罢，坏也罢，我也就做了我的选择。对于他请我给他当模特的事，我一再拒绝；我确保自己不跟他单独相处；我躲着他纠缠的视线。多数情况下，他都谨言慎行，但喜欢对我下黑手。只有一次，他做得太过分，碰了爱德华的底线。我不知道他跟爱德华说了什么，但他为此付出了代价，他的一只眼睛被爱德华打了个乌眼青，隔了一个星期瘀青才消。

与此同时，麦克夫人因为可以经常拿到我当模特赚来的钱而非常开心。马丁没有多少选择的余地，只能勉强接受眼下的局面。一逮到机会，他就表示自己不赞成麦克夫人这样安排。有时，在我和爱德华晚上离开他的画室时，我会在余光里发现对面有人，我心中清楚，那是马丁在街对面跟着我们。只要马丁能跟我保持距离，对于他那些不对劲儿的关注我可以睁一只眼闭一只眼。

爱德华的母亲则鼓励我们继续来往。1862年4月，《睡美人》一经展出便广受好评。原本有些潜在的赞助人还在犹豫观望，这下心里都踏实了，纷纷找上爱德华。他母亲一边做着美梦，盼着她儿子能名利双收，既登上皇家艺术学院的荣誉殿堂，又能真金白银地赚到大钱；一边又有点担心，因为按照爱德华往常的习惯，他会立即开始另一幅画的创作，但他的新作却迟迟没有动静。展览结束之后，爱德华时而一阵阵心不在焉，脸上一副恍恍惚惚的神情，时而频频激动万分，在笔记本上涂涂画画。因为担心爱德华近期的画作会有失水准，再加上她也相信儿子准能飞黄腾达，她便日夜催促爱德华到画室去。她还不断给我送来很多茶水点心，好像觉得她只要能让我吃上口茶点，我就不会撂挑子，不会哪儿来的回哪儿去，再也不来给她儿子当模特。

至于范妮，除了在《睡美人》展出时，我们远远地点了点头，算是打过招呼，我只见过她一次。当时，她和她母亲来找拉德克利夫夫人喝茶，女主人还一路陪着她们母女俩沿着花园小径去画室看看正在工作的画家。她们进了画室后，站在爱德华后面看他画画。范妮穿了一条崭新的绸缎连衣裙，把自己打扮得漂漂亮亮的，还装模作样地摆出一个好看的姿势。"天呐，"她说，"这些颜色可真漂亮！"听到她的话，爱德华迎上我的目光。在他的眼睛里，我看到了一个饱含热情与渴望的微笑，惊得我自己都目瞪口呆。

如果我说，在那几个月里，我和爱德华从来没讨论过范妮，你会相信吗？我们并没有刻意回避这个话题。现在说这样的话，似乎有点太天真了，但范妮压根儿就没被我们放在心上。还有那么多别的事情可以谈，她看起来也就并不重要。情人嘛，总是自私的。

这是我最后悔的几件事之一，我反复回想这件事，纳闷自己怎么会这么傻，怎么会不明白，让范妮对爱德华放手，她会有多么不愿意。我被爱情冲昏了头，他也一样，因为我们俩都知道，我们别无选择，我们必须在一起。但我们俩谁都没有想过有这样一种可能：对于我们必须在一起这个基本事实，其他人是看不到的，也不会接受的。

她回来了！

埃洛蒂·温斯洛，那位伦敦的档案管理员，目前保管着我送给詹姆斯·斯特拉顿留作纪念的照片和爱德华的素描簿。

我看到她在入口处的小亭子那边，想买票进来。但她好像遇到了点儿麻烦：她在指着自己的手表，我看到她的脸上有一丝沮丧，但依旧客客气气的。我看一眼挂钟，它就挂在壁纸上印着桑葚的那个房间里，我一下子明白了是怎么回事。

果然，当我来到她身边时，正好听见她说："我本可以早点儿到的，但我还约了人。事情一结束，我立刻就赶过来了，但是我坐的那辆出租车被农用机挡住了，车道又太窄，没法超车。"

"即便如此，"那位志愿者，从他戴的徽章来看，他的名字是罗杰·韦斯特伯里，说道，"我们每天有固定的游客限额，今天的限额已满。您下周末再来吧。"

"可我下周就不在这儿了。我必须回伦敦。"

"我感到很遗憾，但我肯定您能理解。我们必须保护好庄园。我们不能一次让太多人进来四处参观。"

埃洛蒂望着房子四周的石墙，还有房顶上的两个尖角。她的表情说明她渴望着进去看看。于是，我发誓一定要靠罗杰·韦斯特伯里近一点儿，让他好好感受一下什么叫如坠冰窟。她转过头看着他说："我想我总可以买杯茶吧？"

"当然。咖啡馆就在我们后面，在哈福德斯特溪那边的谷仓里。纪念品商店就在旁边。您也许想去挑一个漂亮的包，或是选幅海报买回去挂在墙上。"

埃洛蒂朝谷仓走去，没有丝毫异样，可刚走到一半，她突然转了个方向，走向了右边而不是左边。她闪身从敞开的大铁门里直接进了花园。

现在，她正在小径徘徊，我就跟在她后面。她今天的心态有些不同。她没拿出素描簿，脸上也没有昨天那种因为圆满而失神的表情。她微微皱着眉，我隐约觉得她是在找什么东西。她进来不是仅仅为了欣赏花园里的玫瑰。

事实上，花园里最漂亮的地方她都没去，而是在沿着靠近石墙的外圈走，那儿的墙上爬满了常春藤和其他藤蔓植物。她停下来翻了翻手提包，我等着看她是不是要把素描簿拿出来。

可她抽出的是一张彩色照片，一对男女坐在户外绿意盎然的草丛中。

埃洛蒂举着照片，对比着照片和后面的院墙。显然，对于比较后的结果，她不满意，因为她放下了照片，继续沿着小径往前走。她绕过房子的一角，经过房后的栗子树。她现在就快到杰克住的那几个房间了。我下定决心，要让她多留一会儿，在我没了解更多情况之前，不让她走。我看见她朝厨房瞥了一眼。昨天，她在厨房看见杰克在把盛馅饼的那只盘子刮干净。她在犹豫不决，我看出来了。她只需要一点儿小小的鼓励，而我非常乐意效劳。

去吧，我劝她，又能损失什么呢？没准儿杰克还能让你再进去看看房子呢。

埃洛蒂走到麦芽坊的门口，敲了敲门。

与此同时，杰克正在打盹儿，一点儿反应都没有。他一直睡眠不规律，晚上不一定几点睡，而且睡眠质量也不好。

但我不想让她离开，于是，我跪在杰克身边，用尽全力朝他耳朵里吹了一口气。他腾地坐了起来，直打冷战，正好听到第二次的敲门声。

他摇摇晃晃地走了过去，拽开门。

"你好，又见面了。"埃洛蒂说。他明摆着刚从床上爬起来，他丝毫没打算掩饰。"很抱歉，打扰你了。你住在这儿？"埃洛蒂接着说道。

"暂时的。"

杰克没做过多解释。彬彬有礼的埃洛蒂也没再冒昧问他。

"我很抱歉又来打扰你了。昨天多亏有你。我在想，你介不介意让我再进房子里看看？"

"房子现在是开放时间。"他朝后门点点头，示意刚刚有其他游客从房子里出来。

"是啊，但是你售票处的同事说，我来晚了，最后这段开放时间的票卖光了。"

"是吗？那他真是个书呆子。"

她微笑着，有些惊讶："嗯，可不吗？我也这么想的。不过，你似乎没那么……迂腐。"

"听着，你什么时候来我都能让你进，但今晚不行。我的……同事……之前通知我说，他会留在附近，因为要监督维修的事。而且，他明天上午还会回来，要看着工人把家具放回原位。"

"哦。"

"如果你中午过来，他们应该已经干完了。"

"中午。"她若有所思地点了点头，"我十一点钟约了人，但完事之后，我可以直接过来。"

"完美。"

"完美。"她又笑了笑。她对着他就紧张："那就谢谢啦。我现在也许还可以去花园里逛逛，直到他们把我踢出去。"

"慢慢逛，"他说，"我不会让他们踢你出去的。"

差不多六点了。杰克发现埃洛蒂坐在花园的椅子上，靠在草坪和果园之间的那道石墙上。此时，志愿者正在引领当天的最后一批游客往大门走。杰克过来之前倒了两小杯啤酒，他递给她一杯："我跟同事说了，我表妹顺道来看我。"

"谢谢。"

"你看起来似乎还想再待一会儿。"他坐在草地上，"干杯！"

"干杯！"她笑着喝了一小口。两个人陷入一阵沉默。我正琢磨着该催催他们中的哪一个赶紧开口，就听埃洛蒂说道："这儿真美。我就知道这儿会很美。"

杰克没说话。过了一会儿，她接着往下说。

"我不总这么……"她耸了耸肩，"真是奇怪的一天。我之前开了个会，然后我就一直在想那个会。我明天下午就要回伦敦了，可我觉得，我还没把想在这儿做的事情做完。"

我想让杰克接着问，她来这儿想做什么，但我的催促并没有影响到他。不过这一次，杰克是对的，因为即便没人问她，她还是说道："这是我最近收到的。"她边说边递给杰克一张照片。

"很好看，"他说，"是你认识的人？"

"是我母亲。劳伦·阿德勒。"

杰克摇摇头，不清楚她是谁。

"她是大提琴演奏家，很有名。"

"那他是你爸爸？"

"不是。他是个美国人，小提琴演奏家。他们一起演出，当时巴斯有场音乐会，然后，他们开车回伦敦的路上停下来吃午饭。我本来是想找找他们坐的地方是哪儿。"

杰克把照片递了回去："他们在这儿吃的午餐？"

"我觉得是。我在设法确定这一点。我外祖母十一岁时住在这儿，住了有几年。她和家人搬来这里是因为德军大轰炸时她们家的房子被炸了，她和家里人得从伦敦撤离。外祖母比娅已经去世了，但是她弟弟，也就是我的舅姥爷说，拍这张照片的前一周，我母亲去见过他，她当时很想知道这栋房子的地址。"

"为什么？"

"我想，那就是我要弄清楚的。我们家里人都知道一个故事——实际上，是个童话故事——代代相传。我前几天发现，这个故事是以一栋现实中的房子为背景的。我舅姥爷跟我说，他在这儿有一位朋友，是个当地人，他小时候就是那位朋友给他讲了这个故事，而他讲给了我妈妈，然后，她又讲给了我。这个故事对我们来说很特别，这栋房子也很特别。即使是现在，今天，此时此刻坐在这儿，我都有一种奇怪的占有欲。我能理解我母亲为什么想要来这儿，但为什么她要在那个时候来？是什么让她跑去见她的蒂普舅舅，然后让她在那天来了这儿？"

原来如此。她是蒂普的外甥孙女，而小蒂普还活着，他记得我给他讲的故事。如果我有一颗心，它会感到一阵温暖。当她说起她母亲，那个大提琴手，还有照片上在一片常春藤中的那两个年轻人时，我也感觉到其他一些记忆涌上心头。我记得他们。我记得一切。乔的玩具架上有一个万花筒，而回忆就像是那里面的宝石。万花筒一转，一颗颗宝石就会聚到一起，宝石的位置会发生变化，每次组成的图案虽然不同，却彼此相关。

埃洛蒂又在盯着照片看："这张照片被拍下来之后，我母亲就去世了。"

"我很难过。"

"那是很久以前的事了。"

"我还是为你感到难过。悲伤没有期限，我有体会。"

"是没有期限，但我很幸运能有这张照片。拍这张照片的摄影师现在很有名，但当时还没有名气。她那时候就住在这附近，是偶然间看到他们俩的。按下快门时，她并不知道他们是谁，但她很喜欢他们在一起的那幅画面。"

"照片拍得很棒。"

"我之前很肯定，如果这个花园里的每一个角落我都走上一遍，我会在转过某个转角时，看到照片上那处地方出现在我的眼前，那我也许就能知道，我母亲那天在想什么，知道她为什么那么想要这儿的地址，又为什么来了这儿。"

"和他一起"这几个字她没说出口，而是在微凉的空气中，让它们随风飘散。

紧接着，一阵怪异刺耳的铃声响起，是埃洛蒂的电话。她瞥了一眼，但没有接。

"抱歉，"她使劲儿摇了摇头说，"我平时不会……话这么多的。"

"嘿！要表哥是干吗的？"

埃洛蒂笑了，然后喝完杯中的酒。她把杯子递给杰克，然后跟他说明天见。

"顺便说一下，我叫杰克。"他说。

"埃洛蒂。"

然后，她把照片放回包里便离开了。

她走后，杰克一直若有所思。木匠一整晚都在这儿，漫不经心地挥着锤子敲钉子。一两个小时过去了，杰克一直什么事情都干不进去。他到房子里去，问木匠是否需要帮忙。原来杰克懂木工，有些手艺。木匠很高兴有人给他打下手，两个人便一块儿干了起来。接下来的两个小时里，他们没说什么重要的事情。我很喜欢他在离开这栋房子再也不回来之前，给这里添些实实在在的东西。

杰克晚饭吃的是黄油吐司，然后给远在澳大利亚的父亲打了电话。这一次杰克不是因为纪念日打的电话，所以在开始的五分钟里，两个人的对话有些不自然。我都以为他们的通话要结束了，这时，杰克说："爸，你记得他爬高有多厉害吗？记得那次泰格困在芒果树上的事吗？那么高的树，他一口气爬上去，把泰格带了下来？"

"他"是谁？为什么杰克说起他时那么悲伤？为什么他的声音被压抑着？他的样子有了一丝变化，让他看起来像是一个孤独的孩子。

我把全部的心思都用来琢磨这些问题。

他现在睡着了。房子里很安静。只有我一个人在一间间屋子里晃悠。我来到朱丽叶的卧室，范妮的画像就挂在这个房间里。

画像中，年轻的姑娘穿着一身崭新的绿色长裙，目光投向作画的人。这幅肖像画得惟妙惟肖，把范妮那年春天遇见爱德华时的样子凝固在永恒之中。她站在精心布置的房间里，装潢彰显了她父亲的风格。她身边的窗子开着，是一扇可以上下推拉的框格。看画的人甚至能感受到窗外吹来阵阵清新的风，拂过她右手的小臂。爱德华对细节的观察力就是如此敏锐，他的绘画技巧就是如此细腻。窗帘面料是锦缎的，垂在玻璃窗两侧，织锦的花纹以两个色系为主，深浅不一的酒红色和浓淡相宜的奶油色，一派永恒的田园风情。

不过，是光让他的画灵动起来的，是光，一直都是光。

评论家认为，对范妮的描绘不仅仅是在画一幅肖像，画家还将青春与永恒、将社会与自然并置起来，表达了他对这两组二元关系的理解。

爱德华对影射的手法很感兴趣。或许，当他把画架摆好时，就已经考虑好要呈现这两组对立面。这幅画含有双重意味，这是毋庸置疑的。画中，窗外的一片夏日田野因为酷热而有些泛黄，这片景色没有什么过人之处，除非看画的人注意到，在远景中——在一小片树林的另一头，远得几乎要从画面上消失的地方——有一列火车，车头的后面拖着四节车厢。

这一笔并非偶然。这幅范妮身穿绿色丝绒裙的画像，是她父亲为了庆祝女儿十八岁生日而委托爱德华创作的。画上那个火车头无疑是要吸引范妮父亲的注意。爱德华的母亲应该会极力主张这种讨好理查德·布朗的事，因为他可是一位"铁路大王"，靠钢铁生意发了财。在英国全境大肆兴建铁路之际，他正欢欢喜喜地准备着扩大业务。

布朗先生非常宠爱他的女儿。我看过警方的调查报告，里面有布朗先生配合调查时的笔录。那份报告是伦纳德拿到的，他当时正在写博士论文。范妮死后，布朗先生悲痛欲绝，并且为了给女儿留个好名声，坚决不许任何人传出有关解除婚约的风言风语，玷污她的声誉；至于爱德华还与另外一个女人有瓜葛，这事自然也是不许提的。范妮的父亲有权有势。在伦纳德进行深入的调查之前，布朗先生已经设法把我从一切过往中彻底抹去。一位父亲竟可以为了心爱的孩子做到如此地步。

父母和儿女，这是世界上最简单也最复杂的关系。老一辈人会交给下一辈人一只手提箱，里面装着乱七八糟的一块块拼图，用它们可以拼出数也数不清的一幅幅拼图来，那都是经年累月一点一点攒起来的。他们还会嘱咐一句："看看你们能用这些拼成什么吧。"

由此，我一直在想着埃洛蒂。她的个性里有某种特质让我想起了乔。昨天，她刚来的时候，我就注意到她向杰克做自我介绍时的样子，还有她在回答他的问题时的样子。她很周到，自己的回答都要经过深思熟虑，对杰克所说的话也听得仔仔细细。看得出来，有一部分原因是，对于杰克所说的、所问的，她并不是在敷衍了事；但我觉得，还有一部分原因是，她总在担心自己力有不逮。乔也是如此。对于他来说，他这样事事都要深思熟虑，是因为他有那样一位父亲。我想，在那些由长子继承家产的家庭中，这是司空见惯的。在这种家庭里，儿子以父亲的名字命名，人人都盼着儿子将来能成为某种特定的样子，能接替父亲的位子，让家族的王朝世代相传。

乔以他父亲为傲：他是政界要人，还醉心于收藏。很多次，我去看乔的时候，他的家人要是不在家，他便会请我在那栋可以俯瞰林肯律师学院广场的大房子里四处转转。他们家真是让人大开眼界！他父亲曾周游世界，还带回来各式各样的古董：一只老虎被摆在一个埃及石棺的旁边，石棺的上方是一只青铜面具，所幸没跟着庞贝古城一道湮没。这只带着讥笑的假面旁边，陈列着服饰各异的日本微型雕塑。房子里还收藏了古希腊的浮雕、意大利文艺复兴时期的油画、特纳和霍加斯的画作，甚至还有中世纪的手稿，其中一份是《坎特伯雷故事集》。据说，跟收藏在埃尔斯米尔伯爵[1]家图书室里的那本《坎特伯雷故事集》相比，这一本的历史要更久远。有时候，如果他父亲在招待一位了不起的科学家或艺术家，我和乔会偷偷溜到楼下去，躲在门口偷听名家的高谈阔论。

这栋房子是经过改造的，比原来多了一条长长的走廊。这条乔口中的"画廊"，两头立着柱子和拱门，长廊的巨大墙壁上挂满了装裱起来的画作，过道里的架子上摆满了珍宝。那几年，有时候如果我和乔玩得太开心，他会不让我出去干活儿。一到这种时候，他就让我偷偷溜到楼下去，从房子里拿一个可以揣进口袋的小件古玩，就算是当天的战利品，拿回去给麦克夫人交差。也许有人觉得，我会因为偷偷拿走这些稀世珍宝而感到愧疚，但是，正如乔所说，在我之前，它们之中有许多件东西都是很久以前被人从原主人那儿偷来的，我不过是帮着它们又换了个主人，而且它们今后总还会落到别人的手里。

我苦苦期盼着自己能知道乔过得怎么样。那天晚上，他在阁楼里

---

1 埃尔斯米尔伯爵：英国政治家、作家、旅行者和艺术赞助人。

说起得不到回应的爱情时，他拐弯抹角地提到一位小姐，他和她结婚了吗？他有没有设法赢得她的芳心，让她知道她再也找不到比他更和蔼可亲的人？要是能让我知道这些，我会不惜一切代价。我还想知道，他做了哪一行，他把自己旺盛的精力、浓厚的兴趣和深切的关怀都投入到什么样的事情上了。因为乔虽然以他的父亲为傲，但也担心自己会步他的后尘。有一点你可不要误会：乔之所以让我偷他父亲的收藏品，一方面是他想让我和他多待一会儿，另一方面是他不屑于累积宝藏和财富，这是他相当超前的一面。不过，还有另一个原因。乔让我从他父亲那一架子、一架子的宝贝中偷些小玩意儿，这跟他小时候不愿意用他父亲的名字是一个道理：能从雕像的最底下，一点点地对它搞些小破坏，这让他很开心。

面色苍白的乔、埃达、朱丽叶、蒂普……麦克夫人以前常常念叨着，谁家的鸟儿回谁家的窝。不过，她要说的不是什么鸡窝、鸟窝里头的那些事，也不是什么害人害己、恶有恶报这些诅咒别人的话。以前，有个人会定期到小白狮街上那家鸟类商店里买鸽子。他做的是送信的业务：他的鸽子要去很远的地方，然后，在必要的时候，某个紧急的消息可以通过飞鸽传书被送回来，因为鸽子总能找到回家的路。当麦克夫人念叨着鸟儿归巢的话时，她的意思是说，如果有人在这个世界上给自己留下足够多的机会，那么总有时机成熟的那一天。

所以呢，我的鸟儿要归巢了。我的故事交织着错综复杂的关系，我觉得自己在被这些关系牵引着，毫无反抗之力。

一切都发生在这儿，发生在电光火石之间。

第二十二章

2017年夏

　　埃洛蒂在天鹅小栈住的那间客房位于二楼走廊的尽头。房间里有一面拼花玻璃窗，坐在连着墙壁的窗座上，可以惬意地享受泰晤士河的美景。埃洛蒂正坐在那儿，身旁摆着一摞子书和报纸，嘴里嚼着三明治。三明治原本是她买来当午餐的，后来她索性决定留着晚上吃。埃洛蒂并非没有注意到，整整一周之前，自己也像这样，坐在她那间伦敦公寓的窗前，头戴母亲的面纱，望着同一条河流沉寂而缓慢地流向大海。

　　从那时起，发生了许多事。故而，她在这个叫伯奇伍德的小村子里安顿下来，独居一室，并且打从昨天下午到了镇上，就已经去过那栋房子两次了。可今天，埃洛蒂颇为沮丧。佩内洛普在索斯洛普的那位朋友，滔滔不绝地跟她详述了婚礼现场的布置。在听到对方说，室内各种装饰品一眼望去尽是深深浅浅、略有差异的灰色，她就客气地对人家选的颜色如此雅致表示了敬佩。但当时，埃洛蒂的一颗心却渴望着再回那栋房子里去看看。她在电话里许诺说，明天十一点会再回电话的，这才以最快的速度让自己从那通电话里解脱出来，然后，打电话叫了一辆当地的出租车。接下来，因为前面有慢悠悠的农用机挡路，她那辆出租车只能以每小时十英里的速度前进，这让她身陷无力的挫败感中，她不得不咬着自己的手，才能忍住几欲决堤的泪水。

在伯奇伍德庄园闭馆前，她没能赶到，但她至少可以进花园里去瞧一瞧。多亏有杰克，虽然他明显不是博物馆的工作人员，但显然有待在那儿的用处。昨天，埃洛蒂是从伦敦搭乘火车过来的，刚下车就走去了庄园，在那儿遇见了杰克。他让她进去了，而埃洛蒂前脚刚迈进门槛，她就十分确定，经过了这么久，自己第一次找对了地方，这儿就是自己该来的地方。埃洛蒂感到有一股奇怪的力量在推着她继续往里走，就好像是那栋房子在邀请她进去似的。这种感觉，想想都觉得可笑，何况是说出来。而且，她能进去几乎铁定是违规的，这种感觉无疑是她为此凭空想出来的借口。

埃洛蒂刚吃完手中的三明治，电话就响了，手机屏幕上显示的是阿拉斯泰尔的名字。她没接，任凭电话响个不停。他来电话无非是想再跟她说，佩内洛普有多生气，并且想让她对婚礼上要用的音乐重新考虑一下。之前，埃洛蒂把自己改变主意的事第一个告诉了他。当时，电话那端一直静默无声，埃洛蒂起初以为是阿拉斯泰尔那边掉线了。就在那时，"你在开玩笑吗？"他说道。

开玩笑？"不，我——"

"听着。"他笑了出来，但稍稍呛到了，就好像他确信，他们之间不过是有点小误会，问题很快就能解决，"我真的认为，你现在没法反悔。这不公平。"

"公平？"

"对我母亲不公平。在播放那些录像的问题上，她投入了很多。她跟所有的朋友都说了。你这样她会受不了的，而且为什么要反悔呢？"

"我只是……觉得那样做让我不自在。"

"哎，我们肯定找不到更好的人选来演奏。"电话那头传来一些吵闹声，埃洛蒂听到他跟别人说了句"我马上过去"，接着，他又继续和埃洛蒂的通话，"听着，我得挂了。这件事先暂且不谈，等我回伦敦咱们再商量，好吗？"

还没等埃洛蒂跟他说，不，不好——她心意已决，再没什么好商量的——阿拉斯泰尔就挂断了电话。

此刻，埃洛蒂孤身一人，待在静静的旅馆房间里，感到一股压抑的情绪郁结于心。可能她就是太累了，有点不堪重负。她本想找人聊聊，听对方认可她的想法，告诉她，结婚时都会这样，一切都没有问题。不过，虽然皮帕是最佳人选，但对于皮帕能否说出自己想听的答案，埃洛蒂深表怀疑。真若如此，那自己又将陷入何等境地呢？会陷入一片混乱之中，极度的混乱，可埃洛蒂不喜欢混乱。她这一生都在不断练习要避免混乱，要把混乱理出个头绪，然后把混乱彻底铲除。

因此，她把阿拉斯泰尔抛在脑后，转而拿起手边的文章。周四那天，蒂普莫其妙地拿着这些文章找上门来。她下班回到家时，发现他一直站在公寓的外面等着，身旁是他那辆有年头的蓝色自行车。他把肩上挎着的那个帆布书包拿下来，交给埃洛蒂。"我妈妈的文章，"他说，"我们住在伯奇伍德时，她写的那些。"

包里是一个破旧的纸壳文件夹，里面有用打字机敲出来的手稿，还有一大堆剪报。署名都是朱丽叶·赖特，埃洛蒂的外曾祖母。"阡陌传飞鸿。"她读了出来。

"这些是我妈妈在战争期间写的。她去世后，就传给了你的外祖母比娅，后来又传给了我。现在，看来是时候传给你了。"

蒂普把这么重要的东西托付给她，这让埃洛蒂受宠若惊。她依稀记得自己的外曾祖母：埃洛蒂大概五岁时曾去过一次养老院，看望一位特别老的老太太。她对老太太那一头花白的头发一直难以忘怀。她问蒂普，朱丽叶是个什么样的人。

"她很棒，聪明、风趣——偶尔刻薄些，但对我们从来不会。她看着像劳伦·白考尔[1]——假如20世纪40年代劳伦·白考尔不是去好莱坞当了明星，而是在伦敦当记者的话。朱丽叶总是穿裤子。她爱我爸爸，也爱比娅、雷德和我。"

"她没有再婚？"

"没有。但她有很多朋友，就是认识我爸的那些人——剧院里的那些。她还拼命写信，总是在不停地写信、收信。我现在想起她来，都是她忙着写信的样子：坐在桌前，奋笔疾书。"

埃洛蒂请他到楼上喝了杯茶。她周末去蒂普的工作室见过他之后，攒了一堆问题想要问他，尤其是在皮帕将卡罗琳拍的照片交给她以后。埃洛蒂把照片拿给蒂普看，向他说明了照片拍摄的时间和地点，与此同时，她密切注意着蒂普的表情，想要从中发现些蛛丝马迹。

"你能认出他们是坐在哪儿吗？"

他摇了摇头："细节并不多。哪儿都有可能。"

埃洛蒂确定，他是在混淆视听。她说道："我认为，她是在回伦敦的途中，跟他去了伯奇伍德庄园。那栋房子对她有特殊的意义，这个男人似乎也是。"

蒂普避开了她的目光，将照片交还给她："你该去问你爸爸。"

"然后让他因此伤心吗？你知道的，他一提到她就流眼泪。"

"他爱她。她也爱他。他们是最好的朋友，他们两个。"

"但她背叛了他。"

"你不懂。"

"我不是小孩子了，蒂普。"

"那你也多多少少应该明白，生活很复杂。事情并非总是表面看起来那样。"

蒂普的话和多年前父亲曾对她说过的话不谋而合；当时父亲在谈

---

1 劳伦·白考尔：20世纪美国传奇女星。

到这个问题时也说过，一生很长，人生不易。

她和蒂普换了个话题，但在蒂普要走时，他又对埃洛蒂说，她该去找她父亲谈一谈。他言辞坚决，几乎是在下命令："他可能会让你大吃一惊。"

埃洛蒂不确定事情会如蒂普所说，但她决定回伦敦后一定要再去见蒂普一次。周四那天，她忍着没再跟他追问照片中那个穿白色长裙的女人，因为总不好在一天之中一下子透支她和蒂普之间的情谊。可今早在吃早餐时，埃洛蒂读着朱丽叶的文章，发觉有些地方不对劲。

此刻，她在文件夹里翻找着那篇文章。《阡陌传飞鸿》这个专栏里的文章，大多讲的都是当地居民的故事，另一些讲的是朱丽叶自己家的事。有一些很感人，有一些很悲伤，也有几篇令人捧腹大笑。朱丽叶是那种不会完全被湮没在作品中的作者，字里行间，她的表达总有独到之处。

在一篇文章里，朱丽叶提到，他们一家人决定收养一条流浪狗，她写道：我们家现在住着五口人。我、三个孩子和我儿子凭空想象出来的一位女士，这位女士红发白裙，栩栩如生，家里每每有大事发生需做决断时，都得问问她的意见。她叫柏蒂，幸亏她和我儿子一样喜欢狗，不过她明确表态，自己更喜欢年纪大一点的狗，因为性子已经定了，不像小狗的脾气秉性总让人摸不透。我举双手赞成这样的观点，于是，无论是她，还是鲁弗斯先生，也就是我们家的新成员，一条患有关节炎的九岁猎犬，我们都热烈欢迎，只要她和鲁弗斯先生愿意，我们就是一家人。

现在，埃洛蒂把这几行又重新读了一遍。朱丽叶写了他儿子想象出来的朋友，但是从她的描述来看，竟跟照片中爱德华·拉德克利夫的模特出奇地相似。朱丽叶还提到，她儿子将这位"凭空想象出来的人"唤作柏蒂。埃洛蒂发现的那封信，就是装着相片的相框底座下面发现的那一封，也是拉德克利夫的模特写给詹姆斯·斯特拉顿的信，上面的署名是"B.B."。

虽然埃洛蒂片刻都不曾想过，顺着蒂普童年里那位想象出来的朋友这个方向去调查，将会大有收获，但在拿到皮帕给她的伦纳德·吉尔伯特的著作后，她已读了两遍，她开始琢磨是否还有另一种解释。她的舅姥爷小时候在画中见过那个女人，有没有可能就是那幅下落不明的画作。爱德华的素描簿里有他在准备过程中画的素描，看得出来，他打算画的那幅新作，就是画的他那位模特"莉莉·米林顿"。会不会那幅遗失的画作一直都在伯奇伍德庄园，被小时候的蒂普发现了？

打电话问他也没有意义——他排斥电话，更何况，蒂普以前留给她的电话号码年头太久了，那会儿的电话位数比现在的还少一位呢——不过，她会尽快去他的工作室再见他一面。

埃洛蒂打了个哈欠，从靠窗的座位上爬下来，拿着伦纳德的书蹦到床上，钻进被窝。除了那栋房子，埃洛蒂最放不下的就是这本书。在伦纳德描写伯奇伍德庄园令爱德华·拉德克利夫深深着迷的时候，他自己也对这个地方饱含深情，这一点谁都看得出来。

书中有一张那栋房子的照片，是1928年夏天伦纳德·吉尔伯特住在那里时拍摄的。当时的庄园看起来更整洁，树木也没有现在粗壮，由于照片有些曝光过度，天空看起来也不如现实之中那么广阔。书里还有一些更早拍摄的照片，是1862年夏天爱德华·拉德克利夫和他的艺术家朋友住在庄园时一起拍摄的。这些照片与维多利亚时期常见的肖像照不同。照片中的人物直视镜头，将目光投向了跨越时空的埃洛蒂，这让她觉得有点怪，仿佛他们是在看着她。她在那栋房子里时也有这种感觉——她当时好几次转过身来，以为会看到杰克在自己身后。

她看了一会儿书，浏览的这一章内容是伦纳德简略论述了莉莉·米林顿在拉德克利夫蓝失窃案中所扮演的角色。来伯奇伍德之前，埃洛蒂找到了伦纳德·吉尔伯特的另一篇文章，是他后来于1938年发表的。文章中，基于他对"匿名知情人"的进一步访谈，他推翻了自己在博士论文中的论断。但这篇文章被引用的次数不多，大概是因为就学术研究而言，这篇文章并未在传言和假设的基础上拿出切实的论据，仍旧是在空中楼阁里添砖加瓦。

埃洛蒂对珠宝不大在行。如果让她去分辨价值连城的钻石和玻璃仿品之间的差别，她会感到犯难。这会儿，她把注意力转到了自己的手上，那只手正放在伦纳德这本书的书页上。阿拉斯泰尔将这枚单钻钻戒套在她的手指上时，告诉她永远不要摘下来。埃洛蒂本认为他这句话是出于浪漫的情感，直到他说："这么大的钻石，贵得没处投保！"

她成天发愁，就因为订婚戒指太值钱了。有时，她会不顾阿拉斯泰尔的告诫，在上班之前把戒指摘下来留在家里，因为戒托会刮到处理档案时戴着的棉手套，她担心，要是她摘手套时恰巧在办公桌旁，戒指不小心掉下来，会掉进某个箱子里，那就再也找不到了。她苦苦思索该把戒指藏在哪儿，最后决定放在她小时候的首饰盒里，跟那些能把小姑娘哄得开开心心的、七零八碎的宝贝放在一起。选择放在那儿，看起来有点讽刺，而且把钻石藏在最不起眼的东西里，看起来像是找了个最理想的伪装。

埃洛蒂关了床头灯，看着电子钟上的数字好半天才会变一下，这时，她的思绪在围着索斯洛普举办婚宴的场所打转。她觉得自己没法面对又一轮就她这辈子"最幸福的一天"展开的空洞的喋喋不休。明天下午四点，她还要赶火车，如果这次又被耽搁了，她该怎么办？还要再次浏览出租车窗外那些变换的风景，然后跟进入那栋房子去参观的机会失之交臂吗？不，不可能。埃洛蒂决定，她甘愿冒着让佩内洛普不快的风险，也要第一时间取消今天定下来的通话。

最终，她伴着附近那条河的声响入眠，梦到了伦纳德和朱丽叶、爱德华和莉莉·米林顿，而且梦中还有一幕是那个神神秘秘的杰克。他在那栋房子里到底是想干什么依旧令人怀疑，他凭着直觉就看出来她想进去看看，他对于她母亲的过世没有妄加评判。她还发现——不过清醒的时候她绝对不会承认这一点——自己莫名其妙地被他所吸引。

第二十三章

　　在刚刚过去的半个小时里，风起了变化。还没到中午，天色就渐渐阴沉下来，杰克预感到快下雨了。他正站在草甸边上，举起相机，透过取景器看向远处的水边。相机的变焦功能很强，他甚至能拉近镜头看清河岸边的芦苇梢儿。他对了对焦，让画面更加清晰一些，在这种专心致志的状态下，河边传来的流水声从他的耳畔消失了。

　　杰克并没有按下快门。他能沉浸在片刻的静寂之中就足够了。

　　他早就知道附近有条河，他收到的任务简介里有庄园的地图。但他未曾意识到，夜里，在他闭上眼睛准备睡觉时，会听得见河水的声音。

　　这处河段水流平缓。杰克曾和一位驾驶运河小船的人聊过天，那人告诉他，暴雨过后，河水会相当湍急。他当时没有反驳，却不怎么相信这话：泰晤士河全程有太多的水闸和拦河坝，不可能水势过猛。这条河或许一度激流澎湃，但如今早就无异于镣下之囚、笼中困兽。

　　杰克对溪流河水略懂一二。在他成年之前，他家的房子和一条小溪仅一路之隔。大多时候，溪水都快流干了，可一到雨季，不过短短几个小时，溪流就会充盈起来，奔涌着，翻滚着，怒气冲冲，饥肠辘辘，日夜咆哮。

他和哥哥本，常常带着可以充气的橡皮筏出门，去体验一下急流泛舟的刺激，因为他们知道，再过些日子，小溪就会恢复之前半死不活、干涸见底的样子。

父亲总是警告他们橡皮筏很危险，还说发洪水时，曾经有小孩儿被冲进了排水管。但本和杰克却不以为意，只是彼此交换了几个眼神，打定主意接下来要先把橡皮筏从车库里偷偷弄出去，再溜到马路对面，然后给橡皮筏充气。他们不觉得小溪有什么可担心的。他们都会水，能保证人身安全。直到有一次，兄弟俩出事了。那是一年夏天，发了洪水，本十一岁，杰克九岁。

远处，天边泛起一片金黄，顺着河流缓缓传来沉闷的雷声。杰克看了眼手表，发现已近正午。周遭变得有些瘆得慌：朦胧中弥漫着几分悚然的气息，这种明暗际会的天色总是在暴风雨来袭之前才会降临。

他转过身，开始朝着庄园往回走。穿过草甸时，他看到有一盏灯亮着，估计是木匠忘了关，他能透过阁楼的窗户看到亮光。他提醒自己，等会儿回到庄园，给埃洛蒂开了门，让她进去之后，自己得去把灯关掉。

在他走到马车行驶的车道上，瞧见院子的大铁门时，她正在等他。她向他挥手，露出微笑，杰克像昨天傍晚一样感到一阵战栗，感到那种抱有浓厚兴趣时的极度兴奋。

他将这种感觉归咎于那栋房子。近来，他一直睡得不好，不仅仅是因为麦芽坊里那张床上的垫子极其糟糕。自从来到这儿，他就开始做些奇奇怪怪的梦，倒不是他在当地小酒馆里和人闲扯的那种事，但他在这栋房子里总是有种奇怪的感觉，就好像是有谁在看着他。

没错，笨蛋，他告诉自己，是老鼠在看着你。

但又不像是老鼠。这种有谁在看着自己的感觉让杰克回想起自己刚刚坠入爱河的那段时光，哪怕是最普通的一瞥都饱含情意，哪怕是自己恋上的女人稍稍扬起的嘴角，都让他内心深处泛起涟漪。

他在心里呵斥自己别再添乱，他如今的生活已经够复杂了。他来这儿，是想说服莎拉再给他一次机会，让他能见见两个女儿。仅此而已。有可能的话，再顺便找到那颗失踪的钻石。不过，前提是真有这么一颗钻石，但在他看来，很可能这颗钻石根本就不存在。

杰克走近时注意到，埃洛蒂随身带了个行李箱。"这是要搬进来？"他问道。

她腾地一下红了脸。他喜欢她脸红的样子。"我要回伦敦。"

"你的车停哪儿了？"

"我坐火车回去。四个小时以后，我得到火车站。"

"那你一定想进来瞧瞧。"他把头朝大门一歪，"进来吧。我给你开门。"

杰克本打算收拾行李离开，但让埃洛蒂进了房子之后，他决定再把罗萨琳德·惠勒给他的资料最后整理一遍，以防自己之前漏掉了什么细节。罗萨琳德·惠勒不是个讨人喜欢的主顾，寻找钻石的任务似乎也希望渺茫，但杰克毕竟受雇于她，再者，他不喜欢令人失望。

莎拉快要离开他那会儿，常常对他说的一句话是："杰克，你不要再总想着成为每个人的英雄。你再怎么做，本也没法活过来。"她一说这样的话，他就觉得讨厌。可现在，他明白了，她说得没错。纵观自己的职业生涯和长大成人后的这些年，他把精力都用在了做出点儿什么惊天动地的大事上。这样一来，他就能把当年洪水过后那些被刊登在所有报纸上的照片全部抹掉：那张大一点的照片上面是杰克，惊慌失措，双眼瞪得大大的，披着一条电热毯，被抬上了待命的救护车；那张小一点的照片上面是本，那是他的一张学生照，还是那一年早些时候，父亲非让本去拍的，照片中的本梳着一丝不苟的偏分，他平常从来不会那么整洁。兄弟俩在那场意外中的角色已经被报纸上刊登的文章分配好了，就像一大片厚厚的混凝土似的，完全定了型：杰克是得救的小男孩，而本是少年英雄——他对救生员说"先救我弟弟"，可结果他却被洪水冲走了。

杰克回头瞥了一眼房门。半小时之前，他让埃洛蒂进了那栋房子，自此，他就一直心不在焉。在他解除警报，把门锁打开时，埃洛蒂就站在一旁。他推开门，埃洛蒂向他道了谢。随后，在她即将迈过门槛时，她犹豫了一下，问道："你不是博物馆的工作人员，对吗？"

"不是。"

"你是学生？"

"我是侦探。"

"警方探员？"

"以前是。现在不是。"

他没再说下去——似乎没必要主动跟她说，他换工作是因为一场失败的婚姻——她也没再追问。短暂的沉默过后，她若有所思地点了点头，接着便朝房子里面走去，身影没过一会儿就消失了。

从埃洛蒂走进去的那一刻起，杰克始终在和一股几乎不可遏制的冲动做着斗争：他想跟着她。他把注意力重新放回笔记的第一页，可不管反反复复多少次从头开始看笔记，他都发现自己一直在开小差，总在猜测着埃洛蒂在干吗，她此时此刻在哪儿，她正在哪个房间里转悠。有那么一刻，他甚至起身走到了门边，然后才意识到自己在干吗。

杰克决定沏杯茶，他总得让自己能有始有终地做完一件事。正当他使劲儿地在茶杯里蹂躏茶包时，杰克感觉到她出现在自己的身后。

他猜她是要来道别的，于是抢先在她开口之前说："来杯茶？我刚烧了水。"

"好啊。"她听起来有些惊讶，但他分辨不出那是因为什么：是因为他请她喝茶而惊讶，还是因为她同意了他的邀请而惊讶？"请加一点点牛奶，不加糖。"

杰克又拿出一个茶杯，精挑细选了一个干净一些、杯底没有茶渍的。两杯茶都沏好后，他端着去找埃洛蒂，她此时正站在铺着石子的小径上。那条小径可以绕房子一周。

她向他道谢，而后说道："风雨欲来时的味道真好闻，很少有什么能比得过。"

杰克表示赞同，接着，两个人在小径边一同坐下。

"那么，"她啜了一小口茶，说道，"侦探怎么会到博物馆来撬锁呢？"

"受雇于人，来这儿找东西。"

"就像是寻宝的人？带着一张地图和一应工具，在目的地上画个叉？"

"差不多吧。但我不画叉。这趟活儿有些枯燥，就是因为我没画叉。"

"那你要找的是什么？"

他迟疑了一下，想到之前罗萨琳德·惠勒让他签的保密协议。对于不守规则，杰克不介意，但他不喜欢不守信。可他还挺喜欢埃洛蒂的，他有种强烈的直觉，自己应该告诉她。"你要知道，"他说，"雇我的那个女人会因为我告诉了你，把我给弄死。"

"那我更想知道了。"

"不关心我的死活，我是看出来了。"

"我跟你保证，不告诉任何人，怎么样？我一向信守承诺。"

管他什么罗萨琳德·惠勒，他就是想告诉她，他都快把自己给憋死了。"我在找一颗宝石，是一颗蓝钻。"

她双眼圆睁道："不会是那个拉德克利夫蓝吧？"

"那个什么？"

她打开双肩包，抽出一本旧书，纸张已经泛黄。

"《爱德华·拉德克利夫——他的一生和爱情》。"杰克念着封面上的书名，"我在教堂墓地里看到过他的名字。"

"这儿以前是他家，至于拉德克利夫蓝，顾名思义，是属于他们拉德克利夫家族的。"

"我头一次听说那个宝石还有这么个名字。我的委托人说，那颗钻石是她祖母埃达·洛夫格罗夫的。"

埃洛蒂摇了摇头，显然她对这个名字并不熟悉。"1862年，爱德华·拉德克利夫从他们家的保险箱里把拉德克利夫蓝取走，他是要在作画时给他的模特莉莉·米林顿戴。据说，她偷了宝石，然后逃去了美国，这让拉德克利夫伤透了心。"埃洛蒂小心翼翼地翻着书页，翻了将近一半才找到一张彩色插图页。她指着一张名为《佳人》的画，说道："就是她——莉莉·米林顿，爱德华·拉德克利夫的模特，也是他爱的女人。"

杰克看着这幅画，觉得异常熟悉，紧接着，他反应过来，自己当然会觉得熟悉，他已经见过这幅画很多次了。每周六，游客从博物馆的礼品店里出来时，至少有半数的人身上都背着印有这幅画的袋子。

埃洛蒂毕恭毕敬地从包里又拿出一张照片递给他。照片中和那幅画上的是同一个人，但可能是因为这是一张照片的缘故，她褪去了画作中女神一般的光环，看起来更像是一个女人。她很美，但除此之外，她看向摄像师的坦率目光中还有一种魅力。杰克心中一动，感觉有些怪异，仿佛自己正在看的这张照片是某个和自己相识的人，某个让自己牵挂的人。"这张照片是哪儿来的？"

他焦急的语气显然让埃洛蒂很意外，她饶有兴趣地挑了挑眉："工作时发现的。在我负责保管的档案里，有一个叫詹姆斯·斯特拉顿的人，存放这张照片的相框就是他的。"

杰克不知道詹姆斯·斯特拉顿是谁，但他心里却冒出一个问题，不待多想就脱口而出："跟我讲讲他的事。他是做什么的？怎么会有人保管他的档案？"

她思索片刻："还从没有人问过我詹姆斯·斯特拉顿的事。"

"我对他感兴趣。"他对这个人极其感兴趣，可他自己也说不清楚到底是为什么。

她依然有些诧异，但也很高兴："他是一名商人，非常成功的商人——他们家是名门望族，财富、权势应有尽有——不过，他也是一位社会改革家。"

"社会改革家是指？"

"维多利亚时期有一些旨在改善贫民生活的委员会，其中不少都是由他领导的，而且在他的努力下，贫民的生活也的确好了起来。他的交际面很广，口才也好，既有耐心，又意志坚定，还乐善好施。在废除《济贫法》的时候，他推波助澜，不仅为贫民提供住所，还为那些被遗弃的孩子提供庇护。他力图争取各阶层人士的力量——游说议员，鼓励富商捐款，甚至到大街上去布施，给吃不上饭的穷人分发食物。他毕生致力于帮助别人。"

"听起来是个英雄啊。"

"的确。"

杰克不禁想到另一个问题："像他这样出身高贵、衣食无忧的人，怎么会心怀贫民、致力于慈善事业呢？"

"他小时候有一个朋友，两人的友谊在当时是难以置信的，因为对方是个小姑娘，出身不好，身边尽是些乌七八糟的人。"

"他怎么会交这样的朋友？"

"很长时间都没人知道是怎么回事。他在日记里对于当时的细节只字未提。我们只知道这份友情确有其事，因为他晚年时在几次演讲中略微提到过这段友谊。"

"那现在呢？"

很显然，对于接下来要告诉他的事，埃洛蒂兴奋不已。杰克不禁注意到，她微笑的时候，眼睛都亮起来了，灿若星辰。"我前些天发现了一样东西。在你之前，我还没跟任何人提过。我一开始也不知道那是什么，但读过之后，我知道了。"她又把手伸进背包里，这回拿出一个活页夹，从中抽出一个透明的塑料文件夹，里面是一封信，用的是高级纸张，显然有些年头了，从一道道折痕来看，这封信基本上一直都被折起来压在了什么地方。

杰克读了起来：

我最亲爱的、我心中永远唯一的J.：

我现在必须告诉你埋在我心底最深处的秘密。我要离开一段时间，去美国，我也不知道会离开多久。我没告诉其他人，原因你也清楚。但对于这趟旅程，我激动不已，满怀希望。

我现在只能告诉你这些，但你不必担心——等到寄信给你没有风险时，我会再给你写信的。

哦，我最亲爱的朋友，我会想你的！那天因为有警察穷追不舍，我爬进你的窗子，你能为我打掩护，我的感激之情无以言表。当时，我们两个谁又能想得到后来的一切呢？

我最亲爱的乔，我在信中附了一张照片——好让你记得我的样子。我会想你的，任何我能想象出的思念，都不及我对你的这份思念，你也知道，我从不轻易说这样的话。

期待再次相见的那天，直到那时，我始终是

不胜感激的、永远爱你的B.B.

杰克抬起头："她叫他乔，不是詹姆斯。"

"很多人都这样。除非公务，其他时候，他一概不用自己的本名。"

"那B.B.呢？代表着什么？"

埃洛蒂摇摇头："那我就不清楚了。但无论B.B.代表什么，我认为写这封信的女人，是詹姆斯·斯特拉顿童年时的那位朋友，长大后的她，也就是照片中的女人，成了爱德华·拉德克利夫的模特。"

"你怎么会这么肯定？"

"其一，这封信是我在相框背面找到的，相框里镶嵌的就是她的照片。其二，据伦纳德·吉尔伯特透露，莉莉·米林顿不是这个模特的真名。其三——"

"我喜欢这样的推测。很严密。"

"我还有一个问题没解决。最近，我发现爱德华·拉德克利夫在1867年去见过詹姆斯·斯特拉顿。不仅如此，他还将自己珍爱的书包和素描簿交给斯特拉顿保管。据我所知，这两个人没有什么交集，我当时并不清楚他们俩之间存在怎样的联系。"

"你现在认为这个联系是她。"

"我确定是她。我从没对什么事情有过这么大的把握。我能感觉到。你明白吗？"

杰克点了点头。他真的明白。

"无论她是谁，她绝对是关键人物。"

杰克看着照片："我不认为事情是她干的。我是说，偷钻石的事。实际上，我确信不是她干的。"

"基于什么？一张照片？"

杰克盯着照片，照片中的女人直视他投去的目光，这一刻，他感觉到一份突如其来的笃定。杰克琢磨着该怎么解释这一点，甚至开始烦躁起来。幸好，埃洛蒂没等他的回答，继续说道："我也不认为是她偷的。现在看来，伦纳德·吉尔伯特也一样。读他这本书的时候，我就感觉到，对于她偷没偷钻石的问题，伦纳德并不热衷。后来，我发现了他在1938年发表的第二篇文章，里面说，他曾直截了当地询问知情人士，是否认为莉莉·米林顿参与了劫案，知情人告诉他，莉莉实际上并未参与其中。"

"所以钻石可能真的还在这儿，就像我委托人的祖母告诉她的那样？"

"嗯，依我看，一切都有可能，虽然时隔这么久。你的委托人到底是怎么跟你说的？"

"她说她祖母遗失了一件很珍贵的东西，而且她有充分的理由相信，那件东西就在英格兰的一处庄园里。"

"这是她祖母告诉她的？"

"算是吧。她祖母之前中风了，刚刚恢复的时候，像是忽然打开了话匣子，开始急不可待地谈论起自己的生活、童年和过往。她提到过一颗对她弥足珍贵的钻石，说是把它留在了当初念书时的那栋房子里。我猜，当时她祖母的那些回忆都是零零碎碎的，但老人家过世之后，我的委托人在她祖母的财产里无意间发现了不少东西，这让她坚信，她祖母是想通过这些东西告诉她，到哪儿去找那颗钻石。"

"为什么她祖母自己不来找钻石呢？我觉得这有点可疑。"

杰克也有同感："直到目前，我都没发现什么宝贝。不过，她祖母确实和这个地方有关系。她去世的时候，把一大笔钱留给了在这儿办博物馆的那个机构，有了这笔钱，博物馆才成立的。正是因为这一点，我的委托人才弄到许可，让我住在这儿。"

"她是怎么跟他们说的？"

"说我是个摄影记者，为了完成一项工作在这儿待两个星期。"

"所以她并不介意歪曲事实。"

回想起罗萨琳德·惠勒指示他像小猎犬一样到处挖来挖去，杰克笑了笑："她告诉我的话，她都相信是真的，我对这一点并不怀疑。平心而论，似乎有一样证据印证了她的说法。"他把手伸进口袋，拿出一封信的复印件。那是前些天罗萨琳德·惠勒通过电子邮件发给他的。"信是露西·拉德克利夫写的，她应该是——"

"爱德华的妹妹——"

"没错。这封信是她1939年写给我委托人的祖母的。"

埃洛蒂把信上的内容快速浏览了一遍，接着朗读了其中一段。"'你的来信让我深感不安。我不在意你在报纸上看到了什么，或是对其做何感想。你不必按你说的那样做，我坚持这一点。无论如何，你可以来看我，但绝对不要把它带来。我不想要它，永远也不想再看到它。它给我的家庭，还有我本人，曾带来极大的困扰。它是你的。记住，它历经万难才落到你手里，我想让你留着它。如果你非得想着它，那就当它是一件礼物吧。'"她抬起头，"信里没有明确提到钻石。"

"是的。"

"她们说的很可能是任何东西。"

他同意她的话。

"你知道她在报纸上看到了什么吗？"

"也许是和那颗蓝钻有关的事？"

"也许吧，咱们很有可能会弄清楚的，但眼下，也只能猜测而已。你之前说，你有张地图，是真的吗？"

杰克注意到她说了"咱们"，他喜欢她这么说。他告诉她自己马上就回来，然后，进了麦芽坊，去拿放在床尾的那张地图。杰克拿着地图回到小径边，把它交给她："这是我的委托人整理出来的，参照了埃达·洛夫格罗夫的遗物和她中风之后说起的那些事。"

埃洛蒂将地图展开，拧着眉头，细细看了片刻工夫，随即露出了微笑，并且轻轻笑了起来。"哦，杰克，"她说道，"很遗憾，但我得告诉你，这不是什么藏宝图。这张地图源自一个故事，讲给小孩儿听的故事。"

"哪个故事？"

"还记得昨天我跟你说的故事吗？就是我舅姥爷小时候听过的那个故事，他那些年因为战争住在这儿，后来，他把故事讲给我妈妈听，我妈妈又讲给我听。"

"记得，怎么了？"

"地图上的这些地方——林中空地，精灵小丘，住着佃农的河湾——这些都是故事里讲到的地点。"埃洛蒂柔柔一笑，将地图折好，还给了他。"你委托人的祖母曾经中风，也许她只是忽然想到了一段童年的回忆？"她略带歉意地耸了耸肩，"恐怕我给不了什么更有用的信息了。不过，想想看，你委托人的祖母知道我们家代代相传的故事，这还挺有趣的。"

"我有一种莫名的感觉，在我的委托人盼着我能给她带回去一颗钻石的时候，这样的巧合可不会让她像想象中那么开心。"

"我对此很抱歉。"

"这不怪你。我敢肯定，你也不是故意要破坏一个老太太的美梦。"

她笑了："说到这儿……"她开始把东西往背包里装。

"离你那班火车出发还有好几个小时呢。"

"的确，但我得走了。我占用了你这么多时间。你那么忙。"

"也是。等我把这张地图记熟了，我觉得我该去看看楼上的衣橱，没准儿能在衣橱里面找到通往纳尼亚[1]的入口呢。"

她被逗得哈哈大笑，而杰克觉得，那仿佛是他凭一己之力所取得

1　纳尼亚：源于英国作家C.S.刘易斯创作的小说《纳尼亚传奇》。小说中，纳尼亚是一个神秘奇幻的世界。

的胜利。

"你知道，"他继续试探着说，"我昨晚一直想着你。"

她的脸颊再一次染上了绯色："真的？"

"你身上还带着那张照片吗？你母亲的那张，昨天你给我看过？"

埃洛蒂倏地严肃起来："你觉得你可能知道那张照片在哪儿拍的？"

"不妨让我再看看。要知道，我在寻找仙境之门的时候，可是花了不少时间把花园搜了个遍。"

她把照片递给他，一侧的嘴角微微抿着——哪怕可能性微乎其微，她仍然希望他真的能帮到她，这让她看起来很可爱。

杰克想要帮她一把。（杰克，你不要再总想着成为每个人的英雄。）

他说想再看看那张照片，也不过是个托词——他不想让她这么快就走——但当他再看到那照片，看清了上面的常春藤、建筑物的一隅和光线的角度时，他便清楚地知道照片上的地方是哪里，就像是刚刚有人告诉了他似的。

"杰克，"她说，"怎么了？"

他微笑着将照片还给她："要散散步吗？就一小会儿。"

埃洛蒂走在他的身旁，和他一同穿过教堂墓地，来到最里面的一角，停了下来。他瞥了她一眼，露出一丝鼓励的微笑，而后，假装对另外几座墓碑感兴趣的样子，慢悠悠地走开了。

她把屏住的一口气缓缓吐出来，因为杰克没找错地方。这儿就是照片里的场景。埃洛蒂一眼就认出来了，照片就是在这儿拍的。尽管二十五年过去了，这里却没怎么变。

埃洛蒂本以为自己会难过，甚至会有点气愤。

但她没有。这是一处美好且安宁的地方。一个年轻女人在生命戛然而止之前，在这里度过了人生的最后几个小时。思及此，埃洛蒂是高兴的。

站在这儿，眼前的常春藤几乎占领了整个墓园，环绕在耳边的只有墓地的静寂，埃洛蒂生平第一次清楚地认识到，她跟母亲是两个截然不同的女人，自己不必永远活在母亲留下的影子里，畏首畏尾，照着影子的轮廓把自己缩成小小的一团。劳伦有才有貌，取得过巨大的成功，但埃洛蒂意识到，她们之间最大的不同却不是这些，而是她们对待生活的态度：劳伦活得无所畏惧，而埃洛蒂则始终在防备着失败。

她现在觉得，自己也许应该时不时地更洒脱一些。去尝试，然后，当然啦，偶尔也会失败。去接受生活本就一团糟的事实，去接受有时会犯错的事实，更何况，有时候错误也根本算不上错误，因为生活的轨迹并非一条直线，因为在生活之中，我们每个人每天都要做出大大小小、不计其数的决定。

这倒不是说忠诚不重要，因为埃洛蒂坚信它是重要的，只不过——也许，只是也许——事情不是她一直以为的那样非黑即白。就像她父亲和蒂普一直以来跟她说的那样，一生很长，人生不易。

反正，她又有什么资格去评判？昨天，埃洛蒂的大部分精力都用在了讨论婚宴场地的问题上。听着那些好言相劝的女士们滔滔不绝，她虽然客客气气地点着头，心里却清楚，她们谈论各式各样的糖果盒，问她为什么"不想走那条路"，不过是在迷惑她。而这期间，她一直都在盼着回伯奇伍德庄园看看，再去见见那个来自澳大利亚的男人，他似乎觉得她会相信他是博物馆的工作人员。

她昨天就在想，当她第一次把卡罗琳拍的照片拿给他看时，自己为什么会过于坦白，那完全不是她的风格。她说服自己，那不过是因为疲惫，因为当天的情绪在作祟。这种解释貌似合情合理，她几乎也信以为真了。可今天，当他从草坪那边转过拐角，出现在她的视野里，她才恍然大悟，自己之所以过于坦白跟疲惫和情绪都没什么关系。

"你还好吗？"他站在她的身边问道。

"比我之前想的要好。"

他笑了："那么，从那片天空来看，我猜咱们也许该考虑一下离开这里。"

他们刚要从墓地离开，雨就下了起来——豆大的雨点密密麻麻地砸下来，能把人浇成落汤鸡。杰克说："我从没想过英格兰的雨能下这么大。"

"你在开玩笑吗？我们这儿最拿得出手的就是下雨。"

他开怀大笑，她感到某种极为愉快的心绪一闪而过。他的胳膊都湿了，她觉得心里升起一股无法抵挡的冲动，一股欲望，她想要伸手去触碰他裸露在外的皮肤。

虽然毫无理智可言，她默默地握住了他的手，两个人一起朝着房子跑了回去。

IX

下雨了，他们回到了房子里来。这雨可不是小阵雨，而是一场暴风雨刚刚拉开序幕。整个下午，我都在遥望远山的另一头，遥望距离河水尽头更远的地方，知道这场雨正躲在那边，暗自酝酿。我在伯奇伍德庄园经历过很多场暴风雨。每当空气流动到前院时，我对空气中那起了变化的、紧张的气氛，都习以为常。

但是，这场暴风雨，让人感觉有些不同。

似乎有事情要发生。

我感到不安，又充满期待。我的思绪不停地跳跃，时而想想这，时而想想那，快速回忆着近来的一系列谈话，不放过任何一个细节。

我一直想着露西，她在爱德华死后是那么痛苦。当我得知，她最终告诉伦纳德我没有背叛爱德华时，我很高兴。对于那些我不认识的人，他们的看法如何，我并不怎么在意。但是，伦纳德对我来说很重要，他知道了真相，这让我松了一口气。

我也一直想着面色苍白的乔。这么多年来，我渴望知道，他后来怎么样了——听到他取得的成就，得知他把他的善良、他的影响力、他钢铁一般的正义感都展现出来，并付诸实际行动，我是那么高兴，那么自豪。但是，哦，在我走上命运的歧途、丢了性命的时候，我便再也无法回归他的生活，这何其残酷！

我还一直想着爱德华，一如既往，想着许多年以前，在这栋房子里，我们在这里度过的那个暴风雨之夜。

暴风雨来临的夜晚，是我最思念爱德华的时候。

在去美国之前，来这儿过夏天，来他的房子，这栋他心爱的、位于河畔的、有两个一模一样尖角的房子。这是爱德华的主意，在他过二十岁生日的那天晚上，他把自己的计划告诉了我，就在他的工作室里，明灭的烛光在被夜色浸染的墙壁上舞动。

"我有东西给你。"他说道。听他这么说，我大笑起来，因为那天是他过生日，又不是我过生日。"你的生日是下个月，"他的话打消了我没那么较真儿的抗议，"这也没差多少天。再者，你我之间，要给对方惊喜也用不着找什么理由。"

尽管如此，我还是坚持，要先把我准备的礼物送给他。在他开始拆掉棕色包装纸时，我屏着呼吸。

十年来，我一直在按莉莉·米林顿给我的建议行事：每个星期都把一小部分偷来的战利品藏起来。起初，我也不知道自己存钱要干吗，只知道莉莉告诉我要存钱。实际上，为什么存钱并不重要，因为存钱带给我的安全感远比存钱的目的重要。不过，随着年龄的增长，父亲在来信中不断劝我要有耐心，我便在心里暗自发誓：等到我十八岁那天，要是他还没派人来接我，我就自己买一张去美国的船票，孤身一人去美国找他。

1862年6月，我就该年满十八岁了，我也差不多攒够了买一张船票的钱。但自从我遇到爱德华，我对未来的想法就变了。4月，我去见乔时，问他要是想买礼物送人，去哪儿能买到最高档的皮革制品，他向我推荐了他父亲经常光顾的那家店，是西姆斯先生在邦德街上开的品牌店。我就是在那儿订购了这份礼物，在那家弥漫着香料的芬芳、充满了神秘气息的品牌店。

爱德华拆开了包装纸，当他发现里面的书包时，他的表情让我觉得，我花出去的那笔见不得光的、被我偷偷存起来的不义之财，每一分都花得值。他的指尖在皮革上划过，接缝处的细密针脚和书包上的压花首字母缩写，他一眼就看到了。接着，他打开书包，把他的素描簿放了进去。大小正合适，跟我想的一样，就像戴在手上的手套一样恰到好处。他立刻把书包带背在了肩上，从那天起，直到最后一天，我看到爱德华的时候，这个书包都在他的身边，这个西姆斯先生按照我的要求制作的书包。

接着，他向我靠近了些，我正站在摆放美术工具的长凳旁。他离我很近，近得令我屏住呼吸，他从外套口袋里拿出一个信封。"那么现在，"他轻声说，"看看我给你的礼物，这是其中一半。"

他真是太了解我了，太爱我了！信封里装的是两张船票，8月份起航的船票，横渡大西洋的船票。

"但是，爱德华，"我说道，"费用——"

他摇了摇头。"那幅《睡美人》备受青睐，画展取得了巨大成功，这都是你的功劳。"

"我没做什么！"

"不，"他突然严肃地说，"现在，如果没有你，我没法画画。也不愿意画。"

船票是以拉德克利夫夫妇的名义订的。"我永远不会让那种事情发生。"我许下了承诺。

"那我们一到美国，就去找你父亲。"

我的大脑在飞速运转，在预先做着计划，在为光明的未来图景寻找一种可能性，在考虑摆脱麦克夫人和船长并且让马丁直到最后都蒙在鼓里的最佳办法，想到这儿，我的思绪突然停了下来。"但是，爱德华，"我说道，"那范妮呢？"

他眉心微锁："虽然我会让她失望，但我会把握好分寸。她会没事的。她年轻漂亮，家里又有钱。她会有其他的追求者，他们会求着她给他们机会娶她。她很快就会明白这一点。这也给了我们另一个去美国的充分理由：这样对范妮的伤害最小。我们远走高飞，事情才能尘埃落定，随她怎么解释个中曲折。"

爱德华说过的每句话，都是他全心全意深信不疑的，我知道，在范妮这件事情上，他也是如此。他握着我的手，吻了吻，然后冲着我微笑，他就是这么有说服力，我觉得他说得没错。

"那么现在，"他说，"礼物的另一半。"他笑意更浓地从长凳上拿起一个大包装盒。

他一手牵着我，领我坐到铺在地板上的垫子上，然后把礼物——沉得出奇——放在我腿上。我开始打开包装，他热切地看着，心中的期待几乎令他有些紧张不安。

我拆掉了最后一层包装纸，那层层包裹之下，是我平生见过的最漂亮的挂钟。钟身和钟面都是木质的，做工精良，钟面镶嵌的罗马数字是黄金的，精致的指针顶端饰有锥形的箭头。

我用手掌抚着钟身，感受着表面的光滑，在旁边烛光的映射下，挂钟上的木纹清晰可见。这件礼物令我受宠若惊。在和麦克夫人一起生活的日子里，我没得到过一件属于自己的东西，更不用说这么美的东西。这只挂钟的珍贵是物质的价值不可企及的。爱德华送这件礼物给我，是在告诉我，他了解我，了解我真正的那一面。

"喜欢吗？"他说。

"我爱它。"

"我爱你。"他吻了我，但退开身子时，眉间微微一动，"怎么了？你看起来像是刚收到了个烫手山芋。"

我的感觉恰恰如此。几乎从收到这只钟的那一刻起，我内心的激动就被贪心掀起的巨浪所淹没，我想护着这份珍贵的礼物，不想别人染指。要是我把它带回七晷区，麦克夫人一定会把它作价卖掉，我决不能让这样的事情发生。"我觉得该把它挂在这儿。"我说。

"我还有一个主意。其实，有件重要的事我必须和你谈谈。"

爱德华曾提到过河畔那栋房子，我也曾注意到，他在说起那栋房子时，脸上的表情起了变化，那是一种渴望，假如我们在谈论的是另一个女人，看到他那副样子，我会觉得吃醋。但现在，他说想让我去看看他的房子，他的神色中却不是渴望，而是一种脆弱，脆弱得令我想把他圈在怀里，将伴随这个话题而来的种种久违的情绪安抚下去。"我对下一幅画已经有想法了。"他最后说道。

"跟我说说。"

接着，他把自己十四岁时发生的那件事告诉了我：那个在林中的夜晚，那道窗子里的光，他觉得自己因为房子而得救的那份坚定不移。我问他，一个小男孩怎么会被房子给救了。他就把那个他从祖父的园丁那儿听来的、古老的民间传说告诉了我，是关于埃尔德里奇的孩子的故事，里面讲到了仙后，她对河湾的那片土地施了魔法，庇佑那里以及在那片土地上修建的房子。

"你的房子。"我低声说道。

"现在也是你的。我们应该把你的钟挂在那儿。在我们从美国回来之前，它可以把每一天、每一周、每个月都记下来。实际上——"他微笑着——"在我们动身去美国之前，我觉得咱们应该把大家都请到伯奇伍德去，在那儿过夏天。虽然他们不知道我们要走，但这样也算一种道别了。你觉得呢？"

除了说好，我能说什么呢？

这时，传来一阵敲门声，爱德华大声喊道："谁啊？"

敲门的是他的小妹妹露西，她快速扫了一眼整个房间，看到了我和爱德华，看到了他肩头挎着的新书包，看到了地板上的包装纸和那只挂钟。不过，她没看到船票，因为爱德华设法在某一刻把它们藏了起来，但我没注意到他的小动作。

我之前就注意过露西如何打量她眼前的一切。她总是在细细观察，还会把看到的都记在心里。这会令某些人心烦——克莱尔，爱德华的另一个妹妹就对露西不耐烦——但是，露西的身上有点莉莉·米林顿的影子，真正的莉莉身上一种令我喜爱的聪慧。爱德华也很喜欢露西，总是买各种书籍来满足她的求知若渴。

"你觉得怎么样，露西？"他现在咧嘴笑着问道，"你想去乡下过夏天吗？住在河畔的一栋房子里——也许还有条小船，可以让你在河上泛舟？"

"是……那栋房子吗？"她顿时喜上眉梢，即便在朝我这边看了一眼时，都掩不住她的喜悦。我注意到她说了"那栋"，仿佛那是他们兄妹之间的秘密。

爱德华大笑着："就是那栋。"

"但母亲要是——"

"不用担心母亲。我会把一切都安排好。"

露西对他微微一笑，眉开眼笑的样子令她的五官完全鲜活起来。

我记得一切。

我不再受时间的束缚；我对时间的体验不再受到束缚，过去、现在和未来成了一体。我可以把记忆变慢。我可以在一瞬间把记忆中的所有点滴都体验一遍。

但1862年的那几个月却不同。任凭我如何阻拦，那几个月都在不断地加速，就像从山顶放手滚落的一枚硬币，片刻不停地朝终点飞驰而去。

爱德华在把"跟着那夜"讲给我听时，汉普斯特德的树枝上刚刚抽出零星的新芽。枝条都显得光秃秃的，天空低沉，一片灰暗。不过，爱德华的故事一开讲，伯奇伍德庄园的夏日却已然降临在我们眼前。

第三部

伯奇伍德庄园的夏日

PART THREE

THE SUMMER OF BIRCHWOOD MANOR

第二十四章

1862年夏

　　露西是第一次坐火车。在火车开动后的半个小时里，她始终一动不动地坐着，思忖着自己能否感觉到车速对她五脏六腑的影响。当她问爱德华担不担心这一点时，他笑了起来。于是，露西便假装自己是在开玩笑。"坐火车对身体没害处，"爱德华一边说着，一边拉起露西的手，用力握了一下，"咱们该关心的是修铁路对乡村有没有害处。"

　　"最好别让范妮听到你这么说。"讲话的是克莱尔，她总爱偷听别人谈话。听到她的话，爱德华皱起眉头，但没有搭话。对于铁路在英国境内的扩张，范妮的父亲乐见其成，而且，让铁路横贯不列颠，这里头也有他的手笔。对此，爱德华很难接受，因为在他看来，大自然的可贵之处在于自然本身，而不是因为它能给那些想要从中牟利的人提供资源。范妮家能大发横财靠的就是修铁路，而对于打算和这样的家族联姻的人来说，爱德华想要坚持自己的观点绝非易事——瑟斯顿很喜欢把这一点搬到台面上去说。爱德华的母亲有一位朋友，也就是约翰·拉斯金先生，他的观点要比爱德华更加犀利。他警告说，人类要把铁轨铺到地球上每一个隐秘的角落里，那真是愚蠢透顶。前些天，他曾到爱德华母亲的家中做客。"蠢材总想着要压缩时空。"

他在离开位于汉普斯特德的那栋房子时说，"智者的想法则恰恰相反。"

渐渐地，露西不再想着自己的五脏六腑，也不再想着乡村被肆意破坏的问题。她发现自己倒是纯粹因为这令人惊叹的奇观而分了神。在某一个时刻，另一列同向行驶的火车掠上毗邻的铁道线。她透过车窗，看着旁边的另一节车厢，似乎那节车厢是静止不动的。对面的车窗旁，坐着一个男人。在和他的目光交错之际，露西陷入了有关时间、运动和速度的思考中，并且开始认识到，存在着这样一种可能性：根本不是他们在动，反而是地球在他们的脚下开始快速旋转。她突然对自己已知的物理定律产生了动摇，各种可能性在她的脑袋里炸开了花。

她极度迫切地想同别人分享自己的看法，但瞥了一眼坐在小桌对面的费利克斯·伯纳德和他的妻子阿黛尔，她心中兴奋的小火苗就嘶地一下被浇灭了。露西也算得上认识阿黛尔，因为在她嫁给费利克斯之前，她经常上门来给爱德华当模特。她一度是爱德华最喜欢的一任模特，他有四幅画作里画的是她。最近，她萌生了当摄影师的念头。之前，因为帕丁顿车站的什么事情，阿黛尔和费利克斯吵了起来。这会儿，夫妻俩正在两看相厌地冷战：阿黛尔假装全神贯注于《英国妇女杂志》，而费利克斯则适宜地检查起自己的新相机，同样是一副全神贯注的模样。

隔着过道，克莱尔正频频冲着瑟斯顿眉目传情。自从后者为了新的画作请克莱尔当模特，她这副样子就差不多成了家常便饭。人人都说瑟斯顿很英俊，不过，看着他走起路来趾高气扬的样子，还有他那双粗壮的大腿，露西想到的却是：祖父那几匹得奖的赛马里，有一匹倒是和他挺像的。瑟斯顿对克莱尔的暗送秋波视而不见，注意力反而集中在爱德华和他的现任模特莉莉·米林顿身上。露西循着瑟斯顿的目光看过去。她能理解爱德华和莉莉为什么会吸引瑟斯顿的注意。他们俩在一起时，仿佛这车厢里就只有他们彼此二人，这幅画面让露西也想一直盯着他们看。

露西见找不到人倾听自己的想法，便将它们藏在了心里。她认为这样做可能才是最好的。露西很想给爱德华的朋友们留下个好印象。克莱尔说过，大庭广众地谈有关能量和物质、时间和空间的问题，会让露西听起来好像该被关进疯人院。（当然，爱德华则认为不然。他说露西很有头脑，而且重要的是，她得多动脑筋。他说，人类无视女性在想什么、在说什么，而这种将人类的力量削减一半的打算，太过狂妄。）

露西曾央求母亲给她找一位家庭女教师，或者最好是把她送去上学。不过，母亲只是担心地看着她，摸摸她的额头，以为她在发烧。她还说露西是个奇怪的小家伙，最好把这些愚蠢的念头给抛开。有一次，她甚至把露西叫到客厅里，去见见正在喝茶的拉斯金先生。露西乖乖地站在门口，听着对方的谆谆教诲：女人的才智不是用来"搞发明创造"的，而是要在"柔声细语地发号施令、做些安排、拿些主意"时派上用场。

幸好爱德华源源不断地给她买书看。最近，露西在看一本新书，《蜡烛的化学史》[1]，里面有迈克尔·法拉第在皇家学院为年轻人做的六次圣诞讲座。书中对蜡烛的火焰与燃烧过程、碳粒子和发光区域的描述非常有趣。这本书是爱德华送给她的礼物，所以露西下定决心，要把书中每一个词都品读一遍。但说实话，这本书讲的有点太基础了。他们离开帕丁顿之后，这本书就一直搁在她的腿上，可直到现在她也没想过把书翻开，而是任凭自己的思绪围着接下来的夏天打转。

在伯奇伍德庄园整整待上四个星期，由爱德华当她的监护人！自

---

1 《蜡烛的化学史》：1848年，英国物理学家、化学家迈克尔·法拉第在英国皇家学会举办了六次关于火焰的讲座。1861年，这些讲座被汇总成一本书出版，题目即为《蜡烛的化学史》。迈克尔·法拉第，英国著名物理学家、化学家。

从母亲说：好吧，她可以去，露西就一直数着日子，她卧室里日历上的日期被她一个接一个地划掉。夏日里，自己家十三岁的女儿和一群艺术家还有他们的模特混在一起，别人家的母亲可能会对此颇有微词，但贝蒂娜·拉德克利夫同露西认识的任何别的母亲都截然不同。在这个问题上，露西有绝对的发言权。按祖父和祖母的话来说，贝蒂娜是一个"放荡不羁的人"。自从孩子们的父亲去世后，在如何生拉硬套地把自己跟别人的旅行计划绑在一起这方面，母亲已经游刃有余了。整个7月，她都在意大利的阿马尔菲海岸旅行，最后在那不勒斯落了脚，因为她的朋友波特一家在那儿安了家。在爱德华提议今年夏天他要带着小妹妹跟他和朋友们去伯奇伍德庄园时，母亲根本就不担心露西会被这帮人带坏了，她反倒非常感谢爱德华，因为这意味着，她用不着再把露西托付给自己的公婆，不必在他们勉强答应接管孙女时看他们的脸色了。"这就又省了一件操心事。"母亲轻快地说道，然后兴奋地接着去收拾她的行李。

爱德华想让露西在伯奇伍德庄园度过夏天，这其中还有另外一个原因。他买下庄园时，第一个告诉的就是露西。当时是1861年1月，爱德华因为"出远门"已经离开了三个星期零四天又两个小时。露西正躺在自己房间的床上，重温《物种起源》。她卧室的窗子是一扇老虎窗[1]，窗外便是他们家在汉普斯特德所在的街道。突然，她听到楼下的人行道上传来熟悉的脚步声，那节奏分明的步伐说明她哥哥回来了。露西能听出来每个人的脚步声：那个送牛奶的大块头，总是拖着步子走；那个虚弱、咳痰的扫烟囱的男孩，则踢踏踢踏地走上两步就咳嗽一声；克莱尔走路时总迈着凌乱的小碎步；至于母亲嘛，她总是穿着又尖又细的高跟鞋。但她最喜欢的脚步声是爱德华的，他总是穿

1　老虎窗：一种开在屋顶上的天窗。

着靴子，步伐坚定且充满希望。

露西根本不用往窗外瞧一眼确认一下。她把书往旁边一扔，飞快地从二楼跑了下去，穿过大厅，在爱德华跨过门槛、走进家门的那一刻，扑到他的怀里。露西已经十二岁了，这样的举动对于她这个年纪的女孩子来说，真的不大合适，但在这么大的女孩儿中，露西算是身形娇小的，所以爱德华能很容易地接住她。露西很喜欢爱德华，从她还是躺在婴儿床里的小婴儿时，就很喜欢他。她讨厌他不在家，只留下克莱尔和母亲陪着她的时候。虽然爱德华每次只离开一个月左右，但是没有他在身边，日子就过得很慢。随着她的腿越长越长，那些被她记在心里、要告诉他的事情也就越攒越多。

刚被爱德华抱在怀里，她就开始竹筒倒豆子似的跟他讲个没完，把他走后发生的每一件事都原原本本地说给他听。通常，爱德华总是先津津有味地听她说完，然后再把最近给她淘到的宝贝拿出来。新宝贝总是一本书，而且是关于科学、历史和数学的。他总是纵容她的喜好。然而，这一回，爱德华伸出手指压在露西的嘴巴上，不让她说话，还告诉她，必须等一会儿再说，因为得先听他说。他说自己做了一件不可思议的事，他要立刻跟她分享。

露西的好奇心被勾了起来，她还感觉特别开心，因为克莱尔和母亲都在家，但爱德华选的是她，露西。爱德华的青睐如同一道闪耀的光束，露西则沐浴着光的温暖。露西和爱德华一起下楼，去了厨房。待在这儿，他们永远都不必担心被其他人打扰。而且，爱德华当年告诉露西他买下那栋房子时，也是在这儿。当时，他们就坐在厨子用的那张破桌子旁边，桌面上因为打了蜡而泛着光。两个一模一样的尖顶，一座乡间花园，河流和小树林。这些描述听上去很熟悉，她知道是哪栋房子了，甚至在他说出接下来那句话之前："是那栋房子，露西，就是'跟着那晚'，我过夜的那栋房子。"

当时，露西倒吸一口气，记忆令她感觉皮肤上一阵阵发麻。她非常清楚爱德华指的是哪栋房子。"跟着那晚"是只有他们俩知道的传奇。那件事发生的时候，露西才五岁，但那一夜深深印刻在她的记忆里。她永远也不会忘记，爱德华第二天早上终于回来的时候，看起来是多么奇怪，头发乱作一团，眼神之中透着疯狂。整整过了一天，爱德华才肯对那一夜的事说些只言片语。不过最后，当兄妹俩坐在比奇沃斯阁楼上那个古董衣橱里时，他还是告诉了露西。"跟着那晚"的事爱德华只告诉了露西，他向她吐露了自己最大的秘密，这象征着他们之间的纽带。

"你打算住在那儿吗？"她的话音刚落，一个念头立刻蹦了出来：她可能会失去他，他要搬到乡下去了。

他大笑着伸手把了把自己的一头黑发："只是先买下来，暂时还没有别的计划。他们会说我这是在发疯，露西，发疯，而他们说得没错。但我知道，你明白的，我必须拥有它。打从我第一次看见它的那晚开始，这栋房子就一直在召唤着我。现在，我终于回应了它的召唤。"

过道的另一边，不知道爱德华说了什么，令莉莉·米林顿笑了起来。露西看着她哥哥的现任模特。她很漂亮，但露西怀疑，没有爱德华的引导，她可能不会意识到自己有多漂亮。这就是他的天赋，每个人都这么说。爱德华看得到别人看不到的东西，然后，通过他的艺术，他能改变观者的感知，让他们不自觉地看到他所看到的。在最近一期的《美院杂谈》中，拉斯金先生把爱德华的这一特点称之为"拉德克利夫的感官欺诈"。

在露西的注视下，爱德华从莉莉的脸上拂去一绺莹润的红发，还帮她把那绺头发别到耳后。莉莉微微一笑，那是因为他俩此前的对话才让她展露欢颜。这一幕让露西感觉到心中泛起一股情绪，让她始料不及、心口发颤。

第一次见到莉莉·米林顿时，露西只是在花园深处的玻璃暖房中瞥见一抹朦胧的火红色。那是1861年5月里的一天。因为有些近视，起初露西还以为自己是透过玻璃看到了一株盆栽，觉得那抹红是日本红枫的红叶。爱德华喜欢那些来自异域的植物，他经常去拜访住在柳树街拐角的罗马诺先生，为这个意大利人的女儿们画几幅素描。作为交换，他可以带走几样刚刚从美洲，甚至是从地球的另一端带回来的植物。露西和爱德华有许多共同的爱好，这是其中之一，她也钟情于这些活生生的、有呼吸的远方来客。通过这些奇花异草，对于大千世界里和自己所生活的这个世界大不相同的那些地方，她也可以领略些许风情。

直到母亲吩咐露西，端两杯茶送去花园深处的画室，她才意识到爱德华和一位模特在一起。她立刻好奇起来，因为她知道，肯定是那个模特来了。和爱德华住在同一屋檐下，没人能在他波澜起伏的激情中独善其身。

几个月前，他陷入了创作低谷，似乎无法凭借自己的力量走出来。他之前一直在画阿黛尔，但他再也无法从她小巧玲珑的五官中汲取更多的灵感。"倒不是她的脸蛋儿不好看，"他一边在画室里踱着步子，一边跟坐在火炉旁那把檀木椅子上的露西解释，"只不过她那对漂亮的耳朵之间，空空如也。"

关于美，爱德华自有一套理论。他说，鼻子、颧骨和嘴唇的轮廓，眼睛的颜色，还有垂在颈部的卷曲头发，都可以美得恰到好处，但无论选择用油彩在画布上画出来，还是选择用蛋白混合感光剂涂抹在纸上冲印出来，让一个人魅力四射的，是智慧。"我指的不是那种把内燃机工作原理解释清楚的能力，也不是那种讲授电报如何把信息从这里发送到那里的能力。我指的是，有些人的身上有一种光，一种令人感兴趣、想去探究、觉得有吸引力的天赋。这是画家无法凭空虚构的，也是无法仿造的，无论他或者她的绘画技巧如何。"

不过，一天早上，爱德华回家时，破晓的晨光刚刚亮起，他的步伐听上去有些忐忑。当他猛地推开家门时，家里还没有几个人起来。但和往常一样，他一回来，家中的一切都因为他而有了生机。静悄悄的门厅总是最先感受到他回来了。他随手一扔，外套就挂到了衣钩上。随着他一系列动作而发出的声响开始在寂静中回荡。当露西、克莱尔和母亲穿着睡裙出现在二楼的楼梯口时，他张开双臂，脸上绽放出喜悦的笑容。他宣称，自己找到她了，那个他梦寐以求的模特。

当一家人围坐在早餐桌旁，听他讲述他是怎么遇上他一直要找的模特时，大家都多多少少松了一口气。

他开始便说，是命运之神的无边智慧让他在特鲁里街遇到了她。昨天晚上，他和瑟斯顿·霍姆斯去了剧院。就是在那儿，在人头涌动、烟雾缭绕的门厅里，他第一次见到了她。（后来，有一次，因为一件与这件事毫不相干的事情，爱德华和瑟斯顿醉醺醺地起了争执。从他们你一言我一语的争吵中，露西慢慢发现：当初在剧院里，是瑟斯顿，注意到那位四肢修长的红发美人的人；是他，注意到她的头发在光线之下将她的肌肤衬得光洁雪白；是他，意识到她和爱德华想要画的那个人几乎完全吻合；还是他，拽着爱德华的衬衫袖子，一把将他转过身去，打断了他和一位债主的谈话，好让爱德华亲眼看到那个身穿深蓝色连衣裙的女人。）

爱德华被她迷住了。他说，就在那一刻，他看到自己的画作大功告成了。然而，正当爱德华沉浸在这一发现带给他的惊喜时，那个女人转身离开了。他想都没想就往人群里挤，他被一股冥冥之中的力量驱使着。他只知道，自己必须找到她。他跟在那个女人身后，穿过热闹的门厅，闪身从侧门追到了大街上。幸亏他追了出去，爱德华一边说着，一边环顾了一下围在餐桌旁的母亲和两个妹妹。因为等他在巷子里追上她时，他刚好救了她。正当爱德华在门厅里穿过人群的时候，有一个黑衣人，一个恶劣透顶的坏蛋，注意到她独自走在巷子里。那人从她身边飞奔而过时，扯掉了她戴在手腕上的一只祖传的手镯。

克莱尔和母亲都倒吸了一口气，露西问道："你看见他了吗？"

"我赶到时，那人已经跑开了。她哥哥追了上去，但没抓到那个家伙。我在巷子里遇上她时，她哥哥刚折回来。乍一看，他还以为我是那个坏蛋，觉得我是回来继续行凶的，于是喊道：'住手！小偷！'但她很快就解释清楚我不是小偷，她哥哥这才不再凶神恶煞的。"

然后，那个女人转过身来，爱德华说，她的五官在月光下一目了然。他清楚，自己从远处看见她时，并没有看错：她的的确确是自己一直在等待的那个人。

"那你接下来做了什么？"露西问道。这时，客厅里的女仆端上来一壶茶，是刚刚泡好的，让他们早餐时享用。

"在礼貌地做出暗示这方面，我恐怕没什么天赋，"他说，"我就直接跟她说，我必须画她。"

克莱尔扬了扬眉毛："那她怎么回答的？"

"更重要的是，"母亲说道，"她哥哥说什么了？"

"她哥哥完全吃了一惊，问我是什么意思，我尽可能跟他解释了。我担心，我没把博学多才的一面都展示出来，我当时还有点恍恍惚惚的。"

"你告没告诉他，你的画在皇家艺术学院展出过？"母亲说道，"你告诉他拉斯金先生对你青睐有加了吗？还有你祖父是有爵位的？"

爱德华说，他把这些都说了，而且不止这些。他说，他甚至可能对他们家的地位还有点夸大其词了，说他把迄今为止自己竭力忽视的祖上的土地和头衔都搬了出来，他甚至还搬出了自己的母亲，拉德克利夫"女士"，说她会去看望他们兄妹俩的父母，她可以向他们保证，他们的女儿是在跟正经人家打交道。"我觉得我提到的这一点很重要，母亲，因为她哥哥特别强调说，他们需要跟父母商量一下，才能决定要不要答应这件事；毕竟，一个有身份的女人可能会因为给画家当模特儿而名誉扫地。"

约定了同对方父母见面后，爱德华和兄妹俩互道了晚安。

随后，爱德华在泰晤士河边散了会儿步，接着又走过伦敦一条条阴暗的街道，脑子里始终在勾勒着那个女人的脸庞。他完全沉浸在对她的迷恋之中，结果闲逛时不知把钱包搁到哪儿去了，不得不一路走回汉普斯特德。

一旦爱德华情绪高涨，他的感染力没人能够免疫。在他讲述事情的原委时，露西、克莱尔和母亲都听得入了迷。等他讲到最后时，母亲也就无需再听下去了。她说自己当然要去拜访米林顿夫妇，去给爱德华出面担保。她的贴身女仆立刻得了她的吩咐，去把她最漂亮的衣服找出来，把上面被蛾子咬出的窟窿修补好。她还派人雇来一辆马车，送她去伦敦。

一声尖厉刺耳的呼啸划过耳际，一阵如雾如霭的轻烟随风散去，火车开始慢了下来。露西把头靠向半开的车窗，看见火车正载着他们驶进站台。站牌上写着"斯温顿"，她知道要在这儿下车。站台上有一个看起来一丝不苟的人正在巡逻，他身穿一套光鲜的制服，手拿一枚锃亮的口哨，吹起来一点儿也不含糊；还有不少搬运工在站台上徘徊，恭候旅客的到来。

他们下了火车，爱德华和其他人直奔摆放行李的车厢，去把行李箱和美术用品都搬下来，然后把所有这些（除了露西的行李——她拒绝抛下自己的书）都装进一辆马车，派人送到伯奇伍德村去。露西本以为他们也会乘马车过去，但爱德华说不该浪费这么好的天气，而且，从河边到庄园这一路的风景要比大路上的漂亮得多。

他是对的，那一天阳光灿烂，头顶那片湛蓝的天空在伦敦是难得一见的。空气中弥漫着乡村的气息，既有一股茵茵绿草的清香，又混着粪肥晒后散发的刺鼻气味。

爱德华走在前面带路。他并不总是走大路，而是带着这帮人穿过一片片野花缤纷的草甸，有黄色的金凤花，有粉色的毛地黄，还有蓝色的勿忘我。一串串洁白小巧的峨参花，开得遍地都是。有时他们会遇上蜿蜒的小溪，还得去找来一些石头垫在脚下才能过河。

这段路程并不短，但他们不急着赶路。四个小时一晃就过去了。他们在午饭时歇了一阵子，走到莱赫莱德附近的浅滩时，又赤脚玩了会儿水，还在几处地方停下来，画了几幅素描。一帮人打打闹闹的，欢笑声不断：费利克斯从包里拿出一小包用布裹着的草莓和大家分享；阿黛尔给每位女士都编了花环——甚至还有露西的，可以像王冠一样戴在头上。有一阵儿，瑟斯顿不见人影，结果发现他时，他正躺在一棵巨大的垂柳下呼呼大睡，脸上扣着他的帽子，身下是柔软的青草。

一天中最热的那会儿，莉莉·米林顿原本披散在后背上的头发被她盘了起来：她用爱德华的丝巾，把一头光亮润泽的长发绑在了头顶。她脖颈后的皮肤露了出来，光滑洁白得像是朵百合花，炫目得令露西错开了目光。

在哈芬尼桥附近，他们走下台阶，来到水边，沿着河流一路向东，穿过被牛群占满的草地，经过圣约翰闸。等他们走到树林边的时候，太阳虽然还在熠熠发光，但热度已经降了下去。爱德华总是在谈论光，露西知道，他会说"光的那抹黄色不见了"。这样的效果是露西喜欢的。少了那种黄色的光泽，周围的一切似乎都成了蓝色的。

爱德华告诉他们，那栋房子就在树林的另一边。他坚持说，第一次去那栋房子的话，从这里过去是最佳路线，因为只有从河边走过去，大家才能瞧见这栋建筑真正美的那一面。这个解释很合理，其他人也没有质疑，但露西知道，他心中所想的不只是他说的这些。树林里是"跟着那晚"他经过的那片空地。爱德华领他们走的这条路，就是他那天晚上逃命的路线：他在寒星的守护下，穿过树林，越过田野，最终看到了阁楼上那道召唤他的光。

走在树林里，大家默默地排成一列。露西听得见脚底下树枝被踩断的声音和树叶的沙沙声。有时，她还能听到这条幽僻的小道两旁，有奇怪的声音从茂盛的草木间传出来。在这一小片林子里，树木的枝丫并不是直挺挺的，而是像波浪似的涌入树冠，树干上长满了蕨类植物和地衣。她觉得这片林子里的树木是橡树、榛树和桦树。有些地方，因为有光透过树叶洒了进来，就像金属片似的闪着光，空气中似乎充满了期待。

他们终于走到空地上时，露西几乎能听到树叶的呼吸声。

不难想象，在万籁俱寂的夜里，这个地方会变得多么可怕。

露西永远不会忘记，许多年前，爱德华在"跟着那晚"之后，终于回到他们祖父母家里时的样子。她朝前面冲过去，很好奇现在故地重游的爱德华会有什么反应。当她看到他伸手握住了莉莉·米林顿的手时，她吃了一惊。

他们都在林中空地上继续前行，然后，迈着缓慢的步子，穿过树林的另一边。

终于，气氛开始轻松起来，等他们最后爬上杂草丛生的河岸，眼前的视野开阔起来。

他们的前方是一片野花盛开的草甸，草甸的另一头是一栋房子，屋顶有两个一模一样的尖角和好些个烟囱。

爱德华转过身来，脸上洋溢着胜利的喜悦。露西发现自己也翘起了嘴角。

树林里那道让人静默的奇异魔法失效了。现在，其他人都开始兴奋地交谈起来，仿佛在看到这栋房子之后，对于接下来的夏日应许的那份兴奋和激动，大家终于得偿所愿了。

真的有条小船可以河上泛舟吗？他们问道。是的，爱德华说，小船就放在那边的谷仓里。他还专门建了一个小码头，就在河边。

归他所有的土地有多少？目之所及的这一片，他说，都是他的。

有可以俯瞰这条河的卧室吗？有很多——整个二楼都是一间一间的卧室，上面的阁楼除了能看到这条河，还能看到更远的地方。

随着一声响亮的号令，瑟斯顿跑了起来，费利克斯没能很快撵上他。克莱尔和阿黛尔手挽着手开始朝草甸的另一头走去。爱德华看到露西投来的目光，朝她眨了眨眼睛。"赶紧的，妹妹，"他说道，"快去占一个最好的房间！"

露西咧嘴一笑，点了点头，开始蹦蹦跳跳地跟着其他人跑了起来。她感到自己比平常更自由，更有活力。她能感觉到扑面而来的乡村气息，能感觉到午后的太阳那久久不散的余温，能感觉到跟爱德华分享这个最重要的时刻的那份喜悦。怀着这份欢欣雀跃，在跑到草甸另一头时，她转过身，想召唤他快点儿跟上来。

但爱德华并没在她身后望着她。他在和莉莉·米林顿朝房子缓缓走去。两个人低着头，正谈得很起劲。露西在等着他抬起头来，看她一眼。她挥动着手臂想引起他的注意，但无济于事。

等了好半天，她转过身去，失望地继续朝房子走去。

自打那天早上他们从帕丁顿车站出发以后，露西第一次纳闷，爱德华的未婚妻范妮·布朗在哪儿。

第二十五章

伯奇伍德庄园就是这样一个地方，时间的经络在这里像是一根根没有绷紧的弦，松松散散的。露西注意到，很快其他人就不知不觉地对这里习以为常，仿佛他们已经在这栋房子里住了很久很久。她在想，这是不是因为天气的缘故——悠长的夏日似乎没完没了——或者是因为爱德华召集起来的这帮人，再或者，甚至也许是因为这栋房子本身。她知道，对此，爱德华会怎么说。自从他小时候知道了埃尔德里奇的孩子这个故事，他就相信，位于河湾的这片土地有独特之处。露西所信仰的是理性，这让她引以为傲。可她不得不承认，这栋房子有着不同寻常的地方。

爱德华事先写信安排了一个女仆，她叫埃玛·斯特恩斯，是村里的一个年轻女人，负责所有家务。她每天一大早过来，做好晚饭便离开。他们下了火车之后的第一晚，当大伙儿磨磨蹭蹭地穿过草甸朝房子走去时，埃玛一直在等着他们。按照爱德华在信中的指示，她在花园里那张大铁桌上铺了一块白色的亚麻布，摆了一桌丰盛的食物。栗子树最下面那圈树枝上，挂着玻璃灯笼。黄昏时分，点燃烛芯，蜡烛便开始如萤火般闪烁。随着夜幕的降临，烛光愈加明亮。当大家开始举杯畅饮时，费利克斯拿出他的吉他，阿黛尔开始跳起了舞，大家也跟着音乐唱了起来，就像是一群知更鸟在合唱，天边的最后一缕光线就在这美妙的歌声中消失了。最后，爱德华站到桌子上，背诵起济慈的那首《灿烂星辰》。

当天晚上，大家都睡得死死的。第二天，所有人都很晚才醒，每个人都情绪高涨。头天晚上，他们都累坏了，根本没力气好好参观一下这栋庄园。现在，他们从一个房间跑到另一个房间，对着这个房间窗外的风景或是那个房间里的某处细节发出一阵阵惊叹。在一旁看着朋友们东看看西看看的爱德华，既高兴又自豪地说，房子是一位大师建造的，整个庄园的每一处特色，都被大师特意融入到了设计里。在爱德华看来，如此注重细节令整栋房子显得很"真实"，他喜欢这里的一切：每一件家具，每一幅窗帘，每一块地板上的每一个涡纹，连地板用的木料都是从附近的树林里弄来的。他最喜欢的是一幅版画，它挂在一楼的一个房间里，高悬在房门上方，房间里贴着壁纸，上面印有桑叶和桑葚。这间房里的窗户都冲着后花园，窗子很大，使这个房间俨然成了后花园的一景。版画上刻着三个字："真，美，光。"爱德华不禁惊奇地盯着它说："你看，这栋房子注定了是我的。"

在接下来的几天里，爱德华不停地画这栋房子的素描。不管走到哪儿，他的肩上都背着他那个新的皮书包。大家经常看到他坐在那片草甸的草丛里，头上戴着帽子，抬头望着房子，一副心满意足的神情，然后，他会把注意力又重新放到自己正在绘制的那幅画上。露西注意到，莉莉·米林顿总是待在他的身边。

露西向爱德华问起过范妮在哪儿。来到伯奇伍德的第一天早晨，爱德华就牵着露西的手，领着她穿过大厅，带她参观了庄园的图书室。"我看到这些书架时，尤其想到了你，"他对她说，"看看这些书，露西，涵盖了所有你喜欢挂在嘴边的学科。现在，要不要用所有这些知识填满你的小脑袋瓜，就看你自己的了。反正这里有一切知识，世上那些最聪明的学者所掌握的并且发表出来的一切知识都在这儿了。我知道，总有一天，女人会享有和男人一样的机会。当女性成为更聪明的那群人，成为更庞大的群体时，这一天又怎么会不到来呢？在那之前，你必须掌控自己的命运。你要阅读，要背诵，要思考。"

爱德华说得极为认真，露西答应他，一定会按照他说的去做。"放心吧，相信我，"她表情严肃地回答道，"今年夏天结束之前，我就会把书架上的所有书都看完。"

听了她的话，他哈哈大笑："嗯，也许用不着那么快就看完。今后还有很多个夏天呢。你要确保留给自己足够的时间去河边和花园里好好玩一玩。"

"那当然了。"然后，因为兄妹俩的对话自然而然地就此告一段落。露西问了一句："我们在等范妮来吗？"

爱德华的态度依旧，但他说："不，范妮不来了。"然后他立刻指着壁炉旁边的一个角落，跟她建议说，躲在那里看书会是个完美的选择："没有人会知道你在那儿，藏起来看书会大大提升自己的阅读体验，我在这个问题上绝对有发言权。"

露西没再提起范妮这个话题。

后来，她希望自己当时能再多问几句；但实际上，她并不怎么喜欢范妮，她不来，露西还觉得挺高兴的。当时，爱德华敷衍的、几乎是不屑多说的回答，说明了一切。范妮是个讨厌鬼。她霸道地让爱德华把心思都放在她身上，试图把他变成另一个人。她是爱德华的未婚妻，对于露西来说，她的威胁要比一个模特大得多。一任一任模特走马灯似的来了又走，但婚姻是长长久久的。婚姻意味着爱德华会在别的地方有一个新家。露西无法想象，没有哥哥的生活会是个什么样；她也无法想象，如果非得和范妮一起生活，爱德华又会是个什么样。

露西没有结婚的打算——除非她能遇上个完美无缺的人。她已经决定了，她理想中的丈夫应该像她自己这样，或是像爱德华那样。如此一来，夫妻俩才会非常幸福地生活在一起，哪怕只有他们两个人。

爱德华对图书室的看法是对的：它就好像是专门为露西设计的，里面的藏书也好像都是为她准备的。书架靠墙一字排开，书架上的书不像是祖父家的那些，祖父家收藏的多是宗教方面的小册子和讲解社交礼仪的小本子。这里的书才是真正的书籍。伯奇伍德庄园的前几任主人积累了大量的图书，内容涉及各种各样有趣的学科。要是缺了哪些领域的书，也都被爱德华派人从伦敦给搜罗来了。一有空，露西就爬上梯子，浏览书脊上的书名，为接下来的几周做计划——她有许多空闲时间可以利用，因为从来到这儿的第一天起，她就可以自由支配自己的时间。

在大家对这栋房子进行初步了解时，每个画家都专注于找一个完美的地方工作。他们现在时间紧迫，因为就在他们动身前往伯奇伍德之前，拉斯金先生答应在秋季给他们举办一次团体作品展。紫红兄弟会的每一个成员都在心中盘算着一件新的作品，因此，庄园处在一种充满了创新、竞争和可能性的氛围里。房间一选好，画家们都立即着手准备自己的美术用品，从那些爱德华在火车站派人用马车运回来的大包小裹里把自己的家伙什儿都翻出来。

瑟斯顿选择了可以看到前院的那间大起居室，他说南向的窗户采光最好，画画时的光线最理想。露西尽量避着他，一部分原因是，她觉得瑟斯顿莫名其妙地让人感到不安；另一部分原因是，看到她姐姐瞪着一双大眼睛对着他失神，露西就感到很尴尬。有一次，瑟斯顿选的那间画室的门开着，露西碰巧看见克莱尔在给瑟斯顿当模特。后来，露西不得不在穿过草甸时全速奔跑，才把那种糟糕的、让她直起鸡皮疙瘩的感觉忘掉。露西在走开前，瞥了一眼瑟斯顿的那幅画。那幅画自然是画得很好——即便还只是个雏形——因为瑟斯顿的绘画技巧很不错，但露西注意到一个问题：画中的那个女人，虽然也百无聊赖地躺在躺椅上，就跟克莱尔摆出的那副懒洋洋的姿势一样，但画中人的嘴唇却是莉莉·米林顿的。对此，露西绝没看走眼。

费利克斯把一楼的小隔间给占了，就离那间墙上用木板装饰的会客厅不远。当爱德华说那里面几乎一点儿光也没有时，费利克斯欣然选了它，还说，自己就是看重那里面没有光。费利克斯的画一向以感伤的、有关神话传说的场景而著称。现在，他宣布自己打算通过摄影而不是绘画来表现同样的题材。"我要拍一张丁尼生笔下的夏洛特夫人，看看能不能跟罗宾逊先生拍摄的那张照片一决高下。你这儿的河太完美了，取景时甚至还可以拍到柳树和白杨。等着瞧吧，我要把那儿拍出圣城卡米洛特的感觉。"

自此，关于能否通过新的媒介呈现出同样的艺术效果，这群人展开了激烈的辩论。一次晚饭时，瑟斯顿说，照片是骗人的玩意儿。"那就是廉价的小把戏，想要给心中所爱的人啊物啊留个纪念倒还好用，但要是涉及严肃的题材，要想进行交流，想借此传递情感、表达思想，那可行不通。"

这时，费利克斯从口袋里掏出一枚徽章，是一枚不大的洋铁徽章。他把它夹在指间，翻过来掉过去。"把这话跟亚伯拉罕·林肯说一遍，"他说，"像这样的徽章，发出去了成千上万枚。美洲大陆上到处都有人把他那张脸——和他本人分毫不差的形象——印在衣服上。过去，我们都不知道林肯长什么样儿，更不用说他是怎么想的了。现在，他赢得了40%的选票。"

"他的对手为什么不这么干呢？"阿黛尔问道。

"他们试过了，但为时已晚。谁占了先机，谁就是赢家。但我可以向你们保证：以后再有选举，候选人都会在自己的形象上做文章。"

瑟斯顿接过那枚徽章，像玩硬币一样用拇指把它弹了起来。"我并不否认，这是一个有用的政治手段，"说着，他啪的一声把它扣在手背上，"但你不能跟我说这是艺术。"他抬起手掌，林肯的脸露了出来。

"我想说的不是这枚特定的徽章，不是那样的。但你想想罗杰·芬顿[1]的作品。"

"那组拍摄克里米亚半岛的照片很出色。"爱德华同意费利克斯的看法，"当然，那是一个严肃题材，可以通过那些照片和观者进行交流。"

"但不是艺术。"瑟斯顿把最后一点红酒倒进他的杯子里，"我承认，照片是有用的工具，可以用来报道新闻、事件，可以当作是……那个……那个……"

"历史之眼。"莉莉·米林顿给他提了个说法。

"没错，谢谢你，莉莉，当作是历史之眼——但艺术，照片可沾不上边儿。"

露西正安静地坐在桌子的一端，享用她的第二份布丁。她喜欢把照片当作历史之眼的看法。在阅读那些关于过去的书籍时，她常常因为需要推断和想象而感到沮丧。当她到庄园后面的树林里去挖宝时——她已经发现了一些奇怪的、古老的遗迹——这种沮丧感也同样出现过。如今，照片可以把真实情况记录下来，这对于后代而言，是一份多么珍贵的礼物啊！露西在《伦敦评论》上读到过一篇文章，里面提到"照片是无懈可击的证据"，还说从现在开始，在不使用摄影术的情况下想要创新，那什么也搞不出来——

"把发生的事变成一份有形的、可以随取随用的记忆。"

露西猛地抬起头，一块奶油从她的勺子上掉了下来。莉莉·米林顿一字不差地把露西想到的话说了出来。也就是说，她把露西脑子里

---

1 罗杰·芬顿：被人尊称为"第一位战地摄影师"，现存最早的战地照片就是他在1855年拍摄的克里米亚战场。

那份《伦敦评论》上的话说了出来。

"就是这样的，莉莉，"费利克斯说，"总有一天，拍摄出来的图像将无处不在：相机将变得非常小巧，人们可以用肩带把相机挂在脖子上。"

瑟斯顿翻了个白眼："那他们的脖子也会更粗壮吧？我估计你说的是未来的那些亚马逊人？费利克斯，你说无处不在，那正好印证了我的观点。用相机的人可以到处都是，但艺术家不会满地跑。在弥漫着硫黄味儿的浓雾里，其他人的眼中只有污染，而艺术家，是那个从浓雾里看到美的男人。"

"或女人。"莉莉·米林顿说。

"为什么会在污染里看到女人？"等瑟斯顿反应过来她是什么意思时，他顿了一下，"哦。我明白了。是的，说得太好了，莉莉。太好了。或者是看到美的女士。"

接着，克莱尔插嘴说了一句，但她发现的问题是明摆着的：照片上没有颜色。费利克斯解释说，这就意味着他必须使用光和影、画面和构图来唤起绘画带给观者的那些情感。但是，露西现在只花了一半心思在听费利克斯的话。

她忍不住盯着莉莉·米林顿看。她觉得自己从来没听其他模特说过什么明智的话，更别说在瑟斯顿·霍姆斯面前抢风头了。露西以为，她也不过是稍微想了想，在爱德华的眼里，莉莉·米林顿能给他的灵感会有枯竭的一天，就像他的前几任模特一样，会让他感到厌倦。但现在，她隐隐发现，莉莉·米林顿可不同于其他人，她完全是另一种类型的模特。

在一楼那个壁纸上印有桑葚的房间里，爱德华支起了画板，然后他和莉莉·米林顿两人每天都窝在里面。他一直在孜孜不倦地画画——露西看得出来，他常常一脸心不在焉的神情，那是因为他在作画的过程中常常要寻找创作灵感——但到目前为止，他对于这幅计划中的画作非常谨慎，这有些不同寻常。起初，露西认为，一定是因为在去年的画展上，拉斯金先生没有在《佳人》展出时力挺爱德华，两人之间反而有过几句令人难堪的争吵，这才让爱德华如此小心翼翼。前有拉斯金先生对那幅画的评语，后有查尔斯·狄更斯在文章中对那幅画的品评，爱德华为此大发雷霆。（评论刊登后，他一阵风似的冲向后花园的画室，把所有狄更斯先生写的书都付之一炬，连带着那本他珍藏的《现代画家》也因为是拉斯金先生出版的而跟着遭了殃。露西不得不把自己那几本宝贝得不行的《远大前程》藏了起来，唯恐它们也被爱德华迁怒。1860年12月至1861年8月，为了买到连载中的《远大前程》的最新一章，露西每周都会跑到W.H.史密斯父子书局去排长队。）

不过，她现在开始怀疑，爱德华这么谨慎是不是还有别的原因。很难说具体是什么原因，但是当爱德华和莉莉·米林顿在一起时，两个人就给人一种神神秘秘的感觉，让人捉摸不透。就在前几天，当爱德华在他那本素描簿上画画时，露西走到他的身边。他刚一发现她在身边，就立刻合上了素描簿——但她还是瞄到了一点儿，他在画一幅习作，画的是莉莉·米林顿的脸。爱德华画画时不喜欢有人在一旁看着，但像这样偷偷摸摸不给人看，却极不寻常。就这件事而言，尤为奇怪。习作上画的是模特的脸，这有什么好遮掩的呢？在露西看来，那张素描和他挂在画室墙上的其他数百张素描没什么两样——除了一点，莉莉戴了一条吊坠项链。除此以外，没什么不同。

不管怎么样，爱德华一心扑在他的画上。因此，当白日里大家都各忙各的，而埃玛也被家务活儿缠身时，露西就把图书室占为己有。她跟爱德华说过，她会慢慢看，不急着把所有的书都看完，但她并没打算这么做：每天，她都会选一摞书，然后搬到外面去看。有时猫在谷仓里看书，有时躲在花园的蕨类植物下面看书。在起风的日子里，费利克斯会因为风太大而无法拍摄夏洛特夫人。一大早，他便会在草甸那边徘徊，对着风举起一根手指头，以此来判断风力的强弱。然后，他会用力地把两只手揣在兜里，心灰意冷地回到屋子里去。这时，露西会跑去爱德华新修的码头，坐进停泊在码头的那条小船里看书。

他们已经在伯奇伍德待了差不多两个星期了。这一天，她偶然间发现了一本极其古老的书。书上落满了灰尘，要不是还被几根线绳连着，封皮都快掉了。这本书被放在图书室最上面的一层书架上，轻易不会被发现。露西站在梯子上，翻到书的扉页，发现书名是《神鬼学》（对话录，共三部）。标题用的字体精致繁复，书是在爱丁堡印刷的，出版商是"国王陛下钦定的罗伯特·沃尔德·格雷夫"，出版年份是1597年。这是一本讲招魂术和黑魔法的书，作者是一位国王，最早的英文版《圣经》就是因为这位国王才广为流传。露西对这本书很感兴趣，于是将它夹在腋下，从梯子上爬了下来。

她那天拿了许多本书，然后用餐巾包着午餐，一道带上了小船，开始在河上泛舟。那天上午很热，天空透亮得像块玻璃，空气中有股干麦子的味道，里面还混合着一些不为人知的、被泥土覆盖的、隐藏在地底下的东西的气味。尽管这种天气对费利克斯的摄影来说，阳光不够强，曝光度不足，但因为风不大，露西还是决定让小船慢慢漂回爱德华修的那个码头。她一直把船划到圣约翰闸，然后收起船桨，拿起《论自由》。下午一点多，她就读完了约翰·斯图亚特·穆勒的这本小册子。然后，她翻开了《神鬼学》。书中，对于为什么要在信奉基督教的国家压迫女巫，国王詹姆斯进行了解释。可刚读了几页，露西就发现，这本书里的书页被人掏出了一个洞，里面藏着几页叠好后拿线绳绑起来的纸张。她解开绳结，把那几页纸展开。第一页是一封很久以前的信，写于1586年，信的字迹很潦草，而且有些字已经褪了色，她根本没有好好读一读的想法。露西发现，其他几张纸上画着伯奇伍德庄园的设计图，并且想起来，爱德华告诉过她，这栋房子是伊丽莎白女王在位时建造的。

露西非常兴奋，不是因为她对建筑有什么兴趣，而是因为她知道，爱德华看到这些会很高兴。能让他开心的东西，自然也让露西觉得开心。不过在研究这些设计图的过程中，她发现了些不同寻常的地方。有些草图能看出是房子的哪个部分，例如两个一模一样的尖顶、烟囱和房间。但在最透明的那张纸上，还画着另一份设计图，可以和第一份设计重叠起来。露西把这张最透明的设计图放在最上面，把两张图对齐时，她注意到，这样一看，另外还有两个很小的房间，既不能当卧室，也不能当前厅。她在房子里四处转悠时，没见过这两个房间。

她皱着眉，将最薄的那张纸拿了起来，然后跟底下那层设计图稍稍错开一些，想看看能不能弄明白那两间屋子到底是怎么回事。此刻，小船在一处小湾里停了下来，船头靠在青草丛生的河岸边。露西将楼层的平面图暂且搁在一边，拿起那封信，希望能找到一点线索。写信的人是尼古拉斯·欧文，露西觉得这个名字似曾相识——可能之前在哪儿看到过？笔记是古代的花体字，但她还是辨认出几个字来——保护……牧师……洞……

露西倒吸一口气，她意识到平面图上那两个小房间是怎么回事了。当然，她之前读过一些书，里面讲到伊丽莎白女王继位后，是怎么对付天主教牧师的。她知道，许多房子里都建有密室，不是建在墙里，就是建在地下，以便保护受到迫害的牧师。但一想到伯奇伍德庄园有一个这样的密室——甚至可能是两个，她就感到异常兴奋。露西想，爱德华可能还不知道房子里建有密室。他肯定不知道，否则他一定会在第一时间告诉大家的。这就意味着，对于这栋他深爱的房子，她可以跟他分享一件令人惊叹的事情：爱德华这栋"真实的"房子也是有秘密的。

露西认为乘船回码头的速度太慢。她把船拴了起来，把书收拾起来夹在腋下，开始朝房子跑去。尽管她不经常让自己雀跃不已，甚至不怎么唱歌，但她发现在跑回去的途中，自己兴致勃勃地哼起了母亲最喜欢的一首舞曲。一回到庄园，她就去了那个壁纸上印有桑葚的房间。虽然她知道，爱德华不喜欢在画画时被人打扰，但她确信，这次他会对她网开一面。屋里没有人，画布上罩着一大块丝绸，露西踌躇了几秒，然后很快意识到，自己现在不能耽误时间。紧接着，她跑到楼上那间他给自己选的卧室。从卧室的窗子可以俯瞰不远处的树林，但他也没在那边。她沿着走廊一路小跑，每经过一间屋子就向里看一眼。哪怕是有可能看见克莱尔傻笑的样子，她也没有丝毫畏惧地往瑟斯顿选中的那间大起居室里瞅了一眼。

她发现埃玛正在厨房里准备晚餐。当她被问及爱德华的行踪时，埃玛只是耸了耸左肩，然后就开始数落瑟斯顿的不是。瑟斯顿有一个烦人的习惯：他会在某天早晨爬到屋顶上，拿着他从伦敦带来的拿破仑战争时期用的步枪，冲小鸟射击。"他真的很吵，"埃玛说，"我的意思是，他要是能打中一只鸭子，那我还能做一顿烤鸭……但他枪法又不准，不管怎么说，就算他能打中鸟，可那么小的鸟，连做顿饭都不够。"爱德华也埋怨过瑟斯顿，还跟他说过好几次，让他收手，并且警告他说，他再这样，可能会有农夫被他误杀，这会让瑟斯顿被扣上谋杀的罪名。

"我找到爱德华就跟他说。"露西尽可能地说着安抚的话。在过去的两周里，她和埃玛已经形成了某种默契。露西觉得，自己被埃玛视作这栋房子里，除埃玛之外唯一的"正常"人。因为几个画家和模特在厨房里进进出出时总是穿着松松垮垮的服装，耳朵后面还别着画笔。埃玛似乎只有露西一个倾吐的对象：一碰到露西，埃玛就摇头慨叹其他人的种种做派，仿佛她们俩是脑子还算清醒的一对落难姐妹，整天都被一群疯子包围着。但今天，露西的注意力完全不在埃玛身上。"我保证，我会跟他说的。"她把安抚埃玛的话又重复了一遍，说着就蹦蹦跳跳地穿过前门，跑去了花园。

但在室外那几处爱德华最喜欢的地方，露西都没找到他的身影。她有种非常挫败的感觉。这时，露西发现，莉莉·米林顿正要离开花园。她正从前门出去，往小路那边走，阳光洒落在她亮丽的头发上。

"莉莉。"她喊道。起初，那位模特似乎没听见，于是露西又喊了一声。这一回，她提高了嗓门："莉——莉——"

莉莉·米林顿转过身，也许她之前一直沉浸在自己的思绪里，在听到有人叫她时，她看起来有些吃惊。"嘿，你好啊，露西。"她面带微笑地说。

"我在找爱德华。你看见他了吗？"

"他去树林里了。他说要去见一个人，说说养狗的事。"

"你要去那儿找他吗？"露西注意到，莉莉·米林顿的脚上是一双散步时穿的靴子，肩上还背着一个袋子。

"不，我要去村子里见一个人，说说盖邮戳的事。"她举起一个信封，上面写着地址，"要一起去吗？"

因为没机会告诉爱德华她发现了房子的秘密，露西决定，倒不如下午干脆找点儿事情做，总比哪儿也不去在屋子里干等着要强。

她们沿着乡间小路散着步，经过拐角的一所教堂，然后来到村子里。村里的小邮局就紧挨着天鹅小栈。

"我在这儿等你。"露西说，因为她看到，街对面有一个有趣的石砌建筑物，想要凑近些去好好看看。

莉莉没过多一会儿就从邮局里出来了，手里拿着盖好邮戳的信封。露西不知道莉莉要寄的是什么，反正信封里的东西有点重，需要贴一枚两便士的蓝色邮票。露西注意到，收件地址是伦敦。

莉莉将信投进信箱之后，两个人便开始往回走。从这里回伯奇伍德庄园的路程并不远。

露西不懂该怎么东拉西扯地闲聊，这一点她跟克莱尔和母亲并不像。她心想，该说些什么来打破沉默。通常情况下，她是不会花这样的心思的。但是，跟莉莉·米林顿在一起时，她希望自己能更成熟些、聪明些，能比平常显得更加重要一些。出于某种原因，她想让自己看起来不只是爱德华的妹妹，这一点似乎很重要。

"天气真好。"她说道。刚一说完，她就缩了缩脖子。

"趁现在天气还好，赶快多享受一会儿吧，"莉莉说，"今晚会有暴风雨。"

"你怎么看出来的？"

"我有一种罕见的神力，我能预知未来。"

露西瞥了她一眼。

莉莉·米林顿笑着说："我对天气图很感兴趣。邮局局长的桌子上有一份《泰晤士报》，我刚刚碰巧在那上面看到的。"

"你懂天气预报？"

"只是听罗伯特·菲茨罗伊[1]讲过。"

"你见过罗伯特·菲茨罗伊？"那可是查尔斯·达尔文的朋友，小猎犬号的指挥官、气压计的发明者以及同业公会[2]的首位气象统计学家。

"我听过他和别人的谈话。他跟我的一位朋友是朋友。他正在写一本有关气象的书，听上去他那本书会很受欢迎。"

"你有没有听他说过皇家宪章号沉没的事，还有菲茨罗伊暴风雨气压计是怎么研究出来的？"

---

1 罗伯特·菲茨罗伊：英国海军中将、水文地理学家、气象学家。
2 同业公会：旧时同行业的企业联合组成的行会组织。

"当然。那可是万众瞩目的事……"

莉莉·米林顿开始给露西讲起菲茨罗伊发明的天气预报表背后的原理，还有他的暴风雨气压计背后的科学依据，她讲得引人入胜，露西也听得非常认真。但是，她只用了97%的注意力在听。剩下的3%，她用来在心里琢磨，要是爱德华对他的这位模特失去了兴趣，莉莉·米林顿就可以归她一个人了，但这样的愿望会不会有点太过贪心？

莉莉·米林顿说得没错，暴风雨要来了。接近傍晚时，夏日里一直延续的好天气戛然而止。阳光一下子从天空中消失了，仿佛是有人吹灭了这世间的灯，没给灯芯上的火苗半分挣扎的机会，刹那间就将它熄灭了。但露西并没有注意到天气的变化，因为她已然置身于黑暗之中。她坐在一个隐匿的密室里，钻进了爱德华这栋房子的表皮之下。她度过了一个令人十分兴奋的下午。从邮局回来后，莉莉·米林顿决定要走去树林那边和爱德华会合。埃玛还在厨房里忙碌，她很高兴地跟露西汇报说，瑟斯顿、克莱尔、阿黛尔和费利克斯提着野餐篮，去河边喝下午茶了，他们还计划等喝完下午茶之后去游泳。她还跟露西说，自己已经提前做好了晚餐——如果露西没什么其他吩咐的话——她打算"回家待一小时左右，好好歇歇脚"。

房子里就剩下露西一个人，她清楚自己该怎么打发时间。刚发现图纸那会儿的兴奋感已经消了大半，她现在意识到，如果自己一时冲动，把密室的事告诉了爱德华，那真是愚蠢至极。楼层平面图是几个世纪之前画的，那两间密室完全有可能在多年以前就被封死了。再不然，那些平面图，即便当时画了出来，但也可能并未建成。要是自己大张旗鼓地说找到了密室，可结果却发现是自己弄错了，那多尴尬啊！露西不喜欢出错。她想，自己最好还是先调查一下密室再说。

露西打发埃玛收拾东西回家休息一会儿，然后看着莉莉·米林顿的身影在草甸的另一头渐渐变成火红色的一个小点儿，露西这才拿出楼层平面图。第一间密室像是主楼梯上的一部分，这似乎不大可能，所以露西起初还以为是自己没看明白图纸。到目前为止，那部楼梯，她爬过不下一百次了，而且她还不止一次坐在窗边那把优雅的曲木椅上看过书。除了楼梯转角的那份温暖令人愉悦，再没发现那儿有什么不对劲的地方。

直到她在图书室的雪松木写字台上拿了一个放大镜，开始破解那封信的秘密时，她才发现，自己遗漏了说明的部分。信上说，有一阶楼梯上面有机关，就是楼梯平台上的第一块踏板。这块踏板是倾斜的，正确触动机关后，就可以打开密室的暗门。但是信中还说，因为暗门的设计是为了掩人耳目，谨慎起见，暗门的机关只能从外面开启。

这就像是报纸连载的儿童系列故事里讲的那样，露西连忙跑过去仔细查看。她跪在地板上，把椅子往旁边一推。

楼梯看上去还是原来的样子，露西没看出哪里有暗门。她紧锁着眉头，又看了看那封信。她仔细研究了信中的说明，发现信上还画了一份弹簧门闩的草图，这让露西勾起了嘴角。她依次按了按踏板的四角。她一直屏着呼吸，直到终于轻轻响起咔嗒一声，她才吐出一口气。她注意到，踏板的底边微微凸起，露出一条缝儿。她把手指伸进刚刚露出来的缝隙中，将踏板一提，顺势把它塞进了下一级台阶的凹槽里。一个细长而诡秘的密室入口呈现在眼前。入口不大，只容得下一人通过，还得是不胖不瘦、身材适中的人。

露西仅仅考虑了一秒钟就钻了进去。

里面的空间很狭小：高度极其有限，连娇小的露西都没法坐直——如果要坐起来，她必须弯下身子、尽量低着头、下巴抵着胸口才行。于是，她平躺下来。密室里空气污浊，而且有些闷热。地板摸上去暖暖的，露西估计一定是厨房烟囱的烟道在某处拐了个弯，从这底下过去的。她躺着一动不动，听着有没有什么声响。结果，这里出奇地安静。她翻了个身侧躺着，把耳朵贴在墙上。依旧一片死寂，木板的另一边静默无声，墙壁里面是实心的，似乎是砌好的砖墙。

露西试着在脑海中勾勒出这栋房子的设计图，她想弄明白这间密室是怎么修出来的。在寻思这个问题的同时，她也意识到，自己正躺在一间密室里——设计出这样一间密室，是为了让躲在里面的人能逃过一劫，不至于落在决心要杀掉他的敌人手里；这间密室的暗门随时可能缓缓地闭上，那样的话，她就会被独自一人留在这个伸手不见五指的地方，她会因为这里的闷热而窒息，可没人知道她发现了这么个密室，也没人知道她去了哪里——四周的一切让她对自己一个人躺在这里的意识越来越强。她突然感到很慌乱，这让她的肺部不断收缩，她的呼吸变得急促而粗重，她手忙脚乱地蹲了起来，急忙往外爬，慌乱中，脑袋撞到了密室的顶棚上。

第二个可以藏身的密室在走廊里，露西这会儿就待在里面。这里的设计和上一个密室差别很大：藏身之处是在护墙板里，暗门是一块精巧的、可以滑动的嵌板，好在这块嵌板不论是从里面还是从外面，都能打开。密室里的空间不大，给人的感觉和楼梯间的那个密室完全不同：这间密室有种让人的心灵受到慰藉的感觉。露西注意到，这间密室里并不是很黑，而且嵌板很薄，隔着它也完全能听到外面的声音。

其他几个人从河边回来的时候，她听见了他们的笑声，透过墙板，她还听见了他们在你追我赶。她听到费利克斯和阿黛尔因为一个玩笑（这是费利克斯的看法）开过了头（这是阿黛尔的想法），吵了起来。接着，她听到了第一声惊雷，雷声从河边滚滚而来，在房子的上空咆哮。露西决定爬出去。她把耳朵贴在嵌板上，想要确保走廊里不会有人看见她是从密室里出来的，以免她的秘密被人发现。就在这时，她注意到爱德华的脚步声越来越近。

她在考虑，要不要在他正要经过这里时，钻出去给他一个惊喜，同时又犹豫着，这样让他知道有关密室的秘密，会不会不是最佳的方式。这时，她听见他说："过来，妻子。"

露西停下来，一动不动，手就贴在嵌板上。

"怎么啦，丈夫？"是莉莉·米林顿的声音。

"再过来点儿。"

"像这样？"

露西贴在嵌板上，听着。他们没再说什么，但爱德华轻轻笑了起来。那笑声里有一丝惊喜，仿佛听人讲了一件他意想不到却令人愉快的事，有人猛地吸了一口气，然后——

没声了。

躲在密室里的露西意识到，自己在屏着呼吸。

她吐出一口气。

两秒钟后，四周完全陷入了黑暗之中，雷声响起，房子和房子下面的这片古老的土地都震动起来。

露西来到餐厅时，其他人已经都到了。晚餐还没摆上餐桌。桌子中间的烛台上，九根长长的白色蜡烛冒着青烟，一股股地飘向天花板。外面起风了，虽然是夏天，夜里却很凉。有人生了一小堆火，火苗在炉栅里忽明忽暗，爱德华和莉莉·米林顿坐在壁炉旁边。露西朝摆在房间另一头的檀木扶手椅走去。

"嗯，我不怕鬼。"坐在克莱尔身边的阿黛尔说道。她们俩坐在沙发上，沙发是织锦套面的，背靠房间里较宽的那面墙。这个话题她们俩经常讨论。"鬼不过都是些可怜的灵魂，因为被困着，想寻求自由罢了。我觉得我们应该试试转灵桌——看看能不能招来一只鬼。"

"你有通灵板吗？"

阿黛尔皱了皱眉："没有。"

爱德华低着头靠近莉莉·米林顿，露西听不到他的话，只能看到他说话时嘴唇一张一合。莉莉·米林顿时不时点点头。在露西看着他们俩时，莉莉伸出手，手指轻抚着爱德华戴的那块蓝色的丝绸领巾。

"我要饿死了，"瑟斯顿一边说着，一边在桌子后面踱着步子，"那个女孩到底跑哪儿去了？"

露西记得埃玛说要回家歇歇脚："她原计划准时回来的，然后再开饭。"

"那她迟到了。"

"她可能半路遇上了暴风雨。"费利克斯站在窗户旁，窗玻璃被雨水拍打着，上面一片朦胧，但他还是抬着头，伸长了脖子，不知在看屋檐上的什么东西，"真是倾盆大雨啊。下水道都开始冒水了。"

露西又瞥了一眼爱德华和莉莉。当然，她在走廊里时，可能是她听错了。不过，她很可能只是误会了。紫红兄弟会这帮人，总是给彼此起外号。有一段时间，阿黛尔的外号是"猫咪"，因为爱德华在一幅画里把她和一只老虎画在了一起。克莱尔曾经有个外号是"蔷薇"，因为瑟斯顿画画时算错了颜料的用量，给倒霉的克莱尔画了两个红脸蛋儿。

"这年头儿，要是哪栋房子不闹鬼，主人家都觉得没面子。"

克莱尔耸耸肩："我还一只鬼都没见过呢。"

"见过？"阿黛尔说道，"别这么落伍行不行？现在人人都知道，鬼是见不着的。"

"或者是半透明的，"费利克斯转过身对着她们，"就像穆勒拍的照片里那样。"

还有《圣诞颂歌》里那样。露西想起狄更斯的那段描写：马利的鬼魂拖着锁在他身上的铁链，还有斯克罗吉透过他的身体看到了外套背面的扣子。

"我觉得咱们可以自己做个通灵板，"克莱尔说，"不就是需要一些字母和一只玻璃杯吗？"

“没错——剩下的交给鬼魂就行了。”

“不行，”爱德华抬起头说，“不许做通灵板，不许摆转灵桌。”

“哦，爱德华！”克莱尔噘着嘴，“别扫兴。你就不好奇吗？你在伯奇伍德庄园可以有自己的鬼，没准儿还是个女鬼，正等着让我们都认识认识她呢。”

“用不着通灵板来告诉我这栋房子里有什么。”

“你这话是什么意思？”阿黛尔问道。

“是啊，爱德华，”现在，克莱尔站起身来，“你到底什么意思？”

一瞬间，露西以为他要把“跟着那晚”的事告诉他们，她的眼里噙着泪花儿。那是他们俩的秘密。

但他没告诉他们。他给他们讲的是埃尔德里奇的孩子的故事，就是那个关于三个神秘小孩的民间故事。传说，很久以前，有三个神秘的孩子出现在树林边的田野里，他们的皮肤会发光，长长的头发也熠熠生辉，弄得当地的农夫一头雾水。

露西松了一口气，差点笑出声来。

爱德华把故事讲得极其生动，其他人都听得入了迷：村里的庄稼歉收了，有的人家生病了，村里人却怪起这三个年纪不大、长相奇特的外乡人。一对善良的老夫妇护着三个孩子，把他们带去河湾附近的一个小石屋，在那里安顿下来。可一天晚上，一群人怒气冲冲地找了过去，他们举着火把，想把一肚子怨气撒到几个孩子身上。然后，到了最后关头，一阵风刮了起来，异界的号角声响起，仙后降临人间，她周身笼罩在光芒之中。

“我为展览准备的画就以这个故事为背景。仙后，一方土地的庇护者，孩子们的救星。她出现的那一刻，人间和精灵世界之间的大门得以打开。”他朝莉莉·米林顿笑了笑，“我一直想把她画出来，现在我终于找到了她，也就可以把画完成了。"

其他人都兴奋起来，这时，费利克斯说道："你让我想到一个主意，没有比这更棒的了。两个星期过去了，有一点可以非常肯定的是，你家附近这条河，要是刮起风来，那就绝不是微风。"仿佛是为了凸显这一点，刮起了一阵风，窗玻璃被风吹得咯咯作响，壁炉里的火也跟着发出噬噬的响声。"我准备暂时不拍夏洛特夫人了，让她先休息一段时间。我建议，咱们一起拍一张照片，所有人，就按爱德华讲的故事那样拍——仙后和她三个孩子。"

"但那是四个角色，这儿只有三个模特，"克莱尔说，"你是在建议，让爱德华扮成其中一个人吗？"

"或者瑟斯顿。"阿黛尔大笑着说。

"我当然是在说露西。"

"但露西不是模特。"

"那她就更合适了。她本来就是个孩子。"

一想到在费利克斯拍摄的照片中，自己可以成为其中一张的模特，露西就脸颊发烫。在过去的两周里，费利克斯给所有人都拍了照，但那只是为了练手，并不是正儿八经的艺术作品——不可能在拉斯金先生举办的展览中展出。

克莱尔说了句什么，但一声响雷就把她的话淹没了，雷声震得房子都颤了颤。接着费利克斯说道："就这么定了。"然后，他把话题转到了服装上：花环该怎么编，要不要借助薄纱为埃尔德里奇的孩子们营造发光的效果。

瑟斯顿走近爱德华："你说伯奇伍德庄园有鬼，可给我们讲的故事却是仙后拯救了她的孩子们。"

"我不是说有鬼，我是说有什么东西在，而且故事还没讲完呢。"

"那继续讲吧。"

"仙后要带着孩子们回到精灵界时，她非常感激那对人类老夫妇保护了她的孩子们。于是，她对他们家和他们的那片土地施了魔法。据说，直到今天，在这片土地上的房子里那扇最高的窗子里，有人可以偶尔瞥见一道光——那便是埃尔德里奇的精灵。"

"窗子里的光。"

"据说是这样。"

"你见过那道光吗？"

爱德华没有立刻回答。露西知道，他在想"跟着那晚"的事。

瑟斯顿追问道："你在买下伯奇伍德庄园时，写信跟我说，很久以来，这栋房子都在召唤着你。我当时不明白你是什么意思，你说我们下次见面时要告诉我。不过，我们下次见面时，你在想的却是别的事情。"他的目光短暂地扫向一边，落在莉莉·米林顿的身上，而莉莉直接迎上了他的目光，脸上没有半丝笑容。

"是真的吗，爱德华？"克莱尔在桌子的另一头说，"你看见过窗子里的光吗？"

爱德华没有立刻回答。露西恨不得一脚踢在克莱尔的小腿上，因为克莱尔这是在难为爱德华。她还记得，"跟着那晚"之后他是多么害怕：他那晚在阁楼里站了一整夜，他不知道之前跟着他的是什么东西，但他要等着看，它会不会追到这栋房子里来；那晚过后，他的脸上毫无血色，眼睛下面一片乌青。

她想引起他的注意，示意他，她理解他的感受，但他的注意力却在莉莉·米林顿的身上。他看着她的脸，仿佛房间里只有他们两个人。"我该告诉他们吗？"他问道。

莉莉·米林顿握住他的手："要是你想告诉他们的话。"

他微微点了点头，露出一个显得稚嫩的笑容，然后开始接着讲："许多年以前，我当时还是个小孩儿，夜里独自一人跑进了附近的树林，遇上了一件可怕的事情——"

突然，前门传来一声很大的敲门声。

克莱尔尖叫着抱住阿黛尔。

"一定是埃玛。"费利克斯说。

"来得真巧。"瑟斯顿说。

"可埃玛为什么要敲门?"莉莉·米林顿问道,"她从不敲门的。"

敲门声再度响起,这次声音更大了些。接着,嘎吱一声,从前门传来门被推开的声音。

在摇曳的烛光中,大家你看看我、我看看你,走廊里响起了脚步声,所有人都等着看那人到底是谁。

一道闪电把屋外的一切笼罩在一片银光中。这时,门突然开了,一阵风吹了进来,墙壁上的一道道阴影露出了獠牙。

站在门口的是爱德华的未婚妻。她身穿绿色天鹅绒连衣裙。当初,爱德华画她那幅画像时,她穿的就是这条裙子。"真是抱歉,我来晚了。"范妮的话音刚落,她身后就响起隆隆的雷声,"希望我没错过什么重要的事情。"

第二十六章

　　范妮走进房间，开始脱下她旅行时戴的那副手套。随之而来的变化是无形的，但影响却很大。露西不知道具体是怎么回事，但在片刻的停顿之后，其他人都一下子动了起来，继续该干什么干什么，仿佛他们什么时候该动，什么时候不该动，都事先经过了排练。坐在沙发上的克莱尔和阿黛尔兀自交头接耳地进行着谈话，两个人都用一只耳朵听着对方在说什么，另一只耳朵留意着周围的情形；费利克斯重新把注意力放到了窗外的落水管上；瑟斯顿则大声地冲着房间里的人说自己饿了，还说近来要找个能干的帮佣太难了；莉莉·米林顿说自己要离开一下，走出房间时，嘴里咕哝着要弄点儿奶酪和面包当晚餐。与此同时，爱德华走到范妮跟前，帮她把还在滴水的外套脱下来挂好。

　　但是露西没接受到任何开始表演的指令。她不知所措地坐在扶手椅上，左看看，右看看，想找个人配合她做点儿什么。在发现没人理她之后，露西便尴尬地站起身来，一根筋地慢慢朝门口走去。在她从范妮身边轻手轻脚地走过时，范妮开口说道："爱德华，来杯酒。要红酒。从伦敦过来这一路上太折磨人了。"

　　露西发现自己来到了厨房。莉莉·米林顿坐在埃玛的大木桌前，正把一整块切达奶酪切成片。当露西出现在门口时，她抬起头来。

"饿了？"

露西意识到自己饿了。她这一整天都处于兴奋之中——发现了房子的楼层平面图，想要找到爱德华，把供牧师藏身的密室找了出来——结果她把喝下午茶的事忘得一干二净。现在，她拿起桌上那把切面包用的锯齿刀，从面包上切下厚厚的一大片。

埃玛干活时喜欢用油脂灯。莉莉已经把那盏灯点了起来，厨房里弥漫着油腻腻的牛肉味。这股味儿并不好闻，但在这样的夜晚——外面的飘泼大雨还在继续，而屋子里的气氛悄悄起了变化——这种熟悉的味道并不令人排斥，露西竟然感觉到自己突然有点想家了。

猛然间，她觉得自己还很小，只想再做一个小女孩，一切对她来说都黑白分明，而且铺床的事也由保姆负责，烧热的铜质平底锅会被塞进被子里，驱走被窝里的寒冷和潮湿。

"你想看变魔术吗？"莉莉·米林顿还在切奶酪。刚刚，露西的心思飘得太远了，她这会儿怀疑自己是不是听错了。

莉莉·米林顿抬头看着她，似乎是在盯着她；她隔着桌子把手伸过来，脸上带着一丝嘲弄的神色，拧着眉头，翘着几根手指，从露西的耳后轻轻拿出一样东西。她伸开手掌，里面是一枚银币："一先令！我还挺走运。看来我得经常看看你身上藏了什么。"

"你是怎么做到的？"

"魔术。"

露西迅速伸手摸了摸自己耳后的皮肤："你愿意告诉我是怎么做的吗？"

"我会考虑一下。"莉莉从露西切好的面包中拿了几片，"三明治？"

她给自己也做个三明治，眼下，她走到桌子的一头坐下来，就是离冲着前院的那扇窗子最近的那头。"这是厨师的特权，"当注意到露西在看着她时，她说道，"我看不出咱们有什么理由非得赶紧回去。其他人都有事情要忙。他们不会饿着的。"

"瑟斯顿说他饿坏了。"

"是吗？"莉莉·米林顿咬了一大口三明治，心满意足地嚼着。

露西走过去，挨着莉莉·米林顿，也坐到了桌子那头。

窗外，虽然暴风雨依旧没停，但透过云层的缝隙，露出一小片晴朗的夜空，可以看到几颗遥远的星星在闪烁。"你认为我们会知道星星是怎么形成的吗？"露西问道。

"会啊。"

"真的吗？你怎么这么肯定？"

"因为一位名叫本森的化学家和一位名叫基尔霍夫的物理学家已经研究出如何确定太阳上存在的化学物质了，他们利用的是三棱镜，因为阳光透过棱镜时会产生光谱。"

"那星星呢？"

"他们说办法是一样的。"莉莉·米林顿这时也抬头望着遥远的天空，油灯的朦胧光线照在她一侧的脸庞上，"我父亲曾经告诉我，我出生那天，夜空里有一颗幸运星。"

"幸运星？"

"老水手都信幸运星。"

"你父亲是水手？"

"他很久以前是个钟表匠，手艺很好。他曾经给住在格林尼治的一位出海的老船长修理过他收藏的钟表，就是在老船长家，他被灌了满脑子有关航海的迷信。我第一次用望远镜看东西就是在格林尼治。"

"你看到什么了？"

"我很幸运，因为当时刚刚发现海王星，一颗新发现的行星，同时也是一颗古老的行星。"

露西真希望自己的父亲也是一个带着女儿去参观皇家天文台的钟

表匠。"小时候，我父亲就去世了。他被马车给撞了。"

莉莉·米林顿转过身来，朝她笑了笑。"那就但愿咱们的运气会比他们好吧。"她把头朝桌子那边偏了偏，"与此同时，我猜咱们该去给其他人送点儿吃的了。"

当露西要把自己那份三明治消灭掉时，莉莉·米林顿把剩下的面包和奶酪都备好，然后把晚餐摆在一个瓷质大浅盘上。

是的，莉莉·米林顿和之前那几任模特都不一样。之前那些漂亮的面孔让露西想起的是秋日里从高耸的青柠树上落下的叶子，可即便是夏日里最苍翠茂盛的叶子，也不过就绿上一季，而后便会全部凋零；到了第二年，新的叶子就会长出来，把枯叶都替换掉。莉莉·米林顿懂科学，还从望远镜里看到过海王星，她的身上有某种能在爱德华的画作中表现出来的东西。这种东西让他把"跟着那晚"的事告诉了她。露西觉得，她应该为此而恨上莉莉·米林顿，但她没有。

"你在哪儿学的魔术？"她问道。

"我是跟科文特花园的一个法国街头艺人学的。"

"不是吧。"

"是在那儿学的。"

"小时候学的吗？"

"非常小的时候。"

"你在科文特花园干什么？"

"多半是当小偷。"

露西知道莉莉·米林顿是在逗她，爱德华不想把谈话继续下去时也这样。她吃完三明治时，露西注意到，天空中那块缝隙已经被云层遮住了，星星也不见了。

她们俩回到餐厅时，爱德华正要离开。他一手拿着蜡烛，另一只胳膊被范妮紧紧贴着。"布朗小姐赶了一天的路，她累了，"他小心翼翼地用客气的口吻说道，"我送她去卧室。"

"当然，"莉莉·米林顿说，"我会给你留点儿晚饭的。"

"我知道你不是说真的，爱德华。"范妮说。他们沿着走廊走得很慢，她的声音比平时更含糊不清："我一个人都没告诉。你就是糊涂了。这在婚礼之前很正常。"

"嘘，好了，现在，"爱德华扶她上了楼，"我们把事情留到明天再说。"

露西没进餐厅，反而看着他们消失在楼梯上。当她认为不会被人发现时，她也跟着上了楼。她注意到，爱德华把范妮领进了她卧室旁边的那个房间。房间很小，但很漂亮，床的四角都有床柱装饰，窗户底下还摆了一张胡桃木的梳妆台。

一切都很安静，直到露西听到范妮注意到朝东的那扇窗户正对着村里的教堂墓地。

"那只是换个睡法，"露西听见爱德华说，"仅此而已。不过是死者在长眠。"

"但是，爱德华。"她的声音从敞开的门里传出来，传到走廊里，"睡觉时，脚冲着死人不吉利。"

无论爱德华接着说了什么，他的声音都太轻了，听不见。接下来的话还是范妮说的："你的房间在附近吗？不在的话，我会害怕的。"

露西换上睡衣，走到自己的窗前，站在那儿。铁线莲的藤蔓在房子的石墙上疯狂地生长着，已经互相缠绕着爬进了房间里，潮湿的窗台上正绽放着一束花。露西一朵一朵地摘下来，一片一片地揪着花瓣，看着它们像雪花似的翩然落下。

在她正想着隔壁的范妮时，她听到楼下草坪上传来爱德华的声音："我知道，这件事我得谢谢你？"

露西小心翼翼地躲在窗边，以免被楼下的人看到，她抻着脖子，想看看还有谁在那儿。是瑟斯顿。雨已经停了，空气中泛起凉意。

一轮涨得圆圆的月亮挂在放晴的夜空中，因为之前的黑暗，月亮似乎变得更亮了。露西可以看到，他们两个人都站在通往果园的紫藤架附近。

"她说，是你写信告诉她，在哪儿能找到我。"

瑟斯顿嘴里叼着一支香烟，手里拿着他那把拿破仑战争期间用过的步枪，漫不经心地对着房后栗子树下的假想敌瞄准。此刻，他正像哑剧里的反派那样，手指扣在扳机上，张开另一只手臂："才不是呢。我写信建议跟她见一面，我是见面时告诉她在哪儿能找到你的。"

"你这个浑蛋，瑟斯顿。"

"我能怎么办呢？那个可怜的姑娘就指着我能发发慈悲。"

"你发慈悲！你就是想看热闹。"

"爱德华，你这么说可就伤我心了。我只是在做朋友该做的。她求我帮你，别让你犯糊涂。她说你疯了，你的做法很失礼。"

"我跟她谈过了——我也给她写过信，把一切都说清楚了。"

"一切？我深表怀疑。'我不相信，'她不停地说，'他不知道我父亲是谁吗？不知道他会怎么处置他吗？不知道这对我有什么影响吗？'她还说，'他为什么要这么做？他有什么理由要背弃诺言？'"瑟斯顿笑了起来，"不，我认为你没有把一切都说清楚，我亲爱的爱德华。"

"我把她需要知道的告诉了她，我不想对她造成不必要的伤害。"爱德华低沉的声音中满是愤怒。

"好吧，不管你到底写了什么，现在也不过是在她父亲的壁炉里烧成了灰。她拒绝接受你说的。她跟我说，她需要亲自来见你，好让事情回归正轨。我该拒绝谁呢？你应该感谢我。你家里需要范妮能给的那些，这不是什么秘密。"他的嘴角扯出一个不太友善的弧度，"你那两个可怜的妹妹，要是没有范妮，可就没什么希望了。"

"我的妹妹用不着你来操心。"

"我希望你把这话告诉克莱尔。她费尽心机就想着让我对她上上心。她对我有想法，我很乐意满足她。要不然，她那副该死的心心念念的样子会把我的画给毁了。我也非常乐意照顾莉莉，一旦你和范妮重修旧好的话。"

藤架挡住了露西的视线。她没看到爱德华挥出的第一拳，她只看见瑟斯顿跌跌撞撞地倒在草坪上，一只手捂着下巴，脸上的笑容还没完全因为惊讶而消散。"我只是想帮忙，拉德克利夫。范妮也许是个讨厌鬼，但她会给你一个家，让你继续画画。谁知道呢——也许时间一长，再加上走点儿运的话，她没准儿能学会睁一只眼闭一只眼。"

事后，露西躺在床上陷入了沉思。爱德华和瑟斯顿之间的这一架没有持续多久，打完架，他们就各自走了。露西离开窗边，钻进冰凉的被窝里。她一向喜欢独处，但现在，她觉得身体里有一种感觉在折磨着她。她意识到，自己感到孤独。不仅仅是寂寞，她还感到心里没底，这就更糟糕了。

露西床头柜上摆着的铜质小钟显示的时间是十二点五分。这意味着，她躺在床上等着自己睡着，已经等了一个多小时。房子里什么动静也没有，外面已经不再雾蒙蒙的了。有几只夜莺从藏身的地方飞了出来，栖息在月下的栗子树上。这会儿，露西能听到它们清了清嗓子。她心想，为什么天一黑，时间就变得如此漫长、如此难熬？

她坐了起来。

既然丁点儿睡意也没有，假装自己想睡觉也就没什么意义了。

她思绪万千，根本睡不着。她想弄明白是怎么回事。爱德华说过，范妮·布朗不会到伯奇伍德庄园来，可她来了。其他人的行为都怪怪的，他们都多多少少知道点儿什么；瑟斯顿和爱德华甚至还在露西的窗户底下打了一架。

当她还是个小姑娘的时候，要是因为琢磨什么事情睡不着觉，总是去找爱德华。他会给她讲个故事，回答她提出的任何问题；他会让她平静下来，还会常常逗得她哈哈大笑。她总是觉得，和自己刚去找爱德华的时候相比，自己每次离开爱德华的卧室时，感觉好多了。

露西决定去看看他睡没睡。已经很晚了，但是爱德华不会介意的。他是个夜猫子，经常在画室工作到后半夜，直到被他插在瓶子里的蜡烛燃烧到瓶口。那些他收藏的绿色旧瓶子都成了他的"烛台"。

她悄悄走在走廊上，没发现哪间卧室门和地板的缝隙里透着光。

露西一动不动地站着，支起耳朵仔细去听是否有什么声音。

这时，她听见楼下传来微弱的声响。声音又轻又短，像是凳子腿在木地板上摩擦时发出的声音。

露西笑了笑。自然是他，待在那个壁纸上印有桑葚的房间里，他的颜料和画架都在那间屋子里。她应该猜到的。爱德华总是说，绘画有助于理清思绪；还说，要是没有绘画，他的那些想法会把他逼疯的。

露西蹑手蹑脚地下了楼，经过密室所在的那个楼梯平台，一直走到一楼。如她所料，走廊尽头的那个房间里，有微弱的烛光在摇曳。

门开了一条小缝，露西走到门口时犹豫了一下。爱德华不喜欢画画时被人打扰。但是今晚，在跟瑟斯顿打了一架之后，他肯定跟她一样很高兴能有人陪着。露西小心翼翼地把门推开一点点，刚好能让她把脑袋探进去看他在不在。

她先看到了他的画。莉莉·米林顿那张惊艳的、雍容的、超凡脱俗的脸庞正注视着她，她的一头火红长发披散在身后。仙后莉莉·米林顿光芒四射。

接着，露西注意到了那颗悬在莉莉颈窝上的宝石，是她偷看爱德华的素描簿时发现的那颗宝石，而现在这颗宝石画成了彩色的，是明亮而璀璨的蓝色。一看到那令人惊叹的蓝色，她就知道莉莉戴的是什么了。露西早就听说过拉德克利夫蓝，还听说过有关这枚吊坠的很多事，不过她还从未真的亲眼见过。现在也不算"真的"看见了。她提醒着自己，现在，自己看到的只是爱德华通过想象画出来的一个护身符，坠在他的仙后的咽喉上。

接着，屋子里传出一点声音，露西趴在门口，把头一偏，又往里看了一眼。她正打算喊爱德华，让他知道她在这儿，但在她看见他正伏在长沙发上时，她把自己的声音咽了回去。他不是一个人。他的身下躺着莉莉·米林顿。他潮湿的头发垂在脸旁，她那一头莹润的长发则散在天鹅绒靠垫上。他身上什么都没穿，她也是。烛光照在他们光滑的皮肤上，他们在凝视着对方，在这个只属于他们的时刻里，两人紧紧拥抱在一起。

露西悄悄从门口退开，没被他们发现。她顺着走廊往回跑，上了楼，逃回自己的卧室，一头扎到床上。她想就此消失，像一颗星星那样炸成细小的微尘，燃烧得干干净净，连灰也不剩。

她不明白自己心里是种什么感觉，不明白自己为什么会觉得心痛。她的眼泪涌了出来，她把枕头紧紧搪在胸口。

她意识到自己感到尴尬。不是因为他们而尴尬，因为他们很美。不，露西是为自己感到尴尬。她突然明白，自己就是个孩子。一个又丑又不讨人喜欢的小姑娘，走起路来笨手笨脚的，脚步又重又响。当然，她很聪明，但除此之外，也没什么特别的。她现在认清了自己：对任何人来说，她都不是那个最重要、最特别的人。

想想爱德华在看莉莉·米林顿的时候，想想他们在看着彼此的时候，他永远不会像那样看着露西，他也不应该那样看着露西，她也没想让他那样看着自己。但是，与此同时，当露西想象着他的神情时，她觉得自己内心某种精心构建起来的重要的东西在土崩瓦解，因为她知道，他们兄妹俩那段作为孩子在一起相处的日子结束了。现在，他们俩各自站在河的两岸。

露西被一声震耳欲聋的巨响惊醒。她的第一个念头是暴风雨又回来了，又要下一天暴雨了。可等她睁开眼睛一看，阳光从窗子外洒了进来，迎接她的是一个明媚灿烂的早晨。她还注意到，自己正缩在床尾，床单乱糟糟地裹在她的身上。

又是一声巨响。露西意识到是瑟斯顿在冲着小鸟射击。头一天发生的事情她一下子都想了起来。

露西觉得头疼。有时，她要是没睡够的话就会头疼。此刻，她走到楼下，想要倒杯水喝。她本以为会在厨房里看到埃玛，然后她可以坐在炉灶旁边的编织椅上，听女仆不温不火地跟她讲讲当地发生的一些事，然后，听她没有什么恶意地对庄园里其他几个人做的那些离经叛道的事啧啧称奇。但埃玛没在。厨房里一个人都没有，而且看起来，昨天晚上，在露西和莉莉·米林顿做完奶酪三明治以后，也没人来过这儿。

昨天晚上。露西对昨晚在爱德华的画室里看到的那一幕有点困惑，但她摇了摇头，试图摆脱这种困惑。对于她偶然间听到的爱德华和瑟斯顿之间的对话，昨晚那一幕显然说明了是怎么回事，也同时说明了爱德华为什么不愿让范妮·布朗到伯奇伍德庄园来过夏天。但这一切意味着什么？会发生什么呢？

她在玻璃杯里倒满水。她看到一束亮光从后门和地板的门缝里照到地砖上，她决定端着这杯水到外面去。

在一大片的蓝天之下，一切都变得更加美好。露西赤脚走过挂着露水的草丛。当她来到房子的转角时，她闭上眼睛，仰着头，让自己的脸沐浴在晨光里。刚刚九点，就已经让人感觉到这会是炎热的一天。

"早上好，小拉德克利夫。"露西睁开眼睛，看见瑟斯顿坐在爱德华常坐的那把铁艺孔雀椅上，微笑着叼着根香烟，"来，坐到瑟斯顿叔叔这儿来。你要是乖乖的，我甚至会让你握一下我这把枪。"

露西摇了摇头，待在原地没动。

他笑了起来，举着枪漫不经心地瞄准了刚刚停在紫藤架上的一只麻雀。他作势要扣动扳机。

"你不该冲鸟射击。"

"生活中有很多事情不该做，露西。而这些不该做的事，往往又是人们非常喜欢做的。"他放下了枪，"对你来说，今天是个重要的日子。"

露西不知道他是什么意思，但不想直白地告诉他，让他在她身上找乐子。相反，她冷冷地看着他，等着他继续往下说。

"我敢说，你没想到今年夏天会给人当模特。"

费利克斯昨晚的提议被露西给忘了，因为在他决定要根据埃尔德里奇的孩子的故事拍张照片之后，发生了好些事。

"露西小美人儿，你练没练习要摆什么姿势啊？"

"没有。"

"好孩子。自然而然才更好。我试图跟克莱尔说过，最美的人是那些不怎么在意自己看起来美不美的。"

"费利克斯打算今天拍照？"

"他一大早就开始兴奋地谈论捕捉光线的问题。"

"其他人哪去了？"

瑟斯顿站起来，用步枪的枪管朝阁楼指了指："在装服装的箱子里翻衣服呢。"他把枪夹在胳膊底下，朝厨房走去，跟露西擦身而过。

"埃玛不在那儿。"

"我听到了。"

露西纳闷他还听到了什么。她在他身后喊道："你知道她在哪儿吗？"

"在家卧病在床。今天早上村子里有个人捎来了口信，她今天不来了，咱们都得自己找食儿吃。"

露西在阁楼上找到了其他人，正如瑟斯顿所说，大伙儿正忙着从大箱子里扒拉出来几件拍照穿的服装。她们试了几条飘逸的长裙，在腰间系上缎带，然后兴致勃勃地谈论着怎么给自己的头上编个最漂亮的花环。露西是头一回跟这帮人一起拍照，她觉得有点害羞，于是，便在楼梯口的拐角那里徘徊，等着有人叫她过去。

"咱们应该确保花环是一致的。"克莱尔对阿黛尔说。

"倒也不用完全一样。每个埃尔德里奇的孩子都会一种不同的魔法。"

"是吗？"

"我们可以通过不同的花来加以区别。我戴玫瑰花的，你可以戴金银花的。"

"那露西呢？"

"她喜欢哪种花就戴哪种。我不知道——也许，戴雏菊的。得选个适合她的。你不觉得吗，亲爱的？"

"是的，是的，太棒了！"费利克斯虽然没在认真听，但回答起来却热情高涨。他站在窗边，手里拿着一块薄纱正对着阳光，他眯起一只眼睛，然后又眯起另一只，他在思考用薄纱的话效果怎么样。

露西发现，莉莉·米林顿没在这儿。范妮和爱德华也没在。

阿黛尔牵着克莱尔的手，一起飞快地掠过露西所在的拐角。"快点，你个慢性子，"克莱尔下了一半楼梯时回头叫她，"你也需要做个花环。"

经过昨晚的一场雨，玫瑰要是被编成花环的话，会显得有点凄惨，毕竟玫瑰娇嫩的花瓣有不少都被雨水打落在草地上。但是，编花环的人从一开始就有太多的花可供选择，这不免让人挑花了眼。

有许多雏菊沿着果园的那道石墙盛开着，露西在一丛丛雏菊中摘了一些粉色的、白色的和黄色的。她把花茎留得足够长，这样她就可以选一块已经被晒干的草地，坐在那儿把这些雏菊编成一股。花环戴不了多长时间，但露西对自己的进步感到满意。她从没做过这样的事，换作其他时候，她都会认为这么做是在愚蠢地浪费时间。但这次不同。对于参与费利克斯的拍摄露西一直没什么把握。而现在，她意识到，自己开始感觉到兴奋。她永远也不会跟任何人承认这一点——她甚至无法找到合适的理由跟自己解释清楚这种感觉是怎么回事——但参与照片的拍摄，成为其中一个模特，这让露西觉得，自己比从前更像一个活生生的人。

莉莉·米林顿是在花园里加入她们的，眼下，她正静静地坐着编自己的花环。露西盘腿坐在雏菊花丛的旁边，时不时地偷瞄一眼莉莉，她注意到，莉莉微微蹙着眉头。瑟斯顿也在这儿，他收起了自己的素描簿和钢笔，正帮着费利克斯组装拍照用的玻璃底板和火棉胶，现在准备要把它们和照相机以及帐篷一起搬到树林里去。只有爱德华和范妮不在。露西想知道，他们是否在进行"谈话"，昨晚爱德华送范妮回卧室睡觉时答应过今天再跟她谈谈。

费利克斯说，中午的时候光线最好，那会儿，太阳光最强。有他发了话，一切都在朝着他的预期进行。

露西会把大家当时的样子记一辈子：戴着花环，穿着一身行头，穿过青草长得老高的草甸，朝小树林走去。微风拂过她们的头顶，野花星星点点地绽放在沙沙作响的绿草地上。

他们经过放着打谷机的谷仓，当他们已经走了很远，都快要走到河边的时候，后面传来一声呼喊："等等我。我要和你们一起拍照。"

大家转过身，看见范妮朝他们走来。爱德华紧紧跟着她，脸色难看极了。

"我要和你们一起拍照，"她走近时又说了一遍，"我要当仙后。"

费利克斯肩上扛着木制三脚架，摇了摇头，困惑地说："我需要莉莉当仙后，照片上的仙后必须跟爱德华画上的一样。我想把照片和画摆在一起。要想证明摄影和绘画没有高低贵贱之分，有比这个更好的办法吗？不过，范妮可以当其中一位公主。"

"我们订婚了，爱德华。我才应该成为你故事里的仙后。"

莉莉瞥了一眼爱德华："当然应该是她。"

"我没让你说话，"范妮噘着嘴说道，"花钱雇你来，是让你站在那儿当花瓶的。我在跟我的未婚夫说话。"

"范妮，"爱德华说，他克制的语气中带着一丝警告，"我跟你说了——"

"最好的光线就要没了，"费利克斯有些绝望地说道，"我需要莉莉当仙后，但是范妮，你可以当站在最前面的那个孩子，克莱尔和阿黛尔，你俩一人站一边。"

"但费利克斯——"

"阿黛尔，够了。光线！"

"露西，"克莱尔说，"把你的花环给范妮，然后我们就可以开始了。"

须臾之间，露西看清了克莱尔、爱德华、莉莉·米林顿、费利克斯和范妮他们每个人脸上的表情，他们都在盯着她，而她一个字都没说就跑了。

"露西，等等！"

但露西并未停下奔跑的脚步。她把花环扔到地上，像个小女孩一样继续奔跑着，一直跑回了房子。

露西没回自己的卧室，没去图书室，也没去厨房。虽然厨房里还有半块埃玛周五做的维多利亚海绵蛋糕，她可以自己饱餐一顿。她去了爱德华的画室，那个墙纸上印着桑葚的房间。在她推开门的一刹那，她都还不确定自己为什么到这儿来，她只是觉得，这间画室似乎是她唯一的去处。露西很快明白了一点，对于内燃机的工作原理，她还多少知道一些，但相比之下，对于她自己的各种动机，她却知之甚少。

一进画室，她发现自己有些不知所措。她跑得上气不接下气的，还因为自己就这么跑了感到尴尬。她觉得被抛弃了，但与此同时，又因为自己那副失望的模样被别人瞧去了而生自己的气。她只觉得累，非常累。有这么多让人兴奋的，又有这么多需要去理解的。

她没想到有什么更好的事情可做，便自怨自艾地倒在地上，像只猫似的蜷起了身子。

大约过了两分半钟，她的目光大致扫过房间的地板，目光落在爱德华的皮包上，它被搁在了地上，就靠着画架的一脚放着。

这个皮书包是新的，是莉莉·米林顿送给他的生日礼物。看到爱德华那么喜欢它，露西都嫉妒了。她还觉得有些迷惑，因为以前从来没有哪个模特给爱德华送过礼物，更不用说一份精美而珍贵的礼物了。现在，经过了昨天晚上她看到的那一幕，她清楚是怎么回事了。

露西决定自己不必再沉溺于自怨自艾之中。那种情绪已经被另一种更强烈的冲动取代了——好奇心。她起身把书包拿了起来。

露西解开书包上的搭扣，把盖子翻开。她可以看到里面装着爱德华近来用的素描簿和他的木头笔架。除了这些，里面还装了一样别的东西，一样意料之外的东西。那是一个黑色的天鹅绒盒子，就是母亲放在汉普斯特德的梳妆台上的那种，母亲的盒子里装的是父亲送给她的珍珠首饰和胸针。

她把盒子从书包里拿了出来。在她打开了盒盖时，紧张得抖了一下。她首先看到了两张纸。它们原本是被折起来的，但在盖子打开时，两张纸上的内容亮了出来。那是两张船票，丘纳德公司的船，8月1日开往纽约，订票的是拉德克利夫先生和夫人。露西正在考虑这个发现究竟暗示着什么，船票掉到了地上。

当露西看到原本放在船票底下的那颗硕大的蓝色宝石时，她知道自己一直希望能在首饰盒里找到这枚拉德克利夫蓝。爱德华之前不是在想象这颗钻石戴在莉莉·米林顿的脖子上会是什么样：他是从银行的保险箱里把宝石取了出来。她肯定，爱德华的做法没有征得祖父的允许，因为祖父绝对不会允许这种可怕的没规矩的事发生。

露西把吊坠从盒子里拿起来，捧在手里，让精致的链子挂在手上。她注意到，自己有点发抖。

她回头看了一眼画着莉莉·米林顿的画。

露西不是渴望荷叶边、蕾丝和闪闪发亮的宝石的那种女孩，但在过去的两个星期里，她比以往任何时候都更清楚地意识到，自己和美存在着距离。

现在，她拿着项链走到壁炉前，站在那儿，盯着壁炉上方的镜子看。

她直勾勾地盯着自己那张平淡无奇的小脸看了一会儿，然后，她嘴唇微抿，把精致的项链拿了起来，在自己的颈后系好。

项链坠饰比她想象的要重，贴着她的肌肤，感觉凉凉的。

那种感觉很奇妙。

露西把头转向一边，又缓缓转向另一边，观察着光照在钻石切面上的时候在她的肌肤上留下的点点光影。她在镜子中看了看自己左边侧影，又看了看右边的侧影，依次检查了她的每一个侧面，然后又微微调整着各个角度，看着晃来晃去的光影在舞动。她想，这就是戴上这个项坠所要收到的装饰效果。

她怯怯地对着镜中的女孩微微一笑。镜中的女孩也回她一笑。

然后，那个女孩的笑容消失了。镜中，她的身后正站着莉莉·米林顿。

莉莉·米林顿连眼皮都没眨一下。她对露西既没有训诫，也没有嘲笑。她只是说道："我是代表费利克斯来的。他坚持要你出现在照片里。"

露西没有转身，而是对着镜子说。

"他不需要我，有范妮在就不用我了。你们已经有四个人了。"

"不，是你们四个人。我已经决定不拍这张照片了。"

"你只是在尽量与人为善。"

"我从来不去尽量与人为善。"此刻，莉莉·米林顿站在露西的面前，她紧锁眉头，仔细打量着露西，"到底怎么了？"

露西知道接下来一定会发生什么，她屏住呼吸等待着。果然，莉莉·米林顿伸出手，蹭到了她脖子一侧。

"好吧，现在，看看这个，"她柔声说道，张开她蜷起的手指，露出藏在手掌里的另一枚一先令的银币，"我本来觉得你会成为一位珍贵的朋友。"

露西感觉鼻子一酸，眼泪快要掉下来了。她有种想要拥抱莉莉·米林顿的冲动。她伸手解开了项链："你想过要不要告诉我，你是怎么做到的吗？"

"那跟你手上的这个部位有关，"莉莉·米林顿指着虎口的皮肤说，"你必须牢牢夹住硬币，但还要小心把它藏好。"

"你是怎么把硬币夹在虎口又不被人发现的？"

"嗯，哎，那就得看技术了，对吧？"

她们相视一笑，彼此之间又多了一分了解。

"现在，"莉莉·米林顿说，"看在费利克斯的分儿上，他每过一分钟都变得越来越抓狂，我建议你立刻回到树林里去。"

"我的花环，我把它扔了——"

"我把它捡回来了，就挂在外面的门把手上。"

露西低头看了一眼那枚依然在她手里的拉德克利夫蓝吊坠："我应该把这个收起来。"

"是啊。"莉莉·米林顿应声说道。接着，走廊里突然传来匆忙的脚步声。"哦，亲爱的——费利克斯，我恐怕。"

但是，当那个人出现在房间门口时，他并不是费利克斯，而是一个露西从未见过的陌生人。这个男人的头发是棕色的，微笑是诡异的，这让露西从一开始就对他怀有敌意。"前门没锁，我以为你不会介意。"

"你来这儿干什么？"莉莉·米林顿说，她的声音里满是苦涩。

"当然是来看看你了。"

露西对着他们俩，左看看，右看看，等着莉莉介绍这人是谁。

那个男人此刻正站在爱德华的画作前："很不错，确实很不错。他画得很好。我得承认他确实画得不错。"

"你得离开这儿，马丁。其他人一会儿就回来了。如果他们发现你在这儿，很可能会妨碍到我。"

"可能会妨碍到你。"他大笑起来，"听听这位大小姐讲起派头来说的是什么话。"愉快的表情突然从他的脸上消失了，他说道："离开？我不这么想。你不走，我就不走。"他伸手去摸了摸画布，露西看他这样糟蹋那幅画，倒吸了一口气。"这就是那个拉德克利夫蓝？你是对的。她会非常高兴的。真的会非常高兴。"

"我说了要一个月。"

"你是说了，但你是干活的快手，是最好的一个。谁能抵挡得了你的魅力？"他冲着那幅画点了点头，"看起来，你已经比约定的时间提前了，亲爱的妹妹。"

妹妹？露西这时想起爱德华遇见莉莉·米林顿时发生的事。她和哥哥一起去的剧院，他们的父母需要有人出面保证他们的女儿给爱德华当模特不会让人觉得她不体面。这个可怕的男人真的是莉莉·米林顿的哥哥吗？那她为什么不说这是她哥哥？她为什么不把他介绍给露西呢？为什么露西现在心里充满了恐惧？

接着，那人注意到地板上的船票，把它们捡了起来："美国，呃？那片可以重新开始的大地。我喜欢听到这个地方。非常聪明，真的非常聪明。而且这么快就走。"

"露西，你先走，"莉莉·米林顿说，"到其他人那儿去。快点，现在就走。免得别人再回来找你。"

"我不想——"

"露西，求你了。"

莉莉·米林顿的语气有些急迫，露西很不情愿地离开了房间，但她没回小树林。她就站在门外听着。莉莉·米林顿的声音很轻，但露西听见她在说："……更多的时间……美国……我父亲……"

那人突然大笑起来，说了些什么，但声音很小，露西听不见。

然后，莉莉·米林顿叫了一声，似乎是被人打了，气喘吁吁的。露西正想冲进去帮忙，门一下子开了。那个男人，也就是马丁，快步从露西的身边走过。他身后是莉莉，她的手腕被他攥在手里。他在跟她低声说："蓝……美国……新的开始……"

莉莉·米林顿看见了露西，她冲她摇头，示意她离开这儿。

但露西不肯。她在走廊上跟着他们。走到客厅时，那个男人看见了她，他笑着说："当心，骑兵来了，是个小骑士，穿着闪亮的盔甲。"

"露西，求你了，"莉莉·米林顿说，"你必须走。"

"最好听她的话。"那人咧嘴一笑，"那些不知道该什么时候走掉的小姑娘，往往下场都不太好。"

"求你了，露西。"莉莉的眼里充满恐惧。

但是，突然间，露西克服了过去几天里的那种犹豫不决，那种挥之不去的感觉：她年纪太小，什么用也没有；她不合群；所有决定都越过了她，都把她排除在外。现在，这个她不认识的男人想要把莉莉·米林顿带走，她不希望发生这样的事，可她自己也不清楚是为什么。她清楚，这是她的机会，她要做一回主，任何她关心的事都该她说了算。

那天早上，瑟斯顿吃完早饭，把来复枪落在了椅子上。露西瞥了一眼枪，一把抓了起来，握着枪管，使出最大的力气，把来复枪狠狠砸在那个一脸冷笑的、可怕的陌生人的脑袋上。

他震惊地用手摸着被砸的那边脸，露西又打了他一下，然后使劲儿踹了一脚他的小腿。

他身子一歪，然后被桌腿绊了一下，摔倒在地。"快，"露西说，脉搏在她耳边咚咚咚地鼓噪着，"他很快就会爬起来的。咱们得躲起来。"

她拉着莉莉·米林顿的手，领着她往楼上跑。在楼梯上跑了一半，她在楼梯缓台上停了下来，把曲木椅往旁边一推，在莉莉·米林顿的注视下，露西按了一下那块楼梯踏板，打开了暗门。即使在那个可怕的、令人恐慌的时刻，露西在看到莉莉·米林顿大吃一惊时还是感到了一丝骄傲。"快，"她说道，"他永远也不会发现你藏在这儿。"

"你怎么——？"

"赶紧的。"

"但你也得进来。他没什么善心，露西。他不是个好人。他会伤着你的。尤其是现在被你摆了一道。"

"这地方不够大，但是还有个密室。我会藏在那儿。"

"远吗？"

露西摇了摇头。

"那就藏进去，别出来。你听到没有？不管发生什么，露西，就躲在里面。爱德华来找你之前，你都乖乖躲起来。"

露西答应了，然后把莉莉·米林顿关进了密室。

露西知道，那人在楼下客厅里就要爬起来了，她片刻也不敢耽误，赶紧顺着楼梯跑到头，跑到走廊上，推开密室的嵌板，爬了进去。她随手把暗门关上，身边一片漆黑。

藏在密室里时，时间过得很慢。露西听到那个人在喊莉莉·米林顿，她还听到远处有其他的声音。但她并不害怕。她的眼睛开始适应了周围的黑暗，不知从什么时候起，露西注意到，她并不孤单，而且自己并非完全处于黑暗之中。在木板的纤维里，有成千上万个细小的光点，就像针孔那么小，都冲着她一闪一闪的。

坐在密室里等待时，露西的手臂紧紧抱着膝盖，她觉得自己藏在这个不为人知的密室里出奇地安全。于是，她琢磨着爱德华的那个童话故事里有些地方会不会是真的。

X

有时，我依然会听到他的声音在我耳边低语。我仍然记得他那天嘴里的气味，我闻得出来，他午餐时吃了奶酪，还抽了烟。"你爸不在美国，柏蒂。他从没去过美国。你们打算坐船离开那天，他被马踩伤了。是耶利米把你送到我们家来的；是他把生病的你从地上抱起来，把你爸撇下，让他在济贫院里自生自灭。然后，他就把你交到我妈的手里。那天可是你的幸运日，也是耶利米的，因为从那以后，他一直占尽了好处。他说你是个机灵鬼，对他来说，你干得很不错，一直很不错。你不会真以为，他把你偷回来的所有东西都寄去大洋的另一头了，对吧？"

要不是因为他用膝盖使劲儿顶在我的胸口上，我肯定不会受制于他。不过，我没去质疑他的话。我并不怀疑他说的那些，甚至一秒钟都不曾怀疑，因为我知道，一听他这么说，我就知道，他说的是真的。唯独他的说法，才能把一切都讲通。我迄今为止的人生中，经历的一切都突然变得更加清晰起来。我父亲没派人来接我，还能是因为什么？我当年在鸟类商店楼上醒过来，发现自己在那间小屋里，周围是麦克夫人和其他人，打那儿以后，已经过去十一年了。我父亲死了。他十一年前就死了。

马丁攥着我的手腕，开始拽着我往桑葚房的门口走。他低声说，会没事的，他会把事情都搞定；他说我不用难过，因为他有个主意。我们把钻石拿走，就他和我，不带回伦敦去，而是我们俩，带着钻石，还有船票，坐船去美国。毕竟，那片土地意味着从头来过，就像是耶利米每个月给我带的信中说的那样。

当然，他指的是麦克夫人每每大声读出来的那些信，那些从美国传回来的消息，我父亲的消息，那编造出来的一切。这是一个惊天的骗局。可扪心自问，我又能站上什么样的道德制高点呢？我自己就是一个小偷，一个冒牌货，一个毫不犹豫就能给自己安上个假名字的女人。

唉，不到两周前，当我告诉麦克夫人我打算和爱德华一起去乡下时，我还在欺骗她。原本，麦克夫人是绝不会心甘情愿让我离开的，不论是去伯奇伍德庄园过夏天，还是和爱德华一起去美国。这些年来，我成了她最可靠的收入来源。在我短暂的一生中，我确实懂得了一件事：人们会很快习惯有钱的日子，即便这些钱不是他们自己赚来的，可一旦这些钱被攥在了手里，他们就觉得，那是他们应得的。

麦克夫人认为，无论我是什么身份，无论我拥有了什么，我的一切她都有权拿走。因此，为了能和爱德华一起离开伦敦，我告诉麦克夫人，我有个计划，而离开伦敦不过是计划的一部分。我告诉她，一个月之内，我就会带回来他们这辈子都没见过的财富。

"什么样的财富？"麦克夫人问，她从不接受笼统的计划。

因为天衣无缝的谎话总得避开真相，所以我告诉他们，爱德华再次邀请我给他的画作当模特，他还打算在画画时让我佩戴那颗价值连城的拉德克利夫蓝。

密室里很黑，呼吸起来很困难。这里静得可怕。

我想到了爱德华，想知道既然范妮现在也在树林那边，有她在会发生什么。

我想到了面色苍白的乔，还有我从村子里寄给他的那封信。我在信中告诉他，我要去美国了；他可能要过一段时间才会再次收到我寄给他的信，但他不必担心。我还想到了附在信中的那张照片，那是爱德华用费利克斯的相机拍的。希望有了那张照片，他会"记得我的样子"。

我想到了我的父亲，想到了他把手盖在我手上时的分量，想到了在我还很小的时候、当我们一起乘火车去修理坏掉的钟表时，我感到的那种无比幸福的感觉。

我还想到了我的母亲。在我的记忆中，她就像是阳光，温暖而明亮，但总是在不停变化。我记得，我们在伦敦的房子后面有一条河。有一天，我们俩在河边，我的一条丝带掉进了河里，那是我一直珍爱的丝带。她逼着我无助地看着河水把它冲走。我当时哭了，但母亲告诉我，那就是河流的本性。她说，河流是所有收藏家里最了不起的。它们古老悠久，恣意纵横，带着它的所有家当，一股脑儿地汇入深不见底的海洋。河流并不亏欠你，它没必要对你大发善心，小鸟柏蒂，她说，所以你必须得当心。

我意识到，在这间不过洞穴大小的、漆黑的密室里，我能听到河水的声音。我意识到，我能感觉到缓缓流淌的河水在令我昏昏欲睡……

然后我听到了其他的声音，是一串沉重的脚步声，从我头顶的地板上传来。我还听到有人在说话，声音闷闷的："我拿到船票了。"是马丁，就站在暗门上。"你去哪儿了？咱们只要拿到钻石，就能离开这儿。"

然后又传来一阵声响，楼下的门被砰的一声关上了。我知道，屋子里现在还有另一个人在。马丁往楼下跑去。

有人在高声说话，有人发出一声尖叫。

然后，一声枪响。

片刻之后，更多的大声呼喊——是爱德华在喊。

我摸索着，想找到门闩，把暗门打开，但我的手指把所有地方都摸了个遍，也没找到门闩。我坐不起来，也没法转身。我开始害怕了，我心里越慌，呼吸就变得越急促，喉咙就被卡得越紧。我试图出声回应他，但我能发出的不过是一声低语。

我感觉热，很热。

爱德华又在喊。他在喊我，他的声音因为恐惧而变得尖锐。他在喊露西。听上去，他和我离得很远。

我无意中听到一串急促的脚步声，不像马丁的脚步那么重，是从楼上的走廊里传来的，然后，是砰的一声巨响，地板都震得嘎嘎作响。

一切都乱了套，但不是因为我。

我是一条船，在微波上荡漾，河水在我身下轻轻流淌。我闭上眼睛，又记起另一段回忆。我是个小婴儿，还不到一岁，躺在婴儿床上，我的房间在楼上，我的家在富勒姆，就在河边。窗外吹来一阵温暖的微风，风儿送来了清晨鸟儿的啼叫声，风儿还把丁香花和泥土的芬芳混在一起，那香气让人觉得捉摸不透。天花板上的光在一圈圈旋转，阴影在伴着光，我看着它们共舞。我伸手想抓住他们，但每一次，他们都从我的指间溜走……

第二十七章

1882年春

"这栋老房子还不错，里面虽然闲置好几年，但原本的底子很好。我给您把门打开，您看一下就明白我是什么意思了。"

露西并没出于礼节佯装自己从未来过伯奇伍德庄园，因为这样做的话，对她自己来说有失身份，对于爱德华的律师来说也颇为无礼，但是，她也没主动告诉律师先生自己来过这儿。她什么都没说，只是在那个人摆弄着插在锁芯里的钥匙时，等着他。

那是一个早春的清晨，空气凉爽。花园一直有人在打理，虽然有些地方不尽如人意，但至少花匠注意到，要修剪藤蔓，免得它们长到小径上去。金银花的花骨朵个个含苞待放，看起来长势喜人；头一茬的茉莉花已经开了，一朵一朵地绽放在院墙上和厨房的窗子四周。这些花儿开得有些迟。在伦敦，小巷里已然花香四溢。不过嘛，就像爱德华常说的，城里的花花草草总要比长在乡下的早熟些。

"这门可算是开了，"随着咔嗒一声，从门锁深处发出了悦耳的闷响，霍尔伯特&马修斯律师事务所的马修斯先生说道，"现在进去看一圈儿吧。"

门一下子开了，露西感觉心里一阵翻江倒海。

她离开了二十年，琢磨了二十年，为了不再琢磨而挣扎了二十年。终于，这一刻还是来了。

五个月前，家里收到了爱德华在葡萄牙去世的噩耗。几天后，露西就收到了信。那天上午，她一直待在布鲁姆斯伯里的博物馆做志愿者，负责将那些被捐赠给博物馆的藏品分类。她的女仆简把下午收到的信件送进来时，她才到家不久，刚有点工夫坐下来泡壶茶喝。信笺的信头是烫金的。写信的人在一开头先对失去亲人的露西表示最深切的慰唁，然后在信的第二段中通知她，在她的哥哥爱德华·朱利叶斯·拉德克利夫的临终遗嘱里，她被指定为受益人。在信的最后，写信的律师请"拉德克利夫小姐"到事务所见面商谈后续事宜。

露西把信又看了一遍，然后，在读到这几个字时再次顿了顿："您的哥哥，爱德华·朱利叶斯·拉德克利夫。"您的哥哥。她纳闷是否有许多受益人需要别人去提醒他们和已故的被继承人之间的关系。

露西不需要别人的提醒。尽管距离她跟爱德华最后一次见面已经过去了很多年，而且当时，他俩只是在巴黎一栋又脏又暗的房子里非常仓促地见了一面，但是，能让她想起爱德华的东西到处都是。家里的墙上几乎挂满了他的画，母亲坚持说，一幅画也不许拿下来。直到最后，她依然在抱着希望：爱德华会回来，会把他当初扔下的一切重新捡起来——或许，对于他来说，还没到于事无补的地步，他也能像瑟斯顿·霍姆斯和费利克斯·伯纳德那样"功成名就"。于是乎，容色娇艳的阿黛尔、范妮和莉莉·米林顿便平心静气、若有所思、大大方方地作壁上观，端看露西怎么继续一板一眼地把日子过下去。对于她们那一双双紧盯不放的眼睛，露西总是特意避开。

收到霍尔伯特&马修斯律师事务所的来信后，露西回了封信，约定星期五的中午和对方见面。然后，当窗外短暂地飘起12月的第一场小雪时，她发现自己坐在马修斯先生位于梅费尔区的办公室里。露西和老马修斯先生的中间隔着一张宽大的深色写字台，对面那位上了年纪的律师先生正在跟她说，伯奇伍德庄园，也就是"泰晤士河畔莱赫莱德附近一个小村子里的农庄"，现在归她了。

会面结束后，在他派人送露西回她在汉普斯特德的家时，马修斯先生说，她必须告诉他们，她想什么时候去看看房子，以便他安排儿子陪她去伯克郡。当时，露西并不打算去伯克郡，便跟他说那太让他们费心了。但这是"我们一贯的服务宗旨，拉德克利夫小姐"，说着，马修斯先生指了指他背后墙上挂着的一大块木板，上面用金色的花体字写着：

霍尔伯特&马修斯
律师事务所

逝者已矣，生者如斯，
但有顾客所愿，我们必当实现。

露西离开了办公室。她思绪纷乱，这在她身上并不常见。

伯奇伍德庄园。

真是一份慷慨的礼物！真是一把双刃剑！

在接下来的日子里，每当夜色的黑浓到了极致，露西都在想，爱德华把这栋房子留给她，是不是因为在某种程度上，他知道了这也许是因为他们兄妹俩曾经亲密无间、心意相通。但不可能！露西是非常理智的人，她不会让如此毫无逻辑的念头在自己的心里生根发芽。首先，这种猜测没有切实的根据，连她自己都拿不准。其次，爱德华的想法很清楚：他在遗嘱中附了一封亲笔信，信上明确说，要让露西开办一所学校，给像她一样聪明的女孩子们提供教育，给那些希望学习可望而不可即的知识的女孩子们提供教育。

爱德华生前便有一种天赋，他能让别人跟着他的思路走；如今，他人虽然不在了，可还是一样，他的话依然有着影响力。尽管在律师事务所的时候，露西暗暗发誓要把房子卖掉，发誓再也不愿踏进庄园半步，可就在她马上要离开时，她的思想里渐渐渗入了爱德华的愿景，她的最佳判断开始产生了动摇。

露西一路往北穿过摄政公园，她的目光落在一个又一个小女孩的身上，她们每一个都乖巧地待在保姆身边，当然啦，她们每一个也都在渴望着去多做一些、多看一些、多了解一些眼下不被允许去触碰的事。露西想象着自己正带领一群脸蛋儿粉嘟嘟的小姑娘，她们有着强烈的求知欲，声音里是满满的兴奋劲儿。她们并不适合被塞进那些给她们准备好的模子里，她们渴望学习、渴望进步、渴望成长。在接下来的几周里，她没怎么想过别的事，而是沉迷于这样一个想法：如今走到这一步是她人生中的一切使然，只有在那栋房子里办学，在那个位于河湾的、有着两个一模一样的尖角的房子里办学，才是最正确的选择。

*

于是，她来到了这里。尽管花了五个月才来到这儿，但她现在做好了准备。

"有什么需要我签字的吗？"律师领着她走进厨房时，她问道。厨房里那张松木的正方形桌子仍旧摆放在原处。露西多多少少还有点期待着能看到埃玛·斯特恩斯的身影，看着她穿过客厅的房门，因为在门的另一边看到了什么怪异的举动，她正摇摇头，一脸的困惑。

律师有些惊讶："您是指哪一类？"

"我不清楚。以前没人给过我房子。我猜应该有地契吧？"

"没有需要您签字的，拉德克利夫小姐。地契其实已经弄好了。手续也都办完了。房子是您的了。"

"那好，"露西伸出手，"谢谢您，马修斯先生。能认识您，我很高兴。"

"但是，拉德克利夫小姐，难道您不想我陪您在这栋房子里四处看看吗？"

"没这个必要，马修斯先生。"

"但是您大老远过来……"

"我相信，过了今天，我还可以待在这儿？"

"呃，是啊，我说过，房子是您的了。"

"那么，谢谢您陪着我这么长时间，马修斯先生。现在，如果您不介意的话，我还有很多事要忙。这里要变成学校了，您听说了吗？我要为有前途的青年女子开办一所学校。"

不过，露西没有立马着手创办学校的事。有一件更加迫切的事她必须先办完。这件事情，有多么重要，就有多么糟糕。她把这件事反反复复想了五个月。老实说，比五个月还要更长。到如今，将近二十年过去了，她一直在等着揭开真相。

小马修斯先生感到沮丧，他的神色清清楚楚地摆在脸上。他刚一迈出房门，露西就把门关上了，然后，她透过厨房的窗子，看他一步一步离开庄园。他的身影在花园小径上消失了，他最后把前院的木门也闩上了。露西这才长长地吐出一口气，她之前一直都在屏着呼吸。露西在窗边转过身来，靠着窗玻璃站了一会儿，打量着厨房。虽然看起来很怪异，但一切都和她记忆中的一模一样，就好像她不过是到村子里去散了散步，中途被事情绊住了，回来时，比预想的晚了二十年。

房子里静悄悄的，但感觉上并非什么动静都没有。露西想起了爱德华常常给她读的一个故事，就是夏尔·佩罗的那本《睡美人》，讲的是一位公主，因诅咒而在城堡里沉睡百年。爱德华画的那幅《睡美人》，创作灵感正是来源于此。露西并不是一个喜欢浪漫的人，但当她站在厨房的窗户旁，她几乎能想象得到，这栋房子知道，她回来了。

它一直在等着她。

实际上，露西能感觉到这栋房子里不只有她自己，这让她感到非常不安。

不过，即便她小臂上的汗毛都是立着的，她还是提醒着自己，她不是那种轻易受到影响的人。如今到了这儿，反而开始迷信起来，这样的过错会让自己把肠子都悔青了。一切不过是她在自己吓自己；至于原因，她当然心里清楚。

想着此行的目的，她不断给自己打气。她穿过走廊，迈步走上房子中央的那段楼梯。

曲木椅还放在楼梯拐角那个平台的角落里，她最后一次看见那把椅子时，它也是在那儿。椅子摆放的方向冲着旁边的那扇大玻璃窗。坐在椅子上，窗外的后花园和远处那片草甸可以尽收眼底。阳光透过窗玻璃洒进来，令飘浮在隐形的气流中的无数微尘无处藏身。

露西轻轻坐在椅子边上。椅子暖暖的。那段楼梯本身也暖暖的。她想起来这里一直如此。她上次坐在这儿的时候，屋子里还满是欢笑与激情，四周到处是创意的回响。

但是如今不一样了。今天只有露西和空荡荡的房子。她的房子。

她让这栋老房子里的空气在她身边安稳下来。

外面，远处那一大片绿草地上的某处，有一条狗在汪汪叫。

房子里，不远处楼下那间桑葚房里，墙上的挂钟在嘀嗒作响。那是莉莉·米林顿的挂钟，还在计时。露西猜想是那位律师，马修斯先生，给钟上了弦。她仍然记得爱德华把这只钟买回来时的情形。"莉莉的父亲是钟表匠，"他一边说，一边捧着包装好的钟快步走进家里的门厅，"我在朋友那儿看到这只钟挂在墙上，他家在梅费尔区。我答应给他画幅画，他才把挂钟给了我。我要给莉莉一个惊喜。"

爱德华一直喜欢送人礼物。那份能把礼物选好的喜悦，总让他兴奋不已。他送给露西的是书，给莉莉·米林顿送的是钟表——那把来复枪就是他送给瑟斯顿的："一把货真价实的贝克式步枪，拿破仑战争期间，60团5营的人用过它！"

她无法相信，自己现在坐在这里，是因为爱德华死了；也无法相信，自己再也见不到他了。她总是莫名地认为，总有一天，他会回家的。

那年，在伯奇伍德庄园过完夏天之后，他们没怎么见过面，但露西知道，他依然漂泊在外。每隔一段时间，家里就会收到他的只言片语，胡乱地写在一张明信片背面，通常是他在旅途中欠了别人几英镑，让家里人帮他还上。不然就是有些小道消息说，有人在罗马、在维也纳、在巴黎见过他。他总是在四处奔波。露西知道，他跑去旅行是为了逃避悲伤；但有时候，她会想，他是否也相信，如果他落脚的地方换得足够快、足够频繁，他就会再次找到莉莉·米林顿。

因为他从未放弃希望。不管那些对她不利的证据是怎样的，他永远都无法接受莉莉是骗局中的一分子——莉莉并未像他全心全意爱着她那样，对他一心一意、掏心掏肺。

他们最后在巴黎见面那次，爱德华说："露西，莉莉就在世界上的某个角落里。我知道的。我能感觉到。你感觉不到吗？"

露西丝毫没有这种感觉，她只是牵起爱德华的手，紧紧地握着。

在露西的记忆里，自己爬进走廊那间密室后，紧接着的下一件事，就是睁开眼睛，发现自己在一个陌生的、明亮的房间里。她躺在床上，但不是她自己的床。她感觉疼得要死。

露西眨了眨眼睛，看清了墙纸上的黄色条纹，房间里有一扇拼花玻璃窗，窗户的两边挂着浅色的窗帘。房间里有股淡淡的、甜甜的香味——也许是金银花，还有荆豆花。露西觉得自己的喉咙是干的。

她一定是发出了声响，因为爱德华突然出现在她的身旁，拿着一只晶莹剔透的小水罐，往玻璃杯里倒水。他看上去糟透了，跟平常相比，他现在更加衣衫不整，而且面容憔悴、神色忧虑。他那件宽松的棉衬衫在他肩膀上服服帖帖的，看上去像是好几天都没有脱过了。

可她这是在哪儿？在这儿躺了多久？

露西没意识到自己的疑问已经脱口而出，但扶着她起来喝水时，爱德华告诉她，他们在村子里的小客栈开了几间房，已经在这儿住了几天了。

"哪个村子？"

他仔细地盯着她的眼睛："呃，伯奇伍德村。你真的不记得了？"

这个名字隐约有点似曾相识。

爱德华挤出一个微笑来，想要让她放心。"我去叫医生来，"他说，"他一定想知道你醒过来了。"

他打开门，和门外的人低声说了几句，但他没有离开房间。他回来坐在床上，就坐在露西的旁边，一只手握着她的手，另一只手轻轻抚摸着她的额头。

"露西，"他说，眼中尽是痛苦的神色，"我必须得问你，我必须得问问莉莉的事。你见过她吗？她回房子接你去了，可之后再没人见过她。"

露西的脑子乱乱的。哪个房子？他为什么要问莉莉的事？他是在说莉莉·米林顿吗？露西记得，她是他的模特，那个穿白色长裙的模特。"我的头。"说着，露西意识到自己的头有一侧很疼。

"小可怜，你摔倒了，一直昏迷不醒，所以我要问你几个问题。对不起，我只是……"他抬起一只手，拢了拢头发，"她不见了。我找不到她，露西，我非常担心。她不会就这么一走了之的。"

476

这时，记忆的片段突然在露西的脑海中一闪：黑暗中有一声枪响，声音很大，还有一声尖叫。她自己跑掉了，那么——露西倒吸一口冷气。

"想到什么了？你看到什么了吗？"

"范妮！"

爱德华的脸色沉了下来："事情很糟，那是件可怕的事。可怜的范妮。有一个男人，一个贼，闯了进来——我不知道他是谁……范妮从小树林跑开了，我跟在她后面。我走到栗子树附近的时候，听到了枪声，我跑进屋里，但已经晚了。范妮已经……然后，我看见了那个人的背影，他正从前门往外面那条小路跑。"

"莉莉·米林顿认识他。"

"什么？"

露西并不完全确定自己什么意思，她只是确定自己是对的。确实有一个男人，他把露西吓坏了，而且莉莉·米林顿也在场。

"他进了屋。我看见他了。我回到屋子里，然后那个男人来了，他和莉莉·米林顿说过话。"

"他们说什么了？"

露西的思绪乱成一团，记忆、想象、梦境都搅在了一起。爱德华问了她一个问题，而露西总喜欢做出正确的回答。于是，她闭上眼睛，在交织了声音和色彩的旋涡里，朝着未知的深处一路探去。"他们说到了美国，"她说，"一艘船，还有一个什么蓝。"

"啧，啧，啧……"

露西睁开眼睛，发现房间里不再只是她和爱德华两个人。在她聚精会神地思考她哥哥的问题时，有两个男人进来了。其中一个穿着灰色的西装，他的鬓角和上唇都蓄着胡子，胡须是姜黄色的，小胡子的两端弯弯的；他正两手握着黑色的圆顶礼帽。另一个人身穿一件深蓝色外套，前面一排铜扣子，圆滚滚的腰间系着一条黑色腰带；他的帽子戴在头上，正面是一枚银色徽章。露西意识到，这是一件制服，这人是个警察。

她后来得知，那两个人都是警察。个子矮一些、身穿蓝色制服的那个人，隶属于伯克郡警队，他被找来，是因为伯奇伍德庄园是他的辖区。那个穿灰色西装的人是伦敦警察厅的督察，他被请来协助调查，是应了有钱有势的布朗先生也就是范妮的父亲的请求。

刚刚出声的是警察厅的韦斯利督察。当露西和站在屋子另一头的他四目相对时，他又说了一遍："啧，啧，啧……"这一回还补充道："跟我猜的一样。"

他的猜测是，莉莉·米林顿参与了整件事。这是他几天后告诉她的——经过一番彻底搜查，他发现，正如露西所说，拉德克利夫蓝不见了。

"一个大骗局。"他的话是从密密匝匝的小胡子里冒出来的，而他的两个大拇指则分别藏在西服两侧的翻领底下，"一个极其可耻、不可原谅的阴谋。要知道，他们俩早就预谋好了。第一步是，一位莉莉·米林顿小姐成为你哥哥的模特，她可以借此机会接触到拉德克利夫蓝。第二步是，一旦赢得你哥哥的信任，他们俩就可以把钻石偷走。事情本该到此为止，可偏偏他们被布朗小姐抓了个现行，而年纪轻轻的布朗小姐却枉送了性命。"

露西听着督察对案情的猜想，试着去理解他口中的一切。她对爱德华说的话是真的：她确实听到莉莉·米林顿和那个男人谈到了美国和拉德克利夫蓝，而且她现在还记起自己当时看到了两张船票。当然，她也看到了那枚吊坠——一颗漂亮的蓝钻，是她家祖传的珠宝。莉莉·米林顿当时戴着它。她穿着白色连衣裙，吊坠就悬在她的锁骨中央，莉莉·米林顿的这副样子在露西的脑海中非常清晰。现在，莉莉、钻石和船票都不见了。如今，在某个地方，莉莉和这两样东西在一起，这能讲得通。只是，有一个问题："我哥哥是在剧院遇见莉

478

莉·米林顿的。不是她找上他的，她没主动表示要当他的模特。当时有人抢了她的手镯，是我哥哥救的她。"

能有机会给一个纯真无邪的小家伙好好讲讲生活中更加丑陋的一面，让她别去轻信这世上的一切，这让督察高兴地抖着他的小胡子。"那又是一个花招，拉德克利夫小姐，"说着，他缓缓抬起一根手指，"很有欺骗性，特别容易让人中招。这是他们两个设计的双重诈骗。我们见过这类案件，知道其中的弯弯绕。如果有一件事，肯定会引起像你哥哥那样体面的绅士的注意，那便是有一个漂亮女人需要他人帮助。他会忍不住出手相助——任何绅士都会这样。在他忙于帮这个女人伸张正义时，他会在为对方感到担心、跟对方表示关切时而分心，这时那个男的，也就是她的同伙，会回来，指责你哥哥是抢走他妹妹手镯的贼人，然后趁乱，"——他猛地伸出双臂，既夸张，又显得得意扬扬——"把手伸进你哥哥的马甲口袋里，把他的贵重物品偷走。"

露西记得，爱德华讲过他遇见莉莉·米林顿那天晚上的经过。她、克莱尔和母亲听他告诉她们，他因为被那个年轻女人的脸蛋儿迷住了，兴奋地光想着这样一张面孔给他的创作带来了希望，结果不知怎的，就把钱包给弄丢了。当时，她们母女三人看了看彼此，眼神中尽是了然和温情；她甚至还记得当时为了早餐泡的那壶茶。一旦有了灵感，爱德华就会丢三落四，他的确是这样的人，所以她们谁都没想过要去质疑丢钱包的事——更不用说，他的钱包里反正一直都没有钱，所以，没人特意想着去把他的钱包找回来。但是，按照韦斯利督察的说法，钱包根本不是弄丢了，而是被偷了——就在爱德华认为自己碰巧救了莉莉·米林顿的那一刻，那个叫马丁的男人，把钱包从爱德华身上偷走了。

"你且记着我的话，"督察说，"要是我说得不对，我就把我这顶帽子吃下去。我在伦敦的大街小巷里混了三十年，什么乌糟事儿没见过，对于人性卑劣的一面，总归是有几分了解的。"

不过，露西看到过莉莉·米林顿看着爱德华的那种眼神，目睹过他俩在一起时是什么样。她没法相信，那一切都是骗人的。

"小偷、女演员和魔术师。"当露西说出自己的想法时，督察轻轻点了一下自己的鼻子，"都是从同一块布料上裁下来的。个个是伪装的高手，都是一帮招摇撞骗的人。"

韦斯利督察的猜测就像是三棱镜。透过它，露西可以看到，莉莉·米林顿的行为可能并不完全是他们原本看起来的那样。而且，露西和那个男人在一起时，莉莉观察过他们俩。马丁，她叫他马丁。"你来这儿干什么？"她说道，"你得离开这儿，马丁。我说了要一个月。"那个叫马丁的男人回答说："你是说了，但你是干活的快手，是最好的一个。"他接着拿出两张船票说："美国……那片可以重新开始的大地。"

但莉莉不是和马丁一起离开屋子的。露西知道她没有，因为露西把莉莉·米林顿锁在密室里了。她确定，当她把可以藏身的那间密室给莉莉看时，她记得自己感到很骄傲。

露西想把这些也说出来，但韦斯利督察只是说："对于那个给牧师藏身的密室，我都知道了。藏在里面的是你，拉德克利夫小姐，而不是米林顿小姐。"他还提醒她，她撞到了头，并且告诉她，她需要休息，说着便叫来医生："这孩子又糊涂了，医生。我担心我问得太多，把她给累着了。"

露西确实糊涂了。因为莉莉·米林顿不可能一直待在楼梯间的那个密室里。从马丁出现在伯奇伍德的那天起，已经过去四天了。露西记得待在那个差不多只有小洞大的密室里是什么感觉：很难呼吸，空气很快就变得污浊起来，她当时恨不得立刻逃出去。莉莉·米林顿早就应该叫人把她放出去了。没有人能在里面待这么久。

也许真的是露西弄错了？也许她没把莉莉·米林顿锁进密室？或

者，如果她把莉莉锁进去了，也许是马丁把她放出来的，然后他们一起逃走了，就像督察说的那样。莉莉不是告诉过露西，她的童年时光是在科文特花园度过的，还告诉露西，她从一个法国街头艺人那儿学会了变硬币的戏法？她不是说自己是个扒手？露西当时以为她是在开玩笑，但如果莉莉·米林顿真的一直和那个叫马丁的男人是一伙的呢？她说她告诉过他，她需要一个月，她这话还能是什么意思？也许这就是她为什么想让露西赶紧跑回小树林里去，这是要把露西打发走，然后他们好下手……

露西觉得头疼。她把眼睛紧紧闭上。正如督察所说，一定是因为她撞到了头，她的记忆才会乱了套。她一向极其看重准确性，瞧不上那些给个简要的说法或是讲个大概情况的人，那些人似乎意识不到，他们的说法和实际情况之间存在差距。因此，她郑重地做了决定，对于自己记忆中的事到底是不是真的，在她能百分之百地确定以前，她不会再提别的事情。

爱德华自然不接受督察的说法。"她永远都不会从我这儿偷东西，她也永远不会离开我。我们打算结婚的，"他告诉那位督察，"我向她求婚了，她同意嫁给我。在我们来伯奇伍德的一周前，我就和布朗小姐解除了婚约。"

这就轮到范妮的父亲接受调查了。"那小子是吓着了。"布朗先生说，"他这会儿脑子不清楚。我女儿一直盼着举行婚礼，她去伯奇伍德的那天上午，还在跟我妻子讨论有关婚礼的计划。如果婚约取消了，她肯定会告诉我。可她没说过那样的话。如果她告诉我要取消婚约，我会请我的律师出面，我可以向您保证这一点。我女儿的名声从来没什么污点。想娶我女儿的绅士们都能排长队了，他们可比拉德克利夫先生的条件好得多，可她一心要嫁给他。我绝不会允许我女儿的好名声被悔婚的事给败坏掉。"接着，这位老大不小的绅士崩溃地呜咽道："我的弗朗西斯是一个体面的女人，韦斯利督察。她跟我说，她想去乡下过周末，和她未婚夫在他新买的房子里招待几个朋友。我高高兴兴地把我的车夫派给她用。要是他们俩没有婚约在身，我绝对不会允许她去那儿度周末的，她也不会跟我提要去度周末的事。"

对于韦斯利督察和他那位效力于伯克郡的同僚来说，这番话很有道理，尤其是有了瑟斯顿的证言，就更加站得住脚了：瑟斯顿将督察叫到一边，说他是爱德华的密友，还说他的朋友从未透露过跟范妮·布朗取消婚约的事，更别提爱德华再次订了婚，未婚妻成了他的模特，也就是米林顿小姐。"如果他真要跟布朗小姐悔婚，我也会劝他打消念头的，"瑟斯顿说，"范妮是一位非常出色的年轻小姐，她能让人保持清醒。爱德华总想着那些虚无缥缈的事，这也不是什么秘密，但她能让他面对现实、脚踏实地。"

"凶手用的那把枪是您的，对吗，霍姆斯先生？"督察问道。

"很遗憾，是的。它只是一个装饰品。偏巧是拉德克利夫先生送我的礼物。枪里有子弹，还成了凶器，我跟大家一样感到震惊。"

露西的祖父知道拉德克利夫蓝失踪之后，离开了他常年蛰居的比奇沃斯庄园。对于让爱德华在警方眼中的形象更加丰满，他可谓乐意之至。"他小时候，"老先生跟督察说，"就满脑子疯狂的想法，想做的事情更疯狂。在他长大成人那些年，我有好几次都绝望了。他宣布和布朗小姐订婚时，我高兴极了，或者说，可算是松了一口气。他似乎终于让自己走上了正途。他和布朗小姐本该结婚的，爱德华要是说了什么别的，只能说明他失去理智了，这太令人痛心了。出了这么可怕的事，他失去理智也是可以理解的，尤其是像他这种一身艺术细胞的人。"

瑟斯顿清醒地说，布朗先生和拉德克利夫勋爵说得没错。爱德华震惊了：他不仅爱着并且失去了自己的未婚妻布朗小姐，还得被迫接受自己需要对这些令人恐怖的事情负责，因为是他把莉莉·米林顿和她的同伙带到自己的朋友圈里来的。"似乎也不是没人适当地警告过他，"瑟斯顿补充道，"几个月前，我就告诉过他，他和他的模特到我的画室来看我，他们走后，我注意到，画室里少了几样值钱的东西。他还为此打了我，指责我，说我竟敢说这种话，当时，我的眼睛都被他打青了。"

"什么东西被偷走了，霍姆斯先生？"

"哦，和整个骗局比起来，那都是些微不足道的小事，韦斯利督察。您不用为此费心。我知道您现在有多忙。能给您帮点小忙，把这件令人困扰的事解决掉，我就知足了。一想到我的朋友被两个冒牌货给骗了——呃，我就七窍生烟。都怪我没早点儿把所有的事情想通。布朗先生派您过来，真是我们的幸运。"

有一天早晨，督察来的时候宣布说，莉莉·米林顿甚至都不是那个模特的真名。就这样，事情算是盖棺论定了。"我的手下一直在伦敦四处调查，还取取了出生证明、死亡记录和婚姻登记的档案，他们只找到了一个莉莉·米林顿，她是个可怜的孩子，1851年在科文特花园的一家小旅馆被殴打致死。她小时候被她父亲卖给了一对雌雄大盗，那两个人专干撬锁偷窃的行当，还靠收养小孩儿、培养小偷为生。难怪那孩子小小年纪就没了命。"

于是，案子破了。甚至连露西都不得不承认督察是对的。他们全都被骗了。莉莉·米林顿就是个骗子，是个小偷，甚至她都不叫莉莉·米林顿。现在，这个无情无义的模特带着拉德克利夫蓝和那个打死范妮的男人一起跑到美国去了。

调查结束后，那个督察和那个警员离开了伯奇伍德。临走时，他们跟布朗先生和祖父握了握手，答应跟纽约那边的警察联系，希望他们至少能把钻石找回来。

紫红兄弟会这几个人，都不清楚继续待在乡下还有什么别的事可做，毕竟，原本悠长的夏天一下子就结束了，雨季也已经来临。于是，大家又回伯奇伍德庄园住了几天。但是，爱德华的状态非常糟，连空气中都弥漫着他的悲哀和愤怒。他和房子是一体的，每个房间里似乎都有一股淡淡的、令人不快的味道，那是他的悲伤散发出的味道。露西感觉自己有心无力，帮不上他什么，便不在他的面前晃悠。不过，他低落的情绪是会传染给其他人的，她发现自己做什么都静不下心来。她自己也有困扰：事情发生时，见证了一切的那段楼梯让她感到异常恐惧，所以她选择走屋子另一头那个窄一些的楼梯。

最后，爱德华再也受不了了：他把自己的东西收拾好，然后找来一辆马车。范妮被杀的两周后，房子里的窗帘都被拉上了，门也都被锁上了，两辆马车在伯奇伍德庄园的车道上飞驰，载着所有人离开了。

离开时，坐在第二辆马车后座上的露西转过身，看着房子渐渐远去。有那么一刹那，她觉得自己看到阁楼上的一片窗帘动了动。但她知道，那不过是因为爱德华讲的故事，是"跟着那晚"的故事让她产生了错觉。

第二十八章

　　回到伦敦，一切都变了。爱德华几乎立刻就去了欧洲大陆，没留下任何转寄信件的地址。露西再没见过他最后画的那幅莉莉·米林顿的画像，既不知道那幅画到底完成了没有，也不知道被放到了哪里。爱德华离开后，她把被藏起来的他那间工作室的钥匙翻了出来，进去看了看，但画也不在工作室里。实际上，莉莉的所有痕迹都不见了：数百张草图和习作都被从墙上撤了下来，仿佛是爱德华早就知道，他再也不会在汉普斯特德花园里的工作室画画了。

　　至于克莱尔，她也没待多久。她不再追求瑟斯顿·霍姆斯了。后来，她嫁给了第一个向她求婚的富有绅士。紧接着，她就还算幸福地住进了一栋乡间大别墅，里面一个人影都见不着。不过，祖母倒是对那里一见倾心，这自然是意料之中的事。她连着生了两个孩子，他们胖胖的小身子总是扭来扭去的，脸蛋儿又大又圆，白白净净，都有一层双下巴。这些年，露西去拜访的时候，偶尔会听她姐姐含含糊糊地说起，要是她丈夫能屈尊大驾，每个月在家里住上　个多礼拜，她还能再生一个。

　　到了1863年，露西十四周岁了，家里就只剩她和母亲两个人住。这似乎都发生在瞬息之间，母女俩都对这种措手不及的局面傻了眼。

在发现自己和对方共处一室时，她们都会惊讶地抬起头，然后，其中的一人——通常是露西——便会找个借口离开，以免各自还得为了无话可说而特意编个理由。

露西成年后，对爱情避之不及。她已经见识过爱情的威力了。莉莉·米林顿离开了爱德华，让他伤透了心。因此，她对于情情爱爱的事，能避则避。也可以说，她避免了那种把自己这颗心和另一个人的心牢牢锁在一起的复杂因素。因为露西深深爱着的是知识。她对知识如饥似渴，对于自己无法足够迅速地学会新知识感到急不可待。有关这个世界的知识是如此广博，对于书籍，她每读一本，就还有另外十本等着她；对于理论，她每理解一种，也还有另外十种等着她。某些夜晚，她躺在床上没睡着的时候就在想，她怎样才能最好地分配自己的一生：人生短暂，根本没法保证自己能把想要知道的一切都弄明白。

在她十六岁那年，有一天，她在卧室里整理东西，想腾出些地方，把书房里的一个新书架搬上来。整理过程中，她发现了一只小手提箱，是她1862年夏天随身带去伯奇伍德庄园的那一只。当年回到伦敦后，她把它塞到了窗子底下的小柜子里，放到了柜子的最里面。她希望把那段时间所发生的一切都忘得干干净净，所以在此后的三年里，她再没想起过它。但露西是个明白事理的姑娘，因此，尽管她并没打算再把手提箱翻出来，可既然现在它又出现了，她便决定，再不把里面的东西整理出来，也实在没什么意义。

她把手提箱上的搭扣打开，很高兴地发现，她那本《蜡烛的化学史》就在最上面。底下还有两本书，她记得，其中一本是在伯奇伍德庄园最上面的那层架子上发现的。露西现在把这本书翻开，她的动作很轻，因为要不是靠书脊上仅有的几根细线连着，这本书就散架了。她看到那几封书信还在，信上有给神父藏身的密室的设计图，它们依旧夹在当初她放的地方。

她把书放到一边，拿起放在下面的衣物。露西立刻想起来了。这是她那天穿的长裙，是专门为了费利克斯在河边拍照准备的服装。她摔倒后，一定是有人帮她脱了下来，因为当她在小客栈那间墙上有黄色条纹的房间里醒过来时，她穿的是自己的睡裙。露西记得，自己后来收拾行李时，这条裙子被她塞到了箱子的最底下。当时，这条裙子让她感觉不舒服，而现在，她把它拿在手里，对着它，想试试看自己还会不会被它给吓住。她不再有那种感觉了。她确定。她的皮肤没有发热，心跳也没有加速。尽管如此，她还是不想留着它。她会先搁到一边去，留着给珍妮剪了当抹布。不过，因为她小时候受过的教导，她还是先翻了翻口袋检查一下，即便她并不觉得口袋里除了线头和衬里之外还会有别的东西。

可那是什么？口袋深处有一个硬硬的、圆圆的东西。

即便露西告诉自己，那是她在伯奇伍德庄园从河里捡的一块石头，她却心里清楚得很，那不是。她的心揪了起来，瞬间感觉全身都被恐惧给淹没。她不用看。仿佛只是摸了摸它，就有人将绳子一拽，把大幕拉开，尘封的记忆现在如同蒙尘的舞台，光照亮了上面的每一个角落。

拉德克利夫蓝。

她现在想起来了。

一直戴着它的是露西。她耍性子回了庄园，反正拍照片也用不着她了。当她在爱德华的房间里看看这儿、翻翻那儿的时候，她偶然间找到了这个钻石吊坠。自从他们这帮人下了火车、一起朝村子走的那个时候起，露西就发现自己一直在想着莉莉·米林顿，一直在用爱德华的那种眼光看着她，一直希望自己能更像她就好了。而且，她拿着项链时有一种感觉，只有一刹那，她感觉到成为莉莉·米林顿是一番怎样的感受，被爱德华凝望着，深爱着。

露西对着镜子，打量着镜中的自己，然后莉莉·米林顿出现在她的身后。在露西把项链从脖子上拿下来，正打算放回盒子里的时候，那个叫马丁的男人来了，还要把莉莉带走。情急之下，露西没把钻石吊坠放回盒子里，而是塞进了自己的口袋里。尔后，它就一直在那儿，老老实实地待在她把它放起来的地方。

露西本来已经开始相信那个督察对莉莉·米林顿的分析，但她现在既然找到了拉德克利夫蓝，那么，把一切乱七八糟的线索拼凑到一起的这条核心线索也就不成立了，精心编排起来的其余各处，也就跟着散了。一切很简单：传家宝没有失窃，杀人动机自然不成立。而且，虽然已经得到了纽约官方的证实，有一对夫妇以"拉德克利夫夫妇"的身份到了美国，并在纽约港入境时被记录在册，可任何人都能使用那两张船票。露西最后看到那两张船票的时候，拿着它们的是那个可怕的男人马丁。爱德华看见他从房子里逃跑了。他可能自己用了其中一张船票，而另一张被他卖掉了；也可能是他把两张都卖掉了。

还有楼梯上那间密室的问题。莉莉·米林顿要是和马丁一起走，她就得让他知道自己躲在哪儿，然后再让他找到暗门。露西当初打开暗门时，参照了设计图上的说明，即便有图在手，想要打开那个门也并不容易。那个男人找到莉莉就需要花些时间，再去弄清楚暗门的锁在哪儿、该怎么开，这更得花时间。但当时，范妮很快就回来了，爱德华也是随后就赶了回来。留给马丁把莉莉·米林顿从密室里弄出来的时间根本就不够。

另外，露西亲眼看到过莉莉·米林顿看着马丁时的神色，她是真的在害怕。她也见过莉莉看着爱德华时是什么样子。而且，爱德华对莉莉·米林顿的爱是彻头彻尾的，这一点毫无疑问。她失踪后，他一直都像个行尸走肉一般。

莉莉·米林顿的确失踪了，这是不容置疑的事实。自从那天她在伯奇伍德庄园露过面之后，再也没人见过她。露西是最后一个见到她的人，当时，她把莉莉·米林顿锁在了楼梯上的密室里。

二十年后的今天，露西回到了伯奇伍德庄园。她站起身来，手指绞在一起，紧张地攥了攥，她以前一紧张就会有这样的小动作。她把手松开，手臂轻轻落在身体两侧。

没有什么大不了的。现在拖延时间也没什么用。如果她打算在这里办学校，并且她有一种强烈的感觉，自己必须这样做，那么，她就得知道真相。无论真相是什么，她都不会改变计划。她没有回头路可以走，只是盼着事情的结果会是另一个样也没有意义。

盯着楼梯踏板，露西将椅子的一侧抬起，然后跪了下来。

这里确实设计得很巧妙。如果不知道机关在哪儿，谁都找不到这间密室。在宗教改革时期，天主教神父成了伊丽莎白女王一世手下的追捕对象，这样的地方当时一定让人备感安慰和安全。她后来还进行了相关研究，发现单是这间密室，虽然不过洞穴一般大小，却挽救了六位神父的性命。

露西做好了心理准备，在楼梯踏板的边缘用力一按，暗门打开了。

第二十九章

　　露西往密室里瞧了一眼，立刻合上了暗门那块木板。那些长久以来一直被压抑的情绪将她淹没，她喉咙一紧，发出一声悲痛的哽咽：她悲的是，这么多年，自从发现那颗钻石以来，她一直独守秘密，不让任何人知道自己当年的所作所为；她悲的是，莉莉·米林顿，那姑娘一直对她和蔼友善，又爱着她的哥哥；她悲的是，爱德华，他是最令她心痛的，她这个妹妹背弃了他，让他独自被当时那位督察编织的"真相"所蒙蔽。

　　终于，她平复了情绪，能再次顺畅地呼吸时，露西下了楼。对于在楼梯那间密室里会发现什么，她之前就心知肚明。更重要的是，理智也让她一直对此清清楚楚。露西以理智的女性自居，并以此为傲，因此，她预先就做好了计划。远在伦敦，也就不会被情绪冲昏头脑。来这儿之前，她就把每一种可能性都考虑了一遍，制定出一套思路清晰的应对方案。她本以为自己做好了准备。然而，到了这儿，事情并非她想的那样，她的手抖得厉害，没法按照她的计划给住在切尔西公爵街的里奇·米德尔顿先生写信。她没有料到，自己这双手会抖成这个样子。

　　于是她去了河边，想散散步，让自己绷紧的神经放松下来。她很快来到了码头，比她预想的要快，然后又朝着树林走去。她意识到，自己无意间走的路线正是当时她从拍照的地方跑回庄园的那条路，只不过现在反了过来，自己是在从庄园往拍照的地方走。

费利克斯当初计划拍照的地方是这片小树林中的那块空地。她现在还可以想象出大家一身盛装、准备拍照的样子。露西几乎可以看见十三岁的自己，正穿过野花盛开的草甸，向房子飞奔而去，因为受了委屈而一腔怒火。不久，她就找到了那枚钻石吊坠，把它从天鹅绒的盒子里取出来，戴在自己的脖子上，给莉莉·米林顿找了个藏起来的地方，然后可怕的一切便一发不可收拾。不，她不要再去看十三岁的自己从这里跑开的幻影。露西扭头朝着河边往回走。

在伦敦，当她在自己的手提箱里发现拉德克利夫蓝的时候，她立刻就知道，自己必须把它藏起来，可麻烦的是，该藏在哪里。她曾想过把它埋在汉普斯特德的荒野上，把它丢进下水道里，把它扔到康乐谷公园那个被鸭子占了的池塘里——但是，有她的良知在，她知道自己的每一个想法都漏洞百出。也许会有狡猾的狗，不知怎的察觉到她选的那块地方埋着宝石，把它挖出来，然后带回家；也可能会有鸭子，把宝石吃进肚子里，再代谢出去，留在池塘边，然后被某个眼尖的孩子发现——她知道，自己的这些想象并不理智。同样不理智的还有，她相信，这些不太可能发生的戏码如若成真，那么钻石就会被追查到她的身上。可是内疚，露西心里明白，才是她一切情绪中最不理性的存在。

事实上，露西所担心的不仅仅是重见天日的传家宝会把人们的注意力引到自己身上。更为重要的是——而且随着一年年的时光流转，变得愈发重要的是，假如官方那番说辞现在被证明是断错了案，那么多的痛苦折磨也就都没了意义。她想到爱德华本不必去流浪异乡；想到她要是早一点告诉他实情，他虽会因为失去莉莉·米林顿而悲恸，但悲恸过后，他也许能将她安葬，然后继续开始他的新生活。

不，钻石必须被藏起来，这样官方的说法才能维持下去，不被质疑。事到如今，任何的节外生枝都是不可承受的。可露西知道真相，而且她将独自背负那个不可承受的真相继续活着。鉴于时间不可逆转，事情无法重来，似乎惩罚她背负永恒的内疚、永远孑然一身并不为过。

她本打算把吊坠和所有其他的东西一同放进箱子里，但是现在，当她站在泰晤士河畔，看着这处河段与她在伦敦所熟知的那段完全不同，突然间，她觉得有必要马上把吊坠解决掉。河流是一个完美的地方。大地很容易把露西的秘密暴露出来，但河流会把它的宝藏带走，带去深不可测的大海。

露西把手伸进口袋，掏出那枚镶嵌着拉德克利夫蓝的吊坠。如此熠熠生辉的宝石，真是世所罕见。

她最后一次举起它，对着阳光。接着，她把它扔进河里，转身朝着房子往回走。

箱子是四天后到的。动身来这儿之前，露西就在伦敦下了订单，告诉店家，她会再寄信给他，告知她什么时候需要这个箱子，店家又该把货寄去哪里。她考虑过，也许下订单不过是多余之举，就是浪费钱，但根据她的判断，自己胜算不大。

她选的棺材铺老板兼殡仪执事是切尔西公爵街上的里奇·米德尔顿先生，她订制的箱子尺寸非常小，这一点她在订货说明中给出了明确要求，并附上一份简短的清单，注明其他的具体要求。

"三层铅衬？"他一边说，一边挠了挠压在已经破烂的黑色礼帽下的乱蓬蓬的头发，"您用不着这么多层吧，您确定吗？给婴儿的棺材用不着的。"

"我没说过给婴儿用，米德尔顿先生，而且我不是在征求您的意见。我已经把要求告诉您了，如果您做不到，我可以另找他人。"

他举起那双微微泛红的、看上去软乎乎的手，说道："您付钱，听您的。如果您要三层铅衬，就三层铅衬……怎么称呼您小姐？"

"米林顿。L.米林顿小姐。"

选择这个姓氏不免厚颜无耻，也是少有地在感情用事。可她没法说出自己的真名。更何况，爱德华死了，范妮被枪杀的事已经过了二十年。没人在找莉莉·米林顿，没人再找她了。

他记完所有细节后，露西又让他读了一遍。确认无误后，她让他写了个账户，她回头付款。

"您需要送葬队伍吗？要不要雇几个送葬的人？"

露西告诉他，不用。

这具小棺材寄到伯奇伍德庄园时，是一个火车站的搬运工费了半天劲儿从运货马车上抬下来的。因为它被装在一个运货的板条箱里，从外表完全看不出里面装着什么；那个搬运工还愚笨地问了问里面是什么。"摆在花园的小鸟池，"露西回答说，"那恐怕是，大理石的。"她付了一笔丰厚的小费之后，搬运工来了精神，甚至同意把它搬到花园里，离计划摆放它的位置——正门旁边的花圃——更近些的地方。当年，露西想去找爱德华，把密室的事告诉他的那一天，却遇上了要去寄信的莉莉。当时，她就站在那儿。"我希望能透过窗子看见它，无论哪扇窗，越多扇窗越好。"露西对那个搬运工说，尽管这一次他什么都没问。

搬运工离开后，露西打开运货的板条箱，查看里面的东西。她的第一印象是，切尔西公爵街的里奇·米德尔顿先生干得不错。铅是必不可少的。露西不知道这个箱子会被藏多久，但她这辈子一直沉迷于有关过去那些宝藏的书籍，她知道，铅不会被腐蚀。她想把东西藏起来，这是肯定的，她希望这些东西可以藏很久很久，但她不能逼着自己把它们给毁了。因此，露西特别要求过，盖子必须封得很严实。考古学家常常发现一些年代久远的罐子，罐子虽然挨过了漫长的岁月，但打开后，却发现里面的东西早已腐朽。她不想让空气或者水漏进去。这个棺材绝不能漏水或生锈，也不能随着时间的推移而开裂。因为总有一天它会被发现，对此她确信无疑。

接下来的几个小时里，露西一直在挖坑。她在田间谷仓里找到一把铲子，于是拿着它来到前院的花园。因为不习惯做这种重复性的动作，她感到肌肉酸疼难忍，不得不每隔一小会儿就停下来休息一下。不过，她意识到，停下来只会让重新开始时变得更加困难，干脆就咬着牙一直挖，直到那个坑足够深了才停下。

最后，该装棺了。露西先是把那本《神鬼学》放进棺材里，书里面夹着尼古拉斯·欧文的信和说明伯奇伍德庄园里给神父藏身的密室设计图。她爬上了阁楼。他们当初把拍照时穿的服装放进箱子，留在了阁楼上，她很高兴那箱服装还在。莉莉·米林顿给爱德华做模特时穿的那条白色连衣裙也在里面，露西小心翼翼地用它把密室里的骸骨包了起来。现在，她轻轻地把包起来的骸骨放进棺材里。二十年过去了，没剩下多少枯骨。

最后，同样重要的是，她把自己写的一封信（用的是棉浆纸和非酸性的墨水）放了进去。信中露西把自己对于棺椁之中只剩枯骨的女人所知道的一切，概述了一番。要了解真相并不容易，但寻找关于过去的信息是露西最拿手的，她不是那种会放弃调查的人。她靠的差不多都是莉莉·米林顿所告诉她的一切，爱德华跟她讲过的一切，还有一些细节，都是从那个叫马丁的男人的话中推敲出来的。在伯奇伍德庄园的那天下午，她听到了一些他和莉莉的对话。

她一点一点把故事拼凑起来：那栋位于小白狮街，楼下开了一间鸟类商店的房子；被圣安妮教堂的阴影所笼罩的两个房间；早些年那栋河边的小房子；一直追溯到1844年6月诞下的女婴；再到艾伯特·斯坦利勋爵的长女，那位名叫安东尼娅的女人；她遇到的那个叫彼得·贝尔的男人，也就是住在富勒姆的惠特谢夫街43号的钟表匠。

露西把盖子封好，此时，日头开始西沉，一点点往屋顶那对一模一样的尖角下方躲。她意识到自己在流泪。那是为爱德华和莉莉涌出的泪，也是为了她自己，因为她的内疚将永远困着她，令她不得解脱。

那个搬运工说得没错，这具棺材非常重，但是常年在大自然中度日的露西还算强壮。而且，她意志坚定。于是，她费了好大力气终于把棺材拖进了坑里。她填上土，然后一层层用手把上面的土压实。

即便宗教因为达尔文先生而式微，它仍有其潜在的影响力，但这点余威在露西的人生阅历面前根本无法施展，因而她并未站在这座新坟前留下半句祷文。尽管如此，这一刻仍然需要仪式，露西此前也多番考虑，该如何在这块地方留下最好的标记。

她打算在上面种一棵日本红枫。她已经弄到了，是一棵漂亮的树苗，树皮颜色不深，树枝线条优美，枝杈修长平缓、匀称壮实。这是爱德华最喜欢的一种树，春日里，叶子鲜红，到了秋日，就变成最美的、夺目的赤铜色，就像是莉莉·米林顿的头发那样。不，不是莉莉·米林顿，她纠正了自己的错误，因为那根本就不是她的真名。

"阿尔伯丁。"露西低声呢喃，回想起那个在汉普斯特德的温暖午后，她看见花园深处的玻璃暖房中有一抹抢眼的红，母亲吩咐她去端来两杯茶，"要选最好的瓷器"送来。"你的名字叫阿尔伯丁·贝尔。"

柏蒂，那些爱她的人唤她柏蒂。

露西的注意力集中在前门旁边花圃里那块被平整过的土地上，所以她没有注意到，正当她低声道出那几句话时，不知怎么在黄昏余晖的诡异映照下，阁楼的窗户似乎短暂地一闪，就好像是有一盏灯在阁楼里被点亮了。

XI

告诉你吧，我并不清楚这儿的一切该怎么用物理知识去解释，这儿也没人可以问。

我也不明白怎么会变成这样，或者说为什么会变成这样。我莫名其妙地从藏身的密室里出来了，回到了房子里。像以前一样，可以在他们的身边来回走动，却又和以前不一样。

多少天过去了？我不知道。两天或者三天。我回到房子里时，他们都不再睡在房子里了。

晚上，卧室里空无一人，白天，这个人或是那个人会回来拿件衣服或者其他个人物品。

范妮死了。我听见警察在谈论"可怜的布朗小姐"，这解释了枪声是怎么回事，但砰的一声又是怎么回事，我还没搞清楚。

我还听到他们在谈论拉德克利夫蓝和去美国的船票。

警察们还谈到了我。他们收集了所有可能与我有关的东西，与莉莉·米林顿有关的东西。

当我意识到他们的想法时，我非常震惊。

爱德华是怎么想的？他听到的也是同样的说法吗？他相信了吗？

当他终于回到家时，脸色苍白，心不在焉。他在桑葚房里，站在书桌旁，凝视着窗外的河水，有时回过头来，注视着我的挂钟，时间一分一分地滑过。他什么都不吃。他一刻都不睡。

他没打开过素描簿，他似乎对工作失去了兴趣。

我和他待在一起。无论他去哪里，我都跟着他。我哭泣，我大喊大叫，我苦苦哀求，我躺在他的身旁，试着告诉他我在哪里。如今，我在那方面的能力已经随着时间的增长变强了。但当时，在最开始的时候，那些事令我筋疲力尽。

然后，该来的还是来了。他们都走了，我没法拦住他们。

马车在车道上渐行渐远，就剩下我一个。这么久以来，都只剩下我一个。我从人世间蒸发，成了这栋房子里的温暖和沉静，我在地板缝里潜行，不惊起一粒尘埃，消失在漫长而黑暗的寂静之中。

直到有一天，二十年后的一天，我有了第一位客人，我凝魂聚形，又恢复了当年的模样。

我的名字，我的生活，我的历史都已埋葬，我这才意识到，曾经梦想着把光捉住的我却自己成了被捉住的光。

第四部

被捉住的光

PART FOUR

CAPTURED LIGHT

第三十章

2017年夏

经过一夜的暴风雨，留给清晨的是澄澈如镜的天空。

杰克注意到的第一件事是，自己不是躺在麦芽坊里那张令人极不舒服的床上。他现在躺的地方，舒适度比那床还要差，但他却要比平时快活。

墙纸上是一片郁郁葱葱的绿色和交缠其间的紫色，他知道自己在哪里。紫色的桑葚成熟饱满，门的上方刻着三个字："真，美，光。"他在房子的地板上睡着了。

旁边的沙发上有动静，他意识到，睡在这里的不止他一个人。

昨晚就像是转动到适当角度的万花筒，发生的一切又重新清晰起来。狂风大作，大雨滂沱，出租车没法来接她，他曾一时兴起在乐购超市买过一瓶红酒。

她还没醒，精致的小脸，一头黑色的齐耳短发。她看上去就像是那些高档商场里摆放的精美茶杯，而杰克有一手撬门开锁的绝活儿。

他在走廊上放轻了脚步，走进麦芽坊的厨房，泡了两杯茶。

他端着两个热气腾腾的杯子回来时，她已经醒了，坐在那里，毯子还裹在肩膀上。

"早安。"她说。

"早安。"

"我没回伦敦。"

"我注意到了。"

他们聊了一整夜。真，美，光——这间屋子，这栋房子，有某种魔力。杰克跟她说了女儿和莎拉的事。他还说了他离开警察局之前在银行发生的事。当时，杰克违抗命令，进去把七名人质解救了出来，肩膀上受了枪伤。他成了英雄，所有报纸上都这么说，但那却成了压垮莎拉的最后一根稻草。"你怎么能那么干，杰克？"她说，"你就没想想孩子们，没想过两个女儿吗？你可能会没命。"

"银行的人质里也有婴儿，莎莎。"

"但那不是你的孩子。要是连这点区别你都看不出来，你这个爸爸能当成什么样？"

杰克没回答她的质问。不久，她就把女儿的东西都装进了行李，告诉他，她要回英国，要和她的父母住得近一些。

他还跟埃洛蒂说了有关本的事。二十五年前的一个星期五，本死了，他父亲痛不欲生。然后，埃洛蒂跟他讲了她母亲的死——也是在二十五年前——她父亲和杰克的父亲差不多，也悲痛欲绝。不过，她终于决定回到伦敦后，去和父亲谈一谈。

她跟他说了她的朋友皮帕，说了她对自己的工作是怎么想的，说她一直觉得这份工作可能让她有点奇怪，但她现在不介意了。

最后，他们似乎谈论了所有其他的事情，这就使得被遗漏的那个问题很明显，所以他问了她手上的那枚戒指，她告诉他，她订婚了。

杰克感到失望极了，这种失望的程度让他觉得怎么也讲不通，毕竟他和她认识的时间总共加起来才四十个小时。他试着让自己显得并不在意。他说恭喜她订婚，然后问她，那个幸运的家伙是个什么样的人。

阿拉斯泰尔——在杰克遇到的人中，还从没有哪个叫阿拉斯泰尔的让他觉得喜欢——从事金融业，人很好，事业有成，有时还挺有趣的。

"唯一的问题是，"她皱着眉头说道，"我觉得他不爱我。"

"为什么？他怎么了？"

"我觉得他爱上的可能是别人。我觉得他爱上的可能是我母亲。"

"嗯，这还……真不寻常，如果情况是你说的那样。"

她不由得笑了笑，杰克说："可是你爱他？"

她起初没回答他，但随即说道："不。"听上去，她似乎对自己的回答感到惊讶。"不，我真觉得自己并不爱他。"

"那么，你不爱他，而且你觉得他爱的是你妈妈，那你们干吗要结婚？"

"婚礼已经一切就绪，花，请柬……"

"啊，那就，嗯，另当别论了。尤其是请柬，没那么容易要回来。"

现在，他递给她一杯茶，说道："早餐前去花园散散步？"

"你要给我做早餐？"

"这是我的专长之一。或者说，有人这么告诉我的。"

他们从靠近麦芽坊的后门出去，走到栗子树下，然后穿过草坪。杰克想，他要是戴上墨镜出来就好了。经过雨水的洗礼，整个世界都焕然一新，一切都明亮得像是被过度曝光的照片一样。他们转过拐角进入前院的花园时，埃洛蒂倒抽了一口气。

他顺着她的视线看过去，那棵古老的日本红枫在暴风雨中被大风刮倒了，现在正卧在石板路上，奇形怪状的树根指着天空。"我那帮博物馆的同事，可要不高兴了。"他说。

他们走过去，想要仔细看看，埃洛蒂说："瞧，我觉得下面有东西。"

杰克跪下来，把手伸进坑里，用指尖拂去那些不知有多久未见天日的松散泥土。

"也许是你在找的那个宝贝，"她笑着说，"一直都在你眼前。"

"我认为，你之前说过，那是讲给小孩儿听的故事？"

"我之前想错了。"

"我猜咱们该把它挖出来？"

"我猜也是。"

"但要等咱们吃完早饭再来挖。"

"当然要等咱们吃完早饭，"她表示同意，"因为我听到过一个传闻，说那可是你的专长，所以杰克·罗兰斯，我就指望着你大展厨艺啰。"

第三十一章

1992年夏

消息传来时，蒂普正在他的工作室里。打电话的是住在劳伦家隔壁的那位女士，她说劳伦死了，在雷丁附近发生了一场车祸，她在车祸中丧生了，温斯顿悲痛欲绝，他们的女儿还在适应中。

他后来仔细想了想她的话。还在适应中，对于一个失去了母亲的六岁女孩来说，这似乎有些奇怪。但他清楚那个叫史密斯太太的女人是什么意思。蒂普见过那个孩子，但只有几次。他知道她才不大点儿，星期天他偶尔去她家共进午餐时，她就坐在他的对面，瞪着一双好奇的大眼睛盯着桌面，但又总是遮遮掩掩地，不想被人发现她在盯着看。不过，他都瞧见了，也看出来她并不像劳伦这么大的时候那样。这个孩子，把什么都藏在心里。

打从出生那天起，劳伦就散发着活力，像是上满弦的发条。仿佛她身上的电压设置得比所有人身上的都要高。这使她成了一个令人着迷的孩子——她当然是个好孩子，被教育得很好——但和她待在一起，可不是件容易事。她身上的光，始终亮着。

得知她意外身亡的消息后，蒂普把电话听筒放回听筒架，在工作台旁边坐了下来。看到工作台另一边的高脚凳时，他的视线模糊了。劳伦上周还坐在那儿。她想聊聊伯奇伍德庄园的事，想问他庄园的确切位置。

"你是说，那儿的地址吗？"

他告诉了她，然后问她，为什么要打听那儿的地址——她是不是想去看看——她点了点头，说她有件很重要的事情要做，说她想在恰当的地方做这件事。"我知道，那不过是讲给孩子听的故事，"她说，"但我也说不清是为什么，正因为那个故事，我才成了今天的我。"她不愿多说，所以他们换了一个话题，但要走的时候，她说："你是对的，你知道。时间使不可能成为可能。"

几天后，他在报纸上读到，她在巴斯举行了音乐会。当他看到进行独奏表演的还有谁时，他意识到她是什么意思了。她打算和那个人说再见，那个曾经对她来说非常重要的人。

六年前，她从纽约回来时，也是坐在那个凳子上。他依然记得她那天来看自己时的模样，他当时立刻就看出来，她遇上了什么事。

果不其然：她说，她恋爱了，她要结婚了。

"恭喜啊。"他说，但她的表情分明在说，她刚刚宣布的事情没那么简单。

结果，她那两句话里的玄机，比他猜想的要复杂得多。

她爱上了一位年轻的音乐家，是应邀参加弦乐五重奏表演的一位小提琴家。"那是一瞬间的事，"她说，"猛地一下子、彻彻底底地爱上了，一切风险和牺牲都在所不惜，我立刻知道，我永远不会对另一个人有同样的感觉。"

"那他——？"

"他对我的感情也一样。"

"但是？"

"他结婚了。"

"啊。"

"他娶的人叫苏珊，一个甜美可爱的女人，他们小时候就认识，

506

他不忍心伤害她。她知道他的一切，她是个小学老师，她做的巧克力花生薄饼是最美味的，她还把薄饼带去了排练厅，和我们所有人分享。然后，她坐在塑料椅上，听我们排练。排练结束时，她哭了，蒂普——她被音乐感动得哭了——所以我都没法去恨她，因为对一个被音乐感动落泪的女人，我永远也恨不起来。"

事情讲到这里，本该就此结束，但他们的故事还有下文。

"我怀孕了。"

"我明白了。"

"意外怀上的。"

"你打算怎样办？"

"我要结婚了。"

她这才告诉他，温斯顿向她求婚了。那个小伙子，蒂普曾经见过几次，也是一位音乐家，但不像劳伦那么出色。他是个好人，无可救药地爱着她。"他不在意……"

"孩子的事，不在意？"

"我要说的是，你爱的不是他。"

"我都告诉他了，没有任何隐瞒。他说，不要紧，还说爱是不同的，人的心是没有局限的。他说，没准哪天，我的心意会变的。"

"他可能是对的。"

"不。不可能。"

"时间是一头奇怪而又强大的野兽，使不可能成为可能，那是它的习性。"

但是，不，她固执己见。她永远无法像爱那个小提琴家一样，爱上另一个男人。

"但我也爱温斯顿，蒂普。他是个好人，一个善良的人，是一个我最要好的朋友。我知道这件事并不寻常。"

"我没遇到过这样的事。"

她伸过手来，紧紧握了一下他的手。

"你要跟孩子怎么说？"蒂普问。

"实话实说，要是小丫头问的话。我和温斯顿都这么想。"

"丫头？"

劳伦当时微微一笑："只是有种感觉。"

丫头。小姑娘埃洛蒂。蒂普发现自己有时会注视着她，在星期日共进午餐的时候，在她不盯着蒂普看的时候，隔着餐桌，他觉得有点迷惑，因为他在她身上发现了某种特质，让他没法一下子找到合适的词汇去形容；在她身上，他看到了某个人的影子。现在，埃洛蒂的母亲突然去世了，他清楚地意识到，他在这孩子身上看到的是他自己的影子。这个孩子的内心，被她表面的波澜不惊所掩盖。

蒂普的架子上放着一个大罐子，里面收藏着各种稀奇古怪的小玩意儿。他走了过去，把那块石头拿了出来，放在手心里，掂了掂重量。他仍然记得那天晚上，那个叫埃达的女人给他讲了这块石头的故事。他们坐在伯奇伍德的那间酒吧前。那是夏天，黄昏时分，天色微暗，但还没到看不清东西的程度，于是，他给她看了他收集的一些岩石和小木棍。那时候，他的口袋里总是塞得满满的。

她把每样东西都依次拿起来，看得很仔细。她说，她在他这个年纪，也很喜欢收集东西。如今，她成了考古学家，不过做的还是同一回事，只是现在她要以大人的方式去做。

"这里有你最喜欢的吗？"她问道。

蒂普告诉她有，然后递给她一块特别光滑的椭圆形石英石："你找到过这么漂亮的东西吗？"

埃达点了点头："找到过一次，我当时的年纪和你现在差不了几岁。"

"我五岁。"

"啊，我八岁。我出了意外。我从船上掉进了河里，但我不会游

508

泳。"

蒂普记得，自己当时意识到，她说的事让他听起来有点耳熟，所以他全神贯注地听着；他觉得自己以前听过这个故事。

"我掉了下去，被河水淹没，一直沉到了河底。"

"你觉得自己要淹死了吗？"

"是的。"

"一个女孩的确在那边的河里淹死了。"

"是的，"她严肃地对他的话表示赞同，"但不是我。"

"是她救了你。"

"是的。就在我感到再也无法呼吸时，我看到了她。看不太清楚，只是一刹那，然后她就不见了。我看到了那块石头，闪闪发光，被光包围着。我只知道——我也说不明白自己是怎么知道的，我耳边仿佛有个声音在窃窃私语——如果我伸手抓住它，我就会活下来。"

"你活下来了。"

"如你所见。曾经有一位智慧不凡的女士告诉我，有些东西可以给人带去好运。"

他觉得那听上去妙极了，便问她，他去哪儿可以弄到一件那样的东西。他向她解释说，他爸爸最近在战场上牺牲了，他担心妈妈，因为现在照顾妈妈的责任落在了他的身上，可他眼下还不确定自己该怎么做。

埃达了然地点了点头，说道："我明天去家里看你，可以吗？我想交给你一样东西。其实，我有一种感觉，它是属于你的。它知道你会在这里，于是便想方设法来找你了。"

她说那必须是他们俩的秘密。接着，她问他，找没找到那间密室。蒂普说没找到，她就把走廊上有一块嵌板的事悄悄告诉了他。蒂普激动得一双眼睛瞪得圆溜溜的。

第二天，她把那颗蓝色的宝石给了他。

他们坐在伯奇伍德庄园的花园里，他问她："我要拿它怎么办呢？"

"把它保管好，它会保你平平安安。"

柏蒂就坐在他的身旁，她微笑着，也认同埃达的说法。

蒂普不再信护身符或好运气，但他也不是不相信。他只知道，有人觉得这块石头可以保平安，这就足够了。小时候，有好几次——在伯奇伍德的时候，等他们一家离开伯奇伍德之后，次数就更多了——他把它握在手里，闭上眼睛，柏蒂的话像潮水般涌入脑海：他会记起黑暗中的光，记起他住在伯奇伍德庄园时的感受，自己好像被包裹着，然后一切都会好起来。

想着劳伦和那个现在没了母亲的小女孩，蒂普想到一个主意。他的工作室里有一大堆手推车，每一个都装满了，里面都是他在外面散步时发现的东西：出于这样或那样的原因，这些东西都能和他交流，因为它们要么是诚实的，要么是美丽的，要么是有趣的。他开始挑选其中一些最好的，把它们在他面前的长凳上一字排开，再把一些放回托盘，换上其他一些，直到他对挑选出来的都满意。接下来，他开始制作黏土。

小女孩都喜欢首饰盒。每个星期六，他都在市场上看到一群小姑娘在手工艺品摊位前排成一队，想要买些小盒子存放她们的宝贝。他要给劳伦的女儿做一个，用那些对他最有意义的小玩意儿装饰它；还要用上这颗宝石，因为它找到了一个新的需要它去保护的孩子。虽然，他这样做不过是绵薄之力，但这是他能想到的、自己可以为她所做的一切。

那么也许，仅仅是也许，如果他的做法得当，当他把礼物送给她时，他在这颗宝石上就能注入同样强大的意念，就能注入同样的光和爱，就像这颗宝石被交给他时那样。

第三十二章

1962年夏

　　她把车停在路边，熄了火，但没下车。她来早了。一整天，记忆的波涛一直跟在她的身后，眼看着就要冲上来。现在，既然她停了下来，那波涛便滚滚而来，没过她的头顶，然后哗啦一声冲得到处都是，白花花地闪着光。倏地，朱丽叶被深埋心底的一段记忆包围，她想起自己带着孩子们下了火车来到这里的那一晚，母子四人又累又饿，对于一直扎根于伦敦的他们，那无疑在心中留下了创伤。

　　那是她一生中最恐怖的一段日子——她的家毁了，艾伦阵亡了——不过，从某种意义上来说，朱丽叶宁愿付出一切，也想要回到那个时候。穿过那边的那扇门，走进伯奇伍德庄园的花园，她知道，她会看到五岁的蒂普，刘海儿像窗帘一样；比娅，肯定是快到青春期了，骄傲得要命，连被抱一下都不愿意；还有雷德，一副雷德一贯的样子，劲头十足，脸上的雀斑都显得顽固不化，微笑时会露出他的龅牙子。他们的吵闹，他们的拌嘴拌舌，他们接二连三的问这问那。从那时到现在的这段时光，不可能回得去，哪怕一分钟都回不去。这让她觉得痛，是那种身体上能实实在在感受到的生理上的痛。

　　她没想到会有这种感觉。她对这栋房子的牵肠挂肚，绞得她五脏六腑都不得安宁。那不是一份压在她身上的重量；那是她身体里陡然蹿升的一股巨大压力，胀得她觉得肋条发疼。

艾伦死了二十二年了。这二十二年里，他在地下长眠，但她的日子还要继续，即便没有他在身边。

她的耳畔不再出现他的声音了。

现在，她来到这里，她的车就停在伯奇伍德庄园外面。这栋房子里没人住：她立刻就看出来了。它看上去有点受了冷落。但是，朱丽叶对它的爱是极致的。

她坐在驾驶席上，从包里取出那封信，快速看了一遍。信的内容很短，没有拐弯抹角，这不是他以往的风格。信上除了今天的日期和具体时间，没再提什么别的内容。

他寄给她的每一封信，朱丽叶都保存着，都放在她衣柜最里面那几个装帽子的盒子里。她知道他的信就放在那儿，她喜欢这种感觉。比特丽斯喜欢拿她的"笔友"取笑她，虽然自从劳伦出生以来，她没那么多精力闹腾了。

仪表盘上的时钟咔嗒一声，又过了一分钟。时间慢得像蜗牛。

朱丽叶可不太想待在她的凯旋牌汽车里再坐四十分钟。她对着后视镜照了照，看看口红是否需要补一下，然后，她果断地一口气跳下了车。

她沿着蜿蜒的小路向墓地走去。恍惚间，她看到蒂普的身影，他在前面的路边停下来，在找奇形怪状的石英石和碎石子儿。她眨了眨眼睛，那鬼魅般的影子不见了。她向左一转，朝村子的方向走去，走到十字路口时，高兴地看到天鹅小栈依然还在。

考虑片刻，她鼓起勇气走了进去。三十四年前，她和艾伦从伦敦坐火车来到这里，当时朱丽叶想方设法地要瞒住自己怀孕的事。原本，她还期待着哈米特太太会在自己进门时迎上来，在同她打过招呼之后，开始和她闲话家常，仿佛她们俩昨天晚上才刚刚一起吃过晚餐似的。但是，站在吧台后面的是一位陌生的年轻女士。

512

"这家店几年前就转手了，"她说，"我是兰姆太太。蕾切尔·兰姆。"

"哈米特太太她还……？"

"可能不会来。她搬去跟儿子和儿媳住了，就在那条路上。"

"近吗？"

"可近了。她总会突然冒出来给我支着儿。"她笑着说，以示自己对此并不反感，"如果您这会儿赶紧过去的话，还可以在她午睡之前和她聊上几句。她现在作息时间极其规律。"

朱丽叶原本没想去拜访哈米特太太，但她还是按照蕾切尔·兰姆告诉她的路线，很快来到了有红色前门和黑色信箱的小屋前。她敲了敲门，屏着呼吸。

"不好意思，她刚刚睡下，"来开门的女人说道，"睡得还很香，我不敢惊动她。要是搅了她的午睡，她会很生气。"

"也许您可以跟她说一声我来过，"朱丽叶说，"她可能不记得我了。我知道她店里来来往往的客人很多，但是，她之前对我和我的家人都很好。我写过一篇关于她的文章。她和她的妇女志愿小分队。"

"哦，哎呀，您怎么不早说！您是写《阡陌传飞鸿》的朱丽叶！她床边的墙上还挂着那篇报道呢，被她镶在相框里了。她说她因此一举成名了。"

她们又聊了一会儿，然后朱丽叶说她得走了，她一会儿要去见个人。哈米特太太的儿媳说，她也还得去接着收拾食品储藏间。

朱丽叶正要转身离开时，她注意到沙发背面的墙壁上挂着一幅画，一幅肖像画，上面画着一位年纪轻轻的绝色美人。

"她很漂亮，对吧？"哈米特太太的儿媳说。

"美得令人着迷。"

"是我祖父留给我的。他去世以后，我在阁楼上发现的。"

"真是找到了个宝贝。"

"阁楼上都快堆满了，我跟您讲。我们花了几周时间才整理出来的——大多都是些被老鼠咬过的垃圾。那栋房子在我祖父之前是我曾祖父住的。"

"他是一位画家？"

"他当过警察。退休时，他把几箱旧的记事本都放在阁楼上，然后就忘在那儿了。没人知道这幅画是哪儿来的。它还没画完——从画的边缘就能看出来，那里的颜色不对，笔触也很粗糙——但画中那个女人的神情里，有着某种东西，您不觉得吗？让人禁不住想要看着她。"

朱丽叶开始朝伯奇伍德庄园走，画中的女人在她的脑海中挥之不去。她看起来并不怎么眼熟，但那幅画让她想到了什么。她脸上的每一处细节，她的表情，都散发着光和爱。不知怎的，这让她想到了蒂普，想到了伯奇伍德庄园，想到了1928年那个阳光明媚的下午。那天，她和艾伦吵了架，自己迷了路，等她在那个花园里的日本红枫下醒过来以后，又找到了回去的路。

当然，她眼下会想到那一天也不足为奇。朱丽叶和伦纳德之间的通信已将近二十年了。当年，她曾计划为《阡陌传飞鸿》这个专栏写一篇文章，讲述同一栋房子里的不同生活。她想请伦纳德提供一些素材，但这篇文章最后没能写成。因为伦纳德收到她的来信时太晚了，等他回信时，她已经回了伦敦，战事也在把人折腾得筋疲力尽之后渐渐平息了。但是，他们依旧保持着联系。他说他也喜欢写作，他更善于用笔墨和人打交道。

他们在书信中分享着一切。一切她没法在专栏中书写的：那些令她愤怒的、悲伤的和她所失去的。还有，在这一过程中，在他们身上反过来发生的那些美好的、有趣的、真实的事情。

但他们从未见过面，自从1928年那个下午以来，一直没见过。今天是头一回见面。

这件事朱丽叶谁也没告诉。她的孩子们一直都鼓励她找个合适的人，去吃顿饭、约个会，但是今天这次见面，和他的见面，是她没法解释的。她如何能让孩子们也弄得明白她和伦纳德，在伯奇伍德庄园的花园里的那个午后，所经历的和感受的一切呢？

因此，他仍旧是她的秘密。这一次他们俩都回到这栋房子来，自然也瞒着所有人。

两个一模一样的尖角遥遥在望，朱丽叶感到自己加快了脚步，仿佛是有一股力量在把她往房子那边拽。她把手插进口袋里，摸到了那枚两便士的银币，它还在兜里。

她一直留着它。现在，终于可以物归原主了。

XII

杰克和埃洛蒂去散步了，他们俩一起去的。

她说了些什么，大致意思是想亲眼去看看那片林中空地。能给她当向导，他乐意之至。

所以呢，我就又坐在楼梯转角那块温暖的地方等着。

有一件事是我确定无疑的：他们回来时，我依然在这里。

在他们离开时，在我今后的客人到来时，我也依然在这里。

某一天，我甚至可能会再把我的故事讲给别人听，就像对小蒂普那样，还有在他之前，像对埃达那样，把几个故事交织在一起，有爱德华讲的"跟着那晚"的故事，我父亲讲的我母亲从家里逃出来的故事，还有关于埃尔德里奇的孩子和仙后的故事。

这是个不错的故事，里面讲到了真理，讲到了荣誉，讲到了伸张正义的勇敢的孩子们。这是一个充满力量的故事。

因此，我会一直等待着。

在我还活着的时候，世上第一次掀起了招魂和通灵的风潮，人们认为鬼魂和幽灵都渴望得到自由，认为我们"神出鬼没"是因为我们被困住了。

但事情并非如此。我不想得到解脱。我属于这栋房子，这栋爱德华爱过的房子；我就是这栋房子。

我是每一块木头上的涡纹。

我是每一颗钉子。

我是台灯上的灯芯，是挂外套的挂钩。

我是前门上那把打开时需要用些巧劲儿的锁。

我是拧不严的水龙头，是水槽瓷釉上那圈红红的锈渍。

我是浴室瓷砖上的缝隙。

我是烟囱管帽和黑乎乎的蛇形下水管。

我是每个房间里的空气。

我是时钟上的指针，是时针和分针之间的扇面。

我是当你以为什么都没听到时所听到的声响。

我是窗子里那道你明知道并不存在的光。

我是当你觉得孤立无援时黑暗中的星辰。

作者后记

AUTHOR'S NOTE

在人有限的一生中，有待钻研和掌握的学科不胜枚举。我和露西·拉德克利夫一样，也为此备感焦虑。因而，成为作家的一个最大好处，就是有机会让我去探索那些令我着迷的问题。《钟表匠的女儿》一书涉及许多问题，其中包括时间与永恒、真与美、地图与制图、摄影、博物学、散步对身心的治愈性、手足情（我有三个儿子，这个问题自然也就跻身前列）、房子与"家"的概念，河流与地点的力量，等等。本书的灵感来源于艺术和诸多艺术家：英国浪漫主义诗人，前拉斐尔派画家，早期摄影家，如茱莉亚·玛格丽特·卡梅隆和查尔斯·道奇森，以及设计师，如威廉·莫里斯（我和他同样对建筑充满热情，因为他，我才注意到那些位于科茨沃尔德的建筑，这些建筑在设计上对当地自然环境的仿照独具匠心）。

我借住的某些地方使整部小说的情节可以串联在一起，比如埃夫伯里庄园、凯姆斯科特庄园、大查菲尔德庄园、位于马姆斯伯里的修道院花园、拉科克修道院、阿芬顿白马、巴伯里城堡[1]、里奇韦、威尔特郡的乡村、伯克郡和牛津郡、索斯洛普的乡村、伊斯特利奇、凯姆斯科特、比斯科和莱赫雷德、泰晤士河，当然，还有伦敦。如果您想去参观一下依然保留着真正的牧师藏身密室的房子，可以去伍斯特郡的哈文顿庄园看一看，那里有七间密室，均由圣尼古拉斯·欧文设

---

1 以上均为英国著名景点。

计。哈文顿庄园所在的小岛四周有护城的壕沟环绕。

书中提及的19世纪的伦敦以及那些留下了柏蒂·贝尔和詹姆斯·斯特拉顿的足迹和身影的街道，对此如您欲了解更多详情，以下文献会有所帮助：亨利·梅休的《伦敦劳工和伦敦贫民》[1]（书中的一些独到见解可以让读者了解到一些被人们遗忘的行当。比方说，在街头卖缝纫针的盲人小贩以及写告地状的人[2]）；莉萨·皮卡德的《维多利亚时代的伦敦：1840—1870年的城市生活》；朱迪丝·弗兰德斯的《维多利亚时代的城市：狄更斯笔下的伦敦日常生活》；A.N.威尔逊的《维多利亚时代的人》；马修·斯威特的《虚构维多利亚时代的人》以及西蒙·卡洛的《查尔斯·狄更斯》[3]——一部感人至深的人物传记，呈现了一位维多利亚时代最伟大的伦敦人的一生。七晷区仍然是科文特花园一处繁华的弹丸之地，但是，如果您来到这里，便会发现它有别于麦克夫人操持营生的那个时代。如今，这里多了些餐厅，少了些鸟类商店。1938年，小白狮街更名为默瑟街。

在《钟表匠的女儿》的创作阶段，不少博物馆也给了我创作灵感。考虑到这部小说对展览策划有所聚焦，加之采用的叙事手法需将脱节的过去融入环环相扣的故事情节，我借助博物馆获取灵感也算情理之中的事。我最喜欢的博物馆包括：查尔斯·狄更斯博物馆、瓦茨画廊和故居、约翰·索恩爵士博物馆[4]、福克斯·塔尔博特[5]博物馆、维多利亚和阿尔伯特博物馆、大英博物馆以及格林尼治皇家天文台。能

---

1 原书名为London Labour and the London Poor。

2 写告地状的人：即专门把自己的不幸在街头写下来向路人乞讨或寻求帮助的人。

3 以上书目原书名分别为：Victorian London: The Life of a City 1840–1870、The Victorian City: Everyday Life in Dickens' London、The Victorians、Inventing the Victorians、Charles Dickens。

4 约翰·索恩爵士博物馆：英国最小的国立博物馆，也是全世界最早对公众开放的博物馆之一。

5 福克斯·塔尔博特：全名为威廉·亨利·福克斯·塔尔博特，19世纪英国化学家、数学家、科学家，发明了卡罗式摄影法和底片。

有幸参加下列展览，我非常激动，也非常感谢成功举办这些展览的展馆和馆长：维多利亚和阿尔伯特博物馆在2015到2016年间举办的"茱莉亚·玛格丽特·卡梅隆摄影展"；泰特英国美术馆在2016年举办的"光之画：从前拉斐尔派到当代的艺术与摄影"；国家肖像美术馆在2018年举办的"维多利亚时代的巨人：艺术摄影的诞生"。

特别鸣谢：我的经纪人莉齐·克雷默和所有DHA的工作人员，我的编辑玛丽亚·雷特和安妮特·巴洛，西蒙&舒斯特公司的莉萨·凯姆和卡罗琳·里迪，泛麦克米兰出版社的安娜·邦德。同时也要感谢艾伦-昂温出版公司、泛麦克米兰出版社以及阿特里亚出版社的许多人，我的小说得以出版并以如此精美的面貌问世，这些人都起了至关重要的作用。伊索贝尔·朗向我介绍了档案管理员是如何工作的，对于她的知无不言，我深表谢意。我还要感谢尼丁·乔杜里和他的父母，帮助我确定了故事中埃达所使用的旁遮普语。书中的疏漏之处，不管是无意之失，还是有意为之，自该由我本人负责。比如，我擅自将1861年皇家艺术学院举办年度画展的时间改为11月份，即便19世纪的皇家艺术学院会把年度画展的开幕时间安排在5月份。

在我创作《钟表匠的女儿》的过程中，还有一些人给我提供了莫大帮助，即便这些帮助并非特别具体：比如赫伯特和丽塔，虽然两位挚友已不在人世，但却活在我的心中；我的妈妈、爸爸、姐妹和朋友们，尤其要感谢克雷齐一家、帕托一家、斯坦妮一家和布朗一家；每一位读过并且喜爱我的小说的读者；还有我的儿子们，奥利弗、路易斯和亨利，他们是黑暗中的三束光；还有最重要的达文，几乎在一切方面，他都是我最重要的人，他是我人生航线上与我共同执掌飞行航向的伙伴。

凯姆斯科特庄园（Kelmscott Manor）简介

　　凯姆斯科特庄园是本书的重要灵感来源之一，也是英国科茨沃尔德一处真实的历史建筑。

　　从1871年到1896年，凯姆斯科特庄园一直是前拉斐尔派艺术家威廉·莫里斯的"避难所"和灵感寓所。它让莫里斯得以远离伦敦长达二十年，也让他从庄园景色中获得众多艺术创作灵感。

　　莫里斯死后，他的遗孀和他的女儿先后接管该庄园。他的女儿于1938年去世时，将庄园遗赠给了牛津大学。

　　自1962年起，庄园归伦敦古董家协会所有。当时，该协会从牛津大学手中接管了这座建筑，将它从废墟中拯救了出来。

主要事件时间线

1840年　5月，爱德华·拉德克利夫诞生。

1844年　6月，柏蒂·贝尔诞生。

1851年　柏蒂被寄养在麦克夫人家。

1854年　爱德华第一次见到伯奇伍德庄园，念念不忘。

1856年　柏蒂意外遇见卧床养病的面色苍白的乔。

1861年　爱德华买下伯奇伍德庄园；伦敦偶遇柏蒂。

1862年　十八岁的柏蒂与面色苍白的乔告别，随后同爱德华等

　　　　众艺术家来到伯奇伍德庄园。

1881年　爱德华去世，将伯奇伍德庄园留给露西。

1882年　露西回到伯奇伍德庄园，在庄园内开办女子学校。

1899年　八岁的埃达被父母从印度送到伯奇伍德庄园上学。

1901年　露西关闭女子学校。

1914年　一战爆发，伦纳德·吉尔伯特和弟弟汤姆·吉尔伯特

　　　　入伍。

1916年　汤姆死于流弹。

1928年　露西把伯奇伍德庄园转交给艺术史学家协会，协会将

　　　　房子作为住宿类奖学金；

退伍的伦纳德获得该奖励，并为完成博士论文而在庄园住了一个夏天，其间采访过露西；

怀孕的朱丽叶·赖特因和丈夫艾伦·赖特发生口角，跑到伯奇伍德庄园，偶遇伦纳德。

1939年　露西去世。

1940年　因二战而流离失所，朱丽叶带着孩子们来到伯奇伍德庄园，将这里作为临时居所，小儿子蒂普当时五岁；

埃达回到伯奇伍德庄园，偶遇蒂普。

1962年　朱丽叶独自回到伯奇伍德庄园，与伦纳德见面。

1980年　伯奇伍德庄园作为博物馆对外开放。

1992年　7月，档案管理员埃洛蒂·温斯洛的母亲、著名大提琴手劳伦·阿德勒意外身亡。

2017年　埃洛蒂在公司意外发现一个旧书包、一个素描簿和一张女人照片。素描簿里有一张画，画上正是伯奇伍德庄园。好奇心驱使她来到庄园调查真相。

澳大利亚侦探杰克也出于某种目的来到伯奇伍德庄园，偶遇埃洛蒂。

马上扫二维码，关注"**熊猫君**"

和千万读者一起成长吧!

图书在版编目（CIP）数据

钟表匠的女儿 /（澳）凯特·莫顿著；杜松译. —
郑州：河南文艺出版社，2020.12
ISBN 978-7-5559-0818-0

Ⅰ. ①钟… Ⅱ. ①凯… ②杜… Ⅲ. ①长篇小说-澳大
利亚-现代 Ⅳ. ①I611.45

中国版本图书馆CIP数据核字（2020）第215005号

The Clockmaker's Daughter
by Kate Morton
Copyright © Kate Morton, 2018
First published in 2018 by Mantle, London, England
Published by arrangement with David Higham Associates Limited, London, England
through Bardon-Chinese Media Agency
Simplified Chinese translation copyright © 2020
by Dook Media Group Limited.
All rights reserved.
中文版权 © 2020读客文化股份有限公司
经授权，读客文化股份有限公司拥有本书的中文（简体）版权
豫著许可备字-2020-A-0185

钟表匠的女儿

著　　者	［澳］凯特·莫顿	
译　　者	杜　松	
责任编辑	张恩丽	
特邀编辑	高　洁　　　王　品　　　夏文彦	
策　　划	读客文化	
版　　权	读客文化	
封面设计	苏　哲	
内文装帧	苏　哲	
出版发行	河南文艺出版社	
印　　刷	三河市龙大印装有限公司	
开　　本	890mm×1270mm　1/32	
印　　张	17	
字　　数	423千	
版　　次	2020年12月第1版　2020年12月第1次印刷	
定　　价	62.00元	

如有印刷、装订质量问题，请致电010-87681002（免费更换，邮寄到付）